... Es soll auch Liebesgeschichten mitten im Herzen Europas geben, darunter eine, die seit 38 Jahren in Fortsetzung gelebt wird durch Tiefen hindurch und über Höhen ...

Weihnachten 1992

SV

Liebesgeschichten aus Lateinamerika

Herausgegeben
und mit einem Nachwort versehen
von Michi Strausfeld

Suhrkamp

Erste Auflage dieser Ausgabe 1992

Quellennachweise mit Übersetzer- und Copyrightangaben
für die einzelnen Erzählungen am Schluß des Bandes

Druck: Friedrich Pustet, Regensburg
Printed in Germany

Inhalt

Jacques Stéphen Alexis Der verzauberte Leutnant 7

Isabel Allende Eine Rache 25

José María Arguedas Der Garten 33

Juan José Arreola Eine dressierte Frau 41

Miguel Angel Asturias Der Spiegel der Lida Sal 44

Mario Benedetti Die Nacht der Häßlichen 62

Adolfo Bioy Casares Der Frauenheld 66

María Luisa Bombal Der Baum 96

Jorge Luis Borges Emma Zunz 107

Alfredo Bryce Echenique Eisenhower und Tiqui-tiqui-tín 113

Guillermo Cabrera Infante April ist der grausamste Monat 128

Julio Cortázar Die Pforten des Himmels 133

José Donoso Namensvettern 147

Lygia Fagundes Telles Komm und sieh dir den Sonnenuntergang an 153

Carlos Fuentes Zweimal Elena 162

Gabriel García Márquez Beständiger Tod über die Liebe hinaus 172

João Guimarães Rosa Honigmonde 180

Felisberto Hernández Der Balkon 189

Clarice Lispector Liebe 203

Marta Lynch Antwort 213

Augusto Monterroso Das Konzert 218

Silvina Ocampo Wir 221

Juan Carlos Onetti Das so gefürchtete Inferno 225

Cristina Peri-Rossi Liebesgeschichte 240

Virgilio Piñera Augenliebe 244

Elena Poniatowska Der Bruch 246

Horacio Quiroga Der Solitär 252

José Revueltas Das Lösungswort 258

Julio Ramón Ribeyro Nächtliches Abenteuer 279

Augusto Roa Bastos Das Ödland 285

Juan Rulfo Talpa 288

Dalton Trevisan Der Vampir von Curitiba 297

Mario Vargas Llosa Sonntag 302

Nachwort 321

Quellenverzeichnis 324

Über die Autoren 328

Jacques Stéphen Alexis
Der verzauberte Leutnant

Selbst kann ich ihn nicht mehr gekannt haben, den Leutnant Wheelbarrow... nein, doch schwören möchte ich nicht, ihm nicht schon einmal begegnet zu sein. Ich glaube seine graugrün schimmernden, harten, rotgeäderten Augen zu sehen, seine gebogene, ungleichmäßige Nase, die sich über seinen schmalen Lippen wölbt, und sein spitzes, aufwärts gerichtetes Kinn. Sein Haar stelle ich mir rötlich und gewellt vor, eine struppige Bürste, die wie ein Heiligenschein über dem schlotterigen Körper schwebt. Vielleicht ist dies auch nur das Bild eines anderen Yankeesoldaten, der mir in meiner Kindheit eines schönen Morgens, als ich mich herumtrieb, über den Weg lief, jedenfalls sehe ich den Leutnant Wheelbarrow vor mir. Geheimnisvoller Zauber der Kindheit! Gestaltende Einbildungskraft! Erlebnis und Traumgesicht! Unglaubliche bildnerische Kraft der Erinnerung, die der ganzen kleinen Umwelt, mit der wir uns auseinandergesetzt haben, in der wir herangewachsen sind und gespielt haben, Relief, Form, Farbe und Leben gibt.

Ihr dürft jedoch nicht daraus schließen, den Leutnant Wheelbarrow habe es gar nicht gegeben. Jeder weiß, wie eng ich mit Marschall Célomme befreundet war – Friede seiner Asche! – und wie sehr er mich geliebt hat. Dieser alte, etwas väterlich-poltrige Biedermann, ein frommer und strenger Papaloa, war in der Tat ein großer Liebhaber von Pflanzen, Tieren und kleinen Kindern. Er war es, der mir vor nun schon geraumer Zeit diese wenigen vergilbten Blätter anvertraute, auf denen der Leutnant seine seltsame und kurze Geschichte erzählt hat. Marschall Célomme hat mir sogar das kleine, mit Basilikum geschmückte Grab gezeigt, in dem der verzauberte Leutnant ruht, wenige Schritt von der berühmten Grotte La Voûte auf den Höhen bei Saint-Marc entfernt. Ein kleines Grabmal aus Ziegeln, Metallabfällen und Lambimuscheln, das am Rande eines übergrünten kleinen Pfades verwittert. Für sich betrachtet, ist das Manuskript lediglich die verwirrende Aufzeichnung eines inneren Traums, und ohne den Bericht, den mir Marschall Célomme – Marschall der Landgendarmerie – gab, hätte ich die herbe Poesie, die seltsame Liebe, die wie ein bengalisches Feuer ein kurzes, verzaubertes Leben in den rauhen violetten Bergen der Bassin-Coquilleaux aufleuchten ließ, nicht rekonstruieren können.

Die Begebenheiten müssen sich in den Jahren 1913 oder 1914 abgespielt haben, damals, als Earl Wheelbarrow gerade Kavallerieoffizier in der Armee der Vereinigten Staaten war. Er stammte aus Kentucky, war arm und wußte noch nicht, welchen Gebrauch man von einem Menschenleben machen kann; so hatte Earl wie ein Schimmelpilz dahinvegetiert, ohne jemals sein Herz zu erforschen. Nach Beendigung seiner Studien an der Hochschule, auf die ihn sein Onkel, ein Major beim Marinekorps, nach dem Tode seiner Eltern geschickt hatte, war der junge Mann in rechter Verlegenheit. Er wollte nicht in das einzige große Unternehmen der Stadt Chattanooga eintreten, einer typischen Kleinstadt des Südens, in der er immer gelebt hatte. Es war ein Hüttenwerk, in dem sein Vater ums Leben gekommen war, als er in ein Walzwerk geriet. Earl war nicht sehr stark im Rechnen, infolgedessen hatte er keine großen Chancen im Einzelhandel oder als Vertreter. Auch der Beruf eines Buchmachers reizte ihn nicht. Sein Traum, der »Schrecken von Tennessee« zu werden, konnte auch nicht in Erfüllung gehen, einmal, weil es zu verkehrsreich war, zum anderen, weil er, da es in Chattanooga keine Erpresser und Mörder gab, eine eigene Bande hätte aufstellen müssen. Eine Zeitlang erwog er den Gedanken, »Prediger« zu werden und eine neue Sekte zu gründen, doch die Bibel langweilte ihn. Also weggehen? Ja, aber... Ohne wahre Freunde, ohne andere Vergnügungen als Ice-cream-soda, einige Parties, zu denen ihn flüchtig bekannte Kameraden mitunter einluden, Erntedankfeste, gelegentlich das erbärmliche Schauspiel der Lynchjustiz an Negern, die einer Schändung verdächtigt worden waren, und andere Unzuchtsdelikte, die seine Heimatstadt Chattanooga in Aufregung versetzten, war es für diesen jungen Mann, der so lang wie drei brotlose Tage war, nicht leicht, eine wohlüberlegte Wahl zu treffen. Kurze Zeit betätigte er sich als Wahlagent für einen Gouverneurskandidaten namens Dixiecrat, er versuchte sich im Baseball, trat in die Heilsarmee ein, wurde Mitarbeiter bei dem Lokalblatt, bediente eine Tankstelle, doch nichts wollte recht gelingen. Schließlich, da sein Onkel, den er nur aus Briefen kannte, ihm wiederholt riet, zur Army zu gehen, die eine ruhige Sache sei und einen der Sorge eigenen Denkens enthebe, ließ er sich anwerben. Bald darauf wurde er, er wußte selbst nie wie, zum Leutnant befördert.

Im Leben Earl Wheelbarrows hatte es drei Frauen gegeben, Rosasharn, Dorothy und Eleanor, aber er hatte sich nie entschließen können, eine von ihnen zu wählen, noch hatte er sich hinreißen lassen, eine der drei Grazien, zwischen denen sein Herz keinen Unterschied machte, zu lieben. Die eine wie die andere war ihm gleich notwendig für das Gleichmaß seiner Gewohnheiten. Zwischen Rosasharn und ihm – sie war die Schwester eines Klassenkameraden – gab es wohl das Samenkorn einer Kinderliebe, aber es hatte niemals gesproßt und geblüht, geschweige denn Frucht getragen, kaum eine Fruchtanlage hatte sich gebildet, eine zögernde Kameradschaftsneigung. Später, als sie heranwuchs, wurde aus ihr ein geistreichelnder Blaustrumpf. In ihren äußeren Beziehungen, auf der Straße, mochte Earl das recht gern, aber nur, solange Rosasharn in der Intimität zu ihrem Gefühlsleben von einst zurückfand. Doch um nichts in der Welt hätte Earl mit diesem Mädchen eine echte Bindung eingehen mögen. Sie allein hätte seine Seele nicht auszufüllen vermocht, denn er war, ohne sich selbst darüber im klaren zu sein, ebensosehr monogam und puritanisch wie begehrlich.

Dorothy hatte er zu seinem Sweetheart erkoren. Er liebte es, sie zu streicheln, so wie man ein hübsches kleines Tier liebkost, in irgendeinem Kino in ihre kirschroten Lippen zu beißen, ihren katzenhaften Körper beim Tanzen an sich zu pressen, ihrem nichtssagenden Geplauder zuzuhören oder anzusehen, wenn sie Süßigkeiten naschte, doch das war alles. Diese Dorothy, Tochter eines Businessman, war köstlich dumm, wunderbar schön, gut gebaut, hatte eine üppige Brust, ein flaches Hinterteil, schmale Hüften, einen schlanken, hohen Wuchs, kurz, sie war eine typische Illustration des vollendeten amerikanischen Schönheitsideals. Earl dachte nicht daran, daß ihre Beziehungen sich anders gestalten könnten, als sie es waren. Schließlich war sie ein enttäuschendes, unerreichbares Mädchen, das den blassen Offizier zugleich suchte und floh. In manchen Augenblicken setzte sie ihm mit leidenschaftlichen Redensarten aus schlechten Romanen zu, ein andermal wieder schickte sie ihn ohne jede Ankündigung zum Teufel und ließ ihn wegen des ersten besten ohne weiteres sitzen. Doch immer kam sie ohne jede Befangenheit zu ihm zurück, wie eine chronische Krankheit. Dieses verspielte Kind ertrug den Gedanken nicht, sich angebunden zu fühlen, und sobald sie es sich einbildete, bewies sie sich das Gegenteil. Außerdem liebte sie es, von allem zu naschen, denn die Freuden der Liebe hinterließen bei ihr eine eigentümliche Todesahnung. Es war geradezu köstlich ... und das Leben ist ja so kurz.

Beim Tode seines Onkels, der in Port-au-Prince, wo er irgendeinen Posten in den Büros der Militärmission bei der Gesandtschaft Uncle Sams hatte, einem Schlaganfall erlag, erhielt Earl, wie vorauszusehen war, nur eine magere Erbschaft, außerdem aber ein Schreiben, in dem der Major mitteilte, er sei einem wunderbaren Schatz auf der Spur. Er bereitete sich gerade auf eine Expedition vor, als der Tod ihn ereilte. Immerhin, er hatte alles vorausbedacht, und in dem Umschlag, der für den Fall seines Todes für seinen Neffen bestimmt war, hatte er Dokumente beigefügt, die annähernd den wahrscheinlichen Ort bezeichneten, an dem der Schatz lag. Es war irgendwo in der Gegend der Bassin-Coquilleaux, auf den Höhen von Saint-Marc. Eine bisher ungewohnte Energie bemächtigte sich des Leutnants. Da er nur seinen Sold hatte, setzte er sich in den Kopf, einen Schatz zu finden, mit dem er die kleine Summe, die ihm sein Onkel hinterlassen hatte, aufbessern könnte. Er mußte allerdings mit einer systematischen Suche rechnen, die mehr oder weniger lange Zeit beanspruchen würde. In ihrer Verzweiflung erbot sich Dorothy nun, da er sich anschickte, sie zu verlassen, zwischen Earl und ihrem Vater zu vermitteln, mit dem Ziel, ein Darlehen auszuhandeln. Der alte Affe zweifelte zwar an der Ernsthaftigkeit des Geschäfts, doch wagte er gern einen Einsatz. Erst schimpfte und wetterte er, dann überlegte er, und da er seiner Tochter nichts abschlagen konnte, willigte er ein. Übrigens war es kein so furchtbar hoher Betrag, Earl war ein Ehrenmann und würde ihn in jedem Fall von seinem Sold erstatten. Außerdem – konnte man wissen, ob Earl nicht als Multimillionär zurückkam?

Die »Muslin«, ein kleiner Frachter von dreitausend Tonnen, tanzte im Hafen von Saint-Marc. Vom Rauchsalon aus schaute Leutnant Wheelbarrow durch die Bullaugen auf das schaumgekrönte Meer und die hohen Berge, die um die kleine Stadt einen ländlich-idyllischen Kranz bilden. Earl wartete in Gesellschaft von zwei oder drei anderen Fahrgästen auf die Behörden mit ihren Zollformalitäten, die in der damaligen Zeit keine große Sache waren. Earl betrachtete die gewaltigen, gierigen Kiefer dieser Bucht, ihre Zähne aus goldgelben Sandbänken und die riesige blaue Zunge, das Meer, die gefräßig den Strand leckte. Earl ließ seine Blicke hierhin und dorthin schweifen, zugleich neugierig, zerstreut und träumerisch.

Er hatte sich mit einiger Besorgnis eingeschifft, denn er fragte sich, ob es ihm möglich sein würde, sich an die kaum vorstellbare Tatsache zu gewöhnen: ein Land, in dem Neger die Gesetze machten! Earl trug keinen Arg in seinem Herzen, aber ganz natürlich entrüstete er sich als junger Südstaatler, der im Rassenwahn erzogen und von den Vorstellungen der »Apartheid« durchdrungen war, bei diesem Gedanken. Bisher hatte Earl, wie viele andere, noch nicht einmal Gelegenheit gehabt zu einem echten Kontakt mit den Negern in Chattanooga oder auf den benachbarten Pflanzungen. Arglos in seinen Ansprüchen, unbekümmert in der unversöhnlichen Grausamkeit seiner Gesinnung, blieb Earl gleichwohl nachsichtig gegenüber diesen Parias des Menschengeschlechts. Der eigenartige Wahlspruch »Be happy, go lucky« gab ihm die Gewißheit, das Seelenleben derer zu kennen, denen er höchstens auf der Straße begegnet war oder von denen er das Weiße in den Augen und die verkrampften Lippen über dem roten Zahnfleisch gesehen hatte, wenn man einen »Nigger« gesteinigt hatte oder ihn an einem Seilende zappeln ließ. Als echter Nachfahr Jim Crows widerspruchsvoll, idealistisch und hochherzig, dabei gleichzeitig der schlimmsten verbrecherischen Wahnsinnstaten fähig – sei es als Reflexhandlung, sei es aus innerer Gefühlsregung –, würde Earl Wheelbarrow in den Monaten, die er in diesem Lande zu verbringen hoffte, doch manches zu zügeln, zurückzudrängen, zu verbergen und in sein Inneres zu verschließen haben. Man sagte, diese haitianischen Neger seien sich ihrer angeborenen Minderwertigkeit nicht bewußt, ja, sie seien gar stolz auf ihre Rasse und ihre legendäre Vergangenheit, empfindlich für die geringste Anspielung, aufbrausend bei der leichtesten Stichelei, leidenschaftlich und dabei doch so umgänglich.

Kleine Segler, dreieckige weiße Vögel, laufen über die Wellen. An der Flußmündung sieht man halbnackte Wäscherinnen und Badende mit dem unterhalb des Nabels hängenden Schurz. Negerkinder kreischen und schwimmen heftig strampelnd im Wasser. Der Himmel ist mit flockigen Wölkchen gesäumt. Bronzebraune Dockarbeiter mühen sich auf dem Kai, lachend, schwitzend und sonnenüberglänzt; ihr lautes Rufen klingt herüber, und ihr Gang ist torkelnd, gebückt und schwankend unter der Last der Kaffeesäcke und Baumwollballen, ein wahrer Liedertanz, ein Ragtime der Arbeit. Das Schiff ist von einem Schwarm kleiner Boote umringt, in denen Händler auf breiten Holzplatten Obst feilbieten und Kokosnüsse hochhalten, die, durch einen raschen Machetehieb geköpft, lachen und weinen, bevor die an der Reling lehnenden Matrosen sie an die Lippen führen. Vom Kirchturm, der dort hinten seinen spitzen Finger über das Laubwerk und die Gruppen rotblühender Flammenbäume reckt, schlägt die Uhr zehn. Hier, gleich hinter der Zollstation, auf der kleinen Place d'armes, schmettert plötzlich eine Militärkapelle. Ein General, schwarz wie Pechkohle, in flaschengrüner, goldbetreßter Uniform, tänzelt zwischen Soldatenliedern, Kanonenschüssen und Gewehrknattern auf einem weißen Gaul. Er brüllt Befehle und exerziert eine Armee von Cacosplaqués, die in Wämser aus rohem Leder und Fellen gekleidet sind. Der Leutnant Earl Wheelbarrow, dessen Augen von allen Seiten zugleich beansprucht sind, denkt gerade an sein heimatliches Chattanooga mit den hölzernen Villen an der Straße, den Negern in der Stadt, und die drei Gesichter von Rosasharn, Dorothy und Eleanor schwirren in seinem Kopf durcheinander...

Der Rauchsalon hat sich mit Menschen gefüllt. Earl, der zuerst abgefertigt wird, beantwortet die Fragen eines Grimaud mit Pockennarben und einem gewaltigen Balken von Schnurrbart über den Lippen... Reiseziel... Aufenthaltsdauer... Durch die Ankunft eines dicken Mannes in schwarzem Lüsterjackett und heller Basthose wird dem Befragen ein Ende gesetzt. Freimütig streckt Maître Desagneaux seine fleischige, feuchte Hand dem Leutnant Wheelbarrow entgegen, der diese schwarze Hand eilfertig ergreift.

»Leutnant Wheelbarrow? Maître Desagneaux, Anténor Desagneaux, der Bevollmächtigte Ihres Onkels...«

In seiner gespielten höflichen Beflissenheit fegt der Leutnant beinahe die Papiere des Einwanderungsoffiziers vom Tisch. Er entschuldigt sich. Maître Desagneaux nimmt den Einwanderungsoffizier beiseite und spricht mit ihm.

»Alles ist geregelt, Leutnant, wir können gehen.«

Earl Wheelbarrow fühlt einen Arm sich vertraulich wie eine Schlange um seine Schulter legen und eine Hand seinen linken Deltamuskel drücken. Er erschauert vor Schreck, lächelt und läßt sich, an die Schulter von Maître Desagneaux gedrückt, fortziehen.

Bei strömendem Regen erklommen die Pferde die steilen Hänge der Berge um Saint-Marc. Sogar für den Eingeweihten galt der Leutnant als Archäologe, der auf vorkolumbianische Altertümer versessen war. Kaum an Land, hatte er nur die eine Idee, Gebirgsausläufer zu ersteigen, die vor ihm aufragten. Der Vorwand archäologischer Forschungen hatte gegen jede Verdächtigung Wunder gewirkt, sogar bei dem alten Bevollmächtigten seines Onkels, Maître Anténor Desagneaux. In dieser kleinen Stadt, einem richtigen Provinznest, klapperten unaufhörlich die Holzjalousien, als der Leutnant vorbeikam. Nur das Kirchweihfest hatte eine Zeitlang davon abgelenkt. Man hatte ständig alle Bewegungen des Weißen verfolgt, und seine Eile, trotz aller guten Ratschläge auf die Berge zu klettern, hatte Aufsehen erregt und von bestem Wissenschaftlergeist gezeugt. Tatsächlich war in diesen Zeiten die unerschrockene Besteigung des als wenig sicher geltenden Gebirges, in dem es entfesselte Gebirgsströme und reißende Sturzbäche geben sollte, eine mutige Tat, vor allem, da man von schwärmenden Cacobanden unter dem Befehl eines unrühmlich bekannten Prahlhanses sprach, die auf den Höhen ihr Unwesen trieben und im Begriff waren, in die Stadt einzudringen. Eine solche Unerschrockenheit, wie die des Leutnants, war dazu angetan, Sympathie zu erwecken.

Der weiße Mann ging allein, nur von einem Führer begleitet, und mit drei schwerbepackten Maultieren. Zwischen herabstürzenden Wassermassen, mit am Körper klebenden Kleidern, die Augen krampfhaft auf die Abgründe gerichtet, so drangen sie vor. Sie mußten unter allen Umständen La Voûte erreichen. Diese Grotte sollte der beste Unterschlupf bei dieser Sintflut sein. Übrigens zeigte sich der Führer ziemlich unruhig. Er hatte Angst, einigen Cacos zu begegnen, die ihm üble Streiche spielen könnten, wenn sie ihn für einen Spion hielten: die Ohren abschneiden, mit der flachen Machete tüchtig durchbleuen oder wohlverschnürt in einer Schlucht liegenlassen. Sie trieben ihre Tiere aufs äußerste an und gelangten bald ans Ziel, trotz der gegenteiligen Bemühungen der Zweige und des Laubwerks, die sich mit dem Regen verbündet hatten.

Wheelbarrow schnarchte in der Grotte mit großem Getöse, das von dem Echo erwidert wurde. Der Führer war mitten in der Nacht trotz anhaltenden wütenden Regens fortgegangen. Er sagte, er wolle über Nacht lieber bei einem Bauern Zuflucht suchen, bevor er in die Stadt zurückkehre. Der Leutnant war etwas erregt von der wilden Bewegtheit dieser Grotte; sie war hoch wie eine gotische Kathedrale und mit Schlingpflanzen ausgekleidet, die allerorten von der Decke herabhingen wie Schlangen, die zu einem Vereinstreffen zusammengekommen sind. Der Leutnant schlief noch, als sich eine zierliche Gestalt mit vorsichtigen Schritten in die Grotte schlich und auf das Feldbett zutrat, auf dem Earl Wheelbarrow ruhte. Bei einem Rascheln öffnete er ein Auge, tat, als schliefe er ruhig weiter, eine Taschenlampe in der einen, den Browning in der anderen Hand. Die Gestalt war ganz nahe bei ihm, sie beugte sich über sein Lager...

Da erhob sich der Leutnant mit einem Satz und ließ den Strahl der Taschenlampe auf das Gesicht des Besuchers fallen. Die Gestalt stieß einen gellenden Schrei aus und fuhr zurück. Es war eine Frau mit ungleichmäßigem, rötlichem Gesicht und weichen Zügen, das von einer Kaskade schwarzen Haars wie von einem Heiligenschein umgeben war. Sie war hoch und gerade gewachsen wie der Stamm eines Blauholzbaums. Sie rollten auf dem Boden, sie wehrte sich verzweifelt, er hielt ihre Hände fest. Dreimal bekam der Leutnant, der ihre Hände wie in einem Schraubstock zusammenpreßte, die Oberhand, dreimal brachte sie ihn wieder zu Fall. Beim viertenmal schlug sein Kopf mit der Stirn auf. Betäubt, ließ er sie los. Sie entfloh. Der Leutnant folgte ihr mit den Augen, den Finger am Abzug des Brownings. Er schoß nicht.

Schweißbedeckt lag Leutnant Wheelbarrow den Rest der Nacht wach. Der anbrechende Morgen sah ihn, den Browning in der Hand, mit verstörten Augen vor einer Reihe geleerter Whiskyflaschen sitzen...

Einige Zeit später hatte sich der Leutnant in Bassin-Coquilleaux eingerichtet. Der kleine Landsitz am Berghang, den ihm sein Onkel hinterlassen hatte, lag dicht oberhalb der sieben runden, blauen Bergseen, die wie Menschenaugen zum Himmel blicken und sich wie Stufen einer geheimnisvollen Treppe aufbauen und bis auf die Hochebene hinführen, ein so uraltes Geheimnis, daß niemand sagen könnte, ob die Natur oder die Hand des Menschen diese Wunder an einem so wilden Ort geschaffen haben.

Die ersten Berührungen mit den Bauern waren enttäuschend gewesen. Beim erstenmal, als sich dem Leutnant ein Bauer genähert und ihm ein Stück Feuerstein entgegengehalten hatte, hatte ihn Wheelbarrow nur trocken gefragt: »Wieviel?«

Der Mann hatte nicht geantwortet, doch der Leutnant hatte den gereichten Stein genommen. Am selben Abend prasselte ein Hagel von Steinen auf das Haus des Leutnants. Sie kamen von allen Seiten, ja, sie schienen sogar vom Himmel zu fallen. Es dauerte mehrere Tage, bevor Earl sich von seiner Verblüffung erholt hatte. Die feindselige Haltung wurde allgemein, ohne daß er wußte, warum. Wenn er vorbeikam, wandten die Männer den Kopf zur Seite und spuckten aus. Die Frauen tuschelten einander, sobald sie ihn erblickten, Geschichten ins Ohr und brachen in schallendes, verächtliches Lachen aus. Sogar die Kinder folgten ihm bisweilen in sicherem Abstand und vollführten mit unschuldigster Miene auf alten Kochtöpfen einen Höllenspektakel, einen aufreizenden, rasenden Chalbarrique: »Seht den weißen Bôzô ...«

Nach einem tragödienhaften Gewissenskonflikt stieg Earl zu dem Weiler in der kleinen Talsenke hinunter, wo der Fluß sein tausendjähriges Lied singt, schäumend und weiß wie das Geröll, das er tosend mit sich führt. Er ging geradenwegs auf eine Hütte zu, vor der ein alter Mann döste und bat radebrechend um Feuer für seine Pfeife. Er wurde aufgefordert einzutreten und mußte einen Kaffee trinken, der ihm von jungen Mädchen gereicht wurde, die ihre Gabe mit einem Knicks anboten. Der Friede war allerdings erst hergestellt und die Steine hörten erst auf zu fliegen, als er allen Negern der Umgebung einen Besuch abgestattet, ihnen auf den Rücken geklopft hatte, sie ihrerseits ihm auf den Rücken geklopft und alle miteinander, das Wetter und die Ernteaussichten erörternd, getrunken hatten.

All das hatte den Leutnant in tiefes Nachdenken versetzt. In der Stadt, die er aufsuchte, um seine Besorgungen zu machen, wagte er mit niemandem darüber zu sprechen, nicht einmal mit Maître Anténor Desagneaux, der seine Post annahm. So hatten ihn also die Menschen dieser Berge zur Kapitulation gezwungen! Andererseits war er überrascht festzustellen, daß ihm das nicht mißfiel. Als ihm ein kleines Mädchen eines Tages an einem Wegrand einen Strauß Feldblumen überreichte, blieb es nicht mehr dabei, daß er nur Besuche abstattete, sondern er empfing auch Besuch. Die Bauern brachten ihm Feuersteinsplitter, vorkolumbianische Hakken, ganze Stücke Feuerstein, Früchte ... Er galt als verdrehter Sammler von Altertümern, und wenig hätte gefehlt, so hätte er unter ihren Laubengängen den Martinique, den Calinda oder den Mahi mitgetanzt, und die Leute hätten gar nicht bemerkt, daß er ein Weißer war, und hätten ihn als einen guten »gebürtig-eingeborenen« Neger betrachtet, einen guten farbigen Toma von Haiti. Sein Vorhaben behielt er für sich; bald würde er seine Grabungen beginnen, ohne daß der geringste Verdacht dadurch erweckt werden würde.

Vergebens hatte er die Leute nach einer Frau mit aprikosengelbem Teint und wildem schwarzem Haarschopf ausgefragt. Sie hatten ihn aufmerksam angesehen, aber nicht geantwortet.

Eines Abends nun glaubte Earl die Frau an der Uferböschung des dritten Sees gesehen zu haben. Er war überzeugt, daß sie es war, er hätte die Hand dafür ins Feuer gelegt. Sie saß mit den Füßen im Wasser und strähnte ihr Haar mit einem glitzernden Kamm, wobei sie in einem seltsamen Rhythmus sang, den er in der Gegend nie zuvor gehört hatte. Earl rannte wie ein Irrsinniger den Abhang hinunter. Als er auf einige Schritte herangekommen war, wandte die Frau sich um, erhob sich und brach in Lachen aus, ein tolles, kaskadenhaftes Lachen. Sie begann im Mondlicht zu laufen, und ihr Lachen sprang über die Felder wie das Meckern einer glücklichen Ziege. Dann verschwand sie in den Büschen.

Als der Leutnant in seine Hütte zurückkehrte, in der schon die Moskitos surrten, legte er sich nieder. Bald darauf wurde er von Fieber befallen, einem kalten Fieber, das seinen Körper mit klebrigem Schweiß bedeckte... Tagelang blieb der Leutnant zu Hause, von Fieberschauern geschüttelt, eine Unzahl Chinintabletten schluckend und eine Menge Whisky, die einen Ochsen umgeworfen hätten. Eines Abends, als er, mitgenommen von seinen Wachträumen, von Fieber und Alkohol, fluchend und mit seinem Schicksal hadernd, halbnackt auf seinem Lager saß, traten zwei Besucher ein. Von plötzlichem Schrecken gepackt, richtete der Kranke sich auf und brüllte wie ein Stier. Die Besucher flüchteten. Die seltsamsten Gerüchte begannen über den Weißen umzulaufen, der an den Seen lebte. Man erzählte, er sei ein Abgesandter des Teufels, und man habe ihn in seiner Hütte überrascht, als er splitternackt einen Satanskult mit den Geistern der Unterwelt zelebrierte, wobei er in seltsamen Worten fluchte und brüllte wie ein Wahnsinniger. Man machte einen Bogen um ihn, und niemand wagte mehr, ihn aufzusuchen.

Als er sich besser fühlte, ging er aus. Die Leute wandten sich ab, wenn er vorbeikam. Er wollte Besuche machen, aber er traf niemals jemanden an. Noch schwach, die Sinne vom Fieber getrübt, war Earl sich im klaren, daß er rasch handeln mußte, wenn er seinen Schatz heben wollte. Das Klima in diesen Bergen war für ihn mörderisch. Es war ihm Gewißheit geworden, daß der Schatz unterhalb des letzten Sees lag, dort, wo er die geheimnisvolle Frau wiedergesehen hatte. Das stimmte übrigens auch mit den von seinem Onkel hinterlassenen Aufzeichnungen überein, die sich auf eine alte, unter den Papieren eines ehemaligen französischen Kolonisten gefundene Skizze stützten. Abgezehrt, nur noch ein Schatten seiner selbst, war Earl Wheelbarrow nun eine Beute seltsamer Wunschbilder, träumte von spanischen Golddublonen, von wilden Tieren und einer wunderbar schönen Frau, die wie toll lachte.

Eines Nachts begann der Leutnant zu graben. Er hatte eine stockdunkle Nacht gewählt, die heiß und klebrig war wie eine Calalou-djon-djon-Suppe. Nach mehrstündiger Arbeit beim Licht einer Taschenlampe hatte er eine wenigstens drei Meter tiefe Grube ausgehoben. Wasser quoll hervor. Es war eine unterirdische Ader mit kristallklarem Wasser, die aufgebrochen war. Das Wasser füllte allmählich die Grube. Seine Nerven waren durch die Ermüdung gereizt, zu dem wütenden Ärger gesellte sich eine bedrängende Angst. Earl zögerte einen Augenblick, dann griff er von neuem zur Spitzhacke und schuf einen Abfluß, um das Wasser aus der Grube abzuleiten. Nach zwei Stunden erschöpfender Arbeit im Wasser, das ihm schon an den Gürtel reichte, war die Grube entleert. Aus der Öffnung kam das Wasser nur noch in unregelmäßigen Stößen, dann versiegte es plötzlich ganz. Earl begann wieder zu graben. Als er mit großer Mühe eine Steinlage überwunden hatte, traf die Spitzhacke auf bröckligen Tuffstein. Er legte die Hacke beiseite, nahm die Schaufel und grub ohne Pause mit schweißgebadetem Körper.

Plötzlich wandte sich der Leutnant um und blieb schreckensstarr wie angewurzelt stehen. In der Grube lag eine riesige Schlange! Lautes Lachen ertönte über ihm. Er blickte auf. Da stand die Frau und beobachtete ihn, dieselbe Frau, die er in der Grotte überrascht und später an dem dritten See mit dem blauen Wasser wiedergesehen hatte. Er richtete seine Taschenlampe auf sie. Sie rührte sich nicht. Sie stand aufrecht wie eine Statue aus der Frühzeit, hieratisch, im Glanz einer natürlichen Schönheit, in einem einfachen, um die Hüfte geschlungenen Lendenschurz.

»Du bist sehr kühn, an die Vien-Vien-Berge zu rühren«, sagte sie, und ihre Worte waren wie langsam fallende Tropfen.

»Du bist sehr kühn«, wiederholte sie nach einer Pause.

»Sehr kühn«, sagte sie ein letztes Mal.

Sie war verschwunden. Die Schlange, die eben noch in der Grube gewesen war, gleichfalls. Wütend erkletterte Earl die Wände des tiefen Grabens. Die erste Morgenröte erhellte jetzt den Himmel und entzündete im Osten Wunder von Rosenrot und Orange. Der Leutnant entkleidete sich rasch und tauchte in das nahe Wasser des letzten Sees, um wieder zu sich zu kommen. Er war jetzt ganz wach. Alsbald stieg er aus dem Wasser und rannte wie ein Verrückter zu seiner Hütte. Er raffte einige vorkolumbianische Hacken zusammen und alle Tongefäße, die er bisher gesammelt hatte. War er das Opfer eines dieser seltsamen Trugbilder geworden, die dieses Land barg, dessen Boden sogar noch zauberkräftig zu sein schien? Ihm war, als hörte er noch aus der Ferne die Stimme der Frau rufen: »Viens! Viens!«

Nach drei Tagen mörderischen Fiebers ging es Wheelbarrow besser. Sobald er aufstehen konnte, zerriß er sämtliche Briefe von Rosasharn, Dorothy und Eleanor, die er erhalten hatte, desgleichen seine Ausweispapiere, mit einem Wort alles, was ihn an Chattanooga und die Republik des Sternbanners band.

Er wollte diese Frau haben, und sei es um den Preis des Lebens!

Er überlegte lange. Dann erinnerte er sich, daß er von dem Marschall Célomme gehört hatte, einem ehemaligen Sektionschef der Landpolizei, einem Patriarchen und Papaloa ohne Tadel, der noch weiter oben in den Bergen, in der Gegend von Gouyaviers lebte. Kein Mysterium des Menschenherzens, kein Mysterium des liliengleichen Körpers der Unsichtbaren war dem Marschall Célomme verborgen, so sagten die Bauern. Er hatte die »Gabe der Augen«, die Sehergabe. Er wußte sogar, was »nur das Messer weiß, das in das Herz der Jamswurzel eindringt«, so sagte man. Das Leben ist eine Jamswurzel... Wheelbarrow entschloß sich also, den Bergpfad hinaufzusteigen, der sich unermüdlich um die Gipfel windet, um bei dem Hohenpriester, dem Diener des Himmels und der Elohim, Rat einzuholen.

Ich erinnere mich an den Marschall Célomme bis auf den Ton seiner Stimme, als er mir diese Geschichte erzählte. Der Alte hat mir in der Tat so oft seine Begegnung mit Leutnant Wheelbarrow beschrieben, daß seine Worte sich mir tief ins Gedächtnis eingegraben haben. Ich glaube nicht, daß der alte Weise die Tatsachen ausgeschmückt hat, denn er war nicht nur unfähig zu lügen, sondern er hat auch später nicht die geringste Einzelheit anders dargestellt. Ich bin schon oft Papaloas begegnet, die die strengen Bräuche ihrer verehrungswürdigen Religion achteten, ich habe mich mitunter sogar lange mit ehrenwerten Priestern unterhalten, die mit brennendem Glaubenseifer dem Voodoo und den Elohim ihrer Väter dienten, doch nie habe ich einen aufrechteren, reineren, menschlicheren und uneigennützigeren Menschen gekannt als den Marschall Célomme, und das trotz seiner Leichtgläubigkeit und Unwissenheit. Er hat mir seine Begegnung mit Leutnant Wheelbarrow so geschildert, wie ich sie im folgenden wiedergebe.

Als Earl in Gouyaviers ankam, deren Gipfel die Bassin-Coquilleaux und die ganze Umgebung überragen, stieg er von seinem erschöpften Maultier und erkundigte sich nach der Wohnung des Papaloa. Marschall Célomme erwartete ihn vor der Tür des Heiligtums. Als Earl auf ihn zutrat, begrüßte er ihn mit den Worten: »Ich habe dich erwartet, mein Sohn.«

Sie verneigten sich. Der Leutnant reichte ihm die Hand und sagte, er komme, um das Geheimnis eines aprikosengelben Mädchens zu erfahren, das in den Mondnächten in den blauen Seen umgehe. Der Papaloa ließ ihn in den Badgiraum eintreten, über dessen goldgelbem Strohdach der große Flaschenbaum seine Früchte, grüne, warzige Hängebrüste, schaukelte. Es war ein unvergeßliches Erlebnis, zu sehen, wie der Marschall Célomme sich der Kräfte bediente, die der höchste Grad der Vaudouweihe verleiht, der Kraft des Schauens. Nach einem kurzen Gebet vor dem Badgi nahm Marschall Célomme feierlich das »Auge des Himmels« in seine Hand, eine kleine indianische Hacke aus blauem Stein, Unterpfand des Verschmelzungsprozesses von entlaufenen Negersklaven und Zambos mit den unabhängigen Indianern des großen Kaziken Henri. Marschall Célomme nahm eine Handvoll Asche und ließ sie langsam durch die welken Finger rieseln.

»Wer an den Schatz der Berge zu rühren wagt, der wird sterben ... Aber der Mensch kann des Schatzes des Lebens teilhaftig werden ... Ich sehe eine rote Frau, die schöne Herrin der Gewässer ... sie ruft dich ... Gehe hin zu ihr ohne Furcht und ohne Hast, es ist der Schatz deines Lebens, der dich erwartet ... Jedes Goldstück kostet einen Tropfen Blut ...«

»Ich trachte nicht mehr nach dem Schatz der Berge«, sprach der

Leutnant mit Festigkeit.

»Liebst du dieses Land und die Menschen dieser Erde? Willst du dich ihnen weihen, alles opfern?«

»Ich kenne nur noch dieses Land und die Menschen dieser Erde«, versicherte der Leutnant.

»Wohlan, wenn dein Herz keine Furcht kennt, wenn dein Blut rein ist wie der Tau, deine Seele heiter wie die Augen eines Kindes, so schreite über die Schwelle des Tores. Wenn nicht, so versuche nicht die Götter dieser Erde... Verfolge deinen Weg, und rasch!«

Was sich danach noch in dem Hounfort des Marschalls Célomme zugetragen hat, habe ich nie erfahren können. In diesem Punkt ist der Alte immer verschwiegen gewesen. Auch das Manuskript des Leutnants schweigt darüber. Wahrscheinlich wird es nie jemand erfahren. Als einziges weiß ich, daß Leutnant Wheelbarrow an einem mondhellen Abend der Frau begegnet ist. Frau oder Wassernymphe, Sirene oder Meerjungfer, Vien-Vien oder Göttin, jedenfalls hat er sie gesehen. Wir benennen die Dinge nach unserem Herzen, und alles ist wirklich, wenn wir den Schlüssel dazu besitzen. Seitdem war Leutnant Wheelbarrow verzaubert, und seine Augen konnten sehen, was ihm in seinen Fieberträumen erschienen war. Jeder hat seine Mühsal auf Erden zu tragen, der Gläubige so gut wie der Ungläubige; die einen berichten nur über die Wunder des Lebens, die anderen suchen sie zu erklären.

Die blauen Seen flimmerten, glänzten wie Spiegel. Die strahlende Schönheit, die der unvergängliche Glanz stets der haitianischen Erde verleiht, hatte für Earl Wheelbarrow keine Geheimnisse mehr. Er hatte sich von seinen Schlacken befreit, der alte Mensch in ihm war gestorben, und mit ihm der alte Mißmut und Müll... Sie erwartete ihn am Ufer des Sees. Sie war ein zierliches Geschöpf, dessen Formen und Gesichtszüge trotz des offenbaren Einschlages hamitischen Blutes überwiegend indianisch waren. Sie wartete reglos auf ihn.

»Viens! Viens!« sagte sie zu ihm.

Er näherte sich ihr.

»Ich bin die Wächterin dieser Berge und Seen«, sagte sie. »Sieh meine grünen Herden, wie sie sich drängen, so weit das Auge reicht, sieh meine blauen Seen, wie sie sich aufbauen bis zu dem größten See, dem Himmelszelt... Sie schlafen ruhig mit allen meinen Schätzen. Die Stunde ist für die Menschen dieser Erde noch nicht gekommen, sich der verborgenen Schätze zu bemächtigen ... Ich habe dich erwartet!«

Er trat ganz dicht an sie heran. Sie streckte ihm die Hände entgegen. Er nahm sie.

»Die Erde wird sich eines Tages auftun, um ihre Schätze allen Söhnen dieser Erde zu geben. Heute muß man über sie wachen. Willst du mir helfen, sie zu hüten? Wenn du die Geheimnisse der Erde verrätst, dann wird die Erde dich rascher verschlingen, als du den Gedanken daran zu fassen vermagst.«

»Die Erde wird mich verschlingen«, wiederholte Earl Wheelbarrow.

»Um die Erde zu besitzen, um an der Bewachung ihrer Schätze teilzuhaben, mußt du mich im Kampf besiegen. Bist du imstande, meinen Rücken auf den Boden zu zwingen?«

Er ergriff sie, und der Kampf begann. Sie rangen im Mondschein an den Ufern der Seen, sie rangen auf dem feuchten Rasen, sie rangen auf der kühlen Erde, sie rangen im Wasser. Im letzten See geschah es, daß sie sich umschlangen.

Später hat niemand den Leutnant Wheelbarrow wieder in seiner Hütte von Bassin-Coquilleaux gesehen.

Sein Manuskript ist recht lückenhaft, recht dunkel, doch er spricht darin in einem so freudigen und erfüllten Ton, daß er wohl das Glück gefunden hat. Wenn die Bruchstücke seines Tagebuches, die mir zugefallen sind, das Werk eines Wahnsinnigen sind, so möchte ich glauben, daß dieses Glück, das wir alle suchen, sich nicht allzusehr vom Wahnsinn unterscheidet. Vielleicht sind diese Aufzeichnungen etwas unzusammenhängend, aber ich mißtraue einer allzu kühlen und vernünftelnden Vernunft.

»Wenn sie eine Guajave essen möchte«, schrieb Leutnant Wheelbarrow, »so fühle ich den frischen, säuerlichen Geruch Saft durch meine Kehle rinnen. Sie bedarf keiner Worte. Unsere Augen begegnen sich, unsere Hände fassen einander, und wir stürmen durch das Land.«

Es scheint, daß sie ruhelos waren und jede Nacht in die Berge wanderten. Earl schrieb in seinem Tagebuch: »Ich habe mich bei einem Sturz in eine tiefe Schlucht verletzt. Sie hat mich aufgehoben und in die Grotte getragen. Ich habe mir die halbe Wade aufgerissen, doch ich habe keine Schmerzen. Sie sammelt frischen Tau und wäscht damit die Wunde aus, das ist alles. Sie pflegt mich, und wenn sie einmal an meinen Augen nur eine Spur von Schmerz wahrnimmt, dann legt sie einfach ihre Lippen auf meine Wunde, und der Schmerz weicht sofort.«

Earl Wheelbarrow hatte wohl einen Grad menschlicher Erkenntnis erreicht, die ihn befähigte, an jedem Atemzug, an jeder Schwingung lebender Substanz teilzunehmen. Er notiert: »Gestern sagte sie zu mir, sie wolle mich lehren, wie die Blumen zu lachen. Stundenlang hat sie meine Bemühungen geleitet. Danach empfand ich einen tiefen Frieden, und unsere Körper verschmolzen miteinander.«

Weiter berichtet er: »Jetzt kann ich mehrere Minuten unter Wasser bleiben. Rings um uns ist ein Gewimmel von Fischen, sie kommen heran, sehen uns an, streifen uns und schwimmen mit langsamen Bewegungen wieder fort... Es gelingt mir nicht, sie dazu zu bringen, sich in meiner Hand zu bergen wie bei ihr.«

Dann: »Gestern abend war es kalt. Ich fror. Da gab sie mir ein Zeichen. Ich glitt, ihrem Beispiel folgend, in den engen Spalt der Grotte, die fast senkrecht in die Tiefe führt. Vielleicht eine Stunde drangen wir in das Herz der Erde vor. Als wir an eine Stelle gelangten, an der sich der Spalt erweiterte, blieben wir stehen und bargen uns in einer Nische. Hier herrschte eine milde Wärme. Ich fühlte an meinem Körper die Schwingungen des strahlenden Lebens der Tiefe und das Beben der großen warmen Quellen, die unter dem lebendigen Leib der Erde tanzen. Um uns flog eine Art goldgelber Mücken. Ich habe sie genommen, und wir haben geschlafen... Wir stiegen herauf, als es Tag wurde.«

Wenn man dem Manuskript Glauben schenken darf, so ist das Leben bei dem Volk der Vien-Viens ein brüderliches Leben.

»Das Leben in den Bergen ist mitunter hart, und es kommt vor, daß wir Hunger leiden. Wenn ich eine Frucht, eine bittersüße Wurzel, einen Zuckerrohrstengel heimgebracht habe, so will sie nicht davon essen, wenn ich nicht abwechselnd mit ihr davon abbeiße. Dann haben ihre Augen den schönsten Ausdruck von Liebe, den ich je gesehen habe.«

Nie war ein Bund inniger als der Earl Wheelbarrows mit der Überlebenden des sanften Volks der Xemez. Ich habe in den Blättern gelesen: »Kürzlich schweifte mein Geist nur wenige Sekunden in die Ferne. Sie wußte es sofort. Da nahm sie den Singvogel in die Hand, der bei uns lebt, und schloß meine Finger über diesem lebenden Federball. In diesem Augenblick fühlte ich den ganzen Strom ihrer Liebe in mich überfließen, einer Liebe, die groß ist wie das Leben selbst.«

In einem anderen Fragment entziffere ich: »Sie nimmt meine Hände, legt den Kopf an meine Brust und verharrt so lange Stunden, um mein Herz schlagen zu hören. Ich bin ganz mit ihr verschmolzen. Oft spielen wir: Sie ist der Wasserfall, und ich bade unter dem wilden Sturz ihres blauschwarzen Haars.«

Earl Wheelbarrow war noch jung, und doch bedrückte ihn der Ablauf der unablässig fliehenden Zeit. Ich erkenne diese Sätze: »Ich habe nicht den Eindruck, zu altern oder mich zu verbrauchen, ich habe das Gefühl, daß ich eines fernen Tages verlöschen werde wie eine Kerze. Möge dieser Tag so fern wie möglich sein, denn sie kann nicht weinen. Sie würde sich an meine Hülle klammern und mich umschlungen halten, bis der Tod sie selbst wegrafft. Sie würde vor Hunger und Erschöpfung sterben, aber nicht mich loslassen. So taten es einst, erklärte sie mir, die Frauen des großen Kaziken, die ihren Lebensgefährten ins Grab begleiteten.«

Vielleicht hat der verzauberte Leutnant alle Geheimnisse der Xemez kennengelernt, alle die Geheimnisse, die wir sehnlichst zu erfahren wünschen. Jedenfalls hat es den Anschein, daß er mehrmals mit anderen Vien-Viens in Berührung gekommen ist. Er berichtet darüber: »Ich habe den großen roten Xemezgott gesehen, der in der riesigen unterirdischen Höhle ist. Sie hat mir von der großen Samba der Xemez erzählt und hat mich die Worte der großen alten Areytos gelehrt.«

Es ist mir gelungen, in dem alten abgenutzten und zerrissenen Dokument, dessen Schriftzüge oft von den großen Regengüssen verwaschen und von der Sonnenhitze gebleicht sind, weiter zu entziffern: »Mit der Regenzeit kommen die großen Sambafeiern. Wir blasen in drei verschiedenen Tönen in die großen Lambimuscheln, und unsere Brüder und Schwestern antworten uns hier und dort von fern. Dann kommen wir zusammen, und wir singen und tanzen bis zum Ende der Regenzeit. Die Musik macht aus mir ein armseliges und zerrissenes Ding, doch sogar meine Zerrissenheit ist melodisch und gehört dazu.«

Das ist alles, was ich über das Leben des verzauberten Leutnants zu sagen weiß, von der strengen Poesie, der seltsamen Liebe, die ihn in den rauhen, rötlichen Bergen von Saint-Marc wie ein bengalisches Feuer aufflammen ließ. Wie ein Elf lief er jede Nacht, trunken vom Glanz der Berge, lief mit seiner Gefährtin über die grünende Erde, dem Winde entgegen, durch die kühlende Flut der Gewässer. Tagsüber lebte er in den Grotten, in denen die von dem Kaziken des Goldenen Hauses, dem schrecklichen Coanabo, aufgehäuften Schätze ruhen. Er kannte alle alten Zauberformeln, alle Lieder, alle Tänze der großen Königin Anacaona, der Goldenen Blume, dieselben Lieder und Tänze, die die Herrinnen der Gewässer und die Herrinnen der Berge noch heute in hellen Nächten singen und tanzen.

Manche Leute behaupten, diese Vien-Viens, die letzten Nachkommen der Xemez von Haiti, Schutzwächter der Reichtümer von morgen, die unerreichbar auf den schroffen, unzugänglichen Gebirgshöhen leben, gebe es nicht. Nun, wohl bekomm's ihnen! Ich kann dazu nur so viel sagen, daß der Leutnant Wheelbarrow in seinem Manuskript versichert hat, er habe das Leben der letzten Vien-Viens gelebt. Ich habe keine Ursache, daran zu zweifeln. Whisky oder Wahnsinn scheinen mir keine stichhaltigen Einwände zu sein, wenn man sein erschütterndes Zeugnis gelesen hat.

Mein Freund, der Marschall Célomme, hat mir schließlich noch erzählt, daß der Leutnant eines Nachts, damals, als die erbitterten Kämpfe zwischen bewaffneten Patrioten, den Cacos des Charlemagne Péralte, und den Truppen der amerikanischen Eindringlinge im Gange waren, von amerikanischen Marineeinheiten gefangengenommen wurde. Mehrere alte Bauern aus der Gegend der Bassin-Coquilleaux haben mir erzählt, daß sie den Leutnant gefesselt und an seine Gefährtin gebunden gesehen haben, daß er abgeurteilt und wegen Hochverrats und Zusammenarbeit mit dem Feind auf der Stelle erschossen wurde. Die beiden Leichname wurden von den Bauern geborgen und ehrfurchtsvoll in dem kleinen Grab bestattet, das neben der Grotte La Voûte verwittert.

Sie sind tot, und doch sehen die Leute dieser Gegend noch immer, wie sie sagen, eine »Herrin des Wassers« in mondhellen Nächten unermüdlich die schwarze Seide ihres ungebärdigen Haares kämmen, am Ufer der blauen Seen, die stufenweise das Gebirge erklimmen. Vielleicht haben der Leutnant Wheelbarrow und seine Gefährtin Kinder hinterlassen? Jedenfalls ist es eine schöne Sache für ein Volk, seine Legenden lebendig zu erhalten.

Isabel Allende
Eine Rache

An jenem strahlenden Mittag, als Dulce Rosa Orellano mit dem Jasminkranz zur Karnevalskönigin gekrönt wurde, erhob sich ein Murren unter den Müttern der anderen Kandidatinnen über die ungerechte Auszeichnung der einzigen Tochter des Senators Anselmo Orellano. Niemand in der ganzen Provinz war mächtiger als er. Sie räumten ein, das Mädchen sei anmutig, spiele Klavier und tanze wie keine andere, es habe jedoch schönere Anwärterinnen auf den Preis gegeben. Sie sahen sie in ihrem Organdykleid auf der Empore stehen, wie sie, die Blütenkrone im Haar, der Menge zuwinkte, und verfluchten sie mit zusammengebissenen Zähnen. Darum freuten sich einige unter ihnen, als Monate später das Unglück ins Haus Orellano einzog und so viel Unheil säte, daß es dreißig Jahre brauchte, um die Ernte einzubringen. Am Abend der Königinwahl gab es einen Ball im Rathaus von Santa Teresa, und die jungen Leute aus anderen Dörfern kamen herbei, um Dulce Rosa kennenzulernen. Sie war so fröhlich und tanzte so schnell, daß viele nicht bemerkten, daß sie tatsächlich nicht die Schönste war, und daher berichteten sie nach ihrer Heimkehr auch, noch nie ein Gesicht wie das ihre gesehen zu haben. Die überschwengliche Beschreibung ihrer durchscheinenden Haut und ihrer hellen Augen ging von Mund zu Mund, und jeder phantasierte noch etwas dazu. Dichter aus fernen Städten verfaßten Sonette auf eine Traumjungfrau mit dem Namen Dulce Rosa. Das Gerücht von dieser Schönheit, die im Haus Senator Orellanos heranwuchs, gelangte auch zu Ohren von Tadeo Céspedes, der allerdings nicht auf den Gedanken kam, sie je kennenzulernen, da er in den fünfundzwanzig Jahren seines Lebens keine Zeit gehabt hatte, sich Gedichte zu merken noch Frauen anzuschauen. Er war ausschließlich mit dem Bürgerkrieg beschäftigt. Seitdem er begonnen hatte, sich den Bart zu rasieren, lief er mit einer Waffe in der Hand umher und lebte nun schon seit geraumer Zeit im Pulverdampf. Er hatte die Küsse seiner Mutter vergessen und auch die Messegesänge. Nicht immer gab es Gelegenheit zum Kampf, denn in den Perioden des Waffenstillstands war zuweilen kein Gegner für seinen Haufen in greifbarer Nähe, doch selbst in Zeiten des erzwungenen Friedens lebte er wie ein Korsar. Er war Gewalt gewohnt. Er zog kreuz und quer durchs Land, kämpfte gegen sichtbare Feinde, wenn es sie gab, und gegen Schatten, wenn er sie erfinden mußte, und hätte so weitergemacht, wenn nicht seine Partei die Präsidentschaftswahlen gewonnen hätte. Über Nacht stieg er aus dem Untergrund auf, um die Macht zu übernehmen. So gab es keinen Vorwand zum Aufruhr mehr. Die letzte Mission von Tadeo Céspedes war die Strafexpedition nach Santa Teresa. Mit hundertzwanzig Mann drang er nachts in das Dorf ein, um die Bewohner aufzuschrecken und die Führer der Opposition auszuschalten. Sie schossen in die Fenster der öffentlichen Gebäude, zerstörten die Tür der Kirche und ritten bis vor den Altar, über Pater Clemente hinweg, der sich ihnen in den Weg stellte. Sie zündeten die vom Damenkomitee auf der Plaza gepflanzten Bäume an und ritten im Galopp und mit Kriegsgetöse auf die Villa des Senators Orellano zu, die sich stolz auf dem Hügel erhob.

An der Spitze eines Grüppchens treuer Dienstboten wartete der Senator auf Tadeo Céspedes, nachdem er die Tochter im letzten Zimmer zum Hof eingeschlossen und die Hunde losgelassen hatte. Er bedauerte in diesem Moment, wie schon so oft in seinem Leben, keine männlichen Nachfolger zu haben, die ihm hätten helfen können, mit der Waffe in der Hand die Ehre seines Hauses zu verteidigen. Er fühlte sich alt, hatte aber keine Zeit, darüber nachzudenken, da er hangaufwärts den schrecklichen Glanz von hundertzwanzig Fackeln die Nacht vertreiben sah. Schweigend verteilte er die letzte Munition, alles war gesagt und jeder wußte, daß er vor Morgengrauen wie ein Mannsbild auf seinem Posten zu sterben hatte.

»Der letzte nimmt die Schlüssel des Zimmers und erfüllt seine Pflicht«, sagte der Senator, als er die ersten Schüsse hörte.

All diese Männer kannten Dulce Rosa seit ihrer Geburt und hatten sie auf den Knien geschaukelt, als sie noch kaum gehen konnte, sie hatten ihr an den Winterabenden Geistergeschichten erzählt, hatten sie Klavierspielen gehört und ihr mit Tränen der Rührung Beifall gespendet an dem Tag, an dem sie zur Karnevalskönigin gekrönt wurde. Ihr Vater konnte ruhig sterben, denn lebend würde das Mädchen niemals in die Hände von Tadeo Céspedes fallen. Nur eines hatte der Senator nie erwogen: daß er trotz seines Wagemuts, mit dem er den Nahkampf suchte, als letzter sterben könnte. Einen nach dem anderen sah er seine zehn Freunde fallen und begriff zuletzt, daß es sinnlos war, weiter

Widerstand zu leisten. Er hatte eine Kugel im Bauch und einen verlorenen Blick. Kaum konnte er die Schatten unterscheiden, die über die hohen Mauern seines Anwesens kletterten, doch sein Verstand ließ ihn nicht im Stich, und so schleppte er sich bis zum dritten Innenhof. Die Hunde erkannten ihn trotz des Dunstes von Schweiß, Blut und Trauer, der ihn umgab, und wichen zur Seite, um ihn durchzulassen. Er steckte den Schlüssel ins Schloß, öffnete die schwere Tür und sah durch den Nebel, der über seine Augen gefallen war, Dulce Rosa auf ihn warten. Sie hatte dasselbe Organdykleid an, das sie bei dem Karnevalsfest getragen hatte, und ihr Haar war mit den Blumen des Kranzes geschmückt.

»Die Stunde ist gekommen, mein Kind«, sagte er und entsicherte die Waffe, während sich zu seinen Füßen eine Blutlache bildete.

»Töten Sie mich nicht, Vater«, entgegnete sie mit fester Stimme. »Lassen Sie mich leben, damit ich Sie und mich rächen kann.«

Senator Anselmo Orellano schaute auf das fünfzehnjährige Gesicht seiner Tochter und malte sich aus, was Tadeo Céspedes mit ihr anstellen würde, doch da sah er in den durchsichtigen Augen von Dulce Rosa auch eine große Kraft, und er begriff, daß sie überleben konnte, um den Henker zu bestrafen. Das Mädchen setzte sich auf das Bett, er hockte sich neben sie und zielte auf die Tür. Als das Jaulen der sterbenden Hunde verstummt war, gab das Schloß nach, der Riegel sprang auf und die Männer platzten in das Zimmer. Der Senator konnte noch sechs Schüsse abgeben, bevor er das Bewußtsein verlor. Tadeo Céspedes glaubte zu träumen, als er einen jasminbekränzten Engel sah, der einen sterbenden alten Mann in den Armen hielt, dessen Blut auf das weiße Kleid tropfte. Doch sein Erbarmen reichte nicht für einen zweiten Blick, denn er war trunken vor Gewalt und gereizt nach mehreren Stunden Kampf.

»Die Frau ist für mich«, sagte er, bevor seine Männer Hand an sie legen konnten.

Ein bleierner Freitag brach an, gefärbt noch von dem Glanz der Feuersbrunst. Das Schweigen lastete auf dem Hügel, als auch die letzten Klagelaute verstummt waren und Dulce Rosa sich aufrichten und bis zum Brunnen im Garten gehen konnte, am Tag zuvor noch von Magnolien umgeben und jetzt nur noch eine aufgewühlte Pfütze inmitten des Schutts. Vom Kleid hingen lediglich einige Organdyfetzen herunter, die sie langsam abstreifte, bis sie nackt war. Sie tauchte in das kalte Wasser. Die Sonne ging zwischen den

Birken auf, und sie konnte sehen, wie sich das Wasser rosig färbte, als sie das frische Blut zwischen den Beinen abwusch und das des Vaters, das in ihrem Haar getrocknet war. Als sie dann sauber, gefaßt und tränenlos war, ging sie zurück zum Haus, das in Trümmern lag, holte etwas, um sich zu bedecken, nahm ein festes Leinentuch und machte sich auf den Weg, die Reste des Senators zu suchen. Sie hatten ihn an den Füßen gebunden und im Galopp über die Hänge geschleift, bis von ihm nur ein klägliches Bündel übriggeblieben war, das seine Tochter, von Liebe geleitet, ohne zu zögern erkannte. Sie hüllte ihn in das Tuch, setzte sich neben ihn und sah zu, wie der Tag heller wurde. So fanden sie die Nachbarn aus Santa Teresa, als sie den Mut aufgebracht hatten, zum Landhaus der Orellanos hochzusteigen. Sie halfen dem Mädchen, ihre Toten zu begraben und die Reste des Brandes zu löschen und baten sie inständig, doch zu ihrer Patin in ein anderes Dorf zu ziehen, wo niemand ihre Geschichte kannte. Sie lehnte das ab. Also bildeten sie Hilfstrupps, um das Haus wieder aufzubauen und schenkten ihr sechs Hunde zu ihrem Schutz.

Von dem Augenblick an, als man ihren noch lebenden Vater wegschleifte, Tadeo Céspedes die Tür hinter seinem Rücken schloß und den rohledernen Gürtel öffnete, lebte Dulce Rosa, um sich zu rächen. In den dreißig folgenden Jahren hielt sie dieser Gedanke in den Nächten wach und erfüllte ihre Tage, vertrieb jedoch ihr Lachen nicht ganz, noch verdorrte ihre Gutwilligkeit. Der Ruhm ihrer Schönheit wuchs, denn die Bänkelsänger fuhren weiter durchs Land und kündeten von ihren imaginären Reizen, bis sie zur lebenden Legende wurde. Jeden Tag stand sie früh um vier auf, um die Land- und Hausarbeit zu leiten und über ihren Besitz zu reiten, sie kaufte und verkaufte mit syrischem Händlergeschick, zog Zuchtvieh auf und pflegte die Magnolien und den Jasmin in ihrem Garten. Wenn es Abend wurde, legte sie die Lederhosen, die Stiefel und Waffen ab und streifte die zarten Kleider über, die ihr in duftenden Truhen aus der Hauptstadt geschickt wurden. Bei anbrechender Dunkelheit trafen die ersten Gäste ein und hörten sie Klavier spielen, während die Dienstmädchen Platten mit Gebäck und Gläser mit Mandelmilch herrichteten. Da im Haus der Orellanos häufig gefeiert wurde, hörten die Leute mit der Zeit auf, von der Tragödie zu sprechen, und die Erinnerung an den ermordeten Senator verblaßte. Viele hatten sich gefragt, wie es möglich sein konnte, daß das Mädchen nicht in einer Zwangsjacke im Sanatorium oder als Novizin bei den Karmeliterinnen gelandet war. Einige Herren von Rang und Besitz setzten sich über das Stigma der Vergewaltigung hinweg. Angelockt von Dulce Rosas sprichwörtlicher Schönheit und Vernunft, boten sie ihr die Ehe an, doch sie lehnte einen nach dem anderen ab, denn ihre Aufgabe auf dieser Welt hieß Rache.

Auch Tadeo Céspedes konnte sie nicht aus seinem Gedächtnis verbannen. Der Nachgeschmack des Gemetzels und die Euphorie der Vergewaltigung verloren sich nach wenigen Stunden, als er auf dem Weg in die Hauptstadt war, um dort über die Strafexpedition Rechenschaft abzulegen. Das Bild des jasminbekränzten Mädchens im Ballkleid kam ihm in den Sinn. Sie hatte ihn stumm ertragen in jenem dunklen Raum, der von Pulverschwaden durchdrungen war. Er sah sie nochmals vor sich, im letzten Augenblick, wie sie auf dem Boden niedergestreckt lag, schlecht bedeckt von ihren geröteten Lumpen und eingetaucht in den barmherzigen Schlaf der Ohnmacht. So sah er sie immer wieder, jede Nacht beim Einschlafen, ein Leben lang. Der Frieden, die Verantwortung der Macht und die Aufgaben der Regierung machten aus ihm einen gesetzten und arbeitsamen Menschen.

Im Laufe der Jahre verloren sich die Erinnerungen an den Bürgerkrieg und die Leute begannen, ihn Don Tadeo zu nennen. Er kaufte sich ein Gut auf der anderen Seite der Berge, widmete sich der Rechtspflege und wurde schließlich Bürgermeister. Wäre nicht das unermüdliche Gespenst von Dulce Rosa Orellano gewesen, hätte er vielleicht ein gewisses Glück gefunden, doch in allen Mädchen, die seinen Weg kreuzten, in allen, die er trostsuchend umarmte, und in jeder Liebschaft, die er in all den Jahren einging, erschien ihm das Antlitz der Karnevalskönigin. Um sein Unglück noch zu steigern, verhinderten die Lieder der Barden, die ihren Namen in Versen besangen, daß sein Herz sie vergaß. Das Bild des Mädchens wuchs in ihm, bis es ihn ganz ausfüllte, und er es eines Tages nicht länger aushielt. Er präsidierte eine lange Bankettafel zur Feier seines fünfundfünfzigsten Geburtstages, umgeben von Freunden und Mitarbeitern, als er auf dem Tischtuch ein nacktes Kind von fünfzehn Jahren zwischen Jasminknospen zu sehen glaubte und begriff, daß ihn dieser Alptraum bis über den Tod hinaus verfolgen würde. Er schlug mit der Faust auf den Tisch, daß das Geschirr klirrte, und verlangte seinen Hut und seinen Stock.

»Wo wollen Sie hin, Don Tadeo?« fragte der Präfekt.

»Eine alte Schuld begleichen«, antwortete er und ging, ohne sich von jemandem zu verabschieden.

Er mußte sie nicht suchen, denn er hatte immer gewußt, daß sie im Haus ihres Unglücks wohnte, und dorthin lenkte er seinen Wagen. Inzwischen gab es gute Straßen und die Entfernungen schienen kürzer. Die Landschaft hatte sich in den Jahrzehnten verändert, doch als er die letzte Kurve des Hügels nahm, tauchte die Villa so vor ihm auf, wie er sie im Gedächtnis hatte, bevor sie von seinem Haufen gestürmt worden war. Da standen die soliden Mauern, aus großen Flußsteinen erbaut, die er mit Dynamitladungen gesprengt hatte, da war die alte Täfelung aus dunklem Holz, an die er Feuer gelegt, dort die Bäume, an die er die Männer des Senators gehängt und drüben der Hof, wo er die Hunde als Zielscheibe benutzt hatte. Hundert Meter vor der Eingangstür hielt er an und wagte sich nicht weiter, weil er meinte, das Herz müsse ihm die Brust sprengen. Er wollte schon kehrtmachen, um auf demselben Weg zurückzugehen, als zwischen den Rosenbüschen eine Gestalt auftauchte, die von dem Schimmer ihrer weiten Röcke umgeben war. Er schloß die Augen und wünschte mit aller Kraft, daß sie ihn nicht erkennen möge. Er nahm Dulce Rosa Orellano wahr, die im sanften Sechs-Uhr-Abendlicht über die Pfade ihres Gartens wandelte. Er sah ihr Haar, wie es in seiner Erinnerung war, ihr sehr helles Gesicht, die Harmonie ihrer Bewegungen, wie ihr Haar wehte, und glaubte in einem Traum, der dreißig Jahre dauerte, befangen zu sein.

»Endlich bist du gekommen, Tadeo Céspedes«, sagte sie, als sie ihn sah, ohne sich von seinem schwarzen Bürgermeisteranzug noch von seinem ehrbar grauen Haar täuschen zu lassen, hatte er doch immer noch die gleichen Hände eines Piraten.

»Du hast mich gnadenlos verfolgt. Ich habe in meinem Leben niemanden lieben können, nur dich«, flüsterte er mit vor Scham gebrochener Stimme.

Dulce Rosa Orellano seufzte befriedigt. Endlich war ihre Stunde gekommen. Sie blickte ihm in die Augen, entdeckte jedoch darin nicht die Spuren des Henkers, sondern nur frische Tränen. In ihrem Herzen suchte sie dann nach dem in langer Zeit aufgestauten Haß und es gelang ihr nicht, ihn zu finden. Sie rief sich den Augenblick ins Gedächtnis, als sie ihren Vater um das furchtbare Opfer bat, sie am Leben zu lassen, damit sie ihre Pflicht erfüllen könne, vergegenwärtigte sich die so oft verfluchte Umarmung dieses Mannes und den Morgen, an dem sie ein paar traurige Überbleibsel in ein Leinentuch gehüllt hatte. Sie ging den perfekten Racheplan durch, verspürte jedoch nicht die erwartete Freude, sondern, ganz im Gegenteil, eine tiefe Melancholie. Tadeo Céspedes nahm vorsichtig ihre Hand, küßte die Innenseite und näßte sie mit seinen Tränen. Da begriff sie voll Entsetzen, daß sie so viel an ihn gedacht und so oft im voraus die Rache ausgekostet hatte, bis sich ihr Gefühl verkehrte und sie ihn schließlich liebte.

In den folgenden Tagen öffneten beide die Schleusen ihrer zurückgestauten Liebe und nahmen zum ersten Mal auf ihrem rauhen Lebensweg die Nähe eines anderen an. Sie spazierten durch die Gärten und sprachen von sich, ohne die fatale Nacht auszuklammern, die den Lauf ihres Lebens verändert hatte. Wenn es Abend wurde, spielte sie Klavier und er hörte ihr rauchend zu, bis er spürte, wie seine Knochen weich wurden und das Glück ihn wie ein Mantel einhüllte, die Alpträume der Vergangenheit bannend. Nach dem Abendessen fuhr er nach Santa Teresa, wo sich niemand mehr an die alte Schreckensgeschichte erinnerte. Er wohnte im besten Hotel und organisierte von dort aus die Hochzeit. Er wünschte sich ein Fest, an dem das ganze Dorf teilhaben sollte, ausgelassen, verschwenderisch, laut. Endlich fühlte er sich frei von Schuld und konnte sich dem Genuß hingeben, sich für einen guten Menschen zu halten. Er hatte die Liebe in einem Alter entdeckt, in dem andere Männer die Illusionen verloren haben, und das gab ihm die Kraft seiner Jugend wieder. Er wünschte, Dulce Rosa mit Zuneigung und schönen Dingen zu umgeben, ihr alles zu bieten, was mit Geld zu kaufen war, um im Alter das wiedergutzumachen, was er in seiner Jugend verbrochen hatte. In manchen Momenten erfaßte ihn Panik und dann spähte er ihr Gesicht nach den leisesten Zeichen von Bitterkeit aus, fand darin aber nur das Licht der erwiderten Liebe. Das gab ihm sein Vertrauen zurück. So verstrich ein Monat der Seligkeit.

Zwei Tage vor der Eheschließung, als die Festtafeln schon im Garten aufgebaut waren, man Geflügel und Schweine für das Hochzeitsmahl schlachtete und Blumen schnitt, um das Haus zu schmücken, probierte Dulce Rosa Orellano das Brautkleid an. Sie sah sich im Spiegel, und das Bild glich so sehr dem der Karnevalskönigin am Tag ihrer Krönung, daß sie ihr Herz nicht länger betrügen konnte. Sie begriff, daß sie die geplante Rache niemals würde ausführen können, da sie den Mörder liebte, wußte aber auch, daß der Geist des Senators nicht zum Schweigen zu bringen war. So verabschiedete sie die Schneiderin, nahm die Schere und ging in das Zimmer des dritten Innenhofs, das die ganze Zeit über nicht benutzt worden war.

Tadeo Céspedes suchte sie überall und rief verzweifelt nach ihr. Das Bellen der Hunde führte ihn zum anderen Ende des Hauses. Mit Hilfe der Gärtner brach er die verriegelte Tür auf und trat in das Zimmer, in dem er dreißig Jahre zuvor einen jasminbekränzten Engel gesehen hatte. Er fand Dulce Rosa so vor, wie er sie in Träumen sein Leben lang gesehen hatte, im gleichen blutverschmierten Organdykleid und wußte, daß er neunzig Jahre alt werden mußte, um seine Schuld zu sühnen mit der Erinnerung an die einzige Frau, die seine Seele lieben konnte.

José María Arguedas
Der Garten

»Die Frau leidet. Bei dem, was der Mann ihr antut, leidet sie.«

»Was meinst du denn mit dem, was der Mann ihr antut?«

»Nachts, im Bett. Oder sonst irgendwo, wo es schmutzig ist.«

»Du bist noch zu klein. Sie hat mehr Spaß als der Mann. Viel mehr Spaß, darum findet sie sich auch damit ab, dann ein Kind zu haben, ohne daß ihr der Mann irgendwie hilft. Darunter leidet sie dann schon, wenn sie für das Kind etwas zu essen besorgen muß. Eine arme Frau findet sich einfach immer damit ab, daß ihr einer ein Kind macht, weil es ihr Spaß macht.«

»Es macht ihr keinen Spaß!« schrie Santiago dem Gitarristen Ambrosio ins Ohr. »Es macht ihr keinen Spaß! Und außerdem ist sie mehr als das Herz, und ihre Augen sind besser als ein Stern, sie ist besser als eine Taube, besser als alles. Kennst du die Tochter von der Hacienda ›Quebrada Honda‹?«

»Ja. Sie ist die Schönste in der ganzen Gegend hier. Der Vater hat sie in seiner Hacienda, in diesem Indiogefängnis, regelrecht eingesperrt. Die Indios können weg, heimlich abhauen oder einfach so weggehen, wenn sie den Mut dazu haben. Sie, die arme Hercilia, wartet nur. Sie ist hübsch. Aber warum sagst du, daß die Frau mehr ist als das Herz und besser als ein Stern? Manchmal sind sie doch häßlich wie die Nacht und boshafter als Luzifer.«

»Sie sind nicht böse, begreif das doch! Wenn sie nicht wären, würdest du dann Gitarre spielen? Würdest du dann mit deiner traurigen Gitarre die Berge zum Weinen bringen? Also ist die Frau doch traurig.«

»Du Fuchs! Hercilia wartet seit Jahren darauf, daß ihr einer ›den Gefallen tut‹. Ich hab ihn ihr einmal getan. Und wie! Und sie war dabei kein Engel, sie war eine Stute, hat sich gekrümmt vor Wonne. Fast hätte sie mich geschafft. Ich hatte mein Leben riskiert, um sie zu kriegen. Nachts kam ich durch die Tunnels zurück. Am Ausgang des letzten Stollens fing ich dann an zu singen. Ich spürte immer noch den Biß ihrer Zähne auf den Lippen. Ein schöner Schmerz ist das...«

Santiago lief davon. Ambrosio hatte gesehen, daß sich das Gesicht des Jungen verändert hatte, wie wenn in den Anden der Himmel ganz plötzlich in Wallung gerät. Es steigen rötlich-dunkle

Wolken auf; sie tauchen immer, man weiß nicht woher, hinter dem Rücken der höchsten Berge auf, und dann fängt es an, in Strömen zu regnen, oder die Wolken bleiben ganz einfach am Himmel, ziehen umher, beunruhigen Mensch und Tier.

»Er ist ein bißchen durcheinander, kein Wunder. Von diesem Mann großgezogen. Er hat Hercilia vor... drei Jahren gesehen. Und es stimmt gar nicht, daß ich was mit ihr gemacht habe. Der andere Gitarrist wars, der aus San Pedro. Schwanger ist sie jetzt und wird mit dem Gitarristen aus San Pedro abhauen. Und er erbt alles, oder sie bringen ihn um...«

Er sah Santiago die Straße hinablaufen, zum neuen Friedhof, das heißt zum Friedhof der heutigen Zeit, denn der aus der sogenannten Zeit der Spanier war ein eingefriedetes Feld, das die Kirche umgab. Und dort standen diese beiden Eukalyptusbäume.

Der Junge kletterte über die Mauer eines Gartens mit Gemüse und Ananaskirschen, der einem alten, versoffenen Haciendabesitzer gehörte. Die Kinder hatten Pflöcke in die Mauer getrieben, damit sie zur Reifezeit hinüberklettern und Ananaskirschen stehlen konnten. Der alte Hacendado ließ zu, daß die Früchte nachts gestohlen wurden, nicht aber bei Tag. Die Pflöcke wurden weder abgebrochen noch herausgezogen; tagsüber hütete ein Wächter den Garten. Er paßte auf die Kinder auf und verscheuchte mit Schreien und Singen die Vögel. Der Garten war von dichtbelaubten Weiden umstanden; sie rauschten im Wind oder dienten den Vögeln des Dorfes als Ruhestätte. Eine der Weiden, eine einzige, hatte Zweige, die bis zur Erde reichten. Sie wurde »Trauerweide« genannt und sah aus wie eine gedemütigte Frau, das Haar wie ein Strom von Tränen.

Santiago streckte sich unter der Weide aus. Der Boden war mit kleinen, rötlichgelben Blättern bedeckt.

»Ambrosio, du Scheusal, Ambrosio, du Schwein, das hinter Säuen her ist, das Säue besteigt, bis sie vor Schmutz triefen. Ambrosio Antichrist. Wie kann bloß traurige Musik aus deinem Finger kommen, wo du doch ein Tier bist?«

Er zügelte seinen Drang, mit den Beschimpfungen fortzufahren. Seine Brust schürte ihm den glühenden Atem. »Die Frau ist mehr als der Himmel; sie weint wie der Himmel, und wie der Himmel leuchtet sie... Die Erde ist nicht gut für sie. Sie leidet.«

Er war den ganzen folgenden Tag um Doña Gudelias Haus geschlichen, nachdem er gesehen hatte, wie sie im alten Backhaus ihr Miederjäckchen auszog. Er war sogar schon eine Weile hinter ihr hergegangen, als sie den steinigen Weg zur Quelle hinaufstieg, wo das Dorf sein Trinkwasser holte. Es wunderte ihn, daß sie nicht hinkte, daß sie beim Gehen nicht stöhnte. Doch da wandten sich ihm ihre Tag um Tag in Schwärze versunkenen Augen zu. Wie immer schienen sie in eine Ferne zu reichen, die niemand kannte, aber sie hatten nicht mehr die frühere Schärfe. »Gehst du auch Wasser holen?« fragte ihn die Frau, obwohl Santiago keinen Krug dabei hatte. Sie stammte nicht aus dem Dorf; ihr Mann, ein armer, etwas kränklicher Dorfbewohner, hatte sie aus der fernen Provinz Parinacochas hierhergebracht. Da sie ein hübsches Frauenzimmer war, drang ihr Ruf bald auch in die angrenzenden Distrikte. Man redete von den dunklen Ringen unter ihren Augen, durch die deren Schwärze nicht etwa verschleiert wurde, sondern nur noch stärker glühte. Ihr Blick glich dem mancher Raubvögel in Gefangenschaft, in die Ferne gerichtet, aber mit einer Absicht, nicht so neutral wie bei den Vögeln. Diese Absicht hatte sicherlich an die schmutzige Seele Don Guadalupes gerührt, dem das alte Backhaus gehörte und der Santiagos vermeintlicher Herr war. »Ich gehe kein Wasser holen, Señora«, antwortete der Junge auf dem Weg zur Quelle, und Doña Gudelia fragte ihn: »Bin ich blaß im Gesicht, mein Junge?« »Ja, Señora. Abgemagert sind Sie auch.« »Adiós, Kleiner! Wenn du kein Wasser holen gehst, dann kehr um. Ich bin abgemagert... und verflucht!«

»Nicht verflucht; mißbraucht, mit Füßen getreten, betrunken gemacht. Nur ein schweinischer Mann tritt den Himmel mit Füßen, macht ihn betrunken, greift mit seiner schmierigen Hand nach dem Engel... dem Mädchen... der Frau... der Blume...«

Unter den Zweigen der Weide redete der Junge laut vor sich hin, als ihm Doña Gudelias letzter Seufzer wieder in den Sinn kam.

Er hörte Schritte. Es war die dicke Marcelina, die Wäscherin des alten Hacendado; sie kam auf den Baum zu, weil sie Santiago gesehen hatte. Seit welcher Zeit, wie lange schon war sie im Garten? Jetzt hatte sie den Schatten der Trauerweide erreicht; sie hob ihren Rock, ging in die Hocke.

»Schau, ich werd jetzt für dich pinkeln«, sagte sie und schaute den Jungen an. Auf ihrem grünlichen, vom Kokasaft gefärbten Mund zeichnete sich eine Art Mischung aus Lächeln und Zügellosigkeit ab. »Komm, komm doch!« drängte sie und zeigte dem Jungen, der bereits aufgestanden war, ihre Scham.

Er strich mit der Hand einen frischen Zweig beiseite, der ihm vom Kopf auf den Rücken fiel, und beeilte sich. Es war Mittag, Distelfinken schwärmten in den Garten, um auf den Weiden auszuruhen und zu singen.

Die dicke Marcelina drückte ihn eine gute Weile fest an sich. Dann stieß sie ihn unsanft zurück.

»Verdorbener Junge. Du weißt schon Bescheid«, sagte sie.

Vor Santiagos Augen nahmen ihr unförmiger Körper, ihr rötliches Gesicht riesige Ausmaße an. Und er hatte das Gefühl, daß alles stank. Der Schatten der Weiden, die traurigen Blätter des Baumes, der aus allen Zweigen zu weinen schien. Der hohe Himmel hatte die Farbe des Gestanks. Den Arayá wollte er gar nicht anschauen, den Berg, der über dieser ganzen Welt von Gipfeln und Abgründen und von kristallklaren Flüssen thronte. Er kletterte ohne Hast auf die Mauer und rannte zum Bach, der das Dorf umspülte.

Es gelang ihm nicht, sich zu waschen. Er scheuerte sich die Hände und das Gesicht mit dem glänzenden Sand der Stelle, wo sich das Wasser staute; vom Grund des kleinen Wehrs hob er die durchscheinendsten Steine und rieb sich damit ab. Diese Steine empfingen den Wind, das Auge der Vögel, den höchsten Schnee des Arayá, den großen Fluß, die Kantublume, die in der Zeit größter Hitze vor Freude blutet. Aber der Junge konnte die häßliche Erinnerung an die Scham der dicken Frau nicht löschen; der üble Geruch lag immer noch über der Welt.

Da beschloß er, zum Arayá zu wandern.

Aus dem Arayá entsprang die Morgenröte; auf dem Arayá verharrte in der abendlichen Dämmerung das Licht, immer, selbst wenn der Himmel bewölkt war. Dieser Glanz, der direkt aus dem Schnee und aus den schwarzen Felsspitzen kam, dieser Glanz, er drang bis tief hinab. Er verbrannte nicht, wie die Sonne selbst, die Oberfläche der Dinge, er übertrug gewiß keine große Kraft, keine lodernde Glut, aber er gelangte bei allem, was es gibt, ins Innere der Farbe; der Blüte gab er ihr Denken, dem Menschen das beruhigende Wissen, daß er die Berge, ja sogar den Arayá selbst, übersteigen kann; dem Jungen, ihm, Santiaguito, das Wissen, daß die Frau leidet, daß durch diese Denkweise die Frau mehr ist als ein Stern und wie die gelbe, zarte Blüte des Sunchu, die in sich zusammensinkt, wenn sie der schwielige Finger des schmutzigen Mannes berührt. Nur die Hacendados, die die Leute hatten auspeitschen lassen, verstanden den Arayá nicht. So war es. Und der Junge brauchte nur drei Stunden zu gehen, um dem Schnee des Mächtigen nahe zu kommen: zu diesem Zeitpunkt würde die Sonne nicht mehr am Himmel stehen.

Vom Weg aus sah er die Felsspitzen, die wie Nadeln aus dem Eis des Arayá hervorstachen; er konnte sie immer näher sehen und beruhigte sich allmählich. Der grüne Mund der Wäscherin, die trunksüchtig war wie ihr Herr, verflüchtigte sich langsam in der undurchdringlichen Dunkelheit, die über den Felszacken des Arayá schwebte...

»Du bist sicher müde, mein Sohn. Ich bringe dich auf der Kruppe meines Pferdes zurück«, sagte der Pfarrer zu ihm. Sie hatten sich an einer Wegkehre am großen Steilhang getroffen.

»Ich möchte beichten, Pater«, sagte der Junge zu ihm.

»Ja, natürlich. Aber hier geht es nicht, das muß in der Kirche geschehen. Es ist sicher schon dunkel, wenn wir ankommen. Dann kommst du eben in die Sakristei.«

»Ich möchte vor dem Arayá beichten, Pater.«

»Vor dem Arayá? Bist du der Sohn eines Zauberers? Bist du verflucht?«

»Vielleicht bin ich verflucht. Sie haben mich verdorben, glaube ich!«

»Der Arayá wird dich verwünscht haben!« sagte der Pfarrer ungeduldig.

»Das alte Backhaus, Pater. Die dicke Marcelina. Das, was zwei Frauen vor mir zur Jungfrau, zu unserem Herrn Jesus Christus gebetet haben.«

Der Pfarrer stieg vom Pferd.

»Beichte«, sagte er zu ihm. »Dieser Berg, der große Schlangen in sich birgt, in dem es, sagt man, Stiere geben soll, die Feuer aus dem Maul speien...! Was haben die heiligen Gebete mit deiner Verwünschung zu tun? Knie nieder und beichte! Hast du mit Marcelina Unzucht getrieben?«

Er kniete nicht nieder, sondern schaute den Priester an. Rötliche Härchen, wie er sie im Gesicht der dicken Marcelina hatte zittern sehen, zeichneten sich deutlich auf der Stirn des Pfarrers ab, genau unter dem Rand des Hutes. Aber diese Härchen bewegten sich spielerisch, standen nicht so häßlich auseinander wie die im Gesicht der Säuferin.

»Was ist Unzucht, Pater?«

Der Pfarrer sah den Jungen lange an.

»Knie nicht nieder, mein Sohn. Hat sie dich...?«

»Ja, Pater, genauso war es. Ich stinke, ich bin schmutzig...«

»Mehr als du glaubst, an Körper und Seele. Diese Chola ist krank. Hörst du? Sie ist krank. Laß dir das gesagt sein. Deshalb will keiner mit ihr. Die Gendarmen, die hier auf der Suche nach Viehdieben waren, haben sich über sie hergemacht.«

»Der Arayá wird mich reinigen, bestimmt! Ich geh jetzt, ich geh jetzt. Geben Sie mir Ihren Segen, Pater«, bat der Junge.

»Ja, natürlich; gegen die Schlangen des Berges, nicht gegen deinen schmutzigen Körper: Im Namen des Vaters, des Sohnes und des Heiligen Geistes...«

Spät erst merkte der Priester, daß er ihm den Segen in Quechua erteilt hatte: »Dios Yaya, Dios Churi, Dios Espíritu Santo...«

Santiago setzte seinen Weg den Berg hinauf fort.

»Auch du leidest. Welche Krankheit magst du haben, arme, traurige Marcelina?« fragte er sich, während das Sonnenlicht im Talkessel erkaltete.

Er erreichte den Schnee gerade noch, als seine rötliche Farbe schon verblaßte. Denn der Gipfel des Arayá veränderte sich ebenso wie die große Himmelszone, in der die Sonne versank. Dort schillerte das Licht bis an den Grund; die Menschen konnten die Farben gar nicht genau erkennen; manche glühten, als wollten sie Trost spenden, andere, als öffneten sie Abgründe mitten im Herz der Kinder wie auch der Alten. Wie viele und welche Farben? Vom Schwarz bis zum blendenden Gelb, bis alles in das getaucht ist, was wir Finsternis nennen. Und so auch der Schnee des Arayá.

Santiago verharrte ruhig und sprach zum Schnee: »So wie du bist, so soll in meinem Herzen alles sein, so wie du in diesem Augenblick bist, Vater Arayá. Von der Farbe des reinen Ayrampo. Jetzt will ich zurückkehren!«

Er hatte sehr korrektes Spanisch gesprochen. Und nun rannte er den Hang hinunter. Er hatte schon Schuhe. Sein neuer Beschützer hatte ihm schwere, feste Mestizenschuhe gekauft. Er wirbelte damit Staub auf, denn der Weg war in diesem August sehr trocken. Pfeifend kam er bei Nacht im Dorf an. Die Hähne begleiteten ihn mit ihrem Krähen. Es war bestimmt schon Mitternacht. Er hatte weder Hunger noch Durst. Die Stimme der Hähne hallte laut in seinem ganzen Körper wider.

Doch wenige Tage später ging er wieder in den Garten, um

dieselbe Zeit. Er legte sich unter dieselbe Weide, hinter den Vorhang der Zweige, die wie tränengleiches Haar herabfielen. Auch Marcelina, die Säuferin, kam, hob ihren Rock, pinkelte, rief den Jungen zu sich. Santiago ging zu ihr, rannte fast. Und er ließ sich noch fester und noch länger drücken als beim erstenmal, suhlte sich, und auch diesmal war sie es, die ihn wegstieß und davonging, nachdem sie ihn angeschaut hatte, wie man einen abgenagten Knochen anschaut. Die vereinzelten Härchen in Marcelinas Gesicht bewegten sich nicht im Lufthauch. Sie waren wie Pflöcke. Dort quoll, mehr als an anderen Stellen, unaufhaltsam der Schmutz hervor. Aus diesem Teil des Körpers der dicken Chola.

Der Junge betrachtete die Trauerweide eine lange Weile. »Du bist nicht wie Marcelina, du bist wie die anderen...« Wie betäubt stand er auf; er kletterte auf die Mauer und sprang dann auf die Straße. Mit noch bebendem Bauch rannte er zum Bach hinunter. Der Sand an den Ufern glitzerte im Sonnenlicht; im Wehr, unter dem langsam dahinfließenden Wasser, zeigten die Steine ihre Farben und die der Gräser, die sich über ihnen wiegten. Da war sie, die reine Schönheit, die die Menschen nicht für sich erlangen konnten! Dennoch wusch sich der Junge nicht mehr. Der Gestank, den sein ganzer Körper verströmte, nahm ihm alle Kraft. Auf dem Kamm eines kleinen Steilhangs direkt am Fluß, entdeckte er eine Menge Remilla und andere stark duftende Kräuter, Chikchinpa, K'opayso... Santiago riß die Spitzen der Zweige ab; er ging zum Ufer des Wehrs hinab und rieb sich mit dem Kräutergemisch das Gesicht ab.

»Jetzt Wasser«, sagte er.

Aber er wusch sich nicht, wie es noch seine Absicht gewesen war, als er sich über den Wasserlauf beugte. Er trank aus dem Fluß. Und dann, schon etwas ruhiger, machte er sich auf den Weg zum Arayá.

Wie viele Wochen, wie viele Monate, wie viele Jahre ging er schon vom Garten zum Arayá? Er wußte es bald nicht mehr. Auf dem Weg fluchte und weinte er, versprach und gelobte fest, sich nicht mehr auf dem schmierigen Körper Marcelinas herumzuwälzen. Aber manchmal wurde der Garten größer als alle Himmel, als Blitz und Regen zusammen, als Vater Arayá; dieser Garten mit seiner Trauerweide, mit diesem Gestank, mit dem Urin der Säuferin, mächtiger. Und jedesmal packte ihn das Verlangen, zu Vater Arayá zu gehen, wenn sich Marcelinas Haare aufrichteten und dort so etwas wie die Scheußlichkeit der Welt hervorquoll. »Wahrscheinlich geht es mir so, weil ich kein richtiger Indio bin; weil ich ein verlorener Sohn der Kirche bin, wie mir der Pfarrer wutschnaubend sagt...« Mehr oder weniger dieselben Worte sagte er jedesmal auf dem Hinweg.

Und jedesmal fand er rötliches, ersterbendes Licht auf dem Schnee des Berges und kehrte erleichtert zurück; er glaubte, die Dinge in der Dunkelheit besser erkennen zu können. Auf dem Weg zum Arayá, den ganzen Aufstieg über, konnte er die Dinge nicht mehr auseinanderhalten: die Blumen und die großen Steine, die Schmetterlinge und die Heuschrecken, die durch die Luft flogen; wie Pech, häßlich und nichts Gutes verheißend, verdeckte die schlimme Erinnerung die Unterschiede, die es zum Glück auf der Erde gibt. Auf dem Rückweg, nachts, wenn er ins Dorf kam, hallte das Krähen der Hähne in seiner Brust wider, erhellte den Talkessel, diesen Abgrund, wo auch die Sonne in Wallung geriet und wieder erkaltete, alles am selben Tag.

Juan José Arreola
Eine dressierte Frau

... et nunc manet in te ...

Heute bin ich stehengeblieben, um mir dieses seltsame Schauspiel anzusehen: Auf einem Platz am Stadtrand führte ein staubbedeckter Gaukler eine dressierte Frau vor. Obgleich die Vorstellung zu ebener Erde und mitten auf der Straße stattfand, maß der Mann dem kurz vorher gezogenen Kreidekreis – wie er sagte, mit Erlaubnis der Behörden – die größte Bedeutung bei. Ein ums andere Mal ließ er die Zuschauer, die die Abgrenzung dieser improvisierten Bühne überschritten, zurücktreten. Die Kette, die von seiner linken Hand zum Hals der Frau reichte, hatte nur symbolische Bedeutung, denn sie wäre schon bei der geringsten Anstrengung zerrissen. Sehr viel eindrucksvoller war die Peitsche aus weicher Seide, die der Gaukler stolz durch die Luft schwang, ohne jedoch ein Knallen aus ihr hervorzulocken.

Ein kleines Monster von undefinierbarem Alter vervollständigte das Ensemble. Mit seiner kleinen Trommel lieferte es den musikalischen Hintergrund für die Auftritte der Frau, die nichts anderes tat, als aufrecht einherzugehen, Papierhindernissen auszuweichen und elementare Rechenaufgaben zu lösen. Bei jedem Geldstück, das auf den Boden rollte, entstand eine kurze theatralische Stille im Publikum. »Küssen«, befahl der Gaukler. »Nein, den nicht, den Herrn, der das Geld geworfen hat.« Die Frau fand nicht gleich den richtigen, und ein halbes Dutzend Männer ließ sich unter Lachen und Händeklatschen und mit leichter Gänsehaut küssen. Ein Polizist näherte sich und sagte, daß dies verboten sei. Da zog der Dompteur ein schmuddeliges Papier mit offiziellen Stempeln hervor, und der Polizist zog verärgert und achselzuckend ab.

Genaugenommen ging von dieser Frau kein besonderer Charme aus. Aber er ließ auf eine unendliche, offen gesagt, anormale Geduld des Mannes schließen. Das Publikum weiß solche Anstrengungen immer zu schätzen. Es zahlt, um einen bekleideten Floh zu sehen; nicht so sehr der schönen Kleider wegen, sondern wegen der Mühe, die es kostet, sie ihm anzulegen. Ich selbst habe längere Zeit staunend einem Behinderten zugesehen, der mit seinen Füßen das fertigbrachte, was nur sehr wenige mit ihren Händen machen können.

Von blinder Solidarität getrieben, verlagerte ich mein ganzes Interesse von der Frau auf den Mann. Ganz ohne Zweifel litt der Typ. Je schwieriger sich der Vorstellungsverlauf gestaltete, um so mehr Mühe bereitete es ihm, sich zu verstellen und zu lächeln. Jedesmal wenn sie sich ungeschickt anstellte, zitterte der Mann vor Angst. Ich begriff, daß die Frau ihm alles andere als gleichgültig war, und daß er sie vielleicht während der mühsamen Jahre der Dressur liebgewonnen hatte. Zwischen beiden bestand eine innige und erniedrigende Beziehung, die weit über das Verhältnis von Dompteur und Raubkatze hinausging. Wer sich weiter in diesen Gedanken vertieft, wird zweifellos zu einer obszönen Schlußfolgerung gelangen.

Das Publikum, das von Natur aus naiv ist, merkt überhaupt nichts und übersieht die Details, die dem besonnenen Beobachter sofort ins Auge springen. Es bestaunt den Schöpfer eines Wunderwerks, aber es schert sich weder um sein Kopfzerbrechen noch um die möglicherweise ungeheuerlichen Einzelheiten seines Privatlebens. Es hält sich nur an Ergebnisse, und wenn man es erheitert, spart es nicht mit Applaus.

Die einzige sichere Aussage, die ich über den Gaukler machen kann, wenn ich ihn nach seinem Verhalten beurteile, ist die, daß er sich stolz und schuldig fühlte. Natürlich konnte ihm niemand das Verdienst absprechen, die Frau dressiert zu haben; niemandem wäre es aber auch in den Sinn gekommen, einen Gedanken an seine Niedertracht zu verschwenden. (Als ich bei diesem Gedanken angekommen war, schlug die Frau auf einem schmalen, verschlissenen Samtteppich Purzelbäume.)

Der Hüter der öffentlichen Ordnung näherte sich noch einmal, um dem Gaukler neue Scherereien zu bereiten. Nach seiner Darstellung behinderten wir den Verkehr, sozusagen den Ablauf des normalen Lebens. »Eine dressierte Frau? Geht doch alle zum Zirkus.« Der Angeklagte pochte noch einmal auf den Inhalt seines schmutzigen Papiers, und der Polizist las, wobei er das Papier vor Ekel weit von sich hielt. (Die Frau sammelte unterdessen Geldstücke in ihrem Paillettenhut ein. Die Mutigsten unter ihnen ließen sich küssen; andere traten bescheiden, teils stolz, teils beschämt, zur Seite.)

Der Vertreter der Staatsgewalt ließ sich durch eine Geldspende der Zuschauer bestechen und verschwand endgültig. Allergrößtes Glück vortäuschend, befahl der Gaukler dem Zwerg, tropische Rhythmen zu trommeln. Die Frau, die sich gerade für eine Rechennummer vorbereitete, schüttelte ihren farbigen Abakus wie ein Tamburin. Sie begann nicht gerade graziös und auch nicht eben aufreizend zu tanzen. Ihr Dresseur fühlte sich zutiefst enttäuscht, und insgeheim sah er sich schon im Gefängnis. Niedergeschlagen und wütend verfluchte er die Langsamkeit der Tänzerin mit verletzenden Ausdrücken. Sein falscher Enthusiasmus sprang auf das Publikum über, und alle klatschten mehr oder weniger begeistert in die Hände und wiegten ihre Körper im Takt.

Um die Wirkung zu verstärken und aus dem Wunsch heraus, das Bestmögliche aus der Situation herauszuschlagen, begann der Mann, die Frau mit seiner Lügenpeitsche zu schlagen. Da begriff ich meinen Irrtum. Ich richtete meine Augen einfach auf sie, wie alle anderen auch. Ich wandte mich von ihm ab, wie groß auch immer seine Tragik gewesen sein mag. (In diesem Augenblick liefen Tränen über sein mehlgepudertes Gesicht.)

Ich war entschlossen, vor allen anderen mein Mitleid und meine Kritik zu verleugnen, und da ich vergeblich in den Augen des Gauklers nach Erlaubnis suchte, sprang ich über die Kreidelinie in den Kreis der Verrenkungen und Bocksprünge, noch bevor ein anderer reuevoller Einsichtiger mir zuvorkommen konnte.

Von seinem Vater angefeuert, holte der Zwerg mit einem unglaublichen Trommelwirbel das letzte aus seinem Instrument heraus. Solch eine unerwartete Begleitung beflügelte auch die Frau, die sich selbst übertraf und tosenden Beifall erhielt. Ich paßte mich ihrem Rhythmus an und blieb ihr in dieser improvisierten, nicht enden wollenden Bewegung keinen Schritt schuldig, bis das Kind zu trommeln aufhörte.

Zum Abschluß fiel mir nichts Passenderes ein, als spontan auf die Knie zu fallen.

Miguel Angel Asturias
Der Spiegel der Lida Sal

I

Die Flüsse haben keinen Atem mehr, wenn der Winter weicht. Auf das sanfte Gleiten der Strömungen folgt das trockene Schweigen, das Schweigen des Durstes, das Schweigen der Dürrezeiten, das Schweigen der Flächen unbewegten Wassers zwischen den Sandinselchen, das Schweigen der Bäume, die die Hitze und der sengende Wind des heißen Sommers Blätter schwitzen läßt, das Schweigen der Felder, auf denen die Landarbeiter nackt und schlaflos dösen. Keine Fliegen. Schwüle. Stechende Sonne und Erde wie ein Ofen, in dem man Ziegel brennt. Die ausgemergelten Herden scheuchen die Hitze mit dem Schwanz fort, suchen den Schatten der Avocadobäume. Durch das trockene und karge Gras huschen durstige Kaninchen, Schlangen leise auf der Suche nach Wasser, und Vögel, die kaum zu fliegen vermögen.

Unmöglich zu sagen, wie sehr die Augen ermatten, wenn sie so viel flaches Land sehen. In allen vier Himmelsrichtungen geht der Blick bis zum Horizont. Nur wenn man sehr darauf achtet, unterscheidet man kleine Baumgruppen, Felder mit umbrochener Erde und Wege von der Art, wie sie dort entstehen, wo man immer wieder vorbeigeht, und die in immer eine Richtung führen, zu Ranchos mit menschlicher Zufriedenheit über Feuer, Frau, Kinder, Gehege, in denen wie ein unersättliches Huhn das Leben das Behagen aller Tage pickt.

In einer dieser verteufelten Stunden voller Hitze und stickiger Luft kam Doña Petronila Angela, die die einen so und die anderen Petrángela nannten, die Gattin von Don Felipe Alvizures, Mutter eines Jungen und seit Monaten schwanger, nach Hause. Doña Petronila Angela tut, als ob sie nichts täte, damit ihr Mann sie nicht auszankt, in ihrem Zustand etwas zu tun, und in diesem scheinbaren Nichtstun hält sie das Haus in Ordnung, richtet sie alle Dinge: sauberes Bettzeug, Reinlichkeit in den Zimmern, den Höfen und Fluren, hat ihre Augen in der Küche, die Hände bei der Näharbeit und am Herd, und ihre Füße allerorten: im Hühnerstall, im Zimmer, wo sie Mais oder

Kakao mahlt, im Zimmer, wo die alten Sachen aufbewahrt werden, im Gehege, im Garten, im Bügelzimmer, in der Vorratskammer, da und dort.

Der Herr Gemahl schilt sie, wenn er sie so schaffen sieht, denn er möchte, daß sie faul herumsitzt oder liegt, und das ist schlimm, weil die Kinder dann Tagediebe werden. Der Herr Gemahl, Felipe Alvizures, ist ein Mann, der in seinem Innern sehr geräumig ist, was ihn in seinen Bewegungen langsam macht, und außen immer in geräumigen Drillichkleidern steckt. Er ist schwach in Arithmetik, weiß aber behend mit Maiskörnern zu rechnen, und noch schwächer im Alphabet, denn lesen muß man nicht können, wie viele wissen, die niemals lesen. Übrigens war sie es, die das von der inwendigen Geräumigkeit gesagt hat, denn ihm fiel es schwer, die Worte zusammenzubringen. Es schien, als wollte er das eine an dem einen Punkt und das andere an einem noch entlegeneren Punkt suchen. Drinnen wie draußen hatte Herr Felipe Raum, wo er sich's bequem machen konnte, nichts in vollem Lauf zu tun brauchte, sondern bedächtig, bedächtig nachdenken konnte. Und wenn sein Stündchen einmal kommen sollte, Gott bewahre, sagte Petrángela, wenn der Tod ihn nicht einpfercht, wird er ihn nicht fortschleppen können.

Durch das ganze Haus breitet sich die Kraft der Sonne aus. Eine Sonne voller Hunger, die weiß, daß es Mittagessenszeit ist. Aber unter den Dächern aus Lehmziegeln fühlt man sich sehr viel frischer. Gegen seine Gewohnheit kam Felipito, der älteste Sohn, vor seinem Vater an, setzte zu Pferd über das Tor mit den Querbalken, nur zwei Stangen hatte er aufgelegt, die höchsten und gefährlichsten, und unter dem Erschrecken der Hühner, dem Bellen der Hunde, dem Geflatter der Tauben ritt er mit der Geschwindigkeit des Blitzes einmal hin und her und brachte das Pferd zum Stehen, so daß beim Aufprall der Hufeisen auf den Steinen des Hofs die Funken sprühten, und brach in Gelächter aus.

»Wie gräßlich, Felipito... Ich dachte mir schon, daß du es bist!«

Seiner Mutter mißfielen diese Auftritte. Das Pferd mit funkelnden Augen und Schaum vorm Maul und Felipito, der, kaum abgesessen, seine Mutter umarmte und beschwichtigte.

Kurz darauf kam sein Vater auf einem schwarzen Maultier angeritten, das sie »Samariter« nannten, weil es so sanft war. Er stieg ganz bedächtig von dem Reittier herunter, um die Stangen des Tores beiseite zu schieben, die Felipito übersprungen hatte, brachte sie wieder an und betrat den Hof, geräuschlos, bis auf das Trappen der Hufe des »Samariters« auf dem Pflaster vor dem Trittstein.

Sie aßen schweigend, sahen sich an, als ob sie sich nicht sähen. Señor Felipe sah seine Frau, diese ihren Sohn und der seine Eltern an, die Maisfladen hinunterschlangen, mit ihren scharfen Zähnen das Fleisch von einer Hühnerkeule rissen, in langen Zügen Wasser zu sich nahmen, damit die Masse wohlschmeckender roter Yucca aus ihrer Gurgel weiterrutschte.

»Gott vergelt's, Vater...«

Das Mittagessen endete, wie immer, ohne viele Worte, unter allgemeinem Schweigen und mit den Versuchen Petrángelas, im Gesicht ihres Mannes und aus den Bewegungen seiner Hände herauszulesen, wann dieser den Gang beendet hatte, um das Mädchen abtragen zu lassen.

Felipito näherte sich, nachdem er seinem Vater gedankt hatte, mit über der Brust gekreuzten Armen seiner Mutter, neigte den Kopf und wiederholte:

»Vergelt's Gott, Frau Mutter...«

Und alles schloß mit Don Felipe in der Hängematte, seiner Frau in einem Schaukelstuhl und Felipito rittlings auf einer Bank. Jeder in Gedanken. Señor Felipe rauchte. Felipito getraute sich nicht, in Gegenwart seines Vaters zu rauchen, und sehnsüchtig folgten seine Augen dem Rauch, und Petrángela schaukelte sich, indem sie sich mit einem ihrer kleinen Füße abstieß.

2

Lida Sal, eine Mulattin, wohlgeformter als ein Kreisel, hörte nicht, was um sie herum geschah, sondern war mit dem Ohr bei dem Schwätzchen des blinden Benito Jojón und eines gewissen Faluterio, der für das Fest der Jungfrau vom Karmel zuständig war. Der Blinde und Faluterio hatten ihr Essen beendet und waren im Gehen. So konnte Lida Sal hören, was sie redeten. Die Spülbecken für schmutzige Teller und Bestecke waren dicht neben der Tür, die aus dem Eßlokal auf die Straße führte.

»Die ›Perfectanten‹*«, sagte der Blinde gestikulierend, als wollte er aus den Falten des Gesichts lästige Spinnweben entfernen, »sind Zauberer, und wie kann das zugehen, was Sie mir sagen, wieso lassen sich keine Kandidatinnen finden, gerade jetzt, wo die Männer sich so widerspenstig geben. Ja, Freund Faluterio, wenig Hochzeiten gibt's, und viele Taufen, und das ist nicht gut. Junggesellen mit Nachwuchs, eine Menge Junggesellen mit Nachwuchs ...«

»Worauf wollen Sie hinaus? Ich frage so geradeheraus, damit Sie mir in dieser Sache Bescheid sagen und ich es danach mit den andern Mitgliedern der Bruderschaft von der Allerheiligsten Jungfrau besprechen kann. Das Fest steht vor der Tür, und wenn sich keine Frauen finden, die sich um die Kleider der ›Perfectanten‹ kümmern, wird es vonstatten gehen wie im vorigen Jahr, ohne Zauberer ...«

»Reden kostet nichts, Faluterio, handeln macht mehr Mühe. Wenn man mir gütigst überließe, mich um die Kleider der ›Perfectanten‹ zu kümmern, ich fände schon Kandidatinnen, wo es so viele heiratsfähige Mädchen gibt, Faluterio, so viele Frauen in dem Alter, wo sie mannbar werden.«

»Es ist schwierig, Benito, schwierig. Früher hat man daran geglaubt. Bei dem, was die Leute heutzutage wissen, wer glaubt da noch an derartige Kindereien. Was mich angeht und die vom Komitee für das Patronatsfest, denke ich, daß es keinen Grund gibt, Ihnen, der bedürftig ist und als Blinder nicht arbeiten kann, die Kleider der ›Perfectanten‹ nicht anzuvertrauen.«

»Ja, ja, ich werde alles unternehmen, um sie zu verteilen, dann gehen die alten Bräuche schon nicht unter.«

»Ich gehe jetzt, verlasse Sie, aber es bleibt dabei.«

»Ich nehme Sie beim Wort, Faluterio, ich nehme Sie beim Wort und will auf die Suche gehen, mit Gottes Hilfe.«

Die kalte, seifige Hand Lida Sals ließ den Teller fahren, den sie gerade abwusch, und legte sich auf den Arm des Blinden, auf den

* Die »Perfectanten« sind Figuren eines Eingeborenentanzes, der anläßlich der Feiern für die Jungfrau vom Karmel getanzt wird. Diese Personen, die Masken und Kostüme tragen, welche an die Trachten der Spanier aus dem 17. und 18. Jahrhundert erinnern, tanzen zum Rhythmus der Trommler während der Prozession der Jungfrau durch die Straßen der Ortschaften. Es handelt sich dabei um eine Kulthandlung, die älter ist als der Katholizismus in Amerika und überlebt hat, indem sie einen religiösen Charakter annahm (Anm. d. Ü.).

Ärmel seiner Jacke, die vom vielen Flicken ein einziger Flicken war. Benito Jojón entzog sich der herzlichen Handbewegung, blieb stehen – auch er war ja auf dem Weg nach Haus, das der ganze Platz war – und fragte, wer ihn zurückhielt.

»Ich bin's, Lida Sal, die die Teller wäscht hier in dem Lokal.«

»Ja, meine Tochter, und was kann ich für dich tun...«

»Mir einen neuen Rat geben...«

»Ach! Ach! Bist wohl eine von denen, die glauben, es gibt alte Ratschläge...«

»Und wennschon, ich will einen, der neu ist. Einen Rat, den Sie nur für mich finden, den Sie niemand anderem gegeben, den Sie noch nicht einmal gedacht haben. Neu, verstehen Sie, neu...«

»Wir wollen sehen, wollen sehen, wenn ich kann...«

»Es handelt sich, Sie wissen schon...«

»Nein, ich weiß nichts...«

»...daß ich, wie soll ich sagen, mich verguckt habe in einen Mann, der mich nicht einmal ansieht...«

»Ist er Junggeselle?«

»Ja, Junggeselle, hübsch, reich...«, seufzte Lida Sal, »aber wie soll er mich auch bemerken, die Tellerwäscherin, wo er doch so ein großes Tier ist...«

»Streng dich nicht weiter an. Ich weiß, was du willst, aber wenn du mir sagst, du wäschst die Teller, dann kann ich mir schwer vorstellen, wie du es schaffen willst, dein Scherflein zu einem der Kleider der ›Perfectanten‹ zu geben. Sie sind sehr teuer...«

»Darum machen Sie sich keine Sorgen. Ich habe ein bißchen erspart, wenn das Scherflein nicht zu groß ist. Wissen möchte ich nur, ob Sie versprechen, mir eins von den Zaubergewändern zu geben, und zu diesem Undankbaren gehen, damit er es am Tag der Patronin anlegt. Hauptsache ist, er kleidet sich als ›Perfectante‹ mit dem Gewand, das ich ihm schicke. Alles Weitere besorgt der Zauber.«

»Aber Tochter, einmal kann ich nicht sehen und dann weiß ich doch gar nicht, wo ich den jungen Herrn finde, dem du dich verlobt hast, in den du verschossen bist, also bin ich doppelt blind!«

Lida Sal beugte sich zu einem der großen runzligen, behaarten und schmutzigen Ohren des Blinden herunter und sagte zu ihm:

»Im Hause Alvizures...«

»Ah... ah...«

»Felipito Alvizures...«

»Ich sehe klar, ich sehe klar... du möchtest eine gute Partie machen...«

»Gott nein! Wirklich, Sie sind blind und können nicht klar sehen, wenn Sie meine Liebe für Eigennutz halten!«

»Nun denn, wenn nicht aus Eigennutz, dann vor Begierde...«

»Seien Sie kein Esel. Meine Seele verlangt nach ihm, denn wenn mein Körper nach ihm Verlangen hätte, würde ich in Schweiß ausbrechen, sowie ich ihn sehe, und ich schwitze nicht, wenn ich ihn sehe, im Gegenteil, ich stehe da, als wäre ich nicht ich, und seufze.«

»Das ist gut. Wie alt bist du?«

»Bald neunzehn, aber es können auch zwanzig sein. Holla, nehmen Sie die Hand da weg... blind und grapscht einem am Busen rum!«

»Mich vergewissern, mein Töchterchen, mich vergewissern, wie du im Fleische stehst...«

»Gehen Sie zu den Alvizures? ... Das ist alles, was mich interessiert!«

»Noch heute... Was steckst du denn da an meinen Finger? Einen Ring?«

»Es ist ein Ring aus Gold, er ist wert, was er wiegt...«

»Sehr gut... sehr gut...«

»Und ich gebe ihn Ihnen als Anzahlung auf das, was für das Kleid des ›Perfectanten‹ zu zahlen ist.«

»Du bist praktisch, mein Kind, aber ich kann nicht zu den Alvizures gehen, ohne wenigstens zu wissen, wie du heißt...«

»Lida Sal...«

»Hübscher Name, auch wenn er nicht christlich ist. Ich gehe, wohin dein Herz mich schickt. Wir wollen die Magie beschwören. Da die Karren von Don Felipe um diese Zeit auf dem Markt Holz auf- oder abladen, will ich mich auf einen von ihnen setzen, ich habe das schon mehrmals gemacht, und die sollen mich zu Felipito bringen.«

3

Der Blinde wollte Doña Petronila Angela die Hand küssen, aber sie zog sie rechtzeitig weg, und der Schmatz ging in die Luft. Sie mochte das Geschlecke nicht, und deshalb verabscheute sie auch Hunde.

»Der Mund ist dazu da, um zu essen, um zu sprechen, um zu beten, Jojón, und nicht, um dauernd an den Leuten zu schlecken. Suchen Sie die Männer? Sie liegen dort in den Hängematten. Geben Sie mir die Hand, ich führe Sie, damit Sie nicht stürzen. Aber was gab Ihnen ein, so plötzlich zu kommen? Zum Glück wissen Sie, daß die Karren ganz zu Ihrer Verfügung stehen und daß Sie hier zu Hause sind.«

»Ja, vergelt's Ihnen Gott, Doña Petronila, und wenn ich die Reise angetreten habe, ohne es Ihnen vorher anzukündigen, dann deshalb, weil die Zeit drängt und wir ihr zuvorkommen müssen, wenn wir das Fest der Allerheiligsten Jungfrau würdig begehen wollen.«

»Sie haben recht, wir sind schon fast am Vorabend des großen Tages, und so bald nicht wahr? Ja, man möchte nicht glauben, daß ein Jahr vergangen ist.«

»Und die Vorbereitungen sind viel besser als im letzten Jahr. Sie werden sehen ...«

Señor Felipe wiegte sich in einer Hängematte und Felipito in einer anderen, indes die Sonne langsam unterging. Señor Felipe rauchte nach Feigen riechenden Tabak, und Felipito begnügte sich respektvoll damit, die Wolken des duftigen Rauches in der lauen Luft sich bilden und auflösen zu sehen.

Petrángela ging, Jojón an der Hand führend, auf sie zu und teilte ihnen unweit der Hängematten mit, daß sie Besuch hätten.

»Keinen Besuch«, verbesserte der Blinde, »sondern einen Störenfried ...«

»Freunde stören nie«, beeilte sich Don Felipe zu sagen, während er eines seiner kurzen Beine aus der Hängematte streckte, um sich zu setzen.

»Sie sind mit den Fuhrleuten gekommen, Jojón?« fragte Felipito.

»So ist es, mein Sohn, so ist es. Hergekommen bin ich, aber ich weiß nicht, wie ich von hier fortkomme.«

»Ich sattle Ihnen ein Pferd und bringe Sie zurück«, antwortete Felipito. »Seien Sie deswegen unbesorgt ...«

»Und wenn nicht, bleiben Sie bei uns...«

»Ach Doña Petronila, wäre ich ein Nichts, so bliebe ich, aber ich habe einen Mund, und Sie wissen ja, Kleider mit Mund fallen immer lästig.«

Don Felipe drückte unterdessen die Hand des Blinden, die voller Dunkelheiten war, und geleitete ihn zu einem Stuhl, den Felipito herbeigeschafft hatte.

»Darf ich Ihnen eine Zigarre in den Mund stecken«, sagte Don Felipe.

»Bitten Sie mich nicht um Erlaubnis, Herr; wenn man einen Gefallen tut, muß man nicht um Erlaubnis bitten...«

Und schon in vollen Zügen rauchend fuhr Jojón fort: »Ich sagte Ihnen, daß mein Besuch kein Besuch, sondern eine Belästigung ist. Und das stimmt, eine reine Belästigung. Ich komme mit dem Auftrag, zu erfahren, ob Felipito dieses Jahr die ›Perfectanten‹ führen möchte.«

»Das ist seine Sache«, sagte Don Felipe Alvizures und bedeutete Petrángela, näher zu kommen, und als sie sich genähert hatte, nahm er sie bei der Taille, die mit einem einzigen Arm nicht zu umspannen war, und so vereint blieben sie stehen, auf die Worte des Blinden achtend.

»Das sieht wie abgekartet aus«, reagierte Felipito und spuckte einen Spritzer Speichel, der auf dem Boden glänzte. Jedesmal, wenn er nervös war, spuckte er so aus.

»Es ist kein Schelmenstück«, fügte Jojón hinzu, »denn Sie haben Zeit, um es sich gut zu überlegen und in Ruhe zu entscheiden, nur muß es rasch geschehen, da der Festtag näher rückt, und bedenken Sie auch, mein Junge, daß Sie das Gewand anprobieren müssen, damit es Ihnen gut steht, und daß auf die Ärmel die Tressen des Anführers der ›Perfectanten‹ genäht werden müssen.«

»Ich glaube nicht, daß es da viel zu überlegen gibt«, entschied die resolute Petrángela, »Felipito wird der Jungfrau vom Karmel dargebracht, und gibt es eine bessere Gelegenheit, ihr Verehrung zu erweisen, als an ihrem höchsten Fest teilzunehmen?«

»Das ja...«, brachte Felipe junior heraus.

»Dann«, unterbrach der Vater, nach Worten suchend, »ist da nicht mehr viel zu überlegen oder zu reden«, er fand einfach nicht die Worte, um die Dinge zu sagen: »Sehn Sie, daß Sie die Reise nicht umsonst gemacht haben, Señor Benito? Und wenn du jetzt, wie du gesagt hast, Felipito, ihn zurückreitest, kannst du in dem

Dorf das Gewand anprobieren, das dir am besten steht, falls daran einiges zu machen ist.«

»Als erstes die Borten des Prinzen«, sagte Jojón. »Das Kleid bringe ich Ihnen erst danach zum Anprobieren, weil man es mir noch nicht gegeben hat.«

»In Ordnung«, willigte Felipito ein, »und um keine Zeit zu verlieren, will ich schauen, ob ich ein friedliches Maultier finde, ehe es Nacht wird.«

»Warte, Don Eilig!« hielt ihn die Mutter auf, »Jojón soll erst eine gute Tasse Kakao trinken ...«

»Ja, ja, Mutter, ich weiß schon, aber während er den Kakao trinkt, suche ich das Maultier und sattle es. Es wird Zeit ...«, und schon ging er nach draußen zu den Gehegen; »es ist spät und dunkelt, auch wenn es für einen Blinden eins ist, ob er am Tag oder bei Nacht geht ...«, sagte Felipito zu sich selbst.

4

Das Lokal war ohne Leben und still. Wenig los abends. Der ganze Betrieb war mittags. Auf diese Weise gab es freien Raum genug, daß der Blinde, an den Arm von Felipito Alvizures geklammert, eintreten und sich an einen der Tische setzen konnte, aber auch Raum genug, daß zwei Augen ihre schwarzen Pupillen, in denen Hoffnung leuchtete, auf Felipito heften konnten. »Womit kann ich dienen«, fragte Lida Sal näher kommend und wienerte den alten, von den Jahren mitgenommenen Holztisch mit einem Handtuch.

»Zwei Bier«, erwiderte Felipito, »und falls es Brote mit Fleisch gibt, bring uns zwei.«

Die Mulattin verlor für Augenblicke die Sicherheit des Bodens, das einzig Sichere, das sie unter den Füßen hatte. Sie war am Ersticken und verhehlte es schlecht. Jedesmal, wenn es möglich war, rieb sie ihre nackten Arme und festen Brüste, die unter dem Leibchen bebten, an Felipitos Schultern. Vorwände, sich ihm zu nähern, gab es genug: die Gläser, der Schaum, der vom Glas des Blinden herabfloß, die Teller mit den Broten mit Fleisch.

»Und Sie«, fragte Alvizures den Blinden, »wo übernachten Sie, ich muß Sie nämlich langsam verlassen.«

»Hier. In diesem Lokal hier läßt man mich manchmal schlafen. Nicht wahr, Lida Sal?«

»Ja, ja«, war alles, was diese sagen konnte, und noch schwerer fiel es ihr, mit ihren Lippen die Ziffer des Betrages für die Biere und die Brote zu formen.

In der hohlen Hand, einer Höhlung, in der sie ihr Herz spürte, preßte sie die kleinen warmen Münzen, mit denen Alvizures gezahlt hatte – warm, weil sie in seiner Tasche, in Berührung mit ihm gewesen waren, und sie konnte nicht länger widerstehen und führte sie an die Lippen und küßte sie. Nachdem sie sie geküßt hatte, rieb sie ihr Gesicht an ihnen und ließ sie zwischen ihre Brüste gleiten.

Durch die Dunkelheit, die ohne Augen ist, diese Dunkelheit von Nächten, die schwarz anfangen und schwarz enden, der Farbe des Schiefers, trottete das Pferd von Felipito Alvizures, der sich entfernte, gefolgt von dem Getrappel des Maultieres, das den Blinden getragen hatte.

Und wie zu reden beginnen, wo es so viel zu verschweigen gab.

»Taugenichts, Augenichts«, entfuhr ihr das Wortspiel, so viel Freude hatte ihre Seele, »hören Sie doch auf, mich dauernd zu betatschen...«

»Die Hand möchte ich dir drücken, undankbares Ding, damit du den Ring spürst, den du mir heute an den Finger gesteckt hast, als ob er schon mir gehörte, da es mich Mühe gekostet hat, ihn zu verdienen, Mühe und Geschick. Morgen erhältst du hier das Kleid des ›Perfectanten‹, das Felipito auf dem Fest tragen soll.«

»Und was habe ich zu tun...«

»Tochter, du mußt mehrere Nächte mit dem Kleid schlafen, damit du es mit deinem Zauber durchtränkst, denn wenn man schläft, wird es magisch, und er auf diese Weise, wenn er es für das Fest anlegt, den Zauber spürt und dich sucht und nicht mehr leben kann, ohne dich zu sehen.«

Lida Sal wollte sich an der Luft festhalten. Ihr Kopf war weg. Sie preßte eine Hand auf die Rücklehne eines Stuhles, mit der anderen Hand stützte sie sich auf den Tisch, und ein ersticktes Schluchzen kam über ihre Lippen.

»Weinst du?«

»Nein! Nein! ...Ja! Ja!«

»Weinst du oder weinst du nicht?«

»Ja, vor Glück...«

»Was denn, so glücklich bist du...?«

»Augenichts, Taugenichts...«

Die heiße Titte der Mulattin entzog sich der Hand des Alten, während sie spürte, daß die Münzen, mit denen Felipito Alvizures gezahlt hatte, von den Brüsten nach dem Bauch rutschten, als ob ihr Herz schon Stücke warmen Metalls ausschüttete, Geld in Umlauf brachte, um Jojón den Betrag für das Zaubergewand endgültig zu erstatten.

5

Es gab keine prächtigere Vermummung als die des ›Perfectanten‹. Kniehosen der Schweizer Garde, ein Erzengelharnisch, ein kurzes Torerowams. Stiefel, Litzen, vergoldete Quasten, Knöpfe und Schnüre aus Gold, kräftige und schillernde Farben, Pailletten, Glasperlen, Kristallstücke, glitzernd wie Edelsteine. Wie Sonnen strahlten die ›Perfectanten‹ zwischen den Komparsen, die die Jungfrau vom Karmel während der Prozession begleiteten, die alle Straßen des Dorfes durchlief, die Hauptstraßen und die elenden Gassen, denn niemand war so gering, daß die Große Herrin nicht an seinem Hause vorbeigekommen wäre.

Señor Felipe bewegte den Kopf von der einen auf die andere Seite. Wenn er es recht bedachte, gefiel es ihm nicht sehr, daß sein Sohn jenen Flitterkram anziehen sollte, aber lehnte er sich dagegen auf, würde er die frommen Gefühle Petrángelas verletzen, die jetzt, da sie schwanger war, noch lebhafter waren, weshalb er sein Unbehagen in ein Späßchen kleidete, das seine Eheliebste allerdings abgeschmackt fand.

»So verschossen war ich in deine Mutter, als wir heirateten, Felipito, daß die Leute erzählten, sie habe sieben Nächte hintereinander mit dem Kleid geschlafen, in dem ich als ›Perfectante‹ aufgetreten bin, siebenundzwanzig, vielleicht auch dreißig Jahre mag das her sein...«

»Dein Vater ist nie als ›Perfectante‹ aufgetreten, mein Sohn, glaub nur das nicht«, widersprach ihm diese, schüchtern und bekümmert.

»Wenn das so ist, hast du für nichts mit dem Kleid geschlafen«, lachte Alvizures, ein Mann, der selten lachte, obwohl er nicht ungern lachte, Lachen tat gut, sondern weil er seit seiner Verheiratung sagte: »Das Lachen bleibt vor der Tür der Kirche, in der man heiratet und wo der Leidensweg beginnt...«

»Von wegen, daß ich dich verzaubert habe, damit du mich heiratest, pure Erfindung ist das von dir... Wenn du als ›Perfectante‹ gegangen bist, wer weiß, für wen das war...«

»Eine andere...? Auf zwanzig Meilen in der Runde gab es keine...«, und er lachte, lachte gutgelaunt und lud Felipito ein, auch zu lachen: »Lach doch, mein Sohn, lache, auch wenn du Junggeselle bist. Lachen ist das Privileg der Junggesellen. Wenn du heiratest, wenn eine mit dem Gewand des ›Perfectante‹ schläft, in dem du auf dem Fest glänzt, dann für immer: Lebewohl Lachen. Wir Ehemänner lachen nicht, wir tun, als ob wir lachen, was nicht dasselbe ist... das Lachen ist das Attribut der Junggesellen... der jungen Junggesellen, he, denn die alten lachen auch nicht, sie zeigen die Zähne...«

»Dein Vater bringt alles durcheinander, Sohn...«, entgegnete Petrángela. »Das Lachen ist Sache der Jungen, verheiratet oder nicht, und nicht der Alten, aber er ist einer von den Alten, was können wir dafür, er ist alt geworden...«

Petrángela konnte an diesem Abend nicht einschlafen. Vor ihr Gewissen traten jene Nächte, in denen sie tatsächlich mit dem Kleid des ›Perfectante‹ geschlafen hatte, das Felipe Alvizures vor dreißig Jahren auf dem Fest trug. Sie konnte das vor ihrem Sohn nicht zugeben, denn es gibt Geheimnisse, die man schon gar nicht seinen Kindern anvertraut. Kleine Geheimnisse, Intimitäten, kleine Intimitäten. Es wurde nicht Tag. Sie fror. Sie steckte die Füße unter die Bettdecke. Preßte die Lider zusammen. Konnte und konnte nicht einschlafen. Der Schlaf floh ihre Augen, sie fürchtete, daß zu dieser Stunde, am Vorabend des Festes Unserer Herrin vom Karmel, irgendeine mit dem Kleid des ›Perfectante‹ schlief, das Felipito tragen sollte, um es mit ihrem zauberischen Schweiß zu tränken und ihn durch diese Kunst zu verführen.

»Ach, Herrin des Himmels, Heiligste Jungfrau...!« murmelte sie, »vergib meine Ängste, meinen Aberglauben, ich weiß, daß sie töricht sind... bloße Einbildungen sind, ohne jede Grundlage... aber es ist mein Sohn... mein Sohn!«

Die einzige Möglichkeit war, zu verhindern, daß er als ›Perfectante‹ auftrat. Wie aber konnte sie das verhindern, nachdem er eingewilligt hatte, als Prinz der ›Perfectanten‹ zu figurieren. Das würde alles durcheinanderbringen, noch dazu war sie es ja gewesen, die vor ihrem Gatten verfügt hatte, daß Felipito ja sagte.

Es wollte nicht Tag werden. Die Hähne schrien nicht. Der Mund war trocken. Das Haar spinnwebartig auf ihrem Gesicht von der langen Suche nach Schlaf in dem Kissen.

»Welche Frau, mein Gott, welche Frau schläft in diesem Augenblick mit dem Gewand, das mein Felipito tragen wird?«

6

Lida Sal, die tagsüber mehr Backenknochen als Augen, aber des Nachts mehr Augen als Backenknochen war, ließ ihre Augäpfel von der einen auf die andere Seite des Zimmers wandern, in dem sie schlief, und nachdem sie sich vergewissert hatte, daß sie allein, daß nur die große Dunkelheit ihre Gefährtin und die Tür wohl verriegelt war, die Tür und ein winziges Fenster, das auf eine stockfinstere Vorratskammer führte, stand sie fröstelnd nackt da, führte ihre Hände mit der vom Abwasch des Geschirrs schuppigen Haut über ihren feinen Körper spazieren und zog mit vor Angst ganz trockener Kehle und feuchten Augen und zitternden Schenkeln das Gewand des ›Perfectante‹ über, ehe sie sich schlafen legte. Aber nicht so sehr der Schlaf, sondern Schlaftrunkenheit lähmte nach und nach ihren Körper, Schlaftrunkenheit und Erschöpfung, die sie nicht hinderten, mit leiser Stimme, halb im Schlaf, zu dem Tuch zu reden und jedem einzelnen Farbfaden, den Pailletten, den Glasperlen, den Goldstücken ihre verliebten Gefühle anzuvertrauen.

Aber eines Nachts legte sie es nicht an. Sie ließ es zusammengerollt unter ihrem Kopfkissen, traurig, weil sie keinen Bodenspiegel hatte, in dem sie sich ganz in dem Kleide sehen konnte, nicht weil es ihr wichtig war, zu wissen, wie es ihr stand, ob es kurz, ob lang, ob weit, ob eng war, sondern weil der Zauber erforderte, es anzuziehen und vor einen großen Spiegel zu treten. Nach und nach zog sie es unter dem Kissen hervor, Ärmel, Beine, Rücken, Brust, um es liebkosend an ihre Wangen zu halten, auf die Stirn mit ihren Gedanken zu legen, es mit kleinen Schnalzern zu küssen...

Früh am Morgen kam Jojón wegen seines Frühstücks. Seit er mit ihr in geheimem Einverständnis war, aß er, was ihm schmeckte, immer hinter dem Rücken der Wirtin, die in diesen Tagen selten im Lokal war, da sie alle Vorbereitungen traf, um die Stammkundschaft und die Fremden während der Festtage zufriedenstellen zu können.

»Das Unglück, arm zu sein«, beklagte sich die Mulattin, »ich habe keinen großen Spiegel, um mich zu sehen ...«

»Und das ist unbedingt erforderlich«, antwortete ihr der Blinde, »weil dir sonst der Zauber mißlingen kann ...«

»Und was tun, wenn ich nicht wie eine Diebin in ein reiches Haus schleichen will um Mitternacht, gekleidet als ›Perfectante‹? Ich bin verzweifelt. Seit heute nacht weiß ich nicht mehr, was ich tun soll. Geben Sie mir einen Rat ...«

»Das weiß ich auch nicht ... zum Zauber gehören ganz bestimmte Dinge ...«

»Ich verstehe nicht, was Sie sagen wollen ...«

»Ja, der Zauber besteht nämlich darin oder darin, aber in etwas besteht er immer, und in diesem Fall besteht der Zauber darin, daß du dich als ›Perfectante‹ kleidest und in einem Spiegel in voller Größe betrachtest.«

»Und was wissen Sie als Blinder von Spiegeln ...?«

»Ich bin nicht von Geburt blind, Töchterchen. Ich habe das Augenlicht verloren, als ich schon groß war, durch ein eiterndes Geschwür, das mir erst die Augenlider zerfraß und danach ins Innere drang.«

»Ja, in den großen Häusern gibt es große Spiegel ... bei den Alvizures ...«

»Bei denen soll es einen sehr schönen geben, und man erzählt sich sogar ... Aber nein, das geht zu weit ... Na gut, aber vielleicht kann ich dir damit etwas Hoffnung machen. Deswegen will ich es dir berichten, nicht als Tratsch. Ich mache die Ausnahme für den Fall, daß du ihre Schwiegertochter wirst. Man erzählt, daß die Mutter von Felipito, Doña Petrángela, weil sie keinen Spiegel hatte, in dem sie sich besehen konnte, als sie ihren Mann behexte, an dem Tag, an dem sie heiratete, unter dem Brautkleid das Gewand des ›Perfectante‹ trug, und als Don Felipe zu ihr sagte, sie solle sich ausziehen, legte sie das weiße Kleid ab und zeigte sich nicht nackt, sondern erschien als ›Perfectante‹, nur um das Ritual zu erfüllen, um den Zauber zu vollenden ...«

»Ziehen sich die Eheleute denn aus?«

»Ja, Tochter ...«

»Dann warst du also verheiratet?«

»Ja, und da es mir noch nicht die Augen zerfressen hatte, das Leiden, konnte ich meine Frau sehen ...«

»Gekleidet als ›Perfectante‹ ...?«

»Nein, Tochter, im Evasgewand...«

Lida Sal räumte die Tasse, aus der der Blinde eben Kaffee mit Milch getrunken hatte, weg und wischte die Brotkrümel vom Tisch. Falls die Wirtin kommen sollte.

»Ich weiß nicht, wo, aber du mußt einen Spiegel suchen, in dem du dich in voller Größe, gekleidet als ›Perfectante‹, sehen kannst...«, waren seine letzten Worte. Diesmal vergaß er, sie darauf hinzuweisen, daß es allmählich Zeit wurde, das Gewand zurückzugeben, und daß das Fest bevorstand und er das Kleid zu den Alvizures schaffen mußte.

7

Sterne, beinahe schiffbrüchig in der Klarheit des Mondes, Bäume von dunkelgrüner Farbe, Gehege, die nach Milch und Abendtau rochen, Heuhaufen, auf dem Feld geschichtet, gelber in dem Licht des Vollmonds. Der Abend hatte sich lange gehalten. Nach und nach wurde er schmaler, bis er nur noch ein scharfer Reflex an der Stelle war, wo der Himmel schon Sterne hatte. Und auf diesen feinen bläulichen, rötlichen, rosafarbenen, grünen, violetten Streifen Abend hielt Lida Sal die Augen gerichtet, daran denkend, daß der Zeitpunkt immer näher kam, wo sie das Gewand zurückgeben mußte.

»Morgen ist der letzte Tag, an dem ich es dir überlasse«, teilte Jojón ihr mit, »denn wenn ich es ihnen nicht rechtzeitig bringe, verderben wir alles...«

»Ja, ja, seien Sie unbesorgt, morgen liefere ich es ab, heute betrachte ich mich im Spiegel...«

»Im Spiegel deiner Träume wird das sein, Töchterchen, denn ich sehe nicht, wo...«

Der leuchtende Streifen Abend blieb in den Pupillen Lida Sals wie der Spalt zu etwas Unmöglichem zurück, wie ein Spalt, durch den sich der Himmel zeigen konnte.

»Verdammtes Luder«, zog die Wirtin des Lokals sie an den Haaren. »Schämst du dich nicht, mit dem ganzen Abwasch da! Seit Tagen schwirrst du wie eine Verrückte herum und deine Hand steht still.«

Die Mulattin ließ sich den Wuschelkopf zausen und sich in die Arme kneifen, ohne zu antworten. Einen Augenblick später war, wie durch Zauberei, das Donnerwetter vorüber. Aber das war schlimmer. Denn auf den Schwall von Schimpfworten folgten Stoßgebete und Jammerklagen.

»Das Fest fängt bald an, und das gnädige Fräulein hat mich noch nicht einmal darum gebeten, sich neue Kleidung anschaffen zu können. Von dem, was ich dir gebe, solltest du dir ein Kleid, ein Paar Schuhe, ein Paar Strümpfe kaufen. Undenkbar, daß du dich in der Kirche oder bei der Prozession wie eine arme Kirchenmaus präsentierst. Welche Schande, was werden die Leute von mir, deiner Herrin, sagen, mindestens, daß ich dich hungern lasse oder daß ich deinen Lohn einbehalte.«

»Nun, wenn es Ihnen recht ist, dann geben Sie mir morgen Geld, und ich gehe und kaufe mir etwas.«

»Aber natürlich, Kind, Gefallen gegen Gefallen. Du tust mir einen Gefallen mit deiner Arbeit, und ich tue dir einen Gefallen, indem du dir kaufen kannst, was du brauchst. Noch dazu, wo du jung und nicht häßlich bist. Wer sagt dir, ob nicht unter denen, die zum Fest kommen, um Vieh zu verkaufen, eine gute Partie für dich herausspringt?«

Lida Sal hörte ihr zu, als höre sie sie gar nicht. Sie wusch das Geschirr ab und dachte dabei wieder und wieder an das, was sie sich beim letzten Streif des Abends vorgestellt hatte. Am härtesten war es, die Pfannen und Töpfe zu reinigen. Was für ein Unglück. Mit einem Bimsstein in der Hand mußte sie sie scheuern, bis die Schlierschicht am Boden entfernt war, und danach außen mit dem ebenfalls fettigen Ruß kämpfen. Der Schein des Mondes ließ vergessen, daß es Nacht war. Es war, als ob es nur kühl geworden wäre, aber immer noch Tag sei.

»Es ist nicht weit von hier«, sagte sie zu sich, aussprechend, was sie dachte, »und es ist eine ganz schön große Fläche Wasser, fast ein kleiner See.«

Sie blieb nicht lange in ihrem Zimmer. Sie mußte bei Morgengrauen zurück sein und dem Blinden das Gewand des ›Perfectante‹ einhändigen, damit er es den Alvizures bringen konnte ... ach, aber vorher mußte sie sich in einem großen Spiegel betrachten, zum Zauber gehört einiges ...

Anfangs erschreckte sie das freie Feld. Aber dann wurden ihre Augen mit den Baumalleen, den Felsen, den Schatten vertraut. Sie sah so deutlich, wo ihr Weg war, daß es ihr vorkam, als ginge sie in dem Licht eines versunkenen Tages. Niemand begegnete ihr in jenem seltsamen Gewand, er hätte sonst Reißaus genommen wie vor einer teuflischen Erscheinung. Sie hatte Angst, Angst, eine Vision des Feuers, eine Fackel brennender Pailletten, ein Blitzen von Glasperlen, von Wasserfunken zu sein, die zu einem einzigen Edelstein in Gestalt eines Menschen würden, sobald sie den See erreicht hatte, bekleidet mit dem Gewand, das Felipito Alvizures auf dem Fest tragen sollte.

Vom Rand eines düftereichen Ufers aus, das steil abfiel, zwischen frei liegenden Wurzeln und umgestürzten Felsen, betrachtete sie den weiten, grünen, blauen und tiefen Spiegel zwischen Ballen niedriger Wolken, Mondstrahlen und Träumen von Dunkelheit. Sie glaubte, sie wäre eine andere. War sie es? War sie Lida Sal? War die Mulattin, die in der Gastwirtschaft das Geschirr spülte, wirklich die, die auf jenem Weg, in jener Nacht, unter jenem Mond, mit jenem Kleid aus Feuer und Tau herabstieg?

Beiderseits streiften ihre Schultern die Spitzen der Kiefern, mondsüchtige Blumen mit einschläferndem Duft netzten ihr Haar und Gesicht mit Küssen winziger Spritzer Wassers.

»Laßt mich vorbei! Laßt mich vorbei...!« sagte sie, während sie zwischen Wäldchen wohlriechender, berauschender Ingwerbäume voranschritt.

»Laßt mich vorbei! Laßt mich vorbei...«, wiederholte sie, während sie gigantische Felsen und Steine hinter sich ließ, vom Himmel herabgewälzt, wenn es Meteorsteine waren, oder aus dem Schlund eines Vulkans bei einem nicht so fernen Ausbruch gespien, wenn sie von der Erde stammten.

»Vorbei! Vorbei...!« zu den Wasserfällen.

»Platz da für die Schönheit!« zu den Sturzbächen und Wasserläufen, die gleich ihr liefen, um sich in dem großen Spiegel zu betrachten.

»Ach! Ach! Euch wird er schlucken«, sagte sie zu ihnen, »aber mich schluckt er nicht, mich wird er nur sehen, gekleidet als ›Perfectante‹ wird er mich sehen, damit die Bedingungen des Zaubers ganz und gar erfüllt sind.«

Es war windstill. Mond und Wasser. Lida Sal lehnte sich an einen Baum, der im Schlafe weinte, aber plötzlich entfernte sie sich voller Schrecken, denn es bedeutete vielleicht nichts Gutes, wenn sie bei einem Baum, der weinend schlief, in den Spiegel schaute.

Sie ging von einem Ufer an das andere Ufer und suchte eine Stelle, an der sie sich in voller Größe sehen konnte. Sie gewann kein vollständiges Bild von sich. In voller Größe. Es sei denn, sie stieg auf einen der hohen Steine am andern Ufer.

»Wenn mich der Blinde sähe ...«, aber welcher Unsinn, als ob ein Blinder sie sehen könnte ... Ja, sie hatte Unsinn geredet, denn sie war's, die sich ansehen, von Kopf bis Fuß ansehen mußte.

Endlich stand sie, endlich stand sie auf einem Basaltfelsen und betrachtete sich im Wasser.

Gibt es einen besseren Spiegel?

Sie setzte einen Fuß bis an die äußerste Spitze vor, um sich an dem Kleid zu weiden, das sie trug, an den Pailletten, den Glasperlen, den leuchtenden Steinen, den Borten, Quasten und Schnüren aus Gold, und dann den anderen Fuß, um sich besser sehen zu können, und stand nicht länger, stieß ihren Körper gegen ihr Bild, ein Zusammenprall, bei dem weder ihr Bild noch ihr Körper übrigblieb.

Aber sie kehrte an die Oberfläche zurück. Versuchte sich zu retten ... die Hände ... die Blasen ... die Atemnot ... war wieder die Mulattin, die um ein unerreichbares Ziel kämpfte ... das Ufer ... jetzt war das Ufer das Unerreichbare ...

Zwei unermeßliche Beklemmungen ...

Das letzte, was sie schloß, waren die unermeßlichen Beklemmungen ihrer Augen, die das Ufer des kleinen Sees, der seither der »Spiegel der Lida Sal« heißt, in immer größerer Entfernung wahrnahmen.

Wenn es regnet und der Mond scheint, schwimmt ihr Leichnam. Die Felsen haben es gesehen. Gesehen haben es die Weiden, die Blätter und Widerschein weinen. Die Hirsche, die Hasen haben es gesehen. Die Maulwürfe telegraphierten die Nachricht mit dem Pochen ihrer kleinen Erdherzen, ehe sie in ihre Dunkelheiten zurückkehrten.

Netze von silbrig schimmerndem Regen fischen ihr Bild aus dem unversilberten Spiegel und geleiten sie, als ›Perfectante‹ gekleidet, über die Oberfläche des Wassers, das sie träumt: leuchtend und nicht ganz da.

Mario Benedetti
Die Nacht der Häßlichen

Wir sind beide häßlich. Nicht einmal gewöhnlich häßlich. Sie hat einen eingefallenen Wangenknochen. Seit ihrem achten Lebensjahr, als sie operiert werden mußte. Mein ekelhaftes Mal neben dem Mund stammte von einer Verbrennung, die ich mir zu Anfang meiner Jugendzeit zuzog.

Man kann auch nicht sagen, wir hätten schöne Augen, diese Art rechtfertigender Sterne, dank derer die Mißgestalteten manchmal erreichen, sich der Schönheit zu nähern. Nein, auf keinen Fall. Sowohl ihre wie auch meine Augen sind voller Grimm und strahlen nichts anderes wider als die kaum oder überhaupt nicht vorhandene Ergebung in unser Schicksal. Vielleicht hat uns das zusammengeführt. Möglicherweise ist *zusammen* nicht der richtige Ausdruck. Was ich meine, ist der unversöhnliche Haß, den jeder von uns seinem eigenen Gesicht gegenüber fühlt.

Wir sahen uns zum ersten Mal in der Schlange vor einem Kino, beide mit der Absicht, uns auf der Leinwand irgendwelche *Schönen* anzusehen. Hier war es, daß wir uns zum erstenmal musterten, ohne Sympathie, aber doch mit einem dunklen Gefühl der Solidarität. Hier war es, daß wir, vom ersten Blick an, gegenseitig die Einsamkeit des anderen entdeckten. Die Menschen in der Schlange waren alle zu zweit, das heißt, nicht nur zu zweit, sondern richtige Paare: Ehepaare, Brautpaare, Liebespaare, Großväterchen mit Großmütterchen, wer weiß das schon immer. Alle waren untergehakt oder hielten Händchen. Nur ihre und meine Hände hingen leer und verkrampft herunter.

Wir betrachteten in aller Ruhe unsere jeweiligen Mißbildungen, unverschämt, ohne Neugier. Ich ließ meine Augen mit der ganzen Ungeniertheit, die mir mein verschrumpeltes Kinn verlieh, über die Vertiefung in ihrer Wange gleiten. Sie errötete nicht. Ihre Härte gefiel mir, und mir gefiel, daß sie mir den Blick zurückgab, ein minuziöses Mustern der glänzenden bartlosen Fläche meiner alten Brandnarbe.

Endlich traten wir ein. Unsere Plätze lagen nicht in der gleichen Reihe, sondern hintereinander. Sie konnte mich nicht sehen, aber ich konnte, selbst in der Dunkelheit, ihren blonden Nacken und ihr frisches, schöngeformtes Ohr erkennen. Es war das Ohr ihrer normalen Seite.

Eine Stunde und vierzig Minuten lang bewunderten wir die Schönheit des harten Helden und der sanften Heldin. Ich jedenfalls habe immer die Schönheit anderer zu schätzen gewußt. Meine Abneigung hebe ich mir für mein eigenes Gesicht und manchmal für Gott auf. Und auch für die Gesichter anderer Vogelscheuchen. Vielleicht müßte ich Mitleid empfinden, aber dazu bin ich nicht fähig. Tatsächlich sind sie für mich so etwas wie Spiegel. Manchmal frage ich mich, was aus der Sage vom Narziß geworden wäre, wenn er einen eingefallenen Backenknochen, ein verätztes Gesicht, eine zerfressene Nase oder eine vernarbte Stirn gehabt hätte.

Am Ausgang wartete ich auf sie. Ich ging ein paar Schritte neben ihr her und fing dann an zu sprechen. Als sie stehenblieb und mich ansah, hatte ich den Eindruck, als ob sie zögerte. Ich lud sie ein, in ein Café oder eine Konditorei zu gehen und uns zu unterhalten. Plötzlich stimmte sie zu.

Die Konditorei war überfüllt, aber gerade wurde ein Tisch frei. Während wir durch die Menge gingen, spürten wir hinter unserem Rücken Tuscheln und erschrockene Gesten. Meine Antennen sind ganz besonders empfänglich für diese krankhafte Neugier, diesen unbewußten Sadismus all derer, die ein gewöhnliches, wunderbarerweise symmetrisches Gesicht besitzen. Aber dieses Mal hätten sie gar nicht so fein zu sein brauchen, diesmal genügte schon mein Gehör, ihr Gemurmel, ihr Hüsteln und ihr gekünsteltes Räuspern aufzufangen. Ein einzelnes entstelltes Gesicht weckt ohne Zweifel Interesse, aber zwei Mißgestalten gleichzeitig stellen schon ein richtiges Schauspiel dar, etwas, das man sich zusammen ansehen geht, in Gesellschaft eines (oder einer) jener Wohlgestalteten, mit denen es sich lohnt, das Leben zu teilen.

Wir setzten uns und bestellten zwei Eis. Sie hatte den Mut (und auch das gefiel mir an ihr), ein Spiegelchen aus ihrer Handtasche zu holen und sich die Haare zu richten. Ihre schönen Haare.

»Was denken Sie?« fragte ich.

Sie steckte den Spiegel zurück und lächelte. Das Loch in ihrer Wange veränderte seine Form.

»Eine Redensart«, sagte sie. »Wie füreinander geschaffen.«

Wir redeten und redeten. Nach anderthalb Stunden blieb uns nichts anderes übrig, als zwei Portionen Kaffee zu bestellen, um unseren langen Aufenthalt zu rechtfertigen. Plötzlich wurde mir klar, daß sowohl sie als auch ich mit einer Offenheit sprachen, die so verletzend war, daß sie unsere Ehrlichkeit zu sprengen und sich in eine Art Heuchelei zu verwandeln drohte. Ich beschloß, aufs Ganze zu gehen.

»Sie fühlen sich vom Leben ausgeschlossen, nicht wahr?«

»Ja«, sagte sie und sah mich an.

»Sie bewundern die Hübschen, die Normalen. Sie möchten ein so gleichmäßiges Gesicht haben wie dieses Mädchen da rechts von Ihnen, obwohl Sie intelligent sind und die andere, nach ihrem Lachen zu schließen, unverzeihlich blöde.«

»Ja.«

Zum ersten Mal hielt sie meinem Blick nicht stand.

»Mir geht es genauso. Aber es gibt eine Möglichkeit, wissen Sie, daß wir beide es zu etwas bringen.«

»Es wozu bringen?«

»Zum Beispiel, uns ineinander zu verlieben, verdammt noch mal. Oder uns einfach zu verstehen. Nennen Sie es wie Sie wollen, aber es besteht eine Möglichkeit.«

Sie runzelte die Stirn. Sie wolle sich keine Hoffnung machen.

»Versprechen Sie mir, mich nicht für verrückt zu halten.«

»Versprochen.«

»Es besteht die Möglichkeit, uns in die Nacht zu begeben. In eine vollkommene Nacht, in die totale Dunkelheit. Verstehen Sie, was ich meine?«

»Nein.«

»Sie müssen mich verstehen. Die totale Dunkelheit. In der Sie mich nicht sehen, in der ich Sie nicht sehe. Ihr Körper ist schön, wußten Sie das nicht?«

Sie errötete, und das Loch in ihrer Wange färbte sich scharlachrot. »Ich lebe allein, in einem Apartment, es ist nicht weit von hier.«

Sie hob den Kopf und sah mich jetzt voll an, fragend, in mir forschend, verzweifelt nach einem Urteil über mich suchend.

»Gehen wir«, sagte sie.

Ich knipste nicht nur das Licht aus, sondern zog außerdem den doppelten Vorhang vor. Sie atmete an meiner Seite. Und es war kein mühsames Atmen. Sie wollte nicht, daß ich ihr beim Ausziehen half. Ich sah nichts, absolut nichts. Trotzdem konnte ich merken, daß sie jetzt unbeweglich dastand, wartend. Ich streckte vorsichtig meine Hand aus und fand ihre Brust. Mein Tastsinn übermittelte mir ein starkes, stimulierendes Bild. So sah ich auch ihren Bauch, ihr Geschlecht. Ihre Hände sahen mich auch.

Plötzlich verstand ich, daß ich mich (und sie) befreien mußte von dieser Lüge, die ich selbst erfunden hatte. Oder versucht hatte zu erfinden. Es war wie ein Blitz. Wir waren nicht nur dies. Wir waren nicht dies.

Ich mußte allen meinen Mut zusammennehmen, aber ich tat es. Meine Hand tastete sich langsam zu ihrem Gesicht herauf, fand das entsetzliche Loch und begann ein überzeugtes und überzeugendes Streicheln. Meine Finger (zuerst zittrig, dann nach und nach ruhig werdend) glitten wieder und wieder über ihre Tränen. Dann, als ich es am wenigsten erwartete, erreichte ihre tastende Hand auch mein Gesicht und strich ein über das andere Mal über die Narbe und die geschrumpfte Haut, diese bartlose Insel meines Unglücksmals.

Wir weinten bis zum Morgengrauen. Untröstlich, glücklich. Dann stand ich auf und zog den doppelten Vorhang zurück.

Adolfo Bioy Casares
Der Frauenheld

Alas! the love of women! it is known... (Byron, *Don Juan*, II, CXCIX)

Die Geschehnisse trugen sich 1942 oder 1943 zu. Was ich noch genau weiß, ist, daß der Agronom Lartigue Ende Mai ankam, und auch, daß es ein verregnetes Jahr war. Das Land – ich würde es in der Gegend nicht direkt flach nennen, eher weitläufig – glich einem einzigen Morast, der sich bis zum Horizont erstreckte: ein Meer aus Schlamm, oder um es genauer auszudrücken, eine Schlamminsel. Wie sehr müssen wir von der Außenwelt abgeschnitten gewesen sein, daß nicht einmal die Handlungsreisenden mehr zu uns kamen.

Wir konnten uns draußen bewegen, nicht aber arbeiten (außer im Schuppen), so daß uns mehr als genug Zeit blieb, um an den langen Winter zu denken, der vor uns lag. Angesichts derart trüber Aussichten verfiel ein jeder in freudlose Grübelei, und die Gier nach Abwechslung trieb uns, Regen und Kälte zum Trotz, fast täglich hinaus zur Schenke. Ich weiß nicht, warum uns die Begegnung mit Freunden oder Bekannten, die in der gleichen tristen Lage waren, so viel Trost spendete. Oder vielleicht spendete der Gin uns diesen Trost, wie die Frauen gehässigerweise immer wieder behaupteten. Wer wäre ihnen auch schon gewachsen, wenn es gilt, verleumderische und aus der Luft gegriffene Gerüchte zu verbreiten? Sobald jemand ausrutschte, machten sie natürlich nicht den Schlamm, sondern die paar Gläschen für dieses Mißgeschick verantwortlich.

Man könnte meinen, es sei erst gestern gewesen, aber seit damals sind mehr als zwanzig Jahre vergangen, was vielleicht die Richtigkeit einer – oder eher: noch einer? – der Behauptungen des Agronomen Lartigue beweist. Der Agronom, das Diplombäuerlein, wie wir ihn hinter seinem Rücken nannten, tauchte in einem jener Momente bei uns auf, in denen sonst partout niemand kommen wollte, wenn man von den Sumpfvögeln einmal absieht. Er kam aus Buenos Aires, mit Koffern voller Bücher und dem Kopf voll unausgegorener Theorien. Wenn er sie im Laden von Constancio, einem Blechschuppen irgendwo mitten im Nichts, vor einem Haufen Landvolk zum besten gab, dessen Sorge dem Regen, dem Zustand der Herden und dem bevorstehenden Winter galt oder das vom Gin benebelt war, so wirkten sie überspannt, ja sogar fehl am Platze. An einem solchen Abend behauptete der Agronom:

»Die Zeit dauert nicht immer gleich lange. Eine Nacht kann kürzer oder länger sein als eine andere mit derselben Zahl von Stunden. Wer mir nicht glauben will, soll Coria fragen, einen Apotheker, der in Rosario lebt. Und das ist noch nicht alles: ehe man sich's versieht, kann die Gegenwart mit der Vergangenheit, vielleicht auch mit der Zukunft verschmelzen. Die Berichte vieler glaubwürdiger Geisterseher beweisen, daß ich die Wahrheit sage.«

Darlegungen dieser Art verursachen den gerade Anwesenden ein gewisses Unbehagen, da sie weder wissen, was das Ganze soll, noch was davon zu halten ist. Ein zuverlässiger Gewährsmann, der alte Panizza, sollte schließlich im vertrauten Kreis das Urteil in einen Satz fassen, der das allgemeine Empfinden widerspiegelte:

»Ganz schön aufgeblasen, das Bürschchen!«

Dennoch, etliche Zeit später gab jemand, der auch bei jener Sitzung zugegen gewesen war – ein Mann, der zu Recht allgemeine Hochachtung genießt, inzwischen fast schon ein Greis – bei einem Gespräch darüber zu:

»Ich habe die Erfahrung gemacht, daß mir Lauras Gesicht manchmal ganz verschwommen und entfernt vorkommt, wenn ich versuche, es mir wieder vorzustellen. Dann aber, in irgendeiner Nacht, wenn ich es am wenigsten erwarte, taucht sie in einem Traum auf, so klar, als hätte ich sie gerade noch einen Moment zuvor gesehen, und ohne Zweifel ganz real. Oder hat das nichts damit zu tun? Vielleicht habe ich ja auch nicht verstanden, was Lartigue sagen wollte.«

Es ist nicht zu leugnen, daß sich der Agronom sofort als ausgesprochen eigen erwies, kaum daß er in unsere Gegend kam. Jenes erste Mal, als wir ihn im Laden von Constancio (oder war es der von Basano?) sahen, verstieg er sich zu einer weitschweifigen Rede über die Frauen. Unsere Runde pflegte dieses Thema eher in launigem Ton abzuhandeln, in Form von komischen Geschichten oder irgendwelchen Späßen und scherzhaften Zweideutigkeiten. Aus all diesen Gründen mußte ein langer und, was noch schlimmer war, todernster Vortrag zunächst Verwirrung und schließlich Unwillen hervorrufen. Ich glaube, die Empfindungen der Freunde, die bei dieser Gelegenheit zugegen waren, richtig zu deuten, wenn ich sage, daß alle vertrauensvoll auf ein Wort, auf irgendein

Zeichen warteten, das die Dinge ins Lächerliche wenden würde. Es kam nicht.

Lartigue behauptete, daß eine abgrundtiefe Kluft jeden Mann und jede Frau, die gemeinsam durch Gottes Welt wandeln, voneinander trenne, und daß selbst ein gelegentliches Einvernehmen ohne jeden Zweifel auf einem absichtlichen Mißverstehen beruhe. Er schloß mit den Worten:

»Gerade dann, wenn der Mann besonders zufrieden mit sich ist, darf es nicht verwundern, daß es für die Frau keinerlei Anlaß zur Freude gibt.«

Ich kann Ihnen versichern, daß die Teilnehmer dieser Gesellschaft durchaus nicht empfindlich waren; dennoch wage ich zu behaupten, daß sie langsam ärgerlich wurden. Ich glaube, das war auch der Moment, in dem man Lartigue den Spitznamen »Schürzenjäger« verpaßt hat.

Ich habe immer schon gewußt, daß ich irgendwann einmal die Geschichte erzählen würde, die Sie gerade lesen. Auch für die Erzähler phantastischer Geschichten kommt einmal der Moment, wo sie begreifen müssen, daß die erste Pflicht des Schriftstellers darin besteht, einige wenige Ereignisse in Erinnerung zu bringen, einige wenige Orte und vor allem die Handvoll Personen, die das Schicksal untrennbar mit seinem Leben oder doch zumindest mit seinen Erinnerungen verbunden hat. Zum Teufel mit den Teufelsinseln, der Sinnesalchimie, der Zeitmaschine und mit den wundermächtigen Zauberern – so sagen wir uns und vertiefen uns ungeduldig in ein Gebiet, einen Distrikt, einen liebenswerten Bezirk im Süden der Provinz Buenos Aires.

Wenn es um eine wahre Geschichte geht, die Geheimnisse erahnen läßt, die sich die Schöpfungen der Phantasie nicht einmal träumen ließen, verspüren wir um so mehr den Drang, sie zu Papier zu bringen. Außerdem zieht die Entdeckung eines Bruchs in der so festgefügten Wirklichkeit jeden von uns an.

Um der Reihe nach zu erzählen, was geschah, muß ich bei Laura anfangen, bei Verona, dem Agronomen und dem Jaguar. Über Laura will ich nur das Nötigste sagen. Wenn ich mich nicht zusammennehme, schreibe ich ein ganzes Buch nur über sie und vergesse alles übrige. Don Nicolás Verona – fünfzig Jahre, glattrasiertes Gesicht, bedächtiger Gang, makellos weiße Gauchohosen, unfehlbar saubere Hände – war damals ein Oppositionsführer von anerkannter Autorität, darüber hinaus ein angesehener Mitbürger aus der siebten Unterabteilung jenes Bezirkes, von dem etwas weiter oben bereits kurz die Rede war. Obwohl wir wußten, daß er seine Estanzia »La Pacífica« von einem mysteriösen Herrn gepachtet hatte, der in Paris lebte, war für uns alle Don Nicolás der Herr über diese schlichte, aber schmucke Rinderfarm (schlicht war sie wegen der Gebäude, die dem entsprachen, was bei einer sogenannten Arbeits-Estanzia üblich war), sowie über ihre ansehnlichen dreitausend Hektar offenes Weideland, das über einen beträchtlichen Viehbestand verfügte. Gewöhnlich gutunterrichtete Kreise schrieben seiner Feder die rednerischen Bravourstücke so mancher seiner renommierten Parteifreunde zu.

Sei dem, wie ihm wolle; aus eigener Anschauung wissen wir jedenfalls, daß Verona, ein Mann von mehr als durchschnittlicher Bildung, eine bescheidene Bibliothek über Quiroga und seine Schlachten gegen General Paz zusammengetragen hatte, ohne den Überzeugungen untreu zu werden, die ihm Sarmientos »Zivilisation und Barbarei« eingeimpft hatte.* Um das Bild dieses trefflichen Mannes abzurunden, bleibt nur noch ein privater Umstand hinzuzufügen, der wichtigste von allen: an seiner Seite war Laura. Wer sie selbst kennengelernt hat, oder wem von den nachfolgenden Generationen das Privileg zuteil geworden ist, in das Archiv des Optikerladens Filippis an der Avenida San Martin, in Las Flores, eingelassen zu werden und dort ihr sorgsam retuschiertes Foto zu betrachten, der wird nicht umhinkönnen, die Legende dieser außergewöhnlichen Frau von weitgerühmter Schönheit lebendig zu erhalten. Sie war elegant und gebildet und schien dazu bestimmt, nicht bloß in der Bezirkshauptstadt, sondern auch in La Plata und Buenos Aires zu glänzen; dennoch: ohne die Verbitterung, zu der die Mädchen heutzutage ja leider neigen, schickte sie sich darein, sich zusammen mit dem rechtschaffenen Manne, den das Schicksal ihr beschieden hatte, in die Abgeschiedenheit einer Estanzia zurückzuziehen. Er natürlich liebte sie abgöttisch.

Wie Verona einmal bemerkte, war Laura keineswegs eine »Treibhausblüte«. Kurz nach ihrer Hochzeit, auf einem Wohltätigkeitsfest zugunsten des örtlichen Bürgervereins, gewann er ein

* 1845 ersch. Werk des arg. Schriftstellers und Staatsmannes D. F. Sarmiento, das (stark vereinfacht) dem stellvertretend für die »Barbarei« unter der Diktatur von Rosas stehenden Gauchoführer Facundo Quiroga die Vision eines fortschrittlichen, nach Europa hin geöffneten Argentinien gegenüberstellt. A. d. Ü.

Preisschießen. Nach seinem Triumph lud er sie ein, doch auch einmal ihr Glück zu versuchen. Laura übertraf sämtliche Rekorde.

Was den Agronom anbelangte, hätte es kaum Sinn zu leugnen, daß wir sehr wenig mit ihm gemein hatten. Obwohl er einer alteingesessenen Familie aus unserer Gegend entstammte, war er doch in der Stadt erzogen worden, und es trifft nun einmal zu, daß wir allen, die von dort kommen, von ganzem Herzen Unglück wünschen. Außerdem waren wir, warum sollte ich es verhehlen, längst dieser Diplom-Landwirte überdrüssig, »Studierte zweiter Klasse«, wie wir sie nannten, die kraft der Arroganz, die ihnen die Bücher verleihen, auf die Landleute herabsehen. Dabei ist das alles reine Theorie, die auf die Dauer bloß dazu nutze ist, ihnen ein Leben auf Kosten von Witwen und anderen hilflosen Wesen zu ermöglichen, oder – wenn sie selber Herren über einen Besitz sind – das durchzubringen, was sie von ihren Eltern ererbt haben. Verschlimmert wurde dieses ebenso bedauerliche wie altbekannte Bild durch den Umstand, daß Lartigue ein furchtbar nervöser Jüngling war, der sich andauernd mit irgendwelchen absonderlichen Lesefrüchten großtat und die Leute mit Erklärungen langweilte, die nicht einmal er selber verstand: über die Relativität der Dinge dieser Welt, über ein Büchlein, in dem stand, daß die Träume teilweise Voraussagen enthielten und schnell vergessen würden (was für eine Neuigkeit!), und daß man sie daher besser gleich nach dem Erwachen niederschreiben sollte. Er selbst erfüllte diese Forderung mit peinlichster Sorgfalt in einem Heft der Marke »Abiturient«, das respektierliche Mitbürger mit eigenen Augen gesehen haben. Außerdem faselte er noch etwas von einer weiteren Dimension, in der sich einmal irgend jemand, ein Flüchtling vermutlich, in Sicherheit gebracht habe, um wieder zurückzukehren, als die Gefahr vorüber war – praktisch unverändert, aber als Linkshänder; und noch mehr wirres Zeug vom gleichen Kaliber.

Zwischen Verona und Lartigue gab es noch einen besonderen Reibungspunkt: der Agronom war Konservativer, Verona Radikaler. In jenen Jahren herrschte viel Ärger zwischen beiden Parteien, viel Verbitterung. Andererseits konnte Don Nicolás nicht umhin anzuerkennen, daß die Lartigues – er war mit dem Vater und vorher schon mit dem Großvater bekannt gewesen – von jeher ganz prachtvolle Menschen waren, nicht mit Gold aufzuwiegen, wie man so sagt. Außerdem war der fragliche junge Mann mit bestem Willen und besten Absichten gekommen, was letzten Endes auch zählt. Der Leser möge alldem noch einen an sich unbedeutenden Umstand hinzufügen, der aber im Verlauf der Unterhaltungen dieser beiden so ungleichen Männer zu einem Freundschaftsband werden sollte. In der Tat entdeckten sie ziemlich bald ihre gemeinsame Leidenschaft für Wildwestfilme, oder Western, wie man heute auch sagt. Don Nicolás hatte sie um das Jahr 1929 herum in La Plata gesehen, vorzugsweise in den Filmtheatern der großen Diagonalstraßen, die das Schachbrettmuster der Stadt durchschneiden; Lartigue elf Jahre später in verschiedenen Kinosälen von Buenos Aires, von denen ihm noch das »Hindu« in Erinnerung geblieben war.

Don Nicolás pries die Filme von Tom Mix und von William Hart als unübertrefflich; Lartigue erwies sich als uneingeschränkter Bewunderer eines neueren Films mit dem Titel »Höllenfahrt nach Santa Fé«. Sie vertieften sich in die Materie und gelangten schließlich zu einem Gentlemen's Agreement des Inhaltes, daß beide die Filme William Harts denjenigen von Tom Mix vorzögen (an die sich Lartigue beim besten Willen nicht erinnern konnte, oder die er überhaupt nie gesehen hatte), und daß Verona dem Urteil des Agronomen über »Höllenfahrt nach Santa Fé« vertraute und sich in aller Form verpflichtete, den Film anzusehen, sobald er in Las Flores oder Azul gezeigt würde.

Ich glaube nicht, daß die Zuneigung, die Lartigue insgeheim für Laura empfand (aber können wir solche Empfindungen überhaupt je verheimlichen?), Don Nicolás sonderlich aufregte. In der Tat wußte dieser Mann, selbstbewußt und nicht mehr ganz jung, daß ihn schon viele um seine Frau beneidet hatten oder sie ihm noch neideten; deswegen ließ er sich noch lange nicht aus der Ruhe bringen.

Was das Äußere angeht, war Lartigue kein Mensch seiner Zeit; er wirkte viel eher wie ein unerklärliches Relikt von 1840, oder gar von 1800. Wie eine gemeinsame Freundin, die sein Bildnis in einem Medaillon um den Hals trug, einmal bemerkte: »Unter all den jungen Leuten amerikanischen Zuschnitts war er der einzige mit romantischen Zügen.«

Es war also in Basanos Gemischtwarenladen, oder vielleicht in der Schenke von Constancio, wo Don Nicolás und der Agronom das erste Mal aufeinandertrafen. Don Nicolás hatte sich einen schweren ledernen Brustschutz von seinem Schimmelgespann übergelegt, weil das bequemer für ihn war, als ihn die ganze Zeit zu tragen. Es handelte sich um ein Modell, das nicht mehr hergestellt wurde, und er brachte es zu dem Händler, der versuchen sollte, noch ein gleiches in der Sattlerei von Arías oder bei Casimiro Gómez für ihn aufzutreiben. An der Theke stand Lartigue, mit dem Rücken zur Eingangstür und im Halbkreis umlagert von einer Gruppe von Stammgästen. Er erging sich eben in weitschweifigen Erläuterungen und bat praktisch im gleichen Atemzug um Auskünfte über den Jaguar, der sich damals gerade einem Gerücht oder der Sage nach in der Gegend herumtreiben sollte, die östlich an die Schlucht des Gualichobaches und die Bezirke Pila und Rauch angrenzt. Welches Interesse an einem Gespräch über Raubkatzen mochten diese Leute schon groß haben, die nur daran dachten, die nötigen Waren einzukaufen, ihre Tiere auf die Weide zu bringen oder sie eben sterben zu lassen? Dessenungeachtet ließen sie sich auf diese Unterhaltung mit ihm ein, denn Höflichkeit ging vor, wie es nun einmal bei den Menschen vom Lande üblich ist.

Basilio Jara versicherte, daß Chorén den Jaguar in der Nähe des heute in Trümmern liegenden Hauptgebäudes der alten Estanzia von Bruno gesehen habe, und noch einmal an den Ufern des Großen Sees; und daß ihn Bathis, als er eines Abends mit seiner Kalesche auf dem Heimweg zu seinem Stück Land bei Martillo war, »besichtigt« (er wollte sagen: gesichtet) habe; irgendwo in jenem mit Pfeilgras überwucherten Gelände, das von kleinen Nagern und Haubenreihern nur so wimmelte. Dieses Rieddickicht erstreckt sich über mehr als drei Meilen bis hin zu dem Wildbach, der dort zwischen fast senkrecht abfallenden Steilufern eingepfercht dahinschießt.

Der Agronom beharrte auf seinem Standpunkt: »Ich will bestimmt niemandem widersprechen; am allerwenigsten einem alten Freund der Familie wie Basilio, von dem man bei uns immer voll Lob und Zuneigung gesprochen hat. Dennoch kann ich nicht leugnen, daß ich bei dem Jaguar so meine Zweifel habe.«

Don Nicolás fragte von oben herab (da die Tür niedrig war, mußte er sich beim Eintreten etwas bücken): »Da der Herr nun einmal, wenn auch ohne die Absicht, die Augenzeugen Lügen zu strafen, nicht an den Jaguar glaubt, sollte er die Güte haben, uns mit seiner eigenen Meinung zu beehren.«

»Ich weiß wirklich nicht, was ich denken soll«, antwortete mit der größten Ungezwungenheit der Agronom.

Gegen das Licht konnte man Don Nicolás unter seiner ledernen Armierung leicht für eine unerklärliche und bedrohliche Erscheinung halten. Seine ruhige Stimme, die dazu angetan war, dem Auftritt jeden Schrecken sogleich wieder zu nehmen, fragte nachdrücklich:

»Der Herr argwöhnt, daß es sich möglicherweise um ein Produkt der Einbildung der hiesigen Bewohner handelt? Es läßt sich nicht leugnen, daß die Geschichte anderer Gegenden von dergleichen Mythen berichtet. Deute ich Ihre Worte richtig?«

»Mir hat man gesagt, daß ein Hund, der Schafe reißt, gleich getötet wird.«

Der Offizier Baroffio, der in seiner Person Befehlsgewalt und Mannschaft unseres Polizeipostens vereinte, erklärte: »Ein Hund, der unter dem Vieh wildert, richtet großes Unheil an.«

Er war blond und breitschultrig. Sein riesiger Mund lächelte voller Befriedigung darüber, alles in bewundernswerter Weise geklärt zu haben.

»Und der Jaguar?« fragte Lartigue.

»Ein Jaguar muß furchtbar schrecklich sein«, räumte Baroffio ein.

Don Nicolás lächelte voller Wohlwollen. »Ich verstehe, daß der Herr Agronom niemandem zu nahe treten will«, versicherte er, »aber im Grunde muß er doch wohl denken, daß man uns, sofern wir in dieser Angelegenheit nicht lügen, ganz schön an der Nase herumgeführt hat.«

Verneinend schüttelte Lartigue den Kopf. Dann sprach er zögernd, wie jemand, der um Entschuldigung bittet: »Es ist nur, daß ich immer geglaubt habe, der letzte Jaguar, von dem man hier im Süden der Provinz gehört hat, sei 1882 getötet worden, unweit der Bezirksgrenzen von Olavarría, Bolívar und Tapalqué. Als ich klein war, habe ich sein Fell gesehen. Es war im Büro des alten Magazins von El Sauce an die Wand genagelt. Erinnern Sie sich noch an das Magazin? Wie Sie verstehen werden, muß die Tatsache, daß sechzig Jahre danach erneut ein Jaguar aufgetaucht sein soll, einem Manne, der seit jeher an den Fortschritt geglaubt hat, beinahe unglaublich erscheinen. Es versteht sich, daß der Romantiker in mir nichts lieber möchte, als daran zu glauben.«

»Es gibt keinen besseren Weg, um alle Zweifel zu beseitigen, als einen Ausflug in persona. Ein paar Tage im Freien kampiert, höchstpersönlich, in unserem Falle der Herr ...«

Hier nannte der Agronom seinen Namen, Verona den seinen, und auf die wechselseitige Vorstellung folgten warme Worte, die das enge Band der Freundschaft und die gegenseitige Wertschätzung von Don Nicolás und der Familie Lartigue hervorhoben.

Es schien, als sollte diese von beiden zur Schau getragene großmütige Gesinnung den weiteren Verlauf der Dinge verändern, aber schließlich brachte Lartigue mit seiner absonderlichen Besessenheit von dem Jaguar Verona dazu, wieder zu seiner mutwilligen Taktik zurückzukehren und ihn weiter aufzustacheln.

»Es ist ganz einfach«, sagte er. »Sie lagern im alten Hauptgebäude von Brunos Estanzia. Zu Fuß durchstreifen Sie in Ruhe das Pfeilgras, und am Abend, kurz vor Sonnenuntergang, legen Sie sich in der Nähe des Sees auf die Lauer, in der Hoffnung, daß der Jaguar höchstselbst dort erscheint, sobald ihn sein Durst dazu treibt. Die ganze Vorstellung wird Sie gerade ein paar Tage kosten.«

Das war ein hinterhältiger Ratschlag. Offensichtlich ließ sich Don Nicolás, den wir alle als besonnenen Mann kennen, in diesem Moment von der Versuchung hinreißen, sich über den jungen Agronom lustig zu machen. Die Vorstellung, sich auf Kosten desjenigen, der aus der Stadt kommt, einen Spaß zu machen – für wen wäre sie nicht verlockend? Verona wußte ganz genau, daß der Agronom danach strebte, als einer von uns anerkannt zu werden – was sein gutes Recht war, da er einer Familie entstammte, die schon seit alters her in der Gegend ansässig war –, und aus purer Böswilligkeit legte er ihm Stolpersteine in den Weg, damit er dieses Ziel nicht so einfach erreichte. Wenn er seine Zeit damit vergeudete, mehr oder weniger fabelhaften Raubkatzen nachzustellen, anstatt sich auf seine Arbeit zu konzentrieren, würde sich Lartigue mit der Vorstellung vertraut machen müssen, zum Gespött der gesamten Nachbarschaft zu werden. Nie werden wir vergessen, wie sich der Verwalter von Quemado, ein gewisser Baron Englehart, für immer unmöglich machte, als ruchbar wurde, daß er die Wochenenden auf der Entenjagd verbrachte; mitten im See, in einem wasserdichten Anzug, den er sich extra aus Deutschland hatte kommen lassen – das Wasser stand ihm dabei bis zum Hals, und auf dem Kopf trug er zur Tarnung ein paar Tollkirschenzweige.

Manchmal glaube ich, daß der Agronom mit seinem Fortschrittsglauben gar nicht so falsch lag. Alberne Streiche von der Art dieses

Versuches, ihn dazu zu verleiten, ein paar Tage in dem alten Gemäuer herumzulungern, konnten sich damals des allgemeinen Beifalls sicher sein; heute würden sie als armselig abgetan. Die Beteiligung von Don Nicolás, einem großmütigen und gutartigen Mann, an solch einem erbärmlichen Unfug betrübt mich ein wenig und erscheint mir in jedem Falle unpassend. Wie ich bereits sagte: Späße dieser Art entsprachen nicht dem Charakter des einzelnen, sondern dem der Zeit. Wer damals dergleichen hätte mißbilligen sollen, mußte schon eine wirklich überragende Persönlichkeit sein, so wie Laura. Was mich betrifft, so bekenne ich, daß ich zu den amüsierten Zuschauern zählte.

Soviel ist jedenfalls gewiß: der Streich, Spaß oder was es auch immer gewesen sein mag, wendete sich letztlich gegen Don Nicolás selbst. Anfangs noch auf lustige Weise; später nicht mehr.

Ich muß einräumen, daß es von der eben erwähnten allgemeinen Zustimmung noch eine weitere Ausnahme gab. Polizeioffizier Baroffio sagte nämlich:

»Da wir augenblicklich nicht nur Wasser haben, sondern auch Viehdiebe, bin ich andauernd unterwegs, um dieses Gesindel ein wenig aufzuscheuchen.« Er machte eine Pause und wandte sich sogleich in lebhafterem Ton an Lartigue: »Irgendwann in den nächsten Tagen werde ich einmal bei der Ruine von Brunos Estanzia vorbeischauen, und wenn ich den Jaguar zu Gesicht bekomme, sage ich Ihnen Bescheid; Sie könnten mich dann ja begleiten, und wir sehen, ob wir zum Schuß kommen. Was halten Sie davon?«

Offensichtlich versuchte er, ihn vor der Falle zu bewahren, die man ihm gestellt hatte. Es wurden allerdings auch Stimmen laut, die das Eingreifen Baroffios einer ihm unterstellten Abneigung gegen Verona zuschrieben. Es stimmt schon, daß selbst in Gegenden wie der unseren, wo wirklich alle gut Freund miteinander sind, Reibereien, ja sogar Zusammenstöße zwischen Polizei und Opposition unvermeidlich sind.

Wer partout zur Schlachtbank will, läßt sich nicht aufhalten. Lartigue fragte Verona: »Und wenn man auf dieser Estanzia sein Lager aufschlagen will – muß man dann die Erlaubnis des Herrn Bruno einholen?«

Irgendwer bemerkte spöttisch: »Wie alt dürfte er jetzt sein, wenn er noch am Leben wäre?«

»Mindestens hundert, niedrig geschätzt«, antwortete Jara.

»Er war, wie man so sagt, mit allen Wassern gewaschen«, bemerkte Don Nicolás. »Ohne irgendwelche Spuren zu hinterlassen, ist er so um das Jahr 1908 herum verschwunden.«

Baroffio ergänzte: »Dafür hinterließ er einen ganzen Rattenschwanz von Prozessen beim Gericht von Azul. Es ist immer noch nicht klar, wem das Land eigentlich gehört.«

»Bruno war hier eine lokale Berühmtheit«, erläuterte Don Nicolás.

»Ich bin sicher«, sagte Basilio, »daß Herr Lartigue bei sich zu Hause schon von Bruno gehört hat.«

»Er hatte die besten Rennpferde von ganz Pardo. Ihre Mähnen waren ganz nett gestutzt, das muß man schon sagen«, meinte Osán.

»Mir ist fast, als wenn ich ihn vor mir sähe«, sagte Don Nicolás. »Elegant, mit buntbestickter Weste, und spielerisch mit seiner Reitpeitsche wippend. Ab und zu erlaubte er sich das, was man eine großzügige Geste zu nennen pflegt, weil es ihm gefiel, wenn man von ihm sprach. Ein Spieler und Querulant, ein Streithammel und Schürzenjäger – er war wirklich ein unangenehmer Mitbürger.«

Wenige Tage nach dieser Unterhaltung öffnete Laura eines Abends, als Don Nicolás gerade im Büro seiner Estanzia arbeitete, die Tür einen Spalt und flüsterte ihm lächelnd und mit leicht geröteten Wangen zu: »Wetten, daß du nicht rätst, wer zu Besuch gekommen ist?«

Don Nicolás erriet es nicht. Der Agronom war jener Besuch, und lange, bevor er Platz nahm, um den Likör und das Gebäck zu probieren, das Laura auf ihrem silbernen Tablett hereinbrachte, begann er in der denkbar wirrsten Manier zu reden. Er kam zum hundertsten Mal, man ahnt es bereits, mit seiner fixen Idee: »Was mich zu Ihnen führt, ist die Ungewißheit wegen des Jaguars. Vielleicht halten Sie mich für verrückt, aber ich werde erst wieder Ruhe finden, wenn ich herausgefunden habe, ob der Jaguar existiert oder nicht. Es wäre einfach zu schön, wenn es ihn gäbe. Natürlich neigt ein Mann mit moderner Bildung wie ich eher zur Skepsis.«

Don Nicolás mißfiel diese schlechte Angewohnheit, die unter den jungen Leuten aus der Stadt so verbreitet ist, zutiefst: gerade weil sie von dort sind, müßten sie eigentlich ein anderes Benehmen an den Tag legen; aber nein, mir nichts dir nichts kommen sie gleich zur Sache. Seine Antwort sollte Lartigue daher eine Lehre sein:

»Bevor wir uns gänzlich der Erörterung unserer Angelegenheiten zuwenden – sollten wir da nicht zunächst diesem netten kleinen Tablett die gebührende Ehre erweisen?«

Es schien ihm ungehörig, die Artigkeiten seiner Frau hinzunehmen, ohne sie in angemessener Form zu würdigen und dankbar anzuerkennen.

Der junge Lartigue zügelte sichtbar seine Ungeduld, während man ihn mit kleinen Keksen, Honigküchlein und diversen anderen Süßigkeiten vollstopfte. Endlich gelang es ihm, einen kurzen, einigermaßen verständlichen Satz hervorzubringen, der den Hausherrn aus der Fassung brachte. Er bat ihn darum, ihn auf seiner Erkundungsfahrt zu Brunos verfallener Estanzia zu begleiten!

Hätte er sich nicht eben noch besonnen, Don Nicolás hätte ihn auf der Stelle gefragt, wie er sich bloß einbilden könnte, ein angesehener Mann würde sich zu einer derart albernen Posse hergeben und in dieser Gegend einem Jaguar nachstellen; aber im letzten Moment wurde ihm klar, daß er selbst es ja gewesen war, der solch einen Unfug vorgeschlagen hatte. So schluckte er seine Worte gerade noch herunter und verwies ohne erkennbaren Zusammenhang darauf, daß für die jungen Leute durchaus gut sein könne, was den Älteren abträglich sei, und daß die Jugend keine Furcht kenne.

»Aber Sie, Herr Verona, glauben doch nicht an eine wirkliche Gefahr?«

»Wirklich oder nicht; wer immer dort die Nacht verbringen will, wird all seinen Mut benötigen.«

»Wegen des Jaguars?«

»Zuerst wegen des Jaguars. Das Waldstück dort hat zum Teil dichtes Unterholz und geht zum See hin in ein Rohrdickicht über. Dort gibt es so viele Schlupfwinkel, daß es besser wäre, nicht auf den Jaguar zu stoßen. Das Tier ist so verschlagen, daß es einen jederzeit böse überraschen kann. Des weiteren braucht man all seinen Mut...«

»Ihre Gattin sagte mir, daß das Haus verlassen sei, und daß man nachts Geräusche hören könne.«

Verona schaute ihn forschend an. Dann sagte er: »Meine Gattin hat Ihnen da nichts vorgemacht.«

»Gespenster?«

»Vielleicht ist es bloß ein einfacher Landstreicher, der nichts weiter will, als daß man ihn in Frieden läßt. Ein armer Herumtreiber, der, nur um seinen Unterschlupf zu verteidigen, nicht zögern wird, Ihnen mit dem Knüppel eins überzuziehen und Sie ins Jenseits zu befördern, wenn Sie nicht höllisch aufpassen.«

Offensichtlich fachten diese Erklärungen die Neugier des Agronomen nur noch weiter an und bestärkten ihn endgültig in seinem Entschluß, so bald wie irgend möglich ein Wochenende auf Brunos Anwesen zuzubringen. Hatte sich Don Nicolás seinerseits zu Beginn der Unterhaltung, als er meinte, mit Lartigue Katz und Maus spielen zu können, noch königlich amüsiert, so dürfen Sie mir glauben, daß auch er nicht ungeschoren davonkam. Jede seiner Weigerungen, an dem heroischen Unternehmen mitzuwirken, stieß auf die Beharrlichkeit des Agronomen, der mit nur unwesentlichen Variationen unablässig wiederholte: »Aber Sie müssen mich begleiten, Herr Verona.«

Zu allem Übel erschreckte die für gewöhnlich so verständige Laura ihren Gatten mit den Worten: »Du und ich, wir begleiten ihn beide.«

Sie hören richtig: »Wir begleiten ihn.«

Der Augenblick des Abschieds nahte, und man ging zur Koppel, auf der Lartigues Pferd graste.

Kaum waren sie wieder allein, schaute Don Nicolás prüfend in Richtung Süden und erklärte: »Zum Glück wird es weiterregnen.«

»Was bist du doch nur für ein schlechter Kerl«, sagte Laura. »Bloß damit du nicht mit ihm zu gehen brauchst, soll es ruhig weiterregnen. Wenn du ihn sowieso nicht begleiten wolltest, warum hast du ihn dann überhaupt erst dazu gedrängt loszuziehen?«

»Was soll denn diesem Burschen schon groß passieren? Zwei oder drei Tage vergebliches Herumsitzen und Warten auf einen Jaguar, den es nicht gibt.«

»Und die dazugehörigen Nächte! Hast du nicht daran gedacht, daß ihm irgend so ein unvermeidlicher Witzbold vielleicht einen Schrecken einjagen könnte? Wenn da nur kein Unglück geschieht!«

»Ich finde, jetzt übertreibst du aber, Laura.«

Das fand er, aber er irrte sich.

»Dieser ganze Streich ist eine einzige Kinderei, Nicolás«, warf ihm seine Frau vor. »Eine ziemlich unwürdige Kinderei.«

Noch auf dem Rückweg zwischen Koppel und Haus gelobte er, bei der nächsten Unterredung mit dem jungen Mann alles daranzusetzen, ihm die Fahrt auszureden. Er war wohl der Ansicht, daß dieses Versprechen eine Belohnung wert sei, denn er sagte: »Und wir zwei – wollen wir nicht am Samstagabend ins Kino gehen? In Las Flores spielen sie ›Rache für Jesse James‹.«

Bereitwillig ging Laura auf den Vorschlag ein, obwohl sie eigentlich nicht gerade für Wildwestfilme schwärmte.

Eines Mittwochs erschien Lartigue, dem Regen zum Trotz, erneut auf »La Pacífica«. Es nützte gar nichts, daß Don Nicolás hundert Gegenargumente vorbrachte: jeder Versuch, Lartigue von seinem Vorhaben abzubringen, stachelte ihn nur um so mehr an. Dieser Überzeugung muß wohl auch Laura gewesen sein, denn sie verkündete (»um dem Ganzen endlich ein Ende zu machen«, wie sie später erklären sollte): »Wir fahren alle drei.«

»Wann?« fragte Lartigue.

Man konnte sich nicht auf den Tag einigen. Dieses Mal machte Don Nicolás der Sache ein Ende, indem er sagte: »Morgen.«

»Soll ich mein Gewehr mitbringen?«

»Ganz wie Sie wollen. Das ist keine schlechte Idee: Ich nehme die Winchester mit, und noch ein Gewehr für Laura. Wir erwarten Sie nach der Siesta.«

Der Agronom brach sehr schnell wieder auf; vielleicht, um den Veronas keine Zeit zu lassen, ihren Entschluß zu bereuen.

Als sie alleine waren, bemerkte Don Nicolás: »Du wirst sehen, am Samstag sind wir immer noch dort.«

»Bestimmt.«

»Aber du und ich, wir hatten doch etwas vor!«

»Ins Kino zu gehen? Du bist wirklich ein kleiner Junge«, antwortete Laura liebevoll.

Natürlich ließ am nächsten Tag der Agronom auf sich warten, was Don Nicolás zu einer wütenden Schmährede gegen »diese Jugend« veranlaßte, die man »zur Verweichlichung erzogen« habe.

Um die Zeit totzuschlagen, gingen sie bis zum Schuppen; sie wollten sehen, ob der Knecht die kleine Kutsche schon angespannt hätte. Es war kalt; ab und zu fiel ein feiner Nieselregen. Don Nicolás blickte zum Himmel und sagte verärgert: »Es ist doch zu traurig. Jetzt klart es auch noch auf.«

Dann versicherte er, daß die eigentliche Kinderei die Fahrt sei, auf die sie sich an diesem Nachmittag begeben würden.

Der Wagen stand bei der Koppel bereit, die Schimmel waren angeschirrt.

»Wenn wir uns nun schon auf eine Kinderei eingelassen haben«, sagte Laura, so als ob sie laut nachdächte, »dann ist es das Beste, wir betrachten das Ganze als Spaß und grämen uns nicht.«

»Ich werde mich gut benehmen«, versprach Verona lächelnd. »Soviel Glück verdiene ich gar nicht.«

»Welches Glück?«

Darauf sagte er einen Satz, den er nie mehr vergessen sollte: »Solange ich dich an meiner Seite habe, was kümmert mich da, was so ein Bürschlein wie Lartigue tut oder nicht tut?«

Als das Bürschlein endlich kam, half ihm Don Nicolás, den Wagen mit Stühlen, Tischen, Decken, Feldbetten und etlichen Taschen zu beladen, von denen einige voll Lebensmittel waren, andere Geschirr und Küchengerätschaften enthielten; schließlich noch die Winchester und die beiden anderen Gewehre.

Von dem Moment an, wo es Don Nicolás gelang, seine instinktive Abneigung gegen den jungen Agronom zu verdrängen, amüsierte er sich bestens und trug das Seine dazu bei, daß sich die anderen auch amüsierten. Man machte es sich zu dritt auf dem Kutschbock bequem, die Peitsche knallte lustig durch die Luft, und auf alten Wagenspuren durch das offen vor ihnen daliegende Land machten sie sich an diesem kalten, herbstlichen Nachmittag auf den Weg zu der alten Ruine des Jaguars, wo Abenteuer und Unheil ihrer harrten.

Sie hatten gerade die Umzäunung von »El Perdido« passiert, einem Stück Weideland der Constancios, als sie einen Fuchs im hohen Gras verschwinden sahen.

»War das ein Fuchs oder ein Hund?« fragte Lartigue.

»Ein Fuchs«, antwortete Don Nicolás.

»Ich hatte geglaubt, daß es hier in der Gegend gar keine Füchse mehr gäbe.«

»Es gab auch keine mehr; aber die jungen Leute sind in die Hauptstadt abgewandert, das Land blieb entvölkert zurück, und das Raubzeug kehrte wieder.«

»Was für Raubzeug?«

»Sie dürfen nicht erschrecken, wenn Sie auf Füchse, Wildkatzen und ab und zu sogar auf einen großen Pampahasen stoßen.«

»Ich mache Sie darauf aufmerksam, daß Sie den Jaguar nicht erwähnt haben.«

Der Agronom fügte halb im Scherz hinzu, daß man offensichtlich wieder in einer genauso wilden und gefährlichen Gegend lebte wie »damals, als man das Gebiet hier nur ›die Wildnis‹ nannte«.

Die Fahrt dauerte lange, und es gab Zeit genug, sich den unterschiedlichsten Themen zu widmen. So sprach man von Bruno, von seinen Rennpferden, seinen Streitigkeiten, seinen auffälligen Westen und von seinem Ruf als Raufbold und Betrüger.

Als sie kurz vor ihrem Ziel waren, fiel Verona und Lartigue ein Wildwestfilm ein, den sie in La Plata beziehungsweise in Buenos Aires im Kino gesehen hatten. Den Titel hatten sie vergessen, nicht aber eine Szene, die in einem Saloon mit Schwingtüren spielte. Sie waren sich beide sicher, daß die Heldin mit irgend jemandem zu Pferd flüchtete, im Anschluß an eine sehenswerte Schlägerei zwischen dem Barmann, der eine hochelegante, mit Mustern bestickte Weste trug, und einem Gast, der – unter seinem Hosenbein – ein kurzes Messer im Stiefel versteckt hatte.

»Mit wem ist die Hauptdarstellerin geflohen?« fragte Laura.

»Mit wem sollte sie schon gehen?« gab Don Nicolás zurück. »Mit dem Helden natürlich!«

»Der Held der Männer«, bemerkte Laura, »ist nicht immer auch der Held der Frauen.«

Lartigue antwortete: »Das ist nur allzu wahr; Sie sollten aber nicht vergessen, meine Dame, daß es im Film immer nur einen Helden gibt.«

In einiger Entfernung entdeckte Lartigue einen länglichen, bewachsenen Flecken. Eine Vorahnung ließ ihn fragen: »Ist es dort?«

»Dort ist es«, antwortete Verona.

Aus der Nähe zeigte sich, daß der dichtwuchernde kleine Wald nicht nur die üblichen Eukalyptusbäume aufwies, sondern darüber hinaus Kasuarinen, Pappeln, Weiden und eine verschwenderische Vielfalt an Obstbäumen, duftenden Pflanzen, Rieddickicht und ringsumher Cina-Cina-Gestrüpp. Das Haus war groß, von quadratischem Grundriß; auf seinem gestreckten, nicht sonderlich steilen Dach konnte man zerbrochene Ziegel erkennen.

Kaum hatten sie angehalten, begann Lartigue, den Wagen zu

entladen. Verona hielt ihn zurück: »Nicht so hastig, junger Mann. Zuerst müssen wir herausfinden, ob wir dort drinnen überhaupt schlafen können, oder ob wir uns nicht besser wieder auf den Heimweg machen sollten.«

Sie untersuchten das Haus. Laura und Lartigue fühlten sich dabei wiederholt zu Bewunderungsrufen veranlaßt. Verona schüttelte den Kopf und meinte: »Der Zustand ist miserabel. Es gibt praktisch keine heile Türe mehr und kein Fenster.«

»Dafür stehen uns«, beeilte sich Lartigue zu entgegnen, »die Wände und das Dach zur Verfügung.«

»Zum Glück haben wir einen Stapel Ponchos mitgenommen«, sagte Laura.

In der Ferne hörte man das Windrad einer Pumpe knarren.

»Fördert das Rad noch Wasser?« fragte Lartigue.

»Wenn nötig, reparieren es die Siedler aus der Umgebung. Das Wasser ist sehr gut.«

Mit Lartigue als Helfer machte sich Laura daran, die Zimmer zu säubern. Obwohl Verona selber nichts tat, überkam ihn unversehens eine derartige Müdigkeit, daß er nach draußen ging, fast als wollte er sich davonstehlen. Ihm fiel ein, daß Laura dieser Tage (aber aus welchem Anlaß?) zu ihm gesagt hatte: »Du bist noch ein kleiner Junge«, und er dachte: »Wir benehmen uns wirklich wie die kleinen Kinder, einer wie der andere. Nicht einmal meine Laura kann sich davon freimachen; jetzt spielt sie Hauseinrichten mit diesem Burschen Lartigue, ohne auch nur einen Augenblick daran zu denken, daß es nichts weiter als ein armseliger Trümmerhaufen ist.«

In tiefes Grübeln versunken durchstreifte er das Wäldchen, bis er mit einem Mal auf freies Feld und dann an das Ufer des Sees gelangte. Voller Unbehagen wurde ihm bewußt, daß er die Winchester nicht mitgenommen hatte. »Wenn der Jaguar auftaucht, bleibt mir nichts weiter übrig, als mit verschränkten Armen zuzusehen, wie er wieder verschwindet.« Er überlegte: »Offensichtlich bin ich jetzt an der Reihe mit dem Spiel, es gäbe den Jaguar wirklich.« Der See war groß, voller Binsen und voller Vögel. Eine Weile schaute er auf das Wasser oder verharrte so, als ob er darauf schaute, geistesabwesend, mißmutig und melancholisch.

Bei seiner Rückkehr erwartete ihn eine Überraschung. Von innen war das Haus wie verwandelt. Die beiden hatten Böden und

Wände gesäubert; sie hatten Unkraut ausgerissen und Ponchos aufgehängt, um die Öffnungen von Fenstern und Türen zu verschließen.

»Dies ist das Eßzimmer«, sagte Laura. »Jetzt zeige ich dir die Schlafräume.«

»Das ist unserer«, sagte Verona.

»Gefällt es dir?«

»Man könnte beinahe Lust bekommen, hier wohnen zu bleiben.«

»Ich zeige Ihnen mein Zimmer«, sagte Lartigue.

Auf einem Tisch neben dem Feldbett sah Verona das berühmte »Abiturient«-Heft liegen, in dem der junge Mann seine Träume festzuhalten pflegte. Es war das erste, was er sah.

Laura schickte sie beide zum Brennholzsammeln. Als sie damit zurückkamen, bat sie die zwei, sich noch ein wenig die Beine zu vertreten.

»Seid mir nicht böse, aber wenn die Frau in der Küche zu tun hat, ist der Mann nur im Wege«, erklärte sie.

Weniger einem festen Ziel folgend, als vielmehr darauf bedacht, den zahllosen Tümpeln auszuweichen, drangen sie ins Röhricht vor, das tiefer lag als das umliegende Gebiet.

»Seien Sie ehrlich«, bat der Agronom. »Gibt es nach Ihrer Meinung den Jaguar oder gibt es ihn nicht?«

»Um das herauszufinden, sind wir hier; also immer schön mit der Ruhe. Einstweilen sollten wir davon ausgehen, daß der Jaguar existiert. Aus Vorsicht, Sie verstehen, um böse Überraschungen und Unglücke zu vermeiden.«

Indem sie sich mit den Händen einen Weg bahnten, arbeiteten sie sich durch das Schilfrohr vorwärts.

Der Agronom bemerkte: »In solch einem Dickicht könnte es überall einen Jaguar geben. Einen Jaguar auf der Lauer.«

»Das sage ich ja. Und was das Schlimmste ist: wir haben keinen Hund dabei.«

»Wenn irgendwo ein Jaguar lauert, entdeckt der Hund ihn ...«

Don Nicolás sprach langsam und bedächtig: »Viel eher als wir.«

Der Agronom lachte nervös auf und unterbrach ihn: »Wir werden ihn genau in dem Moment entdecken, wo er uns die Kehle durchbeißt.«

Don Nicolás meinte: »Das sage ich ja immer. Außerdem ist ein Hund beim Kampf sehr nützlich. Aber es muß deutlich gesagt werden, daß es bei diesem Ausflug noch andere Gefahren als den Jaguar gibt.«

»Sie haben schon davon gesprochen, daß in der Ruine vielleicht ein Landstreicher hausen könnte.«

»Dagegen habe ich Ihnen noch nichts von der Gefahr gesagt, daß wir uns gegenseitig über den Haufen schießen könnten.«

»Warum sollten wir einander über den Haufen schießen?«

»Wir wären nicht die ersten. Stellen Sie sich einmal vor, Sie gingen auf der rechten, ich auf der linken Seite. Plötzlich sehe ich, wie sich im Röhricht etwas bewegt. Ich lege an und schieße. Es war gar nicht der Jaguar – Sie waren es. Solche Unfälle sind schon vorgekommen, und sie werden immer wieder vorkommen. Um dergleichen zu verhindern, erlaube ich mir, Sie an eine äußerst wichtige Regel zu erinnern: niemals die Waffe mitzunehmen, wenn wir nicht zusammen losgehen. Wollen wir uns an diese Regel halten?«

»Ganz wie Sie wünschen.«

»Sie sind noch nicht überzeugt. Es glaubt so lange niemand an ein Unglück, bis es schließlich passiert.«

»Es wird schon nichts passieren, Don Nicolás.«

»Trotzdem: Sind wir uns nun ganz darüber einig, daß niemand bewaffnet loszieht, solange er nicht mit dem anderen zusammen ist, oder sind wir es nicht?«

»Wir sind uns einig, Don Nicolás. Fürs erste sind wir heute zu zweit unterwegs und haben trotzdem keine Waffe mitgenommen.«

»Was genauso leichtsinnig ist, glauben Sie mir.«

Das Vorwärtskommen im Gehölz wurde ihnen langsam anstrengend; sie ertrugen auch ihren Hunger und hielten aus. Dafür belohnte sie dann Lauras Mahl: man begann mit der stärkenden Suppe, wandte sich danach einem phantastischen Huhn zu, und widmete sich zum krönenden Abschluß einer Karamelspeise, wie es sie nur in Argentinien gibt. Das gute, von einem reichhaltigen Weinsortiment unterstützte Essen machte sie kein bißchen schläfrig, sondern ließ im Gegenteil Herzlichkeit und Gesprächslaune aufs neue aufleben.

Der Agronom und Laura wollten beide mehr über Bruno erfahren. Verona beharrte nachdrücklich darauf, daß er gewalttätig und egoistisch gewesen sei.

»Seine eigenen Geschwister behandelte er miserabel«, erklärte er. »Niemals zeigte er irgendwelche Anzeichen von Zuneigung für seine Blutsverwandten, wie sie die meisten Sterblichen von Natur aus und ganz selbstverständlich empfinden. Ich würde ihn als einen Menschen alter Prägung schildern, dem Veränderungen und Fortschritt zutiefst zuwider waren. Ich erinnere mich noch genau an ihn: er benutzte eine Brillantine mit Veilchenduft; deshalb glänzte sein Haar immer und war sogar regelrecht fettig. Diese Eigentümlichkeit fiel einem auf den ersten Blick auf, vor allem an der Haarsträhne, die ihm in einer Welle ins Gesicht fiel. Er trug einen gewaltigen Schnauzbart, den er einem Ondit zufolge allmorgendlich mit Bartwichse und -binde in die gewünschte Form zu bringen pflegte. Der Mann trug eine gewisse Art ausgefallener Eleganz zur Schau und war der erste, um nicht zu sagen der einzige in der ganzen Gegend, der buntbestickte Westen trug.«

Laura fragte:

»Aber feige war er doch nicht?«

»Das ist ja gerade die Sache: es kam vor, daß ihn irgend jemand in gerechter Empörung an seinen Platz verweisen wollte, um dann zu seiner Bestürzung festzustellen, daß Bruno zwar ein erbärmlicher Betrüger sein mochte, außerdem aber auch noch Manns genug und womöglich eher dazu bereit war als der Betreffende selbst, jederzeit bis zum Äußersten zu gehen.«

Von diesem seltsamen Exemplar eines Estanzieros von altem Schrot und Korn wandte sich die Unterhaltung dem Fortschritt zu, in unserem Land und im allgemeinen, sowie den jeweiligen Vorzügen von Fortschritt und Tradition. Beide Männer entpuppten sich als wortgewandte Plauderer, die von dem Thema etwas verstanden und sogar geistreich sein konnten. Vielleicht beflügelte sie insgeheim das Verlangen, sich vor der Dame hervorzutun. Lartigue sprach von »modernem Konservatismus«, und Verona erklärte, daß an diesem Abend und in diesen Mauern »das politische Spektrum unseres Landes« in angemessener Form und in seiner Gesamtheit vertreten sei.

Bei Tagesanbruch fügten sie sich endlich Lauras inständigen Bitten und begaben sich zur Ruhe. Beide waren müde, aber zufrieden mit sich, der Diskussion und sogar mit dem Kontrahenten, den ihnen der Zufall beschert hatte.

Am Samstag kamen die Männer bis zum Ufer des Sees, während Laura das Mittagessen vorbereitete. Ihre Waffen hatten sie mitgenommen.

»Haben Sie gehört?« fragte Lartigue.
»Was denn?«
»Was? Ein Knurren; hatten Sie nicht den Eindruck?«
Ein paar Vogelschwärme waren aufgeflogen.
»Ich werde wohl langsam alt«, bemerkte Don Nicolás übelgelaunt. »Der Doktor sagt, daß so mancher im Alter nicht mehr gut hört.«
Den ganzen Tag über wechselten Streifzüge durch das Wäldchen (immer auf der Suche nach dem Jaguar), opulente Mahlzeiten und Debatten einander ab.
An jenem Abend war Laura schöner denn je. Sie hatte ihr Haar anders zurechtgemacht und trug ein Kleid, das ihr Mann noch gar nicht an ihr kannte, dazu eine Halskette aus Korallen mit passendem Armband. Was die Männer angeht, so ließen sie sich von ihrer eigenen Beredsamkeit mitreißen. Vielleicht aus dem Bestreben heraus, vor Laura makellose Unparteilichkeit zur Schau zu tragen, oder auch nur aus dem Verlangen, sich großmütig zu geben, gerieten sie in eine seltsame Lage: Nach kurzem Argumentieren war jeder auf die Position des anderen übergeschwenkt, so daß nunmehr der Konservative seiner Hoffnung auf einen Wandel der Gesellschaft Ausdruck verlieh, während der Radikale darauf pochte, daß die Tradition auf das gewissenhafteste respektiert werde.
Von heute aus gesehen kommen mir diese beiden geistvollen Plauderer aus einer längst in der Vergangenheit und der unendlichen Weite unserer Landschaft entschwundenen Nacht wie zwei romantische Gestalten vor. Es ist ja bereits gesagt worden, Gestalten aus einer anderen Zeit.
Laura unterdrückte ein Gähnen und fragte:
»Warum macht ihr nicht morgen weiter? Es ist Zeit, schlafen zu gehen.«
Man wünschte einander gute Nacht. Lartigue ging in sein Zimmer, Laura und Don Nicolás in das ihre.
Lartigue sann noch eine Weile über die Argumente nach, die der eine beziehungsweise der andere im Verlauf der Unterhaltung vorgebracht hatte. Schließlich legte er sich hin und löschte die Kerze. Wenige Minuten später tastete er im Dunkeln nach den Streichhölzern, zündete die Kerze wieder an, stand auf, legte sich das Gewehr so zurecht, daß er es besser erreichen konnte, und ließ sich wieder auf sein Lager fallen. Der Jaguar an sich machte ihm

keine Sorgen, aber wenn man das Fehlen von Fenstern und Türen hinzuzählte, flößte einem die Situation gleich bedeutend weniger Vertrauen ein. »Nur gut, daß wenigstens dieser Poltergeist keinen Ärger macht.« Er überlegte, daß ihm der besagte Geist vollkommen gleichgültig war; was ihn dafür aber wirklich in gar keiner Weise amüsierte, war die Vorstellung, der Jaguar könnte ihn womöglich mit einem Prankenhieb wecken. Erschrocken fuhr er zusammen und sagte sich, sobald er die erste Bestürzung überstanden hatte: »Das war keine Einbildung. Das habe ich mir bestimmt nicht eingebildet. Da war ein Knurren!« Wo mochte es nur hergekommen sein? »Weiß der Himmel von wo, aber irgendwo ganz aus meiner Nähe.« Als Sofortmaßnahme tastete er suchend nach dem Gewehr. Dann blieb er stocksteif liegen, um besser hören zu können, und sprang zu guter Letzt in großer Hast auf. Er trat hinaus unter das Vordach. Im Mondlicht erschienen die Bäume viel größer. Als der Mond hinter einer Wolke verschwand, spähte Lartigue nervös in die Dunkelheit hinaus. Er schlich sich bis zu dem herabhängenden Poncho, der den Eingang des angrenzenden Raumes verdeckte, und flüsterte:

»Haben Sie nichts gehört?« Dann fragte er noch einmal: »Haben Sie nichts gehört?«

Don Nicolás gab zurück:

»Ich habe nichts gehört.«

»Ihre Frau auch nicht?«

Don Nicolás antwortete mit leiser, nur mühsam gedämpfter Stimme und in offensichtlich erbostem Ton:

»Falls Sie sie noch nicht wach gemacht haben, schläft meine Frau!«

Lartigue verzichtete auf weitere Nachforschungen und zog sich mit dem Rücken zur Wand in sein Zimmer zurück, wobei er dachte, daß Verona bei ihrer Ankunft doch recht gehabt hätte: Sie wären besser nicht dageblieben. »Gleich Donnerstag hätten wir uns auf den Rückweg machen sollen. Ohne Fenster und Türen haben wir ja hier nicht den geringsten Vorteil. Wenigstens werde ich so von dem Wahn kuriert, den Jaguar unbedingt zu Gesicht bekommen zu wollen.«

Weil er nicht wußte, was er nun anfangen sollte, ließ er sich nach einer Weile wieder auf sein Feldbett fallen. Er sah voraus, daß er lange wach liegen würde; selbst wenn nichts weiter passierte – allein schon die Möglichkeit, sich der Bestie gegenüberzusehen, sobald er seine Augen öffnete, hinderte ihn daran, sie überhaupt erst zu schließen. Um keinen Preis wollte er sich überraschen lassen. Angespannt lauschte er auf die Geräusche der Nacht und gab sich die größte Mühe, jeden Einzellaut aus allen übrigen herauszuhören, um auch den des Jaguars zu erkennen, sobald dieser sich nähern sollte. Er stellte sich die Geräusche dieser Nacht zusammen als das Laubwerk einer Weide vor, jedes einzelne als einen Zweig mit seinen Blättern. Es wurde schwierig, dem Verlauf all dieser Zweige gesondert zu folgen, da ein leichter Wind sie erzittern ließ und durcheinanderwogte. Der Agronom war eingeschlafen.

Er träumte von dem Jaguar. Natürlich war dieser Jaguar, wie es im Traum nun einmal so ist, kein ganz richtiger Jaguar, und auch das Haus war nicht genau dieses Haus: In seinem Traum konnte er mit ansehen, wie der Jaguar auf höchst dramatische Weise in den Schlafraum von Verona und seiner Frau eindrang. Wegen einiger Details wirkte die ganze Szene wie aus einem Wildwestfilm.

Unvermittelt fiel ihm wieder ein, wie das Haus in Wirklichkeit aussah. Mit Mühe folgerte er daraus, daß dieser Blickwinkel von seinem Zimmer aus gar nicht möglich war. Er begriff, daß er träumte, und wachte auf. Später erklärte er, daß ihm dieser Traum ungemein bedeutsam vorgekommen sei, und da ihm das Niederschreiben seiner Träume gleich nach dem Erwachen schon lange zur Gewohnheit geworden war, machte er sich Licht, suchte das Heft hervor und begann zu schreiben.

Ihm war, als habe der Wind etwas nachgelassen, denn mittlerweile konnte er nur noch ab und zu ein leichtes Rauschen im Blattwerk hören, und solange er das nicht hörte, hörte er überhaupt nichts, oder beinahe hätte er gesagt: er hörte eine abgrundtiefe Stille. Diese Stille beunruhigte ihn gleich aus mehreren Gründen: sie schien schon an sich merkwürdig; dann war sie der Hinweis darauf, daß irgend etwas Ungewöhnliches im Gange war; und sie spiegelte eine subjektive Empfindung auch äußerlich wider: ein schlimmes Vorzeichen vielleicht? All dies versetzte ihn in eine Art Alarmstimmung, die ihm zum Vorwand diente, sich zu erheben: seine Nerven verlangten das einfach. Er warf sich den Regenumhang über, trat hinaus unter das Vordach und lief schnell zur Türöffnung des anderen Zimmers.

Dabei nahm in seinem Kopf eine einigermaßen absurde Erklärung Gestalt an; er sagte, oder dachte: »Die Stille ist genau dort drinnen.« Wirklich war nicht einmal das leise Geräusch der Atemzüge zu hören. Eine entsetzliche Vorahnung überfiel ihn. »Er hat sie beide umgebracht!« Sogleich schämte er sich. »Umbringen wird höchstens Verona mich, wenn ich ihn wegen solch einem Unfug aufwecke.« Er kehrte in sein Zimmer zurück.

Er legte sich zwar, blies aber die Kerze nicht aus. Bis zum Hellwerden könnte es nicht mehr lange dauern, sagte er sich, und das Tageslicht würde all die Hirngespinste verscheuchen, derentwegen seine Nerven jetzt noch bis zum Zerreißen gespannt waren. Am meisten machte ihm die Stille im Haus zu schaffen. Am Vortag war das Schnarchen Veronas so deutlich zu hören gewesen, daß er befürchtet hatte, nicht einschlafen zu können. »Wenn ich es jetzt doch bloß hören könnte«, dachte er, »wie beruhigt würde ich dann einschlafen.« Ich glaube, daß diese Sehnsucht einzuschlafen, die wir verspüren, eigentlich eine Flucht vor der Nacht ist. Unsere Angst vor ihr werden wir niemals los.

Als ein Schuß ertönte (nicht sehr weit entfernt, irgendwo im Gehölz), wurde Lartigue klar, daß es ihn keine Minute länger in diesem Zimmer halten würde. Er griff wieder nach dem Regenumhang, ging hinaus unter das Vordach und schlich sich einmal mehr zum Eingang des Nebenzimmers. Er versuchte, irgend etwas zu hören: es herrschte dieselbe Stille. Mit äußerster Vorsicht schob er den Poncho ein wenig beiseite, nahm all seinen Mut zusammen und ging hinein; ein Streichholz genügte ihm, um zu erkennen, daß dort niemand war. Er zündete eine Kerze an und untersuchte rasch den Raum. Er murmelte vor sich hin: »Blutflecken haben sie nicht hinterlassen. Die Winchester auch nicht.«

Ein weiterer Schuß ertönte. Dabei fiel ihm sein eigenes Gewehr ein, und er lief es holen. Er dachte an die Abmachung, keine Waffen mitzunehmen, sobald sie alleine losgingen. Er überlegte, daß sich Verona selbst nicht daran gehalten hatte, und daß es wahrscheinlich unverzeihlicher Leichtsinn wäre, in einer Nacht wie dieser unbewaffnet herumzulaufen.

Er wollte die Richtung einschlagen, aus der der letzte Schuß ertönt war. »Ganz sicher bin ich mir nicht«, sagte er sich, und nach kurzem Zögern rief er aus: »Er ist aus der Richtung des Schilfdikkichts gekommen!«

Zuerst rannte er, dann wurde er etwas langsamer, weil er überlegte: »Wenn er mich bloß nicht mit einem Kugelhagel empfängt!« Unvermittelt fand er sich inmitten eines Dorngestrüpps wieder, das ihn übel zurichtete. Mit einem Gesicht, das wie Feuer brannte, machte er kehrt, ohne jedoch auf das Haus zu stoßen, das er eigentlich suchte, sondern statt dessen auf das Rohrdickicht. Er glaubte, hoffnungslos die Orientierung verloren zu haben. Wieder ertönte ein Schuß. Voll Freude, sich endlich wieder nach einem festen Ziel richten zu können, lief er los, rutschte aus und schlug der Länge nach in eine große Pfütze. Durchnäßt und lehmverschmiert rappelte er sich auf, kletterte über einen Stacheldrahtzaun mitten im Cina-Cina-Gestrüpp und fand sich schließlich außerhalb des Wäldchens wieder, in einem Graben, der dem Verlauf eines Weges folgte. Obwohl es langsam hell wurde, dauerte es eine geraume Weile, bis er Verona entdeckte, der ganz in seiner Nähe am Grabenrand saß, das Gesicht in den Händen verborgen.

»Was ist passiert, Don Nicolás?«

»Das sehen Sie doch.«

»Und Ihre Frau?«

»Er hat sie mitgenommen, mein Freund, er hat sie mitgenommen. Als ich begriff, was geschah, waren sie schon weg.«

»Wer hat sie mitgenommen?«

»Ich könnte mich umbringen: Ich habe nicht gleich reagiert, weil ich dachte, alles wäre nur ein Traum. Ich kann es immer noch nicht fassen, daß ich nicht träume.«

»Warum haben Sie nicht nach mir gerufen? Zu zweit hätten wir ihm den Weg abgeschnitten!«

»Sie hatten schon einen Vorsprung, deshalb konnte ich mich nicht noch groß aufhalten. Aber gerufen habe ich nach Ihnen. Ich habe nach Ihnen gerufen, so gut ich irgend konnte. Haben Sie denn die Schüsse nicht gehört? Zu zweit hätte die Sache anders ausgesehen.«

»Sollen wir das Gehölz absuchen?«

»Das hat doch alles keinen Zweck. Sie können sicher sein, daß sie inzwischen schon über alle Berge sind. Um herauszufinden, welche Richtung sie genommen haben, müßten wir erst ihre Spuren suchen; aber dafür ist keine Zeit. Sie dürften längst auf der anderen Seite des Gualicho sein, in Rauch, Real Audiencia oder weiß der Himmel wo.«

»Wenn Sie auf mich warten, klettere ich hoch zum Windrad!«

»Ich komme mit hinauf.«

Von dort oben wirkte das Land wie ein Muster, mit großen

Rechtecken, deren Umriß die Drahtzäune markierten; mit kleinen Seen wie Spiegel, und mit den Baumgruppen, die zu einer Estanzia oder einem kleinen Flecken gehören mochten, grünlich; wenn sie weiter entfernt waren, auch blau – gleich verstreuten Inseln in der endlosen Weite der Ebene. So angestrengt sie auch Ausschau hielten, die Flüchtlinge konnten sie nirgends ausmachen. Nach einer Weile entdeckten sie am Horizont einen Punkt, der sich vorwärts bewegte.

»Da sind sie!« rief Lartigue aufgeregt.

»Das glaube ich nicht. Wer es auch immer sein mag, er kommt auf uns zu.«

Lartigue fragte:

»Wie können Sie das wissen?«

»Jetzt wird der Punkt schon bei bloßem Hinsehen größer.«

Bald darauf behauptete Verona, daß es sich um einen Mann zu Pferde handele, in langsamerer Gangart oder gezügeltem Galopp. Er näherte sich auf demselben Weg, an dem sie einen Augenblick zuvor noch miteinander gesprochen hatten. Als erstes nahmen sie die bräunliche Uniform wahr, und wenig später errieten sie, wer es war.

»Baroffio«, sagte Verona. »Auf Patrouille.«

»So wie er es versprochen hat«, sagte Lartigue.

Sie stiegen hinunter, um mit ihm zu reden.

Verona mußte wohl ziemlich verstört wirken, denn sogleich fragte ihn Baroffio:

»Was ist passiert, Don Nicolás?«

Genau die gleiche Frage, die ihm auch Lartigue gestellt hatte.

»Man hat mir meine Frau weggenommen, Baroffio. Es ist einfach nicht zu fassen.«

»Wer ist es gewesen?«

»Mir ist, als ob ich träumte. Aber es ist so.«

»Gegen sein Schicksal ist man machtlos. Wer ist es gewesen?«

»Der Jaguar, Baroffio.«

»Das kann nicht sein!«

»Ich habe ihn mit eigenen Augen gesehen.«

»Sagen Sie mir, wie sich alles abgespielt hat.«

»Wir schliefen. Zumindest kann ich Ihnen versichern, daß ich schlief. Ein deutliches Knurren weckte mich, und ich sah, wie der Jaguar durch das Fenster eindrang. Noch ehe es mir gelang, die Winchester hochzureißen, schleppte er meine Frau mit sich fort.«

»Ich habe aber doch Schüsse gehört«, wandte Baroffio ein. »Ich konnte sie ganz deutlich hören.«

Lartigue antwortete:

»Das waren Schüsse in die Luft.«

»Ich bin ihnen ins Gehölz nachgerannt. Einmal konnte ich sie noch sehen, auf einer Lichtung. Bruno schleifte sie an einer Hand hinter sich her«, erklärte Don Nicolás.

»Sagten Sie gerade Bruno?«

»Ja, ich sagte Bruno. Im Mondlicht konnte ich deutlich die bestickte Weste erkennen.«

»Und Sie haben nicht auf ihn geschossen?« fragte Baroffio.

»Ich habe geschossen, aber nicht getroffen.«

»Kaum zu glauben!«

»Nicht genug damit. Als ich zu der Lichtung kam, waren sie verschwunden.«

»Sie waren alleine, nicht wahr?«

Lartigue antwortete:

»Wir waren beide da.«

Verona warf ihm einen fragenden Blick zu. Der Offizier fragte nach:

»Habe ich das so zu verstehen, daß Sie im Verlauf der Verfolgung keinen Augenblick voneinander getrennt waren?«

»Diese Waffen sind der Beweis«, erwiderte Lartigue. »Wir hatten ausgemacht, keine Waffen zu tragen, solange wir alleine unterwegs wären.«

»Warum haben Sie dann in die Luft geschossen?«

Erneut übernahm Lartigue die Antwort:

»Um Frau Verona Mut zu machen«, sagte er. »Sie sollte wissen, daß wir sie nicht aufgegeben hatten.«

»Nur noch eine letzte, sicher vollkommen unwichtige Frage: Warum ist der Herr Agronom total ramponiert, wie man so schön sagt, und Don Nicolás hat nicht einmal den kleinsten Spritzer abbekommen?«

»Das zeigt Ihnen den Unterschied zwischen einem Grünschnabel und einem Mann, der sich hier zu Hause fühlt«, entgegnete Lartigue.

»Während Sie diskutieren«, beklagte sich Verona, »schleppt der Jaguar Laura fort. Inzwischen können sie schon längst am Ende der Welt sein!«

»Haben Sie Pferde hier?«

»Nur Zugtiere, können Sie sich das vorstellen? Die von unserem Wagen.«

Der Offizier verkündete:

»Ich will sehen, ob ich nicht ein paar Leute aus der Gegend zu meiner Unterstützung zusammentrommeln kann. Zu mehreren, wer weiß...«

Von den Flüchtigen hörte man nie mehr etwas. Ein Polizeiaufgebot, das man aus Las Flores, von Azul oder, wie andere meinen, sogar aus La Plata herbeigerufen hatte, untersuchte das ganze Gemäuer und durchkämmte das Waldstück, ohne dabei mehr zu entdecken als ein Korallenarmband, das in der Nähe einer Lichtung gefunden wurde. Da die Aussagen Veronas von Lartigue bestätigt worden waren, legte man den Fall nach einiger Zeit zu den Akten.

Lange bevor es dazu kam, ging Verona den Agronom aufsuchen; kaum waren sie im Büro von dessen Estanzia und hatten die Türen hinter sich geschlossen, erklärte er ihm: »Mit Ihrer Erlaubnis will ich Ihnen eine Frage stellen, die mir seit unserer Unterredung mit Baroffio, in dem Gehölz bei Brunos alter Estanzia, immer wieder im Kopf herumgeht. Nehmen Sie es mir nicht übel, aber warum haben Sie Baroffio angelogen?«

Ohne einen Augenblick zu zögern, antwortete Lartigue: »Weil Sie die Wahrheit gesagt haben, und weil mir der Gedanke kam, daß der Offizier Ihnen nicht glauben würde.«

»Warum hätte Baroffio mir nicht glauben sollen?«

»Weil das, was Sie sagten, reichlich sonderbar war.«

»Mir kam das Ganze selber sonderbar vor, aber noch nicht sofort, sondern erst später, als ich darüber nachgrübelte. Eines verstehe ich einfach nicht: wieso glaubten Sie, daß ich die Wahrheit sagte?«

»Weil Sie sagten, Sie hätten gesehen, wie der Jaguar durch das Fenster eindrang, und wie er dann Ihre Frau mitnahm.«

»So ist es gewesen.«

»Und daß es Bruno war. Und daß er diese Weste anhatte.«

»Als ich das erzählte, kam es mir gar nicht sonderbar vor, daß der alte Bruno der Jaguar sein sollte.«

»Sie haben nur gesagt, was Sie gesehen haben.«

»Woher wissen Sie das?«

»Erinnern Sie sich, daß ich Ihnen von einem Heft erzählt habe?«

»Marke ›Abiturient‹? Ich weiß nicht, warum mir das Heft

aufgefallen ist, als ich an dem Nachmittag, an dem wir bei der verfallenen Estanzia angekommen waren, kurz in Ihr Zimmer geschaut habe. Mit was für einer bewundernswerten Geschwindigkeit Laura doch die Räume hergerichtet hatte! Was für ein Talent, ein Haus in Ordnung zu bringen!«

»Jetzt müssen Sie so freundlich sein, mein Herr, und mir den Gefallen tun, einen Abschnitt aus diesem Heft zu lesen. Würden Sie bitte einen Moment warten? Ich habe es im Schlafzimmer.«

Endlich las Verona:

»Durch das Fenster glitt der Jaguar herein. Als ich mich vom ersten Schrecken erholt hatte, sah ich, wie er sich mit Laura davonmachte. Dabei hatte er den Arm um sie gelegt. Sein Aussehen entsprach der Beschreibung, die uns Don Nicolás gegeben hatte. Bruno war ein hochgewachsener Mann mit ebenmäßigen Gesichtszügen, aber einem abstoßenden Blick, der seine Schlechtigkeit verriet, was mich an Schurken aus Wildwestfilmen erinnerte. Mir fiel auf, daß er eine dieser berühmten extravaganten Westen trug, mit gestickten Verzierungen in Form von Lorbeerzweigen.«

Nach einer Weile fragte Don Nicolás:

»Sie müssen mir sagen, wie Sie es fertiggebracht haben, Augenzeuge von dem zu werden, was geschehen ist, ohne überhaupt im Zimmer zu sein. Ich weiß mit absoluter Sicherheit, daß Sie nicht im Zimmer waren.«

»Weil es ein Traum war, Herr Verona.«

»Da irren Sie sich aber! Ich habe alles mit eigenen Augen gesehen, und zwar genauso wach wie jetzt in diesem Augenblick.«

»In einem Traum wird ein Jaguar nach einer Weile zum menschlichen Wesen, ohne daß sich der Träumende darüber wundert.«

»Ein Traum, Herr Agronom, ist eines der ganz wenigen Dinge, die wir als etwas Ureigenes bezeichnen können. Bis jetzt habe ich noch nichts von gemeinsamen Träumen gehört. So etwas hatte ich nicht einmal mit Laura, die doch ein Teil meines Lebens ist; ich darf Sie also wirklich bitten. Nachdem dieser Punkt nun geklärt ist, will ich Ihnen noch eine letzte Frage stellen, da Sie die Geschehnisse ja nun einmal mit angesehen haben. Der Jaguar, oder Bruno – wie nahm er sie mit sich fort? Schleifte er sie hinter sich her?«

»Nicht eigentlich, Herr Verona.«

»Seien Sie ganz offen!«

»Sie haben es ja in dem Heft gelesen: er hatte einen Arm um sie gelegt. Ich möchte Sie nicht verletzen.«

»Warum sollten Sie mich verletzten?«

»Ich weiß nicht... Außerdem haben Sie gesagt, daß er sie hinter sich herschleifte.«

»Im ersten Moment, aus verletztem Stolz, weil mir das ganze Ausmaß meines Kummers noch nicht klar war.«

»Ich möchte diese Wunde nicht wieder aufreißen.«

»Ganz im Gegenteil: Ihre Worte geben mir Hoffnung. Als ich Baroffio anlog, hatte ich schon die Vermutung, daß Sie Bescheid wüßten. Jetzt bin ich mir ganz sicher: Sie wissen, daß ich die Wahrheit gesagt habe. Das beweist, daß es kein Traum von mir war. Das beweist auch, daß es weder ein Verbrechen noch Tote gegeben hat. Laura ist fortgegangen.«

»So scheint es.«

»Da sie gegangen ist, könnte sie auch wieder zurückkommen.«

Maria Luisa Bombal
Der Baum

Für Nina Anguita, die große Künstlerin und magische Freundin, die es verstand, dem Baum meiner Vorstellung Leben und Wirklichkeit zu verleihen. Ihr widme ich diese Erzählung, die ich, ohne es zu wissen, für sie schrieb, lange bevor ich sie kennenlernte.

Der Klavierspieler setzt sich, hustet aus Gewohnheit und konzentriert sich einen Augenblick lang. Die Trauben aus Lichtern, die den Saal beleuchten, verdunkeln sich langsam, bis sie in einem Schimmer dahinsterbender Glut verharren, woraufhin ein musikalisches Motiv sich in der Stille erhebt und anschwillt, klar, knapp – und zugleich vernünftig und kapriziös.

»Vielleicht Mozart«, denkt Brígida. Wie üblich hat sie vergessen, das Programm zu verlangen. »Vielleicht Mozart, oder Scarlatti...« Sie verstand ja so wenig von Musik! Und zwar nicht etwa, weil sie kein Gehör oder kein Interesse gehabt hätte. Als kleines Mädchen war sie es gewesen, die um Klavierstunden bat; niemand mußte sie ihr aufzwingen, wie ihren Schwestern. Dennoch konnten ihre Schwestern jetzt richtig vom Blatt spielen und erkannten einen Komponisten auf den ersten Blick, während sie... Sie hatte die Klavierstunden aufgegeben, ein Jahr nachdem sie begonnen hatte. Der Grund für ihre Inkonsequenz war ebenso einfach wie beschämend: Nie hatte sie es geschafft, die Tonart F-Dur zu erlernen, niemals. »Ich versteh's nicht, mein Gedächtnis reicht nicht weiter als bis C-Dur.« Die Empörung ihres Vaters! »Den Posten eines unglücklichen Witwers, der mehrere Töchter zu erziehen hat, träte ich jedem x-beliebigen ab! Arme Carmen! Wie sie wegen solch einer Tochter gelitten hätte! Das Mädchen ist eben geistig zurückgeblieben.«

Brígida war das jüngste von sechs Mädchen, von denen jedes einen anderen Charakter hatte. Ihr Vater kümmerte sich kaum um sie, denn als er schließlich bei seiner sechsten Tochter angekommen war, war er dermaßen perplex und erledigt von den fünf vorhergehenden, daß er es vorzog, sich das Leben zu vereinfachen, indem er sie für geistig zurückgeblieben erklärte. »Ich werde nicht weiter kämpfen, es ist sinnlos. Laßt sie in Ruhe. Wenn sie nichts lernen will, soll sie es bleibenlassen. Wenn sie lieber in die Küche geht, um Geistergeschichten zu hören, bitte schön. Wenn ihr mit sechzehn Jahren noch die Puppen gefallen, soll sie doch spielen.« Und so hatte sich Brígida an ihre Puppen gehalten und war vollkommen unwissend geblieben, was eine reguläre Schulbildung betraf.

Wie angenehm ist es, unwissend zu sein! Nicht genau zu wissen, wer Mozart war – seine Ursprünge, seine Einflüsse, die Besonderheiten seiner Technik nicht zu kennen! Sich einzig und allein von ihm bei der Hand nehmen zu lassen, wie eben jetzt...

Und Mozart führt sie in der Tat. Er führt sie auf eine Brücke, die über ein kristallklares Wasser gespannt ist, das in einem Flußbett aus rosa Sand fließt. Sie ist in Weiß gekleidet mit einem spitzenbesetzten, aufgespannten Sonnenschirm über der Schulter, der kompliziert und fein wie eine Spinnwebe ist.

»Du siehst jeden Tag jünger aus, Brígida. Gestern habe ich deinen Mann getroffen, deinen Exgatten will ich sagen. Er hat schon ganz weißes Haar.«

Aber sie antwortet nicht, hält sich nicht auf, geht weiter über die Brücke, die Mozart ihr zum Garten ihrer Jugendjahre hin gebaut hat.

Hohe Springbrunnen, in denen das Wasser singt. Ihre achtzehn Jahre; ihre bernsteinfarbenen Zöpfe, die ihr aufgelöst bis zu den Knöcheln reichten; ihre goldene Gesichtsfarbe; ihre dunklen Augen, ebenso offen wie fragend. Ein kleiner Mund mit vollen Lippen, ein süßes Lächeln und der leichteste, graziöseste Körper der Welt. Woran dachte sie, wenn sie am Brunnenrand saß? An nichts! »Sie ist ebenso dumm, wie sie hübsch ist«, sagte man. Aber ihr war es gleichgültig, als einfältig zu gelten oder auf Tanzveranstaltungen »sitzenzubleiben«. Ihre Schwestern bekamen Heiratsangebote, eine nach der anderen. Sie bekam kein einziges.

Mozart! Jetzt führt er sie zu einer Treppe aus blauem Marmor, die sie hinuntersteigt, zwischen zwei Reihen von Lilien aus Eis. Und nun öffnet er ihr ein schmiedeeisernes Tor mit vergoldeten Spitzen, damit sie sich Luis an den Hals werfen kann, dem guten Freund ihres Vaters. Seit sie ein kleines Mädchen war, lief sie, wenn alle sie verließen, zu Luis. Er hob sie in die Höhe, und sie warf ihm die Arme um den Hals, unter Lachen – das wie kleines Gezwitscher klang – und Küssen, die sie ihm wie chaotische Regentropfen auf Stirn und Haare streute, die schon damals grau waren – war er eigentlich niemals jung gewesen?

»Du bist wie eine Halskette«, sagte Luis dann zu ihr. »Du bist wie eine Halskette aus Vögeln.«

Deswegen hatte sie ihn geheiratet. Denn an der Seite jenes feierlichen und schweigsamen Mannes fühlte sie sich nicht schuldig, daß sie war, wie sie war: dumm, verspielt und träge! Ja! Jetzt, nach so vielen Jahren, versteht sie, daß sie Luis nicht aus Liebe geheiratet hatte, dennoch vermag sie nicht genau zu sagen, warum sie ihn eines Tages so plötzlich verließ...

Aber da nimmt Mozart sie nervös bei der Hand und zieht sie in einen immer drängenderen Rhythmus, zwingt sie, den Garten in umgekehrter Richtung wieder zu durchqueren, im Eilschritt auf die Brücke hinauf, fast wie auf der Flucht. Und nachdem er ihr den Sonnenschirm und den durchsichtigen Rock abgenommen hat, schließt er die Tür ihrer Vergangenheit mit einem zugleich süßen und festen Akkord und läßt sie in einem Konzertsaal zurück, in Schwarz gekleidet, wo sie mechanisch in die Hände klatscht, während die künstlichen Lichter allmählich wieder heller leuchten.

Von neuem das Halbdunkel und von neuem die einleitende Stille.

Und nun beginnt Beethoven, den lauen Wellenschlag seiner Noten unter einem Frühlingsmond zu bewegen. Wie weit sich das Meer zurückgezogen hat! Brígida geht den Strand hinab auf das Meer zu, das dort in der Ferne liegt, glänzend und zahm; doch dann erhebt sich das Meer, wächst ruhig, kommt ihr entgegen, hüllt sie ein und schiebt, schiebt sie mit sanften Wellen, die an ihren Rücken schlagen, bis sie ihre Wange und den Körper eines Mannes drücken. Und entfernt sich, als hätte es sie auf der Brust von Luis einfach vergessen.

»Du hast kein Herz, du hast kein Herz«, pflegte sie Luis zu sagen. So weit drinnen schlug das Herz ihres Mannes, daß sie es nur ganz selten und auf unvorhersehbare Weise hören konnte. »Du bist niemals bei mir, wenn du an an meiner Seite bist«, protestierte sie im Schlafzimmer, wenn er vor dem Einschlafen rituell die Abendzeitungen aufschlug. »Warum hast du mich geheiratet?«

»Weil du Augen wie ein erschrecktes Reh hast«, sagte er dann und gab ihr einen Kuß. Und sie empfing, plötzlich aufgeheitert, stolz das Gewicht seines weißhaarigen Kopfes auf ihrer Schulter. Oh, dieses silbrig glänzende Haar von Luis!

»Luis, nie hast du mir erzählt, welche Farbe genau dein Haar hatte, als du klein warst, und du hast mir auch nie erzählt, was deine Mutter sagte, als du auf einmal mit fünfzehn Jahren anfingst, graue Haare zu bekommen. Was sagte sie dazu? Lachte sie? Weinte sie? Und du, warst du stolz, oder hast du dich geschämt? Und was sagten deine Klassenkameraden in der Schule? Erzähl's mir, Luis, erzähl ...«

»Morgen werd' ich's dir erzählen. Ich bin müde, Brígida, sehr müde. Mach das Licht aus.«

Unbewußt rückte er von ihr weg, um zu schlafen, und sie verfolgte unbewußt die ganze Nacht die Schulter ihres Mannes, suchte seinen Atem, tastete blinden Auges nach Schutz, wie eine eingeschlossene und durstige Pflanze, die ihre Ranken auf der Suche nach Wärme und Feuchtigkeit ausstreckt.

Am Morgen, wenn das Dienstmädchen die Jalousien aufzog, lag Luis schon nicht mehr neben ihr. Er war vorsichtig aufgestanden, ohne ihr guten Tag zu wünschen, aus Furcht vor der Halskette aus Vögeln, die darauf bestanden hätte, sich hartnäckig an seinen Schultern festzuhalten. »Fünf Minuten, nur noch fünf Minuten. Dein Büro wird nicht verschwinden, nur weil du fünf Minuten länger bei mir bleibst, Luis.«

Ihr tägliches Erwachen! Ach, war das immer ein trauriges Erwachen! Aber es war seltsam, kaum betrat sie ihren Ankleideraum, zerstreute sich ihre Traurigkeit wie durch einen Zauber.

Ein Wellenschlag tönt, tönt ganz weit weg, murmelt wie ein Meer von Blättern. Ist es Beethoven? Nein.

Es ist der Baum, der vor dem Fenster ihres Ankleideraums steht.

Es genügte einzutreten, um im Innern ein fast überwältigendes Gefühl von Wohltat zu spüren. Wie heiß es immer im Schlafzimmer in der Frühe war! Und dieses grelle Licht! Hier dagegen, im Ankleideraum, ruhte sich sogar der Blick aus, erfrischte sich. Die blassen Stoffbezüge, der Baum, der an den Wänden Schatten entwickelte wie von aufgepeitschtem, kaltem Wasser, die Spiegel, die das Blattwerk vervielfachten und die Illusion eines unendlichen grünen Waldes schufen. Wie angenehm dieses Zimmer war! Es erschien wie eine in ein Aquarium versenkte Welt. Wie er plauderte, dieser riesige Gummibaum! Alle Vögel der Umgebung kamen, um in ihm ihre Zuflucht zu suchen. Es war der einzige Baum jener schmalen, abschüssigen Straße, die vom Stadtrand her sich direkt in den Fluß stürzte.

»Ich habe zu tun. Ich kann dir nicht Gesellschaft leisten ... Ich habe viel zu tun, ich schaffe es nicht, zum Mittagessen heimzukommen... Hallo, ja, ich bin im Club. Eine Verpflichtung. Iß und geh schlafen... Nein. Weiß ich nicht. Warte besser nicht auf mich, Brígida.«

»Wenn ich nur Freundinnen hätte«, seufzte sie. Aber alle Welt langweilte sich mit ihr. Wenn sie doch versuchen könnte, etwas weniger dumm zu sein! Aber wie sollte sie mit einem Schlag so viel verlorenes Terrain zurückgewinnen? Um intelligent zu sein, muß man von klein auf beginnen, ist es nicht so?

Ihre Schwestern wurden jedenfalls von ihren Ehemännern überall hingeführt, aber Luis – warum sollte sie es sich nicht selbst eingestehen? – schämte sich ihretwegen, wegen ihrer Unwissenheit, ihrer Schüchternheit und sogar wegen ihrer achtzehn Jahre. Hatte er etwa nicht von ihr verlangt, sie solle so tun, als sei sie mindestens einundzwanzig, als ob ihre Jugend ein großes Geheimnis von ihnen beiden wäre?

Und in der Nacht, wie müde er immer ins Bett kam! Nie hörte er ihr bis zum Ende zu. Er lächelte ihr zu, das schon, er lächelte mit einem Lächeln, von dem sie wußte, daß es mechanisch war. Er überhäufte sie mit Zärtlichkeiten, die mit ihm selbst nichts zu tun hatten. Warum hatte er sie überhaupt geheiratet? Um ihre Bekanntschaft fortzusetzen, vielleicht um die alte Freundschaft mit ihrem Vater enger zu knüpfen.

Vielleicht bestand das Leben für die Männer aus einer Reihe von Gewohnheiten, die akzeptiert und von Dauer waren. Wenn eine davon zu Bruch ging, kam es wahrscheinlich zur Krise, zur Katastrophe. Und dann begannen die Männer, durch die Straßen der Stadt zu irren, sich auf die Bänke der Plazas zu setzen, jeden Tag etwas schlechter angezogen und rasiert. Das Leben von Luis bestand also darin, jede Minute des Tages mit einer Beschäftigung auszufüllen. Warum hatte sie das nicht früher begriffen? Ihr Vater hatte recht, wenn er sie für geistig zurückgeblieben erklärte.

»Ich möchte so gern einmal sehen, wie es schneit, Luis.«

»Diesen Sommer reise ich mit dir nach Europa, und da es dann Winter ist, wirst du sehen, wie es schneit.«

»Ich weiß schon, daß in Europa Winter ist, wenn hier Sommer ist. *So* unwissend bin ich auch nicht.«

Manchmal, wie um ihn zur Begeisterung der wahren Liebe zu erwecken, warf sie sich auf ihren Mann und bedeckte ihn mit Küssen, weinte, rief ihn: »Luis, Luis, Luis...«

»Was? Was ist los mit dir? Was willst du?«

»Nichts.«

»Warum rufst du mich dann auf diese Weise?«

»Wegen nichts, nur um dich zu rufen. Ich rufe dich gern.«

Und er lächelte und nahm das neue Spiel gutmütig auf.

Der Sommer kam, ihr erster Sommer als Ehefrau. Neue geschäftliche Verpflichtungen zwangen Luis dazu, die versprochene Reise aufzuschieben.

»Brígida, diesen Sommer wird in Buenos Aires eine fürchterliche Hitze sein. Warum gehst du nicht auf das Landgut zu deinem Vater?«

»Allein?«

»Ich würde dich jede Woche besuchen, von Samstag bis Montag.«

Sie hatte sich aufs Bett gesetzt, bereit, ihn zu beschimpfen. Aber vergeblich suchte sie verletzende Worte, um ihn damit anzuschreien. Sie konnte nichts, nichts. Nicht einmal beleidigen.

»Was ist los mit dir? Woran denkst du, Brígida?«

Unruhig neigte sich Luis über sie. Zum ersten Mal ließ er die Uhrzeit verstreichen, zu der er normalerweise ins Büro ging.

»Ich bin schläfrig...«, hatte Brígida kindisch geantwortet, während sie das Gesicht in den Kissen versteckte.

Zum ersten Mal hatte er vom Club aus zur Mittagessenszeit angerufen. Aber sie hatte sich geweigert, ans Telefon zu gehen, hatte wütend jene Waffe genutzt, die sie gefunden hatte, ohne es zu wollen: das Schweigen.

Am selben Abend saß sie ihrem Mann bei Tisch gegenüber, ohne den Blick zu heben, unter Anspannung aller Nerven.

»Bist du immer noch beleidigt, Brígida?«

Aber sie brach das Schweigen nicht.

»Du weißt wohl, daß ich dich liebe, Vogelkette. Aber ich kann nicht die ganze Zeit bei dir sein. Ich bin ein sehr beschäftigter Mann. Wenn man mein Alter erreicht, ist man ein Sklave von tausend Verpflichtungen.«

...

»Sollen wir heute abend ausgehen?«

...

»Du willst nicht? Nun, ich habe Geduld. Sag mir, hat Roberto aus Montevideo angerufen?«

…
Wie schön dein Kleid ist, ist es neu?«
…
»Ist es neu, Brígida? Antworte mir. Sag etwas.«
Aber sie brach auch diesmal nicht das Schweigen.
Und dann das Unerwartete, das Erschreckende, das Absurde. Luis springt von seinem Stuhl auf, wirft die Serviette heftig auf den Tisch und verläßt das Haus, indem er die Türen hinter sich zuwirft.
Sie war ihrerseits aufgestanden, verdutzt, aber zitternd vor Empörung über so viel Ungerechtigkeit. »Und ich … und ich …«, murmelte sie verwirrt, »ich, die fast ein Jahr lang … wenn ich mir zum ersten Mal einen Vorwurf erlaube … Ach, ich gehe fort, ich gehe noch heute nacht. Nie wieder betrete ich dieses Haus …« Und sie öffnete wütend die Schränke des Ankleideraums und warf aufs Geratewohl die Wäsche auf den Boden.
Da geschah es, daß jemand oder etwas an die Fensterscheiben klopfte.
Sie lief, ohne zu wissen wie und mit welchem unglaublichen Mut, zum Fenster und öffnete es. Es war der Baum, der Gummibaum, den ein starker Windstoß schüttelte, der mit seinen Zweigen ans Fenster schlug, der sie von draußen aufforderte, ihm zuzuschauen, wie er sich wiegte, verwandelt in eine eindrucksvolle, schwarze Flamme unter dem entzündeten Himmel jener Sommernacht.
Ein schwerer Regenschauer sollte bald gegen seine kalten Blätter prasseln. Wie herrlich! Die ganze Nacht über würde sie hören können, wie der Regen auf die Blätter des Gummibaumes schlug, wie er darüber lief, in Rinnsalen wie von tausend eingebildeten undichten Stellen im Dach. Die ganze Nacht lang würde sie den alten Stamm des Gummibaumes ächzen und stöhnen und ihr von dem Sturm erzählen hören, während sie sich, absichtlich fröstelnd zwischen den Leintüchern des großen Betts, ganz nahe an Luis kuscheln würde.

Hände voller Perlen, die in Massen auf ein silbernes Dach regnen. Chopin! Die Etüden von Frédéric Chopin.
Wie viele Wochen lang wachte sie plötzlich ganz früh auf, kaum daß sie spürte, daß ihr Mann – jetzt auch er hartnäckig stumm – aus dem Bett geglitten war?
Der Ankleideraum: das weit offene Fenster, ein Geruch nach

Fluß und Gras, der in diesem freundlichen Zimmer schwebte, und die Spiegel, die ein Nebelschleier verhüllte.

Chopin und der Regen, der über die Blätter des Gummibaumes rieselt mit dem Geräusch eines verborgenen Wasserfalls und der sogar die Rosen der Vorhänge zu durchnässen scheint, sie vermischen sich in ihrer aufgewühlten Nostalgie.

Was soll man im Sommer tun, wenn es soviel regnet? Den ganzen Tag im Zimmer bleiben, unter dem Vorwand einer Unpäßlichkeit oder einer Traurigkeit? Luis war eines Nachmittags schüchtern hereingekommen. Sehr steif hatte er sich gesetzt. Es herrschte ein langes Schweigen.

»Brígida, dann stimmt es also? Du liebst mich nicht mehr?«

Sie war plötzlich auf unsinnige Art fröhlich geworden. Vielleicht hätte sie ausgerufen: »Nein, nein, ich liebe dich, Luis, ich liebe dich«, wenn er ihr Zeit gelassen hätte, wenn er nicht fast unmittelbar darauf in seiner üblichen Ruhe fortgefahren wäre: »Auf jeden Fall glaube ich nicht, daß es gut für uns wäre, uns zu trennen, Brígida. Das muß man sich gründlich überlegen.«

Ihre Gefühlsaufwallung fiel ebenso überraschend in sich zusammen, wie sie aufgekommen war. Wozu sollte sie sich auch unnötig aufregen! Luis liebte sie zärtlich und gemessen; wenn er jemals soweit käme, sie zu hassen, täte er es mit Gerechtigkeitssinn und Umsicht. Und das war das Leben. Sie trat ans Fenster und stützte die Stirn gegen die kalte Scheibe. Da draußen stand der Gummibaum und empfing unerschütterlich den Regen, der ruhig und gleichmäßig auf ihn niederfiel. Das Zimmer lag unbeweglich im Halbdunkel, ordentlich und still. Alles schien stehenzubleiben, ewig und sehr edel. Das war das Leben, und es lag eine gewisse Größe darin, es so zu akzeptieren: in seiner Mittelmäßigkeit, wie etwas Endgültiges, Unverbesserliches. Während vom Grund der Dinge eine Melodie aus ernsten und langsamen Worten hervorzuquellen schien, denen sie immer weiter lauschte: »Immer« – »Nie« ...

Und so vergehen die Stunden, die Tage und die Jahre. Immer! Nie! Das Leben! Das Leben!

Als sie wieder zu sich gekommen war, stellte sie fest, daß ihr Mann sich aus dem Zimmer geschlichen hatte.

»Immer! Nie!« ... Und der geheime und gleichmäßige Regen flüsterte in Chopin immer noch weiter.

Der Sommer blätterte seinen heißen Kalender herunter. Leuchtende und blendende Blätter fielen wie goldene Schwerter – Blätter auch von einer ungesunden Feuchtigkeit wie der Hauch der Sümpfe; es fielen Blätter vom wütenden und kurzen Sturm – und Blätter vom warmen Wind, dem Wind, der die »Windnelke« bringt und sie in dem riesigen Gummibaum aufhängt.

Einige Kinder pflegten in den großmächtigen Wurzeln, die die Pflastersteine des Bürgersteigs hochhoben, Versteck zu spielen. Und der Baum füllte sich mit Gelächter und Geflüster. Dann beugte sie sich zum Fenster hinaus und klatschte in die Hände; die Kinder zerstreuten sich erschreckt, ohne ihr mädchenhaftes Lächeln zu bemerken, das verriet, daß sie selber gern an dem Spiel teilgenommen hätte.

Einsam, wie sie war, blieb sie lange Zeit, die Ellbogen in den Fensterrahmen gestützt, und sah dem Zittern des Blattwerkes zu – immer ging irgendein Windhauch durch diese Straße, die direkt zum Fluß hinabführte –, und es war, als versenkte sie den Blick in ein bewegtes Wasser oder in das unruhige Feuer eines Kamins. So konnte man die toten Stunden zubringen, von allen Gedanken entleert, dumm geworden vor Wohlsein.

Kaum begann das Zimmer, sich mit dem Rauch der Abenddämmerung zu füllen, zündete sie die erste Lampe an, und die erste Lampe gab einen Widerschein in den Spiegeln, vervielfältigte sie zu Glühwürmchen, welche die Nacht vertreiben möchten.

Und Nacht für Nacht schlief sie neben ihrem Mann und litt von Zeit zu Zeit. Aber wenn ihr Schmerz sich kondensierte und sie verletzte wie ein Stich, wenn sie ein allzu herrischer Wunsch überkam, Luis zu wecken, um ihn zu schlagen oder zu streicheln, dann schlich sie sich auf Zehenspitzen zum Ankleideraum und öffnete das Fenster. Augenblicklich füllte sich das Zimmer mit diskreten Geräuschen und diskreten Anwesenheiten, mit geheimnisvollen Schritten, mit Flügelschlagen, pflanzlichem Knistern, dem süßen Scharren einer Grille, die versteckt unter der Rinde des Gummibaumes saß, der sich im Sternenlicht einer heißen Sommernacht verlor.

Ihr Fieber ließ nach, je mehr ihre nackten Füße allmählich auf den Fliesen eiskalt wurden. Sie wußte nicht, warum es ihr so leichtfiel, in jenem Zimmer zu leiden.

Chopins Melancholie, die eine Etüde an die andere reiht, eine Melancholie an die andere, unbeirrbar.

Und dann kam der Herbst. Die trockenen Blätter taumelten kurze Zeit, bevor sie auf den Rasen des engen Gartens niedersanken, auf den Bürgersteig der abschüssigen Straße. Die Blätter lösten sich und fielen ... – Der Wipfel des Gummibaumes blieb grün, aber von unten her wurde der Baum rot und verdunkelte sich wie das abgenutzte Futter eines prächtigen Umhanges. Und das Zimmer schien nun wie getaucht in einen traurigen, goldenen Becher.

Auf das Sofa hingestreckt, erwartete sie geduldig die Abendessenszeit, die unwahrscheinliche Ankunft von Luis. Sie hatte wieder mit ihm geredet, sie war wieder seine Frau geworden, ohne Begeisterung und ohne Zorn. Sie liebte ihn nicht mehr. Aber sie litt nicht mehr darunter. Im Gegenteil. Ein unverhofftes Gefühl der Fülle, des Wohlseins hatte sie ergriffen. Nichts und niemand konnte sie mehr verletzen. Mag sein, daß das wahre Glück in der Überzeugung liegt, das Glück unwiederbringlich verloren zu haben. Erst dann beginnen wir, uns ohne Hoffnungen und Ängste durch das Leben zu bewegen, endlich fähig, alle die kleinen Freuden zu genießen, die am dauerhaftesten sind.

Ein fürchterlicher Lärm, dann eine weiße Flamme, die sie zitternd nach hinten wirft.

Ist das die Pause? – Nein. Es ist der Gummibaum.

Sie hatten ihn mit einem einzigen Axthieb gefällt. Ohne ihr Wissen hatten die Arbeiten frühmorgens begonnen. »Die Wurzeln hoben die Pflastersteine des Bürgersteiges in die Höhe, und dann sind natürlich die Nachbarn ...«

Geblendet hat sie die Hände vor die Augen gelegt. Als sie wieder sieht, richtet sie sich auf und schaut sich um. Was erblickt sie? –

Den Konzertsaal, der plötzlich hell erleuchtet ist, und das Publikum, das auseinandergeht?

Nein. Sie ist in den Netzen ihrer Vergangenheit verstrickt, gefangen in ihrem Ankleideraum – in den ein erschreckendes weißes Licht flutet. Es war, als hätte man das Dach abgerissen, ein rohes Licht kam von allen Seiten, drang in ihre Poren, verbrannte sie vor Kälte. Und alles sah sie gebadet in diesem kalten Licht: Luis, sein Gesicht voller Falten, seine Hände, von dicken, farblosen Venen durchfurcht, und die Stoffbezüge mit ihren schreienden Farben.

Zu Tode erschrocken läuft sie zum Fenster. Das Fenster geht jetzt direkt auf eine schmale Straße, so schmal, daß ihr Zimmer fast an die Fassade eines Wolkenkratzers stößt. Im Erdgeschoß Schaufenster und noch mehr Schaufenster, vollgestellt mit Flaschen. An der Straßenecke eine Reihe von Autos vor einer rotgestrichenen Tankstelle. Einige hemdsärmelige Jungen spielen Fußball mitten auf der Straße.

Und diese ganze Häßlichkeit war in ihre Spiegel hereingekommen. In ihren Spiegeln erschienen jetzt nickelfarbene Balkone und aufgehängte Tücher und Käfige mit Kanarienvögeln.

Sie hatten ihr ihre Intimität, ihr Geheimnis weggenommen, sie befand sich nackt mitten auf der Straße, nackt neben einem alten Ehemann, der ihr den Rücken zukehrte, um zu schlafen, der ihr keine Kinder geschenkt hatte. Sie versteht nicht, warum sie sich bisher keine Kinder gewünscht hatte, wie sie sich an die Vorstellung hatte gewöhnen können, daß sie ihr ganzes Leben ohne Kinder zubringen würde. Sie versteht nicht, wie sie ein ganzes Leben lang dieses Lachen von Luis ertragen konnte, dieses allzu joviale Lachen, dieses künstliche Lachen eines Mannes, der das Lachen trainiert hat, weil es notwendig ist, zu bestimmten Gelegenheiten zu lachen.

Lügen! Ihre Resignation und ihre Gelassenheit waren Lügen, sie wollte Liebe, ja Liebe, und Reisen und Verrücktheiten und Liebe, Liebe...

»Aber Brígida, warum verläßt du mich? Warum bist du so lange geblieben?« hatte Luis gefragt.

Jetzt hätte sie eine Antwort gewußt.

»Der Baum, Luis, der Baum! Sie haben den Gummibaum gefällt!«

Jorge Luis Borges
Emma Zunz

Am 14. Januar 1922 fand Emma Zunz, als sie von der Textilfabrik Tarbuch und Loewenthal heimkam, am Ende des Flurs einen in Brasilien aufgegebenen Brief, aus dem sie erfuhr, daß ihr Vater gestorben war. Auf den ersten Blick ließ sie sich durch die Marke und den Umschlag täuschen; dann erschreckte sie die unbekannte Schrift. Neun oder zehn hingeworfene Zeilen mühten sich, das Blatt zu füllen; Emma las, Herr Maier habe versehentlich eine zu starke Dosis Veronal eingenommen und sei am dritten des laufenden im Krankenhaus von Bagé verschieden. Unterzeichnet war diese Mitteilung von einem Pensionsgefährten ihres Vaters, einem gewissen Fein oder Fain aus Rio Grande, der nicht wissen konnte, daß er sich an die Tochter des Verstorbenen wandte.

Emma ließ das Briefblatt fallen. Das erste, was sie empfand, war eine Übelkeit im Leib und in den Knien; dann ein Gefühl von blinder Schuld, von Unwirklichkeit, von Kälte, von Furcht; dann wünschte sie, es wäre schon morgen. Im selben Augenblick begriff sie, daß dieser Wunsch nutzlos war, weil das einzige, was sich in der Welt ereignet hatte, der Tod ihres Vaters war, und daß er sich endlos weiter ereignen würde. Sie hob das Blatt auf und ging in ihr Zimmer. Verstohlen barg sie es in einer Schublade, als hätte sie bereits irgendwie Kenntnis von den künftigen Vorgängen. Sie hatte vielleicht schon angefangen, sie in Gedanken zu streifen, war schon, die sie künftig sein würde.

In der wachsenden Dunkelheit beweinte Emma bis zum Ende dieses Tages den Selbstmord Manuel Maiers, der in den alten glücklichen Tagen Emanuel Zunz gewesen war. Sie erinnerte sich an Sommeraufenthalte in einem kleinen Landhaus in der Nähe von Gualeguay, suchte sich ihrer Mutter zu entsinnen; das Häuschen in Lanús, das versteigert worden war, fiel ihr ein, die gelben Rhomben eines Fensters, der Haftbefehl und die Schande; sie erinnerte sich an die anonymen Briefe und den Zeitungsausschnitt »Unterschlagungen eines Kassierers«, sie erinnerte sich (aber sie hatte sie nie vergessen), wie ihr Vater ihr in der letzten Nacht geschworen hatte, der Dieb sei Loewenthal. Loewenthal, Aron Loewenthal, ursprünglich Geschäftsführer der Fabrik, heute einer der Eigentümer. Emma hütete seit 1916 das Geheimnis. Keinem

Menschen hatte sie es enthüllt, nicht einmal ihrer besten Freundin, Elsa Urstein. Vielleicht fürchtete sie die Entweihung durch Ungläubigkeit, vielleicht glaubte sie, das Geheimnis sei ein Band zwischen ihr und dem Abwesenden. Loewenthal wußte nicht, daß sie wußte; Emma Zunz bezog aus diesem geringfügigen Umstand ein Gefühl von Macht.

Sie blieb in dieser Nacht ohne Schlaf, und als das erste Licht das Rechteck des Fensters umriß, stand ihr Plan in allen Einzelheiten fest. Sie sorgte dafür, daß dieser Tag, der ihr endlos vorkam, wie die anderen ablief. In der Fabrik gingen Streikgerüchte um; Emma sprach sich wie immer gegen jede Gewaltanwendung aus. Um sechs, nach Arbeitsschluß, ging sie mit Elsa in einen Frauenklub, der eine Turnhalle und ein Schwimmbecken besitzt. Sie schrieben sich ein; sie mußte ihren Vor- und Zunamen wiederholen und buchstabieren, mußte bei der Kontrolle die üblichen Späße über sich ergehen lassen. Mit Elsa und der jüngeren Kronfußtochter besprach sie, in welches Kino sie am Sonntagabend gehen wollten. Dann kam das Gespräch auf junge Männer, und niemand erwartete, daß Emma ein Wort dazu sagte. Im April würde sie neunzehn Jahre alt; die Männer flößten ihr noch einen fast krankhaften Schauder ein ... Wieder zu Hause, kochte sie sich eine Tapiokasuppe und ein bißchen Gemüse, aß zeitig, legte sich hin und zwang sich zum Schlafen. So brachte sie mühsam und nichtssagend Freitag, den 15., den Vortag, herum.

Ungeduld weckte sie am Samstag auf. Ungeduld, nicht Unruhe, dazu das seltsam erleichterte Gefühl, daß sie endlich diesen Tag erlebte. Jetzt gab es nichts mehr zu tüfteln und auszuhecken; in ein paar Stunden würde sie zur Schlichtheit der Tat hinfinden. Sie las in der *Prensa*, daß der *Nordstjärnan* aus Malmö diese Nacht von Mole 3 ablegen würde; sie rief Loewenthal an, teilte ihm mit, daß sie ihm, ohne daß die anderen etwas davon erfahren dürften, etwas über den Streik zu melden hätte, und versprach, bei Dunkelwerden im Büro vorzusprechen. Ihre Stimme bebte; zu einer Denunziantin paßte das Beben. Sonst geschah an diesem Morgen nichts Bemerkenswertes. Emma arbeitete bis zwölf und besprach mit Elsa und Perla Kronfuß Einzelheiten des Ausflugs am Sonntag. Sie legte sich nach dem Essen hin und rekapitulierte mit geschlossenen Augen den Plan, den sie ausgeheckt hatte. Sie meinte, der abschließende Teil würde weniger entsetzlich sein als der vorhergehende und sie bestimmt den Geschmack des Siegs und der Gerechtigkeit kosten lassen. Plötzlich aufgeschreckt erhob sie sich und lief zur Kommodenschublade. Sie zog sie auf; unter dem Porträt von Milton Sills lag an der Stelle, wo sie ihn am vorletzten Abend gelassen hatte, der Brief von Fain. Niemand konnte ihn gesehen haben; sie las ihn noch einmal durch und riß ihn in Fetzen.

Die Vorfälle des Nachmittags einigermaßen wirklichkeitstreu zu schildern, wäre schwierig, vielleicht sogar unredlich. Ein Attribut des Höllischen ist die Unwirklichkeit, ein Attribut, das seine Schrecken abzumildern scheint, sie aber vielleicht noch verschlimmert. Wie soll man eine Tat glaubhaft machen, an die sogar jene, von der sie verübt wurde, sozusagen nicht glaubte, wie soll man dieses kurze Chaos wieder einfangen, das heute Emma Zunz' Gedächtnis verwirft und verdammt? Emma wohnte nach Almagro zu in der Calle Liniers; es steht fest, daß sie an diesem Nachmittag zum Hafen ging. Vielleicht sah sie sich auf dem infamen Paseo de Julio in Spiegeln vervielfältigt, von Lichtern zur Schau gestellt, entkleidet von hungrigen Augen. Mit mehr Grund ist freilich anzunehmen, daß sie zunächst unbemerkt durch die gleichgültigen Arkaden irrte... Sie betrat zwei oder drei Bars, sah die Routine und die Kniffe anderer Frauen. Schließlich traf sie auf die Männer des *Nordstjärnan*. Bei einem, der noch ganz jung war, fürchtete sie, er könnte sie irgendwie zärtlich stimmen; so entschied sie sich für einen, der vielleicht kleiner als sie und ein grober Klotz war, damit die Reinheit des Grauens nicht angetastet werde. Der Mann brachte sie zu einer Tür, dann in einen schmierigen Flur, dann eine enge Wendeltreppe hinauf, dann in einen Vorraum (wo ein Fenster die gleichen Rhomben hatte wie das Haus in Lamús), dann zu einem Korridor und dann zu einer Tür, die sich hinter ihr schloß. Die gewichtigen Ereignisse sind außerhalb der Zeit, vielleicht, weil bei ihnen die unmittelbare Vergangenheit von der Zukunft sozusagen abgehackt ist, vielleicht auch, weil die Teile, die sie bilden, nicht in einer Abfolge verbunden scheinen.

Hat wohl in dieser Zeit außerhalb der Zeit, in diesem wirren Durcheinander unzusammenhängender und gräßlicher Empfindungen Emma Zunz *ein einziges Mal* an den Toten gedacht, dem ihr Opfer galt? Ich glaube, daß sie einmal an ihn gedacht hat, und daß in diesem Augenblick ihr verzweifeltes Vorhaben in Gefahr geriet. Sie dachte (sie konnte gar nicht anders), daß ihr Vater das Entsetzliche, das man ihr in diesem Augenblick antat, ihrer Mutter angetan hatte. Sie dachte es mit mattem Erstaunen und flüchtete sich gleich darauf in besinnungslosen Taumel. Der Mann, Schwede oder Finne, sprach kein Spanisch; er war für Emma ein Werkzeug, so wie sie für ihn; doch diente sie ihm zur Lust, er ihr zur Gerechtigkeit.

Als sie allein zurückblieb, schlug Emma nicht gleich die Augen auf. Neben ihr auf dem Nachttisch lag das Geld, das der Mann hinterlassen hatte: Emma richtete sich auf und zerriß es, wie sie vorher den Brief zerrissen hatte. Geld zu zerreißen ist frevelhaft wie Brot wegzuwerfen; Emma empfand Reue, kaum daß sie es getan hatte. Eine Tat aus Hochmut und an diesem Tag... Die Angst verlor sich in der Trauer ihres Körpers, im Ekel. Ekel und Trauer drückten sie wie Ketten nieder, aber Emma stand langsam auf und begann sich anzuziehen. In dem Raum blieben keine lebendigen Farben mehr, die letzte Dämmerung lastete dunkler und dunkler. Emma konnte das Haus unbemerkt verlassen, an der Ecke bestieg sie einen Lacroze, der nach Westen fuhr. Sie wählte in Übereinstimmung mit ihrem Plan den vordersten Platz, damit man ihr Gesicht nicht sehen sollte. Vielleicht tröstete es sie, als sie beim Abrollen gleichgültiger Straßenbänder feststellen konnte, daß die Dinge von dem Vorgefallenen unbefleckt geblieben waren. Sie fuhr durch spärlicher werdende und trübe Viertel, sah sie an und vergaß sie im nächsten Augenblick wieder und stieg an einer Straßenecke von Warnes aus. Paradoxerweise erwies sich ihre Müdigkeit als eine Stärke, denn sie zwang sie, sich auf die Einzelheiten des Abenteuers zu konzentrieren, und verbarg ihr den Hintergrund und den Ausgang.

Aron Loewenthal war nach allgemeiner Ansicht ein tüchtiger Geschäftsmann; nach Ansicht der wenigen, die ihm näherstanden, ein Geizhals. Er wohnte über der Fabrik, allein. Inmitten der verkommenen Vorstadt hatte er ständig Angst vor Einbrechern; auf dem Fabrikhof war ein großer Hund, in seiner Schreibtischschublade – jeder wußte das – ein Revolver. Er hatte im vergangenen Jahr beim unvermuteten Tod seiner Frau – einer geborenen Gauß, die ihm eine stattliche Mitgift eingebracht hatte – gebührende Tränen vergossen, aber seine eigentliche Leidenschaft war das Geld. Zu seinem stillen Verdruß wußte er, daß er weniger zur Beschaffung denn zum Horten des Geldes fähig war. Er war tief religiös; er glaubte, mit dem Herrn einen Geheimpakt geschlossen zu haben, der ihn von guten Taten befreite, wofür er mit Gebeten und Andachtsübungen zahlte. Kahlköpfig, beleibt, in Trauerkleidung, mit beschlagenen Brillengläsern und blondem Bart, erwartete er am Fenster stehend die vertrauliche Mitteilung der Arbeiterin Zunz.

Er sah sie das Gitter, das er vorsorglich aufgeklinkt hatte, aufstoßen und den dunklen Hof überqueren. Er sah sie einen kleinen Bogen machen, als der angekettete Hund bellte. Emmas Lippen waren in flatternder Bewegung wie bei denen, die Gebete vor sich hinmurmeln; erschöpft sagten sie wieder und wieder den Urteilsspruch auf, den Herr Loewenthal vor seinem Tod vernehmen sollte.

Die Dinge geschahen nicht so, wie Emma Zunz sie vorausgesehen hatte. Vom Morgen des gestrigen Tages an hatte sie sich immer wieder in der Vorstellung gewiegt, wie sie den schweren Revolver auf ihn richten und dem Erbärmlichen das Geständnis seiner erbärmlichen Schuld abringen wollte, wie sie ihm dann das unerschrockene Vorgehen auseinandersetzen wollte, das der Gerechtigkeit Gottes zum Triumph über die der Menschen verhelfen sollte. (Nicht aus Furcht, sondern weil sie sich als ein Werkzeug in der Hand der Gerechtigkeit fühlte, wollte sie straffrei ausgehen.) Darauf sollte ein einziger Schuß mitten in die Brust Loewenthals Schicksal besiegeln. Doch so spielten sich die Dinge nicht ab.

Im Angesicht Aron Loewenthals fühlte Emma sich nicht so sehr gedrängt, ihren Vater zu rächen, als den von ihr erlittenen Schimpf zu bestrafen. Nach dieser ausgeklügelten Entehrung war es ihr unmöglich, ihn nicht zu töten. Auch blieb ihr keine Zeit für theatralische Gesten. Vor ihm sitzend bat sie Loewenthal zaghaft um Entschuldigung, berief sich (um die Denunzierung zu rechtfertigen) auf die gebotene Loyalität, nannte ein paar Namen, ließ auf andere schließen und brach, wie von Furcht überwältigt, ab. Sie erreichte, daß Loewenthal ein Glas Wasser holen ging. Als dieser, kopfschüttelnd über so ein Getue, aber nachsichtig aus dem Speisezimmer zurückkam, hatte Emma bereits den schweren Revolver aus der Schublade genommen. Sie drückte zweimal auf den Abzug. Der stattliche Körper sackte in sich zusammen, als hätten der Knall und der Rauch ihn geknickt, das Glas Wasser zerschellte, das Gesicht sah sie mit Verblüffung und Zorn an, der Mund in dem Gesicht beschimpfte sie auf Spanisch und Jiddisch. Die Schimpfworte nahmen kein Ende; Emma mußte noch einmal feuern. Auf dem Hof brach der angekettete Hund in Gebell aus, und ein Schwall jähen Blutes floß über die lästernden Lippen und befleckte den Bart und die Leibwäsche. Emma begann mit der Anklage, die sie sich zurechtgelegt hatte (»Ich habe meinen Vater gerächt, und man wird mich nicht bestrafen können ...«), aber sie sprach sie nicht zu Ende, denn Herr Loewenthal war bereits tot. Sie erfuhr nie, ob er sie noch verstanden hatte.

Das langgezogene Gebell erinnerte sie daran, daß sie sich noch keine Ruhe gönnen durfte. Sie brachte den Diwan in Unordnung, knöpfte der Leiche den Sakko auf, nahm ihr die bespritzte Brille ab und legte sie auf den Notizblock. Dann griff sie zum Telefon und wiederholte, was sie noch oft wiederholen sollte, mit diesen und mit anderen Worten: »Etwas Unglaubliches ist passiert ... Herr Loewenthal hat mich unter dem Vorwand kommen lassen, es handle sich um den Streik ... Er hat mich mißbraucht, ich habe ihn getötet ...« Die Geschichte war in der Tat unglaublich, aber sie setzte sich allgemein durch, weil sie im Kern zutraf. Zutreffend war der Ton von Emma Zunz, zutreffend die Scham, zutreffend der Haß. Zutreffend war auch der Schimpf, den sie erlitten hatte; falsch waren nur die Umstände, der Zeitpunkt und ein oder zwei Eigennamen.

Alfredo Bryce Echenique
Eisenhower und Tiqui-tiqui-tín

Ich bin doch dein Freund, Dicker, du weißt ganz genau, daß ich dein Freund bin, daß ich unausweichlich an dich gebunden bin durch etwas, das sehr weit zurückliegt, aber du mußt mich achten, hörst du? Achten. Sonst geht es nicht, wie sollte es auch gehen, wenn du mich jedesmal so ironisch anschaust, du hast immer diesen ironischen Ausdruck, wenn du mit mir zusammen bist, und außerdem kommt das immer seltener vor. Wir werden einander fremd, oder? Heißt das etwa, das Leben kriegt mich auch hier unter? Es bringt uns auseinander? Es trennt uns? Nein, Dicker, mich kriegt es nie von dir weg, nie, ich kann einfach nicht, es ist stärker als alles andere, manchmal denk ich, daß ich den Rest meines Lebens damit zubringen werde, irgendwo zu sitzen, mit dir zu sprechen, mich an dich zu erinnern; verdammt, warum muß es mir so weh tun, daß es dir so gut geht. Genau, dir geht es gut, du hast bei allem von Anfang an Schwein gehabt, bei mir klappte es einfach nicht, aber du darfst nicht vergessen, daß auch ich mal so war wie du – besser als du; verflucht, was ist passiert, daß ich mich plötzlich in der Welt nicht mehr wohl fühlte? Du dagegen, du hast dich immer gut gefühlt im Leben. Immer, Dicker, du warst schon immer dick, wir waren *das* Paar, oder? Wir waren Don Quichote und Sancho Panza, Stan und Olli, Abbot und Costello, wir waren der Dicke und sein Freund der Dünne, zusammen waren wir große Klasse, und jetzt werd ich mich wahrscheinlich für den Rest meines Lebens fragen, wann eigentlich – ich weiß schon, es war, weil ich versagt habe –, also wann eigentlich alles so beschissen wurde. Es war wohl in der Schule, aber nein, wie soll's in der Schule gewesen sein, da hatten wir uns doch eben erst kennengelernt. Dann sicher an der Universität, ja genau, damals war's an der Universität, doch so richtig deutlich wurde es erst vor kurzem, also eigentlich ist es jetzt schon entsetzlich deutlich, wichtiger wäre wohl zu wissen, wann genau es deutlich wurde. Genau das. Genau darüber will ich mit dir reden, aber natürlich, ich weiß schon, du hast keine Zeit, darüber zu reden, und außerdem ist es nicht wichtig. Nichts ist wichtig für dich, Dicker, rein gar nichts, und deshalb sieht die Sache allmählich schlecht aus, und demnächst wirst du mir Geld leihen, und dann ist alles im Eimer. Du wirst schon sehen, wenn du mir erst mal Geld geliehen hast, dann ist endgültig alles aus, alles, und nicht nur, weil ich dir's mit Sicherheit nicht zurückzahlen kann, sondern weil du mir einen Monat später wieder Geld leihen mußt und dann jedesmal, wenn ich bei dir vorbeikomme, glauben wirst, daß ich schon wieder Geld will. Und da das oft genug stimmen wird, geht dann das letzte bißchen Selbstachtung, das mir noch bleibt, auch zum Teufel, und ich kann mir jetzt schon vorstellen, daß ich immer daran denken muß, du könntest mir ja Geld leihen.

Nein, Dicker, so weit darfst du es nicht kommen lassen, ich bin doch dein Freund, das weißt du; ich weiß schon, du hast für solche Gefühle nicht viel Zeit übrig, aber paß bloß gut auf, und vor allem mußt du unbedingt etwas dagegen tun, daß ich dich noch ein fünftes Mal um Geld bitte! Dicker, dazu darf darf es um Himmels willen nie kommen, behandel mich nie wie den Freund, dem alles schiefgegangen ist, und vor allem sei zu mir nie so wie der Freund, dem alles geglückt ist. Niemals, Dicker, niemals, aus dem einfachen Grund, daß wir von da an keine Freunde mehr sein werden, verstehst du, es wäre dann nur noch eine lästige Gewohnheit. Ha! Wie schwierig muß das alles für dich sein, für dich mit deiner berühmten Ironie, mit deinem verdammten Sinn für Humor, dieser ätzenden Art, mit der wir so viel zerstört haben, während ich, der ich immer gute Laune zeigte, dabei ganz leise an deiner Seite kaputtging und in dein schallendes Gelächter noch mit einfiel ... Ha! Dicker, wir haben auf die ganze Menschheit geschissen! Darum, hör gut zu, darum muß man bei dieser Sache so gut aufpassen. Wenn du mir irgendwann zum fünftenmal Geld leihen solltest, dann wär's genauso wie bei der Beerdigung von meinem Großvater – ich war so nervös und du so aufmerksam zu allen, Dicker, wie du alle gegrüßt hast, es allen recht machtest, überall einen guten Eindruck hinterließest, wie du es angestellt hast, daß ich sogar meine Trauer über diesen Tod vergessen konnte, als wir uns anschließend in einem Café über die Beerdigung unterhalten haben. Dreckskerl, du dicker Scheißer du, ich seh dich noch durch die geräumigen Zimmer von dem herrlichen Haus spazieren, das letzte Haus meiner Familie, das letzte große Haus meiner Familie ... Wir haben es verkauft, Dicker, na ja, das weißt du sowieso, das war das Ende, der Anfang vom Ende, das letzte Familienoberhaupt war nun tot, und es war keiner mehr da, damit die Sache wieder von vorne hätte beginnen können. Wer war schon noch da? Mein Bruder und ich, zwei schwierige Typen, schon damals nicht recht angepaßt; Erben eines Vermögens, das mehr aus Erinnerungen bestand als aus Vermögen, Erben eines Namens, der zu groß für uns war; überdrüssig, verängstigt und eigentlich kaum daran gewöhnt, alleine dazustehen. Aber worauf ich hinaus wollte, Dicker, worauf ich hinaus wollte – auf die Sache mit der Beerdigung ... Ah, Dicker, ich sehe dich noch durch die Zimmer spazieren und die Dinge, die mein Großvater hinterlassen hatte, auf ihren Wert hin abschätzen, wir haben sie alle Stück für Stück verkauft, na ja, aber das weißt du ja, das weißt du ganz genau, dein Vater hat schließlich die Marmorstatuen gekauft. Das war auch so was, was man nicht hätte tun dürfen, und trotzdem, ganz Lima hat es getan. Man merkt doch gleich, daß du nie dasselbe gefühlt hast, man merkt doch gleich, daß du nie wie ich vom Hause des Großvaters geträumt hast, das letzte, das letzte, was noch geblieben war, man merkt gleich, du hast nie gemerkt, daß jede Villa in Lima heute ein kleines Museum ist, in dem Dinge ausgestellt sind, die einmal mir gehört haben, die mir zustanden, Dicker.

Bestimmt hast du schon am Tag der Beerdigung, als du durch die Zimmer spaziertest und all die Sachen taxiertest, bei dir gedacht: mal sehen, wieviel denen noch bleibt. Wer ist wohl noch alles mit demselben Gedanken auf die Beerdigung gekommen, als zukünftiger Käufer sozusagen? Aber dann, was ich eigentlich sagen wollte: Der Mensch, den ich auf der Welt am meisten geliebt hatte, war gestorben, und trotzdem habe ich am selben Abend in einem Café mit dir gelacht, wir haben uns halb totgelacht bei der Erinnerung an sie, als wir sie uns noch einmal bildlich vorstellten, mit dem Humor, der so typisch für uns war. Ich kann mich erinnern, daß du sie erwähnt hast und wir beide dasselbe Bild vor Augen hatten: die fünf netten Alten, wie sie auf der Beerdigung eine Gruppe für sich bildeten, etwas abseits, in einiger Entfernung zu den anderen, dem Mitarbeiter des Präsidenten, dem Finanzminister, den hochgestellten Persönlichkeiten von der Bank, von denen du jeden einzelnen wiedererkannt und begrüßt hast, während sie mir fast Angst machten. Und die fünf netten Alten, etwas abseits, schüchtern, die vielleicht mehr litten als diejenigen, die wegen der Ehrenbezeugungen, aus Pflichtgefühl gekommen waren; sie dagegen nicht, Dicker, sie sind gekommen, weil sie Schulfreunde meines Großvaters waren, weil sie ihn bewunderten, weil ihnen mein Großvater bestimmt von seinem hohen Posten aus irgendwann fünfmal Geld geliehen hatte ... Du hast sie dort im Café erwähnt, Dicker, und sofort sahen wir sie vor uns und brachen in lautes Gelächter aus, als du sagtest: Das sind die fünf Schulfreunde, bei denen im Leben alles schiefgegangen ist. Siehst du, Dicker, versteh jetzt endlich, du darfst mir nie fünfmal Geld leihen, weil du mich dann zu dem Freund machst, bei dem im Leben alles schiefgegangen ist, und dann werden wir uns allerdings kaum noch sehen können. Paß bloß auf, Dicker, das ist weder schwierig noch unmöglich für dich, du bist intelligent und taktvoll genug, und du darfst jetzt keine der Szenen, über die wir früher beide gelacht haben, wiederholen, jetzt, wo ich ... Paß bloß auf, Dicker, paß bloß gut auf, paß sogar auf, in welchem Ton du mir antwortest, wenn ich dich anrufe, auf deinen Gesichtsausdruck, wenn deine Sekretärin zu dir sagt: Es ist schon wieder Ihr Freund; ich sehe diesen Gesichtsausdruck direkt vor mir, Dicker, und ich sag nur eins: Laß das besser, laß diesen Gesichtsausdruck an sich und erst recht das, was du fühlst und was der Grund für diesen Gesichtsausdruck ist. Und sag mir bloß nicht, daß du eben diesen Gesichtsausdruck bei allen machst, ich bin schon viel zu lange dein Freund, um dich nicht zu kennen, Dicker. Ich kenne deine Gesichtsausdrücke allesamt in- und auswendig, es ist kein einziger darunter, den wir nicht beide zusammen in dem Café, wo wir während der Studienzeit unser halbes Leben verbracht haben, ausgefeilt haben ... Das Café, Dicker, das unvergeßliche Café, wo ich dir erzählt habe, wo ich zumindest versucht habe, dir zu erzählen, was ich jene ersten paar Male gefühlt habe, als ich nicht mit dem einverstanden gewesen bin, was uns im Leben erwartete. Aber ich hab dir nicht alles gesagt, Dicker, als hätt ich selber nicht genau gewußt, was eigentlich wirklich passiert war, ich habe dir nicht alles gesagt, weil wenn ich es dir gesagt hätte, ich mich zum erstenmal auf die Seite derer gestellt hätte, über die wir uns halb totgelacht haben. Eisenhower, zum Beispiel. Doch, laß mich über ihn reden, laß mich wenigstens einmal im Leben über ihn reden. Nein, komm mir nicht damit, daß ich das vergessen soll und lieber daran denken soll, wie wir uns so einen wie Tennessee Williams ausgeguckt haben. Ich will dir von Eisenhower erzählen, weil wir uns über ihn mehr als über irgendeinen anderen lustig gemacht haben, aber auch, weil seinetwegen das passierte, was du nicht wahrhaben willst, Dicker, weil die Erinnerung an Tennessee

Williams viel angenehmer ist... Ha! Was hatten wir doch für ein schönes Leben... Es waren glückliche Jahre, wir hatten immer etwas Geld in der Tasche und keine weiteren Ausgaben als die im Café; es waren die Jahre, die wir damit zubrachten, im Café zu sitzen, nach Leuten Ausschau zu halten, die jemandem ähnlich sahen, wir waren auf der Suche nach – wie wir sie nannten – Doppelgängern; einer, der wie ein nervöser und bibbernder Jud daherkam, sah so aus, wie wir uns Tennessee Williams wegen seiner Theaterstücke vorstellten, wir lachten uns halb tot, als damals dieser verzweifelte Jud mit haargenau denselben Gesten daherkam und du Tennessee Williams geschrien hast und ich sofort damit einverstanden war: Ja, ja, genau der Typ, genauso muß er sein! Ha! Was haben wir doch gelacht... Jeden Morgen saßen wir im Café und stellten tausend Bände »Die Doppelgänger«, »Die universellen Äquivalenzen« zusammen, Lima als ein lebendes Wachsfigurenkabinett, wo Manolete und eine Kopie von Winston Churchill herumliefen, die wir uns damals ausgeguckt haben, erinnerst du dich noch? Und erinnerst du dich auch noch an den Pío Baroja, den wir einmal auf einer Bank in der Punta ausfindig machten? Toll! Aber nie haben wir einen besseren als Eisenhower gefunden, wir haben vor Verblüffung nicht einmal gelacht, denn er war nicht nur so wie Eisenhower sein mußte, er sah ihm tatsächlich verblüffend ähnlich. Wir verfolgten ihn, wir schlichen um ihn herum, der hat uns wirklich begeistert, und was für ein Glück war es doch, daß wir ihn entdeckten, als er gerade am Café vorbeikam. Er kam immer wieder, jeden Nachmittag kam er dort vorbei, er hatte ein Gesicht wie ein alter, zerstreuter Gringo, ein beeindruckend verrücktes Gesicht, ganz so, als hätte jemand den echten Eisenhower dazu verurteilt, den kalten Winter Limas für immer und ewig ertragen zu müssen... Komischer Kauz, für unsere Sammlung war er einer der Besten, wenn nicht der Beste überhaupt, wir konnten uns an ihm nicht satt sehen, wie er tagein, tagaus vorbeikam, bis dann das passierte, doch, laß mich darüber reden, Dicker, sag mir nicht, ich soll lieber an Winston Churchill denken, nein, nein, laß mich jetzt endlich über Eisenhower reden, obwohl es natürlich so schwierig ist, was müßt ich dir erst alles noch erzählen, damit du die Sache mit Eisenhower wirklich verstehen könntest. Es ging mir nicht gut, Dicker, für mich waren das schwere Tage, eben war die Sache mit der Kanzlei passiert, es ging mir nicht gut, sie haben mich gekränkt, als sie mich aus der

Kanzlei hinausschmissen, aber wie soll ich dir sagen, wie soll ich dir bloß erklären, was ich damals gefühlt habe; glaubst du, sie hätten mich hinausgeschmissen, wenn mein Großvater noch gelebt hätte? Nein, Dicker, zumindest nicht zu der Zeit, als er noch Einfluß hatte, ich war damals noch ein Kind, Dicker, wenn du nur wüßtest, wie schwer es ist, aus gutem Hause zu kommen... Und dann versuch, die Dinge zu datieren, sag zum Beispiel, ich war erst dann nicht mehr das Kind reicher Eltern, als sie mich aus der Kanzlei hinausschmissen, an diesem Tag haben sie mir gezeigt, haben sie mir bewiesen, daß jetzt mein Name allein nichts mehr zählte, daß er nicht ausschlaggebend war; das war das symbolische Datum, und trotzdem, es hat doch so vieles dazu beigetragen, daß mich schon seit Jahren etwas tief im Innern quälte, etwas, das mir zeigte, wie gefährlich es war, nicht mehr länger das zu sein, was ich meinem Namen nach sein sollte. Ich ging langsam vor die Hunde, stimmt's, Dicker? Und warum konnte ich nicht wie du in der Kanzlei von einem berühmten Anwalt arbeiten? Karriere machen wie du? Was hat mich schon in jungen Jahren daran gehindert, ein angehender tüchtiger Rechtsanwalt zu sein? Wir studierten doch beide, wir hatten doch beide gute Noten, wir waren doch beide intelligent. Und trotzdem konnte ich nicht so sein wie du. Für meinen Chef war ich ein Feigling, das hat er mir mal gesagt, ein Feigling, ein Mann ohne Schneid, ein Waschlappen, unfähig, Recht und Ordnung durchzusetzen. Ich konnte nicht, Dicker, das ist nun mal so, ich konnte einfach nicht, mit wie vielen Pfändungen hattest du zu tun, und wie gut hast du sie alle durchgeführt. Siehst du, in diesem Fall, glaub ich, hatte ich einfach Pech, ja, ich hatte noch dazu einfach Pech, du hattest nicht so eine Pfändung wie ich. Ich brachte es einfach nicht fertig, Dicker, ja, ich weiß schon, du hättest dir schon zu helfen gewußt, um gut dazustehen, aber ich brachte es einfach nicht fertig, glaub mir, es war Pech. Es war ein alter Schulfreund, es war das Büro von seinem Vater, und sie waren beide dort, als ich mit dem Anwalt und den zwei Polizisten kam, um alles zu pfänden, ich hatte keine Ahnung, wo ich hin sollte, Dicker, erst als ich das Firmenschild mit dem Namen meines Freundes sah, wußte ich, bei wem ich pfänden mußte. Ich konnte nicht, Dicker, es war stärker als ich, ich hatte Mitleid, ich hatte Angst, es fehlte mir an der notwendigen Klasse, wenn du so willst, und deshalb schmissen sie mich raus. Aber war es deshalb, Dicker? Oder war es nur das Ende einer Referendarzeit, die viel zu wünschen übrigließ? Hier kommt eins zum anderen, Dicker, schon lange funktionierte ich nicht mehr richtig in der Kanzlei, alles kränkte mich, Dicker, alles. Du, du gingst in deiner Kanzlei ein und aus, gingst und kamst vom Rechtsanwalt zum Justizpalast, zu den Justizbeamten; du hast dir ihre Sprache angeeignet, du hast ihnen unauffällig Geldscheine zwischen die Akten geschoben. Ich dagegen, ich konnte das nicht, ich fand nicht die richtigen Worte, ich war nicht so durchtrieben, wie es gang und gäbe war. Und außerdem gab's da noch die andere Sache, die Sache mit den hohen Tieren, die Sache mit den Vorstandssitzungen, zu denen einige der Herren kamen, die auch auf der Beerdigung von meinem Großvater waren, die ihn abgelöst, die ihn ersetzt, die ihn fertiggemacht hatten. Aber es gab da noch eine Sache, die Sache mit der Sekretärin, die sie rausgeschmissen haben, weil sie nach Achselschweiß gestunken hat. Ihre Mutter kam, um sich zu beschweren, und ich war an diesem Nachmittag dort und sah, wie sich die alte Frau, natürlich Mischling, bei den peinlich berührten Herren, vor dem ganzen Vorstand, für ihre Tochter beschwerte; mit 1500 Soles machten sie sie mundtot, Dicker, sie haben sie fertiggemacht, sie überrumpelten sie derart, daß sie sprachlos und heulend dastand, den Scheck in der Hand, davon überzeugt, daß ihre Tochter eine sehr schlechte Sekretärin sei, ich bin sicher, daß sie nach Hause gegangen ist und die arme Amada geschlagen hat. Ich weiß, wieviel Amada verdient hat, Dicker, und das war einer der Gründe, warum ich so anders war; ich weiß auch, wieviel der Rechtsanwalt jeden Monat verdiente und wieviel er seiner Sekretärin bezahlte, und das beschämte mich zutiefst, es ekelte mich an, aber natürlich, ich hielt den Mund, ich litt leise vor mich hin. Siehst du, Dicker, ich litt unter vielem, worunter ich eigentlich nicht leiden sollte und worunter du nicht littest, soviel Gefühlsduseleien und der absurde Schmerz, den mir all das bereitete, waren geradezu lächerlich. Und Amada hat mir gefallen, Dicker, es war halt so, sie hat mir gefallen. Sie war ein Indiomischling, sehr schön und so richtig zum Anbeißen, aber weiter bin ich nie gegangen, du hättest sie gerne gebumst, Dicker. Und ich hätt sie auch gern mal gebumst, jawohl, ich auch, aber anders, ich wollte ihr Leben kennenlernen, ich wollte sie kennenlernen, ich wollte mit ihr ins Bett gehen, weil ich sie gern hatte und weil es in meiner Gefühlswelt die Möglichkeit gab, sie zu heiraten. Ja, ich weiß ja, sie war nur ein Negermischling und dementsprechend hätt ich sie behandeln sollen, aber es ist nun einmal so, mich stimmte ihre Lächerlichkeit zärtlich, ich konnte mich nicht über ihre Gefühle lustig machen, obwohl alles so lächerlich war, für sie waren ihre Gefühle ernst, und ich wollte das respektieren, Dicker, ein Problem, weil ich sie gleichzeitig genauso begehrt habe, wie du sie begehrt hättest. Und was habe ich dir denn von alldem erzählt? Mal gerade eben doch nur, daß es in der Kanzlei eine Sekretärin gab, die super aussah. Verstehst du jetzt, daß schon damals die Sache für mich anders war, daß ich Triebe wie jeder Sohn aus gutem Hause hatte, daß ich die Begierden eines Dreckskerls hatte und ein unheimlich sentimentaler Träumer war? Und daß meine Träume derart irrtümlich zärtlich waren, daß es schon wieder lächerlich war? Von alledem habe ich dir nichts gesagt, Dicker, und statt dessen habe ich mit dir die ganze Welt ausgelacht, wir hatten immer noch eine glänzende Zukunft vor uns und waren dabei ganz selbstsicher. Aber siehst du, Dicker, siehst du, von da an lief etwas schief. Bei dir dagegen, nichts von alldem, du wußtest, was du wolltest, nie ein einziges zweischneidiges Gefühl in dir, ich war wohl im Grunde ein viel verwöhnteres Kind als du, vielleicht war ich eben in jeder Beziehung viel mehr ein Kind aus gutem Hause als du. Auf den Gedanken komme ich gerade, weil, jetzt, da ich mit dir rede, ich mich an noch so einen Fall wie mich erinnere, nur noch lächerlicher. Du kennst ihn, du mußt dich an ihn erinnern, gemeinsam haben wir uns über ihn lustig gemacht: ein Tässchen Tee um sechs in einem ganz einfachen Häuschen – so hast du die Gefühle beschrieben, die Felipe Anderson damals vor ganz Lima zur Schau stellte. Ich habe mich halb totgelacht, als hätte ich nie das Gleiche gefühlt, ich habe eben den Mund gehalten, ich habe dir nie gesagt, daß all das, was Felipe Anderson erzählte, sehr ähnlich war wie das, was ich für Amada empfand. Armer Felipe Anderson, ich denk mir, er hat wahrscheinlich dieselben Dummheiten begangen wie ich, es war doch nicht seine Schuld, er kam aus so gutem Haus, er gehörte einer so reichen Familie an, daß ihm nur ein Wunsch blieb: die Armut. Er träumte davon, er träumte von der Einfachheit, er haßte die Mädchen, die seinesgleichen waren, und suchte in ganz Lima nach einem einfachen, netten Mädchen. Ich weiß, er war halb verrückt, ich weiß, er war ein Problem für seine Familie, ich weiß, er soll ein Onanist und komischer Kauz gewesen sein, aber laß mich dir jetzt eins sagen: Ich habe ihn verstanden, und wenn er noch so verrückt war. Auch ich war einer von denen, die er auf der Straße getroffen hat, und auch mir hat er erzählt, daß er sich ein Mädchen wünscht, das einfach, bescheiden, nicht eingebildet, ohne große Ansprüche, eben bescheiden ist; genau das waren seine Worte, er träumte von einem armseligen Häuschen, wo man ihn jeden Nachmittag zu Tee und Gebäck einlud und ihn sehr liebte. Aber ich habe ihn nie ausgelacht, Dicker, ganz im Gegenteil, ich hörte ihm stundenlang zu und hatte am Ende sogar meine eigene Theorie über ihn und achtete ihn, wie verrückt er auch sein mochte. Versteh doch, Dicker, er wollte ein kleines, ganz einfaches Häuschen, eine kleine Näherin. Steckte dahinter nicht eine grenzenlose Sehnsucht nach einem ehemaligen Dienstmädchen, nach einer Welt der Bediensteten, der Hausdiener und Köchinnen, die irgendwann einmal sein Leben gekreuzt haben? Und diese Welt reduzierte sich nun für ihn auf ein lächerliches Häuschen, das war das Symbol, wie oft hat der arme Felipe Anderson wohl masturbiert und dabei geträumt, er sei in einem altmodischen, armseligen Zimmer mit Plastikblumen. Und dieser Traum, Dicker, dieser Traum war der letzte Luxus der Seele eines Reichen, solche Träume ruinieren die bedeutenden Familien, Dicker, solche Träume sind der Anfang der Dekadenz, sind der Anfang vom Ende, stell dir vor, wie Felipe Anderson in einem Badezimmer aus Marmor und Porzellan masturbiert und in seiner schrecklichen Einsamkeit von einer kleinen Näherin träumt, die im Schein einer schwachen Kerze stopft. Stell ihn dir so vor, und ganz sicher wirst du über ihn lachen, ich dagegen nicht, weil meine Seele gespalten ist, was dir zum Glück vollständig fehlt. Ich habe Felipe Anderson nicht wiedergesehen, aber ich bin mir sicher, daß auch er keinen Frieden gefunden hat. Es war sehr hart für ihn, reich zu sein und von der Armut zu träumen, und heute muß es für ihn noch schlimmer sein, arm zu sein und dabei noch Überbleibsel seines Reichtums zu spüren, die Realität muß die Hölle für ihn sein, wie für mich, Dicker, für mich, der ich nie wieder in einer Kanzlei tätig war, der ich nie dazu kam, meinen Beruf auszuüben. Da kann man nichts machen, hast du gesagt, als ich ins Café kam und dir erzählte, daß sie mich aus der Kanzlei geschmissen haben, anscheinend gefällt es dir tatsächlich nicht. Natürlich hab ich's dir so nicht erzählt, natürlich habe ich den Rechtsanwalt zum Teufel geschickt und obendrein noch auf seinen Teppich gepißt. Für dich war ich ein Rebell, ein Nonkonformist, aber – was war mit der Kränkung, Dicker? Davon hab ich dir nichts gesagt, jemanden zum Teufel schicken, das tun nur die Reichen, und mir blieb nur die Gewohnheit, andere zum Teufel zu schicken, nur die Wörter, wütend war ich nicht mehr, wohl aber traurig, erniedrigt, verwirrt; aber das sind armselige Gefühle, und sie haben so gar nichts von der Rachsucht jenes jungen Mannes mit einer glänzenden Zukunft vor sich. Davon habe ich dir auch nichts gesagt, Dicker, und für dich war ich nichts weiter als ein Nonkonformist, ein Rebell, ein Typ, der lieber gut lebte, anstatt zu arbeiten, anstatt sich eine Zukunft aufzubauen. Welche Zukunft sollte ich mir auch schon aufbauen, Dicker, wenn ich nicht mit dem Gefühl bei der Sache war? Du mußt jetzt unbedingt wissen, daß mein Lachen, als wir uns über Tennessee Williams oder über Eisenhower lustig gemacht haben, ein trauriges Lachen war. Diese Typen haben mich stark beschäftigt, Dicker, Tennessee mit seinem einsamen und nervösen Umherstreifen in der Union-Straße und Eisenhower mit seinem angespannten Gesichtsausdruck und seinem kleinen vorsätzlichen Vergehen. Und jetzt unterbrich mich nicht, Dicker, laß mich darüber reden, sag mir nicht, ich soll lieber an Winston Churchill denken; heute abend, und wenn ich noch tausend Bier brauche, werd ich darüber reden. Und du wirst mich reden lassen, Dicker, du wirst es zulassen, daß ich dir endlich sage, warum ich dich damals geschlagen habe, weil hier der Schlüssel zum Ganzen liegt. Sieh mal, wir haben beide über Eisenhower gelacht, warum sollten wir auch nicht lachen, wo wir doch beide eine glänzende Zukunft vor uns hatten, wo wir doch ganz und gar mit allem einverstanden waren, was uns Peru für die Zukunft zu bieten hatte. Er aber nicht, er ist nicht damit einverstanden gewesen, er lief einsam umher und suchte nach etwas, wünschte sich etwas, so wie ich mir jetzt noch was zu trinken wünsche. Laß mich noch ein Bier trinken und dir alles, was vorgefallen ist, erzählen. Laß mich dir endlich sagen, daß ich zwar mit dir zusammen war, meine Gefühle sich aber sehr stark mit Eisenhower beschäftigten. Laß mich dir endlich sagen, daß ich dich oft so anschaute, wie er uns angeschaut hätte, dir beim Reden zuhörte und dich so beurteilte, wie er uns beurteilt hätte. Weil ich ganz einfach nicht mehr mit deiner Welt einverstanden war, Dicker. Und wenn ich dir das damals nicht gesagt habe, dann nur, weil ich der erste war, der von meinen Gefühlen überrascht war, der sie am wenigsten verstand. Außerdem waren wir nicht zu jener Zeit so völlig von Tiqui-tiqui-tín und so begeistert? Mir hat sie eine Chance gegeben und nicht dir, du warst neidisch auf mich, stimmt's, Dicker? Sie war zum Anbeißen, und mich hat sie bevorzugt. Stundenlang saßen wir im Café und bewachten das Schuhgeschäft gegenüber und warteten darauf, daß sie sich ihren Arbeitskittel auszog, herauskam und in ihrem knatschig engen Minirock zu ihrer Bushaltestelle ging. Wie toll sie doch aussah, Dicker, und wieso ist das Leben so beschissen, wieso beschränkt es sich nur darauf, daß ein Weib toll aussieht, wieso kann das, was du dir am meisten im Leben gewünscht hast, zur Hölle werden, wie recht du doch immer hast, was für ein Dreckskerl du doch bist, Dicker! Und trotzdem war ich der Glückliche, das hast du geglaubt, mir hat sie zugelächelt, wenn sie aus dem Schuhgeschäft herauskam und tiqui-tiqui-tín, mit ihrem knackigen Hinterteil verheißungsvoll wackelnd, zu ihrer Bushaltestelle trippelte, du hast sie Tiqui-tiqui-tín getauft wegen ihrer Art zu gehen, sich so zu bewegen. Mich hat sie bevorzugt, ich würde sie bumsen, du würdest mir dein Auto leihen, und ich würde sie zum Tanzen einladen, und dann würde ich sie bumsen. Tiqui-tiqui-tín und Eisenhower ... Wir hatten Sex, Humor und Zukunft, uns fehlte es an nichts im Leben ... Ja, Dicker, ich befolgte deine Ratschläge und habe sie eines Abends, als sie mit der Arbeit fertig war, angesprochen und sie in deinem Auto mitgenommen. Weißt du, was passierte? Ich weiß, dir habe ich gesagt, daß ich sie gebumst hätte und dich öfters um dein Auto bitten würde, um mit ihr auszugehen. Aber das war nicht wichtig, wichtig war, daß, als sie akzeptierte mit mir zu reden, und ins Auto stieg, mich die ganze Sache tief bewegt hat, ich habe Zärtlichkeit empfunden, Dicker. Sie war so lächerlich, so gut gebaut, so lächerlich provokativ, sie hatte so ein sexy Hinterteil, sie war gesellschaftlich gesehen fast ein Nichts an der Seite von einem Studenten der Rechtswissenschaft mit einer glänzenden Zukunft vor sich, daß es mir das Herz brach, ich bekam Skrupel und zeigte mich plötzlich von meiner edelsten Seite. Aber ich mußte sie ja bumsen, dafür hast du mir doch dein Auto geliehen, und außerdem begehrte ich sie doch schon seit Monaten, als ich im Café gegenüber saß. Dann passierte die Kleinigkeit, die ich dir als belanglose Sache geschildert habe, damit wir was zu lachen hatten und uns über sie lustig machen konnten. Es war jedoch alles ganz anders, Dicker, mir war überhaupt nicht nach Lachen zumute, als sie so ein schlechtes Spanisch sprach, ich empfand Zärtlichkeit, eine grenzenlose Zärtlichkeit, und ich konnte mir noch so oft sagen, du hast es hier mit einem dummen Ding zu tun, das mit dir bumsen will, weil du blond bist, ich empfand doch eine tiefe Zärtlichkeit. Ich erinnere mich an ihre Worte damals im Auto, ich habe mich über den schrecklichen Stau beklagt, der uns nicht vorwärtskommen ließ, und sie sagte auf einmal das mit »den Verkehren«, sie sagte »die Verkehre« anstelle von »der Verkehr«, »die Verkehre um diese Zeit gehen einem auf die Nerven«. Genau das sagte sie, und in diesem Moment brach die große Zukunft für den Rechtsanwalt zusammen. In mir ist ein Felipe Anderson erwacht und war nicht mehr aufzuhalten. Ja, ich weiß, dir hab ich was anderes erzählt, daß ich mit ihr gebumst habe, zum Beispiel, aber es war überhaupt nicht mehr wichtig, sie zu bumsen, es war jetzt wichtig, voll und ganz in ihre Welt einzutauchen, jeden Samstag bei ihr Tee zu trinken und dazu Gebäck zu essen, und daß sie mit mir ins Bett ging, weil sie mich innerhalb ihrer kleinen Welt, innerhalb ihrer Realität liebte, und nicht weil sie ein Dummchen, ein Flittchen war, das mich angeln wollte, sondern weil es ehrlich die Möglichkeit gab, sich zu verstehen, weil ich ihre Gefühle teilen wollte und jemanden, der »die Verkehre« sagte, wirklich gernhaben wollte. Aber natürlich hast du immer recht gehabt. Was nicht heißt, daß du kein Scheißkerl bist, Dicker, ein Scheißkerl, der im Leben in allem eine glückliche Hand hat. Laß mich dir sagen, es gehört nicht viel Mut dazu, immer nur auf die Besten zu setzen, ich bin vielleicht mutiger als du, Dicker, und erzähl mir bloß nicht, ich sei autodestruktiv, denn das hieße, du hast überhaupt nichts kapiert. Ha! Dicker, ich bin doch dein Freund, und jetzt weißt du ja, warum ich mit Susana Schluß gemacht habe, um mehr Zeit für Tiqui-tiqui-tín zu haben, weil anstatt mit dir und unseren ach so reinen und so heiligen geliebten Freundinnen in Filmpremieren zu gehen, wollte ich lieber ein Felipe Anderson sein und mich geliebt fühlen in den öffentlichen Verkehrsmitteln, die dich durch gemeine Stadtviertel zu einem liederlichen Vorstadtkino bringen, wo montags die Frauen nicht einmal Eintritt bezahlen. Vielleicht – jetzt, wo ich darüber nachdenke – wollte ich die Dekadenz, die langsam über meine Kinder auf meine Enkel übergegangen wäre, beschleunigen, damit sie zufrieden, ohne Widersprüche, an einem konkreten Ort aufwachsen. Auf alle Fälle, jetzt weißt du ja, wann das alles angefangen hat, was du Rebellion, Nonkonformismus genannt hast und was der Arzt einmal die Unfähigkeit sich anzupassen genannt hat. Aber mir sind die Einordnungen, die Klassifizierungen scheißegal, mir ist es wichtig, dir zu erklären, warum ich dich bei der Sache mit Eisenhower geschlagen habe. Paß auf, Dicker, und versuch zu verstehen. Ich schwör dir, ich habe gedacht, soviel Gelächter auf seine Kosten hätte in dir ein Gefühl der Sympathie, ein Gefühl des Mitleids oder so etwas Ähnliches geweckt, und ich hätte nie geglaubt, daß du so reagieren würdest. Aber natürlich, jetzt versteh ich alles, jetzt weiß ich, daß du im Namen der Gerechtigkeit, im Namen der Gesellschaft, im Namen all dieser Wörter, die großgeschrieben werden und die du verteidigst und verkörperst, reagiert hast. Ich wußte nicht, daß du damals schon fest dazu entschlossen warst, sie so verbissen zu verteidigen. Er war ein armer Kerl, Dicker, und wahrscheinlich brauchte er das genauso nötig wie ich jetzt noch was zu trinken. Dir waren seine neugierigen Spaziergänge bestimmt schon seit langem verdächtig. Du und dein Mißtrauen, du und dein immer-recht-haben, du findest doch bei allem was Dreckiges, du; du und dein verfluchter Scharfblick, dein verdammter dreckiger sechster Sinn! Ich habe Eisenhower gerngehabt, Dicker, und ich werde ihn immer verteidigen, auch wenn es nichts anderes ist als der letzte sinnlose Einsatz gegen dich. Gar nichts ist passiert, die Kleine hat nicht mal gemerkt, daß man sie so angelangt hat, sie war schon wieder in der Obhut ihrer Mutter. Aber du hast ja alles gesehen, du, der Gerechte, du, der Edle, du, der du die Kleine im Bett massakriert hättest, wäre sie ein paar Jahre älter und so knackig wie Tiquitiqui-tín gewesen! Ich erkannte, ich sah in deinen Augen, was du vorhattest, als du aufgestanden bist, deswegen rannte ich hinter dir her, ich wollte dich doch nicht schlagen, ich wollte nur verhindern, daß du Eisenhower schlägst und die Polizei rufst. Du hast dir das nie von mir erklären lassen, und ich muß noch immer dafür bezahlen, daß ich dich ein einziges Mal im Leben geschlagen habe, darüber müssen wir reden, Dicker, wir müssen ausführlich darüber reden, du mußt endlich verstehen, daß es nur eine Sache des Standpunkts war: Du hast dich auf die Seite des Richters gestellt, und ich, ich weiß nicht warum, aber ich konnte nicht anders, als mich auf die Seite dieses Menschen zu stellen, den seine Einsamkeit dazu getrieben hat, weil Typen wie du und ich, die die guten Sitten verkörpert haben, schallend über ihn gelacht haben, als ob wir den Spott, die schlechte Behandlung, die die ganze ehrwürdige Stadt solchen wie Eisenhower zukommen läßt, auf die Spitze treiben wollten. Schlüpf doch mal in seine Haut, Dicker, fühl dich doch ein einziges Mal in deinem Leben schlecht, und du wirst mich endlich verstehen! Ich hasse es, daß du nie mit mir darüber reden wirst, ich hasse es, daß du keine Achtung vor mir hast, daß du nicht mal verstehen willst, wie ich bin. Für dich ist es viel bequemer, sich an Winston Churchill zu erinnern, und daß wir in der Fakultät glücklich waren und daß es mir leider im Leben nicht sehr gut geht. Ich werde dich weiterhin anrufen, Dicker: in deiner Kanzlei, bei dir Zuhause, ich weiß, ich werde dich jedesmal dann anrufen, wenn ich mich betrinke. Ich hasse es, daß du mit mir Mitleid hast, daß du glaubst, ich sei verrückt wegen dem, was ich aus meinem Leben, aus meiner sauberen und ordentlichen Zukunft, aus meiner guten Herkunft gemacht habe. Ich ruf dich jetzt gleich an, und du sagst mir dann, wer von uns beiden der bessere ist...

– Wir machen jetzt zu. Sie haben zehn große Bier. Nein, nein, es gibt nichts mehr; wir machen jetzt zu.

... Es ist jetzt ohnehin sehr spät, um dich anzurufen; deine heilige und reine Gattin würde dich um diese Zeit sowieso verleugnen. Und da ich gerade von ihr spreche, glaubst du, sie läßt dieses Jahr dein Töchterlein zum Namenstag von Klein Carmen kommen? Schließlich bist du ihr Patenonkel, Dicker, und mein Gevatter, der Gevatter meiner Frau, eine Bindung, die Carmen anscheinend außerordentlich achtet. Nein, sie wird sie nicht kommen lassen, und ich verstehe sie, ich hätte meine Kinder auch nicht zu so einem Fest gehen lassen. Du siehst, ich verstehe die Reichen immer noch, weil ich noch immer etwas von einem Reichen an mir habe. Jetzt zum Beispiel, wie würde es mir doch gefallen, wenn du mit deinem Auto ankämst und mich aus diesem Saustall hier herausholtest und in eine saubere und gutbeleuchtete Bar brächtest. Draußen regnet es, und es ist kalt, Dicker, und ich werde nichts anderes sein, als ein irrender Mensch, der nach Hause schwankt. Draußen, ohne was zu trinken, wird alles noch schlimmer, und ich werde mich so fühlen, als hätte ich dich gebeten, mir Geld zu leihen. Carmen braucht immer Geld, und es sieht so aus, als ob ich jeden Tag weniger verdiene. Oder aber mich mehr betrinke... Ich hab dir ja gesagt, daß hier auf der Straße alles schlimmer wird. Ha! Dicker, ich würde mich nicht so allein fühlen, wenn mir nur die schrecklichen Plastikblumen, die Carmen ins Wohnzimmer gestellt hat, gefallen könnten, wie glücklich wäre ich ... Carmen ... Sie hatte auch ihre Illusionen, und hier muß ich ihr wohl weh getan haben. Du begehrst sie noch immer, stimmt's? Ich will dir was sagen, Dicker: So gegen sechs steht sie jeden Nachmittag auf dem Bürgersteig. Dort treffe ich sie immer, wenn ich von der Arbeit komme, sie wartet darauf, daß ein toller Schlitten von irgend jemand vorbeifährt, der so ist, wie sie geglaubt hat, daß ich gewesen sei. Weißt du, Dicker, es wäre mir tausendmal lieber, zu wissen, daß du sie alle gebumst hast, anstatt daß du mir fünfmal Geld geliehen hättest. Du wirst mir dann dabei geholfen haben, einen großen Schritt zu machen, nämlich ein für allemal arm zu sein. Selbstverständlich wird dir dann Carmen das Geld aus der Tasche ziehen. Und weißt du, ihr wird es am meisten weh tun, wenn sie erfährt, daß ihr dieses Jahr euer Töchterchen wieder nicht zum Namenstag kommen laßt. Sie verkehrt gern mit besseren Leuten. Verkehren ... Da hast du noch so einen Ausdruck von ihr. Und wenn sie ihn benutzt, merke ich, daß ich sie immer noch liebe. Ich empfinde etwas ganz Ähnliches wie damals, als sie »die Verkehre« anstatt »der Verkehr« gesagt hat ...

Guillermo Cabrera Infante
April ist der grausamste Monat

Er wußte nicht, ob ihn die Helligkeit geweckt hatte, die durch das Fenster drang, oder die Hitze, oder beides. Oder aber die Geräusche aus der Küche, wo sie das Frühstück richtete. Erst hörte er sie Eier braten, dann kam der Duft der ausgelassenen Butter. Er streckte sich im Bett und spürte, wie die laue Wärme der Laken sich langsam unter seinem Körper verlor und einen freundlichen Schmerz, der vom Rücken in den Nacken lief. In dem Moment betrat sie das Zimmer, und es berührte ihn seltsam, sie mit einer Schürze über den Shorts zu sehen. Die Lampe war vom Nachttisch verschwunden, und sie stellte die Teller und Tassen darauf. Erst da merkte sie, daß er wach war.

»Was sagt der Siebenschläfer?« fragte sie scherzhaft.

Gähnend sagte er: »Guten Morgen.«

»Wie fühlst du dich?«

Er wollte sagen, sehr gut, dachte, daß »sehr gut« nicht ganz zuträfe, überlegte es sich noch einmal und sagte dann: »Wunderbar.«

Er log nicht. Er hatte sich nie besser gefühlt. Doch bemerkte er, daß die Wörter immer Verrat begehen.

»Ach du!« sagte sie.

Sie frühstückten. Als sie mit dem Abwasch fertig war, kam sie wieder ins Zimmer und schlug vor, baden zu gehen.

»Ein herrlicher Tag heute«, sagte sie.

»Ich hab's durchs Fenster gesehen«, sagte er.

»Gesehen?«

»Na gut, gefühlt. Gehört.«

Er stand auf, wusch sich und zog die Badehose an. Er warf sich den Bademantel über, und sie gingen zum Strand.

»Wart mal«, sagte er auf der Hälfte des Weges, »ich hab den Schlüssel vergessen.«

Sie zog den Schlüssel aus der Tasche und hielt ihn hoch. Er lächelte.

»Vergißt du nie etwas?«

»Doch«, sagte sie und küßte ihn auf den Mund, »heute hatte ich vergessen, dich zu küssen. In wachem Zustand, meine ich.«

Er spürte die Seeluft an den Beinen und im Gesicht und sog sie ein.

»Das heißt leben«, sagte er.

Sie hatte ihre Sandalen ausgezogen und grub beim Gehen die Zehen in den Sand. Sie sah ihn an und lächelte.

»Glaubst du?« fragte sie.

»Glaubst du nicht?« fragte er zurück.

»O ja. Gewiß. Ich habe mich nie besser gefühlt.«

»Ich auch nicht. Nie im Leben«, sagte er.

Sie badeten. Sie schwamm sehr gut mit kräftigen, schnellen Zügen. Nach einer Weile kam er zurück an den Strand und warf sich in den Sand. Er spürte, wie die Sonne das Wasser trocknete und die Salzkristalle seine Poren ritzten, und hätte genau sagen können, wo er am meisten verbrannte, wo sich eine Blase bilden würde. Er ließ sich gerne in der Sonne braten. Still daliegen, das Gesicht im Sand, und fühlen, wie die bewegte Luft winzige Dünen häufte und zerstörte und ihm feine Körnchen in die Nase, die Augen, den Mund und die Ohren trieb. Wie in einer entlegenen Wüste, die unermeßlich ist, geheimnisvoll und feindselig. Er nickte ein.

Als er aufwachte, kämmte sie sich neben ihm.

»Gehen wir zurück?« fragte sie.

»Wann du willst.«

Sie machte das Mittagessen, dann aßen sie stumm. Er hatte sich leicht den einen Arm verbrannt und lief drei Straßen weiter zur Apotheke und holte sich Picrat. Jetzt befanden sie sich beim Eingangstor, wo sie der frische und manchmal rauhe Wind erreichte, der im April gegen Abend aufkommt. Er schaute sie an. Er sah ihre schlanken und schön geformten Knöchel, ihre glatten Knie und ihre sanft gedrechselten Schenkel. Sie lag ausgestreckt im Liegestuhl, entspannt, und auf ihren vollen Lippen lag der Versuch eines Lächelns.

»Wie fühlst du dich?« fragte er sie.

Sie öffnete die Augen und blinzelte ins Helle. Ihre Wimpern waren lang und geschwungen.

»Sehr gut. Und du?«

»Auch sehr gut. Aber sag doch mal... ist alles wieder in Ordnung?«

»Ja«, sagte sie.

»Und hast du keine Beschwerden?«

»Überhaupt nicht. Ich schwör's, ich hab mich nie besser gefühlt.«

»Freut mich.«

»Warum?«

»Weil es mich stören würde, mich selbst so wohl zu fühlen, wenn es dir nicht gutginge.«

»Aber es geht mir gut.«

»Das freut mich.«

»Wirklich. Du mußt mir glauben.«

»Ich glaub's dir.«

Sie schwiegen. Nach einer Weile sagte sie:

»Machen wir einen Spaziergang an die Steilküste?«

»Magst du?«

»Sicher. Wann denn?«

»Wann du willst.«

»Nein, sag du.«

»Also gut, in einer Stunde.«

In einer Stunde waren sie bei den Klippen angelangt, und sie fragte ihn, mit dem Blick auf den Strand und die Schaumzeichnung der Wellen, bis zu den Strandhütten:

»Wie weit, meinst du, ist es von hier bis da unten?«

»Etwa fünfzig Meter. Vielleicht fünfundsiebzig.«

»Keine hundert?«

»Das glaube ich nicht.«

Sie setzte sich auf den Felsen mit dem Profil zum Meer, und ihre Beine hoben sich nun vor dem blauen Meer und dem blauen Himmel ab.

»Hast du mich schon so gemalt?« fragte sie.

»Ja.«

»Versprich mir, daß du keine andere Frau so malen wirst.«

Er regte sich auf:

»Was dir auch für Sachen einfallen! Wir sind doch schließlich auf der Hochzeitsreise, oder? Ich werde doch nicht gerade jetzt an eine andere Frau denken.«

»Ich meine nicht jetzt. Später mal. Wenn du meiner müde geworden bist, wenn wir geschieden sind.«

Er zog sie hoch und küßte sie fest auf die Lippen.

»Du bist ein Dummchen.«

Sie klammerte sich an seine Brust.

»Werden wir uns nie scheiden lassen?«

»Nie.«

»Wirst du mich immer lieben?«

»Immer.«

Sie küßten sich. Schon hörten sie jemanden rufen.

»Das ist für dich.«
»Ich wüßte nicht, wer das sein sollte.«
Sie sahen einen altem Mann hinter dem Esparto-Gras auftauchen.
»Ach so, der Hausverwalter.«
Er grüßte die beiden.
»Sie fahren morgen ab?«
»Ja, in der Früh.«
»Dann hätte ich es gern, wenn Sie jetzt zahlen. Geht das?«
Er schaute sie an.
»Geh du mit ihm. Ich möchte noch eine Weile hierbleiben.«
»Komm doch mit.«
»Nein«, sagte sie, »ich möchte den Sonnenuntergang sehen.«
»Ich wollte nicht stören. Ich wollte nur mal sehen, ob ich es vielleicht schaffe, heute zu meiner Tochter zu gehen, um dort das Boxprogramm im Fernsehen zu sehen. Sie wissen, die wohnt an der Landstraße.«
»Geh mit ihm«, sagte sie.
»Also gut«, sagte er und folgte dem Alten.
»Weißt du, wo das Geld ist?«
»Ja«, antwortete er zurückschauend.
»Holst du mich später ab, magst du?«
»Gut. Aber sowie es dunkel wird, steigen wir wieder herunter. Denk dran.«
»Ist gut«, sagte sie, »gib mir einen Kuß, bevor du gehst.«
Er küßte sie. Sie küßte ihn heftig, im Schmerz.
Er spürte ihre Spannung, die Zuspitzung ihrer Gefühle. Bevor er sich hinter der Flut des Esparto-Grases verlor, grüßte er noch einmal mit der Hand. Die Luft trug ihre Stimme zu ihm, die sagte, »ich liebe dich«. Oder vielleicht fragte sie auch: »Liebst du mich?«
Sie sah die Sonne sinken. Ein Feuerkreis, aus dem der Horizont einen Dreiviertelkreis, einen Halbkreis, ein Nichts machte, selbst wenn ein rotes Sprudeln noch den Ort des Verschwindens kennzeichnete. Dann wurde der Himmel langsam violett, maulbeerfarben, und das Schwarz der Nacht begann die Reste der Abenddämmerung wegzuwischen.
»Ob heute nacht der Mond scheint?« fragte sie sich laut. Sie schaute hinab und sah ein schwarzes Loch und weiter unten den Schorf aus weißem Schaum, der noch sichtbar war. Sie rückte auf ihrem Sitz, schob die Füße vor und ließ sie ins Leere baumeln.

Dann stemmte sie ihre Hände gegen den Felsen, ließ ihren Körper kurz schweben, und dann, völlig geräuschlos, in den schwarzen Schlund fallen, der der Strand war, genau zweiundachtzig Meter weiter unten.

Julio Cortázar
Die Pforten des Himmels

Um acht kam José María mit der Nachricht, fast ohne Umschweife sagte er mir, daß Celina gerade gestorben sei. Ich erinnere mich, daß ich an den Worten, Celina gerade gestorben, sofort Anstoß nahm, es klang ein wenig so, als habe sie selbst den Augenblick bestimmt, an dem es mit ihr zu Ende gehen sollte. Es war schon spät, und José María zitterten die Lippen, als er es mir sagte.

»Mauro ist es sehr nahegegangen, er war wie von Sinnen, als ich ihn verließ. Besser, wir gehen.«

Ich mußte noch ein paar Aufzeichnungen beenden, zudem hatte ich einer Freundin versprochen, mit ihr essen zu gehen. Ich telefonierte kurz und ging mit José María weg, um ein Taxi zu suchen. Mauro und Celina wohnten in Cánning y Santa Fe, wir schätzten, daß wir für die Fahrt zehn Minuten brauchen würden. Schon als wir uns dem Haus näherten, sahen wir Leute, die mit betroffener, verlegener Miene in der Vorhalle standen; unterwegs hatte ich erfahren, daß Celina um sechs angefangen hatte, Blut zu spucken, daß Mauro den Arzt geholt hatte und daß ihre Mutter bei ihnen war. Wie es schien, war der Arzt gerade dabeigewesen, ein langes Rezept zu schreiben, als Celina die Augen öffnete und unter Husten, der eher ein Pfeifen war, starb.

»Ich habe Mauro festgehalten, der Arzt mußte sich davonmachen, weil Mauro sich auf ihn stürzen wollte. Sie wissen ja, wie er ist, wenn ihn die Wut packt.«

Ich mußte an Celina denken, an Celinas Gesicht, als sie uns das letzte Mal bei sich zu Haus erwartete. Das laute Klagen der alten Frauen und das Hin und Her im Patio hörte ich fast nicht, dagegen erinnere ich mich, daß das Taxi zweisechzig kostete und daß der Chauffeur eine glanzseidene Mütze trug. Ich sah zwei oder drei von Mauros Freundeskreis, die an der Tür *La Razón* lasen; ein kleines Mädchen im blauen Kleid hielt eine braungescheckte Katze in den Armen und strich ihr mit Akkuratesse die Schnurrhaare. Weiter innen begann das Gejammer, auch roch es muffig.

»Geh schnell zu Mauro«, sagte ich zu José María. »Du weißt, daß man ihm ordentlich Schnaps geben muß.«

In der Küche war man schon dabei, den Mate zu bereiten. Die Totenwache kam ganz von selbst zustande: durch die Mienen, die

Getränke, die Hitze. Obgleich Celina gerade gestorben war, ist es doch unglaublich, daß die Leute eines Viertels alles liegen und stehen lassen, sich selbst die Quizsendung im Radio entgehen lassen, um sich geschlossen am Ort des Geschehens einzufinden. Laut summte eine Glühbirne, als ich an der Küche vorbeiging und mich im Sterbezimmer blicken ließ. Misia Martita und eine andere Frau sahen mich aus der dunklen Tiefe des Zimmers an, wo das Bett in Quittengelee zu schwimmen schien. An ihrer überlegenen Miene sah ich, daß sie Celina gerade gewaschen und eingekleidet hatten; es roch sogar leicht nach Essig.

»Die arme kleine Tote«, sagte Misia Martita. »Kommen Sie herein, Doktor, kommen Sie und sehen Sie sie sich an. Sie sieht aus, als schliefe sie nur.«

An mich haltend, um nicht zu fluchen, tauchte ich in die warme Suppe des Zimmers ein. Seit einer Weile schon hatte ich Celina vor Augen, ohne sie zu sehen, und jetzt ging ich zu ihr hin, sah das schwarze, schlaffe Haar über einer niedrigen Stirn, die glänzte wie Perlmutt einer Gitarre, und die kalkweiße, flache Scheibe ihres hoffnungslosen Gesichts. Ich merkte, daß ich hier nichts zu suchen hatte, daß dieses Zimmer jetzt den Frauen gehörte, den in der Nacht kommenden Klageweibern. Nicht einmal Mauro könnte hereinkommen und sich ruhig neben Celina setzen, es war auch nicht Celina, die dort wartete, dieses schwarzweiße Etwas hatte sich auf die Seite der klagenden Weiber geschlagen, favorisierte sie durch sein sich ständig gleichbleibendes Thema. Besser Mauro suchen gehen, der auf unserer Seite geblieben war.

Vom Schlafzimmer bis zum Eßzimmer standen stille Wachen, die in dem Gang ohne Licht rauchten. Peña, der verrückte Bazán, die beiden jüngeren Brüder Mauros und ein geheimnisvoller Alter grüßten mich respektvoll.

»Dank, daß Sie gekommen sind, Doktor«, sagte einer zu mir. »Sie sind dem armen Mauro stets ein guter Freund gewesen.«

»In solchen Augenblicken zeigt sich, was ein Freund ist«, sagte der Alte, mir eine Hand gebend, die sich anfühlte wie eine lebendige Sardine.

All das geschah, doch ich war wieder mit Celina und Mauro im Luna Park, wo wir zweiundvierzig auf dem Karneval tanzten, Celina in Himmelblau, was zu ihrer gelbbrötlichen Gesichtsfarbe überhaupt nicht paßte, Mauro als Palm-Beach-boy und ich mit sechs Whiskys und einem ausgewachsenen Rausch. Es machte

Spaß, mit Mauro und Celina auszugehen und an ihrer Seite ihr rauhes und hitziges Glück zu erleben. Je öfter man mir diese Freundschaft vorwarf, desto enger schloß ich mich ihnen an (in meinen freien Tagen und Stunden), um an ihrem Leben, von dem sie selbst nichts wußten, teilzuhaben.

Ich riß mich von dem Ball los, Klagegeschrei kam aus dem Schlafzimmer, drang durch die Türen.

»Das muß die Mutter sein«, sagte der verrückte Bazán fast mit Genugtuung.

›Der vollkommen logische Schluß des einfachen Mannes‹, dachte ich. ›Celina tot, Mutter kommt, Muttergeschrei.‹ Es ekelte mich, so zu denken, warum mußte ich immer alles denken, was den anderen genügt zu fühlen. Mauro und Celina waren nicht meine Meerschweinchen gewesen, nein. Ich mochte sie, ich mag sie immer noch sehr. Nur konnte ich nie ihre Unkompliziertheit mit ihnen teilen, ich sah mich gezwungen, vom Abglanz ihres Blutes mich zu nähren; ich bin Doktor Hardoy, ein Rechtsanwalt, der sich nicht mit dem Buenos Aires der Jurisprudenz, der Theater oder des Pferdesports begnügt und sich so gut er kann in anderen Kreisen bewegt. Ich bin mir bewußt, daß Neugier dahintersteckt, die Aufzeichnungen, die langsam meinen Zettelkasten füllen. Doch nicht bei Celina und Mauro, nicht bei Celina und Mauro.

»Wer hätte das gedacht«, hörte ich Peña sagen. »So plötzlich ...«

»Nun, du weißt, daß sie sehr lungenkrank war.«

»Ja, aber trotzdem ...«

Sie wehrten sich gegen das offene Grab. Sehr lungenkrank, aber immerhin ... Auch Celina mußte ihren Tod nicht erwartet haben, für sie und Mauro war die Tuberkulose »Schwäche«. Wieder sah ich sie begeistert in Mauros Armen sich drehen, das Orchester von Canaro dort oben und ein Geruch nach billigem Puder. Danach tanzte sie mit mir eine Machicha, auf der Tanzfläche drängten sich die Paare in fürchterlichem Dunst. »Wie gut Sie tanzen, Marcelo«, als wäre sie verwundert, daß ein Rechtsanwalt fähig ist, eine Machicha hinzulegen. Weder sie noch Mauro haben mich je geduzt, ich sagte zu Mauro du, doch Celina siezte ich, wie sie mich. Celina fiel es schwer, den »Doktor« wegzulassen, vielleicht machte es sie stolz, mir vor anderen den Titel zu geben, mein Freund, der Doktor. Ich bat Mauro, es ihr nahezulegen, daraufhin fing das »Marcelo« an. So kamen sie mir ein wenig näher, doch mir blieben sie so fremd wie vorher. Daran änderte auch nichts, daß wir zusammen auf Volksfeste, zu Pferderennen, sogar zum Fußball (Mauro spielte vor Jahren im Rácing) gingen oder in der Küche bis spät in die Nacht hinein Mate tranken. Als der Prozeß zu Ende war und ich Mauro so zu fünftausend Pesos verholfen hatte, war Celina die erste, die mich bat, sie doch weiterhin besuchen zu kommen. Es ging ihr schon damals nicht gut, ihre Stimme, die immer schon etwas heiser gewesen war, wurde von Tag zu Tag matter. Sie hustete abends, Mauro kaufte ihr Neurofosfato Escay, was eine Idiotie war, und auch Hierro Quina Bisleri, Dinge, die man in den Illustrierten liest und denen man rückhaltlos vertraut.

Wir gingen zusammen tanzen, und ich sah sie leben.

»Es wäre gut, wenn Sie mit Mauro sprächen«, sagte José María, der sich plötzlich neben mir aufpflanzte. »Es wird ihm guttun.«

Ich ging, doch die ganze Zeit mußte ich an Celina denken. Es war häßlich, mir das eingestehen zu müssen, denn in Wirklichkeit sammelte und ordnete ich nur meine Zettel über Celina, nie geschrieben zwar, doch mir sehr wohl zur Hand. Mauro weinte mit nacktem Gesicht, ohne die geringste Scham, wie jede Kreatur, die gesund und von dieser Welt ist. Er nahm meine Hände und netzte sie mit seinem Fieberschweiß. Als José María ihn nötigte, einen Gin zu trinken, schluckte er ihn zwischen zwei Schluchzern mit einem seltsamen Geräusch hinunter. Und dieses Gerede, dieses Gebrabbel von Stupiditäten mit seinem ganzen Leben darin, das dunkle Bewußtsein von dem Unwiderruflichen, das Celina widerfahren war, doch das nur er empfand und anklagte. Der große Narzißmus war schließlich entschuldigt, durfte sich offen zur Schau stellen. Mich ekelte vor Mauro, doch noch viel mehr vor mir selbst. Ich fing an, billigen Cognac zu trinken, ohne ihn zu genießen, er dörrte mir nur den Mund aus. Die Totenwache war schon voll im Gange, funktionierte wie am Schnürchen, von Mauro abwärts waren alle vortrefflich, und die Nacht tat das ihre, war gleichmäßig linde, schön, erlaubte, sich im Patio aufzuhalten und über die arme Verstorbene zu sprechen, den Morgen heraufziehen zu lassen, der Celina die Tücher der Nacht entreißen würde.

Das war an einem Montag, danach mußte ich nach Rosario zu einem Anwaltskongreß fahren, auf dem man nichts anderes tat, als sich gegenseitig zu applaudieren und wie verrückt zu trinken, und am Wochenende kehrte ich zurück. Im Zug waren zwei Tänzerinnen des *Moulin Rouge*, die jüngere der beiden, die die Gelangweilte spielte, erkannte ich wieder. Diesen ganzen Morgen hatte ich an

Celina denken müssen, nicht daß mir ihr Tod besonders nahegegangen wäre, es war eher die Suspendierung einer Ordnung, einer notwendigen Gewohnheit. Als ich die Mädchen sah, mußte ich an Celinas Beruf denken und an Mauros Großmut, sie aus der Milonga* des Griechen Kasidis heraus und zu sich zu holen. Man mußte Mut haben, um von dieser Frau etwas zu erwarten, und zu der Zeit hatte ich ihn kennengelernt, als er zu mir kam, um mich wegen des Prozesses seiner Alten, bei dem es um ein paar Ländereien in Sanagasta ging, zu Rate zu ziehen. Das zweite Mal begleitete ihn Celina, noch mit einem fast professionellen Make-up, immerzu die Hüften schwenkend, doch an seinen Arm sich klammernd. Es fiel mir nicht schwer, sie richtig einzuschätzen, und ich ergötzte mich an Mauros herausfordernd unkompliziertem Wesen und seiner uneingestandenen Bemühung, sich Celinas ganz zu bemächtigen. Als ich mit ihnen zu verkehren begann, schien mir, daß er dies erreicht hatte, zumindest äußerlich und im täglichen Umgang. Später sah ich klarer, Celina entschlüpfte ihm ein wenig, und zwar durch ihre Kapricen, ihre Sehnsucht nach dem Tanzen, ihre langen Träumereien vor dem Radio, eine Flick- oder Strickarbeit in den Händen. Wie ich sie singen hörte, eines Abends, als der Nebelio den Rácing vier zu eins geschlagen hatte, wußte ich, daß sie noch bei Kasidis war, fern von einem festen Zuhause und von Mauro, dem Pächter des Albasto. Um Celina besser kennenzulernen, leistete ich ihren billigen Wünschen Vorschub, wir gingen zu dritt in so manches Lokal mit ohrenbetäubenden Lautsprechern, mit glühend heißer Pizza und mit fettigem Papier auf dem Boden. Mauro jedoch zog den Patio vor, die Plauderstunden mit Nachbarn und den Mate. Er schickte sich aber drein, fügte sich, ohne ganz zu kapitulieren. Dann gab Celina vor, der gleichen Meinung zu sein, vielleicht hatte sie sich schon damit abgefunden, weniger auszugehen und häuslicher zu werden. Ich war es, der Mauro dazu brachte, tanzen zu gehen, und ich weiß, daß er mir dafür von Anfang an dankbar war. Sie liebten sich, und Celinas Freude griff auf ihn über, manchmal auch auf mich.

Ich hielt es für angebracht, ein Bad zu nehmen, Nilda anzurufen, um ihr zu sagen, daß ich sie am Sonntag auf dem Weg zum Hippodrom abholen werde, und dann sofort Mauro aufzusuchen. Er war im Patio, saß vor seinem Mate und rauchte. Mich rührten

* Tanzlokal.

die zwei oder drei kleinen Löcher in seinem Hemd, und ich schlug ihm zur Begrüßung auf die Schulter. Er machte das gleiche Gesicht wie das letzte Mal, als er eine Handvoll Erde ins offene Grab warf und wie geblendet zurückwich. Doch ich bemerkte ein Leuchten in seinen Augen, und er drückte mir fest die Hand.

»Dank, daß Sie mich besuchen kommen, Marcelo. Die Zeit wird einem lang.«

»Mußt du zum Abasto gehen, oder vertritt dich jemand?«

»Ich hab meinen kleinen Bruder, den Drückeberger, hingeschickt. Hab keine Lust, hinzugehen, obgleich mir der Tag ewig lang wird.«

»Klar, du brauchst Zerstreuung. Zieh dich um, wir machen einen Bummel durch Palermo.«

»Gut, meinetwegen.«

Er zog sich einen blauen Anzug an, steckte sich ein besticktes Taschentuch in die Brusttasche, und ich sah, wie er sich aus einem Flakon, das Celina gehört hatte, Parfüm aufs Haar goß. Mir gefiel seine Art, sich den Hut zurechtzudrücken, die Krempe hochzuschlagen, sowie sein beschwingter, lautloser Gang, halb Ganove, halb Filou. Ich begnügte mich damit, zuzuhören – »In solchen Augenblicken zeigt sich, was ein Freund ist« –, und bei der zweiten Flasche Quilmes Cristal kam er mit allem, was ihn bedrückte, heraus. Wir saßen an einem Tisch hinten im Café, fast allein; ich ließ ihn reden, und von Zeit zu Zeit schenkte ich ihm Bier ein. Ich kann mich an all das, was er mir sagte, kaum mehr erinnern, ich glaube, es war immer dasselbe. Ein Wort ist mir im Gedächtnis geblieben: »Ich habe sie hier«, und die Gebärde, wie er den Zeigefinger mitten auf die Brust richtete, als zeigte er auf eine schmerzende Stelle oder auf eine Medaille.

»Ich will vergessen«, sagte er auch. »Gleich was, mich besaufen, in die Milonga gehen, mit irgendeinem Weib schlafen. Sie verstehen mich, Marcelo, Sie...« Der Zeigefinger ging in die Höhe, rätselhaft, knickte plötzlich ein wie ein Taschenmesser. So wie es um ihn stand, war er bereit, jeden Vorschlag anzunehmen, und als ich wie beiläufig den *Santa Fe Palace* erwähnte, war es für ihn eine beschlossene Sache, daß wir tanzen gingen, und er war der erste, der aufstand und auf die Uhr sah. Wir wanderten durch die Straßen, ohne zu sprechen, halbtot vor

Hitze, und die ganze Zeit hatte ich den Verdacht, daß Mauro Erinnerungen nachhing, daß er sich immer wieder wunderte, an seinem Arm nicht die lebhafte Freude Celinas auf dem Weg zum Tanzen zu spüren.

»Ich habe sie nie in diesen *Palace* mitgenommen«, sagte er plötzlich. »Ich war einmal dort, bevor ich sie kennenlernte, er war als Milonga sehr verrufen. Gehen Sie oft hin?«

In meinem Zettelkasten habe ich eine gute Beschreibung des *Santa Fe Palace*, der nicht Santa Fe heißt noch in dieser Straße ist, obgleich nicht weit davon. Schade, daß nichts davon wirklichkeitstreu beschrieben werden kann, auch nicht die schlichte Fassade mit ihren verheißungsvollen Plakaten und dem schmutzigen Billettschalter, noch weniger die Typen, die sich am Eingang herumdrükken und einen von oben bis unten mustern. Was dann kommt, ist schlimmer, was nicht heißt, daß es schlecht wäre, denn dort ist nichts eindeutig; das reine Chaos, ein Wirrwarr, der jede Ordnung verkehrt: die Hölle und ihre Kreise. Die Hölle eines japanischen Lustgartens zum Eintrittspreis von zweifünfzig, Damen nullfünfzig. Schlecht isolierte Kabinette, eine Art von überdachten Patios, einer hinter dem andern, und in dem ersten eine »Typische«, im zweiten eine »Charakteristische«, im dritten eine Nordländerin mit Sängern und Malambo. Durch einen Mittelgang gehend (ich machte den Vergil), hörten wir die drei Musikkapellen und sahen die drei Kreise tanzen; dann wählte man den, der einem am besten gefiel, oder ging von Tanz zu Tanz und trank auf der Suche nach einem Tisch und Frauen mal hier einen Gin, mal dort einen Gin.

»Nicht übel«, sagte Mauro mit trister Miene. »Nur ist es viel zu heiß. Die sollten Klimaanlagen haben.«

(Für den Zettelkasten: gleich Ortega die Berührung des kleinen Mannes mit der Technik studieren. Wo man meinen möchte, es käme zu einem Schock, kommt es im Gegenteil zu ungestümer Anpassung und Nutzung; Mauro sprach von Kühlaggregaten oder von Superheterodynen mit der Selbstgefälligkeit des Einwohners von Buenos Aires, der glaubt, daß alles ihm zukomme.) Ich packte ihn am Arm und bugsierte ihn zu einem Tisch, denn er war mit seinen Gedanken immer noch woanders und betrachtete sich die Bühne der »Typischen«, den Sänger, der mit beiden Händen das Mikrophon hielt und es ganz langsam hin und her schwenkte. Vor zwei trockenen Zuckerrohrschnäpsen stützten wir zufrieden die Ellbogen auf, und Mauro trank sein Glas in einem Zuge aus.

»Der glättet die Wogen des Biers. Mann, was hat die Malonga für einen Zulauf!«

Ich bestelllte noch einen Schnaps, der mir die Ruhe und Unbekümmertheit gab, um einfach nur umherzuschauen. Der Tisch stand hart an der Tanzfläche, und vor der Wand auf der anderen Seite war eine lange Reihe Stühle, wo viele Frauen sich gerade zurechtmachten, mit dieser abwesenden Miene der Animiermädchen, wenn sie arbeiten oder sich vergnügen. Es wurde nicht viel gesprochen, wir konnten die »Typische« sehr gut hören. Der Sänger legte Nachdruck auf die Nostalgie, wunderbar, wie er einem eher schnellen und rastlosen Rhythmus Dramatik gab. *Die Zöpfe meiner Geliebten trag ich im Koffer stets bei mir ...* Er klammerte sich an das Mikrophon wie an die Stangen eines Vomitoriums, mit einer Art müder Geilheit, einem organischen Bedürfnis. Für Augenblicke legte er die Lippen dicht an das Membrangitter, und aus den Lautsprechern kam eine klebrige Stimme – »Ich bin ein anständiger Mann ...« –; ich mußte denken, daß eine Gummipuppe mit einem darin versteckten Mikrophon eine gute Sache wäre, der Sänger könnte sie in den Armen halten und, sie ansingend, sich schön an ihr aufgeilen. Doch für die Tangos würde sie nicht taugen, da tut es besser der verchromte Stab mit dem kleinen glänzenden Totenkopf und dem tetanischen Lächeln des Gitters.

Ich möchte hier einfügen, daß ich in diese Milonga wegen der Monstren ging, ich kenne keine zweite, wo so viele zusammenkommen. Sie erscheinen um elf Uhr nachts, kommen aus obskuren Gegenden der Stadt, ruhig und selbstsicher, allein oder zu zweit, die Frauen fast Zwerge und von gelbrötlicher Gesichtsfarbe, die Macker wie Javaner oder Mocovies, in engsitzenden karierten oder schwarzen Anzügen, das kräftige Haar mit viel Fleiß gebändigt, Tröpfchen von Brillantine, die im Licht blau und rosa schillern, die Frauen mit enormen Hochfrisuren, die sie noch zwergenhafter machen, schwierige, komplizierte Frisuren, und daher ihre Müdigkeit und ihr Stolz. Den Männern gefällt es dagegen, sich das Haar aufzukämmen und oben zusammenzubinden, riesige weibische Pferdeschwänze, die überhaupt nicht zu dem brutalen Gesicht darunter passen, dem nur auf die Gelegenheit wartenden aggressiven Gebaren, dem imponierenden Brustkasten über schlanker Taille. Sie sind sich ihrer Stärke bewußt und bewundern sich im stillen, ohne es sich anmerken zu lassen, es ist ihr Tanzsaal und ihr Treffpunkt, die Nacht der Farbigen. (Für den Zettelkasten: Woher kommen sie, welche Tätigkeiten üben sie aus, daß man sie tagsüber nicht sieht, welche obskuren Frondienste isolieren sie und halten sie im Verborgenen.) Sie kommen um diese Zeit, die Monstren, treten mit feierlicher Hochachtung aufeinander zu, Raum um Raum drehen sie sich langsam im Kreise, ohne zu sprechen, viele mit geschlossenen Augen, endlich die Gleichheit, die Ergänzung genießend. In den Pausen erholen sie sich, an den Tischen prahlen sie, und die Frauen unterhalten sich kreischend, damit man sie beachte, dann blicken die Macker noch finsterer, ich habe schon eine Ohrfeige sausen sehen, die einer schielenden Mestizin in Weiß, die gerade Anislikör trank, das Gesicht verdrehte und die halbe Frisur ramponierte. Und dann dieser Geruch, die Monstren sind unvorstellbar ohne diesen Geruch nach feuchtem Talkumpuder, nach faulem Obst, man vermutet, daß sie sich nur flüchtig waschen, einmal kurz mit dem nassen Lappen übers Gesicht und unter die Achseln, danach das Wichtigste, Gesichtswasser, Wimperntusche, der Puder auf dem Gesicht all dieser Frauen, eine weißliche Kruste, durch die braune Placken durchscheinen. Auch bleichen sie ihr Haar mit Wasserstoffsuperoxyd, es gibt schwarze Frauen, die starre Maiskolben auf der fettigen Erde ihres Gesichts tragen, sie imitieren sogar den Habitus einer Blondine, tragen grüne Kleider, sind von ihrer Verwandlung überzeugt und blicken herablassend auf die anderen, die sich zu ihrer Hautfarbe bekennen. Aus den Augenwinkeln betrachtete ich mir Mauro, im Unterschied zu ihnen hatte er mit seinen italienischen Zügen das Gesicht des Vorstadtbewohners von Buenos Aires ohne schwarzen oder provinziellen Einschlag, und ich erinnerte mich plötzlich an Celina, die den Monstren schon eher ähnelte, viel mehr als Mauro und ich. Ich glaube, daß Kasidis sie genommen hatte, um den Mestizen unter seinen Kunden entgegenzukommen, den wenigen, die sich damals in sein Kabarett getrauten. Nie war ich zu Celinas Zeiten bei Kasidis gewesen, doch später ging ich eines Abends hin (um den Ort kennenzulernen, wo sie gearbeitet hatte, bevor Mauro sie da herausholte), und ich sah dort nur weiße Frauen, blond oder dunkelhaarige, aber weiße.

»Ich kriege Lust, einen Tango zu tanzen«, sagte Mauro wehleidig. Er war schon etwas betrunken, als er sich das vierte Glas zu Gemüte führte. Ich mußte an Celina denken, sie war hier ganz zu

Hause, gerade hier, wohin Mauro sie nie mitgenommen hatte. Als jetzt Anita Lozano von der Bühne herab das Publikum begrüßte, erhielt sie brausenden Applaus, ich hatte sie im *Novelty* singen hören, als sie noch hoch im Kurs stand, jetzt war sie alt und klapprig, doch für Tangos war sie noch voll bei Stimme. Sie war sogar noch besser, denn ihr Stil war der einer Kanaille, und für diese Lieder voller Invektiven bedarf es einer etwas heiseren und unreinen Stimme. Celina besaß diese Stimme, wenn sie getrunken hatte, und plötzlich wurde mir bewußt, wie sehr der *Santa Fe* Celina war, sie war hier fast unerträglich gegenwärtig.

Mit Mauro zu gehen, war ein Fehler gewesen. Sie hielt durch, weil sie ihn liebte und er sie aus Kasidis' Schmiere herausgeholt hatte. Mit der Promiskuität und den Gläschen Zuckerwasser zwischen den ersten Stößen gegen das Knie und dem aufdringlichen schwülen Atem der Kunden an ihrem Gesicht war es vorbei, doch wenn sie in den Milongas nicht hätte arbeiten müssen, wäre Celina gern geblieben. Man sah es an ihren Hüften und am Mund, sie besaß alles, was man für den Tango braucht, sie war von Kopf bis Fuß für das Tingeltangel geschaffen. Deshalb mußte Mauro mit ihr zum Tanzen gehen, ich hatte gesehen, wie verklärt sie wurde, sobald sie die warme Luft der Akkordeons atmete. Zu dieser Stunde, still im *Santa Fe* sitzend, ermaß ich Celinas Größe, ihre Entschlossenheit, es Mauro mit ein paar Jahren am Herd und süßem Mate im Patio zu lohnen. Sie hatte auf ihre Milongaseligkeit und ihre glühende Vorliebe für Anislikör und kreolische Walzer verzichtet. Sich gleichsam bewußt verurteilend, Mauro und Mauros Leben zuliebe, nur leis auf ihn einwirkend, daß er sie manchmal zu einem Tanzvergnügen mitnehme.

Schon hielt Mauro eine junge Schwarze in den Armen, die größer war als die anderen, schlank wie wenige und gar nicht häßlich. Ich mußte über seine instinktive und zugleich überlegte Wahl lachen, dieses kleine Dienstmädchen sah den Monstren am wenigsten ähnlich. Nun mußte ich wieder daran denken, daß Celina in gewisser Hinsicht ein Monstrum wie die anderen gewesen war, nur daß es einem draußen und bei Tage nicht so auffiel wie hier. Ich fragte mich, ob Mauro sich dessen vielleicht bewußt war, ich fürchtete ein wenig, er könnte mir einen Vorwurf daraus machen, daß ich ihn an einen Ort gebracht hatte, wo aus allem die Erinnerung sproß wie Haare am Arm.

Diesmal gab es keinen Applaus, und er kam mit dem Mädchen an den Tisch. Es sah auf einmal ganz blöde aus, sperrte den Mund auf, als müßte sie außerhalb des Tangos nach Luft schnappen.

»Ich möchte Ihnen einen Freund vorstellen.«

Wir sagten uns das »angenehm«, wie es sich für Leute aus Buenos Aires geziemt, und gaben ihr sofort etwas zu trinken. Es freute mich zu sehen, wie Mauro den Abend zu genießen begann, und ich wechselte sogar ein paar Worte mit der Frau, die Emma hieß, ein Name, der zu hageren Frauen nicht recht passen will. Mauro schien ziemlich aufgekratzt und sprach knapp und sentenziös, was ich an ihm bewundere, von Orchestern. Emma schwelgte in Namen von Sängern, in Erinnerungen an Villa Crespo und El Talar. Dann kündigte Anita Lozano einen alten Tango an, und es gab Geschrei und Applaus bei den Monstern, vor allem bei den Tapes*, die sie vorbehaltlos favorisierten. Mauro war nicht so weit geheilt, um sich ganz zu vergessen, als das Orchester einsetzte mit dem Sichdahinwinden der Bandoneons, sah er mich plötzlich an, gespannt und starr, wie sich erinnernd. Auch ich sah mich im Rácing, sah Mauro und Celina eng umschlungen diesen Tango tanzen, den sie dann den ganzen Abend und auf der Heimfahrt im Taxi vor sich hin summte.

»Tanzen wir den?« fragte Emma, die geräuschvoll ihre Grenadine hinunterspülte.

Mauro blickte sie nicht einmal an. Mir scheint, in diesem Augenblick trafen wir uns beide in der größten Tiefe. Jetzt (jetzt, da ich dies schreibe) sehe ich immer nur das Bild meiner zwanzig Jahre im Sportivo Barracas, wie ich mich ins Bassin stürze und tief unten einem anderen Schwimmer begegne, wie wir gleichzeitig den Grund berühren und uns im grünen, in den Augen beißenden Wasser undeutlich sehen. Mauro rückte den Stuhl zur Seite und stützte sich mit einem Ellbogen auf den Tisch. Er blickte auf die Tanzfläche, genau wie ich, und Emma saß verloren zwischen uns beiden, war gekränkt, doch verbarg es, indem sie Kartoffelchips aß. Jetzt begann Anita mit brüchiger Stimme zu singen, die Paare tanzten, fast ohne sich von der Stelle zu bewegen, und man sah

* Spitzname der Guarani.

ihnen an, daß sie dem Text lauschten, sehnsüchtig und unglücklich, mit all der eitlen Lust am Tingeltangel. Die Gesichter suchten die Bühne, und selbst wenn sie sich von ihr abwandten, war ihnen anzusehen, daß sie der gebeugten, treuen Anita am Mikrophon folgten. Einige bewegten die Lippen, wiederholten die Worte, andere lächelten blöde, wie hinter sich selbst hervor, und als sie ihr *So sehr, so sehr warst du mein, und heute suche ich dich und finde dich nicht* beendete, antwortete auf den vollen Einsatz der Akkordeons die erneute Gewalt des Tanzes, die seitlichen Schritte und die verworrenen Achter in der Mitte der Tanzfläche. Viele schwitzten, eine Mestizin, die mir fast den zweiten Knopf von der Jacke abgerissen hätte, kam dicht am Tisch vorbei, und ich sah, wie ihr das Wasser vom Haaransatz troff und den Nacken hinunter in die Speckfalten lief. Es drang Rauch aus dem Salon nebenan, wo man Rostbraten aß und Rancheras tanzte, die Dünste von gebratenem Fleisch und der Zigarettenqualm bildeten eine niedrige Wolke, die die Gesichter und die billigen Malereien an der gegenüberliegenden Wand entstellten. Ich glaube, daß ich von innen mit meinen vier Gläsern dazu beitrug, und Mauro hatte das Kinn auf den Handrücken gestützt und sah starr geradeaus. Es war uns ziemlich gleichgültig, daß der Tango dort oben weiter und weiterging, ein- oder zweimal sah ich Mauro einen Blick auf die Bühne werfen, wo Anita so tat, als hantiere sie mit einem Taktstock, doch dann starrte er wieder auf die Paare. Ich weiß nicht, wie ich es sagen soll, ich glaube, daß ich seinem Blick folgte und zugleich dessen Richtung bestimmte; ohne uns anzusehen, wußten wir (ich glaube, daß Mauro wußte) um die Übereinstimmung dieses Blickens, wir sahen dieselben Haare und dieselben Hosen. Ich hörte, daß Emma etwas sagte, sich entschuldigte, und der Raum zwischen Mauro und mir wurde lichter, obgleich wir uns nicht ansahen. Über die Tanzenden schien ein Augenblick unermeßlicher Glückseligkeit gekommen zu sein, ich atmete tief, wie daran teilnehmend, und ich glaube gehört zu haben, daß Mauro das gleiche tat. Der Rauch war so dicht, daß die Gesichter auf der Mitte der Tanzfläche verschwammen, so daß der Bereich der Stühle für die Animiermädchen zwischen den Körpern und durch den Dunst hindurch nicht zu sehen war. *So sehr warst du mein,* merkwürdig das Rasseln, das der Lautsprecher Anitas Stimme gab, wieder hielten die Tanzenden inne (sich immer noch bewegend), und auf der rechten Seite, aus dem Rauch hervorkommend und auf den leichten Druck ihres Begleiters hin sich drehend, stand Celina einen Moment im Profil zu mir, dann mit dem Rücken, mit dem anderen Profil, und hob das Gesicht, um der Musik zu lauschen. Ich sage: Celina; aber damals war es eher ein Wissen ohne Begreifen, Celina war dort, ohne dort zu sein, natürlich, wie das in dem Augenblick begreifen. Der Tisch zitterte plötzlich, ich wußte, daß es Mauros Arm war, der zitterte, oder der meine, aber wir hatten keine Angst, eher war es Schrecken oder Freude oder der Magen. In Wirklichkeit war es albern, ein Gefühl von etwas Absonderlichem, das uns nicht losließ, von dem wir uns nicht erholten. Celina stand immer noch dort, ohne uns zu sehen, und sog den Tango mit ihrem ganzen Gesicht ein, das ein von Rauch gelbes Licht entstellte und veränderte. Jede der Schwarzen könnte mehr Ähnlichkeit mit Celina gehabt haben als sie selbst in diesem Augenblick, das Glück verwandelte sie in entsetzlicher Weise, ich hätte Celina nicht ertragen können, so wie ich sie in diesem Moment und bei diesem Tango sah. Ich war so weit bei Verstand, um die Verheerung ihres Glücks zu ermessen, ihr verzücktes und blödes Gesicht in dem endlich erlangten Paradies; so mochte es sein, daß bei Kasidis Arbeit und Kunden für sie nicht existierten. Nichts Hemmendes gab es jetzt für sie in ihrem ihr allein gehörenden Himmel, sie überließ sich mit Leib und Seele dem Glück und trat wieder in die Sphäre ein, wohin Mauro ihr nicht folgen konnte. Es war ihr hart errungener Himmel, wieder spielte ihr Tango nur für sie und für ihresgleichen, bis zum donnernden Applaus, der den Refrain Anitas beschloß, Celina von hinten, Celina im Profil, andere Paare um sie herum, und Rauch.

Ich wollte Mauro nicht ansehen, ich erholte mich jetzt, und mein notorischer Zynismus legte mir sogleich alle möglichen Verhaltensweisen nahe. Alles hing davon ab, wie er reagieren würde, weshalb ich mein Verhalten nicht änderte und mir die sich langsam leerende Tanzfläche betrachtete.

»Hast du gesehen?« sagte Mauro.

»Ja.«

»Hast du gesehen, wie sehr sie ihr ähnelte?«

Ich antwortete ihm nicht, die Erleichterung überwog das Mitleid. Er war auf dieser Seite, der Arme war auf dieser Seite, und er konnte schon nicht mehr glauben, was wir zusammen erlebt hatten. Ich sah ihn aufstehen und wie ein Betrunkener auf der

Tanzfläche herumgehen, die Frau suchend, die Celina ähnelte. Ich blieb ruhig sitzen, rauchte gemächlich eine Blonde und sah ihn hin und her gehen, wissend, daß es umsonst war, daß er bedrückt und durstig zurückkommen würde, ohne bei dem Rauch und den vielen Leuten die Pforten des Himmels gefunden zu haben.

José Donoso
Namensvettern

In diesem Winter hatte Juan Acevedo kein Geld in der Tasche, weil er ohne Arbeit war. Aber er ließ es sich nicht sauer ankommen, da er Aussicht auf eine Stelle als Mechaniker hatte, mit der er sich in den Monaten durchzuschlagen gedachte, bis er seinen Militärdienst antreten würde. Außerdem hatte ihn jeder gern. Er war klein, mager und braunhäutig, sein schwarzes Haar war hoch über der Stirn zurechtpomadisiert, und er achtete darauf, stets so sauber zu sein wie möglich. Oft schneite er in das Lokal von Señor Hernandez hinein, und dieser lud ihn zu ein paar Gläsern Bier ein, während sie Domino spielten. Juan ging bald wieder, weil er seriös war und nicht gern die Leute ausnutzte, um sich ein schönes Leben zu machen.

Señor Hernandez' Lokal war eine Konditorei in einer ziemlich belebten Straße in der Nähe des Bahnhofs. Ein kleiner, himmelblau ausgemalter Raum, eine Theke und vier ebenfalls himmelblaue Tische und Stühle. Die Törtchen lagen freudlos unter einem Glassturz, denn die Leute schienen wenig für Kuchen übrig zu haben. Hinter der Theke, in einem winzigen, durch einen Vorhang aus Perkal abgetrennten Zimmerchen, gab es eine Geschirrspüle neben dem Klosettbecken. Juana bereitete die Sandwiches mit Braten und Ajipfeffer in dem dampfenden Apparat neben dem Regal mit den Getränken zu. Das Problem war das Licht. Der Patron sparte, weil er seiner Mutter ein Haus kaufen wollte, und konnte sich vorläufig keine Neonbeleuchtung leisten, wie sie die größeren Geschäfte in der Straße hatten.

»Es würde mich reich machen, wenn ich dieses Neonlicht hier hätte. Es würde mir Leute bringen«, vertraute der Patron Juan Acevedo an.

»Na klar. Und warum bezahlen Sie es nicht mit dem, was Sie zurückgelegt haben? Sie würden den großen Reibach machen, und dann können Sie das Geld für das Haus Ihrer Mutter bar auf den Tisch legen.«

»Nein, mein Lieber, so was liegt mir nicht. Das Geld für die Anzahlung würde mir durch die Finger rinnen, wenn ich anfange, es auszugeben. Zuerst kaufe ich das Häuschen, und dann spar ich mir die Beleuchtung zusammen.«

Señor Hernandez war es gewohnt, daß Juan Acevedo ungefähr einmal in der Woche bei ihm auftauchte, kurz bevor er zumachte. Ihm gefiel der wohlgepflegte Kopf des Jungen und die Ruhe in seinem Gesicht, in dem immer ein Lachen spielte. Auch Juana hatte sich an sein Erscheinen gewöhnt. Sobald sie ihn erblickte, wie er durch seinen Atemdampf auf der Fensterscheibe spähte, holte sie das Domino hervor, weil sie sicher war, daß er mit dem Patron bis nach Geschäftsschluß spielen würde. Wenn der Junge kam, erlaubte Señor Hernandez Juana oft, früher zu gehen, und manchmal ging sie, aber andere Male blieb sie und spülte Teller und Gläser aus purem Vergnügen daran, Juan Acevedo reden zu hören.

Juana war winzigklein, mollig und weich. Sie war nicht älter als siebzehn. Sie war zufrieden mit der Arbeit, die ihre Patentante ihr besorgt hatte, als sie zu ihr gezogen war, nachdem ihre Mutter sich mit diesem unnützen Säufer zusammengetan hatte. Der Chef war rücksichtsvoll zu ihr, und die Konditorei lag nahe, so daß sie nicht so lange den Respektlosigkeiten der Männer ausgesetzt war, die ihr abends an den Ecken hinterherpfiffen. Und dann wurde im Lokal auch von so vielen interessanten Dingen geredet. Am liebsten hörte sie jedoch Juan Acevedo zu. Er hatte eine eigene Art zu sprechen. Einmal versuchte sie, es Rosa zu erklären, der Tochter ihrer Patentante, die meinte, er sei Argentinier. Juana mußte lachen, weil ihr das unmöglich schien. Sie ließ sich erst überzeugen, nachdem sie einen argentinischen Film gesehen hatte, und erkundigte sich verwundert bei Juan, sobald sie konnte.

»Nein«, antwortete der Junge. »Aber Buenos Aires kennenzulernen ist mein größter Wunsch. Würden Sie nicht auch gerne mal nach Buenos Aires gehen, Namensschwester?«

Juana wußte nicht, was sie antworten sollte, sie hatte nie darüber nachgedacht. Daß er sie Namensschwester genannt hatte, bereitete ihr außerdem ein komisches Gefühl, so als hätte das Wort sich warm und wohlig im Nacken, unter ihrem Haarschopf zusammengerollt. Danach wartete sie darauf, daß Juan sie wieder Namensschwester nennen würde, aber zwei Wochen vergingen, ohne daß er in der Konditorei auftauchte.

Sie machte ihrer Ungeduld bei Rosa Luft, die feststellte, daß sie verliebt sei. Das war eine wunderbare Entdeckung, weil es ihre erste Liebe war, wie in den Filmen. Rosa berichtete ihr oft von ihren Liebeserfahrungen, und Juana wünschte sich neidisch den Tag herbei, an dem sie ihr nicht nur sagen könnte, daß sie verliebt sei, sondern daß sie »was Festes« habe. Sie begriff den Ernst des Unterschieds. Und es war ein bißchen demütigend für sie, daß Rosa ihre Gefühle definieren konnte, bevor sie selbst wußte, wie sie sie bezeichnen sollte. Aber das war nicht weiter seltsam, weil Rosa drei Jahre älter war als sie und blonde Haare hatte.

Als Juan Acevedo nach diesen zwei Wochen wiederkam, nannte er sie nicht ein einziges Mal Namensschwester, während er im Lokal war. Tatsächlich richtete er so gut wie kein Wort an sie, wenn er sie auch mit der gleichen Liebenswürdigkeit wie immer behandelte. Unterdessen beobachtete Juana die großen braunen Hände des Jungen, die die Dominokarten auf dem Tisch umdrehten. Sie stellte sich diese Hände auf ihrem runden und glatten Körper vor oder wie sie ihre kalten Hände berührten. Sie hatte Angst, aber sie konnte nicht aufhören, sie sich vorzustellen. Der Patron mußte zweimal Bier bei ihr bestellen, bevor Juana ihn hörte. Als sie eine Flasche vor Juan hinstellte, griff er unter dem Tisch nach ihrem Oberschenkel. Juana zitterte. Sie wußte nicht, ob es Wirklichkeit war oder in ihrer Einbildung geschah.

Der Patron gab ihr die Erlaubnis zu gehen. Dieses Mal blieb Juana nicht. Sie zog ihren Mantel an und ging nach Hause. Sie spürte eine eigenartige, ruhelose und hartnäckige Wärme, die sich plötzlich an den unerwartetsten Stellen ihres Körpers bemerkbar machte.

In dieser Woche fand sie kaum Schlaf. Obwohl sie nicht viel an Juan dachte, kam ihr doch plötzlich der Gedanke, daß er in der Nähe sei, an der Straßenecke zum Beispiel oder unter ihrem Bett, und daß er sie gleich berühren würde. Als der Junge schließlich wieder im Lokal auftauchte, hatte er ölbefleckte Hände und ein großes Lächeln um den Mund. Er rief:

»Ein frisches Brötchen mit Bratenfleisch! Und ein halbes Dutzend Malzbier auf den Tisch! Señor Hernandez, dieses Mal sind Sie mein Gast!«

Er war froh, weil er endlich die Arbeit in der Garage hatte. Er unterhielt sich mit den Männern am Nebentisch und zahlte ihnen eine Runde Malzbier. Sein Lachen war selbstsicher, und noch nie hatte das Gold seiner Zähne unter dem Flaumbart, den er trotz seiner jungen Jahre schon stutzte, so geblitzt.

Als Juana dabei war, ein paar Gläser in dem kleinen angrenzenden Raum abzuspülen, teilten sich die Vorhänge, und Juan trat ein.

»Darf man, Sie wissen, das Bier ...«, sagte er.

»Kommen Sie nur, ich wollte gerade gehen«, antwortete sie.

Aber sie rührte sich nicht. Im Spülbecken rauschte der Wasserstrahl heftig auf die Gläser. Jenseits des Vorhangs waren Stimmen zu hören und das Geräusch des Dominos auf dem Tisch. Das Zimmer war winzig und dunkel. Acevedo faßte Juana um die Taille und drückte sie an sich. Auf der Straße tönte eine Hupe durch die Nacht, und das Mädchen versuchte erschreckt, sich loszureißen. Aber nur eine Sekunde. Als sie sah, daß ein schmaler Lichtstreif Juans Gesicht wie eine Wunde zerschnitt, fuhr sie liebkosend mit dem Finger über diese Wunde. Er wühlte mit seiner heißen, öligen Hand in Juanas Halsausschnitt. Sie spürte, wie er sich hart und gefährlich an ihren Körper drängte und hatte wieder Angst.

»Nein, nein, bitte ...«

»Komm doch, Juana, sei nicht dumm.«

Er sagte nicht Namensschwester zu ihr. Sie riß sich heftig los und ging zur Theke zurück. Von dort hörte sie, wie Juan urinierte.

Sie war wütend, als sie nach Hause kam. Wütend, aber dabei voller Lust, ganz allein zu lachen und Dinge anzufassen. In dieser Nacht betastete sie, im Bett liegend, die Nacktheiten ihres Körpers, aber ihre Hände waren nicht wie die rauhen und heißen Hände des Jungen. Es dauerte lange, bis sie einschlafen konnte.

Danach kam Acevedo weniger oft in die Konditorei. Der Patron, der sentimental war, wie es sich für einen richtigen, dicken Junggesellen gehört, meinte, daß er jetzt, wo er Geld verdiente und seinen Verzehr bezahlte, lieber in flottere und beliebtere Lokale ginge.

Aber obwohl er nicht mehr so oft wie früher in Señor Hernandez' Lokal kam, kam er doch noch hin und wieder. Er tauchte gegen elf auf, wenn nur noch wenige Leute da waren und die Nacht klar, kalt und ruhig um die Straßenlaternen lag. Er kam, trank ein Malzbier, hielt einen kleinen Schwatz mit dem Patron und ging wieder. Juana sah er so gut wie nicht an. Aber sie hörte nicht auf, ihn zu beobachten: Er hatte sich einen kaffeefarbenen Anzug aus zweiter Hand gekauft. Das Jackett paßte gut, aber die

Hose war ihm zu weit, so daß der Gürtel sie in der Taille bauschte. Trotzdem sah er nicht schlecht aus, vor allem, wenn er sich das bläuliche Tuch um den Hals gebunden hatte.

Eines Abends kam er fröhlicher denn je und erzählte, er müsse innerhalb von zwei Tagen nach Los Andes, um seinen Militärdienst anzutreten. Hernandez wünschte ihm Glück, und Juana lächelte ihm von der Theke aus zu. Aber dann ging sie in das Hinterzimmer, um ein bißchen zu weinen.

Als Juana an diesem Abend nach Hause ging, trat Acevedo ihr an einer Ecke in den Weg. Sie beschleunigte ihre Schritte und hielt sich eine Zeitung über den Kopf, um sich vor dem Nieselregen zu schützen. Er sprach sie an:

»Beeilen Sie sich doch nicht so. Warum haben Sie Angst vor mir?«

Juana verlangsamte ihre Schritte, ohne zu antworten. Eine Weile liefen sie schweigend. Dann faßte er sie um die Taille und führte sie in eine Straße ohne Beleuchtung.

»Kommen Sie«, sagte er und drängte sie zur Schwelle eines Hauses. »Ich möchte mich gerne von Ihnen verabschieden.«

Er umarmte sie, küßte sie auf den Mund. Sie ließ es geschehen, während sie die ganze angespannte Kraft des Jungen gegen ihren Körper spürte. Aber sie rührte sich nicht, weil sie nicht wußte, was sie tun sollte. Sie hatte Angst. Sie zitterte vor Kälte, als Juan ihre Bluse aufknöpfte. In der Tür erschien ein Hund, wedelte mit dem Schwanz und verschwand wieder. Aber wenn das Unbekannte, das sie zittern ließ, nicht geschähe, würde sie vor Verzweiflung sterben. Sie wollte sie nicht, und doch hätte sie es nicht ertragen, wenn sie verschwunden wären, diese gierigen, regennassen Hände, die die laue Haut ihrer Brüste liebkosten, ihre kleinen Brustwarzen, die gleich explodieren würden. Draußen fuhr ein Auto vorbei, der Junge hörte auf, bis das Licht verschwunden war, und machte dann weiter. Als ihr klar wurde, daß der Augenblick nahe war, begann Juana zu wimmern:

»Nein, nein, bitte, seien Sie nicht gemein, lassen Sie mich ...«

Aber sie streichelte ihn, während er der Wärme ihres Bauches und ihrer Beine nachspürte. Plötzlich war der Schmerz da, grausam, aber sie wehrte sich nicht, weil Aufbegehren noch schlimmer wäre. Es wäre schlimmer, und sie würde ihn obendrein verlieren. Außerdem hatte er sie gegen den Türgriff gedrängt. Juan schnaufte und schnaufte, aber er sagte nicht Namensschwester zu ihr. Dann ließ er sich gegen den Körper seiner Gefährtin fallen, die wimmerte, vor Schmerz und Nässe. Unter ihren Empfindungen suchte sie nach einer, die sie Lust nennen könnte. Juans Gesicht war auf den Hals des Mädchens gesunken, und sie liebkoste seinen Nacken. Als sie an ihrem Ohr Juans Wimpernschlag spürte, mit dem er auf ihre Liebkosungen antwortete, murmelte Juana:

»Namensbruder...«

Er lachte, und sein Lachen war ein lauwarmer Hauch an Juanas Hals.

»Namensschwester...«, antwortete er.

Und eine Weile blieben sie reglos, beide erschöpft und traurig und unbequem.

Dann begleitete Juan Acevedo seine Freundin zu ihrer Wohnung, im nächsten Häuserblock. Sie fragte ihn, wie lange er in Los Andes bleiben würde, und er sagte, mindestens ein Jahr. Er war froh. Juana freute sich mit ihm. An der Haustür wünschte sie ihm viel Glück, und sie gaben sich zum Abschied die Hand. Juans Hand war warm, weil er sie in der Hosentasche gehabt hatte. Ihre Hand war sehr klein und kalt und matt.

Als Juana zu Bett ging, fühlte sie einen schrecklichen Schmerz. Aber da sie müde war, schlief sie rasch ein, während sie an das Gesicht dachte, das Rosa am nächsten Tag machen würde, wenn sie ihr erzählte, daß sie endlich »was Festes« hatte.

Lygia Fagundes Telles
Komm und sieh dir den Sonnenuntergang an

Sie stieg ohne Eile den gewundenen Weg am Hang hinauf. In dem Maße, wie sie vorwärtskam, wurden die Häuser seltener, bescheidene Häuser, ohne Symmetrie verstreut, die wie Inseln im Brachland lagen. Mitten auf der ungepflasterten Straße, die hier und da mit niedrigem Gestrüpp bedeckt war, spielten einige Kinder im Kreis. Das schwache Kinderlied war die einzige lebendige Note in der Stille des Nachmittags.

Er erwartete sie an einen Baum gelehnt. Er war hoch aufgeschossen und mager, steckte in einer weiten, marineblauen Jacke, und mit seinen langen und unordentlichen Haaren hatte er das unbekümmerte Aussehen eines Studenten.

– Meine liebe Raquel.

Sie schaute ihn ernst an. Und blickte auf ihre eigenen Schuhe.

– Sieh mal diesen Schlamm. Nur dir kann ein Treffen an einem derartigen Ort einfallen. Was für eine Idee, Ricardo, was für eine Idee! Ich mußte da unten aus dem Taxi aussteigen, es wäre nie hier oben heraufgekommen.

Er lächelte zwischen Bosheit und Unschuld.

– Niemals, nicht wahr? Ich dachte, du würdest sportlich gekleidet kommen, und jetzt erscheinst du hier mit solcher Eleganz... Als du noch mit mir gegangen bist, hast du Siebenmeilenstiefel getragen, erinnerst du dich?

– Hast du mich hierher hinaufklettern lassen, um mir das zu sagen? fragte sie und verstaute das Kopftuch in der Tasche. Sie zog eine Zigarette hervor. – Was?

– Ach, Raquel... und er ergriff lachend ihren Arm. Du bist heute wirklich sehr hübsch. Und jetzt rauchst du diese kleinen stinkfeinen Zigaretten, blau und gold... Ich schwöre dir, daß ich diese ganze Schönheit noch einmal sehen mußte, dieses Parfüm noch einmal riechen. Also? Habe ich etwas Böses getan?

– Du hättest einen anderen Ort aussuchen können, nicht? Sie hatte die Stimme gedämpft – Und was ist das hier? Ein Friedhof?

Er wandte sich der alten zerfallenen Mauer zu. Mit einem Blick wies er sie auf das eiserne, rostzerfressene Portal hin.

– Ein verlassener Friedhof, mein Engel. Die Lebenden und die Toten sind alle geflohen. Nicht einmal die Gespenster sind übriggeblieben, schau hier, wie die kleinen Kinder ohne Angst spielen – fügte er hinzu und warf einen Blick auf die Kinder, die sich vergnügten in ihrer Runde.

Sie atmete langsam den Rauch ein und blies ihn ihrem Gefährten ins Gesicht.

– Ricardo und seine Ideen. Und jetzt? Was steht auf dem Programm?

Er ergriff sie sanft am Gürtel.

– Ich kenne das alles hier gut, meine Familie ist hier begraben. Wir werden hineingehen, und ich werde dir den schönsten Sonnenuntergang der Welt zeigen.

Sprachlos schaute sie ihn einen Augenblick lang an. Und warf den Kopf in einem Gelächter zurück.

– Den Sonnenuntergang ansehen! ... Ach, mein Gott ... Fabelhaft, einfach fabelhaft ... Er fleht mich um ein letztes Treffen an, er quält mich tagelang, läßt mich von weit her in diese gottverlassene Ecke kommen, nur noch einmal, nur noch einmal! Und warum? Um den Sonnenuntergang auf einem Friedhof anzuschauen ...

Er lachte auch, Verlegenheit heuchelnd wie ein bei einem Fehler ertappter Junge.

– Raquel, Liebes, sprich nicht so mit mir. Du weißt, ich würde dich gern in meine Wohnung mitnehmen, aber ich bin noch ärmer geworden, wenn das überhaupt möglich ist. Ich lebe jetzt in einer fürchterlichen Pension, die Wirtin ist eine Meduse, die den ganzen Tag lang durchs Schlüsseloch späht ...

– Und du glaubst, daß ich dorthin gehen würde?

– Ärgere dich nicht, ich weiß ja, daß du nicht dorthin gehen würdest, du bist sehr treu. Da dachte ich, wenn wir uns ein wenig in einer entlegenen Straße unterhalten könnten ..., sagte er und näherte sich noch mehr. Er streichelte ihren Arm mit den Fingerspitzen. Er wurde ernst. Und nach und nach bildeten sich unzählige Fältchen rund um seine leicht zusammengekniffenen Augen. Die Fächer der Falten vertieften sich in einem verschlagenen Ausdruck: In diesem Augenblick war er nicht mehr so jung, wie er aussah. Aber bald darauf lächelte er, und das Netz der Falten verschwand, ohne Spuren zu hinterlassen. Von neuem kehrte seine unerfahrene und halbzerstreute Miene zurück. – Wie schön, daß du gekommen bist.

– Das heißt, das Programm ... Und könnten wir in einem Lokal nicht etwas trinken?

– Ich habe kein Geld, mein Engel, versteh doch.
– Aber ich bezahle.
– Mit seinem Geld? Da trinke ich lieber Ameisengift. Ich habe diesen Spaziergang gewählt, weil er nichts kostet und sehr schicklich ist, es kann keinen schicklicheren Spaziergang geben, bist du da nicht meiner Meinung? Sogar romantisch.
Sie schaute sich um. Sie zog den Arm zurück, den er drückte.
– Das ist ein enormes Risiko gewesen, Ricardo. Er ist wahnsinnig eifersüchtig. Er weiß nur zu genau, daß ich meine Geschichten gehabt habe. Wenn er uns zusammen erwischt, ja, dann möchte ich nur wissen, ob eine von deinen wunderbaren Ideen mein Leben wieder in Ordnung bringt.
– Aber ich habe gerade an diesen Ort gedacht, weil ich nicht will, daß du etwas riskierst, mein Engel. Es gibt keinen verschwiegeneren Ort als einen verlassenen Friedhof, sieh mal, ganz und gar verlassen – fuhr er fort und öffnete das Portal. Die alten Scharniere kreischten. – Nie wird dein Freund oder ein Freund deines Freundes erfahren, daß wir hier gewesen sind.
– Es ist ein enormes Risiko, wie gesagt. Besteh nicht auf diesen Scherzen, bitte. Und wenn es ein Begräbnis gibt? Ich ertrage keine Begräbnisse.
– Wessen Begräbnis denn? Raquel, Raquel, wie oft muß ich das noch wiederholen?! Seit Jahrhunderten ist hier niemand mehr begraben, ich glaube, daß nicht einmal die Knochen übriggeblieben sind, was für ein Unsinn. Komm mit mir, du kannst mir den Arm reichen, hab keine Angst.
Das niedrige Gestrüpp beherrschte alles. Und nicht damit zufrieden, sich wütend über die Beete ausgebreitet zu haben, war es über die Gräber gekrochen und gierig durch die Risse des Marmors gedrungen, es hatte die Alleen aus geschwärzten Steinen überwuchert, als wollte es mit seiner gewalttätigen Lebenskraft die letzten Spuren des Todes für immer verdecken. Sie schlenderten langsam durch die lange, sonnenüberflutete Allee. Die Schritte der beiden schallten klangvoll wie eine seltsame Musik, die von dem Geräusch der auf den Steinen zertretenen trockenen Blätter hervorgebracht wurde. Eingeschnappt, aber gehorsam ließ sie sich führen wie ein Kind. Zuweilen zeigte sie eine gewisse Neugier für das eine oder andere Grabmal mit seinen bleichen Medaillons von emaillierten Porträts.
– Er ist ungeheuer groß, nicht? Und so schäbig, noch nie habe ich

einen schäbigeren Friedhof gesehen, es ist deprimierend, rief sie aus und warf den Zigarettenstummel in Richtung eines kleinen Engels mit abgeschlagenem Kopf. – Gehen wir fort, Ricardo, es reicht.

– Ah, Raquel, sieh dir doch ein wenig diesen Nachmittag an! Warum deprimierend? Ich weiß nicht, wo ich das gelesen habe, die Schönheit liegt weder im Morgenlicht noch im Schatten der Nacht, sondern in der Abenddämmerung, in diesem Halbton, dieser Zweideutigkeit. Ich serviere dir eine Abenddämmerung auf dem Tablett, und du beklagst dich.

– Ich mag keine Friedhöfe, wie gesagt. Und noch weniger einen ärmlichen Friedhof.

Aufmerksam küßte er ihre Hand.

– Du hast versprochen, deinem Sklaven hier einen Nachmittag zu opfern.

– Stimmt, aber ich hätte das nicht tun sollen. Das kann alles sehr hübsch sein, aber ich will mich nicht noch mehr in Gefahr begeben.

– Ist er denn so reich?

– Sehr reich. Er wird mich auf eine märchenhafte Reise bis in den Orient mitnehmen. Hast du schon vom Orient erzählen hören? Wir fahren in den Orient, mein Lieber...

Er hob einen Stein auf und verschloß ihn in seiner Hand. Das kleine Faltennetz breitete sich von neuem rund um seine Augen aus. Das so offene und glatte Gesicht wurde unversehens alt. Aber dann kam das Lächeln wieder zum Vorschein, und die kleinen Falten verschwanden.

– Ich habe dich auch einmal zu einer Spazierfahrt im Boot mitgenommen, erinnerst du dich?

Sie lehnte den Kopf an die Schulter des Mannes und verlangsamte den Schritt.

– Weißt du, Ricardo, ich glaube, du bist wirklich etwas plemplem... Aber trotz allem, ich sehne mich manchmal nach dieser Zeit zurück. Was für ein Jahr war das? Mein Wort, wenn ich daran denke, verstehe ich bis heute nicht, wie ich das so lange ausgehalten habe. Ein Jahr!

– Das kommt daher, daß du *Die Kameliendame* gelesen hattest, so wurdest du ganz zerbrechlich, ganz sentimental. Und jetzt? Was für einen Roman liest du jetzt gerade?

– Keinen, antwortete sie und warf die Lippen auf. Sie blieb

stehen, um die Aufschrift einer zerbrochenen Steinplatte zu lesen: – *Meiner geliebten Gattin, in ewiger Sehnsucht.* Sie verzog das Gesicht. – Und wie. Diese Ewigkeit hat nicht lange gedauert. Er warf den Stein auf ein verdorrtes Beet.

– Aber gerade diese Verwahrlosung macht den Zauber von alldem hier aus. Man findet nicht mehr die geringste Einmischung der Lebenden, diese dumme Einmischung der Lebenden. Sieh mal, sagte er und zeigte auf ein zersprungenes Grabmal, aus dessen Schatten das Unkraut ungewöhnlich herausdrängte – das Moos hat schon den Namen auf dem Stein überdeckt. Oben auf das Moos werden noch die Wurzeln kommen, und dann die Blätter... Das ist der perfekte Tod, ohne Erinnerung, ohne Trauer, ohne irgendeinen Namen. Nicht einmal das.

Sie drängte sich enger an ihn. Gähnte.

– Schon gut, aber jetzt laß uns gehen, denn ich habe mich schon sehr amüsiert, es ist lange her, daß ich mich so gut amüsiert habe, nur ein Typ wie du konnte mich so sehr amüsieren. Sie drückte einen flüchtigen Kuß auf seine Wange – Es reicht, Ricardo, ich will gehen.

– Noch ein paar Schritte...

– Aber dieser Friedhof hört gar nicht mehr auf, wir sind schon Kilometer gelaufen. Sie schaute zurück. – So viel bin ich noch nie gelaufen, ich werde ganz erschöpft sein.

– Hat dich das gute Leben träge gemacht? Was für eine Schande, klagte er und schob sie vorwärts. – Wenn wir in diese Allee einbiegen, kommen wir zu der Gruft meiner Familie, von dort sieht man den Sonnenuntergang. Und während er sie am Gürtel ergriff: – Weißt du, Raquel, hier bin ich oft Hand in Hand mit meiner Kusine herumgelaufen. Wir waren damals zwölf Jahre alt. Jeden Sonntag trug meine Mutter Blumen her und brachte unsere kleine Kapelle in Ordnung, wo schon mein Vater begraben lag. Ich und meine kleine Kusine begleiteten sie und blieben solange hier, während wir Hand in Hand so viele Pläne machten. Jetzt sind die beiden tot.

– Deine Kusine auch?

– Sie auch. Sie starb, als sie gerade fünfzehn Jahre alt wurde. Sie war nicht eigentlich hübsch, aber sie hatte solche Augen... Sie waren so grün wie deine Augen, ähnlich wie deine. Außergewöhnlich, Raquel, außergewöhnlich, wie ihr beide... Ich denke, daß ihre ganze Schönheit nur in den Augen lag, so etwas schräg und ganz glänzend.

– Ihr habt euch geliebt?
– Sie liebte mich. Sie war das einzige Geschöpf, das ... Er machte eine Bewegung. – Kurz, das ist nicht wichtig.
Raquel nahm seine Zigarette, sog daran und gab sie ihm zurück.
– Ich mochte dich, Ricardo.
– Und ich liebte dich. Und liebe dich noch. Verstehst du jetzt den Unterschied?
Ein Vogel brach aus der Zypresse und stieß einen Schrei aus. Sie erschrak.
– Es ist kühl geworden, nicht? Gehen wir.
– Wir sind schon da, mein Engel. Hier liegen meine Toten.
Sie blieben vor einer kleinen Kapelle stehen, von oben bis unten mit einer wilden Kletterpflanze bedeckt, die sie in einer wütenden Umarmung von Lianen und Blättern umschlang. Die enge Tür knarrte, als er sie sperrangelweit öffnete. Das Licht überflutete eine Kammer mit geschwärzten Wänden voller Rillen, die der Regen einst begraben hatte. Mitten in der Kammer ein halbzerstörter Altar, bedeckt mit einem Tuch, das die Farbe der Zeit angenommen hatte. Zwei Vasen aus verblaßtem Opalin umgaben ein rohes Holzkruzifix. Zwischen den Armen des Kreuzes hatte eine Spinne zwei Dreiecke eines schon zerfetzten Netzes gewebt, die wie Lumpen eines Umhangs herabhingen, den irgend jemand über die Schulter der Christusfigur gelegt hatte. An der Seitenwand rechts von der Tür führte eine eiserne Pforte zu einer Wendeltreppe aus Stein, die in die Katakombe hinabführte.
Sie trat auf Zehenspitzen hinein und vermied es, diese Trümmer auch nur flüchtig zu streifen.
– Wie traurig ist das hier, Ricardo. Bist du nie mehr hier gewesen?
Er berührte das Gesicht der staubbedeckten Figur.
– Ich weiß, daß du gerne alles ganz sauber hättest, Blumen in den Vasen, Kerzen, Zeichen meiner Hingabe, nicht wahr? Aber ich sagte schon, daß ich an diesem Friedhof gerade diese Verlassenheit, diese Einsamkeit am meisten liebe. Die Brücken zur anderen Welt sind abgebrochen worden, und hier hat sich der Tod ganz und gar isoliert. Uneingeschränkt.
Sie beugte sich vor und spähte durch die rostigen Gitterstäbe der Pforte. Im Halbdunkel des Untergrunds erstreckten sich die Grabkammern an den vier Wänden entlang, die ein enges graues Rechteck bildeten.
– Und dort unten?

– Da sind dann die Grabkammern. Und in den Grabkammern meine Wurzeln. Staub, mein Engel, Staub, murmelte er. Er öffnete die Pforte und stieg die Treppe hinunter. Er näherte sich einer Grabkammer an der Mitte der Wand und packte kräftig den Bronzegriff, als wollte er daran ziehen. – Die Steintruhe. Ist sie nicht großartig?

Sie blieb oben auf der Treppe stehen und beugte sich vor, um besser sehen zu können.

– Sind alle diese Grabkammern belegt?

– Belegt? ... Er lächelte. – Nur die mit dem Bild und der Inschrift, siehst du? An dieser hier ist das Bild meiner Mutter, hier ruht meine Mutter, fuhr er fort und berührte mit den Fingerspitzen ein emailliertes Medaillon, das in der Mitte der Grabkammer eingelassen war.

Sie verschränkte die Arme. Sie sprach ganz leise, mit einem leichten Zittern in der Stimme.

– Laß uns gehen, Ricardo, laß uns gehen.

– Du hast Angst.

– Natürlich nicht, ich friere nur. Komm herauf und laß uns fortgehen, ich friere!

Er antwortete nicht. Er war auf eine der Grabkammern an der entgegengesetzten Wand zugegangen und zündete ein Streichholz an. Er beugte sich zu dem schwach erleuchteten Medaillon herab.

– Die kleine Kusine Maria Camila. Ich erinnere mich sogar an den Tag, an dem sie dieses Bild hat machen lassen. Es war zwei Wochen vor ihrem Tod... Sie raffte die Haare mit einem blauen Band zusammen und zeigte sich so, bin ich hübsch?... Er sprach jetzt zu sich selbst, leise und ernst. – Nein, hübsch war sie nicht, aber die Augen... Komm und schau dir das an, Raquel, es ist eindrucksvoll, wie ihre Augen den deinen gleichen.

Sie stieg die Treppe hinunter und machte sich klein, um nirgends anzustoßen.

– Wie kalt es hier ist. Und wie dunkel, ich sehe nichts...

Er zündete noch ein Streichholz an und bot es der Gefährtin an.

– Nimm, das reicht, um recht gut zu sehen... Er wich seitwärts zurück. – Achte auf die Augen.

– Aber es ist ganz ausgebleicht, man sieht kaum, daß es ein Mädchen ist... Sie näherte die Flamme, bevor sie erlosch, der in den Stein gehauenen Inschrift. Sie las langsam, mit lauter Stimme:

– Maria Camila, geboren am zwanzigsten Mai achtzehnhundert

und gestorben... Sie ließ das Streichholz fallen und blieb einen Augenblick unbeweglich. – Aber das konnte ja nicht deine Freundin sein, sie ist vor mehr als hundert Jahren gestorben! Du Lüg...

Ein metallisches Krachen schnitt ihr das Wort ab. Sie schaute sich um. Der Raum war leer. Sie wandte ihren Blick zur Treppe zurück. Von oben beobachtete sie Ricardo hinter der geschlossenen Pforte. Er zeigte sein halb unschuldiges, halb verschlagenes Lächeln.

– Das hier ist nie die Gruft deiner Familie gewesen, du Lügner! So ein blödsinniger Scherz! rief sie aus und stieg schnell die Treppe hinauf. – Das ist überhaupt nicht witzig, hörst du?

Er wartete, bis sie fast die Klinke der kleinen Eisenpforte berühren konnte. Dann drehte er den Schlüssel herum, riß ihn aus dem Schloß und sprang zurück.

– Ricardo, öffne das hier auf der Stelle! Los, auf der Stelle! befahl sie, während sie heftig die Klinke bewegte. – Ich verabscheue diese Art von Scherzen, das weißt du doch. Du Idiot! Das kommt dabei heraus, wenn man den Einfällen so eines Idioten folgt. So ein saudummer Scherz!

– Ein Streifen Sonnenlicht wird durch den Türspalt hereinfallen, in der Tür ist ein Spalt. Dann wird er sich langsam, ganz, ganz langsam zurückziehen. Du wirst den schönsten Sonnenuntergang der Welt erleben.

– Sie rüttelte an der Pforte.

– Ricardo, das reicht, Schluß jetzt! Es reicht! Öffne auf der Stelle, auf der Stelle! Sie rüttelte noch kräftiger an der Pforte, klammerte sich an sie, hängte sich an die Gitterstäbe. Sie war außer Atem, die Augen voller Tränen. Sie versuchte ein Lächeln. – Hör mal, mein Lieber, das war sehr amüsant, aber jetzt muß ich doch gehen, los, öffne...

Er lächelte nicht mehr. Er war ernst, die Augen verkleinert. Um sie herum erschienen wieder die kleinen, zum Fächer geöffneten Falten.

– Gute Nacht, Raquel.

– Es reicht, Ricardo! Das wirst du mir büßen...! rief sie, während sie die Arme durch das Gitter streckte und versuchte, ihn zu ergreifen. – Schwachkopf! Gib mir den Schlüssel für dieses Dreckding, los! verlangte sie und prüfte das funkelnagelneue Schloß. Dann prüfte sie die mit einer Rostschicht bedeckten Gitterstäbe. Sie erstarrte. Sie hob den Blick zu dem Schlüssel, den

er am Ring hin und her schwenkte. Sie schaute ihn an, während sie ihr farbloses Gesicht gegen das Gitter preßte. Sie riß die Augen krampfhaft auf, und ihr Körper wurde schwer. Sie glitt zu Boden.
– Nein, nein...

Noch ihr zugewendet, wich Ricardo bis an die Tür zurück und öffnete die Arme. Er zog die beiden aufgesperrten Flügel zu.

– Gute Nacht, mein Engel.

Ihre Lippen hefteten sich aufeinander, als ob Klebstoff zwischen ihnen wäre. Die Augen drehten sich schwerfällig mit einem stumpfsinnigen Ausdruck.

– Nein...

Mit dem Schlüssel in der Tasche ging er den Weg zurück, den sie gekommen waren. In dem kurzen Schweigen das Geräusch der feuchten Steine, die unter seinen Schuhen aufeinanderstießen. Und plötzlich der schreckliche, unmenschliche Schrei:

– NEIN!

Einige Zeit noch hörte er die Schreie, die sich vervielfältigten wie die eines geschundenen Tieres. Dann entfernte sich das Geheul allmählich, es klang erstickt, als käme es aus den Tiefen der Erde. Sobald er das Portal des Friedhofs erreicht hatte, warf er einen stumpfen Blick nach Westen. Er horchte aufmerksam. Kein menschliches Ohr würde jetzt noch irgendeinen Ruf hören. Er zündete sich eine Zigarette an und ging langsam den Weg am Hang hinunter. In der Ferne tanzten Kinder im Kreis.

Carlos Fuentes
Zweimal Elena

Für José Luis Cuevas

»Wo Elena diese Ideen bloß herhat? Erzogen worden ist sie nicht so. Und Sie auch nicht, Victor. Aber die Ehe hat sie doch verändert. Ja, zweifellos. Ich hab gedacht, meinen Mann trifft der Schlag! Solche Ideen sind ja nicht zu vertreten, noch dazu beim Abendessen. Meine Tochter weiß genau, daß ihr Vater in Ruhe essen muß, sonst steigt sein Blutdruck augenblicklich. Hat der Arzt gesagt. Der muß es schließlich wissen, nicht umsonst nimmt er zweihundert Pesos für die Konsultation. Bitte, reden Sie mit Elena. Auf mich hört sie ja nicht. Sagen Sie ihr, daß wir ihr alles nachsehen: soll sie ihren Haushalt vernachlässigen, um Französisch zu lernen; soll sie sich diese ausgefallenen Filme in Flohkinos voller Langhaariger ansehen. Soll sie ihre roten Hanswurststrümpfe tragen. Aber daß sie beim Abendessen zu ihrem Vater sagt, eine Frau könne zu ihrer Selbstbestätigung mit zwei Männern leben... Victor, zu Ihrem eigenen Besten müssen Sie Ihrer Frau solche Gedanken ausreden!«

Seit Elena in einem Filmclub »Jules et Jim« gesehen hat, juckt es sie, die Schlacht auf das sonntägliche Abendessen bei ihren Eltern zu verlegen – das einzig obligatorische Familientreffen. Nach dem Kino nahmen wir den MG und fuhren zum Essen in den »Dürren Präriehund« in Coyoacán. Elena sah wie immer fabelhaft aus in ihrem schwarzen Pullover, Lederrock und den Strümpfen, die ihre Mutter nicht leiden kann. Dazu hatte sie sich eine goldene Kette umgehängt, an der irgend etwas Geschnitztes aus Jade baumelte, das nach Ansicht eines anthropologischen Bekannten den mixtekischen Fürsten EIN TOD darstellte. An diesem Abend sah Elena, sonst immer fröhlich und sorglos, angespannt aus: die Wangen hochgerötet, begrüßte sie kaum ihre Bekannten, die sich in dem neugotischen Restaurant gewöhnlich ein Stelldichein geben. Ich fragte, was sie bestellen wolle – sie antwortete nicht, sondern ergriff meine Faust und starrte mich an. Ich bestellte zwei Paprikaschoten mit Knoblauch, währenddessen schüttelte Elena ihre zartrosa Mähne und rieb sich den Nacken:

»Victor, Nibelung, zum erstenmal wird mir klar, daß ihr zu Recht frauenfeindlich seid, daß wir auf die Welt kommen, damit ihr uns haßt. Ich will nicht mehr so tun als ob. Ich habe entdeckt, daß der Frauenhaß die Grundbedingung der Liebe ist. Ich weiß, ich irre mich, aber je mehr Zwänge ich beim Namen nenne, desto mehr wirst du mich hassen und versuchen, mich zu befriedigen. Victor, Nibelung, du mußt mir so einen altmodischen Matrosenanzug kaufen, wie ihn Jeanne Moreau trägt.«

Ich sagte, ich fände das großartig. Hauptsache, sie würde weiterhin alles von mir erwarten. Elena streichelte meine Hand und lächelte:

»Selbstverständlich wirst du dich nie ganz befreien, Liebling. Aber sei zuversichtlich. Wenn du mir alles gegeben hast, worum ich dich bitte, dann wirst du selbst mich bitten, daß ein anderer Mann unser Leben teilen soll. Du selbst wirst darum bitten, Jules sein zu dürfen. Du selbst wirst bitten, daß Jim mit uns zusammen leben und die Last mittragen soll. Hat das nicht das liebe Jesulein gesagt? ›Liebet euch untereinander‹ – na also.« Für die Zukunft mochte Elena recht haben; nach vier Ehejahren wußte ich, daß sämtliche Moralvorschriften, die man als Kind gelernt hatte, an ihrer Seite sich wie von selbst verflüchtigten. Das habe ich immer an ihr geliebt: ihre Natürlichkeit. Nie verwirft sie eine Vorschrift, um eine andere aufzustellen, sondern um sozusagen eine Tür zu öffnen, wie die Türen in Kinderbüchern, wo jede bunte Seite einen Garten, eine Höhle, ein Meer ankündigt, zu denen man durch die verborgene Öffnung auf einem andern Blatt gelangt.

»Ich will nicht vor sechs Jahren Kinder haben«, sagte sie eines Abends, als sie im dunklen Wohnzimmer unseres Hauses auf meinen Beinen lag und wir Platten von Cannonball Adderley hörten; und in demselben Haus in Coyoacán, das wir mit grellbunten Folklore-Bildern und unheimlich blickenden Tanzmasken dekoriert haben: »Du gehst nie zur Messe, und niemand sagt was. Ich werde auch nicht mehr hingehen, und sie sollen sich die Mäuler zerreißen«; und auf dem Dachboden, der uns als Schlafzimmer dient, in den an klaren Morgen das Licht von den Vulkanen hereinscheint: »Heute werde ich mit Alejandro Kaffee trinken. Er ist ein großartiger Zeichner, und er würde sich gehemmt fühlen, wenn du dabei wärst und er mir unter vier Augen was erklären muß«; und während sie hinter mir geht, auf den Brettern über den unfertigen Fußboden der Siedlungshäuser, die ich im Desierto de los Leones baue: »Ich werde jetzt zehn Tage lang per Bahn durch Mexiko fahren«; und am frühen Nachmittag, während sie im

Tirol einen schnellen Kaffee trinkt und ihren Bekannten zuwinkt, die durch die Calle de Hamburgo schlendern: »Vielen Dank, Nibelung, daß du mich in das Bordell mitgenommen hast. Ich fand es wie aus Toulouse-Lautrecs Zeiten, so unschuldig wie eine Geschichte von Maupassant. Siehst du, jetzt weiß ich, daß Sünde und Verworfenheit nicht dort, sondern woanders sind«; und nach einer Privatvorstellung des »Würgeengels«: »Victor, moralisch ist doch alles, was Leben gibt, und unmoralisch ist alles, was Leben nimmt, nicht wahr?«

Und das sagte sie jetzt wieder, ein Stück Sandwich kauend: »Ich hab doch recht, oder? Wenn ein ›ménage a trois‹ uns Lebensfreude bringt und unsere persönlichen Beziehungen zu dritt besser werden, als sie es zu zweit waren, dann ist das doch moralisch, nicht wahr?«

Ich aß und nickte Zustimmung und hörte dabei dem Brutzeln des Fleisches zu, das auf dem langen Grill bräunte. Ein paar Bekannte überwachten das Garwerden ihrer Scheiben, dann setzten sie sich zu uns, und Elena lachte nun wieder und war wie immer. Ich hatte den dummen Einfall, mir nacheinander die Gesichter unserer Bekannten anzusehen und mir jeden einzelnen bei uns zu Hause vorzustellen, wie er Elena die Portion Gefühl, Anregung, Leidenschaft oder Intelligenz zukommen ließ, die ich, beschränkt wie ich war, ihr nicht zu schenken vermochte. Ich sah mir dieses eifrig zum Zuhören bereite Gesicht an (ich werde es manchmal müde, ihr zuzuhören), jenes liebenswürdig sich anbietende, das die Lücken ihrer Argumentation füllen würde (mir ist es lieber, ihre Unterhaltung hat weder Logik noch Folgerichtigkeit), jenes mehr zu präzisen – und, wie er meint, erhellenden – Fragen neigende (ich gebrauche nie Worte, sondern Gesten und Telepathie, um Elena in Bewegung zu bringen), und es tröstete mich, daß schließlich und endlich das Wenige, was die ihr bieten konnten, sie ihr gewissermaßen erst am Rande unseres gemeinsamen Lebens, sozusagen als Nachspeise, Herzstärkung, Zusatz, geben würden. Der dort, mit der Ringo-Starr-Frisur, fragte sie präzis und erhellend, warum sie mir immer noch treu sei, und Elena antwortete, Untreue sei heute die Regel wie früher die Beichte jeden Freitag, und dann sah sie ihn nicht weiter an. Und der da, mit dem schwarzen Rollkragenpullover, interpretierte Elenas Antwort mit dem Zusatz, meine Frau hätte zweifellos sagen wollen, Treue sei heute wieder eine revolutionäre Haltung. Und dieser, im tadellosen englischen Anzug, forderte Elena allein durch seinen ungemein schrägen Blick dazu auf, weiterzusprechen: Der wäre der vollkommene Zuhörer. Elena hob die Arme und bestellte beim Kellner einen Express.

Hand in Hand schlenderten wir durch die gepflasterten Straßen von Coyoacán, unter den Eschen, und genossen den Gegensatz zwischen dem heißen Tag, dessen Wärme noch in den Kleidern hing, und dem feuchten Abend, der nach dem Nachmittagsschauer unsere Augen blank und unsere Wangen röter machte. Wir wandern gerne schweigend Hand in Hand, die Köpfe gesenkt, durch die alten Gassen, die schon immer ein Ausgangspunkt für unseren gemeinsamen Hang zum Stöbern gewesen sind. Ich glaube, Elena und ich, wir beide haben nie davon gesprochen. Ist auch nicht nötig. Es macht uns einfach Spaß, uns mit alten Sachen abzugeben, so als ob wir sie schmerzlicher Vergangenheit entrissen oder durch unsere Berührung zu neuem Leben erweckten, oder, wenn wir im Haus für sie den passenden Platz, die Beleuchtung und geeignete Umgebung suchen, als ob wir uns eigentlich gegen ein ähnliches Vergessenwerden in der Zukunft wehrten. Da ist der Türgriff mit dem Löwenrachen, den wir auf einem Grundstück auf Los Altos gefunden haben: Wenn wir in den Hausflur treten, streicheln wir ihn, im Bewußtsein, daß jedes Streicheln ihn abnutzt; da ist das Steinkreuz im Garten, gelb beleuchtet, das vier zusammenlaufende Ströme von ausgerissenen Herzen darstellt, herausgerissen vielleicht von denselben Händen, die später den Stein meißelten; und da sind noch die schwarzen Pferdchen von einem längst abmontierten Karussell, und die Galionsfiguren von Brigantinen, die auf dem Meeresgrund liegen mögen, wenn ihr hölzernes Skelett nicht an irgendeinem Strand voll gravitätischer Kakadus und halbtoter Schildkröten gen Himmel starrt.

Elena zieht ihren Pullover aus und zündet den Kamin an, ich hole die Cannonball-Platten, gieße zwei Gläser Absinth ein, lege mich lang auf den Teppich und warte auf sie. Elena raucht, den Kopf auf meinen Beinen, und wir lauschen dem langsamen Saxophon Brother Lateefs, den wir im Gold Bug in New York gesehen haben: Figur wie ein kongolesischer Zauberer in einem Anzug von Disraeli, Augen schwer und schläfrig, wie afrikanische Boas, und die violetten Lippen am Saxophon festgesaugt, das den Schwarzen verstummen und ihn mit einer Beredsamkeit sprechen läßt, die seinem sicherlich heiseren Stammeln im täglichen Leben ganz fremd ist; und die langen Töne in ihrer jammernden Anklage, die niemals alles sagen können, was sie möchten – weil sie von Anfang bis Ende nur ein Suchen sind, nur eine Annäherung, voll einer seltsamen Scham –; sie lenken uns in eine Stimmung, eine Richtung, der Sinn von Lateefs Spiel wird allmählich in unser Tasten aufgenommen: nur Ankündigung, nur Vorspiel, reine Beschränkung auf vorläufige Genüsse, die gerade darum sich in den Akt selbst verwandeln.

»Die Schwarzen drehen den Spieß jetzt einfach um«, sagt Elena, als wir uns auf unsere gewohnten Plätze an dem riesigen Chippendale-Eßtisch ihrer Eltern setzen. »Die Liebe, die Musik, die Vitalität der Schwarzen zwingen die Weißen dazu, sich zu rechtfertigen. Es ist doch so, daß jetzt die Weißen die Schwarzen physisch verfolgen, weil sie endlich gemerkt haben, daß die Schwarzen sie psychisch verfolgen.«

»Also ich bin dankbar, daß es hier keine Schwarzen gibt«, sagt Elenas Vater und nimmt sich Bohnen und Kartoffeln aus einer dampfenden Porzellanterrine, die ihm der indianische Diener hinhält, der tagsüber die Gärten der Villa auf den Lomas sprengt.

»Aber was hat denn das damit zu tun, Papa? Als ob die Eskimos dafür dankbar wären, daß sie keine Mexikaner sind! Jeder ist, was er ist, und damit hat sich's. Interessant wird es erst, wenn jemand uns in Frage stellt, und wir wissen, daß wir ihn nötig haben. Ihn nötig haben, weil er uns leugnet.«

»Nun iß erst mal. Diese Unterhaltungen werden jeden Sonntag blödsinniger. Ich weiß jedenfalls eines: daß du nicht mit einem Neger verheiratet bist. Higinio, bring mal die Enchiladas.«

Don José sieht Elena, mich und seine Frau triumphierend an, und Doña Elena erzählt, um die stockende Unterhaltung zu retten, von ihren Aktivitäten in der vergangenen Woche; ich besehe mir die rosenholzfarbenen Brokatmöbel, die chinesischen Vasen, die Voilegardinen und Vicuña-Teppiche in diesem geradlinigen Haus, hinter dessen mächtigen Fenstern die Eukalyptusbäume des Abhangs rauschen. Don José lächelt, als Higinio ihm die Enchiladas mit Sahneklecks serviert, und seine grünen Äuglein funkeln in einer fast patriotischen Befriedigung, der gleichen, die ich darin sehe, wenn der Präsident am 15. September die Fahne schwingt, wenn auch nicht der gleichen – wesentlich feuchteren –, die seinen Blick zärtlicher werden läßt, sobald er sich einen Puro ansteckt, sich vor seine private Musikbox setzt und Boleros hört. Mein Blick fällt auf die blasse Hand Doña Elenas, die mit einem Brotkügelchen spielt und erschöpft all die Beschäftigungen aufzählt, die sie seit unserm letzten Beisammensein in Atem gehalten haben; wie von weither lausche ich dem Wasserfall von Kommen und Gehen, Canasta-Partys, Besuche in der Kinderfürsorge, Novenen, Schwierigkeiten mit den Dienstboten, endlosen Telefonaten mit den Freunden, Wohltätigkeitsbällen, Aussuchen von neuen Gardinen, hingehauchten Besuchen bei Patern, Babys, Schneiderinnen, Ärzten, Uhrmachern, Konditoren, Möbeltischlern und Bilderrahmern. Mein Blick ruht immer noch auf ihren blassen, langen Fingern, die fast liebkosend aus der Brotkrume Kügelchen drehen.

»... ich habe ihnen gesagt, sie sollten mich nie wieder um Geld anbetteln, denn damit habe ich überhaupt nichts zu tun. Ich würde sie gern ins Büro deines Vaters schicken, und da würde die Sekretärin sich ihrer annehmen...«

... das überfeine Handgelenk mit seinen schlaffen Bewegungen, das Armband mit den Medaillons vom Cristo del Cubilete, vom Heiligen Jahr in Rom und dem Besuch Präsident Kennedys, in Kupfer und Gold getrieben, die leise aneinanderschlagen, während Doña Elena mit dem Brot spielt...

»... man tut schon genug, wenn man ihnen eine seelische Stütze ist, findest du nicht? Donnerstag wollte ich dich abholen, damit wir zusammen die Premiere im Diana sähen. Ich hab sogar den Chauffeur ganz früh hingeschickt, um Schlange zu stehen, du solltest sehen, was es an den Premierentagen da für Schlangen gibt...«

... und der volle Arm mit der durchsichtigen Haut, die Adern scheinen ein zweites, gläsernes Skelett unter der weißen Glätte nachzuzeichnen.

»... ich hab dann deine Kusine Sandrita eingeladen und wollte sie mit dem Wagen abholen, aber wir haben uns mit dem Baby aufgehalten. Goldig. Sie ist ganz beleidigt, weil du sie nicht angerufen hast, um ihr zu gratulieren. Ein Anruf wäre doch nicht zuviel, Elenita...«

... und der schwarze Ausschnitt, offen über den hohen festen Brüsten, wie ein unbekanntes Tier, auf einem neuen Kontinent gefangen...

»... schließlich sind wir ja eine Familie. Du kannst doch nicht deine Verwandtschaft verleugnen. Ich möchte, daß du mit Victor zur Taufe gehst. Nächsten Sonnabend. Ich hab mit ihr zusammen die kleinen Aschenbecher für die Gäste ausgesucht. Wir haben so lange geschwatzt, daß die Eintrittskarten verfielen.«

Ich hob den Blick. Doña Elena sah mich an. Sofort senkte sie die Lider und meinte, wir sollten den Kaffee im Salon trinken. Don José entschuldigte sich und verzog sich in die Bibliothek, wo er einen elektrischen Musikautomaten hat, der ihm seine Lieblingsplatten vorspielt, wenn man eine Münzmarke in den Schlitz steckt. Wir setzten uns, tranken Kaffee, von ferne gluckste die Jukebox und spielte dann »Nosotros«, während Doña Elena den Fernseher anstellte, aber ohne Ton – sie legte den Finger auf die Lippen, um es anzukündigen. An uns vorüber zogen die stummen Bilder einer Schatzsuche-Sendung; ein feierlicher Zeremonienmeister geleitete die fünf Teilnehmer – zwei nervös kichernde Mädchen mit Frisuren wie Bienenkörbe, eine ziemlich begriffsstutzige Hausfrau und zwei dunkelhaarige, melancholisch blickende Herren im besten Alter – zu dem Scheck, der irgendwo in dem engen Studio voller Krüge, Buchattrappen und Spieluhren versteckt war.

Lächelnd saß Elena neben mir in dem halbdunklen Salon mit Marmorfußboden und Plastikfiguren. Ich weiß nicht, wo sie den Kosenamen her hat und was er eigentlich mit mir zu tun hat, aber plötzlich fing sie an, mit dem Wort zu spielen, und streichelte meine Hand:

»Nibelung – Liebgenung – Lebenang – Nebellang –« Die grauen, steifigen, wabernden Figuren suchten ihren Schatz vor unseren Augen, und Elena kauerte sich zusammen, ließ ihre Schuhe auf den Teppich fallen und gähnte, während Doña Elena mich im Schutz der Dunkelheit fragend ansah, ihre schwarzen, von tiefen Schatten umränderten Augen weit geöffnet. Sie schlug die Beine übereinander und strich den Rock über dem Knie glatt. Aus der Bibliothek tönte das Murmeln des Boleros »Wir, die wir uns so sehr geliebt«, und – möglicherweise – ein Grunzen aus Don Josés Verdauungsschlaf. Doña Elena sah mich nicht mehr an, sondern heftete die großen dunklen Augen auf die sich wiegenden Eukalyptusbäume hinter dem Fenster. Ich folgte der neuen Richtung ihres Blicks. Elena gähnte und schnurrte, den Kopf auf meinen Knien. Ich kraulte ihr den Nacken. Hinter uns glomm die Schlucht, die die Lomas de Chapultepec wie eine klaffende Wunde zerschneidet, tief unten in einem Licht, das noch geheimnisvoller wurde durch die wehende Nacht, vor der die Silhouetten der Bäume sich beugten und sich die bleichen Schöpfe zerwühlen ließen.

»Erinnerst du dich noch an Veracruz?« fragte die Mutter lächelnd die Tochter; aber sie sah dabei mich an. Elena brummelte schläfrig Zustimmung, und ich antwortete: »Ja, wir sind oft zusammen hingefahren.«

»Gefällt es Ihnen?« Doña Elena streckte die Hand aus und ließ sie wieder in den Schoß fallen.

»Sehr«, sagte ich. »Es soll die letzte mittelalterliche Stadt sein. Ich mag das Essen, die Leute, setze mich gerne stundenlang unter die Arkaden und esse Molletes und trinke Kaffee.«

»Ich bin von dort«, sagte sie; zum erstenmal bemerkte ich, daß sie Grübchen hatte.

»Ja, ich weiß.«

»Aber ich habe sogar schon den Tonfall vergessen.« – Sie lächelte breit. »Mit zweiundzwanzig habe ich geheiratet. Wenn man erst in Mexiko lebt, verlernt man den Heimatakzent. Sie haben mich schon reichlich erwachsen kennengelernt.«

»Jeder findet, daß Sie und Elena Schwestern sein könnten.«

Die Lippen wurden schmal, aggressiv: »Nein. Ich dachte gerade an die Gewitternächte am Golf. Als ob die Sonne Angst hätte, unterzugehen, wissen Sie, sie schwimmt in einem ganz grünen, ganz bleichen Licht, und hinter den Fensterläden erstickt man fast und wartet, daß der Regen aufhört. In den Tropen erfrischt der Regen nicht. Es wird nur noch heißer danach. Ich weiß nicht, warum die Dienstboten immer die Läden schließen mußten, wenn ein Gewitter kam. Es wäre so hübsch gewesen, es mit weit offenen Fenstern vorbeiziehen zu lassen.«

Ich zündete mir eine Zigarette an: »Ja, es steigen dann so schwere Dünste auf. Die Erde entläßt ihre Gerüche – Tabak, Kaffee, Fruchtfleisch ...«

»Auch die Schlafzimmer.« Doña Elena schloß die Augen.

»Wieso?«

»Es gab damals noch keine Einbauschränke.« Sie strich mit der Hand über die feinen Fältchen um die Augen. »In jedem Zimmer stand ein Schrank, und die Mädchen legten Lorbeerblätter und Majoran zwischen die Wäsche. Und manche Ecken trocknete die Sonne niemals aus. Es roch nach Schimmel ... wie soll ich sagen ... nach Moos ...«

»Ja, das kann ich mir vorstellen. Ich habe nie in den Tropen gelebt. Vermissen Sie sie?«

Jetzt rieb sie sich nervös die Handgelenke, die hervorstehenden

Adern: »Manchmal. Ich muß mir Mühe geben, mich zu erinnern. Stellen Sie sich vor, ich habe mit zweiundzwanzig geheiratet, und da wurde ich schon als alte Jungfer angesehen.«

»Und all das hat Ihnen das merkwürdige Leuchten dort unten in der Schlucht ins Gedächtnis zurückgerufen?«

Die Frau erhob sich. »Ja. Das sind die Spotlights, die José letzte Woche hat anbringen lassen. Sieht hübsch aus, nicht?«

»Ich glaube, Elena ist eingeschlafen.«

Ich kitzelte sie an der Nase, Elena wachte auf, und wir fuhren im MG nach Coyoacán zurück.

»Verzeih das langweilige Geschwätz am Sonntag«, sagte Elena, als ich am nächsten Morgen auf den Bau fuhr. »Was soll man machen. Man muß doch eine gewisse Verbindung zur Familie und zum bürgerlichen Leben aufrechterhalten, und sei es nur um des Kontrastes willen.«

»Was wirst du heute machen?« fragte ich sie, rollte dabei meine Pläne zusammen und griff nach meiner Mappe.

Elena biß in eine Feige, verschränkte die Arme und streckte einem schieläugigen Christus, den wir einmal in Guanajuato aufgetrieben hatten, die Zunge heraus. »Ich werde den ganzen Morgen malen. Dann esse ich mit Alejandro und zeige ihm meine neuesten Sachen. In seinem Studio. Jawohl, hat er fertig. Hier, im Olivar de los Padres. Nachmittags gehe ich zur Französischstunde. Dann trinke ich vielleicht einen Kaffee und erwarte dich danach im Film-Club. Es gibt einen Evergreen: ›High Noon‹. Für Morgen habe ich mich mit diesen schwarzen Knaben verabredet: von den Black Muslims, ich bin wahnsinnig gespannt, was die wirklich denken. Ist dir klar, daß wir darüber nur durch die Presse etwas wissen? Hast du schon mal mit einem nordamerikanischen Schwarzen gesprochen, Nibelung? Morgen nachmittag wage nicht mich zu stören. Ich werde mich einschließen und Nerval von Anfang bis zu Ende lesen. Juan soll bloß nicht glauben, daß er mich mit dem *soleil noir de la mélancolie* anöden und sich selbst als untröstlichen Witwer bezeichnen kann. Ich habe ihn deswegen schon ausgelacht, und morgen abend bekommt er eine kalte Dusche. Jawohl, er wird ein Kostümfest abziehen. Wir sollen als mexikanische Wandbilder kommen. Kann man ja wohl nichts machen. Kauf mir ein paar Alcatraz-Blumen, mein süßer Nibelung, und wenn du Lust hast, verkleide dich als grausamer Conquistador Alvarado, der mit glühenden Eisen die Indianerweiber brannte, bevor er sie nahm – *oh Sade, where is thy whip?* Ach ja, und Mittwoch spielt Miles Davis in der Kunstakademie. Bißchen passé, aber immerhin möbelt es den inneren Sekretär etwas auf. Kauf mal Karten. Chao, Liebling.«

Sie gab mir einen Kuß auf den Nacken, ich konnte sie nicht umarmen wegen der Pläne, die ich unterm Arm trug, aber ich startete, noch mit dem Feigenaroma am Hals und Elena vor meinem Auge, sie hatte ein Hemd von mir an, offen, in Nabelhöhe zusammengeknotet, enge Torerohosen, und barfuß... auf dem Sprung zu... würde sie ein Gedicht lesen oder ein Bild malen? Wir müßten wohl mal wieder auf Reisen gehen. Dabei kamen wir uns immer am besten näher. Da war die Umgehungsstraße. Wieso, weiß ich nicht, aber anstatt über die Altavista-Brücke zum Desierto de los Leones zu fahren, bog ich in die Einfahrt ein und gab Gas. Tue ich manchmal. Ich möchte allein sein und rasen und lachen, wenn jemand sich beschwert. Und dabei, vielleicht, für eine halbe Stunde das Bild Elenas vor mir haben, wie ich mich von ihr verabschiede, ihre Natürlichkeit, ihre goldene Haut, ihre grünen Augen, ihre endlosen Pläne, und daran denken, wie glücklich ich an ihrer Seite bin, niemand könnte glücklicher sein an der Seite einer so lebendigen, modernen Frau, die... die mich... die mich so bestätigt.

Ich fahre an einer Glasschmelzerei vorbei, einer Barockkirche, einer Achterbahn, einem Ahuehuete-Wäldchen. Wo habe ich das noch gehört? »Bestätigen.« Ich biege um den Petroleum-Brunnen herum und den Paseo de la Reforma hinauf. Alle Wagen rollen ins Stadtzentrum hinunter, das hinter einem undurchsichtigen stickigen Schleier brodelt. Ich fahre die Lomas de Chapultepec hinauf, wo um diese Zeit nur die Dienstmädchen und die Hausfrauen zu Hause sind, die Männer bei der Arbeit und die Kinder in der Schule, und ganz sicher erwartet mich schon meine andere Elena, meine Bestätigung, in ihrem behaglichen Bett, mit ihren großen, dunkel geränderten, ängstlichen Augen, ihrem reifen weißen Fleisch, das betörend duftet wie die Wäsche in den tropischen Schränken.

Gabriel García Márquez
Beständiger Tod über die Liebe hinaus

Dem Senator Onésimo Sánchez fehlten sechs Monate und elf Tage bis zu seinem Tod, als er der Frau seines Lebens begegnete. Er lernte sie in Rosenstock des Vizekönigs kennen, einem trügerischen Dörfchen, das nachts ein Unterschlupfhafen für die Hochseeschiffe der Schmuggler war und dafür im hellen Sonnenlicht der nutzlosesten Wüstenbucht an einem dürren ziellosen Meer glich, so fern von allem, daß niemand vermutet hätte, dort könne jemand wohnen, der imstande war, jemandes Schicksal zu verändern. Schon sein Name schien ein Scherz, denn die einzige Rose, die in jenem Dorf je zu sehen gewesen war, brachte der Senator Onésimo Sánchez höchstpersönlich an dem Nachmittag mit, da er Laura Farina kennenlernte.

Es war eine unumgängliche Etappe in der alle vier Jahre stattfindenden Wahlkampagne. Vormittags waren die Wohnwagen der Schmierenbühne eingetroffen. Dann trafen die Lastwagen mit den Mietsindios ein, die von den Dörfern gestellt wurden, um die Menschenmenge bei den öffentlichen Auftritten zu ergänzen. Kurz vor elf, mit der Musik und dem Feuerwerk und den Saumtieren des Gefolges, traf das erdbeersaftfarbene Ministeriumsautomobil ein. Der Senator Onésimo Sánchez saß still und zeitlos in seinem eisgekühlten Wagen, doch kaum öffnete er die Tür, durchschauerte ihn schon Feueratem, und sein Hemd aus Naturseide sog sich voll mit aschfahler Suppe, und er fühlte sich um viele Jahre älter und einsamer denn je. Im wirklichen Leben hatte er soeben das zweiundvierzigste Jahr vollendet, hatte in Göttingen mit Auszeichnung zum Hütteningenieur promoviert und war ein beharrlicher, wiewohl wenig glücklicher Leser der schlecht übersetzten lateinischen Klassiker. Er war mit einer strahlenden Deutschen verheiratet, mit der er fünf Kinder hatte, und alle waren glücklich in seinem Haus, und er war der glücklichste von allen gewesen, bis man ihm vor drei Monaten verkündet hatte, er werde am kommenden Weihnachtsfest für immer tot sein.

Während die Vorbereitungen für die öffentliche Kundgebung abgeschlossen wurden, hielt es den Senator nur eine Stunde in dem ihm zum Ausruhen bereitgestellten Haus. Vor dem Schlafengehen stellte er eine natürliche Rose ins Trinkwasser, die er durch die

Wüste hindurch am Leben erhalten hatte, er aß von den mitgeführten Diätkörnern zu Mittag, um die ewigen gebratenen Ziegen umgehen zu können, die ihn für den Rest des Tages erwarteten, und schluckte mehrere schmerzstillende Pillen vor der vorgesehenen Stunde, so daß die Linderung vor dem Schmerz eintrat. Dann stellte er den elektrischen Ventilator nahe an die Hängematte und streckte sich fünfzehn Minuten lang nackt im Rosendämmer aus, angestrengt um geistige Zerstreuung bemüht, um nicht während des Schlummers an den Tod zu denken. Außer den Ärzten wußte niemand, daß er zu einem festen Termin verurteilt war, denn er hatte beschlossen, sein Geheimnis ohne jede Lebensveränderung allein zu erdulden, und zwar nicht aus Dünkel, sondern aus Schamgefühl.

Er fühlte sich im Vollbesitz seines freien Willens, als er um drei Uhr nachmittags wieder in der Öffentlichkeit erschien, ausgeruht und adrett in einer rohleinenen Hose, einem blumenbemalten Hemd und mit einer durch schmerzstillende Pillen aufgeräumten Seele. Übrigens war die Erosion des Todes viel heimtückischer, als er vermutet hatte, denn beim Ersteigen der Tribüne fühlte er eine seltsame Verachtung für die, welche sich um das Glück stritten, ihm die Hand zu schütteln, und bemitleidete nicht wie zu anderen Zeiten die Koppeln der barfüßigen Indios, die kaum der Kalkglut des sterilen Platzes zu widerstehen vermochten. Er brachte den Beifall mit gebieterischer Hand, fast wütend, zum Verstummen und begann ohne Gebärden zu sprechen, die Augen fest aufs Meer gerichtet, das vor Hitze seufzte. Seine bedächtige, tiefe Stimme hatte die Beschaffenheit von stehendem Wasser, doch seine auswendig gelernte und so viele Male wiedergekäute Rede war ihm nur eingefallen, um die Wahrheit in Widerspruch zu einer schicksalsgläubigen Erkenntnis aus dem vierten Buch von Mark Aurels Erinnerungen zu setzen.

»Wir sind hier, um die Natur zu bezwingen«, begann er allen seinen Überzeugungen zum Trotz. »Wir sind nicht mehr die Findelkinder des Vaterlands, die Waisen Gottes im Reich des Durstes und des Unwetters, die Verbannten in unserem eigenen Land. Wir werden andere sein, meine Damen und Herren, wir werden groß sein und glücklich.«

Das waren die Formeln aus seinem Zirkus. Während er sprach, warfen seine Adjutanten Händevoll von Papiervögelchen in die Luft, und die falschen Tiere gewannen Leben, kreisten über der

Brettertribüne und entflatterten übers Meer. Gleichzeitig holten andere aus den Packwagen Theaterbäume mit Filzblättern und pflanzten sie im Rücken der Menge im Schwefelboden auf. Zuletzt errichteten sie eine Pappfassade mit Scheinhäusern aus roten Backsteinen und Glasfenstern und tarnten mit ihr die Elendshütten des wirklichen Lebens.

Der Senator verlängerte seine Rede mit zwei Zitaten auf lateinisch, um der Posse Zeit zu lassen. Er versprach Regenmaschinen, tragbare Brutkästen für Tischtiere, Glücksöle, mit deren Hilfe Gemüse im Kalkabfall der Zimmerwände gedeihen würde und Stiefmütterchenanhängsel in den Fenstern. Als er sah, daß seine Traumwelt fertig war, deutete er mit dem Finger hin.

»So werden wir sein, meine Damen und Herren«, schrie er. »Schauen Sie. So werden wir sein.«

Das Publikum wandte sich um. Ein Überseedampfer aus bemaltem Papier fuhr hinter den Häusern vorüber, er war höher als die höchsten Häuser der künstlichen Stadt. Nur der Senator bemerkte, daß auch das Dorf aus aufeinandergestapelter Pappe, so viele Male auf- und abgebaut und von einem Ort zum anderen verfrachtet, vom Unwetter zerfressen, nun fast so arm und staubig und trostlos war wie Rosenstock des Vizekönigs.

Nelson Farina begrüßte zum erstenmal in zwölf Jahren den Senator nicht. Er hörte die Rede von der Hängematte aus, in den Pausen seiner Mittagsruhe unter dem frischen Laubwerk eines Hauses aus ungehobelten Brettern, erbaut mit den nämlichen Apothekerhänden, mit denen er seine erste Frau gevierteilt hatte. Er war aus dem Strafgefängnis von Cayenne geflohen und in Rosenstock des Vizekönigs erschienen, in einem mit harmlosen Aras beladenen Schiff mit einer bildschönen und gotteslästerlichen Negerin, die er in Paramaribo kennengelernt und mit der er eine Tochter gehabt hatte. Die Frau starb kurz darauf eines natürlichen Todes und erlitt nicht das Los der anderen, deren einzelne Stücke seinen eigenen Blumenkohlgarten ernährt hatten, vielmehr wurde sie ganz und mit ihrem holländischen Namen auf dem Ortsfriedhof beerdigt. Die Tochter hatte ihre Farbe und ihre Formen geerbt sowie die gelblichen erschrockenen Augen des Vaters, und dieser hatte Gründe zu der Vermutung, daß er die schönste Frau der Welt aufzog.

Als er den Senator Onésimo Sánchez bei der ersten Wahlkampagne kennengelernt hatte, bat er ihn, ihm zu einem gefälschten

Personalausweis zu verhelfen, der ihn vor der Verurteilung retten würde. Liebenswürdig, aber fest hatte der Senator das Gesuch abgelehnt. Nelson Farina ließ Jahre hindurch nicht locker und wiederholte sein Ansinnen bei jeder sich bietenden Gelegenheit mit einer neuen Ausrede. Doch stets erhielt er die gleiche Antwort. Daher blieb er diesmal in seiner Hängematte liegen, dazu verurteilt, in diesem glutheißen Schmugglerunterschlupf lebendig zu verfaulen. Als er den Schlußapplaus hörte, hob er den Kopf und sah über den Stäben des Zauns die Kehrseite der Posse: die Stützbalken der Gebäude, die Gerippe der Bäume, die versteckten Gaukler, die den Überseedampfer schoben. Er schluckte seinen Groll hinunter.

»Merde«, sagte er. »C'est le Blacamán de la politique.«

Nach der Rede unternahm der Senator wie gewohnt einen Gang durch die Gassen des Dorfes zwischen der Musik und dem Feuerwerk hindurch und von der Dorfbevölkerung belagert, die ihm ihre Kümmernisse vortrug. Der Senator hörte sie gutwillig an und fand stets eine Form, alle zu trösten, ohne ihnen schwer zu erfüllende Gefallen zu erweisen. Einer zwischen ihren sechs kleinen Kindern auf einem Hausdach hockenden Frau gelang es, sich über den Lärm und das Pulvergedonner hinweg Gehör zu verschaffen.

»Ich bitte nicht um viel, Herr Senator«, sagte sie. »Nur um einen Esel, damit ich Wasser vom Brunnen des Erhenkten holen kann.« Der Blick des Senators blieb auf den sechs schmutzigen Rangen haften.

»Wo ist dein Mann geblieben?« fragte er.

»Er hat sein Schicksal auf der Insel Aruba gesucht«, erwiderte die Frau gutgelaunt. »Und was er gefunden hat, war eine Fremde, eine von denen, die sich Diamanten in die Zähne einsetzen.« Die Antwort löste donnerndes Gelächter aus.

»Es ist gut«, entschied der Senator. »Du sollst deinen Esel haben.«

Kurz darauf brachte einer seiner Adjutanten einen Lastesel zum Haus der Frau, auf dessen Flanke mit Dauerfarbe eine Wahllosung geschrieben war, damit niemand vergaß, daß es ein Geschenk des Senators war.

Auf der kurzen Strecke durch die Gasse gewährte der Senator weitere kleinere Vergünstigungen und gab überdies einem Kranken einen Löffel Arznei, der sich sein Bett vor die Tür hatte stellen lassen, um ihn vorübergehen zu sehen. An der letzten Ecke sah er zwischen den Zaunpfählen des Innenhofs Nelson Farina in der Hängematte, der ihm aschfahl und niedergeschlagen vorkam, doch er grüßte ihn ohne Freundlichkeit:

»Wie geht's?«

Nelson Farina drehte sich in der Hängematte um und verschlang ihn mit dem trostlosen Ambra seines Blicks.

»Moi, vous savez«, sagte er.

Als seine Tochter den Gruß hörte, trat sie in den Innenhof hinaus. Sie trug einen gewöhnlichen, verschlissenen Guajira-Kittel, ihr Kopf war geschmückt mit bunten Haarschleifen, ihr Gesicht war von der Sonne bemalt, doch auch in diesem schlampigen Aufzug war zu vermuten, daß es keine schönere Frau auf der Welt gab. Dem Senator stockte der Atem.

»Donnerkeil!« stöhnte er staunend, »was sich Gott alles einfallen läßt!«

An jenem Abend steckte Nelson Farina seine Tochter in ihre besten Kleider und schickte sie zum Senator. Zwei flintenbewaffnete Wächter, die in dem gemieteten Haus dösten, hießen sie auf dem einzigen Stuhl der Diele warten.

Der Senator hatte sich im angrenzenden Raum mit den Honoratioren von Rosenstock des Vizekönigs versammelt, die er zusammengerufen hatte, um ihnen die Wahrheiten, die er in seinen Reden versteckte, unverblümt zu verkünden. Diese Honoratioren glichen so sehr allen, die stets in diesen Wüstendörfern auftraten, daß es den Senator verdroß, allabendlich die gleiche Sitzung zu erleben. Sein Hemd war schweißverklebt, und er versuchte es auf dem Leib in der heißen Brise des elektrischen Ventilators zu trocknen, der wie eine Schmeißfliege im schlaftrunkenen Zimmer summte. »Natürlich essen wir keine Papiervögel«, sagte er. »Sie und ich wissen eines: An dem Tag, an dem es Bäume und Vögel in diesem Ziegenscheißhaus gibt, an dem Tag, an dem es Wasserasseln in den Brunnen gibt statt Würmer, an diesem Tag haben weder Sie noch ich das geringste hier zu schaffen. Stimmt's?«

Niemand antwortete. Während er sprach, hatte der Senator einen Kalenderfarbdruck abgerissen und daraus einen Papierfalter verfertigt. Unabsichtlich hielt er ihn in den Luftstrom des Ventilators, und der Falter flatterte durchs Zimmer und entschwebte durch die halbgeöffnete Tür. Mit seiner vom Einverständnis mit dem Tod aufrechterhaltenen Selbstbeherrschung sprach der Senator weiter.

»Nun brauche ich nur noch zu wiederholen, was Sie zur Genüge wissen«, sagte er. »Daß meine Wiederwahl für Sie ein besseres Geschäft ist als für mich, weil mir das faulige Wasser und der Schweiß der Indios bereits bis hier stehen, während Sie genau davon leben.«

Laura Farina sah den Papierfalter herausflattern. Nur sie sah ihn, weil die Wächter der Diele auf der Bank mit den Flinten im Arm eingeschlafen waren. Nach mehreren Kehren entfaltete sich der lithographierte Falter vollkommen, prallte gegen die Wand und blieb daran haften. Laura Farina versuchte ihn mit den Fingernägeln abzureißen. Einer der Wächter, der vom Applaus im Nebenzimmer erwacht war, bemerkte ihr ergebnisloses Bemühen.

»Man kann ihn nicht abreißen«, sagte er zwischen zwei Träumen. »Er ist an die Wand gemalt.«

Laura Farina setzte sich wieder, als die Männer aus der Versammlung herauskamen. Der Senator blieb mit der Türklinke in der Hand auf der Schwelle stehen und entdeckte Laura Farina erst, als die Diele sich geleert hatte.

»Was suchst du hier?«

»C'est de la part de mon père«, sagte sie.

Der Senator begriff. Er musterte den schlaftrunkenen Wächter, er musterte Laura Farina, deren unwahrscheinliche Schönheit beherrschender war als sein Schmerz, und nun beschloß er, daß der Tod für ihn entscheiden sollte.

»Komm rein«, sagte er.

Laura Farina blieb verwundert in der Zimmertür stehen: Tausende von Banknoten schwebten, wie der Falter flatternd, durch die Luft. Doch der Senator stellte den Ventilator ab, und nun, ohne Aufwind, ließen sich die Banknoten auf den Gegenständen des Zimmers nieder.

»Du siehst«, lächelte er, »sogar die Scheiße fliegt.«

Laura Farina setzte sich auf einen Schulhocker. Sie hatte eine glatte gespannte Haut von der Farbe und Sonnendichte des Rohöls, ihr Haar war die Mähne eines Stutenfüllens, und ihre riesigen Augen waren heller als das Licht. Der Senator folgte dem Strahl ihres Blickes und stieß schließlich auf die vom Schwefel mitgenommene Rose.

»Es ist eine Rose«, sagte er.

»Ja«, sagte sie mit einer Spur von Ratlosigkeit. »Ich habe die Rosen in Riohacha kennengelernt.«

Von den Rosen sprechend, setzte sich der Senator auf das Feldbett, während er sich das Hemd aufknöpfte. Auf der Seite der Brust, unter der er sein Herz vermutete, trug er die Seeräubertätowierung eines vom Pfeil durchbohrten Herzens. Er warf das nasse Hemd auf den Boden und bat Laura Farina, ihm beim Ausziehen der Stiefel zu helfen.

Sie kniete vor der Pritsche nieder. Der Senator musterte sie nachdenklich, und während sie ihm die Schnürsenkel löste, fragte er sich, wem von beiden diese Begegnung Unglück bringen würde.

»Du bist ja noch ein Kind«, sagte er.

»Glauben Sie das nicht«, sagte sie. »Ich werde neunzehn im April.«

Der Senator wurde neugierig.

»An welchem Tag?«

»Am elften«, sagte sie.

Der Senator fühlte sich besser. »Wir sind Widder«, sagte er. Und fügte lächelnd hinzu:

»Das ist das Zeichen der Einsamkeit.«

Laura Farina schenkte ihm keine Aufmerksamkeit, denn sie wußte nicht, was sie mit den Stiefeln anfangen sollte. Der Senator seinerseits wußte nicht, was er mit Laura Farina anfangen sollte, weil er nicht an unvorhergesehene Liebschaften gewöhnt war, außerdem war ihm bewußt, daß so etwas seinen Ursprung in Würdelosigkeit hatte. Nur um Zeit zu gewinnen, hielt er Laura Farina mit den Knien gefangen, umschlang ihre Taille und legte sich mit dem Rücken auf die Pritsche. Nun begriff er, daß sie unter dem Kleid nackt war, weil ihr Körper einen dunklen Waldtiergeruch verströmte, doch ihr Herz war erschrocken und ihre Haut von eiskaltem Schweiß verstört.

»Niemand mag uns«, seufzte er.

Laura Farina wollte etwas sagen, aber die Luft reichte ihr nur zum Atmen. Um ihr zu helfen, legte er sie neben sich, löschte das Licht, und der Raum sank ins Halbdunkel der Rose. Sie überließ sich der Barmherzigkeit ihres Schicksals. Der Senator liebkoste sie lange, suchte sie mit der Hand, ohne sie richtig zu berühren, doch wo er sie zu finden hoffte, stieß er gegen ein eisernes Hindernis.

»Was hast du da?«

»Ein Schloß«, sagte sie.

»Was für ein Unsinn!« sagte der Senator wütend und fragte, was er genau wußte: »Wo ist der Schlüssel?«

Laura Farina atmete erleichtert auf.

»Mein Papa hat ihn«, erwiderte sie. »Er hat gesagt, ich soll Ihnen sagen, Sie sollen ihn durch einen Boten holen lassen und sollen ihm eine schriftliche Bestätigung mitgeben, daß Sie seine Angelegenheit regeln werden.«

Der Senator verkrampfte sich. »Hahnreihfranzmann«, murmelte er empört. Dann schloß er die Augen, um sich zu entspannen, und begegnete sich selber in der Dunkelheit. *Denk daran,* so erinnerte er sich, *daß ihr, bist du es nun oder ist es ein anderer, in Kürze tot sein werdet und bald danach von euch nicht mal der Name übrig sein wird.* Er wartete, bis sein Schüttelfrost vorüber war.

»Sag mir etwas«, fragte er dann. »Was hast du von mir reden hören?«

»Die wahrhaftige Wahrheit?«

»Die wahrhaftige Wahrheit.«

»Gut«, wagte Laura Farina zu sagen. »Man sagt von Ihnen, daß Sie schlimmer sind als die anderen, weil Sie verschieden von ihnen sind.«

Der Senator wurde nicht ärgerlich. Er schwieg lange mit geschlossenen Augen, und als er sie öffnete, schien er zurückgekehrt von seinen verborgensten Instinkten.

»Zum Donnerkeil«, schloß er. »Sag dem Hahnrei von deinem Vater, daß ich seine Angelegenheit regeln werde.«

»Wenn Sie wollen, hol ich selber den Schlüssel«, sagte Laura Farina.

Der Senator hielt sie zurück.

»Vergiß den Schlüssel«, sagte er, »und schlaf ein Weilchen mit mir. Es ist gut, jemanden bei sich zu haben, wenn man allein ist.«

Nun bettete sie ihn auf ihre Schulter, die Augen auf die Rose geheftet. Der Senator umschlang ihre Taille, verbarg sein Gesicht in ihrer Waldtierachselhöhle und erlag dem Schrecken. Sechs Monate und elf Tage später sollte er in der gleichen Stellung sterben, zerrüttet und verworfen durch das öffentliche Ärgernis mit Laura Farina, und weinend aus Wut, daß er ohne sie starb.

João Guimarães Rosa
Honigmonde

Ja, sogar wenn sich alles mehr als gleich bleibt, kommt immer eine Neuigkeit. An jenem Abend fühlte ich mich schlapp, schwach; neigte ich bereits zu Schnurrpfeifereien? In den ersten Tagen des November. Ich bin ziemlich friedlich, jedenfalls tue ich mein Bestes. Abgesehen davon, was ich in meiner Jugend übte: Unbotmäßigkeit, Unordnung, Ungehorsam. Und auch später galt es, dem ernsten Leben zu trotzen, das hier nicht gerade zahm war. Ich bin ein wohlbestallter Bauer, das heißt – nicht so arm, um mich zu beschmutzen, nicht so reich, um mich zu besudeln. Verteidigung und Vorsicht fehlen mir hier nicht, auf meiner Fazenda Heilig-Kreuz-vom-Jaguar, der gastfreundlichen, meinem Eigentum. Dies ist ein stiller Winkel. Erschlafft von der Hitze, beschäftigte ich mich mit Beobachten. An jenem Tag geschah nichts mal nichts. Aus lauter Langeweile und Labbrigkeit aß ich zuviel. Nach dem Mittagessen verfügte ich mich in die Hängematte, in meine Kammer. Eine Frage des Alters, der Verdauung und Gesundheit: Leber. Sa-Maria Andreza, meine heilige und halbverblühte Frau, wollte mir für meine Verstopfung einen Tee aufbrühen. Gut. Seo Fifino, mein Sohn, draußen vor der Tür, berichtete: ein gewisser Kerl sei angekommen, ein Bote, mit einem Brief. Ich ließ mir Zeit. Geschäftigkeit und Geschwindigkeit machen mich nicht kirre.

Seo Fifino, mein Sohn, weder ein Tölpel noch ein Schlauberger, setzte mir auseinander: jener sei dermaßen verstohlen herangekommen, daß man ihn erst bemerkt habe, als er mit seinem Pferd bereits hinter der Mühle hielt; die Hunde hätten angeschlagen, er habe auch das Gatter nicht knirschen hören; überdies sei der Fremde völlig versehen mit Schußwaffen, Repetiergewehr und Schulterriemen. Nun blies mir mein Vormann, José Zufrieden, seinen Namen zu, nämlich: der Baldualdo. Ich bin eine kleine Mücke auf dem Kinn des Jaguars: zuckte nicht mit der Wimper, war nicht verblüfft. Ich wußte von dem Ruf dieses Baldualdo – der ein Bataillon aufwog und eine große tote Kundschaft besaß. Was macht mir das vorderhand aus? Wobei ich sage: Mein eigener José Zufrieden – damit man mich recht versteht – ist auch einmal ein »Zé-Schläger« gewesen, Hand am gelben Griff. Und zwar in den Zeitläuften der Schießerei gegen den Major Lidelfonso und seine

Soldaten. Zusammen mit mir. Ich mit ihm und anderen. Das Leben kennt diese ländliche Varietäten. Ich decke den Tisch und zahle die Zeche. Ich raffte mich aus der Hängematte hoch und trat hinaus, um jenen Mann, den Ankömmling, zu sehen. Er blickte mich blitzschnell an, mit gemessenem Respekt, fragte zweimal nach meinem vollständigen Namen. Der Brief, den er mir persönlich zu übergeben habe, enthalte eine wahrhaft wichtige Botschaft. Ich las ihn, drei- und dreimal, der Name, mit dem er unterzeichnet, war: Seo Seotaziano.

Da soll mich doch...! Das ist's, was ich buchstabiere: *»Geschätzter Freund und Gevatter...«* Seo Seotaziano auf seinem entlegenen Gutshof handhabte Fragen von Format mit kurzer Lunge und langem Atem. Ein Chef nach Noten, Mann großen Einflusses, ein tigriger Löwe wie der großköpfige gefleckte Jaguar, doch gerecht und ein braves Brot, von noblem Kaliber. Mein Hauptgevatter, mein Auftraggeber seit eh und je. Lang war es her. Nun aber erinnerte er sich an diesen hier, vertrauend auf seine Treue. Und zwar aus gutem Grund. Um festzuhalten: Was sicherlich vorlag, war Hund, Katze und Lärm. Doch ich muß einspringen und will es auch. Was er entwirft, schneide ich aus. Hier die Zusammenfassung: *»Ich bitte dich um starken Schutz für einen jungen Mann und ein junges Mädchen. Alles übrige wird sich später zeigen.«* Diese Torheiten der Liebe! Ich lächelte. Ich ging von den Spannungen zu den Vorbereitungen über.

In aller Ruhe, darauf kam es an. Das Nahen anderer Dinge mildern, die Gäste, die erwarteten, unterbringen. Die entsprechenden Anweisungen geben. Vorbeugen schafft für vier. Jener Tag war ein Samstag. Ich verständigte mich mit José Zufrieden und mit Seo Fifino, meinem Sohn: Sie sollten gehen und mir vom Einödweiler Meio bringen: bestimmte Männer, dazu zwei wie jene aus Munho, vom Feld; so blieben noch immer andere für das heutige Tagwerk. Jene indes sollten hier zur Hand sein: Für zuständige Stunden braucht man Männer mit Möglichkeiten. Reis und Bohnen waren genug vorhanden, auch Ladungen Pulver, Blei und Kugeln. Besonnen, wenn's beliebt. Nur im Frieden mit Gott hab ich Ruhe. Besonnen, aufrichtig und ehrbar.

Sa-Maria Andreza, meine Frau, blickte mich an.

Jener Baldualdo sagte mit Anstand: *»Wenn es Ihnen recht ist, mein Herr, so bleibe ich ein paar Tage hier...«*, sagte es leise zu mir, er kannte seinen Auftrag auswendig. Er war bereits mein

Kumpan – dank der Schutzengel. Auf der Veranda machte ich ein paar Schritte, zur Lockerung. Und die, welche kommen sollten, Mann und Mädchen? Sa-Maria Andreza, meine würdige Frau, sollte ein oder zwei Kammern herrichten. Handtücher, Bequemlichkeit, Blumen in den Vasen. Sicherlich kamen sie des Nachts, listig. *»Ah, meine Alte, wir wollen Fiedel spielen...«*, scherzte ich, mein Parabellum reinigend. Sa-Maria Andreza, die gute Gefährtin, sagte nur, das Haupthaar schüttelnd: *»Eine Pfefferbaumrinde wird nie glatt...«* Ich ergriff ihre Hand, in halber Zärtlichkeit. Dachte wieder an alle meine Schußwaffen. Ach, ach, die ferne Jugend, so weit...

Ohne daß auch nur einer von uns unvorbereitet gewesen wäre, trafen sie in der Tat ein, gegen Mitternacht. Verlobte, zuviel Liebe. Sie, sie war eine der Schönsten, hielt die Aufmerksamkeit in Atem; ich wußte nur nicht, welch Vaters Tochter sie war. Nur ein bißchen verstört, unwillkürliches Lächeln. Der junge Mann – ein Bursche –, einer von den braven. Ich sah's unverzüglich. Er besaß ein langes Repetiergewehr. Mutige Anmut. Nein, ein Paar waren sie noch nicht. Speisten zur Nacht. Sprachen nichts. Das junge Mädchen zog sich in die Kammer zurück, ins Unverdorbene des Hauses; sie war Jungfrau, zurückhaltend. Der junge Mann, verdienstvoll, wollte sich im Mühlenhaus einrichten. Ein sportlicher, forscher junger Mann. Der mir gefiel. Ein Sohn wie der wäre mir schon recht gewesen. Ah, sie waren allein gereist und gekommen, wie es sich gehört, auf privater Flucht. Das gefiel mir noch mehr. Dann, keine Stunde später, kam ein anderer Totschläger, der ihnen zum Schutz in angemessener Entfernung gefolgt war, ohne daß sie es wußten – gleichfalls auf Befehl von Seo Seotaziano.

Alles gut geordnet und angemessen, wie es sich für einen Großkapitän gehört. Dieser andere nannte sich Bibião und war ein Wilder mit Kolben und Lauf: Der bat mich um meinen Segen. Warum auch nicht? Meine Leute waren zu dieser Nacht- und Morgenstunde schon auf dem Galopp. Einer zur Fazenda Congonha meines Gevatters Veríssimo, um drei Gewehre und drei Mann auszuleihen. Sicherheitshalber. Das Volk dort ist weißglühend. Und einen nach Lagune-der-Pferde, wegen weiterer drei – damit mein Gevatter Serejério sich nicht beleidigt fühlt. Gut. Die anderen nehme ich von meinen eigenen Leuten. Mit Verstand und Überlegung läßt sich Achtung erwerben: mit Ehre, Ruhe und

Nutzen. Vom Aufundabgehen schlief ich ein. Ich lebe nur wie oben erwähnt.

Ich erwachte von der Sonne, alles in Frieden, Besitz und Tau. Ich bewunderte die Sicherheiten des duftgeschmückten Feldes; vorläufig nichts. Sa-Maria Andreza, meine Frau, sorgte für mich. Zu ihr sagte ich: »*Mir ist nicht bekannt, wer das Mädchen ist, noch was sie von sich erzählt hat.*« Nichts vorderhand, ich wollte es nicht wissen, um gegebenenfalls vorbeugen zu können: Sie konnte ja die Tochter eines Bekannten, eines Verwandten oder Freundes sein. Es nützte nichts. In dieser Stunde der Treue war ich Seo Seotaziano, derselbe. Und nichts weniger. Heldsein kostet Mühe! Ein gutes Zitat. An jenem Tag, einem Sonntag, aß man trotz allem mit gutem Appetit zu Mittag. Das junge Mädchen und der junge Mann betrachteten einander selbst vor mir glückselig. So vieles in dieser Welt paßt aufs beste. Sa-Maria Andreza, meine guterhaltene Frau, widmete sich ganz ihrer Kochkunst. Auch ich, wenn's beliebt, dachte: In der Liebelei dieser jungen Leute erlebe ich meine zweite Jugend.

Man rührte sich in aller Ruhe, während die Zeit wuchs und stillstand. So verging der Tag in Herz und Karo; vorderhand nichts. Das schöne junge Mädchen betete drinnen vor dem Schrein. Sa-Maria Andreza, meine Frau, umgab sie mit aufrichtiger Zuneigung. Wir hier draußen. Seo Fifino, mein Sohn, diesseits, Bibião drüben am Berg, auf der Brücke über dem Bach Baldualdo; mit anderen und anderen Männern, doch so versteckt, so verschlagen, daß man sie weder sehen noch bemerken konnte. Bei mir, zusammen, José Zufrieden und der junge Verlobte, ziemlich wortkarg: Wir gingen aus der Höhle auf die Umwallung. Ob Sa-Maria Andreza, die meine, auch für mich betete? Ich ergriff übertriebene Vorkehrungen, ich überlegte nicht lange. Einen Tag und mehr. Gott sei gelobt. Dann kam die Nacht, die Sterne, zu den erwarteten. Nun trafen die einen nach den anderen ein, rasch hintereinander, die von der Fazenda Congonha, die von Lagune-der-Pferde. Sie waren in Waffen und lachten nicht. Ah, die guten Freundschaften.

Somit erwachten wir, vermehrt um Leute wiederum, vor den Hähnen. Nun ging's auf den ungewissen Montag – den halbrunden – zu. Tag der starken Ankünfte. Zuerst noch einige zwei Männer, die Seo Seotaziano sandte. Wilder Hauptmann. Gleich hinterher, laut erhaltener Meldung, weitere, ein paar Reiter: der

Sakristan hinter dem Priester. Ave. Der Pater, jung, Flinte auf dem Rücken? Bewaffnet mit aller Sorgfalt; kurzes Gewehr. Saß ab, segnete alles, bereit für die bevorstehende Vermählung: Hochzeit im Hause. Jetzt mußte ich mich rüsten, zog meine besten Kleider an – für die richtigen Augenblicke. Sa-Maria Andreza, meine Frau, schmückte mit Geschmack den Altar. Junger Mann und junges Mädchen atmeten heftig. Liebe ist Liebe und sonst nichts. Anmutig gingen die beiden, Arm in Arm. Seht, was Leidenschaften sind! Alles gut, desto besser. Meine Sa-Maria Andreza gut gekleidet, sogar errötet, bilde ich mir ein. Ich bin ein Mann für Musikkapellen. Der Pater sprach schöne Worte. In diesem Augenblick wußte ich schon, zu welcher Familie die Braut gehörte. Tochter des Majors João Dioclécio, hart und reich, deftig im Dinglichen. Diese Dinge sind kalt ... gut. Ich zuckte mit den Achseln. Ich umschließe ein Feld und blase hinein: frische Helle. Nachdem die Trauung beendet, trat man vom Altar zum Tisch, zog von einem Zimmer ins andere.

Das Mahl war einfach, mit allem, Spanferkel und Truthahn, Farofas und dem übrigen nach allgemeinem Brauch; Weine. Man aß, wir alle und der Priester; ich ohne Langeweile oder Verstopfung. Die Süßigkeiten. Man sang einen Kanon im Freien. Der Bräutigam, die Waffen im Gürtel. Die Braut eine Schönheit, in Schleier und Kranz, wie es sich gehört. Das Alter der Wolle ist Schmutz ..., dachte ich folgerichtig, wenn ich mich ansah. Diese Wonnen der Liebe! seufzte ich, kaum dachte ich daran. Ich stieg talabwärts bergauf. Während das Fest noch im Gange war, kam mein Bruder João Norberto, von weit her, aus seiner Fazenda Die-Seidenschwänze. Dorthin war die Nachricht gedrungen, und so kam er, um mir zur Seite zu stehen. Brachte eine noch größere Nachricht: »*Wenn der Major mit seinen Jagunços angreifen sollte, würde Seo Seotaziano auf dem Schauplatz erscheinen – an der Spitze von hundert seiner Männer: als Nachhut.*« Frohlockend pfiff ich mir eins und setzte mich. Der höfliche junge Bräutigam war also ein Verwandter von Seo Seotaziano. Einige meiner Schläger spielten Gitarre. Ob getanzt wurde?

Ich blickte meine gesunde Sa-Maria Andreza an – betrachtete sie.

Und die Nacht, eine der größten! Es kamen meine Gevattern Serejério und Veríssimo in Person. Ein Haufen Leute, um ein schwieriges Untenehmen zum guten Ende zu führen. Sogar der Priester sagte, er wolle bleiben: um dem und diesen zur gegebenen

Stunde die Beichte abzunehmen. Auf dem Tisch lag das Gebetbuch bereit, doch daneben die Pistole. Ein guter Priester, sehr tugendhaft, Freund von Seo Seotaziano. Nun wartete man nur noch auf den Herrn Major Diocléçio und seine Räuberbande. *»Was denn, der kommt bestimmt!«* hieß es. *»So was möchte ich nachts sehen!«* sagte ein anderer. Ein dritter: *»Und wer löscht die Kerze?«* Und nun allerwärts, wenn's beliebt, Spähtrupps, Wachtposten, Schützengräben. Stumme, sanfte Schritte. Karabinergeklimper. Ah, die alte Fazenda Heilig-Kreuz-vom-Jaguar, mit Dornen für jedes Kinn und jede Kehle. Versteht sich, daß ich der Chef des Ganzen war. Ich war schon halb blutrünstig: halb gereckt. Ich, in all meiner Blöße. Ich – in meinem Namen und im Namen von Seo Seotaziano.

Und wir wachten die Nacht hindurch, in der großen Wohnstube. Auf den Bänken und Stühlen. Unter all den Lampions und Laternen. Alle, die vom Ober- und Unterbefehl. Ich, mein Bruder João Norberto, die Gevattern Veríssimo und Serejério, und der Bräutigam, dazu Seo Fifino. Auch die Braut in ihrem weißen Kleid, und Sa-Maria Andreza, meine Frau. Alle männlichen und weiblichen Festteilnehmer. Die Horde der guten Männer. So, neben mir, Zé Sipío. Und das Mahl – die Beerdigung-der-Knochen – war eine Freude. Männer, im Stehen essend, den Teller in der Hand; die Ohren gespitzt. Wir jedenfalls lachten dem Krieg ins Gesicht. Der Feind sollte nur kommen! Diese verdammten Diokletianer! Es war an der Zeit, den Atem zu verriegeln. Wir standen uns hier die Beine in den Bauch – mit dem Licht für tausend Nachtfalter. Und: *»Schick mir nur den Tri-o-li-olá.«* Wenn's beliebt – *»und schon heißt es weh und ah!«* Ob niemand kommen wollte? Was-ist-denn-was-ist? – so dachten wir.

Wir, einen Schritt vom Tode, tapfer, auf einem Haufen, so viele, und genug. Kein Mensch kam. Die Braut lächelte samtweich dem Bräutigam zu; so eine Hochzeitsfeier. Und ich, geisternd im Geist, weil ich Gewehr bei Fuß stand. Was einen anderen vermindert, das steigert mich. Meine Sa-Maria Andreza, die Frau, lächelte. Was die Alten nicht mehr haben können: Geheimnisse, Heimlichkeiten. Keiner kam. Der Morgen graute, die Hähne krähten. Der Priester betete, ein Krieger, in furchtloser Waffenfreude. Ich fühlte ein neues Hochgefühl, wie zu Anfang dieses glücklichen Tages. Wieder regte die Natur sich in mir – ein versiegelter Quell sprudelte von neuem –, keimend, kräftig. Sa-Maria meine Andreza blickte mich an mit Liebe, sie war schön, wieder ein Mädchen. Ob in dieser Nacht niemand mehr kommen würde? Vorläufig nichts! Der Tag brach noch nicht an. Der Bräutigam zog sich zurück mit der Braut; außerdem einige, die am meisten Schlaf hatten und bereits ins Stroh bliesen. Wir beschlossen, abwechselnd Wache zu halten. Ich, glücklich, blickte meine Sa-Maria Andreza an; Liebesfeuer – im wahren Sinn des Worts. Meine Hand in ihrer, sagte ich zu ihr – in der anderen Faust das Gewehr: »*Wir wollen umarmt schlafen* ...« Was für die Morgenröte bestimmt ist, wird vorher der Nacht anvertraut. Gut. Wir schliefen ein.

Ich erwachte zu unguter Stunde, tauchte auf aus der Obhut. Alle auf ihren Posten. Jener Tag war der Dienstag. War er der Tag? Man wartete. Halb vorsichtig, halb fröhlich, ernst, ohne Radau. Womit dann? Mit gedehnter Ruhe. Na schön.

Und endlich kam eine Neuigkeit: eine Nachricht. Der Kumpan, der sie brachte, war ein Bediensteter der Diokletianer: heute, an diesem Datum, käme ein Patron zu mir zu Besuch, auf der Durchreise. Freundschaftlicherweise. Wirft mich das um? Und wenn – womit? Ich versammelte mich und meine Führerkumpane, um unsere Ideen entsprechend zu vergleichen. Man kam zu der Einsicht: daß sie, dazu das Gros der Männer und Waffen, eine Zeitlang die Dinge im Einödweiler Meio, eine halbe Légua und nichts von hier entfernt, abwarten sollten. Mein Bruder João, meine zwei Gevattern, außerdem der Sakristan hinter dem Priester. Mein Fazenda-Haus sollte vorübergehend ohne Bewaffnete gelassen werden. So und so, mithin. Gut. Um niemanden vor den Kopf zu stoßen, etwas, wovor ich mich arg zurückhalte. Denn kam der Mann etwa allein, als Botschafter, nur um mir na, na! zu sagen? Oder um mich zu bedrohen, sich zu beschweren, mir Angst zu machen, mir den Krieg zu erklären? Soll's gehen, wie's geht. Meine Tür geht nach Osten. Ich sehe keine andere Himmelsrichtung. Ich bin ein grundtreuer Mann. Ich bin, was ich bin – ich –, Joaquim Norberto. Bin der Freund von Seo Seotaziano.

Hier empfing ich den Mann, vor der Tür dessen, was mein ist. Und er war ein Bruder der Braut. Mein Bekannter, herzlich, mit gutem Händedruck. Man trat ein. Man setzte sich. Gemessen, gelassen ich; besonnen, beweglich er. Er kam nicht, um Krach zu schlagen, noch um einen Streit vom Zaun zu brechen; er schien sich anständig betragen zu wollen. Ob das Geschäft im guten Geist durchzuführen war? Meine Pflicht und Neigung ist versöhnen, zurückstecken, ausgleichen, als einsichtiger Mensch und Chef in Waffen. Nun mußte die Sache sich abwickeln, meinerseits, seinerseits, auf beiden Seiten. Ich wurde zugänglicher. Lud den Mann zum Mittagessen ein. Und beschloß, halb ehrlich und halb schlau: nichts hinzuzutun und nichts wegzunehmen. Rief die Brautleute zur Tafel!

Die beiden standfest – ein Paar, mutig bis oben hin. Sie kamen. Der Mann, mein Besucher, lächelte. Gab ihr die Hand, ihm die Hand, sagte: »*Wie geht's? Wie geht's?*« Freimütig und in ehrlicher Wertschätzung. Man aß und sprach über Verschiedenes. Bürstete das Haar mit dem Strich. Gut. Zartfühlend, andeutungsweise, lud er die beiden ein, mit ihm zu gehen: um den Segen der Eltern zu empfangen und eine Nachhochzeit zu feiern. War nicht alles bereits abgemacht und anerkannt? Er wußte von der Vermählung. Lud mich auch ein, mich und Sa-Maria, die liebe Andreza. Gut, einverstanden. Ich, schicklichkeitshalber, konnte nicht annehmen, angesichts der Tatsachen. Doch ich entsandte meinen Sohn, Seo Fifino, als Vertreter; und er, aus Lust am Feiern, sagte entschlossen zu.

Denn die Brautleute nahmen die Einladung befriedigt an, bedankten sich bei mir und nahmen Abschied. Und ich antwortete, wie es recht ist: »*Mit einer Einschränkung: unter Gott nur Seo Seotaziano!*« So sprach ich. Der Mann stand bereits und wollte gehen. Und zu ihm sagte ich, sicherheitshalber, nach gutem Lebensbrauch: »*Ich bin der Trauzeuge der beiden und werde der Pate ihres ersten Sohnes sein, wenn es ihnen gefällt.*« Ich sagte es donnernd, ein freimütiges Lachen heuchelnd. So etwas ist immer gut. Würde er mich verstehen? Ein leiser Zweifel. Alles in diesem Leben muß erklärt und unterschrieben sein. Und zwar so genau wie möglich. Sonst: Karabiner!

Von der Veranda aus sahen Sa-Maria Andreza und ich zu: Die Reiter zogen ab, in gutem Einvernehmen. Alles war so plötzlich zu Ende, wenn's beliebt, alles beglichen. Kein Krieg mehr, auch keine Honigmonde, ein ungeschenktes Geschenk!

Ich blickte meine Sa-Maria Andreza an, die mich anblickte. Weh mir. Indessen nichts.

Fort gingen auch Baldualdo und Bibião, nach Absprache. Seo Seotaziano war bedient, meinen Pflichten war Genüge getan. Mein Vormann, José Zufrieden, schloß halb schlaff das Gatter. Die Honigmonde, viel war es nicht gewesen, wie Mundharmonikagezwitscher. Vorübergehende Tröstungen: Liebe-spielen, und das war mein Körbchen zum Wassertragen. Und wir: aufwachen aus den Selbsttäuschungen, ins Alter eintreten. Immerhin: Seo Fifino, mein Sohn, der würde eines Tages so ein Mädchen rauben müssen – mit Waffengewalt! Ich lächelte, ich, Joaquim Norberto, achtungsvoll. Umarmte meine Sa-Maria Andreza, wir mit unseren entnebelten Augen. Wenn's beliebt. Und dann. Hier, auf dieser Fazenda Heilig-Kreuz-vom-Jaguar; hier ist ein stiller Winkel. Ah, gut; so ähnlich ist es gewesen.

Felisberto Hernández
Der Balkon

Es gab eine Stadt, die ich gern im Sommer besuchte. Zu dieser Jahreszeit fuhr fast ein ganzes Viertel in einen nahen Badeort. Eins der verlassenen Häuser war sehr alt; in ihm war ein Hotel eingerichtet worden, und kaum begann der Sommer, wurde das Haus traurig, verlor nacheinander seine besten Familien und war bewohnt nur noch von den Angestellten. Hätte ich mich hinter ihm versteckt und einen Schrei losgelassen, wäre er sogleich im Moos erloschen.

Das Theater, in dem ich die Konzerte gab, hatte auch wenig Menschen, und darin eingezogen war das Schweigen; ich sah es größer werden auf dem schwarzen Deckel des Klaviers. Das Schweigen hörte gern Musik; es hörte bis zum letzten Nachhall zu und blieb dann und dachte nach über das, was es gehört hatte. Seine Ansichten ließen auf sich warten. Aber war das Schweigen erst einmal vertraut, griff es in die Musik ein; es ging zwischen den Tönen herum wie ein Kater mit seinem großen schwarzen Schweif, und danach waren sie voll von Absichten.

Am Ende eines der Konzerte kam ein schüchterner alter Mann mich begrüßen. Unterhalb seiner blauen Augen sah man das rohe und gerötete Fleisch seiner Lider; die Unterlippe, die sehr groß war und einer Logenbrüstung ähnelte, bewegte sich rings um den halboffenen Mund. Aus ihm kamen eine gedämpfte Stimme und langsame Worte: Außerdem trennte er sie mit der klagenden Luft seines Atems.

Nach einer langen Pause sagte er zu mir:

»Es tut mir leid, daß meine Tochter Ihre Musik nicht hören kann.«

Ich weiß nicht, weshalb ich auf die Idee kam, die Tochter sei erblindet; und sogleich wurde mir klar, daß eine Blinde hören kann, daß sie eher taub geworden oder nicht in der Stadt sein könnte, und plötzlich verweilte ich bei dem Gedanken, sie könnte gestorben sein. Trotzdem, in jener Nacht war ich glücklich; in dieser Stadt waren alle Dinge langsam und geräuschlos, und ich ging mit dem alten Mann durch Halbschatten von grünlichem Widerschein.

Plötzlich beugte ich mich zu ihm – wie in einem Moment, in dem ich achtgeben mußte auf etwas sehr Delikates – und mir fiel ein, ihn zu fragen:

»Ihre Tochter kann nicht kommen?«

Er sagte »ah« mit einem kurzen und überraschten Anschlag der Stimme; er verhielt den Schritt, schaute mir ins Gesicht, und am Ende kamen ihm diese Worte:

»So ist es, so ist es, sie kann nicht ausgehn. Sie haben es erraten. Es gibt Nächte, in denen sie nicht schläft bei dem Gedanken, daß sie am folgenden Tag ausgehen muß. Am andern Tag steht sie früh auf, überstürzt alles und wird sehr aufgeregt. Danach vergeht es ihr wieder. Und am Ende setzt sie sich in einen Sessel und kann nicht mehr ausgehen.«

Die Leute aus dem Konzert verschwanden sogleich in den Straßen um das Theater, und wir traten in ein Café. Er winkte dem Kellner, und man brachte ihm ein dunkles Getränk in einem kleinen Glas. Ich würde ihm nur einen Augenblick Gesellschaft leisten; ich mußte anderswo zu Nacht essen. Also sagte ich zu ihm:

»Es ist schade, daß sie nicht ausgehn kann. Alle haben wir Spaziergänge und Zerstreuung nötig.«

»Sie hat Zerstreuung. Ich habe ein altes Haus gekauft; es ist zu groß für uns beide, aber noch in gutem Zustand. Es hat einen Garten mit einem Brunnen; und das Zimmer, das sie bewohnt, hat an einer Ecke eine Tür, die auf einen Winterbalkon führt; und dieser Balkon geht auf die Straße; man könnte beinah sagen, daß sie auf dem Balkon lebt. Manchmal geht sie auch im Garten spazieren, und nachts spielt sie bisweilen Klavier. Sie könnten zum Abendessen in mein Haus kommen, wann immer Sie wollten, und ich würde Ihnen dankbar sein.«

Ich verstand sogleich; und wir beschlossen, an welchem Tag ich kommen würde, um zu Abend zu essen und Klavier zu spielen.

Er holte mich im Hotel ab, an einem Nachmittag, als die Sonne noch hoch stand. Von weitem zeigte er mir die Ecke, an welcher der Winterbalkon angebracht war. Es war ein erster Stock. Wir traten durch ein großes Tor neben dem Haus; es führte in einen Garten mit einem Brunnen und Statuetten, die sich im wilden Gras versteckten. Rings um den Garten war eine hohe Mauer, und auf dem oberen Teil hatte man mit Mörtel befestigte Glasscherben angebracht. Man betrat das Haus über eine Treppe, die einem Gang vorgebaut war, aus dem man durch eine Fensterwand in den Garten schauen konnte. Es überraschte mich, in diesem langen

Korridor eine große Anzahl aufgespannter Sonnenschirme zu sehen; sie waren von unterschiedlicher Farbe und sahen wie große Treibhauspflanzen aus. Sogleich erklärte mir der alte Mann:

»Die meisten dieser Sonnenschirme habe ich ihr geschenkt. Sie läßt sie gerne aufgespannt, damit sie die Farben sieht. Wenn das Wetter gut ist, wählt sie einen aus und macht eine Runde im Garten. An Tagen, an denen Wind geht, kann man diese Tür nicht öffnen, weil die Sonnenschirme fortfliegen, wir müssen dann auf einer anderen Seite ins Haus.«

Wir gingen bis ans Ende des Korridors auf einem schmalen Streifen zwischen der Wand und den Sonnenschirmen. Wir kamen an eine Tür, der alte Mann trommelte mit den Fingern gegen die Scheibe, und von innen antwortete eine gedämpfte Stimme. Der alte Mann ließ mich eintreten, und sogleich sah ich seine Tochter in der Mitte des Winterbalkons stehen; sie stand uns zugewandt und mit dem Rücken vor buntem Fensterglas. Erst als wir den halben Salon durchquert hatten, kam sie aus ihrem Balkon heraus und trat zu uns. Schon von weitem hob sie die Hand und sagte Worte des Dankes für meinen Besuch. An der Wand, auf die weniger Licht fiel, stand ein kleines Klavier offen; sein breites gelbliches Lächeln wirkte harmlos.

Sie entschuldigte sich, daß sie nicht ausgehen könne, und sagte, auf den leeren Balkon zeigend:

»Er ist mein einziger Freund.«

Ich deutete auf das Klavier und fragte sie:

»Und dieses Unschuldige da? Ist es nicht auch Ihr Freund.«

Wir setzten uns auf Stühle, die am Fußende ihres Betts standen. Ich hatte Zeit, viele kleine gemalte Blumenbilder zu sehen, die alle auf gleicher Höhe entlang den vier Wänden angebracht waren, als sollten sie einen Fries bilden. Sie hatte ein Lächeln, so unschuldig wie das des Klaviers, mitten in ihrem Gesicht alleingelassen; aber auch ihr blondes, verblichenes Haar und ihr dünner Körper schienen seit langem alleingelassen zu sein. Sie begann gerade zu erklären, warum das Klavier nicht ebensosehr ihr Freund sei wie der Balkon, als der alte Mann, beinah auf Zehenspitzen, hinausging. Sie fuhr fort:

»Das Klavier war ein großer Freund meiner Mutter.«

Ich machte eine Bewegung, wie um hinzugehen und es anzuschauen; aber sie, indem sie eine Hand hob und die Augen aufriß, hielt mich zurück.

»Verzeihen Sie, mir wäre es lieber, wenn Sie das Klavier erst nach dem Abendessen ausprobierten, wenn die Lichter angezündet sind. Ich bin von klein auf daran gewöhnt, das Klavier nur bei Nacht zu hören. Da spielte es meine Mutter. Sie zündete die vier Kerzen in den Leuchtern an und spielte Noten so langsam und so in der Stille voneinander getrennt, als würde sie auch die Töne einen nach dem andern anzünden.«

Danach stand sie auf und ging, mich um Erlaubnis bittend, auf den Balkon; als sie dort war, legte sie ihm die nackten Arme ans Glas, als lehnte sie sich an die Brust eines andern Menschen. Aber sogleich drehte sie sich um und sagte zu mir:

»Wenn ich einen Mann mehrmals durch das rote Glas gehen sehe, stellt sich fast immer heraus, daß er aggressiv oder bösartig ist.«

Ich konnte nicht umhin, sie zu fragen:

»Und in welches Glas bin ich geraten?«

»In das grüne. Das ist fast immer bei Menschen der Fall, die allein auf dem Land leben.«

»Zufällig liebe ich die Einsamkeit zwischen Pflanzen«, antwortete ich.

Die Tür ging auf, durch die ich eingetreten war, und es erschien der alte Mann, gefolgt von einer Dienerin, so klein von Wuchs, daß ich nicht wußte, ob sie ein Kind oder eine Zwergin war. Ihr rotes Gesicht erschien über dem Tisch, den sie selbst in ihren Ärmchen hereintrug. Der alte Mann fragte mich:

»Welches Getränk wünschen Sie?«

Ich wollte schon sagen »keines«; aber ich dachte, daß es ihn kränken würde, und bat ihn um irgendeins. Ihm wurde ein kleines Glas mit dem dunklen Getränk gebracht, das ich ihn schon nach dem Konzert hatte trinken sehen. Als es vollends Nacht war, gingen wir in das Eßzimmer und durchquerten dabei den Korridor der Sonnenschirme; sie setzte einige um, und während ich sie ihr rühmte, füllte sich ihr Gesicht mit Glückseligkeit.

Das Eßzimmer lag tiefer als die Straße, und durch die kleinen vergitterten Fenster sah man die Füße und Beine der Leute, die auf dem Gehsteig vorbeigingen. Das Licht, kaum aus einem grünen Lampenschirm heraus, fiel auf ein weißes Tischtuch; darauf hatten sich wie zu einem Fest des Andenkens die alten Gegenstände der Familie versammelt. Als wir uns setzten, schwiegen wir alle drei eine Weile; da sahen alle Gegenstände, die auf dem Tisch waren, wie kostbare Formen des Schweigens aus. Auf dem Tischtuch begann der Aufzug unserer Händepaare: Sie schienen die natürlichen Bewohner des Tischs zu sein. Ich konnte nicht umhin, an das Leben der Hände zu denken. Daran, daß vor vielen Jahren irgendwelche Hände diese Tischgeräte gezwungen hatten, eine Form anzunehmen. Daß diese nach langer Wanderschaft auf irgendeinem Buffet Platz gefunden hatten. Daß diese Geschirrwesen allen Arten von Händen dienen mußten. Jede beliebige warf den Tellern die Speisen ins glatte, glänzende Gesicht, zwang die Krüge, ihre Bäuche zu füllen und auszugießen, und die Bestecke, sich ins Fleisch zu bohren, es zu zerteilen und die Stücke an den Mund zu führen. Zuletzt wurden die Geschirrwesen gebadet, abgetrocknet und in ihre kleinen Wohnungen gebracht. Einige dieser Wesen könnten viele Händepaare überleben; manche würden gut zu ihnen sein, würden sie lieben und mit Erinnerungen anfüllen; aber sie würden nach wie vor schweigend dienen müssen.

Vor einer Weile, als wir uns im Zimmer der Tochter des Hauses aufhielten und sie das Licht nicht angezündet hatte, weil sie bis zuletzt den Glanz ausnützen wollte, der von ihrem Balkon ausging, hatten wir über Gegenstände gesprochen. Je mehr das Licht schwand, desto mehr duckten sie sich in den Schatten, so als hätten sie Federn und schickten sich an zu schlafen. Da sagte sie, daß die Dinge in dem Maße eine Seele bekämen, in dem sie zu Menschen in Beziehung träten. Manche von ihnen seien früher anders gewesen und hätten eine andere Seele gehabt (einige, die jetzt Beine hätten, hätten vorher Zweige gehabt, die Tasten seien Stoßzähne gewesen), aber ihr Balkon habe zum erstenmal eine Seele bekommen, als sie begonnen habe, ihn zu bewohnen.

Plötzlich erschien am Rand der Tischdecke das rote Gesicht der Zwergin. Obgleich sich ihre Ärmchen entschlossen auf den Tisch legten, damit die Händchen die Dinge greifen konnten, schoben ihr der alte Mann und die Tochter die Teller an den Tischrand. Aber sobald sie von der Zwergin genommen wurden, verloren die Tischgeräte an Würde. Außerdem hatte der alte Mann eine hastige und demütige Art, die Flasche am Kragen zu packen und sie zu kippen, bis Wein aus ihr herauskam.

Am Anfang war die Unterhaltung schwierig. Da erschien, mit schweren Schlägen, eine große Standuhr. Sie war an der Wand hinter dem alten Mann gegangen; aber ich hatte ihre Anwesenheit vergessen. Nun begannen wir zu sprechen. Sie fragte mich:

»Hängen Sie nicht an alten Kleidern?«

»Und ob! Und wenn wir ausgehen von dem, was Sie von den Gegenständen gesagt haben, dann sind es die Kleider, die in der engsten Beziehung zu uns gestanden haben« – hier lachte ich, und sie blieb ernst –; »und ich halte es nicht für ausgeschlossen, daß sie einiges mehr von uns bewahren als die ihnen aufgezwungenen Körperformen und einige Ausdünstungen der Haut.«

Aber sie hörte mir nicht zu und versuchte mich zu unterbrechen wie jemand, der dazwischenhüpfen möchte, wenn das Seil geschwungen wird. Ohne Zweifel hatte sie mir die Frage gestellt in Gedanken an die Antwort, die sie mir geben würde. Endlich sagte sie:

»Ich mache meine Gedichte, wenn ich im Bett liege« – schon am Abend hatte sie auf diese Gedichte angespielt –, »und ich habe ein weißes Nachthemd, das mich seit meinen ersten Gedichten begleitet. In Sommernächten gehe ich manchmal mit ihm auf den Balkon. Vergangenes Jahr habe ich ihm ein Gedicht gewidmet.«

Sie hatte aufgehört zu essen, und es kümmerte sie nicht, daß die Zwergin die Ärmchen auf den Tisch streckte. Sie riß die Augen auf wie vor einer Vision und begann zu rezitieren:

»An mein Nachthemd.«

Ich machte den ganzen Körper steif und richtete gleichzeitig mein Augenmerk auf die Hände der Zwergin. Ihre sehr kräftigen Fingerchen gingen eingerollt bis an die Gegenstände heran und öffneten sich erst im letzten Moment, um sie zu packen.

Am Anfang gab ich mir Mühe, verschiedene Arten von Aufmerksamkeit zu zeigen; aber dann beschränkte ich mich auf ein zustimmendes Kopfnicken, das mit dem Anschlag des Pendels auf der einen Seite der Uhr zusammenfiel. Das störte mich; und es ängstigte mich auch der Gedanke, daß sie bald enden würde und ich nichts bereit hatte, was ich ihr sagen könnte; außerdem war dem alten Mann am Rand der Unterlippe, nahe dem Mundwinkel, ein wenig Mangold haften geblieben.

Das Gedicht war kraus; aber metrisch schien es in Ordnung zu sein. Auf camisón, Nachthemd, reimte keines der Wörter, die ich erwartet hatte; ich würde ihr sagen, das Gedicht sei frisch. Ich schaute den alten Mann an, und während ich es tat, war ich mir mit der Zunge über die Unterlippe gefahren; aber er hörte der

Tochter zu. Nun begann ich zu leiden, weil das Gedicht nicht endete. Plötzlich sagte sie »balcón« als Reim auf »camisón«, und das Gedicht war zu Ende.

Nach den ersten Worten hörte ich mir entspannt zu und vermittelte den andern den Eindruck, als suchte ich nach etwas, das ich beinah schon gefunden hatte.

»Was mir auffällt«, begann ich, »ist die Jugendlichkeit, die dieses Gedicht sich bewahrt hat. Es ist sehr frisch und ...«

Als ich begonnen hatte, »es ist sehr frisch« zu sagen, begann auch sie zu sagen:

»Ich habe noch eins gemacht.«

Ich fühlte mich beklagenswert, ich dachte an mich mit einem Egoismus, der vor keinem Verrat zurückschreckte. Die Zwergin kam mit einer neuen Schüssel, und ich nahm mir unverfroren eine tüchtige Portion. Jeder Zauber war dahin: der der Tischgeräte und der der Poesie, der des Hauses über mir mit seiner Sonnenschirmgalerie und der des Efeus, der eine ganze Seite des Hauses bedeckte. Schlimmer noch: ich fühlte mich von den andern getrennt und fraß auf schändliche Weise; nicht ein einziges Mal grapschte der alte Mann nach dem Hals der Flasche, ohne daß er mein Glas leer gefunden hätte.

Als sie das zweite Gedicht beendet hatte, sagte ich:

»Wenn das da nicht so gut wäre« – ich deutete auf den Teller –, »würde ich Sie bitten, mir noch eins aufzusagen.«

Sogleich antwortete der alte Mann:

»Sie hätte erst essen sollen. Nachher hat sie Zeit.«

Ich begann zynisch zu werden, und es hätte mir in diesem Augenblick nichts ausgemacht, wenn mir ein dicker Bauch gewachsen wäre. Aber plötzlich verspürte ich eine Art zwingendes Bedürfnis, mich an den Rock dieses armen Alten zu hängen und einen Moment der Großmut für ihn zu haben. Da sagte ich zu ihm, auf den Wein deutend, vor kurzem hätte mir jemand die Geschichte von einem Betrunkenen erzählt. Ich erzählte sie ihm, und als ich schloß, fingen die zwei wie verrückt zu lachen an; danach erzählte ich noch andere. Das Lachen der Tochter war verquält, aber sie verlangte, ich solle doch bitte noch mehr Geschichten erzählen; ihr Mund zog sich zu beiden Seiten auseinander wie ein unheimlicher Schnitt; die Krähenfüße hatten sich an den mit Tränen gefüllten Augen festgekrallt, und die zusammengelegten Hände preßte sie zwischen die Knie. Der alte Mann hustete und mußte die Flasche loslassen, ehe er das Glas gefüllt hatte. Die Zwergin lachte, indem sie den Oberkörper wie zu einer Verbeugung nach vorn klappte.

Wunderbarerweise waren wir alle wieder vereint, und ich hatte nicht den leisesten Gewissensbiß.

In dieser Nacht spielte ich nicht Klavier. Sie baten mich, ich solle bleiben, und führten mich in ein Schlafzimmer, das an der mit Efeu bewachsenen Wand des Hauses lag. Als ich die Treppe hinaufzugehen begann, bemerkte ich, daß aus der Standuhr eine Schnur herauskam, die der Treppe in allen ihren Windungen nachlief. Als ich an das Schlafzimmer gelangte, kam die Schnur herein und endete festgebunden an einer der kleinen Säulen meines Betthimmels. Die Möbel waren gelb, alt, und das Licht einer Lampe ließ ihre Bäuche glänzen. Ich legte meine Hände auf meinen Leib und schaute den alten Mann an. Seine letzten Worte in dieser Nacht sagte er, um mir zu empfehlen:

»Wenn Sie nicht schlafen können und wissen möchten, wieviel Uhr es ist, dann ziehen Sie an dieser Kordel. Von hier aus hören Sie die Uhr im Eßzimmer; zuerst schlägt sie die Stunde und nach einer kleinen Pause die Minuten.«

Plötzlich fing er zu lachen an, wünschte mir eine gute Nacht und ging. Zweifellos war ihm eine der Geschichten eingefallen, die von dem Betrunkenen, der sich mit einer Uhr unterhielt.

Noch während der alte Mann die Holztreppe unter seinen schweren Schritten ächzen ließ, fühlte ich mich mit meinem Körper allein. Er – mein Körper – hatte alle diese Speisen und all diesen Wein zu sich genommen wie ein Tier, das ein anderes schluckt, und nun würde ich die ganze Nacht mit ihm kämpfen müssen. Ich entblößte ihn vollständig und ließ ihn barfuß durch das Zimmer wandern.

Gleich nachdem ich mich gelegt hatte, wollte ich wissen, was ich in diesen Tagen mit meinem Leben gemacht hatte; ich bekam von meinem Gedächtnis einige Ereignisse der vorausgegangenen Tage geliefert und dachte an Menschen, die weit von hier waren.

Danach begann ich, mit Trauer und einer gewissen Schamlosigkeit durch etwas hindurchzugleiten, das wie die Gedärme des Schweigens war.

Am folgenden Morgen ging ich lächelnd und beinahe glücklich die Dinge meines Lebens durch. Es war sehr früh; ich zog mich langsam an und trat auf einen Korridor hinaus, der wenige Meter über dem Garten lag. Auch auf dieser Seite wuchsen wildes Gras und dichte, hohe Bäume. Ich hörte den alten Mann und seine Tochter sich unterhalten und entdeckte, daß sie auf einer Bank saßen, die unter meinen Füßen stand. Ich hörte zuerst, was sie sagte:

»Jetzt leidet Ursula stärker. Nicht nur liebt sie ihren Mann weniger, sie liebt auch den andern mehr.«

Der alte Mann sagte:

»Und kann sie sich nicht scheiden lassen?«

»Nein, weil sie die Kinder liebt, und die Kinder lieben ihren Mann, und den andern lieben sie nicht.«

Da sagte der alte Mann ganz schüchtern:

»Sie könnte den Kindern sagen, daß ihr Mann mehrere Geliebte hat.«

Die Tochter erhob sich ärgerlich:

»Du bist immer derselbe. Wann wirst du Ursula begreifen? Sie ist unfähig, so etwas zu tun.«

Erstaunt überlegte ich: Die Zwergin konnte es nicht sein – sie hieß Tamarinda. Vater und Tochter lebten, wie mir der alte Mann gesagt hatte, vollkommen allein. Und diese Nachrichten? Hatten sie die in der Nacht erhalten? Nach dem Ärger war sie ins Eßzimmer gegangen, und kurz darauf erschien sie unter einem lachsfarbenen Sonnenschirm mit Volants aus weißer Gaze im Garten. Mittags kam sie nicht zu Tisch. Der alte Mann und ich aßen wenig und tranken wenig Wein. Danach ging ich aus, ein Buch zu kaufen, das geeignet war, in einem zwischen wildem Gras verlassenen Haus gelesen zu werden in einer stummen Nacht und nachdem man reichlich gegessen und getrunken hat.

Auf dem Rückweg ging nicht weit vor mir ein armer, alter, hinkender Neger am Balkon vorbei; er hatte einen grünen Sombrero mit breiter Krempe auf, wie die Mexikaner sie tragen.

Man sah einen weißen Flecken Fleisch am grünen Glas des Balkons lehnen.

In dieser Nacht, kaum saßen wir bei Tisch, begann ich Geschichten zu erzählen, und sie rezitierte nicht.

Die Lachsalven, die der alte Mann und ich losließen, dienten uns dazu, brutale Mengen an Essen und Wein unterzubringen.

Es gab einen Moment, in welchem wir alle drei still waren. Danach sagte die Tochter:

»Heute nacht möchte ich Musik hören. Ich werde vorher in mein Zimmer gehen und die Kerzen am Klavier anzünden. Sie sind schon lange nicht mehr angezündet worden. Das Klavier, Mamas alter Freund, wird glauben, daß sie es spielt.«

Weder der alte Mann noch ich sprachen ein weiteres Wort. Kurz darauf kam Tamarinda, um uns zu sagen, die Señorita erwarte uns.

Als ich den ersten Akkord anschlug, schien die Stille ein schwerfälliges Tier zu sein, das eine Pranke hob. Nach dem ersten Akkord kamen Töne, die wie die Kerzenlichter zu schwanken begannen. Ich schlug einen zweiten Akkord an, als ginge ich einen Schritt weiter. Und kurz darauf und ehe ich einen weiteren Akkord anschlagen konnte, riß eine Saite. Die Tochter stieß einen Schrei aus. Der alte Mann und ich sprangen auf; er lief zu seiner Tochter, die sich die Augen zuhielt, und begann sie zu beruhigen. Die Saiten seien alt, sagte er, und verrostet. Aber sie saß, ohne die Hände vom Gesicht zu nehmen, und schüttelte immer wieder verneinend den Kopf. Ich wußte nicht, was ich tun sollte; nie war mir eine Saite gesprungen. Ich bat, in mein Zimmer gehen zu dürfen; und als ich den Korridor durchquerte, hatte ich Angst, auf einen Sonnenschirm zu treten.

Am folgenden Morgen kam ich spät zu dem Stelldichein des alten Mannes und der Tochter auf der Bank im Garten; aber ich hörte die Tochter noch sagen:

»Ursulas Geliebter trug einen grünen Sombrero mit sehr breiter Krempe.«

Ich konnte mir nicht denken, daß es jener alte, hinkende Neger war, den ich letzten Nachmittag hatte vorbeigehen sehen; ich konnte mir auch nicht denken, wer in der Nacht diese Nachrichten gebracht haben sollte.

Mittags aßen der alte Mann und ich abermals allein. Da nutzte ich die Gelegenheit und sagte zu ihm:

»Der Blick vom Korridor aus ist wirklich hübsch. Heute bin ich länger geblieben, und weil ich Sie von einer Ursula sprechen hörte, fürchtete ich, indiskret zu sein.«

Der alte Mann hatte zu essen aufgehört und mich leise gefragt:

»Sie haben gehört?«

Ich sah den Weg zur Vertraulichkeit gebahnt und antwortete:

»Ja, ich habe alles gehört. Aber ich kann mir nicht erklären, wie Ursula diesen alten, hinkenden Neger, der gestern den Sombrero mit der breiten Krempe aufhatte, einen strammen Burschen finden kann.«

»Ah!« sagte der alte Mann, »Sie haben das nicht verstanden. Meine Tochter war fast noch ein Kind, da zwang sie mich schon, ihr zuzuhören und selber in das Leben von Gestalten einzugreifen, die sie erfand. Und immer verfolgten wir ihre Schicksale weiter, so als existierten sie wirklich und als erhielten wir Nachrichten über ihr Leben. Sie legt ihnen Vorkommnisse und Kleider zu, die sie von ihrem Balkon aus sieht. Wenn sie gestern einen Mann mit einem grünen Sombrero hat vorbeigehen sehen, müssen Sie sich nicht wundern, daß sie ihn heute einer ihrer Gestalten aufgesetzt hat. Ich bin sehr ungeschickt darin, ihr bei diesen Erfindungen zu folgen, und sie ärgert sich über mich. Warum helfen nicht Sie ihr? Wenn Sie wollen, sage ich ...«

»Unter keinen Umständen, Señor! Ich würde Dinge erfinden, die sehr schädlich für sie wären.«

Diese Nacht kam sie auch nicht zu Tisch. Der alte Mann und ich aßen, tranken und unterhielten uns bis spät in die Nacht.

Nachdem ich zu Bett gegangen war, hörte ich ein Holz knarren, das nicht das der Möbel war. Zuletzt begriff ich, daß jemand die Treppe heraufstieg. Und kurz darauf wurde sacht an meine Tür geklopft. Ich fragte, wer da sei, und die Stimme der Tochter antwortete mir:

»Ich bin es. Ich möchte mich mit Ihnen unterhalten.«

Ich zündete eine Lampe an, öffnete die Tür einen Spalt, und sie sagte:

»Es ist zwecklos, daß Sie die Tür angelehnt lassen. Ich sehe durch den Spalt den Spiegel, und der Spiegel zeigt Sie splitternackt hinter der Tür.«

Ich machte sofort zu und sagte ihr, sie solle warten. Als ich ihr bedeutete, sie könne hereinkommen, öffnete sie die Eingangstür und ging sogleich auf eine andere Tür zu, die in meinem Zimmer war und die ich nie hatte öffnen können. Sie öffnete sie mit großer Leichtigkeit und betrat tastend das Dunkel eines anderen Zimmers, das ich nicht kannte. Gleich darauf kam sie von dort mit einem Stuhl heraus, den sie neben mein Bett stellte. Ein blaues Cape, das sie umgeworfen hatte, ging auf, und sie zog ein Heft mit Versen hervor. Während sie las, strengte ich mich ungeheuer an, nicht einzuschlafen; ich wollte die Lider heben und konnte es nicht; statt dessen verdrehte ich die Augen nach oben und muß wie ein Sterbender ausgesehen haben. Plötzlich stieß sie einen Schrei aus wie den nach dem Reißen der Klaviersaite, und ich sprang im

Bett hoch. Mitten auf dem Fußboden war eine riesige Spinne. In dem Moment, in welchem ich sie sah, lief sie nicht mehr; sie hatte drei ihrer haarigen Beine angezogen, als wollte sie springen. Danach warf ich die Schuhe nach ihr, ohne sie zu treffen. Ich stand auf, aber sie sagte zu mir, ich solle nicht hingehen, diese Spinnen pflegten zu springen. Ich nahm die Lampe, lief nah an der Wand ums Zimmer, bis ich ans Waschbecken gelangte, und von da aus warf ich die Seife nach ihr, den Deckel der Seifenschachtel, die Zahnbürste und traf erst, als ich die Seifenschale nach ihr warf. Die Spinne rollte ihre Beine ein und blieb wie ein kleines Knäuel dunkler Wolle liegen. Die Tochter des alten Mannes bat mich, dem Vater nichts zu sagen, er wünsche nicht, daß sie so spät noch arbeite oder lese. Nachdem sie gegangen war, zerquetschte ich die Spinne mit dem Schuhabsatz und legte mich hin, ohne das Licht zu löschen. Ich war schon am Einschlafen, als ich unwillkürlich die Zehen einrollte; das erinnerte mich daran, daß die Spinne da war, und ich machte abermals einen Satz.

Am folgenden Morgen kam der alte Mann, um mich wegen der Spinne um Entschuldigung zu bitten. Seine Tochter hatte ihm alles erzählt. Ich sagte zu dem alten Mann, nichts von alledem habe die geringste Bedeutung, und um das Thema zu wechseln, sprach ich von einem Konzert, das ich dieser Tage in einem kleinen Nachbarort zu geben gedächte. Er glaubte, es sei ein Vorwand, um gehen zu können, und ich mußte ihm versprechen, nach dem Konzert wiederzukommen.

Als ich mich verabschiedete, konnte ich es nicht hindern, daß mir die Tochter die Hand küßte; ich wußte nicht, was ich tun sollte. Der alte Mann und ich umarmten uns, und plötzlich spürte ich, daß er mich in der Nähe des Ohrs küßte.

Ich kam nicht dazu, das Konzert zu geben. Wenige Tage später erhielt ich einen Anruf des alten Mannes. Nach den ersten Worten sagte er:

»Ihre Anwesenheit hier ist notwendig.«

»Ist etwas Schlimmes passiert?«

»Man kann sagen, ein wahres Unglück.«

»Ihre Tochter?«

»Nein.«

»Tamarinda?«

»Auch nicht. Ich kann es jetzt nicht sagen. Wenn Sie können, verschieben Sie Ihr Konzert, kommen Sie mit dem Vieruhrzug, und wir treffen uns im Theatercafé.«

»Aber Ihre Tochter ist wohlauf?«

»Sie liegt im Bett. Sie hat nichts, aber sie will weder aufstehen noch das Tageslicht sehen; sie lebt nur mit künstlichem Licht und sie hat alle Sonnenschirme schließen lassen.«

»Gut. Bis gleich.«

Im Theatercafé war es sehr laut, und wir gingen woandershin. Der alte Mann war deprimiert, griff aber sogleich nach den Hoffnungen, die ich ihm hinhielt. Man brachte ihm das dunkle Getränk im kleinen Glas, und er sagte zu mir:

»Vorgestern war ein Gewitter, und wir hielten uns am frühen Abend im Eßzimmer auf. Wir hörten es krachen und waren uns sofort darüber im klaren, daß es nicht das Gewitter war. Meine Tochter rannte in ihr Zimmer, und ich lief hinterher. Als ich ankam, hatte sie die Tür zum Balkon bereits geöffnet und hatte vor sich nur noch den Himmel und das Licht des Gewitters. Sie hielt sich die Augen zu und fiel in Ohnmacht.«

»Also hat ihr das Licht weh getan?«

»Aber, mein Freund, verstehen Sie denn nicht?«

»Was?«

»Wir haben den Balkon verloren. Der Balkon ist abgefallen. Das Licht war nicht das des Balkons.«

»Aber ein Balkon ...«

Besser hielt ich den Mund. Er trug mir auf, seiner Tochter gegenüber kein Wort von dem Balkon zu sagen. Und was sollte ich machen? Der arme alte Mann hatte Vertrauen zu mir. Ich dachte an die Orgien, die wir gemeinsam gefeiert hatten. Also beschloß ich, entspannt darauf zu warten, daß mir etwas einfiele, wenn ich bei ihr sein würde.

Den Korridor ohne die Sonnenschirme zu sehen war beängstigend.

Diese Nacht aßen und tranken wir wenig. Danach ging ich mit dem alten Mann an das Bett der Tochter, und sogleich verließ er das Zimmer. Sie hatte nicht ein Wort gesprochen; aber kaum war der alte Mann fort, schaute sie zu der Tür, die ins Leere ging, und sagte zu mir:

»Haben Sie gesehen, wie er von uns gegangen ist?«

»Aber Señorita! Ein Balkon, der abfällt ...«

»Er ist nicht abgefallen. Er hat sich hinuntergestürzt.«

»Gut, aber ...«

»Nicht nur ich habe ihn geliebt; ich bin sicher, daß auch er mich geliebt hat; er hat es mir bewiesen.«

Ich fühlte mich in einen Akt der Verantwortung hineingezogen, auf den ich nicht vorbereitet war. Sie hatte begonnen, mir ihre Seele auszuschütten, und ich wußte weder wie ich sie aufnehmen, noch was ich mit ihr anfangen sollte.

Eben sagte das arme Mädchen:

»Ich war an allem schuld. Er ist eifersüchtig geworden in jener Nacht, als ich in Ihr Zimmer gegangen bin.«

»Wer?«

»Nun, wer schon? Der Balkon, mein Balkon.«

»Aber Señorita, Sie denken zuviel darüber nach. Er war schon alt. Es gibt Dinge, die durch ihr eigenes Gewicht fallen.«

Sie hörte mir nicht zu und redete weiter:

»Noch in derselben Nacht habe ich den Wink und die Drohung verstanden.«

»Aber hören Sie, wie ist es möglich, daß ...«

»Erinnern Sie sich nicht, wer mir gedroht hat? ... Wer mich so lange angestarrt und dabei diese drei haarigen Beine gehoben hat?«

»Oh! Sie haben recht. Die Spinne!«

»Das alles sieht ihm ähnlich.«

Sie hob die Lider. Dann warf sie die Decke auf eine Seite und stieg im Nachthemd aus dem Bett. Sie ging zu der Tür, die auf den Balkon führte, und ich dachte, sie würde sich ins Leere stürzen. Ich machte Anstalten, sie zu packen; aber sie war im Nachthemd. Während ich unschlüssig dastand, hatte sie ihren Weg bestimmt. Sie wandte sich einem Tischchen zu, das neben der Tür stand, die ins Leere ging. Bevor sie das Tischchen erreichte, sah ich schon das schwarze Wachstuchheft mit den Versen.

Dann setzte sie sich auf einen Stuhl, schlug das Heft auf und begann zu rezitieren:

»Die Witwe des Balkons.«

Clarice Lispector
Liebe

Etwas müde stieg Ana in die Straßenbahn. Sie hatte eingekauft, und die Sachen beulten das neugehäkelte Netz aus. Sie legte es auf ihren Schoß, und die Straßenbahn fuhr ab. Ana lehnte sich, um es sich bequem zu machen, mit einem halb zufriedenen Seufzer zurück.

Anas Kinder waren gut, etwas Echtes, Saftiges. Sie gediehen, sie badeten im Meer, und unerzogen wie sie waren, forderten sie für sich Augenblicke von immer größerer Fülle. Die Küche war zum Glück geräumig, der Herd freilich war wie verhext und knallte häufig. Die Hitze in der Wohnung, die sie allmählich abbezahlten, war groß. Doch der Wind, der mit den Vorhängen spielte, die sie selber zugeschnitten hatte, erinnerte sie daran, daß sie in ihrer Arbeit beliebig innehalten und, den Blick auf den stillen Horizont gerichtet, sich die Stirn abwischen konnte. Wie ein Landmann. Sie hatte die Samenkörner, die sie in der Hand hatte, eingepflanzt, nicht andere, nur diese. Und es wuchsen Bäume. Es wuchs ihre rasche Unterhaltung mit dem Mann, der die Stromrechnung kassierte, es wuchs das Wasser, das den Tank füllte, es wuchsen ihre Kinder, es wuchs der Tisch mit seinen Gerichten, der Mann, der mit seinen Zeitungen heimkam und vor Hunger lächelte, das lästige Singen der Hausangestellten des Gebäudes. Ana lieh allem still ihre kleine starke Hand, ihren Lebensstrom.

Eine bestimmte Nachmittagsstunde konnte gefährlich werden. Zu einer bestimmten Nachmittagsstunde lachten die Bäume, die sie gepflanzt hatte, über sie. Wenn nichts mehr ihre Kraft verlangte, wurde sie unruhig. Und doch fühlte sie sich gesunder denn je, sie hatte etwas zugenommen, und man mußte nur sehen, wie sie Blusen für die Kleinen zuschnitt, wie die große Schere in dem Stoff klapperte. All ihr vages künstlerisches Wollen erschöpfte sich seit langem in dem Bestreben, die Tage voll und schön zu gestalten; mit der Zeit hatte sie ihren Geschmack für das Dekorative entwickelt und die intime Unordnung vertrieben. Sie schien entdeckt zu haben, daß alles der Vervollkommnung bedurfte, daß zu jedem Ding ein harmonisches Aussehen gehörte; das Leben konnte durch die Hand des Menschen geformt werden.

Im Grunde hatte Ana immer das Bedürfnis gehabt, die feste

Wurzel der Dinge zu fühlen. Und das hatte ihr zu ihrer Verwunderung ein Heim gegeben. Auf krummen Wegen war sie dem Schicksal der Frau anheimgefallen und war überrascht gewesen, daß sie hineinpaßte, als hätte sie es für sich erfunden. Der Mann, den sie geheiratet hatte, war ein echter Mann, die Kinder, die sie bekommen hatte, waren echte Kinder. Ihre Jugend kam ihr jetzt fremd vor wie eine Krankheit auf Leben und Tod. Nach und nach war sie daraus aufgetaucht, um zu entdecken, daß man auch ohne Glück leben konnte: Indem sie es abschaffte, war sie unzähligen, bis dahin unsichtbaren Menschen begegnet, die so lebten wie jemand, der arbeitet – mit Beharrlichkeit, Ausdauer, Freude. Was Ana widerfahren war, bevor sie ihr Heim hatte, war für sie stets unerreichbar gewesen: eine wirre Überschwenglichkeit, die sie viel zu oft mit unerträglichem Glück verwechselt hatte. Dafür hatte sie etwas endlich Faßbares geschaffen, ein Erwachsenenleben. So hatte sie es gewollt und gewählt.

Ihre Vorsichtsmaßnahmen beschränkten sich darauf, achtzugeben in der gefährlichen Nachmittagsstunde, wenn das Haus leer war und sie nicht mehr gebraucht wurde, wenn die Sonne hoch stand und jeder in der Familie mit seinen eigenen Dingen beschäftigt war. Wenn sie die abgestaubten Möbel sah, krampfte sich ihr Herz ein wenig erstaunt zusammen. Doch in ihrem Leben war kein Raum dafür, daß sie für ihr Staunen Zärtlichkeit empfand – sie dämpfte es mit der gleichen Geschicklichkeit, die sie durch ihre tägliche Arbeit im Haus gelernt hatte. Sie ging also aus, um Einkäufe zu machen oder um irgend etwas zur Reparatur zu bringen, und sorgte für ihr Heim und für ihre Angehörigen, ohne daß sie etwas davon merkten. Wenn sie zurückkam, war der Nachmittag vorüber, die Kinder kamen aus der Schule und brauchten sie. Und dann kam der Abend mit seinen ruhigen Schwingungen. Morgens erwachte sie, umstrahlt von ihren stillen Pflichten. Sie fand die Möbel von neuem bestaubt und schmutzig, als kehrten sie reuig zurück. Was sie selber betraf, so war sie dunkel ein Teil der schwarzen, sanften Wurzeln der Welt. Und namenlos nährte sie das Leben. So war es gut. So hatte sie es gewollt und gewählt.

Die Straßenbahn schwankte in den Schienen und bog in breitere Straßen ein. Schon wehte ein feuchterer Wind und verkündete das Ende des Nachmittags, aber noch mehr das Ende der unbeständigen Stunde. Ana atmete tief, und eine tiefe Ergebenheit verlieh ihrem Gesicht etwas Frauliches.

Die Straßenbahn schleppte sich weiter, dann hielt sie. Bis zur Humaitá hatte sie Zeit zum Ausruhen. Dann blickte sie auf und sah den Mann an der Haltestelle stehen.

Der Unterschied zwischen ihm und den anderen war, daß er wirklich still stand, mit ausgestreckten Händen. Es war ein Blinder.

Was war es noch, was Ana veranlaßte, sich argwöhnisch aufzurichten? Irgend etwas Unruhiges ging vor sich. Dann sah sie es: Der Blinde kaute Kaugummi... Ein blinder Mann kaute Kaugummi.

Ana hatte gerade noch Zeit, eine Sekunde lang darüber nachzudenken, daß ihre Geschwister zum Essen kämen – ihr Herz schlug heftig, stockend. Vorgebeugt sah sie den Blinden mit Hingabe an, wie man etwas betrachtet, das uns nicht sehen kann. Er kaute Gummi in der Dunkelheit. Ohne Leiden, mit offenen Augen. Die Bewegung des Kauens ließ sein Gesicht lächeln und plötzlich aufhören zu lächeln, lächeln und aufhören zu lächeln. Ana blickte ihn an, als hätte er sie beleidigt. Wer sie so gesehen hätte, würde sie für eine haßerfüllte Frau gehalten haben. Doch sie fuhr fort, ihn anzusehen, immer weiter vorgebeugt – die Straßenbahn machte einen Ruck und schleuderte die Unvorbereitete zurück, das schwere Tragnetz rutschte von ihrem Schoß und fiel zu Boden. Ana schrie auf, der Schaffner ließ von neuem halten, ohne zu wissen, was los war, die Straßenbahn bremste, die Fahrgäste hoben erschrocken die Köpfe.

Unfähig, ihre Sachen aufzuheben, richtete sich Ana bleich auf. Mühsam gelang ihr ein seit langem nicht mehr gebrauchter Gesichtsausdruck, vorerst noch unsicher, unverständlich. Der Zeitungsjunge gab ihr lachend ihr volles Netz. Doch die Eier in dem Zeitungspapier waren zerbrochen. Eigelb und Eiweiß tropften aus dem Netz. Der Blinde hatte das Kauen unterbrochen und streckte tastend die Hände vor; vergebens versuchte er zu begreifen, was geschehen war. Das Paket mit den Eiern wurde aus dem Netz geworfen, und unter dem Gelächter der Fahrgäste und auf das Zeichen des Schaffners fuhr die Straßenbahn wieder ab.

Wenige Augenblicke später sah sie schon keiner mehr an. Die Straßenbahn schüttelte sich in den Schienen, und der gummikauende Blinde blieb für immer zurück. Aber das Unglück war geschehen.

Das gehäkelte Netz war rauh zwischen den Fingern, nicht vertraut wie damals, als sie es gehäkelt hatte. Das Netz hatte seinen Sinn verloren, und in einer Straßenbahn zu sein war wie ein abgerissener Faden; sie wußte nicht, was sie mit den Sachen auf ihrem Schoß anfangen sollte. Und wie eine seltsame Musik begann die Welt ringsum von neuem. Das Böse war geschehen. Warum? Hatte sie vergessen, daß es Blinde gab? Mitleid würgte sie, Ana atmete schwer. Selbst die Dinge, die vor dem Geschehnis existiert hatten – jetzt waren sie gewarnt, sie zeigten ein feindseligeres, vergänglicheres Gesicht... Die Welt war wieder Unbehagen. Jahre brachen zusammen. Das Eigelb vieler Eier zerrann. Ausgestoßen aus ihren eigenen Tagen, kam es ihr so vor, als schwankten die Leute auf der Straße gefährlich, als hielten sie sich mit einem Mindestmaß an Gleichgewicht an der Oberfläche der Finsternis. Für einen Augenblick machte der Mangel an Sinn die Menschen so frei, daß sie nicht wußten wohin. Daß sie das Fehlen eines Gesetzes wahrnahm, geschah so plötzlich, daß Ana sich an die vordere Bank klammerte, als könnte sie aus der Straßenbahn fallen, als könnten die Dinge sich mit der gleichen Ruhe umkehren, mit der sie es nicht taten.

Was sie Krise nannte, war nun gekommen. Das Zeichen dafür war das unerhörte Vergnügen, mit dem sie nun, überrascht und bestürzt, die Dinge betrachtete. Die Hitze wurde drückender, alles hatte Kraft gewonnen und lautere Stimmen. In der Rua Voluntários da Pátria schien eine Revolution ausbrechen zu wollen, die Abflußgitter waren trocken, die Luft voll von Staub. Ein Blinder, der Kaugummi kaute, hatte die Welt in dunkle Gier gestürzt. In jedem starken Menschen war ein Mangel an Mitleid mit dem Blinden, und die Menschen erschreckten sie mit ihrer Stärke. Neben ihr saß eine Dame in Blau, mit einem Gesicht. Rasch hatte sie den Blick abgewendet. Auf dem Gehsteig gab eine Frau ihrem Sohn einen Stoß! Ein Liebespärchen verschränkte lächelnd die Hände... Und der Blinde? Ana wurde überwältigt von schmerzlicher Güte.

Sie hatte das Leben so geschickt beschwichtigt, sie hatte so gut dafür gesorgt, daß es nicht explodierte. Sie hielt alles in heiterem Begreifen, sie trennte eine Person von der anderen, die Kleider waren offensichtlich dazu da, daß man sie trug, und nach der

Zeitung konnte man einen Film für den kommenden Abend wählen – alles war so angelegt, daß ein Tag dem anderen folgte. Und ein Blinder, der Kaugummi kaute, machte all das zunichte. Durch ihr Mitleid hindurch sah Ana ein Leben, das bis an den Rand voll war von süßem Ekel.

Erst jetzt merkte sie, daß ihre Haltestelle längst vorbei war. In der Schwäche, in der sie war, erfüllte sie alles mit Schrecken; mit schwachen Beinen stieg sie aus der Bahn, blickte umher und hielt ihr von den Eiern beschmutztes Netz fest. Einen Augenblick lang wußte sie nicht, wo sie war. Es kam ihr vor, als sei sie mitten in der Nacht aus der Straßenbahn gesprungen.

Es war eine lange Straße mit hohen gelben Mauern. Ihr Herz klopfte angstvoll, vergebens versuchte sie die Umgebung zu erkennen, während das Leben, das sie entdeckt hatte, weiterpochte und ein lauerer, geheimnisvollerer Wind ihr Gesicht umspielte. Sie blieb stehen und blickte die Mauer an. Endlich erkannte sie, wo sie war. Sie ging eine kurze Strecke an einer Hecke entlang und durchschnitt das Portal zum botanischen Garten.

Müde ging sie durch die Hauptallee zwischen den Kokospalmen. Kein Mensch weit und breit. Sie bog in einen Seitenweg ein, legte ihre Pakete auf den Boden, setzte sich auf eine Bank und blieb so lange Zeit sitzen.

Die Weite schien sie zu beruhigen, die Stille regelte ihren Atem. Sie schlief innerlich ein.

Von weitem sah sie die Allee, wo der Abend hell und rund war. Doch das Halbdunkel der Zweige verbarg den Seitenweg.

Rings um sie waren heitere Geräusche, der Duft der Bäume, kleine Überraschungen zwischen den Luftwurzeln. Der ganze botanische Garten war zermahlen von den nicht mehr eiligen Augenblicken des Nachmittags. Woher kam das halbe Träumen, das sie umgab? Wie von einem Summen von Bienen und Vögeln. Alles war seltsam, zu sanft, zu groß.

Eine leichte, leise Bewegung schreckte sie auf – rasch wandte sie sich um. Nichts schien sich geregt zu haben. Doch in der Hauptallee stand regungslos ein riesiger Kater. Sein Fell war weich. In neuer lautloser Bewegung verschwand er.

Unruhig blickte sie umher. Die Zweige wiegten sich, die Schatten auf dem Erdboden schwankten hin und her. Ein Sperling pickte auf der Erde. Und plötzlich hatte sie das dumpfe Gefühl, in einen Hinterhalt geraten zu sein. Eine geheime Arbeit, die sie erst allmählich wahrnahm, ging im botanischen Garten unter.

Die Früchte an den Bäumen waren schwarz, süß wie Honig. Auf dem Boden lagen trockene Kerne, voller Windungen wie kleine verfaulte Gehirne. Die Bank war beschmiert mit roten Saftflecken. Mit unglaublicher Sanftheit murmelte das Wasser. An einem Baumstamm hafteten die leuchtenden Beine einer Spinne. Die Grausamkeit der Welt hielt still. Das Morden war tief. Und der Tod war nicht das, wofür wir ihn hielten.

Gleichzeitig, in der gleichsam imaginären Zeit, war es eine Welt, die man mit den Zähnen essen konnte, eine Welt üppiger Dahlien und Tulpen. Die Stämme waren von dichtbelaubten Schmarotzern überwuchert, die Umarmung war geschmeidig, klebrig. Wie der Abscheu, der einer Hingabe vorausgeht – es war faszinierend, die Frau empfand Ekel, und es war faszinierend.

Die Bäume waren beladen, die Welt war so reich, daß sie faulte. Als Ana dachte, daß es Kinder und Erwachsene gab, die hungerten, stieg ihr der Ekel in die Kehle, als sei sie schwanger und verlassen. Die Moral des botanischen Gartens war eine andere. Nun, da der Blinde sie hierhergeführt hatte, erbebte sie bei den ersten Schritten einer blitzenden, düsteren Welt, in der die Victoria Regia monströs auf der Stelle schwamm. Die kleinen, über den Rasen verstreuten Blumen sahen in ihren Augen nicht gelb aus oder rosa, sondern hatten die Farbe von minderwertigem Gold oder Scharlach. Die Zersetzung war tief, parfümiert... Doch während sie all die schweren Dinge sah, war ihr Kopf umschwärmt von Insekten, die das feine Leben der Welt zu ihr sandte. Die sanfte Brise kroch zwischen die Blumen. Ana erriet ihren süßlichen Duft mehr, als daß sie ihn roch... Der botanische Garten war so hübsch, daß sie Angst vor der Hölle bekam.

Es war jetzt fast Nacht, und alles schien voll, schwer. Ein Eichhörnchen flog durch das Dunkel. Unter ihren Füßen war die Erde locker, Ana atmete entzückt ihren Duft. Es war faszinierend, und sie ekelte sich.

Doch als sie sich an ihre Kinder erinnerte, vor denen sie schuldig geworden war, stand sie mit einem Ausruf des Schmerzes auf. Sie nahm das Einkaufsnetz, ging den dunklen Seitenweg entlang und erreichte die Allee. Fast rannte sie – und sah rings um sich den botanischen Garten mit seiner stolzen Unpersönlichkeit. Sie rüttelte an dem verschlossenen Tor, sie hielt sich an den rauhen

Holzstäben fest und rüttelte. Der Wächter erschien, verwundert, daß er sie nicht gesehen hatte.

Bis zu dem Augenblick, wo sie vor der Tür ihres Hauses stand, schien sie am Rande eines Verhängnisses. Mit dem Netz in der Hand lief sie zum Aufzug, ihr Herz klopfte – was war geschehen? Ihr Mitleid mit dem Blinden war so heftig wie eine Sehnsucht, aber die Welt schien ihr zu gehören, schmutzig, vergänglich, doch ihre Welt. Sie schloß die Tür zu ihrer Wohnung auf. Das Wohnzimmer war groß, rechteckig, die Türklinken glänzten vor Sauberkeit, die Fensterscheiben blitzten, die Lampe leuchtete – was für eine neue Erde war dies? Und für einen Augenblick schien ihr das gesunde Leben, das sie bisher geführt hatte, eine in moralischer Hinsicht wahnsinnige Lebensweise zu sein. Der kleine Junge, der ihr entgegenlief, war ein Wesen mit langen Beinen und einem Gesicht ähnlich dem ihren, und dieses Wesen kam zu ihr und umarmte sie. Sie drückte ihn kräftig an sich, verwundert. Sie schützte sich zitternd. Weil das Leben gefährlich war. Sie liebte die Welt, sie liebte, was geschaffen war – liebte es mit Ekel. Genauso wie sie stets von Austern fasziniert war, mit jenem unbestimmten Gefühl des Ekels, das die Nähe der Wahrheit drohend in ihr hervorrief. Sie umarmte ihren Sohn und zerdrückte ihn fast dabei. Als wisse sie von einem Übel – war es der Blinde oder der schöne botanische Garten? –, klammerte sie sich an ihn, den sie über alles liebte. Sie war getroffen vom Dämon des Glaubens. Das Leben ist schrecklich, sagte sie leise zu ihm, ausgehungert. Was würde sie tun, wenn sie dem Ruf des Blinden folgte? Sie würde allein fortgehen ... Es gab arme Orte und reiche, die ihrer bedurften. Und sie brauchte sie ... Ich habe Angst, sagte sie. Sie fühlte die zarten Rippen des Kindes in ihren Armen, hörte sein erschrockenes Weinen. Mama, rief der kleine Junge. Sie schob ihn zurück, sah sein Gesicht, ihr Herz verkrampfte sich. Laß nicht zu, daß die Mama dich vergißt, sagte sie zu ihm. Kaum fühlte das Kind, daß ihre Umarmung nachließ, entwischte es und lief bis zur Schlafzimmertür, von der es sie geborgener anblickte. Es war der schlimmste Blick, den sie je empfangen hatte. Das Blut schoß ihr ins Gesicht und brannte.

Sie sank auf einen Stuhl, die Finger hielten noch immer das Netz. Wovor schämte sie sich?

Es gab keine Flucht. Die Tage, die sie geschmiedet hatte, waren an ihrer Kruste geborsten und ließen das Wasser entweichen. Sie stand vor der Auster. Und es gab kein Mittel, sie nicht anzublikken. Wovor schämte sie sich? Nun war es kein Mitleid mehr, es war nicht nur Mitleid: Ihr Herz war erfüllt von dem schlimmsten Lebenswillen.

Sie wußte nicht mehr, ob sie auf seiten des Blinden oder der dichten Pflanzen war. Nach und nach war der Mann in den Hintergrund getreten, und gequält schien sie auf die Seite derer übergegangen zu sein, die ihre Augen verwundet hatten. Der botanische Garten, still und hoch, offenbarte es ihr. Mit Schrecken entdeckte sie, daß sie dem starken Teil der Welt angehörte – welchen Namen sollte sie ihrer heftigen Barmherzigkeit geben? Sie würde verpflichtet sein, den Aussätzigen zu küssen, denn niemals würde sie nur seine Schwester sein. Ein Blinder hat mich zum Schlimmsten meines Ich geführt, dachte sie verwundert. Sie fühlte sich verbannt, weil kein Armer aus ihren glühenden Händen Wasser trinken würde. Ah! Es war leichter, ein Heiliger als ein gewöhnlicher Mensch zu sein! Mein Gott, war denn das Mitleid, das in ihrem Herzen die tiefsten Wasser gelotet hatte, nicht echt? Es war das Mitleid eines Löwen.

Gedemütigt sagte sie sich, daß der Blinde eine ärmere Liebe vorziehen würde. Und erzitternd sagte sie sich auch, warum. Das Leben des botanischen Gartens rief sie, so wie ein Werwolf vom Mondschein gerufen wird. Aber sie liebte den Blinden doch! dachte sie mit feuchten Augen.

Doch war es nicht das Gefühl, mit dem man zur Kirche ging. Ich habe Angst, dachte sie im Wohnzimmer. Sie stand auf und ging in die Küche, um ihrem Mädchen beim Vorbereiten des Abendessens zu helfen.

Aber das Leben ließ sie erschaudern. Sie hörte die Schulglocke läuten, lang und anhaltend. Der kleine Schrecken vor dem Staub, den Fäden unten am Herd, wo sie die kleine Spinne entdeckte. Als sie das Wasser in der Blumenvase erneuerte, erlebte sie den Schrecken vor der Blume, die sich schmachtend und widerlich ihren Händen ergab. Die gleiche geheime Arbeit vollzog sich hier, in der Küche. Neben dem Abfalleimer zertrat sie die Ameise. Der kleine Mord an der Ameise. Der winzige Körper zuckte. Die Wassertropfen fielen in das stehende Wasser des Ausgusses. Die sommerlichen Käfer. Der Schrecken von den ausdruckslosen Käfern. Ringsum ein Leben, das still war, bedächtig, beharrlich. Schrecken. Schrecken. Sie ging in der Küche hin und her, tranchierte das Fleisch, schlug den Rahm. Rund um ihren Kopf, rund um die Lampe, schwirrten die Mücken eines heißen Abends. Ein Abend, an dem das Mitleid so roh war wie die schlechte Liebe. Zwischen ihren Brüsten rann der Schweiß. Der Glaube zerbrach sie, die Hitze des Ofens brannte ihr in den Augen.

Dann kam ihr Mann, es kamen die Brüder mit ihren Frauen, und es kamen die Kinder der Brüder.

Man aß bei offenen Fenstern zu Abend, im neunten Stockwerk. Ein Flugzeug zitterte bedrohlich in der Hitze des Himmels. Obgleich sie zum Kochen nur wenige Eier gehabt hatte, war das Essen gut. Auch ihre eigenen Kinder blieben auf und spielten auf dem Teppich mit den anderen. Es war Sommer, es wäre sinnlos gewesen, sie zum Schlafen zu zwingen. Ana war etwas blaß und lachte sanft mit den anderen. Nach dem Abendessen drang endlich eine frischere Brise durch die Fenster herein. Sie saßen um den Tisch, die Familie. Müde vom Tag, glücklich, nicht zu streiten, und guten Willens, keine Fehler zu sehen. Sie lachten über alles, mit gutem menschlichem Herzen. Wunderbar wuchsen die Kinder um sie heran. Und wie einen Falter ergriff Ana den Augenblick mit ihren Fingern, bevor er ihr für immer entgleiten konnte.

Dann, als alle fortgegangen waren und die Kinder im Bett lagen, war sie eine gewöhnliche Frau, die aus dem Fenster sah. Die Stadt war heiß und ruhig. Würde das, was der Blinde in ihr ausgelöst hatte, in ihren Tagen Platz finden? Wie viele Jahre würde sie brauchen, bis sie von neuem alterte? Die geringste Bewegung, und sie würde auf eines ihrer Kinder treten. Doch mit der Bosheit einer Geliebten schien sie hinzunehmen, daß aus der Blume eine Mücke aufflog, daß die Victoria Regia im Dunkel des Teichs schwamm. Der Blinde hing zwischen den Früchten des botanischen Gartens.

Wenn der Herd geplatzt wäre, würde jetzt schon das ganze Haus in Flammen stehen! dachte sie und lief in die Küche, wo sie ihren Mann vor dem verschütteten Kaffee fand.

»Was war los?!« schrie sie, am ganzen Körper bebend.

Er erschrak über die Angst der Frau. Plötzlich lachte er und begriff:

»Es war nichts. Ich bin nur so ungeschickt.« Er sah müde aus und hatte Schatten um die Augen.

Doch als er Anas seltsamen Gesichtsausdruck bemerkte, sah er sie aufmerksamer an. Dann zog er sie an sich, in einer raschen Liebkosung.

»Ich will nicht, daß dir etwas passiert, nie, nie!« sagte sie.

»Laß mir wenigstens passieren, daß einmal in meinem Leben der Herd in die Luft geht«, antwortete er lächelnd.

Kraftlos hing sie in seinen Armen. Heute nachmittag war etwas Stilles in ihr aufgebrochen, und im ganzen Hause herrschte ein humorvoller, trauriger Ton. »Es ist Schlafenszeit«, sagte er. »Es ist spät.« Mit einer Gebärde, die sie von ihm nicht kannte, die aber natürlich erschien, nahm er die Hand der Frau und zog sie fort, ohne zurückzublicken, und damit entzog er sie der Gefährlichkeit des Lebens.

Der Rausch der Güte war verflogen.

Und wenn sie auch die Liebe und ihre Hölle durchquert hatte – jetzt kämmte sie sich vor dem Spiegel, für einen Augenblick ohne einen Funken Welt im Herzen. Bevor sie sich niederlegte, blies sie, als lösche sie eine Kerze, die kleine Flamme des Tages aus.

Marta Lynch
Antwort

Lieber Fabio,
ich könnte meine Empörung von dem Tag an zu beschwichtigen beginnen, den Du für Deinen Anruf gewählt hast. Du und ich, getrennt durch öde Ebenen und Berge, und doch, hast Du gesagt, sind wir in absurder Weise wie gegenwärtig an den Festen, die der Kalender vermerkt. Die Feiertage waren für uns Anlaß zu Konflikten und Erbitterungen, Vorwand für eine rasch zum Poster verwandelte Melancholie, Atem, den jemand sammelte, bis er ihm schließlich Gestalt verlieh. Und während dieses Jahr, das uns gewissermaßen auseinandergehen sah, sich zu sterben anschickt, erhielt ich einen Anruf, den ich ungewöhnlich nennen muß, weil unerwartet altmodisch klingt, nach stehender Redensart für die anderen, diese glücklichen Entelechien, die lieben, ohne sich nach dem Wie und dem Warum zu fragen.

Aus dem sicheren Hinterhalt brachte das Telefon gestern morgen Deine Stimme her. Wiedererwacht hinter den Bergen, mit Deinem nüchternen, kollegialen Unterton, zurückhaltend wie jemand, der mit der Spitze eines plötzlich nackten Fußes die Temperatur des Pazifik prüft – der immer eiskalt ist. Du prüftest, Fabio, Du zieltest. Im Zielfernrohr einer tödlichen Waffe war ich, Dein Smaragd der Silberflüsse, ohne äußeres Zeichen von Pracht, obgleich für Dich, vielleicht für uns beide, gesättigt vom nunmehr verblaßten Glanz, mit dem Du mich einst umhüllt hast. In Deinem Visier lag dieses unbesonnene Eingeweide, das der Wissenschaft als schmerzunempfindlich, als unerregbar gilt, und das sich doch aufbäumt und windet, bis der ganze Körper bebt, das wie tot daliegt, oder sich wie elektrisiert in die Luft erhebt. Dieses liebenswerte Eingeweide, das sich teilt und zusammenzieht, das anschwillt und seine tödliche Last trägt, explodiert, stirbt, Schluß, tot, aus. Du zieltest, von Deiner Quechua-Stimme aus, die Sätze mit taytay und kukukie wiederholte, eine bloße Übereinschichtung von Lauten, die wie ein selbstmörderischer Zwang in meine Seele drangen und unversehrt, im Winterschlaf, reglos wie Silikon verharren müssen, eigens zugerüstet, um am Tage des Jüngsten Gerichts – mit Dir, mit mir – wiederaufzuerstehen. Von Deiner bescheidenen Lebensart aus – der nämlichen, die mir die ganze

Welt zu Füßen legte, als ich den Kopf an Deine Schulter lehnte –, vom Aussichtspunkt unserer zählebigen Erinnerung aus, hast Du geschossen. Und ich war im Begriff, zum Ziel zu werden; wie immer fast, allein, frei von den groben Konturen und den erfundenen Wegen, um vor Dir zu fliehen. Ich habe weder das Geräusch des Schusses noch das unheilvolle Schwirren der Kugel gehört. Nur das Läuten des Telefons, den Blick auf den Kalender gerichtet, der den 29. Dezember zeigt, und das Loch mit den zerfransten Rändern, die Schwärze des ausströmenden Blutes, und dann der Schmerz, der sehr viel später kam, natürlich, als die Verbindung unterbrochen wurde und Deine Stimme nicht mehr zu hören war. Faszzzzfs. Du hast gut gewählt. Als ich es nicht mehr hoffte und das Nachdenken – dieser Trost der Enttäuschungen – mich ernsthaft glauben ließ, daß es nichts mehr zu hoffen gab, da tauchte Deine Stimme plötzlich auf wie ein Possenreißer.

Es war keine gewöhnliche Männerstimme, es war die Stimme des Mannes, in der sich die Fortdauer einer niemals zerstörten Bindung ausdrückte. Ob es mir gutginge, ob ich geschrieben hätte, ob der Erfolg mir lachte, ob ich lächelte wie vor noch nicht langer Zeit, einem Monat oder tausend, ob das Lächeln es sanft werden ließe, dieses Frauengesicht, das Du unter asketischen, wiewohl leidenschaftlichen Küssen geformt hast, das Du mit Grimassen und Schluchzern ausgestattet hast, auf dem Du, je nach der Zeit, Tränen oder Schweiß aufgefangen hast.

Ich werfe Dir nicht einmal das Unerwartete Deines Wiederauftauchens vor. Das Heimtückische, perfekt Geplante des Angriffs. Alles ist verziehen, so wie ich Dir ehedem die bloße Tatsache verzeihen mußte, daß Du existiertest und daß Du weiterlebtest, wenn auch unerreichbar für mich.

Ich erinnere mich nicht mehr an die Detonation, die an dem glühenden Dezembermorgen meine Gelassenheit aufstörte, um mich zu überzeugen, daß ich nicht tot war. Ich bin am Leben. Ich beharre. Ich verharre störrisch bei einem Grad von Lebendigkeit, der es Dir notwendig erscheinen ließ, mich ins Visier zu nehmen und zu schießen. Ein bewegliches Ziel ist sehr viel besser, wenn man es sich lebendig erhält. In dieser Apokalypse aus Blut und Revolutionen, von Müttern, die nach Söhnen schreien, deren Namen in keinen Stein gemeißelt sein werden; in der Apokalypse dieses letzten Abschnitts eines gleichwohl verführerischen Jahrhunderts mußte Dein Ziel, um begehrenswert zu sein, sich mit

Anmut und Unschuld bewegen, so wie ich. Bazzzatzzatz. Deine großen, halbblinden Augen lokalisierten ohne Zaudern einen bekannten Körper. Als Du den Schuß abfeuertest, erwartetest Du nicht die Taube, sondern einen Frauenkörper: den meinen. Deine anmutslosen, plumpen Sätze wählten wie vorsätzlich jeden Brennpunkt: einen Wirbel unterhalb des Halses, einen Winkel zwischen den Augen und der Nase, eine Attacke auf den Plexus, einen Stich in den linken Zwischenrippenraum. Eine Atmung, die sich leicht beschleunigt, stockt, in gestreckten Galopp fällt, ein Puls, der von 85 auf 70 sinkt und gleich darauf hinaufrast mit dem Herzen, das, wenngleich es nicht schmerzt, noch irgendeine Verbindung mit einer Telefonstimme hat, dennoch zu schlagen aufhört. Es wird uns eines Tages den Tod bringen. Ich sterbe auch. Schluß.

Ich werfe Dir nur die traurige Komödie vor, die Anlaß zu Deinem weihnachtlichen Anruf gegeben hat. Ich kann Dir Deine grobe Unfähigkeit vorhalten, Dich der Liebeskrankheit auszuliefern, im Wissen darum, daß sie bestürzenderweise vergehen würde, ein einmaliger Strom. Das zügellose Fest Deiner Sinne, die sich anderen Leibern beugten und mehr an die Triebfedern Deiner Hysterie gebunden waren als an ein legitimes Begehren. Ich tadle und verurteile Dich heute, schaudernd im Gedanken an Deine zartfühlenden Fragen, Deine unvergleichliche Stimme in der kybernetischen Komplizenschaft des Radars, für alles, was zu tun Du nicht den Mut fandest. Für die Flucht aus den vorbestimmten Orten, für den schändlichen Verrat am bescheidenen Ideal eines Hauses über dem Meer, mit Kissen als einzigem Komfort; ich wende mich ab von Dir, weil Du jenes Buch von Forster vergessen hast, das Du liebtest und das mich am Ende eifersüchtig machte, oder den dritten Satz von Brahms, der über unseren verschlungenen Händen losbrach, in Santiago. Ich kann die Stunde verfluchen, da ich Dein jugendliches, zu mageres Gesicht erblickte, wie das Gesicht eines seiner Leiden baren Christus, oder ich kann versuchen, nicht daran zu denken, wie verführerisch Dein tiefschwarzes Haar sich in Deinem Männernacken kräuselte. Ich kann Dich zurückstoßen, so wie Du mich zurückgestoßen hast. Ich kann Dich einen Feigling nennen und bis zum Überdruß auf der Schamlosigkeit der Routine beharren, in die Du unser Leben gezwängt hast. Ich verurteile den Charme Deiner Konversation zum Tode. Ich verabscheue Deine zarten Küsse. Ich verschließe die Augen vor den schönsten Abenden, an denen mütterliche Vögel ihren wohltuenden Gesang ertönen ließen. Es ist mein Recht, eine listig eingefädelte Verbindung zu unterbrechen, die meinen Kummer nur noch schwerer macht. Ich habe das Recht der Ehrenhaftigkeit und der alles läuternden Kühnheit auf meiner Seite, weil ich Dich nicht das kleinste der Hindernisse überspringen sah, die unsere Lebensstrekke in eine ungereimte und gespenstische Geschichte verwandelt haben. Ich kann Dir vorwerfen, daß Du mir – grundlos – das Gefühl gegeben hast, ausgelebt zu sein. Dir die genaue Ziffer der Verurteilung nennen, die sich mir aufzwänge. Zwanzig Jahre – oder soviel mir bleiben – Zwangsarbeit (leben, lächeln, schreiben, lieben oder atmen). Ich werfe Dir voll Ekel einen Frauennamen vor, den ich, in der dunklen Festung meines zähen Grolls, in großen Lettern sehe, eingraviert in unschuldige Blechtafeln, als Protagonistin leidenschaftlicher Handlungen. Ich kann Dir eins ums andere alle Dinge nennen, die meine Liebe zu Dir getötet haben, so wie Du, eins ums andere, auf ihnen beharrtest. Ich halte Dir die neue Sorgenlinie zwischen meinen Brauen vor. Das zwanghafte Lachen eines Mundes, der nicht mehr sein wird, der er war. Es täte mir gut, diesen dünnen Faden zu durchschneiden, der – wie eine Amsel – mit Worten und Lauten kommt, in denen die Wunder des Sommers wieder lebendig werden. Dich zu verfluchen, weil Du mich zwingst, ein Doppelleben zu führen und unter den Perlen eines Rosenkranzes aus Vorwürfen einzuschlafen. Es gibt keine größere Verurteilung, als das Recht des Wilden auf seiner Seite zu haben. Die Freunde mögen Dich mit Fug und Recht bedauern. Dein Verstand möge Dir die Billigkeit eines Grolls ohne mildernde Umstände vor Augen führen. Ich könnte ein Ende machen mit dieser selbstmörderischen Wiederbelebung, die mich erneut zum beweglichen Ziel werden läßt, jetzt, da Du zu Weihnachten beschlossen hast, mich ins Visier zu nehmen. Vielleicht gefällt mir aber auch die Möglichkeit, daß Du mich mit einem geglückten Schuß aus dem Weg räumst, daß Du ein für allemal dieser unerschöpflichen Energie meines Herzens ein Ende setzt, dieser verrückten Lebenskraft, die gestern hervorbrach, während ich, noch immer ungläubig, Dir zuhörte, so fern und so nah, daß ich Dich berühren konnte. Ich verurteile Dich zu leiden. Ich verweigere jede Gnade, ich verschmähe die Versöhnung, die mich Frauennamen vergessen läßt (die im übrigen unvergeßlich sind), Feigheiten ohne Zahl, schmerzliche Ungelegenheiten, endlose

Enttäuschungen. Ich gestehe, daß ich einen schwachen Mann geliebt habe, mit schlechtem und treulosem Gedächtnis, der die Zeit damit verbringt, sorgfältig zu verschwinden, ohne Fingerabdrücke zu hinterlassen, eine unleserliche Unterschrift, die sich auflöst wie die Gezeiten, ein paar arabische Zeichen, die versuchen, der Name eines Mannes zu sein, mit dem die intime, die blutige Geschichte an Hunger, an Erschlaffung oder an Erstarrung gestorben ist. Ich verwerfe alles an Dir, so wie es mich ehedem angezogen hat; ich verurteile Deine Wiederkehr und verfluche die Schwäche, die mich die Nähe dessen suchen läßt, das wiederaufzuleben sich angemaßt hat.

Und deshalb, mein Liebster, knie ich an diesen Weihnachtstagen vor irgendeinem Bild nieder, in einem neutralen Winkel des Hauses. Aus all diesen Gründen danke ich einem gütigen Himmel, der den gedämpften Tönen meines Herzens Gehör geschenkt hat. Auf diese Weise antworte ich auf alle Deine Worte, mein Liebster, und, heute noch schaudernd, halbtot vor Glück – bedecke ich mit Küssen diesen unheimlichen, unparteiischen Apparat, dieses freundliche Telefon, das Dich hergebracht hat. Und ich beantworte alle Fragen, die Du mir gestellt hast, mit einem vielfachen Ja. Und sehr viel mehr als das, mein Liebster, ich liebe Dich zärtlich, ich schulde Dir Dank.

Augusto Monterroso
Das Konzert

Ein paar Minuten noch, dann wird sie mit Eleganz ihren Platz am Flügel einnehmen. Mit einer kaum merklichen Kopfbewegung wird sie die geräuschvolle Huldigung des Publikums entgegennehmen. Die Pailletten an ihrem Kleid werden aufblitzen, als ob sie den anschwellenden Applaus der einhundertsiebzehn Personen reflektierten, die diesen kleinen und exklusiven Saal füllen, alles Freunde von mir, die begeistert oder widerstrebend – die Wahrheit werde ich nie wissen – ihrem Versuch lauschen werden, die schönste Musik der Welt wiederzugeben.

Ich glaube, daß es die schönste Musik der Welt ist, aber ich weiß es nicht. Bach, Mozart, Beethoven. Ich habe so oft gehört, sie seien unübertrefflich, daß ich es mir jetzt schon selbst einbilde. Und es behaupte, wenn die Sprache darauf kommt. Ehrlich gesagt, ist es mir allerdings lieber, nicht darüber sprechen zu müssen. In meinem Innersten bin ich überzeugt, daß sie mir nicht gefallen, und ich fürchte, daß die anderen meine verlogene Begeisterung spüren.

Nie im Leben bin ich ein Liebhaber der Kunst gewesen. Wäre es meiner Tochter nicht eingefallen, Pianistin zu werden, dann hätte ich jetzt nicht dieses Problem. Indessen, ich bin ihr Vater und kenne meine Pflicht: Ich muß ihr zuhören und sie unterstützen. Ich bin Geschäftsmann und fühle mich nur glücklich, wenn ich Geschäfte mache. Ich sage es noch einmal: Ich bin kein Künstler. Wenn es aber eine Kunst ist, ein Vermögen anzuhäufen und den Weltmarkt zu beherrschen und die Konkurrenten auszuschalten, dann erhebe ich Anspruch auf den ersten Platz in dieser Kunst.

Die Musik ist schön, gewiß. Aber ich weiß nicht, ob meine Tochter fähig ist, diese Schönheit wiederzugeben. Sie selber zweifelt daran. Immer wieder habe ich sie nach den Aufführungen weinen sehen, trotz des Beifalls. Andererseits, wenn jemand ohne echte Begeisterung klatscht, besitzt meine Tochter die Gabe, ihn unter sämtlichen Anwesenden herauszufinden, und das genügt, daß sie leidet und ihn für immer haßt. Doch kommt es nur selten vor, daß jemand kalten Beifall spendet. Meine nächsten Freunde haben am eigenen Leib erfahren, daß Kälte beim Applaus gefährlich ist und den Ruin bedeuten kann. Gäbe sie nicht ein Zeichen, daß sie die Ovationen für ausreichend erachtet, so würden sie die ganze Nacht lang klatschen, da keiner wagt, als erster aufzuhören. Manchmal hoffen sie auf meine Ermüdung, um mit Klatschen einzuhalten, und dann sehe ich, wie sie auf meine Hände achtgeben, ängstlich darauf bedacht, mir beim Einleiten der Stille nicht zuvorzukommen. Früher haben sie mich zu täuschen vermocht, wenn sie mir vormachten, sie seien aufrichtig bewegt. Aber die Zeit ist nicht umsonst vergangen, und am Ende habe ich sie durchschaut. Ein beständiger und wachsender Haß bemächtigte sich meiner. Aber ich bin selbst falsch und betrügerisch. Ich applaudiere ohne Überzeugung. Ich bin kein Künstler. Die Musik ist schön, doch im Grunde ist mir das gleichgültig, und sie langweilt mich. Auch meine Freunde verstehen nichts von Kunst. Es macht mir Spaß, sie zu demütigen, aber sie kümmern mich nicht.

Die mich irritieren, sind andere. Sie sitzen immer in den ersten Reihen und machen sich dauernd Notizen. Sie bekommen Freikarten, die meine Tochter sorgfältig ausstellt und ihnen persönlich zuschickt. Auch sie verabscheue ich. Es sind die Zeitungsschreiber. Natürlich fürchten sie mich, und häufig kann ich sie kaufen; gleichwohl kennt die Frechheit von zweien oder dreien keine Grenzen, und ein paarmal haben sie sich erdreistet zu behaupten, meine Tochter sei eine miserable Klavierspielerin. Meine Tochter ist keine schlechte Pianistin. Das versichern mir ihre eigenen Lehrer. Sie hat von Kindheit an geübt und bewegt die Finger gelenkiger und flinker als irgendeine meiner Sekretärinnen. Es stimmt, daß ich ihre Darbietungen selten verstehe, aber das kommt daher, daß ich kein Künstler bin, und das weiß sie auch.

Der Neid ist eine abscheuliche Sünde. Vielleicht steckt dieses Laster meiner Feinde hinter den gelegentlichen negativen Urteilen. Es sollte mich gar nicht wundern, wenn einer von denen, die jetzt so schön lächeln und im nächsten Augenblick stürmisch applaudieren werden, diese abfälligen Kritiken lanciert. Einen mächtigen Vater zu haben, ist für sie günstig und zugleich abträglich gewesen. Ich frage mich, was die Presse über sie schriebe, wenn sie nicht meine Tochter wäre. Ich komme immer wieder zu dem Schluß, daß sie niemals künstlerische Ambitionen hätte haben sollen. Das hat uns nur Unsicherheit und Schlaflosigkeit eingebracht. Aber wer hätte vor zwanzig Jahren ahnen können, daß ich dahin kommen würde, wo ich heute bin. Nie werden wir mit Sicherheit wissen, sie nicht und auch ich nicht, wie gut sie in Wirklichkeit ist, was sie tatsächlich kann. Eigentlich ist es für einen Mann wie mich lächerlich, sich darüber soviel Gedanken zu machen.

Wäre sie nicht meine Tochter, so würde ich zugeben, daß ich sie hasse. Daß ein hartnäckiger Groll in mir aufsteigt, sobald sie auf dem Konzertpodium erscheint, ein Groll auch gegen mich selbst, weil ich ihr erlaubt habe, diesen irrigen Weg einzuschlagen. Sie ist meine Tochter, selbstverständlich, aber gerade deshalb hätte sie mir das nicht antun dürfen.

Morgen wird ihr Name in den Zeitungen stehen, und das Beifallklatschen wird sich in Druckbuchstaben vervielfältigen. Sie wird vor Stolz anschwellen und mir mit erhobener Stimme den Lobgesang der Kritiker vorlesen. Und doch werde ich, je weiter sie kommt, bei den letzten Kritiken, deren Lob am lautesten und überschwenglichsten klingt, beobachten können, wie ihre Augen feucht werden und wie ihre Stimme erlischt, bis sie nur noch ein schwaches Raunen ist, und wie sie schließlich in Weinen ausbrechen wird, in ein untröstliches, nicht endenwollendes Weinen. Und ich werde bei all meiner Macht außerstande sein, sie zu überzeugen, daß sie wirklich eine gute Pianistin ist und daß Bach, Mozart und Beethoven ihre Freude hätten an der Geschicklichkeit, mit der sie ihre Botschaft am Leben erhält.

Jetzt ist diese plötzliche Stille eingetreten, die ihren Auftritt ankündigt. Gleich werden ihre langen und harmonischen Finger über die Tasten gleiten, der Saal wird sich mit Musik füllen, und ich werde wieder dasitzen und leiden.

Silvina Ocampo
Wir

»Schau dich nur nie im Spiegel an! Das wäre überflüssig«, sagen unsere Freunde zu mir. »Um dich zu kämmen oder die Krawatte zu binden, brauchst du bloß Eduardo anzuschauen, er sieht ja aus wie du.«

Sie behaupten, daß wir einander wie ein Ei dem andern gleichen, aber ich kenne die Unterschiede, die zwischen uns bestehen, wie den Unterschied, der zwischen meiner linken Hand und meiner rechten Hand oder meinem rechten Auge und meinem linken Auge besteht. Mein Gesicht ist – ohne unbescheiden sein zu wollen – im Profil vollkommener als das Eduardos, das Wangengrübchen, das so viel Erfolg hat, gräbt sich bei mir tiefer, wenn wir lachen. Deshalb schauen mir die Mädchen so hinterher. Trotzdem habe ich nie versucht, mich in andere Frauen zu verlieben, als in die, für die mein Bruder entbrannte. Zuweilen dachte ich, es wäre angemessen, mich ein wenig unabhängig zu machen, das gebe ich zu, aber ich hatte keinen Mut. Ich bin glücklich: weshalb also ein Haar in der Suppe suchen? Wir kommen aus einer wohlhabenden und vornehmen Familie. Morgens nehmen wir ein reichhaltiges Frühstück ein, um das uns sogar der König von England beneiden würde. Wir widmen uns verschiedenen Sportarten: Speerwerfen, Schwimmen oder Golf. Nachmittags sind wir mit unserer gewöhnlichen Tätigkeit beschäftigt, die uns mit so großer Befriedigung erfüllt. Ich glaube, wir wissen überhaupt nicht, was das ist, traurig oder deprimiert sein. Wir bräuchten nur den Kleiderschrank zu öffnen und unsere spiegelblanken Schuhe zu betrachten, um jeden sorgenvollen Gedanken zu vertreiben. Unsere Haushälterin ist eine Seele von Mensch; sie trägt zu unserem Lebensglück bei. (Zugehfrau, Kinderfrau, Hausfrau – immer haben uns diese exemplarischen Frauen fasziniert.) Eines Tages verliebten wir uns in sie, weil wir sie bei der Hand hatten, aber wir erlebten prompt eine schreckliche Enttäuschung: ihre Zähne, die uns einer Perlenkette zu gleichen schienen, waren falsch. Wir fanden sie in einem Wasserglas, in ihrem Zimmer. Und ihre Füße, über die wir stolperten, hatten einen nach oben gestellten Zeh. Ihr Frühstück bestand aus Schmant auf einem Stück Brot und kleingehacktem Knoblauch.

»Wir sollten lieber an etwas anderes denken«, sagte ich zu Eduardo, der mich sofort verstand.

Arme Bernarda! Was hat sie sich nicht für Illusionen über uns gemacht. Aber ich will nicht an fremdes Unglück denken! Für sie werden wir stets die Schoßkinder, die Lausejungen, die sorglosen jungen Männer sein.

Als wir uns in Leticia verliebten, glaubten wir, die Welt würde sich ändern. Das Glück ist unersättlich: wir wollten mehr und immer mehr. Wir lernten sie im Schwimmklub von San Isidro kennen. Eduardo war es, der sie mit ich weiß nicht welchen Tricks eroberte. Ich war Feuer und Flamme, aber sie wollte nichts von mir wissen.

»Warum benutzen Sie dauernd den Plural?« sagte sie zu mir.

»Belästige ich Sie?« fragte ich.

»Eduardo ist mein Verlobter, verstehen Sie nicht?« antwortete sie.

Betrübt entfernte ich mich.

Zuweilen verwechselte sie mich mit Eduardo, wenn sie mich auf der Straße traf, und begrüßte mich überschwenglich, oder am Telefon, wenn sie zu Hause anrief, um mit ihm zu sprechen, und mir zärtliche Sätze sagte, die mir gefielen. Als Eduardo heiratete, gab ich vor, mich ein paar Monate nach Patagonien zu begeben – ein idealer Ort für einen Menschenfeind. Ich stieg inkognito in einem Hotel in Buenos Aires ab und gab mich der Illusion hin, eine Reise durch Europa zu machen. Eduardo kam mich nachmittags besuchen, die Taschen voll Tafeln Schweizer Schokolade. Vom Hotel aus rief er seine Frau an und gab mir dann den Hörer, damit ich die Unterhaltung zu Ende führte. Das tat ich von Herzen gern, denn Leticia sagte mir feurige Worte mit einer nicht weniger feurigen Stimme. Was hatten wir doch für einen Spaß!

In dem Viertel, in dem Eduardo lebte, gab es, damals wie heute, häufig Stromunterbrechungen, die vorher in den Tageszeitungen angekündigt wurden. Dieser Umstand erleichterte die Dinge. Eduardo brachte mir, unter zahlreichen schamhaften Umschreibungen, den Gedanken nahe:

»Warum verbringst du nicht die Nacht mit Leticia? Ich löse dich vor sieben Uhr morgens ab.«

Er gab mir die Schlüssel. Mit klopfendem Herzen willigte ich ein und begab mich in die Wohnung, die in der Calle Junín liegt. Es war vereinbart, daß ich um Mitternacht eintreffen sollte, der

Stunde, zu der Eduardo von einem Herrenessen im Hotel Alvear zurückkehren sollte. Ich nahm ein paar Pillen für die Nerven und erreichte die Wohnung, nachdem ich mich länger als nötig im Fahrstuhl aufgehalten hatte. Ich öffnete ruhig die Wohnungstür und hörte nackte Schritte auf dem Teppich. Leticia warf sich in meine Arme. Eduardo hatte mir gesagt:

»Du mußt mich vertreten. Nenn sie *mein Lämmchen.*«

Es kostete mich keine Mühe mir vorzustellen, daß ich Eduardo sei. Als Kind hatte ich oft ein ähnliches Spiel gespielt, aber sie Lämmchen zu nennen brachte ich nicht fertig. Ich hob sie in meine Arme und trug sie ins Bett. An den Rest habe ich so gut wie keine Erinnerung. Die sexuelle Erregung ist eine Art Hypnotikum, das mir die Erinnerung raubt. Als Eduardo kam, um mich abzulösen, lag ich in tiefem Schlaf. Mit großer Vorsicht mußte er sich dem Bett nähern und mich wecken, bevor Leticia aufwachen würde. Ich ging noch mehrere Male hin, unter ähnlichen Umständen, um in Leticias Armen zu schlafen. Das Leben gestaltete sich angenehm und war nicht frei von Gefahren und Abwechslungen.

Zwei Menschen gemeinsam wagen alles: Eduardo und ich, wir sind stärker als die meisten Leute. Welche anderen Zwillinge hätten eine solche Tat gewagt?

Es heißt mit Recht, daß Liebe blind macht. Der Herbst begann. Eine Woche lang lebte Leticia mit mir zusammen, im Glauben, ich sei Eduardo. Ich selbst glaubte schließlich, ich sei Eduardo, so sehr hatte ich ihn nachgeahmt. Aber ein unangenehmes Ereignis brach den Zauber. Leticia kamen boshafte Kommentare zu Ohren, von Personen, die Eduardo zu der Stunde gesehen hatten, da sie in meinen Armen lag. Leticia begann über mögliche Verdoppelungen und magische Umstände nachzugrübeln, die es möglich machten, daß sie in Eduardos Armen lag, während Eduardo an anderen Orten weilte. Jemand machte, vielleicht in boshafter Absicht, unbemerkt ein Foto von Eduardo in einem Haus, in dem Poker gespielt wurde. Die Fotografie trug das Datum und die Adresse auf der Rückseite, und jemand schickte sie Leticia.

Leticia verfiel in kalte Grübeleien, während ich sie in meinen Armen hielt. Sie gestand mir ihre Besorgnisse. Ich beruhigte sie. Mein Leben war kein Leben mehr! Eines Morgens glaubte ich, Leticia schliefe, wie sie es gewöhnlich tat, wenn Eduardo mich ablöste. Verstohlen erhob ich mich, als ich Eduardo hereinkommen hörte und an der Tür erblickte. Das Blut gefror uns in den

Adern! Wie ein Gespenst erhob sich Leticia aus dem Bett. Soviel Ruhe war unmenschlich. Sie ging auf das Telefon zu und sprach mit einem Teppichgeschäft, um jemanden zu bestellen, der die Teppiche verlegen sollte. Ich dachte, sie würde einen von uns beiden umbringen oder uns anzeigen. Gewiß hinderte sie die Scham daran. Sie versuchte mit allen Mitteln zu erreichen, daß Eduardo sich mit mir schlug.

Wir packten unseren Koffer, und Eduardo und ich verließen dieses Haus, in dem das Leben uns jetzt langweilig erschien, um nicht zu sagen unerträglich.

Juan Carlos Onetti
Das so gefürchtete Inferno

Der erste Brief, die erste Fotografie, wurde ihm in die Zeitung geschickt, zwischen Mitternacht und Redaktionsschluß. Er klopfte gerade auf die Maschine, ein wenig hungrig, ein wenig krank von Kaffee und Tabak, vertraut, selig dem Werden des Satzes, dem gehorsamen Erscheinen der Worte hingegeben. Er schrieb: »Es wäre noch zu betonen, daß die Herren Kommissare nichts Verdächtiges, ja nicht einmal etwas Ungewöhnliches im großartigen Triumph von ›Play Boy‹ sahen, der auf der Winterrennbahn im Vorteil war und in der entscheidenden Phase wie ein Pfeil dominierte«, als er die rote, tintenbekleckste Hand von »Politik« sah, zwischen seinem Gesicht und der Maschine; sie hielt ihm den Umschlag hin.

»Das ist für dich. Immer hauen sie die Korrespondenz durcheinander. Nicht ein einziger gottverdammter Termin für einen Klub, und dann kommen sie und heulen, und wenn sich die Wahlen nähern, dann scheint ihnen kein Platz groß genug. Und jetzt ist Mitternacht, und sag du mir, wie soll ich denn die Spalte füllen?«

Auf dem Umschlag stand sein Name. »Abteilung Rennen, El Liberal«. Das einzig Merkwürdige: ein paar grüne Marken und der Briefstempel »Bahía«. Er schrieb den Artikel zu Ende; da kamen sie auch schon aus der Setzerei, ihn anzufordern. Er war matt und zufrieden, fast allein im riesigen Redaktionsraum, und er dachte an den letzten Satz: »Wir möchten das nochmals bestätigen, mit aller Objektivität, die wir seit Jahren allen unseren Behauptungen angedeihen lassen. Wir sind das einem sportliebenden Publikum schuldig.« Der Neger sah Kuverts im Archiv durch, die reife Frau von »Gesellschaft« zog langsam die Handschuhe in ihrer Glaskabine aus, als Risso, unvorsichtigerweise, den Umschlag öffnete.

Drinnen war ein Foto, Postkartengrüße, ein braunes, unterbelichtetes Foto, an dessen düsteren Rändern Haß und Unflätigkeit anwuchsen, unbestimmte dicke Streifen bildend, wie ein Relief, wie Schweißtropfen, die ein angstverzerrtes Gesicht umgeben. Er sah es überrascht, verstand nicht ganz, wußte, daß er alles gegeben hätte, wenn er das Gesehene vergessen könnte.

Er steckte die Fotografie in eine Tasche und zog sich den Mantel an, während »Gesellschaft« rauchend aus ihrer Glaskabine kam, einen Fächer von Papieren in der Hand.

»Hallo!« sagte sie, »da bin ich nun; der Ball ist gerade erst zu Ende.«

Risso betrachtete sie von oben. Das helle gefärbte Haar, die Falten am Hals, das Doppelkinn, das rund und spitz wie ein kleiner Bauch herabfiel, die winzigen, exzessiv fröhlichen Kleinigkeiten, die ihre Kleider schmückten. »Es ist eine Frau, auch sie. Jetzt sehe ich an ihr das rote Halstuch, die violetten Nägel der alten, tabakgelben Finger, die Ringe und Armbänder, das Kleid, das ihr ein Schneider an Zahlungs Statt gab, nicht ein Liebhaber; die unendlich hohen, vielleicht schiefen Absätze, der fast wütende Enthusiasmus, den sie in ihr Lächeln legt. Alles ist leichter, wenn ich überzeugt bin, daß auch sie eine Frau ist.«

»Es ist spaßig, wie geplant: wenn ich komme, gehen Sie, als ob Sie immer die Flucht vor mir ergreifen wollten. Draußen herrscht eisige Kälte. Man läßt mir, wie versprochen, das Material hier, aber nicht einmal einen Namen, eine Überschrift: ›Erraten Sie's, irren Sie sich, publizieren Sie einen phantastischen Blödsinn!‹ Ich kenne nur die Namen des Brautpaars, und das dank Gott. Überfluß und schlechten Geschmack, das gab's. Die Freunde wurden durch einen glänzenden Empfang im Haus der Brauteltern geehrt. An einem Samstag ist nicht gut heiraten. Richten Sie sich jedenfalls darauf ein: von der Rambla her kommt Eiseskälte.«

Als Risso sich mit Gracia César verheiratete, schwiegen wir alle dazu und ließen die pessimistischen Prophezeiungen ungesagt. Zu jener Zeit blickte sie die Einwohner von Santa Maria von den Plakaten des »Kellers«, der Theatergemeinschaft, an, von Wänden, die zu Herbstende sehr alt aussahen. Manchmal intakt, oder mit Bleistiftbart, oder von wütenden Fingernägeln zerfetzt, andere vom Regen – so wandte sie halb den Kopf und blickte wach, ein wenig mißtrauisch auf die Straße, ein wenig auch von der Hoffnung geblendet, sie könnte überzeugen, könnte verstanden werden. Durch den Glanz in den feuchtschimmernden Augen, der durch die fotografische Vergrößerung des »Ateliers Orloff« hineinprojiziert worden war, konnte man auf ihrem Gesicht auch die Komödie der Liebe für das ganze Leben sehen, und die entschlossene und ausschließliche Suche nach dem Glück war damit ausgedrückt.

Das war gut, so mußte er wohl gedacht haben, so war es wünschenswert, war notwendig, stimmte mit dem Ergebnis der Multiplikation der Witwermonate Rissos mal der Summe unzähliger gleicher Samstagmorgen überein, in denen er, im Bordell an der Küste, geschickt höfliche Posen eingenommen hatte, Posen des Wartens, der Vertrautheit. Ein Glanz, jener der Plakataugen, verknüpfte sich mit der frustrierten Geschicklichkeit, womit er wieder den Knoten der immer nagelneuen, schwarzen Trauerkrawatte band, vor dem ovalen, drehbaren Spiegel im Schlafzimmer des Bordells.

Sie heirateten, und Risso glaubte, es genüge, wie immer weiterzuleben, aber nun legte er, ohne daß er daran dachte, die Wut seines Körpers in sie hinein, die wahnsinnige Notwendigkeit, etwas Absolutes zu haben, die ihn in den langen Nächten besessen hatte.

Sie dachte an Risso wie an eine Brücke, einen Ausweg, einen Anfang. Sie hatte unberührt zwei Verlobungen hinter sich gebracht – mit einem Direktor, einem Schauspieler –, vielleicht weil Theater für sie nicht nur Spiel, sondern auch Beruf war, und weil sie dachte, daß Liebe abseits entstehen und behütet werden müsse, nicht befleckt durch das, was man tut, um sich Geld und Vergessen zu sichern. Mit dem einen und dem anderen Mann war sie verdammt, bei Verabredungen auf den Plätzen, der Rambla oder im Café zu spüren, wie mühsam diese Versuche waren, wie anstrengend die Anpassung, wie sehr sie auf Stimme und Hände achtgeben mußte. Sie spürte ihr eigenes Gesicht immer eine Sekunde bevor ein Ausdruck darauf trat – als könne sie ihn betrachten oder berühren. Sie handelte mutig und ungläubig, erkannte ausweglos ihr Spiel und das des anderen – Schweiß und Theaterstaub, der sie untrennbar bedeckte, Zeichen der Zeit.

Als die zweite Fotografie kam (von Asunción, mit einem offensichtlich anderen Mann), fürchtete Risso vor allem, ein unbekanntes Gefühl nicht ertragen zu können, das weder Haß noch Schmerz war, das mit ihm namenlos sterben würde, das verwandt war mit Ungerechtigkeit und Verhängnis, mit der ersten Angst des ersten Menschen auf der Erde, mit dem Gefühl des Nichts und dem Beginn des Glaubens.

Die zweite Fotografie wurde ihm von »Gerichtssaal« übergeben, eines Mittwochnachts. Am Donnerstag konnte er über seine Tochter von zehn Uhr morgens bis zehn Uhr abends verfügen. Er entschloß sich zuerst, den Umschlag zu zerreißen, ohne ihn zu öffnen; er steckte ihn ein, und erst am Donnerstagmorgen, während seine Tochter ihn im Saal der Pension erwartete, erlaubte er sich einen raschen Blick auf das Foto, bevor er es über der Klosettmuschel zerriß: auch hier war der Mann von hinten zu sehen.

Aber er hatte das Foto aus Brasilien oft angesehen. Er bewahrte es einen ganzen Tag auf, und im Morgengrauen dachte er an einen Scherz, einen Irrtum, an eine vorübergehende, absurde Geschichte. Das hatte er schon erlebt; er war oft aus seinem Alptraum aufgewacht, hatte diensteifrig und dankbar den Blumen an der Schlafzimmerwand zugelächelt. Er lag auf dem Bett, als er den Umschlag aus dem Sakko zog und das Foto aus dem Umschlag.

»Gut«, sagte er laut, »es ist gut, es ist sicher, so ist es. Es hat keine Bedeutung; auch wenn ich es nicht sähe, würde ich wissen, daß es geschieht.«

(Als die Fotografie mit dem Selbstauslöser gemacht und in der Dunkelkammer im roten, ermutigenden Schein der Lampe entwickelt wurde, da hatte die Frau diese Reaktion Rissos wahrscheinlich vorhergesehen: diesen Trotz, diese Weigerung, sich in der Wut Luft zu schaffen. Sie hatte auch vorhergesehen, oder es vielleicht gewünscht, mit einer kleinen, schlecht erkennbaren Hoffnung, daß er aus der offenen Beleidigung, der entsetzlichen Würdelosigkeit eine Liebesbotschaft ausgraben möge.)

Er schützte sich wieder, bevor er das Foto ansah: »Ich bin allein, ich sterbe vor Kälte in einer Pension in der Calle Piedras, in Santa Maria, an irgendeinem Morgen, allein, meine Einsamkeit bereuend, als ob ich sie gesucht hätte, stolz, als ob ich sie verdient hätte.«

Auf der Fotografie stemmte die Frau ohne Kopf ihre Fersen aufreizend auf den Rand eines Diwans, wartete so auf die Ungeduld des obskuren Mannes, der, unvermeidlich, im Vordergrund riesenhaft erschien – und sie war sicher, sie brauchte ihr Gesicht nicht zu zeigen, um erkannt zu werden. Auf der Rückseite stand, in ihrer ruhigen Schrift: »Grüße aus Bahía.«

In der Nacht, die der zweiten Fotografie entsprach, dachte er, er könne die ganze Infamie begreifen, könne sie akzeptieren. Aber er wußte, daß Überlegung, Beharrlichkeit, organisierte Raserei, womit Rache geübt wurde, ihm nicht zu Gebote standen. Er prüfte: er war dem nicht gewachsen; er fühlte sich unwürdig, so vielen Hasses, so vieler Liebe, so starken Wollens, Leid zuzufügen.

Als Gracia Risso kennenlernte, konnte sie viele gegenwärtige und zukünftige Dinge mutmaßen. Sie ahnte seine Einsamkeit, wenn sie sein Kinn und einen Westenknopf ansah, sie ahnte, daß er verbittert und nicht besiegt war, daß er Revanche brauchte, und es sich nicht klarmachen wollte. Viele Sonntage sah sie ihn auf dem Platz, vor der Vorstellung, vorsichtig rechnend, das mürrische, leidenschaftliche Gesicht, den schmierigen Hut vergessen auf dem Kopf, den großen trägen Körper, den er langsam verfetten ließ. Sie dachte das erste Mal an Liebe, als sie allein waren, an Begierde, oder an die Begierde, mit ihrer Hand die Trauer der Backenknochen und Wangen des Mannes zu lindern. Sie dachte auch an die Stadt, in der die einzig mögliche Weisheit hieß: zur rechten Zeit resignieren. Sie war zwanzig Jahre alt, Risso vierzig. Sie begann an ihn zu glauben. Sie entdeckte, wie intensiv Neugier sein kann, und sagte sich, daß man nur dann wirklich lebt, wenn jeder Tag seine Überraschung bietet.

Während der ersten Wochen schloß sie sich ein, um allein zu lachen, sie auferlegte sich götzenhafte Anbetung, lernte, Seelenzustände durch Gerüche zu unterscheiden. Sie orientierte sich, entdeckte, was hinter Stimme, Schweigen, den Launen und Körperhaltungen des Mannes steckte. Sie liebte die Tochter Rissos, veränderte ihr Aussehen, strich die Ähnlichkeit mit dem Vater besonders heraus. Sie ging nicht vom Theater weg, denn die Stadtgemeinde subventionierte es endlich, und jetzt hatte sie im »Keller« einen sicheren Verdienst, eine Welt, von ihrem Haus, dem Schlafzimmer, dem rasenden, unzerstörbaren Mann getrennt. Sie wollte nicht auf Wollust verzichten; sie wollte ausruhen und sie vergessen, wollte, daß die Wollust ruhe und vergesse. Sie machte Pläne und verwirklichte sie; sie war sicher, daß das Universum der Liebe unendlich groß war, sicher, daß jede Nacht für sie immer anders, erstaunlich sein würde, neu.

»Alles«, sagte Risso immer wieder, »absolut alles kann uns geschehen und wir werden immer glücklich sein und uns lieben. Alles, ob das nun Gott, oder ob wir es erfinden.«

In Wirklichkeit hatte er früher nie eine Frau gehabt, und glaubte jetzt, das zu erzeugen, was ihm auferlegt wurde. Aber nicht sie zwang ihm das auf, Gracia César das Geschöpf Rissos, abgetrennt von ihm, um ihn ergänzen zu können, wie die Luft die Lunge, wie der Winter das Getreide.

Das dritte Foto ließ drei Wochen auf sich warten. Es kam auch aus Paraguay, nicht in die Zeitungsredaktion, sondern in die Pension, und das Dienstmädchen brachte es ihm am Ende eines Nachmittags, als er aus einem Traum erwachte, worin man ihm geraten hatte, sich gegen Furcht und Irrsinn zu verteidigen; er solle jede Fotografie, die noch kam, in der Brieftasche aufbewahren, sie anekdotisch, unpersönlich, unschädlich machen; er brauchte sie dazu nur hundertmal täglich zerstreut ansehen.

Das Dienstmädchen klopfte an die Tür, und er sah den Umschlag in den Brettchen der Jalousie hängen, und spürte, wie er in der schmutzigen Luft seine schädliche Natur und zuckende Drohung ausschwitzte. Er sah ihn vom Bett aus an wie ein Insekt, wie ein giftiges Tier, das man zertreten kann, wenn man auf seine Sorglosigkeit, den günstigen Irrtum wartet.

Auf der dritten Fotografie war sie allein und stieß mit ihrer Weiße die Schatten aus einem schlecht beleuchteten Zimmer, sie hatte den Kopf schmerzhaft nach hinten geworfen, der Kamera entgegen, war robust, auf allen vieren. So unverwechselbar jetzt, als hätte sie sich in einem Atelier fotografieren lassen und hätte mit dem zartesten, am meisten charakteristischen und ausweichenden Lächeln posiert.

Nur hatte jetzt Risso ein unabänderliches Erbarmen mit ihr, mit sich, mit allen Liebenden, die auf der Welt geliebt haben, Mitleid mit Wahrheit und Irrtum ihres Glaubens, mit der einfachen Absurdität der Liebe, und der komplexen Absurdität der von Menschen geschaffenen Liebe.

Aber er zerriß auch diese Fotografie und wußte, daß es ihm unmöglich sein würde, noch eine zu sehen und weiterzuleben. Aber nach dem magischen Plan, wonach sie sich zu verständigen und miteinander zu sprechen begonnen hatten, war Gracia gezwungen, sich bewußt zu werden, daß er diese Fotos, kaum daß sie angekommen waren, zerriß, jedesmal weniger neugierig, mit weniger Gewissensbissen.

Nach diesem magischen Plan waren alle diese groben oder schüchternen, dringend benötigten Männer nichts als Hindernisse, Mißachtungen des rituellen Aktes: auf der Straße oder im Café den Naivsten und Unerfahrensten auszusuchen, der sich ohne Mißtrauen dazu hergeben konnte, mit einem komischen Stolz vor Kamera und Auslöser zu posieren; den am wenigsten Unangenehmen unter allen, die der auswendig hergesagten Rede Glauben schenken mochten, welche die eines Handelsvertreters hätte sein können: »Ich hatte noch nie einen solchen Mann: so einzigartig, so anders. Und ich weiß bei diesem Theaterleben nie, wo ich morgen sein und ob ich dich wiedersehen werde. Ich will dich wenigstens auf einer Fotografie haben, wenn wir weit voneinander entfernt sind und ich dich vermisse.«

Es war fast immer leicht, Männer zu überreden (sie dachte dabei an Risso oder sparte es sich für morgen auf), und dann tat sie ihre Pflicht, die sie sich auferlegt hatte: sie postierte die Lichter, machte die Kamera schußfertig, setzte den Mann in Glut. Wenn sie an Risso dachte, rief sie sich einen alten Vorfall ins Gedächtnis: Sie gab ihm wieder die Schuld, daß er sie damals nicht geschlagen, sie für immer mit einem bläßlichen Schimpfwort hinausgeworfen hatte, mit einem intelligenten Lächeln, einer Bemerkung, die sie mit allen übrigen Frauen vermengte. Und daß er sie nie verstand, daß er gezeigt hatte, trotz der Nächte und der schönen Phrasen, daß er sie nie verstanden hatte.

Ohne allzu große Hoffnung ging sie schwitzend durch das ewig dumpfe und warme Hotelzimmer, maß die Entfernung, stellte die Blende ein, korrigierte die Position des steifen Männerkörpers. Sie zwang den Mann, der gerade an der Reihe war, mit irgendeinem Hilfs-, einem Reizmittel, einer liederlichen Lüge, ihr das zynische, mißtrauische Gesicht zuzuwenden. Sie versuchte zu lächeln, zu verlocken; sie ahmte das zärtliche Zungenschnalzen nach, wie man das bei Neugeborenen macht; sie berechnete den Ablauf der Sekunden und berechnete gleichzeitig, wie intensiv das Foto auf ihre Liebe zu Risso anspielen würde.

Aber da sie das nie erfahren konnte, da sie nicht einmal wußte, ob die Fotografien in die Hände Rissos gelangten oder nicht, wurden die Fotos immer drastischer; sie verwandelte sie in Dokumente, die mit ihnen, Risso und Gracia, sehr wenig zu tun hatten.

Sie ging so weit, zu erlauben und zu erzwingen, daß die von der Gier schmal gewordenen Gesichter, durch den alten männlichen Traum von Besitzergreifung verblödet, der Kamera mit hartem Lächeln, einer verschämten Frechheit ins Auge sahen. Sie fand es nötig, sich zurückgleiten zu lassen, so ins Blickfeld zu kommen, daß die kurze Nase, die großen dreisten Augen aus dem Nichts, das ein Foto nicht fassen kann, herabkamen, um die schmutzige Welt, die tölpelhafte, falsche fotografische Vision wiederzugeben. Satiren auf die Liebe, die sie regelmäßig nach Santa Maria zu schicken geschworen hatte. Aber ihr wirklicher Fehler war: an wechselnde Anschriften zu schreiben.

Die erste Trennung, sechs Monate nach der Heirat, war willkommen und übertrieben angsterfüllt. »Der Keller« – jetzt das Stadttheater von Santa María – fuhr nach El Rosario. Sie wiederholte dort das gleiche blendende Spiel, eine Schauspielerin unter Schauspielern zu sein und an das zu glauben, was auf der Bühne geschah. Das Publikum war bewegt, applaudierte oder ließ sich nicht mitreißen. Pünktlich erschienen Programme und Kritiken; und die Leute akzeptierten das Spiel und spielten es bis zum Ende des Abends mit; sie sprachen davon, was sie gesehen und gehört hatten, sie hatten bezahlt, um sehen und hören zu können, und sprachen mit einer gewissen Verzweiflung, einem gewissen hitzigen Enthusiasmus über Handlungen, Bühnenbilder, Dialoge und Verwicklungen.

So also wurde das Spiel, das abwechselnd melancholische und berauschende Heilmittel, das sie begann, wenn sie sich langsam dem Fenster näherte, das auf den Fjord hinausging, erschauderte und für den ganzen Saal murmelte: »Vielleicht... aber auch mein Leben ist voller Erinnerungen, von denen die anderen nichts wissen«, auch in El Rosario akzeptiert. Immer fielen Spielkarten, wenn sie ausspielte; das Spiel kam in endgültige Form, und es war unmöglich, sich nur zu unterhalten, es von außen zu betrachten.

Diese erste Trennung dauerte genau zweiundfünfzig Tage, und Risso versuchte in dieser Zeit das Leben nachzuahmen, das er mit Gracia César während der sechs Monate Ehe geführt hatte. Zur gleichen Stunde ins selbe Café, ins selbe Restaurant, um dort die Freunde wiederzusehen; auf der Rambla wieder zu schweigen, einsam zu sein, auf dem Rückweg zur Pension verblendet die Vorwegnahme der Zusammenkunft zu ertragen, von Stirn und Mund exzessive Bilder zu verdrängen, die aus immer vollendeter werdender Erinnerung und unmöglich zu verwirklichendem Ehrgeiz aufstiegen.

Es waren zehn oder zwölf Cuadras, er nun allein, langsamer, durch Nächte, von lauen und eisigen Winden belästigt, auf der unruhigen Schnittlinie, die den Frühling vom Winter trennt. Sie dienten ihm dazu, seine Not, seine Schutzlosigkeit zu ermessen und zu erfahren, daß der Wahnsinn, den sie miteinander teilten, wenigstens die Größe hatte, ohne Zukunft, nicht Mittel zu sein für ein anderes.

Was sie betraf, so hatte sie geglaubt, daß Risso der gemeinsamen Liebe einen Wahlspruch gegeben hatte, als er, hingestreckt mit frischem Erstaunen, betäubt flüsterte:

»Alles kann geschehen, und wir werden immer glücklich sein und werden uns lieben.«

Der Satz war schon kein Urteil mehr, keine Meinung, er drückte keinen Wunsch aus. Er war ihnen diktiert und auferlegt worden, war die Bestätigung einer alten Wahrheit. Nichts, was sie tun oder denken mochten, konnte die rasende Liebe schwächen, die ausweglose, die unveränderliche Liebe. Alle menschlichen Möglichkeiten konnten genutzt werden, und alles war dazu verdammt, sie zu nähren.

Sie glaubte, daß sich draußen, jenseits des Zimmers, eine Welt erstreckte, die sinnlos war, von Wesen bewohnt, die nicht wichtig waren, von wertlosen Tatsachen wimmelnd.

So dachte sie nur an Risso, an sie beide, als ein Mann sie an der Bühnentür zu erwarten begann, als er sie einlud, und mit sich nahm, als sie sich selbst auszog.

Es war die letzte Woche in El Rosario, und sie hielt es für sinnlos, in Briefen an Risso davon zu berichten; denn der Vorfall war nicht von ihnen getrennt und hatte gleichzeitig nichts mit ihnen zu tun, denn sie hatte wie ein neugieriges prachtvolles Tier gehandelt, mit einem gewissen Mitleid mit diesem Mann, einer gewissen Verachtung für die Armseligkeit dessen, was ihrer Liebe zu Risso hinzugefügt wurde. Und als sie nach Santa María zurückkam, zog sie es vor, bis zum Vorabend eines Donnerstags zu warten – denn donnerstags ging Risso nicht in die Zeitung – bis zu einer zeitlosen Nacht, bis zu einem Morgengrauen, das mit den fünfundzwanzig erlebten identisch war.

Sie begann es ihm zu erzählen, bevor sie sich entkleidete, mit dem Stolz und der Zärtlichkeit, einfach eine neue Liebkosung erfunden zu haben. Er stützte sich in Hemdsärmeln auf den Tisch, hatte die Augen geschlossen und lächelte. Dann ließ er sie sich ganz entkleiden und bat sie, die Geschichte zu wiederholen, nun stehend, wobei sie sich barfuß auf dem Teppich bewegte, fast ohne die Stellung zu wechseln, ihm den Rücken zuwendend und den Körper im Gleichgewicht haltend, indem sie das Gewicht von einem Bein auf das andere verlagerte. Manchmal sah sie auch das lange, schwitzende Gesicht Rissos, den schweren Körper, der sich auf den Tisch stützte, mit den Schultern das Glas Wein beschützend, und manchmal stellte sie sich das flüchtig vor, im Eifer, ja genau zu berichten, in der Freude, diese merkwürdig intensive Liebe, die sie in El Rosario zu Risso gespürt hatte, nochmals zu erleben, neben einem Mann mit vergessenem Gesicht, neben niemandem, neben Risso.

»Gut, und jetzt ziehst du dich wieder an«, sagte er mit derselben erstaunten und rauhen Stimme, die immer wieder gesagt hatte, daß alles möglich sei, daß alles für sie sein würde. Sie prüfte sein Lächeln und zog sich wieder an. Eine Zeitlang betrachteten beide die Muster der Tischdecke, die Flecken, den Aschenbecher, worauf ein Vogel mit abgebrochenem Schnabel stand. Dann kleidete er sich ganz an und ging weg; er gab den Donnerstag, seinen freien Tag, dazu her, mit dem Doktor Guiñazú zu reden, und ihn zu überzeugen, wie dringend die Scheidung sei, und er spottete von vornherein über Versöhnungsversuche.

Dann kam eine lange, schlimme Zeit, in der Risso Gracia wieder haben wollte und er gleichzeitig Pein und Ekel einer vorstellbaren Wiederbegegnung haßte. Dann entschied er: er brauchte Gracia, und jetzt ein wenig mehr als früher. Die Versöhnung war notwendig, und er bereit, jeden Preis dafür zu zahlen, vorausgesetzt, der Wille würde nicht eingreifen, vorausgesetzt, es wäre möglich, sie in den Nächten wieder zu haben, ohne zuzustimmen, auch nicht durch sein Schweigen. Er verbrachte die Donnerstage wieder mit Spaziergängen, mit der Tochter, und hörte sich die Liste erfüllter Weissagungen an, die die Großmutter nach Tisch wiederholte. Er hatte heimlich unbestimmte Nachrichten von Gracia; er begann sie sich als eine unbekannte Frau vorzustellen, deren Gebärden und Reaktionen erraten oder abgeleitet werden mußten, als eine behütete einsame Frau unter anderen Menschen, an verschiedenen Orten; eine Frau, die ihm vorherbestimmt war und die er würde lieben müssen – vielleicht seit der ersten Begegnung.

Fast einen Monat nach Beginn der Trennung teilte Gracia einander widersprechende Anschriften aus und verschwand aus Santa María.

»Seien Sie unbesorgt«, sagte Guiñazú. »Ich kenne die Frauen gut und habe etwas Ähnliches erwartet. Das ist böswilliges Verlassen, und es vereinfacht die Sache sehr, die jetzt auch nicht mehr durch Verzögerungstaktiken betroffen werden kann – das macht nur das Unrecht der beklagten Partei deutlicher.«

Es war ein feuchter Frühlingsbeginn, und manche Nacht kam Risso aus der Zeitung, dem Café gegangen und gab dem Regen Namen, erneuerte seine Qual, als bliese er in eine Glut, schob sie von sich, um sie besser sehen zu können, unglaublich, und er dachte an nie erlebte Liebesnächte, um sich gleich darauf an sie mit verzweifelter Gier zu erinnern.

Risso hatte, ohne sie anzusehen, die drei letzten Botschaften zerstört. Er hockte nun, und für immer, in der Zeitung und in der Pension, wie ein kleines Raubtier in seinem Bau, wie ein Tier, das die Schüsse der Jäger vor dem Eingang seines Unterschlupfs hallen hört. Er konnte sich nur vor dem Tode retten und vor dem Gedanken an den Tod, wenn er sich zur Ruhe zwang, als wisse er nichts. Geduckt bewegte er Schnurrbart und Schnauze wie Beine; er konnte nur darauf hoffen, daß sich die ihm fremde Wut erschöpfte. Er erlaubte sich weder Worte noch Gedanken, sah sich aber doch gezwungen, langsam zu begreifen: Die Gracia, die Männer und Stellungen für die Fotos aussuchte und wählte, verschmolz mit dem Mädchen, das viele Monate vorher Kleider, Gespräche, Schminke, Zärtlichkeiten für seine Tochter sich ausgedacht hatte, um einen trostlosen Witwer zu erobern, diesen Mann, der einen mageren Lohn verdiente und der den Frauen nur ein erstauntes, treues Unverständnis bieten konnte.

Er hatte endlich angefangen zu glauben, daß das Mädchen, das ihm lange, übersteigerte Briefe während der kurzen sommerlichen Trennung in der Brautzeit geschrieben hatte, dieselbe Frau war, die seine Verzweiflung und Vernichtung wollte, wenn sie ihm die Fotografien schickte. Und endlich dachte er, daß der Liebende, der obstinat und trostlos im Bett den unheilvollen Geruch des Todes eingeatmet hat, dazu verdammt ist, für sich und für sie nach Vernichtung, nach dem endgültigen Frieden im Nichts zu verlangen.

Er dachte an das Mädchen, das am Arm zweier Freundinnen an den Nachmittagen auf der Rambla spazierengegangen war, in weiten bunten Kleidern aus steifem Stoff, die die Erinnerung erfand und aufzwang; an das Mädchen, das durch die Ouvertüre des »Barbiers« ging, die das sonntägliche Konzert der Musikkapelle abschloß, und das ihn eine Sekunde lang ansah. Er dachte an den Blitz: ein wilder Ausdruck, womit sie um sich sah, Anerbieten und Herausforderung; womit sie ihm gerade die fast männliche Schönheit eines nachdenklichen, großflächigen Gesichts zeigte; womit sie ihn, den durch sein Witwertum einfältig Gewordenen, auswählte. Und nach und nach gab er zu, daß dies dieselbe nackte Frau war, etwas dicker nun, mit dem Anschein einer gewissen Gelassenheit und Vernunft, die ihm aus Lima, Santiago und Buenos Aires Fotografien schickte.

Die nächste Fotografie kam aus Montevideo, aber weder in der Zeitung noch in die Pension. Und er bekam sie nicht zu Gesicht. Er ging eines Nachts aus dem »Liberal«, als er den lahmen Schritt des alten Lanza hörte, der ihn auf der Treppe verfolgte, und er hörte hinter sich den schütternden Husten, die unschuldige, heuchelnde Phrase der Einleitung. Sie gingen ins »Baviera« essen; und Risso hätte nachher schwören können, daß der verkommene, kranke Mann, der nach Tisch eine feuchte Zigarette in den eingefallenen Mund steckte und wieder herausnahm, der ihm nicht in die Augen schauen wollte, der einleuchtende Kommentare über die Nachrichten rezitierte, die die UP der Zeitung während des Tages übermittelt hatte, von Gracia voll war, oder vom verrückten, absurden Aroma, das Liebe ausströmt.

»Von Mann zu Mann«, sagte Lanza resigniert. »Oder von einem Alten, der im Leben nicht mehr Glück hat als das zweifelhafte Glück weiterzuleben. Von einem Alten zu Ihnen; und ich weiß nicht, wer Sie sind, denn das kann man nie wissen. Ich weiß ein paar Tatsachen und habe Kommentare darüber gehört. Aber ich habe kein Interesse mehr, meine Zeit mit Glauben oder Zweifeln zu verlieren. Es bleibt sich gleich. Jeden Morgen stelle ich fest, daß ich noch lebe, ohne Bitterkeit, ohne mich zu bedanken. Ich schleife durch Santa María und durch die Redaktion ein krankes Bein nach, und die Arteriosklerose; ich erinnere mich an Spanien, korrigiere die Abzüge, schreibe, und manchmal rede ich zuviel. Wie heute abend. Ich erhielt eine dreckige Fotografie; der Absender steht außer Zweifel. Auch kann ich nicht erraten, weshalb man gerade mich aussuchte. Auf der Rückseite steht: ›Für die Sammlung Risso‹, oder etwas Ähnliches. Ich glaubte schließlich, es sei das beste, es Ihnen zu sagen, denn mir so etwas zu schicken, ist Wahnsinn ohne mildernde Umstände, und vielleicht tut es Ihnen gut zu wissen, daß sie wahnsinnig ist. Jetzt wissen Sie es; ich ersuche Sie nur um die Erlaubnis, das Foto zu zerreißen, ohne daß ich es Ihnen zeige.«

Risso sagte ja und begriff in der Nacht, als er bis zum Morgen das Licht der Straßenlampe an der Zimmerdecke sah, daß das zweite Unglück, die Rache, dem Wesen nach weniger schwer war als das erste, der Verrat, aber auch viel unerträglicher. Er fühlte seinen langen Körper wie einen freiliegenden Nerv, ausgesetzt, ohne Erleichterung finden zu können.

Die vierte, nicht an ihn gerichtete Fotografie warf ihm die Großmutter seiner Tochter am folgenden Donnerstag auf den Tisch. Das Mädchen hatte sich schlafen gelegt, und das Foto war wieder im Umschlag. Er fiel zwischen Siphonflasche und die Schüssel mit dem Obstmus, lang, schräg, vom Widerschein einer Flasche verfärbt, und zeigte enthusiastische Buchstaben in blauer Tinte.

»Du wirst begreifen, daß nach dem da...« stammelte die Großmutter. Sie rührte im Kaffee und betrachtete das Gesicht Rissos, suchte in seinem Profil das Geheimnis, weshalb die Welt so schmutzig war, weshalb ihre Tochter gestorben war, sie suchte nach Erklärung für so vieles, das sie geahnt hatte, ohne den Mut zu haben, daran zu glauben. »Du wirst begreifen...« wiederholte sie wütend, mit der komischen gealterten Stimme.

Aber sie wußte nicht, was zu begreifen war, und Risso begriff es auch nicht, auch wenn er sich anstrengte, und er sah den Umschlag an, der vor ihm lag, mit einer Ecke am Tellerrand.

Draußen war die Nacht schwer, und die offenen Fenster der Stadt mischten das milchige Geheimnis des Himmels mit den Geheimnissen der Menschenleben, ihrer Begierden, ihrer Gewohnheiten. Risso wälzte sich auf dem Bett und glaubte, er beginne zu begreifen, und das Begreifen ging in ihm wie eine Krankheit vor sich, wie ein Wohlergehen, frei von Willen und Intelligenz. Es geschah einfach: von der Berührung der Füße mit den Schuhen bis zu den Tränen, die ihm auf Wangen und Hals fielen. Das Begreifen geschah in ihm, und es lag ihm nichts daran zu wissen, was es war, das er da begriff, während er sich erinnerte oder sein Weinen sah und seine Ruhe, den langen, passiven Körper auf dem Bett, die Krümmung der Wolken im Fenster, alte und zukünftige Szenen. Er sah den Tod und die Freundschaft mit dem Tod, die stolze Verachtung von Regeln, die alle Menschen einhellig beachteten; er war verblüfft über seine Freiheit. Er zerriß die Fotografie über der

Brust, ohne die Augen vom weißen Schein der Fenster abzuwenden, langsam und geschickt; er fürchtete, Lärm zu machen. Er fühlte dann die Bewegung eines neuen Lufthauchs, der das Zimmer erfüllte und sich mit unerfahrener Trägheit durch Straßen und überraschte Gebäude zog, um ihn zu erwarten und ihn morgen und die folgenden Tage zu beschützen.

Er lernte bis zum Morgengrauen (wie Städte, die ihm unerreichbar erschienen waren) die Selbstlosigkeit kennenn, das Glück ohne Grund, die Annahme der Einsamkeit. Und als er zu Mittag erwachte, als er sich die Krawatte lockerte und die Armbanduhr, während er schwitzend gegen den fauligen Gewittergeruch im Fenster anging, überkam ihn zum erstenmal väterliche Zärtlichkeit für die Menschen und das, was Menschen getan und erbaut hatten. Er war entschlossen, die Adresse Gracias herauszufinden, sie anzurufen oder zu ihr zu fahren, um mit ihr zu leben.

Diese Nacht war er in der Zeitung ein langsamer, glücklicher Mann; er handelte ungeschickt wie ein Neugeborenes, erfüllte sein Seitenpensum mit der Zerstreutheit und den Irrtümern, die man im allgemeinen einem Fremden verzeiht. Die große Nachricht: Ribereña konnte in San Isidro unmöglich das Rennen bestreiten, denn wir sind in der Lage, unsere Leser darüber zu informieren, daß die Hoffnung des Rennstalls El Gorrión heute früh Schmerzen in einer Vorhand zeigte, und sich eine Sehnenscheidenentzündung herausstellte, es zeigt sich klar, daß das Pferd sehr darunter leidet...

»Wenn ich denke, daß er die Sparte ›Pferderennen‹ machte«, sagte Lanza, »dann versucht man sich diese Verwirrung zu erklären und kann sie mit der eines Mannes vergleichen, der sein Gehalt auf eine Angabe hin verspielt, die ihm Trainer, Jockey, der Besitzer und das Pferd selber geben und bestätigen. Denn wenn er auch, soweit man weiß, die besten Motive dafür hatte, zu leiden und ohne weiteres alle Schlafmittel aller Apotheken von Santa María zu schlucken – was er mir eine halbe Stunde bevor er es tat, zeigte, es war nichts als das Räsonnement und die Haltung eines betrogenen Mannes. Ein Mann, der sicher gewesen war und gerettet, und der es plötzlich nicht mehr ist, und der sich nicht erklären kann, wie das sein konnte, welcher Rechenfehler den Zusammenbruch herbeigeführt hat. Denn in keinem Augenblick nannte er die Stute ›Stute‹, die diese niederträchtigen Fotografien in der ganzen Stadt verteilte, und er wollte nicht einmal über die Brücke gehen, die ich ihm baute. Ich suggerierte ihm, ohne daran zu glauben, die Möglichkeit, daß die Stute – nackt und sich aufbäumend, wie sie sich gern in der Öffentlichkeit präsentierte, oder auf der Bühne Eierstockprobleme anderer Stuten, die durch das Welttheater berühmt geworden sind, zärtlich besprechend – daß sie völlig verrückt sei. Er habe sich geirrt, nicht als er sie heiratete, sondern in einem anderen Augenblick, den er nicht nennen wollte. Er sei schuld – unsere Unterredung war unglaublich und erschreckend! Denn er hatte mir bereits gesagt, er werde sich umbringen, und hatte mich überzeugt, es sei unnütz und auch grotesk und noch einmal unnütz, zu argumentieren, um ihn zu retten. Und er möge sich betrinken. Er habe sich geirrt, darauf bestand er, und nicht die verdammte Hure, die die Fotografien dem jungen Mädchen schickte, zu den Schulschwestern. Vielleicht dachte sie, die Schwester Oberin würde den Umschlag öffnen, vielleicht wünschte sie, daß der Umschlag unberührt in die Hände der Tochter Rissos käme, und war diesmal sicher, Risso an der Stelle zu treffen, wo er wirklich verwundbar war.«

Cristina Peri-Rossi
Liebesgeschichte

Sie sagte, sie liebe mich und bot mir ihr Leben an.

Anfangs fühlte ich mich geschmeichelt – es war das erste Mal, daß mir so etwas geschah –, aber bald darauf begann ich einen Schmerz auf den Schultern zu spüren. Es gibt kein leichtes Leben. Jedes ist schwer zu tragen. Da ich gefügig und gehorsam bin, lud ich sorgsam das schwere Bündel auf meinen Rücken und schlug, ohne zu zaudern, den Weg ins Gebirge ein. Bisweilen streifte ihr Leben meine Schulterblätter, die mühsam ihr Gleichgewicht hielten, und ich spürte ein Brennen auf der Haut, die sich rötete und dünner spannte. Wenn mir eine Seite sehr weh tat, machte ich einen Buckel und versuchte, das Gewicht auf die andere Seite zu verlagern.

Ich hatte noch nicht den ersten Teil des Weges zurückgelegt, als ich gewahrte, daß eine meiner Rippen ihre Position änderte und sich in meinen Magen bohrte. Da erschrak ich und wollte mich meiner Bürde entledigen, aber sie erklärte mir feierlich, daß sie mich liebe und richtete sich bequemer auf meinen Schultern ein.

Es war schwierig, mit der Rippe im Magen zu essen und sich zu bewegen, aber ich fand eine neue Art zu atmen, in zwei Phasen; auf einen langsamen und nicht sehr tiefen Atemzug ließ ich einen zweiten etwas tieferen folgen, so daß ich weitergehen konnte. Ich bemerkte, daß viele Menschen auf meinem Weg stehenblieben, um mich zu beglückwünschen: die Nachricht ihrer Liebe hatte sich ausgebreitet, und ich hatte es zu einer gewissen Berühmtheit gebracht. Meine Füße bluteten, und ich verzichtete auf meine Schuhe. Ich wünschte mir, gleich den riesigen Meeresschildkröten einen tausendjährigen Panzer zu besitzen, der meine Schultern schütze.

Unter dem Gewicht ihres Lebens lief ich gebeugt. Ich sah den Himmel nicht mehr, noch die hohen Wipfel der Bäume oder die in der Luft kreuzenden Vögel, noch die vergänglichen Schmetterlinge der Gewittertage. Wohl verspürte ich zuweilen eine heftige Sehnsucht nach Wolken und Regenbogen, aber ich gewöhnte mich daran, niedergebückt zu gehen und nur die Dinge zu betrachten, die dicht am Boden waren.

Anfangs, wenn ich am Ufer eines kristallklaren Flusses rastete, um zu trinken und ein wenig auszuruhen, willigte sie ein, daß ich ihr Leben kurz auf den Boden setzte (während ich aß oder trank, hütete ich es aufmerksam, damit es nicht verloren ginge oder ein Unbekannter es mit sich nähme). So konnte ich mich ein wenig erholen. Aber eines Tages, als wir schon eine geraume Zeit gegangen waren, verkündete sie mir ihren Entschluß, sich niemals von mir zu trennen. Ich konnte den Kopf nicht heben, um sie anzusehen, des Gewichtes wegen, aber ich begriff auch ohne das die Unerschütterlichkeit ihres Vorsatzes. Diese Entscheidung entspringe, wie sie mir sagte, der tiefen Liebe, die sie für mich empfinde. Mein Rücken war gekrümmt, meine Oberschenkel zitterten, meine Füße waren wundgelaufen, und die rebellischen Rippen änderten fortwährend ihre Position, mir aber wurde das ganze Privileg ihrer Liebe zuteil. »Sie wird nicht weiter an mir hängen können, wenn ich nicht will«, dachte ich bei mir, während ich meine Last mit einer Bewegung der Schultern besser verteilte. Der Berg lag vor mir, und der schreckliche Aufstieg würde jeden Augenblick beginnen. »Auch wenn sie nicht will«, sagte ich mir weiter, »werde ich mich ihrer für kurze Zeit entledigen können, um zu trinken oder zu schlafen, mag sie auch weinen, mich auszanken oder vorgeben, krank zu sein: ich brauche nur meine Schultern zu schütteln, damit sie herunterfällt.« Aber ich täuschte mich. Als ich versuchte, sie abzuschütteln, um sie einen Augenblick auf den Boden zu setzen, stellte ich fest, daß ich es nicht konnte. Ihre Körperorgane hatten auf dieser Wegstrecke begonnen, eine gelbliche Flüssigkeit abzusondern, eine hornartige Substanz, die auf meinem Rücken getrocknet war und sie endgültig mit mir verbunden hatte. Mit der Verblendung des Schiffbrüchigen versuchte ich, die harte Kruste, die uns verband, mit den Händen aufzureißen. »Es nützt nichts«, sagte sie zu mir, geradewegs über meinen Lenden. »Meine Liebe ist ewig, unauflöslich, unzerstörbar. Aus meinen Brüsten quillt die Flüssigkeit, die auf dir erstarrt, und aus meiner Gebärmutter fließt das Metall, das sich an deine Rippen heftet. Wir werden uns nie mehr trennen«, sagte sie triumphierend.

Vergeblich schüttelte ich mich, bestrebt, mich von der Bürde zu befreien: ich erreichte nur, daß meine Erschöpfung wuchs. Denn bei jeder Bewegung, die ich machte, verlagerte ich, ohne es zu wollen, ihr Gewicht, wie jene schwerfälligen Schnecken, die sich langsam mit ihrem Schneckenhaus vorwärtsbewegen. Ich kam auf den Gedanken, mich dem Berg zu nähern und meine Bürde mit aller Gewalt gegen den harten, schlaflosen Stein zu schleudern; doch sogleich begriff ich, daß auch ich zerschmettert würde, wie ein wildgewordenes Tier.

So begann ich also den Aufstieg. Ihre Organe sonderten in immer kürzeren Abständen Säfte aus. Die klebrigen Flüssigkeiten ergossen sich über meine Hände und machten meine Finger taub; sie bildeten einen dichten, fest haftenden Film, der einen Teil meines Körpers mit einem anderen verband, der nicht zu ihm gehörte; damit wurde das Gehen noch sehr viel schwerer. Ich fühlte, wie ihre Sekrete über meine Schultern flossen und die Kruste, die uns verband, immer dicker werden ließen.

Bei Einbruch der Dunkelheit fühlte ich mich erschöpft und fiel in einen immer wieder gestörten Schlaf, naß von all den Flüssigkeiten, die mit Unterbrechungen aus ihren Achselhöhlen, ihren Poren und ihren Beinen strömten. Eines Morgens war mein Mund beim Erwachen ganz mit einem klebrigen, gelblichen, festen Stoff überzogen, der es mir unmöglich machte zu sprechen; mir wurde klar, daß sie, während sie sich im Traum bewegte, einige dieser knorpelartigen Fasern abgesondert hatte, die sich jetzt auf meinen Lippen verhärteten. Ich machte Anstrengungen, die Schale zu zerbrechen, aber es war unmöglich: jetzt ging ich stumm durch das Gebirge.

Der Aufstieg ist mühselig. Ich gehe immer gekrümmter. Ich sehe niemanden mehr auf dem Weg. Nicht nur ob der Einsamkeit des Ortes oder den Gefahren des Gebirges: ginge jemand vorüber, ich würde ihn nicht sehen, zu Boden gebeugt, wie ich gehe, der Bürde wegen. Meine Berühmtheit ist im übrigen erloschen. Ich glaube nicht, daß mich jemand so erkennt, mit den herausstehenden Knochen, abgezehrt und mit schuppigen Krusten überzogen.

Ich mache mir keine Gedanken um das Ende des Weges; der Gipfel des Berges ist sehr weit, und ich werde niemals dorthin gelangen können. Zudem bin ich schon sehr alt oder sehe zumindest so aus. Ich weiß, daß ich bald sterben werde, und habe versucht, ihr das mitzuteilen: ich werde immer dünner, meine Füße haben keine Haut mehr, die Knochen drücken sich durch die Körperöffnungen. Da ich der Kruste wegen nicht sprechen (und nicht essen) kann, machte ich mich durch Gesten verständlich.

Sogleich tröstete sie mich. »Ich liebe dich«, sagte sie, »ich habe dir mein Leben geschenkt. Wie solltest du mir nicht das deine geben?«

Virgilio Piñera
Augenliebe

Es ist ein Jammer, aber mir bleibt nichts anderes übrig, als meine Niederlage zu bekennen: Keine Frau hat mich je geliebt. Mit Freuden hätte ich alle Treulosigkeiten einer enttäuschten Liebe für ein paar rauschhafte Tage eingetauscht. Andererseits vermag ich beim besten Willen nicht zu sagen, ob die Frauen Ursache meines Unglücks sind oder ob es mir an der erforderlichen Verführungskunst gebrach. Schwer zu sagen! Wenn man fünfzig ist, hat man schon eine Weile aufgehört, die Dinge zu problematisieren. Man sucht ihre praktische Seite, wie man sagt, so etwas wie ein Hausmittel.

Ich glaube, ich habe es gefunden. Es handelt sich, kurz gesagt, um etwas so Einfaches und Kontrollierbares wie die Augenliebe. Die Frauen, die ich für mein Liebesspiel auswähle, werden niemals ahnen, daß ich sie liebe. Ich setze alles: die Erklärung und das ersehnte Ja. Bevor ich zur Sache komme, muß ich noch ein Element erwähnen, ohne das mein Spiel nicht gelingen würde. Ich meine die Unbeweglichkeit. Tun Sie mir den Gefallen, und stellen Sie sich eine Schale mit Eiswürfeln vor. Denn so sehen die Gesichter aus, die ich meinen Geliebten gegenüber aufsetze. Beim Anblick meines Gesichtes kommt die weibliche List ins Rutschen und verliert den Boden unter den Füßen.

Dort, wo ich arbeite, gibt es genau sechsundneunzig Frauen. Es ist also nicht erstaunlich, daß ich mich in Elena verliebt habe. Vor ungefähr sechs Monaten mußte ich einen chirurgischen Eingriff über mich ergehen lassen. Nichts weiter von Bedeutung, aber das Büro defilierte in Massen bei mir im Krankenhaus vorbei. An dem Nachmittag, als Elena mich besuchte, fühlte ich mich leicht fiebrig. Die Krankenschwester kam und kam nicht mit dem Fieberthermometer, und da man sich bei Höflichkeitsbesuchen nichts zu sagen hat, versuchten alle, mein Fieber zu berechnen, indem sie mir die Hand auf die Stirn legten. Sie berührte mich kaum mit den Fingern, aber das genügte mir. Ich wählte sie aus.

Jetzt gehört sie mir, das heißt sie gehört mir nach den Regeln des Spiels. Ich selbst stelle mir die Fragen und gebe mir die Antworten. Wenn ich mir einfallen ließe, ihr das Wort zu geben, wäre die Antwort ein glattes Nein, aber weshalb sollte ich mich dieser Gefahr aussetzen, wo sie mir doch von vornherein zu Füßen liegt?

Elena, mein Herz, wenn ich bedenke, daß du mich liebst und es niemals erfahren wirst! Niemals, Elena! Denn du mußt wissen, daß meine Methode, verstohlene Blicke zu werfen, einen solchen Grad an Perfektion erreicht hat, daß du mich nie dabei ertappen wirst, daß ich dich anhimmle. Das Höchste, was du deinen Freunden in deiner liebenswerten Lasterhaftigkeit anvertrauen kannst, ist ja gerade, daß ich dich niemals anschaue. Aber was könnte ich dagegen von unserer Liebe erzählen! Zum Beispiel unsere Eskapade gestern nacht. Deine Identifikation mit mir ging so weit, daß du dir wie ein Kind meine Schuhe angezogen hast, um zu erfahren, wie ich gehe... In dieser Nacht, meine Geliebte, machten wir Verrücktheiten, von denen du niemals etwas ahnen wirst. Es ist ein schmerzliches Opfer, aber ich bin sicher, daß du die Liebe, die du für mich empfindest, nicht für das vergängliche Vergnügen eintauschen würdest, ein paar Liebhabern einen Korb zu geben.

Und so gehe ich geliebt und gefürchtet durch das Leben, das heißt, durch das Leben, das mir noch bleibt. Geliebt von den Frauen und gefürchtet von den Männern. Es gibt keine Frau, die mir widerstünde, keinen Mann, der nicht den Kürzeren zöge, wenn er die Kühnheit besäße, die Liebe einer Frau zu begehren, auf die ich meine Augen geworfen habe, meine eisigen, starren, ausdruckslosen, doch deshalb nicht weniger funkelnden und offenen Augen.

Bisweilen gelingt es, wie in meinem Fall, über die Flammen und Klageschreie der Hölle den Schleier des Vergessens zu breiten.

Elena Poniatowska
Der Bruch

Sie spürte, daß die Wörter im Zimmer wirbelten, bevor er sie aussprach. Mit der einen Hand strich sie sich das Haar glatt, mit der anderen suchte sie die Schläge ihres Herzens zu beschwichtigen. Jedenfalls mußte sie jetzt das Abendessen zubereiten, die Ausgaben nachrechnen. Aber die Wörter flatterten in der Luft hin und her (ohne sich niederzusetzen), wie schwarze Schmetterlinge, die an ihre Ohren streiften. Sie holte das Küchenheft heraus und einen Bleistift. Er war so scharf gespitzt, daß er beim Schreiben durch das Papier stieß, das tat ihr weh. Die Zimmerwände rückten auf sie zu, sogar das graue Auge des Fensters schien sie mit einem Ausdruck von Ironie zu betrachten. Und Juans Sakko, das auf dem Kleiderbügel hing, sah aus wie ein bedrohliches Gespenst. Wo mochte ein anderer Bleistift sein? In ihrer Tasche war einer, weich und warm. Sie notierte: Gas: 18 $, Milch 2,50 $, Brot 1,25 $, Kürbisse 0,80 $. Der Bleistift zerging zart auf den Linien des Schulheftes, fast wie Balsam. Was sollte sie ihm zum Abendessen machen? Wenn wenigstens Huhn da wäre, das mochte er so gern! Aber nein, sie würde eine Dose Preßwurst aufmachen. Hoffentlich würde das Zimmer nicht nach Gas riechen.

Juan rauchte noch immer, auf dem Bett liegend. Der Rauch seiner Zigarette stieg nach oben und verlor sich in seinen schwarzblauen Haaren.

»Weißt du, Manuela?«

Manuela wußte. Sie wußte, daß noch Zeit war.

»Ich weiß, ich weiß. Du hast dich in den Ferien großartig amüsiert. Aber was sind schon Ferien, Juan? Nichts anderes als ein langer Sonntag, und Sonntage sind eine Erniedrigung für den Mann. Ja, ja unterbrich mich nicht. Der Mann ohne was dazu, ohne die Würde, die ihm seine beiden Hände und seine täglichen Pflichten verleihen ... Hast du denn nicht bemerkt, wie lächerlich die Männer am Strand aussehen, mit ihren bedruckten Hemden, ihren offenen Mündern, ihren Sonnenbränden und ihrem langsam aber sicher wachsenden Bauchansatz?« (Mein Gott, was sage ich da? Ich habe mich in der Richtung geirrt!)

»Ach, Manuela!« seufzte Juan. »Meine Englischlehrerin! Ob es wohl Strände im Himmel gibt, Manuela? Große Weizenfelder inmitten der Wolken?«

Juan streckte sich, gähnte erneut, zog die Beine an, kuschelte sich zurecht und kehrte das Gesicht zur Wand. Manuela schloß das Heft und kehrte ebenfalls das Gesicht zur Wand, wo das Regal mit den Dingen stand, die sie sich unter gewaltigen Mühen angeschafft hatte. Wie so viele ledige und nervöse Frauen hatte Manuela ihr Verlangen mit »schönen Dingen« bevölkert, die absolut unerläßlich waren für ihr inneres Gleichgewicht. Als erstes eine teure Reproduktion von Fra Diamante, opalblau und mit Goldsternen. »Der Fra Diamante, Himmel, ich sterbe, wenn ich ihn nicht habe!« Der Preis war sehr viel höher, als sie geglaubt hatte. Das bedeutete Überstunden im Büro, Original und drei Durchschläge, zwei neue Monografien, Einleitungen zu Fachbüchern und kein Theater, keine Butter, kein Glas Kognak, das ihr in den Schlaf half. Aber schließlich kaufte sie ihn. Nach zwei Jubelwochen, in denen der Fra Diamante das ganze Zimmer mit seinem Glanz erhellte, fühlte Manuela, daß ihr Verlangen nicht gestillt war. Es folgten die Spieldose mit den ersten Takten der Beethovenschen *Pastorale*, die angebliche Landschaft von Velasco, auf eine Postkarte gemalt, mit Briefmarken und allem, die alte Uhr in Form eines Medaillons, die gewiß einer jungen, tuberkulösen Kamelienliebhaberin gehört hatte, der Samowar aus Sankt Petersburg, genau wie der aus Tschechows »Dame mit dem Hündchen«. Manuela spiegelte ihre Jungfräulichkeit in all diesen Dingen wie ein trockenes Blatt.

Bis eines Tages Juan kam, mit Händen sanft wie Blätter voller Saft.

Zuerst sah sie in ihm nicht mehr als einen dieser Studenten, die ewig die gleiche Jazzplatte hören, eine Zigarette im Mundwinkel und eine Haarsträhne über den Augen, wie kann man eine Haarsträhne nur so sehr lieben? Einer von denen, die die Lehrerinnen verwirren, weil sie sumpfig und rein sind wie das Einhorn, der trügerische Jungfrauenbeschützer.

»*Maestra*, könnten Sie mir vielleicht nach dem Unterricht erklären ...«

Der Tiger näherte sich mit einschmeichelnden Worten und böser Absicht. Manuela setzte sorgfältig ihre Brille auf. Ja, er war einer von denen, deren Kratzer so tief reichen, daß sie Jahre brauchen, um zuzuheilen. Er schlich um sie herum. Sie drohte jeden Augenblick zu stürzen, weil er ihren Weg kreuzte, ohne sie anzusehen, aber unverständliche Dinge brüllend, wie man sie am Himmel hören kann, kurz bevor es regnet.

Und eines Tages leckte er ihr die Hand. In diesem Augenblick faßte Manuela gleichsam unbewußt den Entschluß, daß Juan das nächste schöne Ding sein würde, das sie mit nach Hause nähme. Sie würde ihm ein Halsband und eine Kette anlegen. Sie würde ihn zu ihrer Wohnung führen, und beim Gehen würde sein geschmeidiger Körper ihre Beine streifen. Dort würde sie ihm einen Platz im Regal zuweisen, neben ihren anderen Gelüsten. Vielleicht würde Juan sie in Stücke reißen, aber was machte das schon! Die Sammlung »schöner Dinge« würde mit dem endlich ausgestopften Tiger ihren Abschluß finden.

Bevor Manuela eine unwiderrufliche Entscheidung traf, ging sie beichten.

»Sie müssen wissen, Padre, daß ich immer noch diese Manie habe, jeden Gegenstand zu kaufen, auf den ich ein Auge geworfen habe, und dieses Mal möchte ich gern einen kleinen Tiger mit nach Hause nehmen...«

»Einen Tiger? Nun ja, schön, auch Tiger sind Gottes Geschöpfe. Pflege ihn gut und bring ihn in den Zoo zurück, wenn er zu groß geworden ist. Denk an den heiligen Franziskus.«

»Ja, Padre, es ist aber so, daß dieser Tiger das Gesicht eines Mannes und Tigeraugen und Tigersprünge hat und alles andere vom Mann.«

»Ah, das muß eine Art *Felinanthropus* bedenklich *erectus* sein! Ach, meine Tochter! In dieser Fakultät für Philosophie und Literatur lehren sie die Schüler doch seltsame Dinge... Die Heraufkunft des Nominalismus bzw. die Verwechslung von Mann und Name hat dazu geführt, daß viele junge Frauen irrereden und die Werte verkehren. Denk nicht mehr an solche Dummheiten. Zur Buße bete einen Rosenkranz und dreihundertdrei Stoßgebete.«

»Heilige Jungfrau Maria!«

»Ohne Sünde empfangen!«

Manuela betete den Rosenkranz und die Stoßgebete: »Gestreifter Tiger, bitte für mich! Augen aus geröstetem Zucker, bittet für mich! Marmorne Fangzähne, schlagt euch in meine Seele! Schlund, hab Erbarmen und zerreiß mich! Rosiger Gaumen, verschling mich bis zum Grab! Die Feuer der Hölle sollen mich verbrennen! Schafereißender Tiger, entführe mich in den Dschungel! Zerschmettere mir die Knochen! Amen!«

Als Manuela mit den Stoßgebeten am Ende war, ging sie in die Fakultät zurück. Juan lächelte und zeigte ihr seine scharfen Eckzähne. Besiegt, legte Manuela ihm an diesem Nachmittag das Halsband und die Kette an und nahm ihn mit nach Hause.

»Manuela, was hast du zum Abendessen?«

»Was du am liebsten magst, Juan. Mameifrüchte und rohen Fisch, fest und geschmeidig.«

»Weißt du, Manuela? Dort an den Stränden habe ich unglaublich grüne Mädchen verfolgt, die in meinen Armen rosafarben wurden. Wenn ich sie umarmte, waren sie wie träge, trinkende Schwämme. Ich habe auch Sirenen gefangen, um sie mit ins Bett zu nehmen, und sie haben sich in Ströme verwandelt, die ganze Nacht.«

Juan verschwand jedes Jahr in der Ferienzeit, und Manuela wußte, daß eine dieser Eskapaden endgültig sein würde... Als Juan sie zum ersten Mal küßte, in einem Flur der Fakultät, nachdem er ihr die Brille abgenommen hatte, sagte Manuela nein, man würde sich nur nach einer langen Freundschaft küssen, nach einer ununterbrochenen, hartnäckigen Belagerung mit Worten, mit Plänen. Man küßt sich immer zu einem weitergehenden Zweck: heiraten und Kinder bekommen und einen guten Weg einschlagen, keine Schwindeleien. Manuela knüpfte eine lange Kette aus Verpflichtungen, aus Ver-ant-wort-lich-kei-ten.

»Manuela, du bist plump wie ein Vogel, der zu fliegen versucht, hoffentlich lernst du es. Wenn du weiter so redest, werden deine Worte nicht Weintrauben sein, sondern trockene Tugendrosinen...

»Küsse sind nämlich Wurzeln, Juan.«

Auf dem Zimmerofen lag eine Fliege reglos in einem Tropfen Zuckerseim. Eine zarte, sanfte, schwere, trunkene Fliege. Manuela könnte sie töten, und die Fliege würde es nicht einmal merken. So sind die verliebten Frauen: wie dickbäuchige Fliegen, die sich fallen lassen, weil sie schwer von Zucker sind.

Aber etwas Unerwartetes geschah: Juan begann sich in ihren Armen in einen Kater zu verwandeln. Einen trägen, vertrauten Kater, ein weiches Plüschtier. Und Manuela, die sich danach sehnte, verschlungen zu werden, hörte nur noch harmloses Miauen.

Was geschieht, wenn ein Mann aufhört, ein Tiger zu sein? Er schnurrt um häusliche Dompteusen herum. Seine kraftvollen Sprünge verwandeln sich in rachitische Hopser. Er wird dick, und statt den Königen des Urwalds die Stirn zu bieten, widmet er sich der Mäusejagd. Er hat Angst, auf dem losen Seil zu balancieren. Seine Liebe, deren Fauchen die Stille mit Vögeln bevölkerte, ist nur noch ein Seufzen auf dem Dach, das kurz vor dem Einstürzen ist.

Vor dieser Verwandlung hatte Manuela die Zahl der Stoßgebete auf vierhundertsieben erhöht: »Gestreifter Tiger, komm nur des Nachts! Tigermann, laß deine Stimme im Sturm erdröhnen! Dunkle Streifen, verwandelt euch in Honig! Heilige Erzadern, führt mich auf den tiefsten Grund des Stollens! Farngrotte, Seealgen, benetzt meine Seele! Tiger, Tiger, tauche ein in mein Blut! Bedecke mich von neuem mit köstlichen Wunden! König aller Himmel, vereine uns für alle Zeiten und töte uns in einer einzigen Verschmelzung! Unwahrscheinliche Jungfrau, laß mich sterben auf dem Kamm der Welle!« Wenn die Stoßgebete ihre Wirkung taten, vermerkte Manuela es nicht in ihrem Tagebuch. Sie schrieb nur eines Tages mit sehr schlechter Handschrift – gewiß ohne Brille –, ihr Herz sei durch einen Spalt im Fußboden entwichen und sie hoffe, ihm eines Tages folgen zu können.

Juan zündete sich eine neue Zigarette an. Der Rauch stieg langsam nach oben, konzentrisch wie ein Brandopfer.

»Manuela, ich muß dir etwas sagen. Dort am Strand hab ich jemanden ...«

Es war soweit: Der beschwichtigte Strom brach los, und die Wörter quollen wie ein Sturzbach hervor. Sie stürzten herab wie überreife Früchte, die zu faulen begannen. Runde, berauschende, primitive Früchte. Es gibt vorsintflutliche Wörter, die uns zum Urzustand zurückführen: zu sandigen Gestaden, Palmen, Schlangen, die im großen grüngoldenen Baum des Lebens verborgen sind.

Und Manuela erblickte Juan im Blätterwerk, wie er seine Tigerrolle für eine andere unerfahrene Eva memorierte.

Dennoch sprachen Manuela und Juan miteinander. Sie sprachen, wie sie es nie zuvor getan hatten, und doch mit den üblichen Wörtern. In der Stunde des Bruchs öffnen sich die Schleusentore.

(Niemand ist auf den Gedanken gekommen, für sein Zusammenleben einen Überlauf zu konstruieren). Nach einer Weile stieß die Unterhaltung gegen eine feindselige, unüberwindliche Mauer. Der menschliche Dialog ist eine mysteriöse Notwendigkeit. Jenseits der Wörter und all ihrer Bedeutungen, jenseits der Mimik der Gesichter und der Gebärden gibt es ein Gesetz, das sich unserem Verständnis entzieht. Die Zeit des Austausches ist streng begrenzt, jenseits von ihr ist nur Wüste, Einsamkeit, Fels und Schweigen.

»Manuela, weißt du, was ich heute gerne zum Abendessen hätte?«

»Was denn?«

(In der Stille gab es keine Vögel mehr.)

»Ein bißchen Milch.«

»Ja, Kater, ist gut.«

(In Manuelas Stimme war eine Narbe, als hätte Juan sie verletzt, sie heiser gemacht. Sie würde sich nicht mehr zu den hellen Tönen des Lachens aufschwingen, nicht zur Schamlosigkeit des Schreis, sie war ein Herd voll erloschener Asche.)

»Nur ein bißchen.«

»Ja, Kater, ich hab dich schon verstanden.«

Und Manuela mußte erkennen, daß ihr Tiger des rohen Fleisches überdrüssig war. Wie tief hatte sich diese Falte in seine Stirn gegraben! Manuela hob ihre Hand zum Gesicht, kraftlos. Sie hielt sich den Mund zu. Juan war ein Kater, aber er gehörte ihr für immer... Wie dieses Zimmer nach Gas roch! Vielleicht würde Juan den Unterschied nicht einmal bemerken... Es würde so einfach sein, den Gashahn noch etwas mehr zu öffnen, vor dem Schlafengehen, wenn sie das Schüsselchen Milch holen ginge...

Horacio Quiroga
Der Solitär

Kassim war ein kränklicher Mann, von Beruf Juwelier, allerdings ohne eigenen Laden. Er arbeitete für die großen Häuser, und seine Spezialität war das Fassen von Edelsteinen. Kaum einer hatte solches Geschick beim Fertigen der zarten Fassungen. Mit etwas mehr Unternehmungsgeist und Geschäftssinn wäre er reich geworden. Aber so saß er mit fündunddreißig Jahren immer noch in seinem Zimmer, wo er die Werkbank am Fenster untergebracht hatte.

Kassim, von schmächtiger Gestalt und mit einem blutleeren Gesicht, das von einem schütteren schwarzen Bart umschattet wurde, hatte eine schöne, überaus leidenschaftliche Frau. Als Mädchen niedriger Herkunft war sie mit ihrer Schönheit auf eine bessere Partie aus gewesen. Bis zu ihrem zwanzigsten Lebensjahr hatte sie gewartet, hatte mit ihrem Körper die Männer gereizt und die Nachbarsfrauen herausgefordert. Schließlich war ihr bange geworden, und sie hatte Kassim Hals über Kopf akzeptiert.

Vorbei die Träume vom Luxus. Ihr Mann war zwar geschickt – ja sogar ein Künstler –, doch er besaß nicht im mindesten die Veranlagung, ein Vermögen zu machen. Deshalb ließ sie oft, auf die Ellbogen gestützt, während der Juwelier über seine Zangen gebeugt arbeitete, einen stumpfen, schweren Blick auf ihrem Mann ruhen, um sich dann plötzlich loszureißen und mit den Augen durch die Fensterscheiben einem wohlhabenden Passanten zu folgen, der ihr Ehegatte hätte sein können.

Dabei war alles, was Kassim einnahm, für sie. Auch sonntags arbeitete er, um ihr irgend etwas außer der Reihe bieten zu können. Wenn Maria ein Schmuckstück begehrte – und mit welcher Leidenschaft konnte sie begehren – arbeitete er nachts. Danach hatte er zwar Husten und einen stechenden Schmerz in der Seite, aber Maria bekam ihre Brillantsplitter. Durch den alltäglichen Umgang mit den Edelsteinen gewann sie allmählich auch die Arbeit des kunstfertigen Handwerkers lieb und verfolgte hingerissen die feinsten Einzelheiten des Fassens. Aber wenn das Schmuckstück dann fertig war – es mußte ja weg, es war ja nicht für sie –, verfiel sie in noch tiefere Enttäuschung über ihre Ehe. Sie probierte das Kleinod an und betrachtete sich im Spiegel. Schließlich legte sie es achtlos beiseite und ging in ihr Zimmer. Kassim stand auf, wenn er ihr Schluchzen hörte, doch sie lag auf dem Bett und wollte nichts von ihm wissen.

»Ich tu doch für dich, was ich kann«, sagte er schließlich traurig.

Darauf wurde das Schluchzen noch lauter, und der Juwelier ließ sich zögernd wieder an seiner Werkbank nieder.

Das kam so oft vor, daß Kassim bald nicht mehr aufstand, um sie zu trösten. Trösten! Worüber denn? Doch das hinderte Kassim nicht daran, nachts noch länger aufzubleiben, um ihr noch mehr bieten zu können.

Er war ein zaghafter, unentschlossener, schweigsamer Mann. Die Blicke seiner Frau lasteten nun noch schwerer auf dieser gleichmütigen Stummheit.

»Und du willst ein Mann sein«, sagte sie leise.

Kassim saß über seine Fassungen gebeugt, und seine Finger regten sich rastlos weiter.

»Du bist nicht glücklich mit mir, Maria«, sagte er nach einer Weile.

»Glücklich! Du wagst es, davon zu reden! Wer kann denn mit dir schon glücklich sein? Nicht einmal die allerletzte Frau ... Armer Teufel«, schloß sie mit einem nervösen Lachen und ging hinaus.

In dieser Nacht arbeitete Kassim bis drei Uhr morgens, und dann bekam seine Frau wieder neue Diamantsplitter, die sie einen Augenblick lang mit zusammengepreßten Lippen betrachtete.

»Ja ..., nicht gerade überwältigend als Diadem. Wann hast du es denn gemacht?«

»Seit Dienstag«, sah er sie mit verblichener Zärtlichkeit an. »Nachts, während du geschlafen hast ...«

»Du hättest ruhig ins Bett gehen können ... Sind ja riesig, die Brillanten!«

Denn ihre Leidenschaft waren die großen Steine, die Kassim faßte. Sie verfolgte seine Arbeit in der wilden Begierde, er möge endlich fertig werden, und kaum war es soweit, lief sie mit dem Schmuckstück zum Spiegel. Und dann das wilde Geschluchze:

»Jeder, auch der armseligste Ehemann, würde ein Opfer bringen, um seiner Frau eine Freude zu machen! Und du ..., und du ... Ich hab nicht mal ein anständiges Kleid zum Anziehen!«

Sobald eine gewisse Grenze des Respekts vor dem Mann überschritten ist, kann eine Frau ihrem Ehegatten unglaubliche Dinge sagen.

Kassims Frau überschritt diese Grenze zumindest mit derselben Leidenschaft, die sie für die Brillanten empfand. Eines Abends, als Kassim seine Juwelen verwahrte, merkte er, daß eine Brosche fehlte – zwei Solitäre im Wert von fünftausend Pesos. Er durchsuchte erneut seine Schubladen.

»Hast du die Brosche nicht gesehen, Maria? Ich hatte sie hier hingelegt.«

»Ja, ich hab sie gesehen.«

»Wo ist sie?« drehte er sich verwundert um.

»Hier!«

Seine Frau stand mit funkelnden Augen und spöttisch verzogenem Mund vor ihm und hatte sich die Brosche angesteckt.

»Sie steht dir sehr gut«, sagte Kassim nach einer Weile. »Komm, wir räumen sie weg.«

Maria lachte.

»O nein, sie gehört mir.«

»Du machst doch nur Spaß, oder?«

»Ja, es ist nur ein Spaß, natürlich ist es nur ein Spaß! Wie dir allein schon der Gedanke weh tut, sie könnte tatsächlich mir gehören... Morgen geb ich sie dir zurück. Heute geh ich damit ins Theater.«

Kassim wurde bleich.

»Das solltest du nicht tun... man könnte dich sehen. Sie würden jedes Vertrauen zu mir verlieren.«

»Ach was!« brach sie rasend vor Wut ab und schlug die Tür hinter sich zu.

Nach dem Theater legte sie das Schmuckstück auf den Nachttisch. Kassim stand auf und brachte es in die Werkstatt, um es einzuschließen. Als er zurückkam, saß seine Frau aufrecht im Bett.

»Du hast also Angst, ich könnte sie dir stehlen! Du glaubst also, ich sei eine Diebin.«

»Schau doch nicht so böse... Du bist unvorsichtig gewesen, das ist alles.«

»Ja, aber dir vertrauen sie alles an! Dir, nur dir! Und wenn deine Frau dich um eine kleine Freude bittet und nur... dann nennst du mich eine Diebin! Du gemeiner Kerl!«

Schließlich schlief sie ein. Aber Kassim konnte nicht schlafen.

Einige Zeit danach brachte man Kassim einen Solitär zum Fassen, den wunderbarsten Brillanten, der je durch seine Hände gegangen war.

»Schau, Maria, was für ein Stein. So einen hab ich noch nie

gesehn.«

Seine Frau sagte nichts, aber Kassim hörte sie tief Luft holen, als sie sich über den Solitär beugte.

»Er ist reinsten Wassers...«, fuhr er fort. »Der kostet bestimmt neun- oder zehntausend Pesos.«

»Ein Ring«, murmelte Maria schließlich.

»Nein, er ist für einen Mann... eine Krawattennadel.«

Wann immer er mit der Fassung des Solitärs beschäftigt war, ging bei der Arbeit auf Kassims Rücken nieder, was an Groll und verhaltenem Zorn in seiner Frau schwelte. Zehnmal am Tag unterbrach sie ihren Mann, um mit dem Brillanten zum Spiegel zu gehen. Dann probierte sie ihn mit verschiedenen Kleidern an.

»Mach das doch bitte später...«, traute sich Kassim eines Tages. »Der Auftrag ist sehr eilig.«

Er wartete vergeblich auf eine Antwort; seine Frau öffnete die Balkontür.

»Maria, man kann dich doch sehen!«

»Da! Da hast du deinen Stein!«

Und sie schleuderte den Solitär von sich, so daß er über den Fußboden rollte.

Kassim hob ihn kreidebleich auf, prüfte ihn eingehend und sah dann vom Boden aus seine Frau an.

»Was schaust du mich denn so an? Hat dein Stein etwas abgekommen?«

»Nein«, erwiderte Kassim und machte sich sofort wieder ans Werk, obwohl seine Hände erbärmlich zitterten.

Nach einer Weile stand er wieder auf und ging ins Schlafzimmer, wo seine Frau einem Nervenzusammenbruch nahe war. Ihr Haar war aufgelöst, und die Augen quollen ihr aus dem Kopf.

»Gib mir den Brillanten!« rief sie. »Gib ihn mir! Wir können doch fortgehen! Mir! Gib ihn mir!«

»Maria...«, stammelte Kassim und versuchte sich loszumachen.

»Ah!« fauchte seine Frau ganz von Sinnen. »Du bist der Dieb, der elende Schurke! Du hast mir mein Leben gestohlen, du Dieb, du Dieb! Und du hast dir eingebildet, ich würde mich dafür nicht schadlos halten..., dabei hast du längst Hörner auf!« Und sie führte unter ersticktem Röcheln beide Hände an die Kehle. Als Kassim gehen wollte, sprang sie aus dem Bett und fiel zu Boden, konnte ihn aber noch an einem seiner Schnürstiefel festhalten.

»Es ist egal! Gib mir den Brillanten! Ich will nur das! Er gehört mir, Kassim, du gemeiner Kerl!«

Kassim, der leichenblaß war, half ihr wieder auf die Beine.

»Du bist krank, Maria. Wir reden später darüber... Leg dich jetzt ins Bett.«

»Meinen Brillanten!«

»Ja, mal sehen, ob es sich machen läßt... Leg dich jetzt hin.«

»Gib ihn mir.«

Die Nervenkrise ging zurück.

Kassim machte sich wieder ans Werk. Da seine Hände mit mathematischer Sicherheit arbeiteten, würde der Solitär in wenigen Stunden fertig sein.

Maria stand zum Essen auf, und Kassim behandelte sie mit der gewohnten Fürsorglichkeit. Als sie das Abendessen beendet hatten, sah ihm seine Frau ins Gesicht.

»Es war gelogen, Kassim«, sagte sie.

»Oh, das macht doch nichts«, erwiderte Kassim lächelnd.

»Ich schwör dir, es war gelogen!« sagte sie noch einmal.

Kassim lächelte erneut, streichelte unbeholfen ihre Hand und erhob sich, um wieder an die Arbeit zu gehen. Seine Frau, den Kopf in beide Hände gestützt, folgte ihm mit ihrem Blick.

»Mehr hast du mir nicht mehr zu sagen...«, murmelte sie. Und zutiefst angewidert von diesem klebrigen, schwammigen, reglosen Etwas, das ihr Mann war, ging sie in ihr Zimmer.

Sie schlief nicht gut. Als es schon spät war, wachte sie auf und sah Licht in der Werkstatt; ihr Mann arbeitete immer noch. Eine Stunde danach hörte Kassim einen Schrei.

»Gib ihn mir!«

»Ja, er ist für dich. Gleich ist es soweit, Maria«, beeilte er sich zu sagen und stand auf. Aber seine Frau war nach diesem Alptraumschrei wieder eingeschlafen.

Um zwei Uhr morgens konnte Kassim seine Arbeit als vollendet betrachten; der Brillant strahlte stark und stattlich in seiner Fassung. Mit leisen Schritten ging er ins Schlafzimmer und knipste die Nachttischlampe an. Maria lag schlafend auf dem Rücken, im eisigen Weiß ihres Nachthemds und des Lakens.

Er ging in die Werkstatt und kam wieder zurück. Eine ganze Weile betrachtete er die fast entblößte Brust und schob dann mit einem fahlen Lächeln das offene Nachthemd noch etwas mehr beiseite.

Seine Frau merkte nichts.

Im gedämpften Licht war Kassims Gesicht plötzlich hart wie Stein. Er hielt das Schmuckstück einen Augenblick dicht über die nackte Brust und stieß dann die ganze Nadel senkrecht wie einen Nagel seiner Frau ins Herz.

Ein jähes Augenöffnen, dann ein langsames Herabsinken der Lider. Die Finger krümmten sich und weiter nichts.

Von den Zuckungen des getroffenen Ganglions geschüttelt, verharrte das Schmuckstück eine Weile in ungleichmäßigem Zittern. Kassim wartete noch einen Augenblick; als der Solitär sich endlich nicht mehr bewegte, ging er hinaus und zog lautlos die Tür hinter sich zu.

José Revueltas
Das Lösungswort

Alicia wimmerte trocken und tränenlos in ihrem hoffnungslos kalten Bettzeug, mußte dazwischen immer wieder aufschluchzen und atmete darum nur mühsam und stoßweise, als läge sie in einem unschuldig tödlichen Dämmerschlaf. Obwohl der Anlaß ganz harmlos, obwohl sie im eigentlichen Sinne nicht einmal krank war – ein schlichter Nervenschock, hatten sie in der *Lehranstalt für Knaben und Mädchen* gesagt, als man sie vor drei Stunden in Begleitung ihres Vaters nach Hause geholt hatte –, glich dies hier so sehr einem Sterben, daß alle erschüttert waren und alle, wenn auch ohne Plan und Ziel, hin und her liefen, einfach um das Gefühl zu haben, daß sie etwas taten, und mochte es noch so unhaltbar und zusammenhangslos sein.

Alicia blinzelte durch die Wimpern, und triumphierende Genugtuung, eine wohlige Wärme überkam sie, als sie gewahr wurde, wie beflissen und bang, wie naiv nutzlos und komisch verhalten die Erwachsenen sie umsorgten und pflegten. Wie seltsame Vögel von einem kahlen, unbekannten Planeten wirkten sie in ihrem bieder unschuldigen Kinderzimmer. Fast wie Gulliver unter ihren Miniaturmöbeln, dem zierlichen Schaukelstuhl, auf den sich ihr Vater monströserweise, ohne hinzusehen, wie ein Automat setzte, dem Puppenbett – Allmächtiger, ein Puppenbett! –, das nur unbedeutend kleiner war als das Bett, in dem Alicia ruhte, den mit Perrault-Motiven gemusterten Tapeten, den Vorhängen am Fenster, auf denen ein Bernhardinerhund mit einem Kind spielte, und dann dem Figurenfries, auf dem Kaninchen einander töricht nachhoppelten, ohne sich je einzuholen. Doch, wie seltsame Vögel hier im Kinderzimmer, zu dem Alicia heute ganz anders als sonst gehörte, oder besser, zu dem sie schlicht nicht mehr gehörte. Nie wieder gehören sollte, auch wenn alle angestrengt das Gegenteil vorzutäuschen suchten und Alicia sich auch nicht dagegen wehrte.

Das Hauspersonal, vor dem sich der skandalumwitterte Vorfall nicht hatte verheimlichen lassen, scharte sich, begünstigt von dem Drunter und Drüber, das im ersten Moment herrschte, halb bekümmert, halb schadenfroh um Alicia und mußte so taktvoll wie möglich hinausgetrieben werden.

Ein Zimmermädchen blieb unter dem Vorwand, Alicias zerrissene Schulkleidung mitnehmen zu müssen, dennoch zurück. Sie legte die Sachen so sorgsam zusammen, daß es einem kalt den Rücken hinunterlief – als falte sie einen entbeinten, wirbellosen Menschenkörper, der auch, nachdem vier Pferde ihn an Armen und Beinen qualvoll auseinandergezerrt hatten, noch lebte – und strich neben dem roten Schulwappen und den weißen Lettern des lateinischen Schulmottos »Per Aspera ad Astra« auch die beiden zarten Brüstchen glatt, die sich noch immer unter der Bluse abzeichneten, obwohl das Mädchen schon ausgezogen war. Sie strich sie glatt und dachte dabei mit einem Anflug von Grausamkeit, der ihr nicht anzumerken war, weiß Gott welche Ferkeleien.

Verwunderlich war nur, daß Alicia trotz ihres Gewimmers gar nicht litt. Sie erinnerte sich nur ihrer Tante Ene beim Tod ihres Onkels Reynaldo und dachte, Wimmern gehöre eben dazu, Schluchzen sei hier angebracht, wie ja auch Witwen am Tag der Beerdigung weinen, weniger um ihre Trauer zu äußern, als um den anderen ihre Ehrerbietung zu erweisen, um gewissermaßen niemanden zu enttäuschen, all die schwarzgekleideten Menschen nicht zu enttäuschen, die um den Sarg stehen und zusammenzukken bei dem Wehklagen der armen Frau, die den Dahingegangenen ja so sehr geliebt hat und nun ganz allein zurückbleibt. Ganz allein und für alle Zeiten ein Gegenstand des Mitleids, indes die Geliebte des toten Gatten, diese angemaßte heimliche Witwe, die auf dem Friedhof höchst unerwünscht gewesen wäre, in einer Ecke der Kirche stumme Tränen weint oder sich in einem Hotelzimmer eine Kugel in den Kopf jagt.

Eine Woche, erinnerte sich Alicia, eine volle Woche hatte Tante Ene nach Onkel Reynaldos Tod unentwegt vor sich hin gewimmert und dabei ebenso rhythmisch, ebenso unsagbar und schlüpfrig geröchelt, wie sie es jetzt tat, und ebenso Dunkles mußten die anderen jetzt empfinden wie sie damals bei Tante Enes Gewinsel. Ihr damaliges schauderndes Mitgefühl, ihre zitternde Nachsicht teilte sich jetzt ihren Zuhörern mit, die hier in ihrem Kleinmädchenzimmer um sie standen, ihrem Vater, dem Rektor und womöglich auch der widerlichen weißbekittelten Krankenschwester, dieser ekelhaften Gipsfigur. Sie empfanden jetzt mit Sicherheit dasselbe, was Alicia in ihrer Erinnerung damals empfunden hatte: kraftlose, bange Neugier und die dürre, formlose Ahnung von einem barbarischen, aber dennoch uneingrenzbaren Ereignis. Als wäre Alicia eine zweite Tante Ene, ein zur Witwe gewordenes kleines Mädchen. Sicher fühlten sie wunderbarerweise ebenso, empfanden jedenfalls dasselbe ungewohnte Wohlbehagen, waren auf letztlich irgendwie beruhigende Art verblüfft.

Und zwar alle, alle miteinander, obwohl sie einzig und allein darauf sannen, wie sie ihre Überzeugung überspielen könnten, daß es sich um ein nicht wiedergutzumachendes Unglück handle, das sie – da jeder sich aus den Tatsachenbrocken etwas Anrüchiges, Schwüles zusammenreimte – dazu verpflichtete, die Angelegenheit nur in sinnlosen, grauenhaft tonlosen Halbsätzen zu erwähnen.

Eine rechtmäßige Witwe war sie. Eine untröstlich vor sich hin wimmernde rechtmäßig lustige Witwe.

Toll, wie alles angefangen hatte. Und wie die Stimmen undeutlich geworden waren, sich von ihrem Ursprung getrennt hatten, nachdem Alicia ihren grausigen Schrei ausgestoßen hatte, im Rektorzimmer, im Beisein des Arztes. Sobald Alicia sich zu schütteln, in wilden Krämpfen hin und her zu werfen begann, hatte ihr Vater den Arzt mit Worten, die in Decken gewickelt schienen, aus dem Zimmer komplimentiert. Sie erkannte daran sofort, daß man sie für unschuldig hielt und sie von vornherein von jeder Schuld freigesprochen war, als wäre sie über jedes Urteil erhaben.

»Oberstes Gebot«, hatte der Rektor im Beisein Alicias im Rektorzimmer zu ihrem Vater gesagt, unter einem sonderbaren Licht, das genaugenommen eigentlich gar kein Licht war, »ist es, daß wir strengste Diskretion wahren«.

Alicias Vater und der Rektor waren vor undenklichen Zeiten, als sie beide noch zur Volksschule gingen, einmal Klassenkameraden gewesen, unvorstellbar, und befleißigten sich darum im Umgang miteinander eines scheppernd kumpelhaften, dröhnend ostentativen Tons, als wollten sie damit den rätselhaften Haß bemänteln, der sie verband.

»Du erinnerst dich doch, wir haben uns schon als kleine Jungen gegenseitig gedeckt.« Alicias Vater errötete sonderbarerweise bei diesen Worten des Rektors und zuckte zusammen. »Ich meine, wir haben uns schon damals nicht verraten, wenn wir die kleinen Streiche begingen, die wir für unaussprechliche Schandtaten hielten ...« Der Rektor machte eine lange, gedankenverlorene Pause voll boshafter Wehmut. »Du bist dir doch darüber im klaren, wenn der Fall publik wird, hätte das unabsehbare Folgen für die Schule«, setzte er von neuem an. »Am Ende wäre es aus mit ihr.

Und was Lehrer Mendizábal betrifft (verzeih, daß ich ihn Lehrer genannt habe – die Macht der Gewohnheit), was also diesen Strolch Mendizábal betrifft, so wird er exemplarisch bestraft.«

»Ich bin ja der letzte, der daran interessiert ist, daß sich die Angelegenheit herumspricht«, hatte Alicias Vater endlich entgegnet, mit Bauchrednerstimme. »Ich rechne allerdings mit deiner Fürsprache bei der Familie ihres Verlobten. Deine Aussage wird da entscheidend sein. Sie werden ein Einsehen haben, und das Verlöbnis mit Alicia bleibt bestehen.«

»Wenn es um Aussagen geht, so haben wir eine, die beweiskräftiger gar nicht sein kann.« War das sein Ausdruck: beweiskräftig? »Die beweiskräftiger nicht sein kann, nämlich Mendizábals eigenes Geständnis. Er wird es vor versammeltem Kollegium unterschreiben müssen.« »Das verspreche ich dir«, hatte der Rektor noch hinzugefügt.

Im Beisein Alicias und unter diesem ungewöhnlichen Licht, das mit Licht nichts gemein hatte. Ihr Vater stand mit dem Rücken zur Wand, und das Schulwappen über seinem Kopf machte ihn zu einer Sehenswürdigkeit, umgab ihn mit einer Aureole wie einen byzantinischen Heiligen: »Per Aspera ad Astra.« Jeden Morgen vor dem Unterricht mußten sie mit vorgerecktem Arm wie zum alten Cäsarengruß im Chor den Eid auf diesen Wahlspruch ablegen. »Per Aspera ad Astra« – auf steilem Weg zu den Sternen, so ungefähr hieß das. Die Schüler aus den oberen Klassen sprachen es absichtlich so schnell, daß sie die Silben dabei verschliffen, und ihr einstimmiges Gebrüll, ihr Kanonendonner, hörte sich dann an wie »Pederasta!«, »Päderast!«. Dreimal hintereinander... Per Aspera ad Astra. Die weißen Buchstaben umgaben das rote Wappen an der Wand wie der Heiligenschein eine byzantinische Figur, und dazu hingen an der nackten Wand die leicht homosexuellen Porträts aller Rektoren, die einmal die Schule passiert hatten.

Tante Ene begann allerdings erst später zu wimmern. Der tote Onkel Reynaldo lag offen im Sarg, der Deckel daneben, weshalb anscheinend jeder Besucher, kaum daß er hereinkam, an den Toten herantrat und mit sichtlichem Wohlgefallen sein rotwangiges Gesicht betrachtete. Tante Ene hatte noch vor dem Eintreffen der ersten Trauergäste einen gemütlich dicken Friseur kommen lassen, der mit Onkel Reynaldo überaus taktvoll und höflich, ja, beflissen ehrerbietig umging. Tante Ene hieß eigentlich nicht Ene;

man hatte ihren vollständigen Namen, Enedina, so abgekürzt. Ihren schrecklichen Nervenanfall erlitt sie erst später, vor den versammelten Besuchern, die darüber sichtlich entsetzt waren. Mit blutunterlaufenen Augen zerrte sie an ihren Haaren und verlangte, zusammen mit Onkel Reynaldo lebendig begraben zu werden. Aber noch ging der Friseur, offensichtlich vergnügt, seiner Arbeit nach. Das Rasiermesser ragte wie das Horn eines Einhorns aus seiner Hand, und er sprach leise, freundliche Sätze dazu, wie Ärzte, wenn sie mit gemurmelten Monologen den Patienten die Angst nehmen wollen. »Jetzt geht's erst mal hier lang, Señor, damit Ihr Gesicht schön glatt ist.« Und er schabte mit dem Messer über die Wange, spannte mit Daumen und Zeigefinger der linken Hand die Haut, nicht weil das bei einem Toten noch nötig gewesen wäre, sondern weil er als Profi automatisch so verfuhr, und warf gleich darauf den Kopf zurück, um sein Werk aus gebührendem Abstand zu betrachten.

»Hier nehmen wir noch ein bißchen von der Kotelette weg – und fertig! Jetzt sind sie beide gleich lang!« Ein fröhlicher Pfiff entfuhr unwillkürlich seinen Lippen. Nur kam er Gott weiß warum nicht darauf, die Wangen auch noch zu tönen, und wurde von Tante Ene darum derart mit Schimpfworten überschüttet, daß der Arme den Tränen nahe war. Als wäre ihm der schlimmste Fehler seiner Friseurskarriere unterlaufen. Über und über rot, das Kinn auf die Brust gesunken, aber immer wieder den Kopf herumreißend, wie jemand, der emsig leugnet, ließ er die Schimpfkanonade stumm über sich ergehen. Es sah aus, als würde er sich umbringen wie ein Kapitän nach verlorener Schlacht. Schließlich wurden Onkel Reynaldo rosa Tupfen auf die Wangen gesetzt, und er bekam dadurch das Aussehen einer Wachspuppe mit zwei übereinandergeschobenen, sich überlappenden Gesichtshäuten, die eine zartrosa, die andere von stumpfem, glanzlosem Weiß.

Unter allen ihren Kindheitserinnerungen fand Alicia diese am faszinierendsten. Sie bewunderte den Friseur, seinen anheimelnd dicken Bauch, ja, sie liebte ihn fast. Er trug das Rouge mit einem chinesischen Bambuspinsel auf, der aus seidigweichem Kamelhaar sein sollte, von einem traurigblickenden Wüstenkamel stammte, mit großen strengen Augen. Er verrieb die Schminke hinter den Backenknochen zu immer blasseren Tönen und brachte dann das Kinn zur Geltung, bis Onkel Reynaldo so ausgefallen und anzüglich munter aussah, daß er schon wieder leicht angetrunken wirkte.

Er war faszinierend wie eine Modellpuppe, die sonst keiner hat, und Alicias Freundinnen glaubten es ihr deswegen auch niemals, obwohl sie sich allesamt wünschten, daß auch ihnen ein Onkel stürbe und das Gesicht so geschminkt bekäme, wie Alicia es ihnen beschrieb.

Wie andere ihren Namen abkürzten, so kürzte Tante Ene auch den Namen ihres Mannes ab und nannte ihn nur Rey. Am ganzen Körper entsetzlich zuckend wurde sie in ihr Zimmer geführt. »War ein furchtbarer Schlag für sie, die Ärmste«, flüsterte jemand im Salon. »Ach, ja, die arme Frau, war ja so herzensgut, so aufopfernd.« Der Friseur, der anfangs so glücklich gewesen war, entschuldigte sich in wirren Worten, benommen, so gut es ging. »Nicht jede Familie hat es gern, Señora, wenn man ihren Toten verschönt. Bei Frau B., der Witwe des Finanzrichters, Sie wissen, wen ich meine, waren die Angehörigen ganz empört, als ich die Pinsel hervorholte. ›Lohnt doch nicht bei dem Trottel!‹ sagte die Dame, die Witwe. Das waren ihre eigenen Worte. Dem armen Herrn B. waren während seiner Krankheit alle Haare ausgefallen, und mich hatte man ehrlich gesagt nur geholt, damit ich ihm rechts und links am Kopf einen kleinen Haarkranz anbringe. Ich gestehe also, ich war übereifrig. Heute wollte ich auf keinen Fall denselben Fehler begehen und habe darum, aus Furcht, die Pinsel zu Hause gelassen. Das heißt doch aber nicht, daß ich mein Metier nicht beherrsche. Señora, Sie werden zufrieden sein mit meiner Arbeit. Herr B. sah dann sehr gesetzt und würdevoll aus, obwohl da nur ein simples Toupet anzubringen war. Ein hoher Finanzbeamter, wie er leibt und lebt.« Der Friseur ging dann seine Arbeitsutensilien holen und bewegte beim Hinausgehen die Hände so sonderbar, als schwimme er in der Luft, patschte dabei aber nur mit geschlossenen Fingern wie eine Ente. Er hielt die Arme ganz eng am Körper, und hinten paddelten diese zwei komischen Flossen.

Die so unterschiedlichen, ganz gegensätzlichen Bilder von Tante Ene ließen sich damals nur schwer miteinander vereinen. Und wie komisch der Friseur Onkel Reynaldo aus Verlegenheit mit »Señor« angeredet hatte. Als ob der Onkel nicht tot, mausetot, gewesen wäre. »Noch ein wenig Hellrot auf die Tränensäcke, und fertig, Señor!«

»Idiot!« hatte Tante Ene geschimpft, kaum daß des Friseurs

absurde Patschhände im Korridor verschwunden waren. »Idiot, der! Wenn jetzt die Gäste kommen und Rey ist noch nicht präsentabel, was soll ich dann nur machen? Ich werde sie im Vorraum aufhalten müssen, großer Gott! Lächerlich, nicht zum Aushalten lächerlich, wenn ich dann eine halbe Stunde später auftauche und sie auffordere: ›Jetzt können Sie rein, hier entlang bitte.‹ Als ob Reynaldo plötzlich unpäßlich geworden wäre!« Und Tante Ene preßte sich die Schläfen.

Dann jammerte und schrie sie, ihr einziges Sehnen sei es, mit Rey, zusammen mit ihrem Rey, begraben zu werden, lebendig. Das gräßliche Gejammer war im ganzen Haus zu hören. Onkel Reynaldo war Malakologe gewesen, hatte sich wissenschaftlich mit Schnecken befaßt. Seine Sammlung von Exemplaren war einzigartig, in gewisser Hinsicht war er schon ein berühmter Mann, das hatte sicher Anlaß zu der Idee gegeben, ihm die Wangen zu schminken. Auch erwartete man ein paar Vertreter der Presse, vor allem aber seine Kollegen, seine alten neidischen Kollegen, und die sollten sich auf die Lippen beißen, wenn er noch im Sarg, selbst in den Armen des Todes noch, so majestätisch und glücklich aussähe. Nur leicht beschwipst vom Sterben.

Richtig begriffen hatte es Alicia damals eigentlich nicht. Da war ein todtrauriger alter Mann mit melancholischem grauen Blick gekommen, dessen Anblick sie schon befremdet und beunruhigt hatte. Er war so pathetisch schwarz gekleidet, daß er der trauerndste der Trauergäste zu sein schien. Er ließ den Kopf über dem Sarg hängen und lispelte mit leiderstarrter Miene ein Gebet. Aber er betete nicht. »Ist der Schwachkopf also doch noch verreckt, wie es ihm paßte!« preßte er gefaßt wie der Priester eines finster gnadenlosen Kults hervor und starrte mißgünstig auf die rosigen Wangen des Leichnams. Erst Jahre später erfuhr Alicia, daß der vornehme alte Herr in irgendeinem Vereinsvorstand war und kurz nach Onkel Reynaldo sterben sollte, unter gräßlichen Qualen, an einem Zwölffingerdarmgeschwür.

»Der armen Ene bleibt aber auch kein Leid erspart«, sagte im Eßzimmer jemand in besorgtem Ton, »als hätte sie nicht auch so schon genug.« Er sagte es schnell, und ein wenig verdächtig genüßliche Schadenfreude schwang mit. Alicia hörte zum ersten Mal das Wort »Geliebte«. Noch heute klang ihr im Ohr, in welchem Tonfall es damals ausgesprochen worden war. Ganz leise, ätzend, giftig, haßerfüllt.

Alicia konnte sich zu Tante Ene ins Zimmer schleichen, die man unter Decken festhielt wie eine Tobsüchtige. »Der Ärmsten bleibt aber auch kein Leid erspart, draußen steht die Geliebte, eine Unverschämtheit!« Alle waren überzeugt, unermeßlicher Schmerz habe die arme Tante überwältigt, aber als dieser Satz fiel, raffte sie sich wieder auf, wand sich mit einem kraftvollen, energischen Ruck aus den Decken und stieß die beiden Dienstmädchen, die sie festhielten, wie schlappe Handpuppen beiseite.

»Was will dieses gottverfluchte Weibsstück bei mir im Haus?« dröhnte sie, plötzlich hellwach, wie eine Generalin vor versammelter Truppe. Ihr Stimmungswandel war verblüffend, nicht nachzuvollziehen. Die Dienstmädchen machten entsetzte Gesichter, und eines brach in ein törichtes, ansteckend wirkendes Kichern aus.

»Die arme Frau, sie bittet dich auf Knien«, lenkte Alicias Mutter in ihrer Eigenschaft als Enes Schwägerin ein, »sie fleht dich an, du möchtest sie Reynaldo Blumen in den Sarg legen lassen, sonst nichts.«

Das Dienstmädchen bemühte sich zwar krampfhaft, sich das Lachen zu verkneifen, mußte aber von neuem losprusten und hatte diesmal auch noch ein Mitglied der Familie zur Seite, das hustete und kicherte und dabei kleine Knallaute hervorbrachte. Es war nur eine obskure Verwandte des verstorbenen Onkel Reynaldo, und Tante Ene brüllte: »Halt den Mund, dumme Gans!« und funkelte sie, hellwach, furchterregend an.

Tante Ene rannte persönlich auf die Straße, die Gendarmen holen, wuchs die Sache sich doch zu einem Problem aus, denn die Geliebte wollte wie ein Hund nicht vom Eingang weichen und klammerte sich ans Torgitter. Wenigstens sehen, wie er hinausgetragen wird, der Tote, sonst nichts, heulte sie wie ein Tier, daß es einem das Herz zerriß. Sie mußte mit Gewalt vom Gitter losgerissen werden. Die angemaßte Witwe, die ein letztes Mal zu ihrem Liebhaber wollte. Die heimliche Witwe.

Zwei Tage danach sprach man im Haus sehr sonderbar von Tante Ene, als wäre den Sätzen, die sich auf sie bezogen, der Ton abhanden gekommen, zugleich aber auch mitleidig, ja, erbarmungsvoll nachsichtig.

Tante Ene schloß sich in ihrem Zimmer ein und hörte, untröstlich, nicht auf zu ächzen. Im ganzen Haus lag wie heute, genau wie heute, etwas Ausweichendes, Unfaßbares, absolut Unaussprechliches in der Atmosphäre. Dank Tante Enes Geächz schlug es sich aber als Generalablaß auf sie nieder, als Freispruch ohne Vorbehalt, als wäre Tante Ene ein grauenhaftes Unrecht widerfahren.

Ein furchtbares Unrecht, begangen an Tante Ene, und zwar in einem Vororthotel. Dort nämlich fand man die Leiche von Onkel Reynaldos Geliebter. Sie hatte sich eine Kugel in den Kopf gejagt.

»Einverstanden, eine solche Aussage beweist alles, unwiderleglich«, sagte Alicias Vater. »Trotzdem mußt du mir helfen, ihnen zuzureden, sie überzeugen, daß es ein Unglück war, gerade so, als wäre sie von der Straßenbahn überfahren worden, ein gräßliches Unglück, für das Alicia keine Verantwortung trifft. So war es ja auch, du weißt es.«

Unter einem Licht, das eigentlich kein Licht war, sondern etwas kränklich, morbid Helles im Rektorzimmer, mit einer Stimme, die nicht von einem Menschen zu kommen schien, sondern irgendwoher, sonstwoher, nur nicht aus des Vaters Mund, aus seiner Kehle, wurden diese tonlosen Sätze gesprochen. »Du solltest trotzdem einen Arzt hinzuziehen.« Als wäre nicht die arme Alicia gemeint, sondern als würde Obskures gehaucht und bezöge sich auf das Leid, das Tante Enedina vor Jahren in einem abgelegenen Hotelzimmer durch den dummen Selbstmord eines Flittchens angetan worden war.

Alicia betrachtete durch halbgeschlossene Wimpern hämisch ihr Kinderzimmer, in dem sie der Mittelpunkt so großer Aufregung war. Ihr Vater, diese komische Schattengestalt, dieser seltene Vogel, dieser schwarze Gulliver mit eckigen Schultern, dieser dürre unansehnliche Vogel, stand auf und zerrte den Vorhang zu, um den Sonnenstrahl, der neben Alicias aufgelöstem Haar aufs Kissen fiel, zu vertreiben.

Das Licht wich auf den Teppich aus, sprang weiter und landete zu Füßen des Kinderschaukelstuhls, auf den sich der Vater, lang, unproportioniert lang, wieder setzte und dabei krümmen mußte wie eine Ratte. Noch kümmerlicher sah er so aus, noch jammervoller, ein armer Wicht zwischen den Armlehnen des kleinen Schaukelstuhls, wie zwischen Zangen. Die Krankenschwester verzog ihr Gesicht zu einem zustimmenden Lächeln, weil er den Vorhang zugezogen hatte, ein angedeutetes, bekümmert nachsichtiges Lächeln, um nur bloß von nichts, was mit der unglücklichen kleien Alicia geschah, ausgeschlossen zu sein, und der eingezwängte Vater dankte ihr für das Kopfnicken wiederum mit stummem Nicken und kurz geschlossenen Augen.

Der Rektor ließ einen tiefen Seufzer hören und wirkte dabei kurioserweise zufrieden, wahrscheinlich weil er die Hände vor dem Bauch verschränkt hielt und auf seine Daumen herabschaute, als habe er soeben eine Mahlzeit beendet. Darauf reagierte die Krankenschwester allerdings mit Naserümpfen und erbostem Funkeln, denn der Rektor gehörte schließlich nicht zur Familie, und zudem hatte sich der Vorfall in seiner unseligen Schule ereignet, so daß der Rektor sich zurechtsetzen und noch einmal seufzen mußte. Er sah jetzt geradeaus, verschränkte – was die Schwester so schockiert hatte – die Hände nicht mehr wie ein Abt, sondern knetete und preßte sie, als bete er inbrünstig zum Himmel. Die Frau quittierte es mit einer leichten Neigung des Kopfes, ihr gleichzeitig zum Vater hin gerecktes Kinn aber schien zitternd sagen zu wollen, daß sie, die getreue Pflegerin, die einzige sei, die das schwere Leid, welches das Haus getroffen hatte, aufrichtig mitzufühlen imstande war.

Alicia bemerkte durch ihre Wimpern den hintergründigen Stolz, die getarnte Gier der Schwester, ihr salbungsvolles Gluckengebaren, ihre Freude darüber, in ein Geheimnis eingeweiht zu sein, das ihr anscheinend Zugang zu höheren Sphären verschaffte, in denen sie zum ersten Mal in ihrem Leben mit Menschen verkehren durfte, die sie immer als höherstehend angesehen hatte, und zugleich ihre wehmutsvoll und ehrerbietig entsagende Geste, mit der sie zufrieden bezeugte, daß sie das ihr auferlegte Gebot der Verschwiegenheit nun einmal nicht brechen könne. Sie mußte überaus glücklich sein. Das Kinderzimmer fesselte sie anscheinend ganz besonders. Ihre Augen verschleierten sich regelrecht vor anzüglichem Kummer, wenn sie sich der kindlichen Einrichtung zuwandten, und ihrer Brust entrangen sich dann gedehnte Seufzer, mit denen sie wahrscheinlich unterstreichen wollte, daß sie von dem Geheimnis mehr Einzelheiten kannte als selbst der eingeweihteste Angehörige. Gräßlich, dieses gipsweiße seufzende Scheusal hier im Kleinmädchenzimmer.

In diesem Zimmer mit Dornröschen, Bernhardinerhund, naiv gemusterten Tapeten, Zierleisten an Decken und Wänden, als gehörte Alicia nicht schon längst nicht mehr in dieses Zimmer, als wollte die Krankenschwester – sie auch! – Alicia darin festnageln, wollte nicht einsehen, einfach nicht glauben, daß ein Widerspruch bestehen könne zwischen Alicia und dem Charakter ihres Zimmers, ihres vertuschenden, verniedlichenden Zimmers.

Sicher, solange ihre Mutter noch lebte, dachte Alicia, waren Zimmer und Tochter ein unteilbares Ganzes gewesen. Vorstellungen hatte die gute Frau gehabt! Naiv war sie, in der Seele keusch – eigentlich gehörte das Zimmer mehr ihr als ihrer Tochter. Sauber wie ein ausgescheuerter Zinntopf. Ja, ähnlich ehrenwert, von ähnlich ernsthaften Sitten war ihre Mutter wie ein blanker Zinntopf, der still und brav auf dem Herd steht, in dem planvoll und ordentlich die Suppe vor sich hinkocht und in dem es jedesmal, wenn der Dampf den Deckel hebt, pünktlich blubbert. Nichts war ungeordnet bei ihr, ihre Auffassungen vom Familienleben waren schlicht und solide. Ein blanker, sauberer Zinntopf – mit weißem Häubchen –, der gesund auch dann noch nach Suppe, Fleiß und Tugendhaftigkeit roch, wenn sie am Fenster saß und unentwegt ihre Spitzendeckchen häkelte. Auch wenn Alicia jetzt mit einer Zärtlichkeit, in der auch Ironie mitschwang, an sie dachte.

Ein unteilbares Ganzes bis ins innerste Wesen, bis in den Geruch hinein waren Alicia und ihr Zimmer gewesen. Doch dann hatten sie sich auseinanderentwickelt, sich getrennt, fast minutenschnell, wie wenn sich zwei Züge auf dem Bahnhof treffen, einander kurz gegenüberstehen, die Reisenden aus zwei Wagen sich gierig und mit dem Gefühl von etwas verzweifelt Unerreichbarem anstarren, um dann überraschend auseinandergerissen zu werden, in nostalgische Ferne zu entgleiten, und alles andere entschwindet mit, das blaue Kattunkleid einer Bauersfrau, das ungläubige Gesicht eines Getränkeverkäufers, dem ein Reisender nicht die Flasche zurückgereicht hat und der seltsam vage hofft, eines Tages werde er sie doch noch wiederbekommen, der Knabe, der hingebungsvoll auf die Bahnschwellen pißt, und der von der Lokomotive weiß verräucherte, taufeuchte Bahndamm.

Ihre Leute aber beharrten auf der Straßenbahn, dieser Straßenbahn, unter die Alicia unfreiwillig und ohne eigenes Verschulden geraten sein sollte. Sie brachten sie sogar – Alicia spürte noch jetzt ihres Vaters aufgeregtes Muskelzucken auf der Haut – auf den Armen nach Hause wie ein Krüppelchen, in ihr groteskes Zimmer zurück, das sie doch gerade voller Genuß und so folgenlos verlassen hatte. Alicias – Alices – Heimkehr aus dem heimlich-schrecklichen Wunderland. »Als ob sie von der Straßenbahn überfahren worden wäre.«

Vielleicht gab ein Spezialgerät die Laute von sich, ein unsichtbarer Sprechschlauch im Mund des Rektors. »Du solltest trotzdem einen Arzt hinzuziehen, einen Arzt deines Vertrauens. Vielleicht ist das Nichtwiedergutzumachende ja gar nicht geschehen.« Alicia packte entsetzliche Lachlust. Was bei denen als nicht wiedergutzumachen galt. Ein Arzt sollte kommen und sich vergewissern, ob das Nichtwiedergutzumachende geschehen sei.

Aber sie lachte nicht, sie brachte das Lachen nicht aus ihrer Brust, sie bekam es nirgendwo heraus. Stimmen ringsum, die ihres Vaters, die des Rektors, Stimmen auch oben auf dem Dachboden und danach im Sekretariat, die Stimme des armen Lehrers Mendizábal – und doch waren es auch wieder keine Stimmen. »Einen Arzt deines Vertrauens.«

Sie versuchte sich diesen Vertrauensarzt vorzustellen. Ließ die Gesichter der zwei, drei Ärzte an sich vorüberziehen, die zu ihnen ins Haus kamen. Allesamt häßlich, wabbelig. Dieser Iriarte zum Beispiel oder Duarte oder Duarteirigarte oder wie er hieß, jedenfalls hatte er einen baskischen Namen und gewaltige buschige Augenbrauen. Zuerst malte sie sich aus, wie er sich verwirrt und ängstlich dafür entschuldigte, daß er den Fall überhaupt annahm. Doch nachdem er sie untersucht hatte – Alicia spürte seine kalten Metallinstrumente beinahe auf der Haut, und dazu ihr Klirren, das man nicht sieht, wenn man flachliegt, ein Geklirr, wie wenn Menschen ohne Manieren bei Tisch mit Messer und Gabel klappern –, nachdem er sich über sie gebeugt hatte, seine verchromten Folterinstrumente in der Hand, sah sie Schadenfreude, Hohn und sogar eine Spur Begierde in seinen Augen glitzern. Ein Arzt des Vertrauens, ein Priester sollte das sein!

In Wirklichkeit kam kein Vertrauensarzt, sondern ein hagerer Unbekannter mit großen schwarzen Augen und asketischen Zügen, die Hände so mystisch schmal, wie man sie auf manchen Aposteldarstellungen sieht. »Wie alt sind Sie?« fragte er beunruhigend verlegen und so leise, daß niemand mithören konnte. Vielleicht meinte er plötzlich, er frage damit nach etwas höchst Unschicklichem.

Am Ende hatte man doch lieber einen Unbekannten genommen, um zu vermeiden, daß es sich herumsprach, einen dem Bekanntenkreis der Familie Fernstehenden, einen, den man vielleicht nicht einmal einen Arzt nennen konnte. »Wie meinten Sie?« wandte sich der Rektor in dem Tonfall, in dem man mit einem Erpresser spricht, dem Apostel zu. Der Arzt lächelte bemüht. »Wie alt sie ist, Señor. Ich muß es für die Diagnose wissen.« Dabei wurde er so rot, daß man fürchten mußte, er werde in Ohnmacht fallen. »Sechzehn«, sagte Alicias Vater hastig, ohne den mißbilligenden Blick des Rektors aufzufangen. Der Arzt trug Schwarz, einen schwarz changierenden, durchaus noblen Anzug, aber die Ärmel waren aufgetragen und blankgewetzt, es konnte also nur ein Vorstadtarzt, ein Armeleutedoktor sein. Erstaunlich, daß man ihn nicht überhaupt wie zu Freimaurerverschwörungen mit verbundenen Augen hergebracht hatte.

Er schnarrte vor Glück, als man ihm sein Honorar auszahlte, obwohl seine Dienste gar nicht zum Einsatz gekommen waren. Ein solch schönes mittelalterliches Heiligengesicht – und ein solches Schnarren. Der Betrag lag sichtlich über dem, den er erwartet hatte, obwohl er den erwarteten Lohn für seine Verhältnisse schon hoch angesetzt hatte. Sein heißhungriges Schnarren hinterließ einen zugleich peinlichen und belustigenden Eindruck, als habe man es mit einem Irren zu tun gehabt. Da bekam Alicia ihren ersten Anfall, begann zu zucken und warf sich wild hin und her. »Sie gehen besser, Doktor, Sie sehen ja, das Mädchen ist schon von Ihrem bloßen Anblick ganz verstört.«

Alicia konnte sich nicht vorstellen, was für eine Figur dieser heilige Franziskus abgegeben hätte, wenn er dazu gekommen wäre, sie mit seinen verchromten Faltern, seinen Orthopädenschnäbeln zu untersuchen, die er übrigens direkt im Rektorzimmer aus seinem Koffer genommen hatte, was man ihm als äußerst geschmacklos anrechnete. Der arme Tropf wäre womöglich in Tränen ausgebrochen. Oder hätte nicht die Wahrheit gesagt. Jedenfalls immer noch besser als die Augen dieses Doktor Duarteiartegarte oder wie er nun hieß. Dieser hier steckte seine Instrumente fahrig und beklommen ein, wie einer, der sich vor häuslichem Kleinkram fürchtet, vor zeternden Frauen, plärrenden Kindern und im eigenen Zimmer überm unausstehlichen Ehebett aufgehängter, nie trocknender Wäsche. Er mußte furchtbar unglücklich sein.

Wie sie hofften, das Nichtwiedergutzumachende sei nicht geschehen, die Tat sei im letzten Moment auf halbem Wege abgebrochen worden. Sie dachten sich sicher komische, lächerlich alptraumhafte Szenen aus, die sich auf dem engen Dachboden voller ausrangierter Globusse, Atlanten und Sternkarten, auf dem man Alicia ertappt hatte, abgespielt haben mußten. Auf dem, wie alle voll banger Zuversicht hofften, etwas nur halb geschehen war.

Wie mißtrauisch sie schon auf den Arzt gewartet, wie sie ihn dann erleichtert aufatmend hinauskomplimentiert hatten, ohne ihn Alicia untersuchen zu lassen, als fürchteten sie weiß Gott welche entsetzliche konfuse Enthüllung. Ein Spitzel war er, mit seinen gräßlichen verchromten Tierschnäbeln, die aus der Tasche geschaut hatten, die wie eine schmutzige Lederplazenta aussah. Ein Spitzel, der vor Glück schnarrte wie ein gerupfter Rabe. Alicia seufzte höhnisch zufrieden auf, und das wurde wieder als Äußerung unsäglichen Kummers gedeutet.

Der Dachboden war eine Welt für sich, einzigartig wie ein Schiffsbauch voller Seemannsmüll und nautischen Karten in Seeräubergeschichten. Es roch nach Feuchtem dort, nach nasser Wolle und nach obszönen Globen mit ihrem nackten Eisengestänge, das gelb war wie die Zähne in einem Totenschädel.

Überall standen diese kosmischen Gerippe, eine Erdkundewerkstatt war das, mit Schneiderpuppen, die die Erde darstellten, mit Hüften, Schultern, Hälsen, und alles dick verstaubt, eine verlassene Schneiderstube. Der Staub vor allem; auf allen diesen Medusenhäuptern lag dick der Staub.

Als sie entdeckt wurden, rann etwas Überwältigendes, Niederschmetterndes, Obskures durch Alicias Adern, wurde aber schnell weich und entrückt. Die Menschen sprachen nur noch aus dem Bauch und hatten tonlose Stimmen. Andrés krümmte sich wie ein Frosch, dem im Labor ein Stromstoß versetzt wird, als Mendizábal auf dem Dachboden auftauchte.

Alicia durchfuhr der blanke Haß, wenn sie sich daran erinnerte. Sie hätte den Gang der Ereignisse am liebsten gestoppt, alles ein Stück zurückgedreht. Nein, nicht gestoppt, sondern anders eingerichtet, so, daß die Teile nicht mehr zusammenpaßten, Pferdekopf auf Löwenleib wie bei ägyptischen Gottheiten, oder Stier mit Flügeln wie in Ninive. Jedenfalls ihre Anordnung in der Reihenfolge des Geschehens verhindert, ihre konsequente logische Abwicklung, daß nach dem ersten Vorfall der zweite kam und was sonst noch alles bevorstand. Alicia hätte die Ereignisse auseinandergenommen, so daß kein Zusammenhang mehr zwischen ihnen bestand und niemand sie für die Agierende, die Mittäterin halten konnte.

Dumm war auch, daß sie, als sie sich den Staub aus dem Schulkleid klopfte, eine so gespielt kecke, furchtbar unpassende Miene aufgesetzt hatte, als sei nicht sie, sondern als seien andere in der absurden Welt des Dachbodens, unter den toten Planeten ertappt worden. Und dann noch die zwei Worte, »Andrés, Liebster«, mit dem Finger auf den verstaubten Globus zu malen. Zu dumm.

Bevor Andrés zu ihrem Rendezvous gekommen war, war Alicia nämlich durch den Kopf gegangen, daß sie ein Engel sei, der Engel der Zeiten, der nach dem Absterben der Welten durch das All schwebe, der Dachbodenengel, der Kontrolleur galaktischer Trümmer, der mit einer Bewegung so gewaltige Entfernungen überbrückt, wie man sie nur in Lichtjahren denken, also gar nicht denken konnte.

Der einen Fuß vorsetzt und eine Hand ausstreckt – ein Engel, einsam, majestätisch, in der Ewigkeit.

Weit hinten lag hingemäht wie ein antiker Krieger mit zersplittertem Schild Saturn, lag Venus mittendurchgehauen und aschebedeckt, Mars mit ausgerenktem Unterkiefer, klaffend, ein Bild des Jammers, und Merkur mit gebrochenen Beinen – Leichname, still in namenloser Weite. Schweigen herrschte in der Zeit, in dem verlassenen Sonnensystem, über den Dingen, Möbeln, Betten, Atmosphären, Geräuschen, der Engel war nicht mehr hier, in diesem hochmütigen weiten Raum. Er wandte sich schwermütig ab, zog mal hier-, mal dahin, von einem Grab zum andern, von diesem Planeten zum nächsten, als wäre er erblindet. Da zog ihn auf einmal etwas unwiderstehlich an.

Eine Sphäre aus geballtem Staub wartete nur darauf, daß des Engels Blick auf sie fiele. Dem Engel tat sie leid, und er trat zu ihr. Der Planet war toter als alle anderen Planeten, weil er wahrscheinlich als einziger gesehen und gehört, als einziger die anderen gesichtet und ihnen einen Namen, Gewicht, Format und einen Platz zugewiesen hatte – der weiseste und traurigste der Planeten. Der Engel der Zeiten betrachtete in tiefem Schmerz den schuldbeladenen Staubball; dessen Tod schien ihn bitterer als der aller anderen zu treffen. Vor Zeiten war er einmal von blindwütigen, gnadenlosen sprechenden und weinenden Tieren bewohnt gewesen, die sich hartnäckig vermehrten, von einer Hoffnung erfüllt, in die sich auch Wut mischte. Von allen Leichen im Universum bedurfte diese am dringlichsten des Mitleids, so viel Schuld hatte sie auf sich geladen. Darum tippte der Engel mit dem Zeigefinger auf die tote Fläche, um ein Wort, das erste Lösungswort, darauf zu schreiben. Es sollte ihn wiedererwecken. Er fuhr mit der Fingerkuppe über den verstaubten Planeten, der bei seinen einstigen Bewohnern Erde geheißen hatte, und kraft des Lösungsworts erschienen unter dem unschuldigen Engelsfinger unglaubliche Namen, Rom, Jerusalem, Konstantinopel, Singapur, die eigentlich nichts besagten, aus dem Staub erstanden, aber gewillt waren, aufs neue zu leben, sich aufs neue mit närrischen Tieren zu bevölkern.

Trotzdem eine dumme Geste. Alicia erkannte es erbost und funkelte Lehrer Mendizábal wütend an. »Es ist nur Sehnsucht nach Unsterblichkeit«, sagte der in aufreizend belehrendem Ton, »die gleiche Sehnsucht nach Unsterblichkeit, in die auch Verbrecher unbewußt verfallen, wenn sie am Tatort das Indiz vergessen, das sie überführen soll.« Alicia hätte ihn am liebsten umgebracht.

Lehrer Mendizábal hingegen wirkte eher verlegen und niedergeschlagen. »Ab durchs Fenster!« befahl er dem Jungen. »Los, wir haben keine Zeit zu verlieren!« Er sagte es ganz leise, wie in tiefem Kummer. Dann aber wurde seine Stimme ganz sonderbar, eher der eines Todgeweihten oder dumpfem Trommeln ähnlich, so daß man sie nur erfühlen oder mit dem Bauch hören konnte.

Elementarer Zorn überwältigte Alicia, dann wurde sie ganz matt, als Andrés aus dem Fenster kletterte, mit einem albernen Ausdruck im Gesicht, so als ob er lachen wolle, nur noch jämmerlicher.

Aha, Mendizábal wollte also ihr Komplize werden. Dieses Scheusal wollte sie beide für alle Ewigkeit in der Hand haben. Sie empfand heftigen Ekel, lodernden Haß. Sie wünschte sich von ganzem Herzen, mit geradezu religiöser Inbrunst, wenn Mendizábal eine Tochter hätte, sollte sie zum Flittchen werden, sich auf dem Strich feilbieten wie die letzte Nutte, die letzte, die unglücklichste aller Nutten. »Das war unklug von euch«, sagte Mendizábal, und es klang unendlich müde, »sehr unklug.« Alicia wurde fast schwarz vor Augen vor Wut.

Natürlich war es unklug. Wenn Mendizábal es wissen wollte, fuhr ihr durch den Kopf, dann wäre ihr das Zimmer in der Absteige lieber gewesen, wissen Sie? Die grob gestrichenen Möbel, das Zimmer mit den feuchten, schmierigen Möbeln, seinem Geruch nach billiger Körperlotion, dem gräßlichen Nachttopf in der Kommode, dem tabakbraunen Fußboden und der schlüpfrigen dicken Wirtin, die ihr jedesmal verständnisvoll zuzwinkerte. Doch, wenn Mendizábal es wissen wollte, in dieses Zimmer waren sie vorher gegangen, nur ein paar Monate vorher, und hatten es nicht unklug gefunden. Alicia vermummte sich immer in Andrés Regenmantel, wenn sie ins Haus schlich, um ihr dummes Schulmädchenkleid zu verstecken, und die Wirtin machte auch dann ihr anzügliches Komplizengesicht, als sie wußte, daß es bei Alicia das erste Mal war. Danach wollte Alicia nicht mehr dahin zurück, wegen dieser Frau, dieser Vettel, und sie mußten sich in diesem absurden Universum treffen und in Staub versinken. Das hätte sie dem Lehrer am liebsten ins Gesicht geschrien. Geschrien.

»Sehr unklug«, sagte Mendizábal noch einmal. Alicia war starr vor Staunen. Mendizábal erwähnte gar nicht, was er mitangesehen hatte, sie beide ineinander verschlungen auf den Atlanten, Alicias und Andrés' umschlungene Körper. Nein, er erwähnte es mit keinem Wort. Er wischte nur mit seinem schwarzen Kaschmirärmel das auf die Erdkugel Geschriebene aus: »Liebster Andrés«. Sonst nichts. Den Unsterblichkeitsdrang der Verbrecher. Wenn die zwei Wörter entdeckt würden, sagte er mit undefinierbarem Gesichtsausdruck, würden beide, Alicia und Andrés, von der Schule verwiesen.

»Und jetzt gehen wir fort von hier. Sie zuerst.« Unklug war der Engel der Zeiten, der Besichtiger der Sternentrümmer, der mit dem magischen Wort eine für immer gestorbene Welt hatte wiedererwecken wollen.

Aber Alicia hatte noch keinen Schritt getan, da blieben beide starr vor Entsetzen stehen. Mendizábal wurde so fahl im Gesicht wie ein Überirdischer. »Schreien Sie!« rief er ihr, einer plötzlichen Eingebung folgend, zu und zerriß ihr dabei die Schuluniform. »Schreien Sie um Gottes willen, ich übernehme die Verantwortung für alles, was geschehen ist!«

Von da an klang seine Stimme sonderbar, als käme sie von weither und von tief drinnen, wie bei Sterbenden, gerade noch lebenden Leichnamen, an denen in ein paar Körperteilen, Kopf, Augen, noch Leben ist, die Stimme aber, verzweifelt, rasend, schon von ganz unten kommt, aus den abgestorbenen Partien, rasend vor schon jenseitiger Hoffnungslosigkeit.

Der Schuldiener, der auf Alicias Geschrei herbeieilte, hatte einen grauenvoll starren Blick, stierte aus unbeweglichen Saurieraugen schwindelerregend lange auf Lehrer Mendizábal, spießte ihn auf mit seinen gelben Augen wie der Sammler den Schmetterling mit der Nadel. Präzise nahm Alicia wahr, wie sich dem Lehrer Laute, ganz unten aus der Brust Laute entrangen. Dabei war der Schuldiener noch nicht weich und entrückt wie später alles andere. Er war wahrscheinlich gar nichts, denn daß sich die Ereignisse weich und entrückt anfühlten, lag an den Lauten, den Stimmen, er aber gab keinen Ton, nicht das leiseste Geräusch von sich, sondern preßte die Kinnbacken wie zum Schraubstock aufeinander. Sein erster Impuls war sicher, mit Fäusten auf Lehrer Mendizábal loszugehen. Mit Fäusten.

Alicia fühlte sich angestrengt unsichtbar, unter der Erde versteckt. Befremdend das Gefühl, daß die Stimmen aus dem Magen kamen, daß sie ein Hörgerät, eine aus unbekanntem Material gefertigte Membrane war, an der sich die nicht von Menschen, sondern vielleicht von einem Stück Holz, einem Brett hervorgebrachten Töne der Skala brachen, Töne, so tief, als kämen sie aus den Tiefen einer leeren Kathedrale.

Ihr ungewollter Drang, sich dem hier zu entziehen, schwächte sie, einfach nicht dazusein unter den schrecklichen Globussen und Atlanten. »Gehen wir ins Rektorzimmer«, glaubte sie den totenbleichen Lehrer Mendizábal mit einer Stimme sagen zu hören, die aus einer Gruft zu kommen schien.

Der Schuldiener hatte auch dann noch seine ekelhaft fahle Haut, als Lehrer Mendizábal heroisch, aufrecht, mit dem Stolz des Todeskandidaten, die Treppe hinunterschritt. Im Sekretariat brachte er endlich ein paar, wenn auch unverständliche, Worte heraus und zeigte mit einer Hand, die nicht ihm gehörte, ihm gar nicht gehören konnte, zitternd auf den Lehrer. Genau genommen sprach er nicht Worte aus, sondern gab Signale, Signale, die jeder auf Anhieb verstehen konnte, sogar die Bewohner fremder Planeten. Nein, Sprache war das nicht, ganz bestimmt nicht, was der Schuldiener da von sich gab.

Da ging etwas vor in den Gesichtern von Rektor und Schulsekretär, ihre Züge sprachen Präzises, Furchtbares, und das war an den Verbrecher gerichtet.

»Ich gestehe meine Tat«, hauchte Mendizábal, »und welche Strafe auch über mich verhängt wird, ich nehme sie jetzt schon an.« Etwas unermeßlich Nachsichtiges und Trauriges lächelte aus seinen Augen, und der Rektor wandte sich denn auch voll krankhaft bebender Verachtung von ihm ab.

»Sie kommen vor die Schulkonferenz, gehn Sie jetzt!« brüllte er. Ein verworrenes, konfuses Schweigen herrschte, als Mendizábal, geschlagen und gedankenverloren, aus dem Zimmer schlurfte.

»Dieses Ungeheuer!« hatte Alicias Vater dann ausgerufen, als man ihn in die Schule kommen ließ. Ganz untheatralisch, nur tief bekümmert, als schicke er ein Stoßgebet zum Himmel. »Ein Ungeheuer ist das!« sagte er wie durch ein Schallrohr, aber nicht um besser, sondern um von niemandem gehört zu werden. Wie er dastand mitten im Rektorzimmer mit seinen aschgrauen Augenringen und seinen wie mit Steinzeitwerkzeugen eingekerbten steilen Falten. Ein Mundwinkel verzog sich zu einem Lächeln, was komisch aussah, als hätte ihm ein Schlaganfall die eine Gesichtshälfte gelähmt, und auf der anderen Seite zitterte die Wange. Nur eine Wange.

»Vielleicht ist das Nichtwiedergutzumachende ja gar nicht geschehen«, gab der Rektor düster höflich und todmüde noch einmal zu bedenken.

Aber der da in ihrem Zimmer saß, in ihrem Schaukelstühlchen, war nicht ihr Vater. Wie konnte ihr Vater so dahocken, das Gesicht in die Hände vergraben, auf einer Spitze seiner schwarzen Lackschuhe einen schwarzen Lichtfleck? Und auch noch wippend, mein Gott! Auf keinen Fall war, was da eingepfercht zwischen den Armlehnzangen wippte, ihr Vater. Der Lichtfleck war vorher, als ihr Vater den Vorhang zugezogen hatte, von ihrem Kissen auf den Boden vor den Schaukelstuhl gesprungen; jetzt hüpfte er hinauf und hinunter, von der Schuhspitze auf den nilgrünen Teppich und zurück, und war mal schwarz, mal schmutziggelb wie ein angebissener Apfel, der lange auf dem Pult gelegen hat. Nein, was da wippte wie ein zu groß geratener widerwärtiger Bengel, sollte ihr Vater sein?

Dazu die Krankenschwester mit ihren begehrlichen Augen. Die selbstgefällige, salbungsvolle Krankenschwester, die so gerührt und süchtig die Kindersachen im Zimmer fixierte, sich zugleich aber auch mit etwas Geheimnisvollem umgab, so als ob sie alles wisse und sich nur unwissend stellte.

Wie eine verkleidete, raffiniert ambivalente zweite Version der anderen Frau, der Wirtin, bei der Andrés das Zimmer für ihrer beider Rendezvous gemietet hatte. Die war an allem schuld, bei Gott. Nur wegen dieses verdammten Weibsstücks.

Andrés ging immer als erster weg; eine halbe Stunde später dann Alicia. Ein grauenhaftes Zimmer, diese Tapeten, und die Figur der Maria, der Unbefleckt Empfangenen über dem Bett, die aussah wie eine Tote mit ihrer rosigen, durchscheinenden Nase, genau wie Onkel Reynaldo. Die Figur war lebensgroß und neigte sich übers Bett, um den Schlaf der darin Ruhenden zu bewachen. Aber nur ihr Oberkörper ragte aus der Wand, der Rest schien qualvoll in sie einzementiert und gefangen und sich darin rätselhaft genüßlich und besessen zu winden und zu martern. Ihre gelösten Gesichtszüge, ihr Engelsblick, ihre zart apfelfarbenen Wangen verrieten es.

Und doch hatte Alicia sich hier heimisch gefühlt, in dieses Zimmer gehört, ihr wahres, ihr ureigenes Zimmer. Mit seiner sonnengebleichten, dahinkränkelnden Tapete, die einmal mit lila Längsstreifen gemustert, jetzt aber von Fliegen schwarz gesprenkelt war, mit seinem Waschbecken, dessen gußeiserne Halterung es zur Spinne machte, mit seiner Decke, an die goldene Arabesken gemalt waren. Dazu der Nachttopf, ja, selbst der runde kleine Dreckbauch des Nachttopfs.

Dann aber, an ihrem dritten Vormittag, nach ihrem dritten Treffen, kam die Frau ins Zimmer, Minuten nachdem Andrés gegangen war. Sie schaute drein wie heute die Krankenschwester, genauso ausweichend, aalglatt und dabei trauernd. Die Eingeweihte, die milde Mitwisserin. Maria, die Unbefleckt Empfangene.

»Er erfährt nichts davon. Dein Freund braucht's gar nicht zu erfahren. Du kannst noch dableiben, wenn er gegangen ist. Es kommen dann ein paar Herren, Freunde von mir. Hochanständige Leute.«

Alicia sagte ja, um unbehelligt davonzukommen, und mit dem Zimmer war es von da an aus. Nur wegen dieses verdammten Weibsstücks. Nur ihretwegen war alles so gekommen, und jetzt wieder dieses Kleinmädchenzimmer.

Sie wandte sich den Füßen ihres in den Schaukelstuhl geklemmten Vaters zu. Da stand der lackschwarze Lichtfleck auf dem wippenden Fuß plötzlich still und der Fuß mit, und alle Gesichter fuhren zu einem Punkt herum, den sie nicht sehen konnte. Alicia heulte auf, schrie langgezogen, rasend, angstvoll. Vor ihr stand Tante Enedina.

Tante Ene jedoch strich ihr unsäglich zärtlich über die Stirn. »Armes Kleines!« sagte sie laut. Auf ihrem Gesicht stand tiefer Kummer. Alicia mußte an den vornehmen Trauergast bei Onkel Reynaldos Begräbnis denken, der sich scheinbar in tiefem Schmerz zum Beten über den Sarg gebeugt hatte, in Wahrheit aber den Toten wüst beschimpfte, und sie zuckte zusammen.

Über Tante Enes Wangen rannen dicke Tränen, so daß auch alle anderen vor Kummer erstarren zu müssen glaubten. Ihr Vater stand abgewandt in einer Ecke und starrte fassungslos das Zierband mit dem endlosen, wie gezwungenen Kaninchengehoppel an, biß sich dabei auf die Lippen und konnte dennoch nur mit Mühe und Not ein Schluchzen unterdrücken. Die Krankenschwester hingegen begann maßvoll und dankbar vor sich hin zu weinen.

Der Rektor warf dem Vater einen Blick zu, stand dann auf und ging zu ihm. Da er nicht wußte, was er sonst tun oder sagen sollte, legte er seinem Freund die Hand auf die Schulter und seufzte tief. Aber auch dieser Seufzer kam – teuflische Automatik – wieder zufrieden heraus; so zuckte er nur noch resigniert mit den Achseln und ließ es bleiben.

Tante Ene beugte sich zu Alicia herab und flüsterte mit sanfter, weicher, einlullender Stimme, kaum hörbar:

»Wein ruhig, Kind, wein dich nur aus, mir machst du nichts vor. Heul ruhig, schamlose kleine Nutte, heul ruhig, ich verrate dich nicht!«

Alicia wollte es nicht, aber sie mußte vor Freude lächeln. Der einzige Mensch auf der ganzen Welt, der nur einmal hinzusehen brauchte, um hinter ihr Geheimnis zu kommen, war Tante Ene, ihre Tante Enedina. Ausgerechnet die rechtmäßige Witwe hatte das passende Wort gefunden, das Lösungswort, es ihr ins Ohr geflüstert, eines der wenigen Schlüsselwörter der Sprache, mit denen der Mensch sich ausdrückt.

Julio Ramón Ribeyro
Nächtliches Abenteuer

Mit seinen vierzig Jahren konnte Aristides sich mit vollem Recht als ein »vom Fest des Lebens Ausgeschlossener« betrachten. Er hatte weder eine Ehefrau noch eine Geliebte, arbeitete im Kellergeschoß des Rathauses, wo er Standesamtsurkunden registrierte, und lebte in einer winzigen Wohnung in der Avenida Larco, die voller schmutziger Sachen, kaputter Möbel und Künstlerfotos war, die er mit Stecknadeln an der Wand befestigt hatte. Seine alten Freunde, die jetzt verheiratet waren und im Wohlstand lebten, fuhren in ihren Autos vorbei, wenn er in der Warteschlange an der Omnibushaltestelle stand, und wenn sie zufällig an irgendeinem öffentlichen Ort mit ihm zusammentrafen, beschränkten sie sich auf einen raschen Händedruck, in den sich eine gewisse Dosis Verachtung mischte. Denn Aristides war nicht nur das moralische Abbild des Scheiterns, sondern das physische Symbol der Selbstaufgabe: er war schlecht gekleidet, rasierte sich ohne Sorgfalt und roch nach billigem Essen, nach elender Kneipe.

So war Aristides, ohne Beziehungen und ohne Erinnerungen, der obligate Kunde der Vorstadtkinos und ideale Benutzer der öffentlichen Bänke. In den Kinosälen fühlte er sich geschützt vor dem hellen Tageslicht, wie in einem Versteck und zugleich umgeben von der Legion aus Schatten, die um ihn herum lachten oder weinten. In den Parks konnte er Gespräche mit den Alten, mit Krüppeln oder armen Teufeln anknüpfen und sich so jener immensen Familie von Menschen zugehörig fühlen, die, wie er, das unsichtbare Abzeichen der Einsamkeit im Knopfloch trugen.

Eines Abends wurde Aristides seiner bevorzugten Orte abtrünnig und lenkte seine Schritte ohne Ziel durch die Straßen von Miraflores. Er lief die ganze Avenida Pardo entlang, gelangte zum Uferdamm, folgte der Küstenstraße, umrundete die Kaserne San Martín, lief durch Straßen, die immer einsamer wurden, durch Viertel, die kaum erst im Entstehen waren und vielleicht nicht einmal ein einziges Begräbnis erlebt hatten. Er kam an einer Kirche vorbei, an einem im Bau befindlichen Kino, ging erneut an der Kirche vorbei und verirrte sich schließlich. Kurz nach Mitternacht irrte er durch ein unbekanntes Neubaugebiet, wo gerade mit dem Bau der ersten Appartementhäuser des Badeortes begonnen worden war.

Ein Café, dessen riesige, mit Tischen vollgestellte Terrasse menschenleer war, weckte seine Aufmerksamkeit. Er blieb unvermittelt stehen, klebte seine Nase an die Glastür und schaute ins Innere. Die Uhr zeigte ein Uhr morgens. Nicht ein einziger Kunde war zu sehen. Nur hinter der Theke, neben der Kasse, konnte er eine dicke Frau erkennen, mit einem Pelzkragen, die eine Zigarette rauchte und zerstreut in einer Zeitung blätterte. Die Frau hob den Blick und betrachtete ihn mit einem Ausdruck zurückhaltenden Wohlgefallens. Völlig verwirrt setzte Aristides seinen Weg fort.

Hundert Schritte weiter blieb er stehen und schaute um sich: die modernen Gebäude schliefen einen tiefen, geschichtslosen Schlaf. Aristides hatte das Gefühl, Neuland zu betreten, sich mit einer neuen Landschaft zu bekleiden, die an sein Herz rührte und ihn mit unbesiegbarem Elan erfüllte. Er machte kehrt und näherte sich vorsichtig dem Café. Die Frau saß noch immer da, und als sie ihn erblickte, setzte sie wieder ihr zartes Lächeln auf. Aristides entfernte sich überstürzt, hielt auf halbem Wege inne, zögerte, kehrte um, spähte neuerlich durch die Scheibe, stieß schließlich die Glastür auf, ging hinein und wagte sich bis zu einem roten Tischchen, wo er reglos sitzen blieb, ohne den Blick zu heben.

Dort wartete er einen Augenblick, ohne recht zu wissen worauf, und beobachtete eine flügellose Fliege, die sich mühsam auf den Abgrund zu schleppte. Dann, ohne das Zittern seiner Beine unterdrücken zu können, riskierte er schüchtern einen Blick: die Frau betrachtete ihn über ihre Zeitung hinweg. Ein Gähnen unterdrückend, ließ sie eine tiefe, etwas männliche Stimme vernehmen:

»Die Kellner sind schon weg, mein Herr.«

Aristides nahm den Satz auf und verwahrte ihn in seinem Innern, von heftiger Freude erfaßt: eine Unbekannte hatte in der Nacht zu ihm gesprochen. Aber sogleich begriff er, daß dieser Satz eine Aufforderung zum Gehen war. Plötzlich verwirrt, stand er auf.

»Aber ich kann Sie bedienen, was wünschen Sie?« Die Frau kam auf ihn zu, mit einem etwas schwerfälligen Gang, dem man eine gewisse Würde nicht absprechen konnte.

Aristides setzte sich wieder hin.

»Einen Kaffee. Nur einen Kaffee.«

Die Frau hatte den Tisch erreicht und stützte eine rundliche, reich beringte Hand auf den Rand:

»Die Maschine ist schon abgeschaltet. Ich kann Ihnen einen Schnaps bringen.«

»Dann ein Bier.«

Die Frau ging zur Bar zurück. Aristides nutzte die Gelegenheit und musterte sie. Kein Zweifel, daß sie die Besitzerin war. Nach dem Lokal zu urteilen mußte sie viel Geld haben. Mit einer raschen Bewegung rückte er seine alte Krawatte zurecht und strich sich die Haare glatt. Die Frau kam zurück. Außer dem Bier brachte sie eine Flasche Cognac und ein Glas.

»Ich werde Ihnen Gesellschaft leisten«, sagte sie, während sie sich neben ihn setzte. »Ich habe die Angewohnheit, immer etwas mit dem letzten Kunden zu trinken.«

Aristides dankte mit einer Verbeugung. Die Frau zündete eine Zigarette an.

»Eine schöne Nacht«, sagte sie. »Gehen Sie gern spazieren? Ich bin eine kleine Nachtschwärmerin. Aber in diesem Viertel gehen die Leute früh schlafen, und nach Mitternacht bin ich ganz allein.«

»Das ist ein bißchen traurig«, stotterte Aristides.

»Ich wohne im Stockwerk über dem Café.« Ihre Hand wies auf eine Tür tief im hinteren Teil des Lokals. »Um zwei Uhr sperre ich die Glastüren zu und gehe schlafen.«

Aristides wagte einen Blick in ihr Gesicht. Die Frau blies den Rauch elegant aus und schaute ihn lächelnd an. Die Situation erschien ihm erregend. Gern hätte er seinen Verzehr bezahlt, um hinauszustürzen, den ersten Passanten am Arm zu fassen und ihm diese wunderbare Geschichte einer Frau zu erzählen, die ihm mitten in der Nacht beunruhigende Avancen machte. Aber die Frau hatte sich schon erhoben.

»Haben Sie vielleicht einen Sol? Ich werde eine Platte auflegen.«

Aristides streckte ihr hastig seine Münze entgegen.

Die Frau legte sanfte Musik auf und kam zurück. Aristides schaute auf die Straße: kein Schatten war zu sehen. Ermutigt durch diese Beobachtung, forderte er sie in einem plötzlichen Anfall von Mut zum Tanzen auf.

»Mit Vergnügen«, sagte die Frau, ließ ihre Zigarette auf dem Tischrand liegen und legte ihren Pelzkragen ab, unter dem welke, mit Leberflecken übersäte Schultern zum Vorschein kamen.

Erst als er sie um die Taille gefaßt hielt – die steif und starr war unter seiner unerfahrenen Hand –, wurde Aristides bewußt, daß er einen der Träume seines armen Junggesellenlebens verwirklichte: ein Abenteuer mit einer Frau zu haben. Daß sie alt war und dick, war völlig unwichtig dabei. Seine Phantasie würde sie schon all ihrer Mängel entkleiden. Während sich um ihn herum die Regale mit den Flaschen drehten, versöhnte sich Aristides mit dem Leben und verspottete seinen Doppelgänger, jenen anderen Aristides, der schon weit weg und vergessen war, der eine Woche lang vor Freude zitterte, nur weil ein Unbekannter auf ihn zugetreten und ihn nach der Uhrzeit gefragt hatte.

Als der Tanz zu Ende war, kehrten sie zum Tisch zurück. Dort unterhielten sie sich eine Weile. Die Frau lud ihn zu einem Glas Cognac ein. Aristides nahm sogar eine Zigarette an.

»Ich rauche nie«, sagte er. »Aber jetzt tu ich's, ich weiß nicht, warum.«

Sein Satz kam ihm banal vor. Die Frau hatte laut aufgelacht.

Aristides schlug noch einen Tanz vor.

»Ich werde vorher die Rolläden runterlassen«, sagte die Frau und ging auf die Terrasse zu.

Sie tanzten ein weiteres Mal. Aristides bemerkte, daß die Uhr an der Wand schon später als zwei Uhr anzeigte. Dennoch machte die Frau keine Anstalten, sich zurückzuziehen. Dies erschien ihm als ein gutes Omen, und er lud sie seinerseits zu einem Cognac ein. Er fühlte ein wenig Stolz aufsteigen. Er stellte ihr indiskrete Fragen, um eine intime Atmosphäre zu schaffen. Er erfuhr, daß sie allein lebte, daß sie von ihrem Mann getrennt war. Er hielt ihre Hand gefaßt.

»Gut«, sagte die Besitzerin und erhob sich. »Es ist Zeit, das Café zu schließen.«

Ein Gähnen unterdrückend begab sie sich zur Tür.

»Ich bleibe«, sagte Aristides, mit einem gebieterischen Ton, der ihn überraschte.

Die Frau wandte sich auf halbem Wege um:

»Na klar. Abgemacht.« Und ging weiter.

Aristides zupfte die Manschetten seines Hemdes hervor, versteckte sie wieder, weil sie zerfranst waren, goß sich ein weiteres Glas ein, zündete sich eine Zigarette an, drückte sie aus, zündete sie wieder an. Vom Tisch aus beobachtete er die Frau, und die Langsamkeit ihrer Bewegungen machte ihn ungeduldig. Er sah, wie sie ein Glas nahm und es zur Theke trug. Dann tat sie das gleiche mit einem Aschenbecher, mit einer Tasse. Als alle Tische abgeräumt waren, verspürte er eine gewaltige Erleichterung. Dann ging die Frau zur Tür, und anstatt sie zuzusperren, blieb sie stehen, reglos an den Türrahmen gelehnt, und sah auf die Straße hinaus.

»Was ist?« fragte Aristides.

»Die Tische der Terrasse müssen reingeholt werden.«

Aristides erhob sich und fluchte zwischen den Zähnen. Sich mit Gleichmut wappnend, ging er auf die Tür zu und sagte:

»Das ist Männersache.«

Als er auf die Terrasse trat, erschrak er: da waren etwa dreißig Tische mit ihren jeweiligen Stühlen und ihrem Aschenbecher. Im Geist überschlug er, daß das Einräumen eine Viertelstunde dauern würde.

»Wenn wir sie draußen lassen, werden sie gestohlen«, bemerkte die Hausherrin.

Aristides begann mit seiner Arbeit. Zuerst sammelte er alle Aschenbecher ein. Dann begann er mit den Stühlen.

»Aber nicht so unordentlich!« protestierte die Frau. »Sie müssen richtig aufgestapelt werden, damit der Kellner sie morgen saubermachen kann.«

Aristides gehorchte. Nach der Hälfte der Arbeit schwitzte er gewaltig. Er räumte die Tische hinein, die aus Eisen und schwer wie Pferde waren. Die Besitzerin, noch immer in der Tür, schaute ihm mit zärtlicher Miene bei der Arbeit zu. Ab und zu, wenn er schnaufend an ihr vorbeiging, streckte sie die Hand aus und strich ihm übers Haar. Diese Geste machte Aristides schließlich wieder Mut, gab sie ihm doch die Illusion, der Ehemann zu sein, der seine ehelichen Pflichten erfüllte, um hinterher in den Genuß seiner Rechte zu kommen.

»Ich kann nicht mehr«, klagte er, als er sah, daß die Terrasse noch immer voller Tische war, als vervielfachten sie sich durch irgendeinen Zauber.

»Ich hab dich für stärker gehalten«, antwortete die Frau ironisch.

Aristides schaute ihr in die Augen.

»Mut, es fehlt ja nicht mehr viel«, setzte sie mit einem Augenzwinkern hinzu.

Nach einer halben Stunde hatte Aristides die Terrasse leergeräumt. Er holte sein Taschentuch hervor und wischte sich den Schweiß ab. Er fragte sich, ob eine solche Anstrengung nicht vielleicht seine Männlichkeit gefährden könnte. Aber zum Glück stand ihm ja die ganze Bar zur Verfügung, und ein guter Schluck würde ihn wieder zu Kräften bringen. Er schickte sich an, das Café zu betreten, als die Frau ihn zurückhielt:

»Und meine Blumenschale? Willst du sie draußen lassen?«

Es fehlte noch die Blumenschale. Aristides betrachtete das gigantische Ding am Eingang der Terrasse, auf dem eine gemeine Geranie vor sich hin dorrte. Er wappnete sich mit Mut, ging darauf zu und hob es in die Höhe. Von der Anstrengung gekrümmt, ging er auf die Tür zu, und als er den Kopf hob, bemerkte er, daß die Frau sie gerade zugesperrt hatte. Hinter dem Glas schaute sie ihn an, ohne ihre freundliche Miene abzusetzen.

»Mach auf!« flötete Aristides.

Die Hausherrin machte eine verneinende, anmutige Bewegung mit dem Finger.

»Mach auf! Siehst du nicht, daß ich zusammenklappe?«

Die Frau verneinte wieder.

»Bitte, mach auf, ich bin nicht zu Scherzen aufgelegt!«

Die Frau schob den Riegel vor, machte eine höfliche Verbeugung und kehrte ihm den Rücken zu. Aristides, noch immer die Blumenschale in den Händen, sah, wie sie sich müde entfernte, die Lichter löschte, die Gläser einsammelte und schließlich durch die Tür im rückwärtigen Teil verschwand. Als alles dunkel und still war, hob Aristides die Blumenschale über seinen Kopf und schmetterte sie auf den Boden. Das Klirren des zerbrechenden Tons brachte ihn wieder zu sich: in jeder Scherbe erkannte er ein Stück seiner zerbrochenen Illusion. Und er hatte das Gefühl einer entsetzlichen Scham, als hätte ein Hund das Bein gegen ihn erhoben.

Augusto Roa Bastos
Das Ödland

Sie hatten kein Gesicht, waren triefnaß, von der Dunkelheit verschlungen. Nichts weiter als ihre beiden verschwommenen menschlichen Silhouetten, die beiden Körper in ihren Schatten verloren. Einander gleich, und dennoch so verschieden. Unbeweglich der eine, der mit der Passivität der Unschuld oder der vollkommensten Gleichgültigkeit dicht am Boden entlangschleifte. Gebeugt der andere, der unter der Anstrengung keuchte, ihn zwischen dem Gestrüpp und den Abfällen mitzuschleppen. Dann und wann blieb er stehen, um Luft zu schöpfen. Danach begann er von neuem und krümmte den Rücken noch tiefer unter seiner Last. Der Geruch nach dem abgestandenen Wasser des Riachuelo mußte wohl überall sein, jetzt noch verstärkt durch den widerlich süßen Gestank des nach Rost, nach Tierkot übel riechenden Ödlands; dieser vom Grasboden aufsteigende Geruch mit der Androhung schlechten Wetters, den der Mann von Zeit zu Zeit mit raschen Handbewegungen vom Gesicht loszulösen versuchte.

Glas- oder Metallstäbchen klimperten zwischen dem Unkraut, obgleich sicherlich keiner der beiden dieses gleichtönende gespenstische Lied hörte. Auch nicht das gedämpfte Stimmengewirr aus der Stadt, das dort unter der Erde zu beben schien. Und der sich da abschleppte, hörte vielleicht nur dieses weiche und dumpfe Geräusch des Körpers, wenn er auf den Boden prallte, das Knistern von Papierresten oder das dunkle Schlagen der Schuhe gegen Schutt und Blechdosen.

Manchmal verhakte sich die Schulter des anderen im harten Gebüsch oder an einem Stein. Dann machte er ihn mit heftigem Ziehen los und murmelte einen Fluch dazu oder holte bei jedem Ruck tief Luft, ha..., wie die Stauer, wenn sie die rebellische Last auf die Schultern hieven. Es war offensichtlich, daß es ihm jedesmal schwerer fiel. Nicht allein wegen dieses passiven Widerstands, der ihm manchmal in den Hindernissen störrisch entgegentrat. Vielleicht auch wegen der eigenen Angst, des Widerwillens oder der Hast, die ihm die Kräfte allmählich aufzehren würde und ihn dazu trieb, so schnell wie möglich fertig zu werden.

Anfangs schleifte er ihn an den Armen. Wäre die Nacht nicht so undurchdringlich gewesen, hätte man die beiden Paare ineinander verschränkter Hände sehen können. Negativ einer umgekehrten Rettung. Als der Körper sich wieder verfing, packte er die beiden Beine und begann ihn so abzuschleppen, wobei er ihm den Rücken zukehrte, sich weit nach vorn beugte und fest in den Vertiefungen abstützte. Der Kopf des andern taumelte vergnügt hin und her, offensichtlich erfreut vom Wechsel. Die Scheinwerfer eines Autos in einer Kurve streuten plötzlich eine Helligkeit aus, die in Wellenbewegungen über die Abfallhäufchen, die Vertiefungen und die Unebenheiten des Geländes näherkam. Er, der zog, legte sich neben den anderen. Einen Augenblick lang, unter diesem schwachen Pinselstrich, hatten sie ein wenig Gesicht; leichenblaß, erschreckt das eine, voller Erde das andere, das versuchte, gleichgültig zu blicken. Die Dunkelheit verschlang sie sofort von neuem.

Er stand auf und schleifte ihn noch ein wenig weiter, aber sie waren schon an einer Stelle angelangt, wo das Unkraut höher stand. Er bettete ihn, so gut er konnte, deckte ihn mit Müll, trockenen Zweigen und Schutt zu. Er schien ihn unversehens vor diesem Geruch schützen zu wollen, der das Ödland erfüllte, oder vor dem Regen, der nicht mehr lange auf sich warten lassen würde. Er hielt an, strich sich mit dem Arm über die schweißbedeckte Stirn, schniefte und spuckte wütend aus. Da hörte er das Schreien, das ihn hochschrecken ließ. Es stieg schwach und erstickt aus dem Gestrüpp auf, als hätte der andere unter seinem Müllgrabhügel plötzlich mit dem Gewimmer eines Neugeborenen angefangen zu klagen.

Er wollte fliehen, aber er hielt inne, geblendet vom zuckenden Schein eines Blitzstrahls, der auch den metallischen Block der Brücke aus der Dunkelheit abhob und ihm zeigte, wie wenig er vorangekommen war. Besiegt drehte er den Kopf zur Seite. Er kniete nieder und näherte sich fast schnuppernd dem dünnen, erwürgten eindringlichen Stöhnen. Nahe am Haufen lag ein weißliches Bündel. Der Mann blieb eine lange Zeit stehen, ohne zu wissen, was er tun konnte. Er stand auf, um wegzugehen, machte einige schwankende Schritte, aber er kam nicht weiter. Jetzt zerrte das Stöhnen an ihm. Er ging allmählich zurück, blindlings, keuchend. Er kniete sich wieder, noch immer zögernd, nieder. Dann streckte er die Hand aus. Das Einwickelpapier knisterte. Zwischen den Zeitungsseiten zappelte eine kleine menschliche Gestalt. Der Mann nahm sie auf seine Arme. Seine Bewegung war ungeschickt und erinnerungslos, die Geste von jemandem, der nicht weiß, was er tut, und es dennoch um keinen Preis lassen kann. Er richtete sich langsam auf, wie von einer plötzlichen Zärtlichkeit angewidert, die der äußersten Hilflosigkeit ähnelt, zog sich die Jacke aus und umhüllte damit das feuchte und wimmernde Geschöpfchen. Immer schneller, fast laufend, entfernte er sich vom Gestrüpp mit dem Schreien und verschwand in der Dunkelheit.

Juan Rulfo
Talpa

Natalia warf sich in die Arme ihrer Mutter und weinte lange Zeit, leise jammernd, an ihrer Schulter. Es war ein Weinen, das sie viele Tage lang zurückgehalten, das sie bei sich bewahrt hatte bis zu dem Augenblick, wo wir nach Zenzontla heimkamen und sie ihre Mutter wiedersah und ein Verlangen nach Trost sie überkam.

Aber vorher, in der Not so vieler Tage, als wir Tanilo in einer Grube in der Erde von Talpa begraben mußten, ohne daß uns jemand dabei half, als sie und ich, wir beide allein, unsere Kräfte zusammentaten und uns daranmachten, das Grab auszuhöhlen, als wir mit unsern Händen die Erdschollen herausschaufelten, und alles in Eile, um Tanilo schnell in der Grube zu haben, damit er mit dem Geruch dieser vom Tod erfüllten Luft, die um ihn war, niemandem mehr Grauen einjagen könnte – damals weinte sie nicht.

Auch nachher nicht, auf dem Heimweg, als wir nachts wanderten und keine Ruhe kannten und im Dunkeln vorwärts tappten wie im Schlaf und unsere Schritte hallten, als fielen Hiebe auf Tanilos Grab; damals schien Natalia verhärtet, und es war, als hielte sie ihr Herz fest zusammengepreßt, um es nicht in sich toben zu hören. Aber aus ihren Augen kam keine Träne.

Erst hier, in den Armen ihrer Mutter, fing sie an zu weinen. Nur um ihr Kummer zu machen und ihr zu zeigen, daß sie litt, und um zugleich uns allen Kummer zu machen, denn auch ich fühlte ihre Tränen in mir, als wäre es Blut, das aus unseren Sünden sickerte.

Denn die Sache ist die, daß wir beide, Natalia und ich, Tanilo Santos umgebracht haben. Wir haben ihn nach Talpa geführt, damit er sterben sollte. Und er starb. Wir wußten, daß er den weiten Weg nicht aushalten würde. Aber trotzdem haben wir beide ihn mit Gewalt hingebracht, und unsere Absicht war, ihm den Garaus zu machen. Das haben wir getan.

Der Plan, nach Talpa zu pilgern, ging von meinem Bruder Tanilo aus. Er war ganz zuerst daraufgekommen. Seit Jahren hatte er uns gebeten, ihn doch hinzubringen. Seit Jahren schon. Seit damals, als er eines Morgens Arme und Beine mit blauroten Blasen besät fand und diese Blasen dann eiternde Wunden wurden, aus denen es heraussickerte, kein Blut, sondern ein gelbes Zeug, wie Kopalharz, das eine zähe Flüssigkeit absonderte. Ich erinnere mich ganz genau, daß er damals schon zu uns sagte, wie große Angst er habe, nie wieder gesund zu werden. Deshalb wolle er zur Heiligen Jungfrau von Talpa. Damit sie mit ihrem Blick seine Wunden heile. Und er wußte wohl, daß Talpa weit fort ist und daß wir lange Zeit unter der Sonne des Tages und in der Kälte der Märznächte wandern müßten, aber trotz alledem wollte er hin. Unsere Liebe Frau von Talpa würde ihm ein Mittel geben, diese Dinger loszuwerden, die niemals eintrockneten. Sie konnte das. Sie konnte alles reinwaschen und alles wieder ganz neu machen, wie ein Feld, auf das es eben geregnet hat. Wenn er erst einmal dort wäre bei ihr, würden seine Leiden ein Ende haben. Nichts würde ihm mehr weh tun, nichts würde ihm je wieder weh tun. Das dachte er.

Und das nützten wir aus, Natalia und ich, um ihn nach Talpa zu bringen. Wir sagten zu ihm, daß ich, als sein Bruder, ihn begleiten müsse. Natalia, als seine Frau, würde unter allen Umständen mitkommen. Sie würde ihm helfen müssen, ihn auf dem Hinweg am Arm führen und stützen, und auf dem Heimweg, wenn er schwer an seiner Hoffnung zu schleppen hätte, würde sie ihn vielleicht auf dem Rücken nach Hause tragen müssen.

Ich hatte schon vorher gewußt, wie es in Natalia aussah. Ich kannte sie etwas. Ich wußte zum Beispiel, daß ihre Beine, rund und hart, und heiß wie Steine in der Mittagssonne, schon lange einsam waren. Das wußte ich schon. Wir waren oft zusammen gewesen, aber immer hatte Tanilos Schatten uns getrennt. Wir fühlten, wie seine mit Schwären bedeckten Hände sich zwischen uns schoben und Natalia fortzogen, damit sie ihn weiter pflege. Und so würde es immer sein, solange er noch am Leben wäre.

Ich weiß jetzt, daß Natalia bereut, was geschehen ist. Und ich bereue es auch. Aber das wird uns nicht vor den Gewissensbissen retten und wird uns keinen Frieden bringen, niemals mehr. Es wird uns auch nicht helfen, daß wir wissen, Tanilo wäre ja ohnehin gestorben, weil es eben mit ihm schon so weit war, und daß es keinen Sinn gehabt hat, ihn nach Talpa zu bringen, so weit fort, denn es ist ja so gut wie sicher, daß er auch hier gestorben wäre, hier vielleicht ein klein bißchen später als dort, denn all das, was er unterwegs ausgestanden, und das viele Blut, das er unnötig verloren hat, und die Wut und alles, all das zusammen hat seinen Tod beschleunigt. Das Schlimme dabei ist, daß Natalia und ich ihn mit Gewalt vorwärtsgetrieben haben, wenn er schon nicht mehr wollte, wenn er das Gefühl hatte, es wäre unnütz, noch weiterzugehen, und uns bat, ihn doch nach Hause zu bringen. Dann zerrten wir ihn wieder hoch, damit er weiterginge, und sagten, daß man jetzt schon nicht mehr zurück könne.

»Talpa ist ja schon näher als Zenzontla.« Das haben wir ihm gesagt. Aber damals war Talpa noch weit, noch viele Tagesreisen entfernt.

Wir wollten ja nur, daß er starb. Aber dazu muß gesagt werden, daß wir das schon gewollt hatten, bevor wir aus Zenzontla fortgingen, und wir wollten es in jeder einzelnen Nacht, die wir auf dem Weg nach Talpa verbrachten. Das können wir jetzt nicht mehr verstehen, aber damals wollten wir es. Ich erinnere mich ganz genau daran.

Ich erinnere mich ganz genau an diese Nächte. Zuerst ließen wir uns immer hell von den Flammen beleuchten. Dann warteten wir ab, daß die Asche das Feuer verdunkelten, und dann sahen Natalia und ich uns nach einem dämmerigen Platz um, wo wir uns vor dem Licht des Himmels verstecken konnten. Weit fort von Tanilos Augen suchten wir Schutz in der Einsamkeit der Felder und tauchten in der Nacht unter. Und die Einsamkeit trieb uns zueinander. Mir legte sie Natalias Leib in die Arme, und ihr tat das das wohl. Sie fühlte, wie Ruhe über sie kam, sie vergaß so manches, und dann schlief sie ein, und ihr Körper versank in einer großen Linderung.

Die Erde, auf der wir schliefen, war immer heiß. Und das Fleisch Natalias, der Frau meines Bruders, erhitzte sich rasch an ihr. Die Hitze der Erde und die Hitze der Frau schlugen zusammen und weckten einen aus dem Schlaf. Dann suchten meine Hände Natalia. Sie gingen über diese Glut, die ihr Körper war, hin und her, zuerst sanft, aber dann packten sie zu, als wollten sie ihr das Blut auspressen. Das ist ein über das andere Mal, Nacht um Nacht geschehen, bis die Morgenfrühe und der kühle Wind das Feuer unserer Körper löschten. Das haben wir am Rande des Weges getan, Natalia und ich, als wir Tanilo nach Talpa brachten, damit die Jungfrau ihn heile.

Jetzt ist alles vorbei. Tanilo ist geheilt, auch vom Leben ist er geheilt. Jetzt wird er nicht mehr erzählen können, wie schwer es für ihn gewesen ist, zu leben, mit diesem Körper zu leben, der wie vergiftet war, voll fauligen Wassers, das ihm aus jeder Schrunde seiner Arme und Beine sickerte. Mit diesen großen Geschwüren, die langsam, ganz langsam aufbrachen und aus denen dann eine Luft herausquoll, die nach Fäulnis stank und uns allen Grauen einjagte.

Aber jetzt, wo er tot ist, sieht die Sache anders aus. Jetzt weint Natalia um ihn, vielleicht, damit er von dort, wo er jetzt ist, die große Reue sieht, die sie in der Seele trägt. Sie sagt, daß sie in diesen letzten Tagen Tanilos Gesicht gefühlt hat. Es war das einzige an ihm, wovon sie noch etwas gehabt hatte: sein Gesicht, das immer mit Schweiß bedeckt war, mit Schweiß von der Anstrengung, die es ihn kostete, seine Schmerzen zu ertragen. Sie fühlte, wie es sich ihrem Mund näherte, sich in ihrem Haar versteckte und mit einer Stimme, die man gerade eben noch hören konnte, sie bat, ihm doch zu helfen. Er habe gesagt, sagte sie, daß er nun endlich geheilt sei, daß kein Schmerz ihn mehr quäle. »Jetzt kann ich wieder zu dir kommen, Natalia. Hilf mir, zu dir zu kommen!« Das hat er angeblich zu ihr gesagt.

Wir waren gerade aus Talpa aufgebrochen, nachdem wir ihn ganz unten in die Erde gelegt hatten, in diese Grube, die wie eine tiefe Furche war und die wir gegraben hatten, um ihn darin zu beerdigen.

Und seitdem bin ich für Natalia nicht mehr da. Ich weiß, wie ihre Augen vorher glänzten: wie Pfützen, auf die der Mond scheint. Aber plötzlich verloren sie ihre Farbe, ihr Blick erlosch, als wäre Staub daraufgefallen, und es war, als sähe sie gar nichts mehr. Das einzige, was es noch für sie gab, war ihr Tanilo, den sie gepflegt hatte, solange er am Leben war, und begraben hatte, als er sterben mußte.

Wir brauchten zwanzig Tage, bis wir auf die Straße nach Talpa stießen. Bis dahin waren wir drei allein gewandert. Dort schlossen wir uns den Leuten an, die von überallher kamen und gleich uns auf diese breite Landstraße wie in die Strömung eines Flusses geraten waren, wo wir von allen Seiten hin und her gestoßen wurden, als würden wir, mit Schnüren aus Staub aneinandergebunden, vorwärts getrieben. Denn durch das Gedränge der vielen Menschen stieg von der Erde ein weißer Staub auf, wie Maisstreu, stieg ganz hoch auf und fiel zu Boden. Aber die Füße wirbelten ihn beim Gehen wieder auf, und dann stieg er von neuem in die Höhe. So war dieser Staub zu jeder Stunde über uns und unter uns. Und über der Erde war der leere Himmel; keine Wolken, nur Staub. Aber der Staub gibt keinen Schatten.

Wir mußten auf die Nacht warten, um uns von der Sonne und von dem weißen Licht des Weges zu erholen.

Dann wurden die Tage allmählich länger. Wir hatten Zenzontla Mitte Februar verlassen, und jetzt war es schon Anfang März, und es wurde sehr früh Tag. Kaum war es dunkel geworden und wir hatten die Augen geschlossen, da weckte uns schon wieder die Sonne, dieselbe Sonne, die doch eben erst untergegangen war.

Und mir kam es vor, als wäre das Leben noch nie so langsam und widerwillig dahingegangen wie bei diesem Wandern inmitten einer Menschenmenge. Es war, als wären wir ein Gewimmel ineinander verknäuelter Würmer und ringelten uns unter der Sonne in dem geballten Staubnebel, der uns alle auf demselben Weg eingeschlossen hatte und gefangenhielt. Die Blicke folgten der Staubwolke; sie trafen auf den Staub, als prallten sie auf etwas Undurchdringliches. Und der Himmel ewig grau, eine graue und schwere Masse, die von oben her uns alle erdrückte. Nur manchmal, wenn wir über einen Fluß gingen, stand der Staub höher und sah heller aus. Wir tauchten unsere fiebrigen, verschmutzten Köpfe in das grüne Wasser, und für einen Augenblick ging von uns allen ein bläulicher Dunst aus, ähnlich dem Hauch, der aus dem Mund kommt, wenn es kalt ist. Aber kurze Zeit darauf verschwanden wir wieder im Staub, waren wieder mit ihm vermengt und schützten einander vor der Sonne, vor der Hitze dieser Sonne, die wir alle zu ertragen hatten.

Eines Tages wird es Nacht werden. Daran dachten wir immerzu. Die Nacht wird kommen, und wir werden ausruhen. Jetzt handelt es sich darum, den Tag hinter uns zu bringen, durch ihn hindurchzukommen, wie es auch sei, um der Hitze und der Sonne zu entgehen. Dann werden wir haltmachen. Dann. Vorläufig gilt es, alle Kraft aufzubieten, um schnell voranzukommen hinter den vielen Menschen vor uns und vor den vielen, die noch hinter uns sind. Darum handelt es sich jetzt. Wir werden uns schon gründlich ausruhen, wenn wir erst tot sind.

Daran dachten Natalia und ich, und vielleicht auch Tanilo, während wir in der Menschenmenge über die Landstraße nach Talpa zogen und den Wunsch hatten, unter den ersten bei der Heiligen Jungfrau anzukommen, bevor ihre Wunder zu Ende wären.

Aber Tanilos Zustand verschlechterte sich. Es kam der Augenblick, wo er nicht mehr weiterwollte. Seine Füße waren aufgesprungen, und aus den Rissen sickerte Blut. Wir pflegten ihn, bis es ihm wieder besser ging. Aber auch dann wollte er nicht weiter.

»Ich bleibe einen Tag hier sitzen oder zwei, und dann gehe ich nach Zenzontla zurück.« Das sagte er.

Aber Natalia und ich wollten nicht. Da war etwas in uns, das ließ kein Mitleid aufkommen, nicht mit ihm und mit keinem Tanilo auf der Welt. Wir wollten mit ihm nach Talpa, denn damals, wie elend es ihm auch ging, war doch noch etliches Leben in ihm. Deshalb redete Natalia ihm gut zu, während sie seine Füße mit Branntwein abspülte, damit die Schwellung wegginge. Sie sagte ihm, daß nur die Muttergottes von Talpa ihn heilen könne. Sie wäre die einzige, die ihn gesund machen könne. Nur sie und niemand sonst. Es gebe ja viele heilige Jungfrauen, aber nur sie allein sei die richtige. Das sagte Natalia zu ihm.

Da brach Tanilo in Tränen aus, die Furchen durch den Schweiß seines Gesichts zogen, und verfluchte sich seiner Schlechtigkeit wegen. Natalia wischte ihm das verschmierte Gesicht mit dem Umschlagtuch ab, und wir beide zusammen hoben ihn vom Boden auf. Wir wollten, daß er noch eine Weile ging, bevor es Nacht würde. So, mit Gewalt, zerrten wir ihn nach Talpa.

In den letzten Tagen waren auch wir schon erschöpft. Natalia und ich fühlten, wie wir allmählich immer gebückter gingen. Es war, als ob irgend etwas uns jeden Augenblick anhielte und uns eine schwere Last aufbürdete. Tanilo fiel häufiger als vorher hin, und wir mußten ihn vom Boden aufheben und ihn manchmal auf unseren Schultern tragen. Vielleicht waren wir daher so schwach und spürten beim Wandern eine so große Mattigkeit. Aber die Leute um uns herum zwangen uns, schneller zu gehen.

Nachts kam Ruhe über diese toll gewordene Welt. Überall verstreut leuchteten die Lagerfeuer, und um das Feuer herum beteten die Pilger den Rosenkranz, machten mit weit ausgebreiteten Armen das Zeichen des Kreuzes und blickten empor zu dem Himmel von Talpa. Und man hörte, wie der Wind die Stimmen hin und her wehte und durcheinanderrüttelte, bis sie zu einem einzigen Ton, ähnlich dem Brüllen eines Rindes, zusammenflossen. Kurz darauf war alles still. Gegen Mitternacht sang vielleicht einer, weit weg von uns, ein Lied. Dann schloß man die Augen und wartete, ohne zu schlafen, bis es Morgen würde.

Wir sangen »Gelobt seist du!«, als wir in Talpa einzogen. Es war Mitte Februar gewesen, als wir aufbrachen, und in den letzten Märztagen, als schon viele Leute auf dem Heimweg waren, kamen wir in Talpa an. Tanilo hatte nämlich angefangen, Bußübungen zu machen. Als er um sich herum Menschen sah, die stachlige Kaktusblätter als Skapulier um den Hals gehängt trugen, kam es ihm in den Sinn, auch welche zu tragen. Er verfiel darauf, sich die Füße mit den Ärmeln seines Hemdes zusammenzubinden, damit seine Schritte ihm noch mehr Qual bereiteten. Dann verlangte er nach einer Dornenkrone. Nach einer Weile verband er sich die Augen, und später, auf der letzten Strecke des Weges, kniete er nieder. Und so auf den blanken Knien vorwärts rutschend, die Arme auf dem Rücken gekreuzt, kam das Ding, das mein Bruder Tanilo Santos war, in Talpa an; dieses Ding, das so ganz und gar mit Pflastern und sickerndem Blut bedeckt war, daß es in der Luft einen sauren Geruch, wie den eines toten Tieres, zurückließ.

Und ehe wir's uns versahen, erblickten wir ihn plötzlich mitten unter den Prozessionstänzern. Wir hatten es noch gar nicht recht begriffen, da war er schon dort, mit der langen Rassel in der Hand, und stampfte mit seinen blau angelaufenen nackten Füßen auf dem Boden herum. Er schien wie rasend, als gälte es, all die Verzweiflung abzuschütteln, die er nun schon so lange in sich trug, oder als wolle er eine letzte Anstrengung machen, um sein Leben noch ein wenig zu verlängern.

Die Tänze hatten ihn vielleicht an die Zeit erinnert, als er noch alle Jahre zur Novene des Herrn nach Tolimán gewandert war und dort die ganze Nacht hindurch getanzt hatte, bis ihm die Knochen in den Gelenken schlenkerten, aber ohne daß er eigentlich müde geworden wäre. Vielleicht hatte er sich daran erinnert und wollte nun seine alte Kraft wieder heraufbeschwören.

So sahen ihn Natalia und ich einen Augenblick. Gleich darauf sahen wir, wie er die Arme in die Höhe warf und mit dem Körper auf dem Boden aufschlug, während die Rassel noch in seinen blutbespritzten Händen weiterklapperte. Wir schleiften ihn fort und versuchten, ihn vor den Füßen der Tanzenden zu schützen, vor der Raserei dieser Füße, die auf den Steinen herumschurrten und -sprangen und die Erde plattstampften, ohne zu wissen, daß mitten zwischen ihnen etwas hingefallen war.

Wir trugen ihn auf unsern Schultern, wie einen Gelähmten, in die Kirche. Natalia setzte ihn dann neben sich auf die Knie, gerade gegenüber dem vergoldeten Figürchen, das die Heilige Jungfrau von Talpa war. Und Tanilo begann zu beten und ließ eine große Träne fallen, die ganz von innen kam und die Kerze auslöschte, die

Natalia ihm zwischen die Hände gesteckt hatte. Aber er merkte es nicht. Das Licht der vielen brennenden Kerzen hatte ihm den Sinn gestört, mit dem man wahrnimmt, was um einen herum geschieht. Er betete weiter mit seiner verlöschten Kerze. Er schrie sein Gebet heraus, um zu hören, was er betete.

Aber es half ihm nichts. Er starb trotzdem.

»... von unseren Herzen steigt zu ihr, schmerzverhangen, ein einziges Gebet empor. Viel klagendes Leid, von Hoffnung durchdrungen. Nicht Klagen und nicht Tränen stumpfen ihre Zärtlichkeit ab, denn sie leidet ja mit uns. Sie kann unsere Flecken tilgen und unser Herz rein machen, damit wir ihre Barmherzigkeit und ihre Liebe empfangen. Unsere Jungfrau, unsere Mutter, die nichts von unsere Sünden wissen will, die die Schuld unserer Sünden auf sich nimmt, die uns auf ihren Armen tragen möchte, damit das Leben uns kein Leid antut – sie ist hier unter uns und lindert unsere Müdigkeit und heilt die Krankheiten unserer Seele und unseres von Dornen starrenden wunden und flehenden Leibes. Sie weiß, daß unser Glaube jeden Tag tiefer wird, weil er aus Opfern gemacht ist ...«

Das sprach der Herr Pfarrer von der Kanzel herab. Und als er zu Ende gesprochen hatte, fingen alle Menschen zu gleicher Zeit an zu beten. Es klang wie das Summen von vielen Wespen, die der Rauch aufgescheucht hat.

Aber Tanilo hörte nicht mehr, was der Pfarrer gesagt hatte. Er war ganz still geworden, der Kopf war ihm auf die Knie gesunken. Und als Natalia ihn berührte, damit er aufstehe, war er schon tot.

Draußen hörte man den Lärm der Tänze. Die Trommeln und Flöten. Das Läuten der Glocken. Und da wurde ich plötzlich traurig. Soviel Lebendiges zu sehen, und gerade vor uns die Heilige Jungfrau, die uns zulächelte, und daneben Tanilo, wie irgendein unnützes Ding, das im Wege liegt – ich wurde traurig.

Aber wir hatten ihn hingebracht, damit er sterben sollte. Das kann ich nicht vergessen.

Jetzt sind wir beide in Zenzontla. Wir sind ohne ihn zurückgekommen. Und Natalias Mutter hat mich nichts gefragt. Nicht, was ich mit meinem Bruder gemacht habe, und überhaupt nichts. Natalia hat sich an ihrer Schulter ausgeweint und ihr auf diese Weise alles erzählt, was geschehen ist.

Und ich habe plötzlich das Gefühl, daß wir gar nicht heimgekehrt sind, daß wir uns hier nur vorübergehend aufhalten, um uns auszuruhen, und dann weiterwandern werden. Wohin, weiß ich nicht. Aber wir werden weitermüssen, weil wir hier der Reue zu nahe sind und der Erinnerung an Tanilo.

Mag sein, daß wir angefangen haben, uns voreinander zu fürchten. Vielleicht haben wir deswegen nicht mehr zusammen gesprochen, seit wir aus Talpa aufgebrochen sind. Vielleicht ist ganz nahe bei uns beiden der Leichnam Tanilos, so wie er in der Strohmatte eingewickelt war, innen und außen bedeckt von einem Schwarm blauer Fliegen, deren Summen so klang, als käme ein gewaltiges Schnarchen aus seinem Mund; aus diesem Mund, den man nicht schließen konnte, was immer auch Natalia und ich versuchten, der noch atmen zu wollen schien und dem doch der Atem versagt war. Der Leichnam Tanilos, dem nichts mehr weh tat und der doch, als ob er Schmerzen litte, Hände und Füße zusammengekrümmt hatte und die Augen weit offen, als starre er auf seinen eigenen Tod. Da und dort tropfte aus seinen vielen Wunden eine gelbe Flüssigkeit mit diesem Geruch, der nach allen Seiten hin ausströmte. Man schmeckte ihn im Mund wie einen zähen, bitteren Honig, und bei jedem Atemzug schien er sich im Blut aufzulösen.

Daran müssen wir hier wohl am häufigsten denken: an den Tanilo, den wir auf dem Friedhof von Talpa verscharrten und auf den Natalia und ich Erde und Steine gehäuft haben, damit die Tiere ihn nicht wieder ausgraben.

Dalton Trevisan
Der Vampir von Curitiba

Ach, ich hätte sogar Lust zu sterben. Sehn Sie nur, ihr Mündchen schreit nach einem Kuß – der Kuß einer Jungfrau gleicht dem Biß eines Feuersalamanders. Vierundzwanzig Stunden lang schreist du und fällst dann in eine beglückte Ohnmacht. Sie ist ein Mädchen, das sich die Lippen mit der Zungenspitze anfeuchtet, um aufregender zu wirken. Warum hat Gott die Frauen zum Seufzer des jungen Mannes und zum Grab des alten geschaffen? Das ist nicht gerecht für einen Sünder wie mich. Ach, ich sterbe, wenn ich sie nur anschaue, stell dir vor, was erst geschähe, wenn ... Nein, stell dir gar nichts vor, betrunkener Papagei! Es ist elf Uhr morgens, den heutigen Tag überlebe ich nicht. Wenn ich mich ihr näherte, ganz ohne Hintergedanken – ach, Liebe, es ist nur ein trockenes Blatt im Wind – und ganz sachte an das kleine Luder lehnte. Ich glaube, dann müßte ich sterben: ich schließe die Augen und zerschmelze vor Wonne. Ich verlange von der Welt nur zwei oder drei für mich allein. Wenn ich vor ihr stehe, bezaubert sie möglicherweise mein Schnurrbärtchen. So eine Gemeinheit! Sie hat so getan, als sähe sie mich nicht: da fliegt ein Schmetterling über meinem närrischen Kopf. Sie schaut durch mich hindurch und liest die Filmreklame an der Mauer. Bin ich eine Wolke oder ein trockenes Blatt im Wind? Verwünschte Zauberin, ich möchte sie bei lebendigem Leibe, in einem langsamen Feuer, verbrennen. Sie kennt kein Mitgefühl in ihrem rabenschwarzen Herzen. Sie weiß nicht, was das heißt, stöhnen vor Liebe. Man sollte sie mit dem Kopf nach unten aufhängen und ausbluten lassen.

Wenn sie nicht will, weshalb stellt sie dann ihre Reize zur Schau, anstatt sie zu verstecken? Ich werde ihr die Halsschlagader aussaugen. Bis dahin schlürfe ich meine Cognacs. Wegen einer hergelaufenen Hündin, die ganz ungestraft ihre Reize spielen läßt. Ich saß doch ganz still in meiner Ecke, sie hat angefangen. Niemand soll sagen, ich hätte einen Sparren. Im Innersten jedes jungen Mannes aus guter Familie schlummert ein Vampir – er darf nur kein Blut schmecken! Was gäbe ich darum, ein Eunuch zu sein! Kastriert als Fünfjähriger. Halt deinen Mund, Unglücksrabe! Ein Engel könnte dazu Amen sagen. Es bringt mich um, hübsche Mädchen zu sehen – und es gibt so viele davon. Verzeihen Sie die

Indiskretion, Liebste, wollen Sie mein Traumfutter den Ameisen überlassen? O Sie gestatten doch, meine Rosenblüte? Nur ein klein bißchen, nur ein Küßchen. Noch eines, nur noch eines. Und noch eins. Es tut gar nicht weh, falls es wehtut, will ich stracks tot zu Ihren Füßen niedersinken. Beim himmlischen Vater, ich tue Ihnen nichts Böses an – mein Spitzname ist Nelsinho der Taktvolle.

Verschleierte Augen, die flehen und flüchten, sobald sie in den Brillengläsern das aufflackernde Verbrechen entdecken. Schmeichelnd und sanft mit ihnen umgehen. Äußerst zuvorkommend sein. Meine Ungeduld stürzt mich ins Unglück, wie viele habe ich schon mit einer überstürzten Geste abgeschreckt? Meine Schuld ist es nicht. Sie haben auf dem Gewissen, was ich bin – hohl wie faules Holz, in dem Spinnen, Kobras, Skorpione gedeihen. Immer müssen sie sich herausputzen, schminken, im Taschenspiegelchen anbeten. Wenn sie das nicht tun, um einen armen Schlucker aufzureizen, weshalb dann? Sehet die Töchter der Stadt, wie sie wachsen und blühen: sie arbeiten nicht und sie spinnen nicht und sind doch hübsch mollig. Die dort gehört zu den lüsternen Frauen, die sich gern kratzen. Hör nur das Scharren des Fingernagels auf dem Seidenstrumpf! Wenn sie mir doch den ganzen Leib zerkratzen wollte, daß das Blut aus der Brust strömt. Hier ruht Nelsinho, der an einem Anfall krepiert ist. Genius des Spiegels, gibt es in ganz Curitiba jemand, der unglücklicher ist als ich?

Schau nur nicht hin, Unglücksmensch! Schau nicht hin, sonst bist du verloren. Sie gehört zu den Mädchen, die sich ein Vergnügen daraus machen, junge Männer zu verführen. Ganz in Schwarz, schwarze Strümpfe, oh, là là. Waisenkind oder Witwe? Wenn der Gatte begraben ist, verbirgt der Schleier die Pickel, die über Nacht das Gesicht entstellen – die Masern der akuten Witwenschaft. Voller Wut läßt sie den Milchmann und den Bäcker zu sich ein. Viele Nächte wälzt sie sich im Ehebett, fächelt sich mit dem Fächer, der nach Baldriantropfen riecht, Luft zu. Eine andere geht in den Kleidern ihrer Köchin auf der Straße auf Soldatenjagd. Sie ist ganz in Schwarz gekleidet, die Quarantäne der Trauerzeit. Sieh nur ihren kurzen Rock, manchmal rafft sie ihn am Knie hoch. Ach, dieses Knie... Rundlich, sanfter gerundet als ein reifer Pfirsich. Ach, wenn ich das violette Strumpfband wäre, das den weiß phosphoreszierenden Schenkel preßt! Oder der Schuh, der ihren Fuß drückt. Und als Schuh von der Herrin des Füßchens zerdrückt würde und unter Seufzern stürbe! Wie ein Kater!

Sieh nur, ein Wagen hält an. Gleich steigt sie aus. Stellung beziehen! Ach, Liebe, tu das ja nicht: ich habe alles gesehen. Reinste Verstellung, der Gatte kommt, der geborene Hahnrei. Lockt den armen Burschen an, damit der mit seiner Frau ins Bett geht. Er begnügt sich damit, neben dem Bett zuzuschauen – ich glaube, er hat Hemmungen. Im Grunde ist er ein Held mit edlen Gefühlen. Der Kerl aus der Bar, dem ist das so gegangen. Ist der da auch so einer? Donnerwetter, wie wild er dreinschaut! Manche ziehen Jungen vor, er auch? Gott bewahre mich, einen anderen Mann zu küssen, noch dazu mit Schnurrbart und nach Zigaretten riechend. Auf der kleinen Zungenspitze filtert die Frau den Honig, der den Kolibri berauscht und den Vampir in Raserei versetzt.

Frühmorgens geht die Jungvermählte einkaufen. Mit Gold geschminkt, in Federn gekleidet, in Federschmuck und Hermelin – alles mit den Zähnen zerreißen und ihr nur das Haar auf dem Leibe lassen. Nacktes, molliges Ärmchen – wenn sie nicht will, weshalb zeigt sie es, statt es zu verhüllen –, mit einer Nadel zeichne ich eine unanständige Tätowierung ein. Erbarm dich, Herr, ihrer sind so viele, und ich so allein.

Da kommt eine angehende Volksschullehrerin. Eine verkleidete Nutte? Wenn ich doch das berühmte Bordell finden könnte! Da defilieren sie alle in Blau und Weiß – Madonna mia! –, in schwarzen Strümpfen, mit violetten Strumpfbändern durch den Spiegelsalon. Tu das nicht, Liebling: sonst fange ich gleich an zu schweben: meine zwanzig Jahre sind zu allem fähig. Sieh nur, neun Zentimeter über dem Erdboden würde ich davonfliegen, wenn nicht der Ballast des Liebestäubchens wäre. Mein Gott, wenn ich nur rasch alt würde! Augen zu, eins, zwei, drei gezählt und, wenn ich die Augen wieder öffne, ein Greis mit weißem Bart. Aber täusch dich nicht, betrunkener Papagei! Selbst einem Patriarchen ist nicht zu trauen, schließlich gibt es kalte Duschen, Aufputschmittel und den magischen Ring – ich habe schon Familienväter gekannt...!

Wenn mich ein Auto überfahren würde und die Polizei diese Bilderkollektion in meiner Tasche fände? Man würde mich lynchen wie einen Geistesgestörten, die Schande der Stadt. Mein Pate würde mir nie verzeihen: das Kind, das seine Spur im Wald mit Brosamen anzeigte. Bald ein Foto in der Zeitschrift des Zahnarztes. Bald ein Brief an eine kleine Sieben-Tages-Witwe. Stell dir den Schreck, die gespielte Scham, die Stunden der Raserei in ihrem

Alkoven vor – bei dem Wort Alkoven spüre ich einen Knoten in der Kehle.

Jede Familie hat eine brünstige Jungfer im Zimmer. Sie kann mich nicht täuschen, das durchtriebene Biest: Ein Sitzbad, drei Litaneien und dann tritt sie ans Fenster und glotzt den erstbesten Mann an. Dort wird sie alt, die Arme auf das Kissen gestützt, die alte Jungfer in ihrer Formolwanne.

Warum die Hand in der Tasche, Liebste? Eine behaarte Werwolfhand. Schau jetzt nicht hin! Häßliche Fratze, verlorene Liebesmüh. Zu spät, ich habe die Blonde schon gesehen: unter dem Gewicht der reifen Kolben wogendes Maisfeld. Mit Wasserstoffsuperoxyd blondiert, die Brauen schwarz – und da soll einer nicht auf seinen Nägeln kauen? Durch dich werde ich größer als der Motorradfahrer in der Todeskammer auf der Kirmes. Laß sein, sie will einen hübschen Lackel mit Schnurrbart. Nun, einen Schnurrbart habe ich auch. Ich bin nicht hübsch, aber sympathisch, gilt das vielleicht nichts? Eine Schande in meinem Alter. Schon trabe ich hinter ihr her, wie als Kind hinter der Blaskapelle.

Verächtlich geht sie dahin, ihr entschlossener Schritt sprüht Funken aus den Steinen. Wie Attilas Stute – wo sie hintritt, wächst kein Gras mehr. Spürt sie nicht den Speichel meines Auges auf dem Arm? Wenn es eine Kraft des Gedankens gibt, spürt sie im Nacken die sieben Küsse der Leidenschaft.

Schon ist sie weit weg. Sie hat nicht die Asche des Schwalbenherzens in der Rose gerochen. Die Blonde, die Närrin, gibt sich sofort hin. O Fledermaus, o Schwalbe, o Fliege! Madonna mia, sogar die Fliegen sind Mittel zum Genuß – wie vielen habe ich die Flügel ausgerissen! Es schreit gen Himmel: muß ich nicht Pickel im Gesicht haben?

Ich verachte euch, grausame Jungfrauen. Alle könnte ich genießen – und nicht eine hat mich mit wollustverdrehten Augen angeschaut. Ja, wenn ich ein unsauberer gehörnter Bock wäre, würden sie herankriechen und meinen haarigen Schwanz küssen. Nun gut, so bleibt mir nur noch der Tod. Ruhe, junger Freund: wenn jemand die Wanderpyramiden des Cheops, Chefren und Miquerinos bewundert, kümmert er sich um das Blut der Sklaven? Steh mir bei, Gott! Erspar mir die Schande, Herr, mitten auf der Straße zu weinen! Ein armer Bursche unter dem Fluch seiner zwanzig Jahre. Blutegel in einem Gras sammeln und sie sich in der Stunde der Gefahr auf den Nacken setzen?

Wenn der Blinde nicht den Rauch sieht und nicht raucht, o Gott, so stich mir deine feurige Nadel ins Auge. Kein räudiger Hund mehr sein, der von Flöhen gequält wird, der um sich selber kreist, um sich in den Schwanz zu beißen. Zum Abschied – o wonnige Rundungen – vergönn' mir das letzte Weibchen, das dort geht. Im Tausch für die letzte Frau springe ich in die Feuersglut – mit nackten Füßen. Ach, ich hätte Lust zu sterben. Ihr Mündchen verlangt nach einem Kuß – der Kuß einer Jungfrau gleicht dem Biß eines Feuersalamanders. Vierundzwanzig Stunden lang schreist du, und dann sinkst du in eine beglückte Ohnmacht.

Mario Vargas Llosa
Sonntag

Er hielt eine Augenblick den Atem an, grub die Fingernägel in seine Handflächen und sagte sehr rasch: »Ich bin in dich verliebt.« Er sah, daß sie plötzlich errötete, als hätte sie jemand auf die Wangen geschlagen, die von schimmernder Blässe waren und sehr zart. Entsetzt prüfte er, wie Verwirrung in ihm aufstieg und ihm die Zunge lähmte. Am liebsten wäre er davongelaufen, hätte Schluß gemacht: an dem stillen Wintermorgen hatte ihn diese innere Atemlosigkeit befallen, die ihn immer in entscheidenden Augenblicken entmutigte. Noch vor wenigen Minuten, in der lebhaften und fröhlichen Menge, die im Parque Central von Miraflores spazierenging, hatte Miguel sich immer wieder gesagt: »Jetzt. Wenn wir zur Avenida Pardo kommen. Ich werde es wagen. Oh, Rubén, wenn du wüßtest, wie ich dich hasse!«

Und noch vorhin, in der Kirche – er hatte Flora mit den Augen gesucht, sie neben einer Säule entdeckt und konnte zu ihr gelangen, indem er sich mit den Ellenbogen einen Weg bahnte und sich nicht einmal bei den Damen, die er stieß, entschuldigte, und sie dann leise begrüßen – hatte er sich, wie am frühen Morgen, als er in seinem Bett lag und beobachtete, wie es hell wurde, hartnäckig wiederholt: »Es gibt keinen anderen Ausweg. Ich muß es tun. Am Vormittag. Das wirst du mir büßen, Rubén.« Und in der Nacht hatte er geweint, zum ersten Mal seit vielen Jahren, nachdem er von diesem gemeinen Hinterhalt erfahren hatte. Die Leute blieben im Park, und die Avenida Pardo war menschenleer; sie gingen durch die Allee unter den Feigenbäumen mit den hohen und dichten Kronen entlang. »Ich muß mich beeilen«, dachte Miguel, »sonst bin ich verloren.« Er sah sich verstohlen um: niemand war zu sehen, er konnte es versuchen. Langsam streckte er seine linke Hand aus, bis er ihre berührte. Dabei merkte er, daß er schwitzte. Er flehte, es möge ein Wunder geschehen, diese Demütigung möge aufhören. »Was sage ich zu ihr«, dachte er. »Was sage ich ihr nur?« Sie zog ihre Hand zurück, und er fühlte sich hilflos und lächerlich. Alle strahlenden Sätze, die er am Abend fiebernd vorbereitet hatte, waren wie Seifenblasen zerstoben.

»Flora«, stammelte er, »ich habe lange auf diesen Augenblick gewartet. Seit ich dich kenne, denke ich nur an dich. Ich bin zum ersten Mal verliebt, glaube mir, ich habe noch nie ein Mädchen wie dich kennengelernt.«

Und wieder ein großer, weißer Fleck in seinem Hirn, absolute Leere. Er konnte den Druck nun nicht mehr verstärken: die Haut gab nach, und die Fingernägel trafen auf den Knochen. Doch er sprach mühsam weiter, mit langen Pausen, das quälende Stammeln bezwingend, versuchte er, eine unverbrüchliche und totale Leidenschaft zu beschreiben, bis er voller Erleichterung bemerkte, daß sie bei dem ersten Rondell der Avenida Pardo angekommen waren, und schwieg. Zwischen dem zweiten und dem dritten Feigenbaum hinter dem Rondell wohnte Flora. Sie blieben stehen, sahen sich an: Flora war immer noch errötet, und die Verlegenheit hatte ihren Augen einen feuchten Glanz gegeben. Verzweifelt sagte sich Miguel, daß sie ihm noch nie so schön vorgekommen war: ein blaues Band hielt ihr Haar zusammen, und er konnte ihren Halsansatz sehen und ihre Ohren, zwei winzige und makellose Fragezeichen.

»Weißt du, Miguel«, sagte Flora. Ihre Stimme war weich, voller Musik, sicher. »Ich kann dir jetzt nicht darauf antworten. Aber meine Mutter will nicht, daß ich mit Jungen gehe, bevor ich mit der Schule fertig bin.«

»Das sagen alle Mütter, Flora«, drängte Miguel. »Und wie soll sie davon erfahren? Wir sehen uns, wann du willst, und wenn es nur sonntags ist.«

»Ich werde dir schon antworten, aber zuerst muß ich darüber nachdenken«, sagte Flora und senkte den Blick. Nach wenigen Sekunden fügte sie hinzu: »Entschuldige, aber ich muß jetzt gehen, es wird spät.«

Miguel fühlte eine tiefe Ermattung, etwas, das sich in seinem ganzen Körper ausbreitete und ihn schlaff machte.

»Du bist mir doch nicht böse, Flora?« sagte er demütig.

»Ach was, sei kein Dummkopf«, antwortete sie lebhaft. »Ich bin dir nicht böse.«

»Ich bin mit allem einverstanden, was du sagst«, meinte Miguel. »Aber wir sehen uns doch weiter, ja? Gehen wir heute nachmittag zusammen ins Kino?«

»Heute nachmittag kann ich nicht«, sagte sie sanft. »Martha hat mich nach Hause eingeladen.«

Ein heißer, heftiger Strom durchfuhr ihn, und er fühlte sich verletzt, verstört von dieser Antwort, die er erwartet hatte und die ihm jetzt wie eine Gemeinheit vorkam. Es stimmte also, was der Melanés ihm am Samstagabend boshaft ins Ohr geflüstert hatte. Martha würde sie allein lassen, das war die gewohnte Taktik. Nachher würde Rubén den Raubvögeln berichten, wie er und seine Schwester alles, Ort und Zeit, geplant hatten.

Martha würde als Belohnung für ihre Dienste das Recht fordern, hinter einem Vorhang zu lauschen. Vor Wut wurden ihm plötzlich die Hände feucht.

»Sei doch nicht so, Flora. Laß uns in die Matinée gehen wie verabredet. Ich rede auch nicht mehr davon. Das verspreche ich dir.«

»Ich kann wirklich nicht«, sagte Flora. »Ich muß zu Martha. Sie ist gestern zu mir gekommen, um mich einzuladen. Aber nachher gehe ich mit ihr in den Park Salazar.«

Nicht einmal in diesen letzten Worten sah er eine Hoffnung. Eine Weile später betrachtete er den Platz, wo die zerbrechliche, himmlische Gestalt unter dem majestätischen Bogen der Feigenbäume der Allee verschwunden war. Man konnte gegen einen einfachen Gegner antreten, nicht aber gegen Rubén. Ihm fielen die Namen all der Mädchen ein, die Martha am Sonntagnachmittag zu sich eingeladen hatte. Jetzt konnte er nichts mehr tun, er war vernichtet. Noch einmal kam ihm jene Vision, die ihn immer rettete, wenn er schwer enttäuscht war: aus der Ferne zog er aus von schwarzem Rauch aufgetürmten Wolken an der Spitze einer Kompanie von Kadetten der Marineschule auf eine im Park errichtete Tribüne zu; Würdenträger in Gala, den Zylinder in der Hand, und Damen mit funkelndem Schmuck klatschten ihm Beifall. Auf den Gehsteigen drängte sich die Menge, aus der die Gesichter seiner Freunde und seiner Feinde herausragten, und begeistert seinen Namen flüsternd beobachteten sie ihn: in blaues Tuch gekleidet, ein breites Cape über seiner Schulter, marschierte Miguel voran, den Blick zum Horizont gerichtet. Den Säbel erhoben, machte dann sein Kopf eine halbe Wendung: dort, in der Mitte der Tribüne, stand Flora und lächelte. An einer Ecke entdeckte er Rubén, lumpig und verschämt. Er beschränkte sich darauf, ihm einen sehr kurzen, verächtlichen Blick zuzuwerfen. Er marschierte weiter, verschwand unter den Hochrufen.

Wie der Beschlag auf einem Spiegel, wenn man ihn abwischt, verschwand die Vision. Er stand vor seiner Haustür, haßte alle Welt, haßte sich selbst. Er ging hinein, stieg sofort zu seinem

Zimmer hinauf und warf sich mit dem Gesicht auf das Bett: In der lauten Dunkelheit erschien hinter seinen Lidern das Gesicht des Mädchens. »Ich liebe dich, Flora«, sagte er laut – und dann erschien das Gesicht von Rubén mit dem herrischen Kinn und seinem feindseligen Grinsen: beide Gesichter nebeneinander. Sie näherten sich einander. Rubén verdrehte die Augen, um ihn spöttisch anzusehen, während sein Mund Flora näherkam.

Er sprang vom Bett auf. Der Spiegel am Kleiderschrank zeigte ihm ein bleiches Gesicht mit tiefen Ringen unter den Augen. »Er wird sie nicht sehen«, entschied er. »Das wird er mir nicht antun. Ich lasse nicht zu, daß er mir diese Gemeinheit antut.«

Die Avenida Pardo war immer noch menschenleer. Seine Schritte ständig beschleunigend, ging er bis zur Kreuzung der Avenida Grau; dort zögerte er. Ihm war kalt. Er hatte seine Jacke in seinem Zimmer vergessen, und das Hemd allein schützte ihn nicht gegen den Wind, der vom Meer hinaufwehte und sich in den Zweigen der Feigenbäume mit leisem Flüstern verirrte. Das gefürchtete Bild, Flora zusammen mit Rubén, gab ihm Mut, und er ging weiter. Von der Tür der Bar neben dem Kino Montecarlo sah er sie an ihrem gewohnten Tisch, die Herren der Ecke, die die hintere und die linke Wand des Raumes bildeten. Francisco, der Melanés, Tobias und der Escolar entdeckten ihn, und nach einem kurzen Augenblick der Überraschung wandten sich die boshaften, erregten Gesichter Rubén zu. Sofort nahm er wieder Haltung an: vor den Männern wußte er wohl, wie man aufzutreten hatte.

»Hallo«, sagte er und trat zu ihnen. »Was gibt's Neues?«

»Setz dich«, der Escolar schob ihm einen Stuhl hin. »Welches Wunder hat dich hierhergebracht?«

»Seit einer Ewigkeit kommst du nicht mehr«, sagte Francisco.

»Ich hatte Lust, euch zu sehen«, sagte Miguel herzlich. »Ich wußte, daß ihr hier seid. Was gibt es da zu staunen? Oder bin ich kein Raubvogel mehr?« Er setzte sich zwischen den Melanés und Tobias. Rubén saß ihm gegenüber.

»Cuncho!« rief der Escolar. »Bring noch ein Glas. Aber kein zu dreckiges!«

Cuncho brachte das Glas, und der Escolar füllte es mit Bier. Miguel rief »Auf die Raubvögel« und trank.

»Es fehlt nur noch, daß du das Glas mittrinkst. Welch ein Eifer!«

»Ich wette, du warst in der Ein-Uhr-Messe«, sagte der Melanés, ein Auge vor Vergnügen zusammengekniffen wie immer, wenn er irgend etwas Tückisches vorhatte. »Oder etwa nicht?«

»Ja«, sagte Miguel unbeirrt. »Aber nur, um ein Mädchen zu sehen, sonst nichts.«

Er sah Rubén herausfordernd an, aber der fühlte sich nicht angesprochen. Er spielte mit den Fingern auf dem Tisch und pfiff leise, die Zunge zwischen den Zähnen »La niña Popof« von Pérez Prado.

»Sehr gut«, applaudierte der Melanés. »Sehr gut, Don Juan, erzähl, wer es ist.«

»Geheimnis.«

»Unter Raubvögeln gibt es keine Geheimnisse«, erinnerte ihn Tobias. »Hast du das vergessen? Los, sag schon, wer es ist.«

»Was geht dich das an?« sagte Miguel.

»Sehr viel«, sagte Tobias. »Ich muß wissen, mit wem du gehst, um zu wissen, wer du bist.«

»Trink«, sagte der Melanés zu Miguel. »Eins zu null.«

»Wetten, daß ich rate, wer es ist?« sagte Francisco. »Ihr etwa nicht?«

»Ich weiß es schon lange«, sagte Tobias.

»Ich auch«, sagte der Melanés. Er wandte sich mit unschuldiger Miene an Rubén. »Und du, Schwager, weißt du, wer es ist?«

»Nein«, sagte Rubén kalt. »Und es interessiert mich auch nicht.«

»Mir brennt es im Magen«, sagte der Escolar. »Bestellt denn keiner ein Bier?«

Der Melanés fuhr sich pathetisch mit dem Finger über die Gurgel: »I have no money, darling«, sagte er.

»Ich zahle eine Flasche«, verkündete Tobias mit feierlichem Gehabe. »Mal sehen, wer mir folgt, wir müssen die Flammen dieses Milchbarts löschen.«

»Cuncho, trenn dich von einem halben Dutzend Cristal«, sagte Miguel. Jubelgeschrei, Beifallsrufe.

»Du bist ein echter Raubvogel«, bestätigte ihm Francisco.

»Schmutzig und verlaust«, fügte der Melanés hinzu. »Jawohl, ein Raubvogel bester Sorte.«

Cuncho brachte das Bier. Sie tranken und hörten zu, wie der Melanés grobe, ausgefallene und fiebrige Sexgeschichten von sich gab; zwischen Tobias und Francisco entstand eine heftige Diskussion über Fußball. Der Escolar erzählte ein Erlebnis. »Ich fuhr im Autobus von Lima nach Miraflores. Die anderen Fahrgäste stiegen in der Avenida Arequipa aus. Auf der Höhe von Javier Prado stieg dieser Pottwal Tomasso zu, der zwei Meter große Albino aus der Volksschule. Er wohnt in der Quebrada, geschnallt? Er tat so, als interessiere er sich wahnsinnig für den Wagen und fing an, dem Fahrer lauter Fragen zu stellen. Dabei beugte er sich zum Vordersitz vor und schlitzte unterdessen mit dem Messer vorsichtig die Rückenpolster auf.«

»Das hat er nur gemacht, weil ich da war«, meinte der Escolar. »Er wollte angeben.«

»Der ist bekloppt«, sagte Francisco. »So etwas macht man mit zehn. In seinem Alter liegt darin überhaupt kein Witz.«

»Witzig ist aber, was dann passierte«, lachte der Escolar. »Hallo, Fahrer, sehen Sie nicht, daß dieser Dreckskerl Ihnen den Wagen ruiniert?«

»Was?« fragte der Fahrer und bremste scharf. Mit roten Ohren und erschrocken aufgerissenen Augen kämpfte der Pottwal Tomasso mit der Tür.

»Mit dem Messer«, sagte der Escolar. »Sehen Sie sich mal an, wie der Sitz aussieht.«

Der Pottwal konnte schließlich raus. Er rannte durch die Avenida Arequipa; der Fahrer brüllend hinter ihm her: »Haltet den verfluchten Kerl!«

»Hat er ihn geschnappt?« fragte der Melanés.

»Weiß ich nicht. Ich bin abgehauen. Den Autoschlüssel habe ich als Andenken mitgenommen. Hier ist er.«

Er zog einen kleinen, silbernen Schlüssel aus der Tasche und warf ihn auf den Tisch. Die Flaschen waren leer. Rubén sah auf seine Uhr und stand auf.

»Ich gehe«, sagte er. »Wir sehen uns nachher.«

»Geht nicht«, sagte Miguel. »Heute bin ich reich. Ich lade euch alle zum Essen ein.«

Heftiges Schulterklopfen stürzte auf ihn nieder; die Raubvögel dankten ihm donnernd und priesen ihn.

»Ich kann nicht«, sagte Rubén. »Ich habe zu tun.«

»Dann geh, guter Junge«, sagte Tobias. »Und grüß mir Marthita.«

»Wir werden viel an dich denken, Schwager«, sagte der Melanés.

»Nein«, rief Miguel. »Ich lade alle ein oder keinen. Wenn Rubén geht, ist nichts.«

»Du hast es gehört, Raubvogel Rubén«, sagte Francisco. »Du mußt hierbleiben.«

»Du mußt schon hierbleiben«, sagte auch der Melanés. »Da gibt es keine Ausreden.«

»Ich gehe«, sagte Rubén.

»Du bist ganz einfach betrunken«, sagte Miguel. »Du gehst bloß, weil du Angst hast, dich vor uns lächerlich zu machen.«

»Wie oft habe ich dich halbtot nach Hause gebracht?« sagte Rubén. »Wie oft habe ich dir geholfen, am Gitter hochzuklettern, damit dein Papa dich nicht erwischt? Ich vertrage zehnmal mehr als du.«

»Das war einmal«, sagte Miguel. »Jetzt wird es schon schwerer sein. Willst du es sehen?«

»Zu gern«, sagte Rubén. »Wir sehen uns heute abend, hier.«

»Nein. Jetzt.« Miguel wandte sich an die anderen, breitete die Arme aus: »Raubvögel, ich fordere ihn heraus.«

Glücklich sah er, daß die alte Formel noch alle ihre Macht besaß. In der lärmenden Fröhlichkeit, die er damit heraufbeschworen hatte, sah er, wie Rubén sich setzte, er war blaß.

»Cuncho!« schrie Tobias. »Die Karte und zwei Schwimmbecken voll Bier. Ein Raubvogel hat den anderen herausgefordert.«

Sie bestellten Beefsteak »à la chorrillana« und zwölf Flaschen Bier. Tobias stellte drei Flaschen vor jeden der Wettkämpfer und den Rest vor die anderen. Sie aßen ohne viel zu sprechen. Miguel trank nach jedem Bissen und versuchte, Stimmung zu zeigen, aber die Angst, nicht genug vertragen zu können, nahm zu mit dem bitteren Geschmack, den das Bier in seinem Hals hinterließ. Als die sechs Flaschen leer waren, hatte Cuncho die Teller schon lange abgeräumt.

»Bestelle du«, sagte Miguel zu Rubén.

»Noch drei für jeden.«

Nach dem ersten Glas der neuen Runde spürte Miguel, wie ihm die Ohren sausten; sein Kopf war wie ein sehr langsames Roulette, alles drehte sich.

»Ich gehe pinkeln«, sagte er.

Die Raubvögel lachten.

»Gibst du auf?« fragte Rubén.

»Ich gehe pinkeln«, schrie Miguel. »Wenn du willst, laß sie doch noch mehr bringen.«

In der Toilette erbrach er sich. Danach wusch er sich sorgfältig das Gesicht, um alle verräterischen Spuren fortzuwischen. Auf seiner Uhr war es halb fünf. Trotz der dumpfen Übelkeit fühlte er sich glücklich. Rubén konnte jetzt nichts mehr machen. Er ging zu den anderen zurück.

»Prost«, sagte Rubén und hob das Glas.

»Er ist wütend«, dachte Miguel. »Aber ich habe ihn reingelegt.«

»Es riecht hier nach Aas«, sagte der Melanés. »Einer kratzt uns heute ab.«

»Ich bin wie neu«, versicherte Miguel und versuchte seinen Ekel und die Übelkeit zu überwinden.

»Prost«, wiederholte Rubén.

Als sie das letzte Glas Bier ausgetrunken hatten, fühlte sich Miguels Magen bleiern an, die Stimmen der anderen kamen wie eine wirre Mischung von Geräuschen an sein Ohr. Eine Hand erschien plötzlich unter seinen Augen. Sie war weiß und hatte lange, schmale Finger. Sie packte ihn am Kinn und zwang ihn, seinen Kopf zu heben: Rubéns Gesicht war größer geworden. Es sah witzig aus, so ungekämmt und wütend.

»Gibst du auf, Grünschnabel?«

Miguel stand ruckartig auf und stieß Rubén weg, aber bevor eine Prügelei beginnen konnte, griff der Escolar ein.

»Die Raubvögel schlagen sich niemals untereinander«, sagte er und zwang sie, sich wieder zu setzen. »Ihr zwei seid betrunken. Schluß jetzt. Abstimmung.«

Der Melanés, Francisco und Tobias gaben unwillig ein Unentschieden ab.

»Ich hatte längst gewonnen«, sagte Rubén. »Der kann ja nicht mehr sprechen. Seht ihn euch doch an.«

Tatsächlich, Miguels Augen waren glasig, sein Mund stand offen, und von seiner Zunge lief ein Speichelfaden herunter.

»Sei still«, sagte der Escolar. »Du bist beim Biertrinken auch nicht gerade ein Champion.«

»Du bist beim Biertrinken kein Champion«, wiederholte der Melanés. »Du bist beim Schwimmen Champion, der Star jedes Schwimmbads.«

»Du hältst am besten den Mund«, sagte Rubén. »Merkst du nicht, wie dich der Neid zerfrißt?«

»Es lebe die Esther Williams von Miraflores!« sagte der Melanés.

»Du Sack kannst nicht einmal schwimmen«, sagte Rubén. »Willst du nicht bei mir Stunden nehmen?«

»Wir wissen Bescheid, Herrlichkeit«, sagte der Escolar. »Du hast einen Schwimmwettbewerb gewonnen. Und alle Mädchen schmachten jetzt nach dir. Ein echter kleiner Champion.«

»Der ist überhaupt kein Champion«, sagte Miguel mühsam. »Das ist alles nur Pose.«

»Du bist doch schon hin«, sagte Rubén. »Soll ich dich nach Hause bringen, Kleines?«

»Ich bin nicht betrunken«, versicherte Miguel. »Und du bist nur Pose.«

»Du bist doch nur wütend, weil ich Flora aufs Kreuz legen werde«, sagte Rubén. »Du stirbst fast vor Eifersucht. Denkst du, ich hätte nichts gemerkt?«

»Reine Pose«, sagte Miguel. »Du hast gewonnen, weil dein Vater Verbandspräsident ist, alle wissen, daß er gemogelt hat, daß er Canejo Villanau disqualifiziert hat, nur darum hast du gewonnen.«

»Jedenfalls schwimme ich besser als du«, sagte Rubén. »Du kannst ja nicht einmal Wellenreiten.«

»Du schwimmst nicht besser als jeder andere«, sagte Miguel. »Jeder kann dich besiegen.«

»Jeder«, sagte der Melanés. »Sogar Miguel, und der ist ein Stümper.«

»Erlaubt mir, daß ich grinse«, sagte Rubén.

»Wir erlauben es dir«, sagte Tobias. »Das fehlte gerade noch.«

»Ihr seid mir über, weil es Winter ist«, sagte Rubén. »Sonst würde ich euch auffordern, mit mir an den Strand zu gehen, um zu sehen, ob ihr im Wasser noch so angebt.«

»Du hast den Wettbewerb nur wegen deines Vaters gewonnen«, sagte Miguel. »Du bist die reinste Pose. Wenn du mit mir schwimmen willst, sag Bescheid, ohne jede Rücksichtnahme. Am Strand, auf den Terrassen, wo du willst.«

»Am Strand«, sagte Rubén. »Jetzt, sofort.«

»Du bist reine Pose«, sagte Miguel.

Rubéns Gesicht leuchtete plötzlich auf, und seine Augen wurden nicht nur rachsüchtig, sondern auch arrogant.

»Ich wette darum, wer zuerst bei den Brandungsfelsen ankommt«, sagte er.

»Reine Pose«, sagte Miguel.

»Wenn du gewinnst«, sagte Rubén, »verspreche ich dir, Flora nicht aufs Kreuz zu legen. Und wenn ich gewinne, gehst du mit der

Musik woandershin.«

»Was bildest du dir ein?« stammelte Miguel. »Verdammt, was bildest du dir eigentlich ein?«

»Raubvögel«, sagte Rubén und breitete die Arme aus, »ich fordere ihn heraus.«

»Miguel ist jetzt nicht in Form«, sagte der Escolar. »Warum spielt ihr nicht um Flora Kopf oder Zahl?«

»Und wozu mischst du dich ein?« sagte Miguel. »Ich nehme an. Gehen wir an den Strand.«

»Die sind verrückt«, sagte Francisco. »Ich gehe bei dieser Kälte nicht an den Strand. Wettet was anderes.«

»Er hat angenommen«, sagte Rubén. »Gehen wir.«

»Wenn ein Raubvogel einen anderen herausfordert, stecken die anderen ihre Zungen in die Tasche«, sagte der Melanés. »Gehen wir an den Strand. Und wenn sie sich nicht trauen, ins Wasser zu gehen, dann werfen wir sie hinein.«

»Die beiden sind betrunken«, mahnte der Escolar. »Diese Herausforderung gilt gar nicht.«

»Sei still, Escolar«, schnaubte Miguel. »Ich bin groß genug, du mußt nicht auf mich aufpassen.«

»Schön«, sagte der Escolar und zog die Schultern hoch. »Ruinier dich ruhig.«

Sie gingen. Draußen erwartete sie eine stille, graue Atmosphäre. Miguel atmete tief durch; er fühlte sich besser. Francisco, der Melanés und Rubén gingen voran. Der Escolar und Miguel folgten. In der Avenida Grau sahen sie Spaziergänger; die meisten waren Hausmädchen in auffälligen Kleidern, sie hatten ihren freien Tag. Aschgraue Männer mit fettigem, strähnigem Haar streunten um sie herum und warfen ihnen lüsterne Blicke zu. Sie lachten und zeigten ihre Goldzähne. Die Raubvögel beachteten sie kaum, sie gingen mit großen Schritten voran, und die Erregung wurde allmählich immer stärker.

»Geht es dir besser?« fragte der Escolar.

»Ja«, antwortete Miguel. »Die Luft hat mir gutgetan.«

An der Ecke der Avenida Pardo bogen sie ab. Sie marschierten wie eine lockere Marschkolonne in einer Reihe unter den Feigenbäumen der Allee, über die Fliesen, die hin und wieder von den riesigen Wurzeln der Bäume aufgeworfen waren, die manchmal wie Haken an die Oberfläche kamen. Als sie die Diagonal hinuntergingen, begegneten ihnen zwei Mädchen. Rubén verneigte sich feierlich.

»Hallo, Rubén«, sangen sie im Duett.

Tobias imitierte sie und flötete: »Hallo, Rubén, mein Prinz.«

Die Avenida Diagonal läuft auf eine kleine Schlucht zu, wo sie sich teilt: auf der einen Seite schlängelt sich dann der Malecón asphaltiert und glänzend dahin; auf der anderen Seite führt eine abschüssige Straße um den Hügel herum bis ans Meer hinunter. Man nennt sie den »Abstieg zu den Bädern«. Ihr Pflaster ist glatt und blankgewetzt von den Autoreifen und den Füßen der Badegäste unendlich vieler Sommer.

»Machen wir uns warm, Champions«, rief der Melanés und rannte los. Die anderen folgten ihm.

Sie rannten gegen den Wind und die dünne Gischt, die vom Strad heraufkam, sie steckten in einem erregenden Wirbel: durch die Ohren, den Mund, die Nase drang ihnen die Luft in die Lungen, und ein Gefühl der Erleichterung und Entgiftung breitete sich in ihren Körpern aus, je steiler die Straße abfiel. Und von einem bestimmten Augenblick an gehorchten ihre Füße nur noch einer geheimnisvollen Kraft, die aus der Tiefe der Erde kam. Die Arme wie Propeller ausgebreitet, auf der Zunge einen salzigen Atem, rannten die Raubvögel die Straße hinunter bis zu der runden Plattform über dem Gebäude der Badekabinen.

Das Meer löste sich ungefähr fünfhundert Meter vom Ufer entfernt in einer dichten Wolke auf, die Anlauf zu nehmen schien, um gegen die steilen, hohen, dunklen, um die ganze Bucht herum aufgepflanzten Felsen anzurennen.

»Kehren wir um«, sagte Francisco. »Mir ist kalt.«

Am Rand der Plattform ist eine zum Teil mit Moos überwachsene Stelle. Eine Öffnung zeigt an, wo die beinahe senkrechte Leiter hinunter zum Strand beginnt. Die Raubvögel betrachteten von dort aus ein schmales Band freien Wassers zu ihren Füßen und die ungewöhnlich aufgewühlte Oberfläche, wo der Nebel sich mit der Gischt der Wellen mischte.

»Ich gehe, wenn er aufgibt«, sagte Rubén.

»Wer redet von Aufgeben?« entgegnete Miguel. »Was bildest du dir eigentlich ein?«

Rubén stieg die Leiter hinunter, immer drei Stufen auf einmal nehmend, und knöpfte sich dabei das Hemd auf.

»Rubén«, schrie der Escolar. »Bist du verrückt? Komm zurück!«

Aber Miguel und die anderen stiegen ebenfalls hinunter, und der Escolar folgte ihnen.

Im Sommer gab es von der Veranda des langen, schmalen, gegen den Hügel gelehnten Gebäudes, wo die Badekabinen waren, bis an die äußerste Kurve des Meeres, einen Abhang aus bleigrauen Steinen, auf denen sich die Menschen sonnten. Der kleine Strand brodelte dann vor Leben vom frühen Morgen bis zum Sonnenuntergang. Jetzt bedeckte das Wasser den Abhang, und es gab weder bunte Sonnenschirme noch elastische Mädchen mit gebräunten Körpern, keine melodramatischen Ausrufe von Kindern oder Frauen, wenn eine Welle sie naßspritzte, bevor sie zurückwich und polternde Steine und Kiesel mit sich riß; man sah keinen Streifen Strand, denn die Flut hatte ihn bis hin zu dem von den dunklen Säulen, die das Gebäude stützten, begrenzten Raum überschwemmt, und im Augenblick des Rückstroms zeigten sich kaum die Holzstufen und die mit Stalaktiten und Algen verzierten Zementpfeiler.

»Man kann die Brandungsfelsen nicht sehen«, sagte Rubén. »Wie machen wir es?«

Sie standen auf der linken Galerie, in dem für die Frauen reservierten Teil. Sie waren ernst.

»Wartet doch bis morgen«, sagte der Escolar. »Mittags wird es aufklaren. Dann können wir euch kontrollieren.«

»Da wir schon einmal hier sind, soll es auch jetzt sein«, sagte der Melanés. »Sie können sich doch gegenseitig kontrollieren.«

»Das finde ich gut«, sagte Rubén. »Und du?«

»Ich auch«, sagte Miguel.

Als sie nackt dastanden, machte Tobias Witzchen über die blauen Venen, die den glatten Leib von Miguel überzogen. Sie stiegen ganz hinunter. Das Holz der seit Monaten unaufhörlich vom Wasser beleckten Stufen war glitschig und sehr weich. Sich an dem eisernen Handlauf festhaltend, damit er nicht ausglitt, verspürte Miguel ein Zittern, das von seinen Fußsohlen ausgehend ihm bis ins Gehirn stieg. Er dachte, der Nebel und die Kälte könnten ihm in gewisser Weise nützlich sein, da der Erfolg nicht mehr allein von der Geschicklichkeit abhängig war, sondern vor allem von der Fähigkeit durchzuhalten, und auch Rubéns Haut war violett angelaufen und zu Millionen winziger Schuppen gefältelt. Eine Stufe unter ihm neigte sich der wohlgestaltete Körper Rubéns: gespannt wartete er das Ende des Rückstroms ab und die Ankunft der nächsten Welle, die ohne Getöse heranglitt und eine Herde Schaumflocken vor sich her trieb. Als der Wellenkamm ungefähr zwei Meter von der Treppe entfernt war, warf sich Rubén hinein: die Arme wie Lanzen, das Haar von der Wucht des Sprunges zerzaust, durchschnitt sein Körper die Luft in gerader Linie und fiel ohne sich zu krümmen, ohne den Kopf zu neigen noch die Beine abzuknicken, stieß in die Gischt, tauchte kaum ein und glitt sofort, die Strömung nutzend, hinaus; seine Arme tauchten auf und verschwanden in einem heftigen Wirbel, und seine Füße markierten eine sorgfältige und sehr schnelle Spur. Jetzt stieg Miguel noch eine Stufe hinunter und wartete auf die nächste Welle. Er wußte, daß es hier sehr flach war und daß er sich wie ein Brett, fest und gespannt und ohne auch nur einen Muskel zu bewegen, hineinwerfen mußte, sonst würde er auf die Steine aufschlagen. Er schloß die Augen und sprang und traf nicht auf Grund, aber sein Körper war von der Stirn bis zu den Knien wie gepeitscht, und ein heftiges Jucken befiel ihn, während er mit voller Kraft kraulte, um seinen Gliedern die Wärme zurückzugeben, die das Wasser ihnen mit einem Schlag entrissen hatte. Er befand sich in diesem unheimlichen Teil des Meeres von Miraflores, wo sich nahe am Ufer Rückstrom und Wellen treffen und Wirbel und Gegenströmungen entstehen, und der letzte Sommer lag schon so lange zurück, daß Miguel vergessen hatte, wie man sie ohne Anstrengung meisterte. Er erinnerte sich nicht mehr, daß man den Körper entspannen, sich unterwürfig treiben lassen mußte und nur kraulen, wenn eine Welle sich aus dem Wirbel rettete und man auf ihrem Rücken, diesem flüssigen Brett, schwamm, das der Gischt folgt und über die Strömung gleitet. Er erinnerte sich auch nicht mehr daran, daß es wichtig war, geduldig und mit einer gewissen List diese erste Berührung mit dem erbitterten Meer am Ufer, das an den Gliedern reißt und einem in den Mund und in die Augen spritzt, zu ertragen, keinen Widerstand zu leisten, wie ein Korken zu sein, sich ganz darauf zu beschränken, Luft zu holen, sobald sich eine Welle nähert und einzutauchen – flach, wenn sie entfernt umschlug und ohne Wucht kam, und bis auf den Grund, wenn sie sich in der Nähe brach – sich an einem Stein festzuhalten und aufmerksam das Getöse ihres Vorbeiziehens abzuwarten, um dann mit einem einzigen Stoß aufzutauchen und unauffällig mit den Händen weiterzuschwimmen, bis man auf ein neues Hindernis stieß, sich wieder zu entspannen, nicht gegen die Wirbel anzukämpfen, sich bereitwillig in der langsamen Spirale zu drehen und schnell im richtigen Augenblick mit einem kräftigen Zug zu entkommen. Darauf folgt unerwartet eine ruhige Oberfläche, die von harmlosen Brechern bewegt ist; das Wasser ist klar, glatt, und an einigen Stellen sieht man die dunklen Steine des Meeres.

Nachdem er die aufgewühlte Zone passiert hatte, hielt Miguel erschöpft inne und holte Luft. Er sah Rubén ganz in der Nähe, er sah zu ihm herüber. Das Haar fiel ihm wie bei einer Tonsur in die Stirn. Er hatte die Zähne zusammengepreßt.

»Los!«

»Los!«

Nachdem er wenige Minuten geschwommen war, spürte Miguel, daß die vorübergehend verschwundene Kälte ihn wieder durchdrang, und er beschleunigte den Fußschlag, denn das Wasser griff in den Beinen, vor allem in den Waden mit besonderem Erfolg an, machte sie zuerst gefühllos und verkrampfte sie dann. Er schwamm mit dem Gesicht unter Wasser, und jedesmal, wenn er den rechten Arm aus dem Wasser hob, drehte er sein Gesicht, um die zurückgehaltene Luft auszustoßen und einen neuen Vorrat aufzunehmen, tauchte Stirn und Kinn wieder flach ein, um sein eigenes Vorwärtskommen nicht zu bremsen und wie ein Bug das Wasser zu durchschneiden und das Gleiten zu erleichtern. Bei jedem Zug sah er mit einem Auge Rubén, der leicht und ohne Anstrengung über die Oberfläche schwamm, jetzt ohne Schaum aufzuwirbeln, mit der Eleganz und Leichtigkeit einer gleitenden Möwe. Miguel versuchte, Rubén zu vergessen und das Meer und die Brandungsfelsen (die noch weit entfernt sein mußten, denn das Wasser war klar und ruhig, und sie durchschwammen nur sich gerade aufbauende Brecher), er wollte sich nur an Floras Gesicht erinnern, an den Flaum auf ihren Armen, der an Sommertagen wie ein winziger Wald aus Goldfäden schimmerte. Aber er konnte nicht verhindern, daß dem Bild des Mädchens ein anderes folgte, verschwommen, alles verdrängend, dröhnend, das über Flora niederfiel und sie verbarg, das Bild eines Berges aufgewühlten Wassers, nicht eigentlich die Brandungsfelsen (zu denen er einmal vor zwei Sommern geschwommen war und deren Wellenschlag stark war, mit grünlich-schwarzen Schaumkronen, denn dort ungefähr hörten die Steine auf, und der Schlamm begann, den die Wellen an die Oberfläche wirbelten und mit Nestern von Algen und schmutzigem Wasser mischten und das Meer verfärbten), sondern eher ein tatsächlicher Ozean, der von inneren Kataklysmen aufgewühlt wurde, in dem sich gewaltige Wellen erhoben, die ein ganzes Schiff hätten erfassen und mit erstaunlicher Geschwindigkeit umwerfen und die Passagiere, Rettungsboote, Masten, Segel, Bojen, Matrosen, Bullaugen und Flaggen durch die Luft hätten schleudern können.

Er hielt inne, sein Körper sank sofort, bis er vertikal im Wasser hing. Er hob den Kopf und sah Rubén sich entfernen. Er wollte ihn unter irgendeinem Vorwand rufen, ihm zum Beispiel sagen, »warum ruhen wir nicht einen Augenblick aus«, aber er tat es nicht. Die ganze Kälte seines Körpers schien sich in seinen Waden zu konzentrieren. Er fühlte, wie verkrampft seine Muskeln waren, die Haut war angespannt, das Herz schlug wild. Fieberhaft bewegte er die Füße. Er befand sich im Mittelpunkt eines Kreises aus dunklem Wasser, umgeben von Nebel. Er versuchte den Strand zu erkennen oder wenigstens den Schatten der Felsen, aber diese täuschende Gaze löste sich auf, wenn er sie durchschwamm, und war völlig undurchsichtig. Er sah nur ein kurzes Stück der Wasseroberfläche, grün-schwarz, und einen Mantel aus Wolken über dem Wasser. Da bekam er Angst. Die Erinnerung an das Bier, das er getrunken hatte, überfiel ihn, und er dachte: »Ich schätze, das hat mich ziemlich geschwächt.« Sofort kam es ihm vor, als verschwänden seine Arme und Beine. Er beschloß umzukehren, aber nach einigen Zügen in Richtung auf den Strand drehte er um und schwamm so leicht er konnte. »Allein erreiche ich das Ufer nie«, sagte er sich, »es ist besser, in Rubéns Nähe zu bleiben. Wenn ich nicht mehr kann, sage ich ihm: du hast gewonnen, aber laß uns umkehren.« Er schwamm jetzt ohne jeden Stil, den Kopf gehoben, schlug das Wasser mit den steifen Armen und richtete den Blick auf den unbeirrbar vor ihm her schwimmenden Körper.

Die Aufregung und die Anstrengung nahmen seinen Beinen die Taubheit, sein Körper gewann wieder etwas Wärme, die Entfernung, die ihn von Rubén trennte, war geringer geworden, und das beruhigte ihn. Er streckte einen Arm nach ihm aus und faßte einen seiner Füße. Sofort hielt der andere an. Rubéns Augen waren stark gerötet, sein Mund stand offen.

»Ich glaube, wir haben die Richtung verloren«, sagte Miguel. »Es kommt mir so vor, als schwämmen wir quer zum Strand.«

Seine Zähne klapperten, aber seine Stimme war ruhig. Rubén sah sich um. Miguel beobachtete ihn gespannt.

»Man kann den Strand nicht mehr sehen«, sagte Rubén.

»Man kann ihn schon eine ganze Weile nicht mehr sehen«, sagte Miguel. »Es ist sehr neblig.«

»Wir haben die Richtung nicht verloren«, sagte Rubén. »Da. Man sieht schon die Gischt.«

Tatsächlich, es kamen einige von Schaumkronen geschmückte Brecher auf sie zu, die sich auflösten und sofort wieder zusammenfanden. Sie sahen sich schweigend an.

»Wir sind schon nahe an der Brandung«, sagte Miguel endlich.

»Ja. Wir sind ziemlich schnell geschwommen.«

»Ich habe noch nie so viel Nebel gesehen.«

»Bist du sehr müde?« fragte Rubén.

»Ich? Du bist wohl verrückt! Schwimmen wir weiter.«

Sofort bereute er den Satz, aber es war zu spät. Rubén hatte schon gesagt: »Gut, schwimmen wir weiter.«

Er konnte noch zwanzig Züge zählen, bevor er sich eingestehen mußte, daß er nicht mehr konnte. Er kam kaum vorwärts, sein rechtes Bein war durch die Kälte fast gelähmt, seine Arme fühlten sich ungeschickt und schwer an. Keuchend schrie er: »Rubén?« Der schwamm weiter. »Rubén, Rubén!« Er drehte um und begann auf den Strand zuzuschwimmen, vielmehr planschte er voller Verzweiflung, und plötzlich betete er zu Gott, er möge ihn erretten, er würde in Zukunft auch immer gut sein, seinen Eltern gehorchen, keine Sonntagsmesse versäumen, und dann fiel ihm ein, daß er den Raubvögeln gesagt hatte »ich gehe nur in die Kirche, um ein Mädchen zu sehen«, und wie ein Messerstich durchfuhr ihn die Gewißheit, daß Gott ihn strafen wollte, indem er ihn in diesen aufschäumenden Wassern ertrinken ließ, auf die er heftig einschlug, Wasser, in denen ihn ein gräßlicher Tod erwartete und danach vielleicht die Hölle. In seiner Angst hörte er plötzlich wie ein Echo einen Satz, den Pater Alberto einmal in der Religionsstunde gesagt hatte, über die göttliche Güte, die keine Grenzen kenne, und während er das Meer mit seinen Armen peitschte – seine Beine hingen wie schräge Balken aus Blei herunter –, betete er die Lippen bewegend zu Gott, er möge gütig zu ihm sein, er sei noch so jung, und er schwor, er würde ins Priesterseminar eintreten, wenn er gerettet würde, aber in der nächsten Sekunde berichtigte er sich erschrocken und versprach, daß er lieber Opfer bringen wollte und anderes, statt Priester zu werden, er würde Almosen geben, und da wurde ihm klar, daß seine Halbherzigkeit und sein Feilschen in diesem kritischen Augenblick fatal sein konnten, und plötzlich hörte er die verzweifelten Rufe von Rubén ganz in seiner Nähe, drehte den Kopf und sah ihn etwa zehn Meter entfernt, das Gesicht halb im Wasser versunken, die Arme hilferufend fuchtelnd:

»Miguel, Bruderherz, komm, ich ertrinke, schwimm nicht weg!«

Er war verwirrt, hielt an, und es war plötzlich so, als bezwinge Rubéns Verzweiflung seine eigene. Er fühlte, wie der Mut ihm zurückkam, die Steifheit aus seinen Beinen wich.

»Ich habe einen Krampf im Bauch«, kreischte Rubén. »Ich kann nicht mehr, Miguel. Rette mich, bei allem, was dir lieb ist, laß mich nicht allein, Bruderherz.«

Er glitt zu Rubén, und während er sich ihm näherte, fiel ihm ein, daß die Ertrinkenden versuchen, sich wie mit Zangen an ihre Retter zu klammern, und dann ziehen sie sie mit sich unter Wasser, und er entfernte sich wieder. Aber die Schreie von Rubén erschreckten ihn, und er wußte, wenn Rubén ertrank, würde er auch nicht mehr zum Strand kommen, und er schwamm zu ihm zurück. Zwei Meter von Rubén entfernt, der weiß und zusammengekrümmt versank und wieder auftauchte, schrie er: »Beweg dich nicht, Rubén, ich ziehe dich, aber versuche nicht, mich zu packen. Wenn du mich packst, ertrinken wir beide. Rubén, halt dich ruhig, Bruderherz, ich schleppe dich am Kopf, aber faß mich nicht an.«

Er hielt sich in vorsichtigem Abstand, streckte eine Hand aus, bis er die Haare von Rubén zu fassen bekam. Mit dem freien Arm begann er zu schwimmen. Er strengte sich mit aller Kraft an, mit den Beinen nachzuhelfen. Sie kamen langsam voran, sehr mühsam. Miguel nahm alle seine Sinne zusammen, hörte kaum auf das monotone Ächzen von Rubén, der plötzlich furchtbare Schreie ausstieß: »Ich sterbe, rette mich, Miguel«, oder sich krümmte und erzitterte. Er war erschöpft, als er anhielt. Mit der einen Hand hielt er Rubén über Wasser, mit der anderen machte er kreisende Bewegungen auf der Wasseroberfläche. Er atmete schwer durch den Mund. Rubéns Gesicht war von Schmerz verzerrt, die Lippen in einer verzweifelten Grimasse zusammengepreßt.

»Bruderherz«, flüsterte Miguel, »wir haben es gleich geschafft, streng dich ein bißchen an. Antworte doch, Rubén. Schreie! Bleib doch nicht so!«

Er ohrfeigte ihn mit aller Kraft, und Rubén öffnete die Augen. Er bewegte schwach den Kopf.

»Schreie, Bruderherz!« wiederholte Miguel. »Versuche, dich auszustrecken. Ich werde dir den Bauch reiben. Es fehlt uns nicht mehr viel. Laß dich nicht unterkriegen.«

Seine Hand suchte unter Wasser und fand die harte Kugel, die sich über dem Nabel von Rubén wölbte und einen großen Teil des Leibes einnahm. Er fuhr mehrmals darüber, zuerst langsam, dann stärker, und Rubén schrie auf: »Ich will nicht sterben, Miguel, rette mich!«

Er schwamm weiter und zog Rubén jetzt, ihn unter dem Kinn fassend, hinter sich her. Jedes Mal, wenn ein Brecher sie überraschte, schluckte Rubén Wasser. Miguel rief ihm zu, er solle es ausspucken. Und er schwamm weiter, ohne einen Augenblick anzuhalten, manchmal schloß er die Augen. Er war erregt, denn in seinem Herzen war eine Art Hoffnung aufgebrochen, etwas Warmes und Stolzes, Ermutigendes, das ihn gegen die Kälte und die Erschöpfung schützte. Ein Stein zerkratzte seinen einen Fuß. Er schrie auf und beeilte sich. Einen Augenblick später hatte er Grund, und er legte die Arme um Rubén. Er hielt ihn an sich gepreßt, fühlte seinen Kopf an seiner Schulter liegen und ruhte einen langen Augenblick aus. Dann half er Rubén, sich auf den Rücken zu legen, und hielt ihn mit dem Unterarm. Er zwang ihn, die Beine auszustrecken, und massierte ihm den Leib, bis die Verhärtung sich auflöste. Rubén schrie nicht mehr, versuchte, sich ganz und gar auszustrecken, und rieb sich ebenfalls mit beiden Händen den Leib.

»Geht es dir besser?«

»Ja, Bruderherz, es geht wieder. Gehen wir raus.«

Eine unbeschreibliche Freude ergriff sie, als sie über die Steine gingen, vornübergebeugt, um dem Rückstrom widerstehen zu können, die spitzen Steine nicht fühlend. Nach einer Weile sahen sie die Kanten der Felsen, das Gebäude mit den Badekabinen und schließlich, schon ganz nah am Ufer, die Raubvögel, die auf der Galerie der Frauenabteilung standen und zu ihnen hinuntersahen.

»Du«, sagte Rubén.

»Ja?«

»Sag ihnen nichts davon. Bitte, sag ihnen nicht, daß ich geschrien habe. Wir waren doch immer gute Freunde, Miguel. Tu mir das nicht an.«

»Hältst du mich für einen Scheißkerl?« sagte Miguel. »Ich sage ihnen nichts, keine Sorge.«

Zitternd kamen sie heran. Sie setzten sich auf die Treppe unter dem Geschrei der Raubvögel.

»Wir wollten schon losgehen und den Familien unser Beileid ausdrücken«, sagte Tobias.

»Seit über einer Stunde seid ihr draußen«, sagte der Escolar. »Erzählt, wie war es?«

Ruhig erklärte Rubén, während er sich den Körper mit dem Unterhemd trocknete:

»Nichts weiter. Wir sind zur Brandung und zurück. So sind wir Raubvögel nun einmal. Miguel hat gewonnen. Nur ganz knapp. Natürlich, wenn es im Schwimmbad gewesen wäre, hätte er schön dumm dagestanden.«

Über Miguels Rücken, der sich, ohne sich abzutrocknen, angezogen hatte, regneten die beglückwünschenden Schulterschläge. »Du wirst ein richtiger Mann«, sagte der Melanés.

Miguel antwortete nicht. Lächelnd dachte er, daß er heute abend zum Parque Salazar gehen würde. Ganz Miraflores würde vom Melanés schon wissen, daß er diese heldenhafte Probe bestanden hatte, und Flora würde ihn mit leuchtenden Augen erwarten. Eine goldene Zukunft tat sich vor ihm auf.

Liebe im Macho-Land

»Eine Grenze trennt uns, und nur den Bewußtesten oder den Glücklichsten gelingt es, sie zu überwinden und sich im Niemandsland zu treffen, sich gegenseitig zu sehen, zu verstehen, anzunehmen, zu umarmen. Der Rest bleibt in der langen Einsamkeit, in der gelegentlich, durch Zufall, die Illusion der gegenseitigen Liebe für eine Weile leuchtet.« – So hat Isabel Allende 1984 auf ihrer ersten Reise durch Deutschland den »tragischen Widerspruch« zwischen den Geschlechtern beschrieben – »in unserem Erdteil, wo die Männer durch den *Machismo* gefühlsmäßig verstümmelt aufwachsen und die Frauen nach Liebe hungern.«

Wenn es um das Verhältnis von Frauen und Männern in Lateinamerika geht, lautet das am häufigsten genannte Stichwort ohne Zweifel: *Machismo*. Carlos Fuentes behauptet, daß die Frauen »das bevorzugte Objekt von Haß und Verfolgung sind, wie die Juden im Europa der Inquisition, der Pogrome und später des Nazismus«. Zum Selbstverständnis des lateinamerikanischen Mannes gehören die Verehrung der Mutter und die Sohnesliebe bis zum Tode, die Sorge für die Ehefrau und für die legitimen Kinder, und dazu eine ungestüme Virilität, d. h. viele Geliebte. So jedenfalls will es das Klischee: der lateinamerikanische Mann, ein *Macho*, ein Verführer, ein Frauenheld. Die Vorstellungen der lateinamerikanischen Frauen von diesem Mann, den sie sich als Helden ausmalen und den sie sich zum Gefährten wünschen, sehen hingegen meist ganz anders aus. Und dann türmen sich auch gleich die Mißverständnisse: sobald »Liebe« zur Sprache kommt. Ein jeder, eine jede verfügt über eigene Erfahrungen, Sehnsüchte, Enttäuschungen und antizipiert jene Momente des Glücks, in denen alles möglich wird...

Die vorliegende Anthologie zeigt dreiunddreißig Varianten von Liebe, zugleich ein Kaleidoskop schillernder Einblicke in die lateinamerikanische Gegenwart, wie sie die Erzähler und Dichter sehen. Vielfältig sind die Formen: Kurzgeschichten und märchenhafte Erzählungen, Legenden, Parabeln und Allegorien; es gibt sozialkritische und phantastische, skurrile und (sur-)realistische Texte. Und die thematische Vielfalt ist schier unerschöpflich: Männer lernen schon in der Kindheit, sich als *Macho* zu verhalten, weil die Gesellschaft es so will; sie tun den Frauen Böses an, mißhandeln, vergewaltigen, rächen sich, können keine Untreue verzeihen, empfinden das Verlassenwerden durch eine Frau als Ehrverletzung, halten selbstverständlich eine (oder mehrere) Geliebte aus, spielen mit den Gefühlen und sind letztlich herzlose Egoisten: »es gibt kein richtiges Leben im falschen«, hat es Adorno auf den Begriff gebracht. Aber die Männer werden auch von den Frauen verzaubert, lieben sie vom ersten Augenblick der Bekanntschaft an bis zum Tode, stehen ihnen wehrlos gegenüber, sind verletzlich, rücksichtsvoll, sehnen sich nach Zärtlichkeit, leiden unter dem Mangel an Zuneigung, fühlen sich verantwortlich für das Glück der Kinder und scheuen vor keinem Opfer zurück, lassen sich selbst in Notsituationen durch das Wimmern eines Babys rühren und zeigen in der Ehe eine oft himmlische Geduld. Manche fühlen sich als Vampir, während sie doch vor Schüchternheit kaum einen Blick riskieren. Träume vom Glück.

Viele Frauen verhalten sich passiv, leiden unter dem, was die Männer ihnen antun, müssen den Kindern zuliebe nachgeben, gehorchen, beugen sich den Normen der Gesellschaft, sind jederzeit bereit, sich Laune und Willkür des Ehemannes zu unterwerfen und ihre persönlichen Bedürfnisse zurückzustellen. Aber vergessen werden sie nicht; ihre Obsessionen und ihr glühender Wunsch nach Rache, nach Demütigung, nach Macht bleiben virulent. Sie vergelten ihnen oder der Familie angetanes Unrecht oft erst nach Jahren oder Jahrzehnten, wenn der geeignete Augenblick endlich gekommen ist; sie nutzen den Wunsch des Mannes nach Zärtlichkeit gezielt für die eigenen Zwecke aus, sie spielen mit seinen Gefühlen und bringen ihn durch ständiges Nörgeln und Unzufriedensein zur Verzweiflung. Sie wollen den Geliebten nie wieder verlieren und sind dafür zu Mord und Selbstmord bereit, sie lügen zum Schaden dritter, sind untreu, treiben den Gatten in den Tod, um für einen anderen frei zu werden und erwarten Verzeihung ... verkraften können sie ihre Schuldgefühle aber später doch nicht.

Alle diese *Geschichten von Liebe, Irrsinn und Tod* gewähren nur selten die Illusion von gegenseitiger Liebe: in der Begegnung der beiden Häßlichen, im Augenblick des Zusammenseins im »Honeymoon« oder der soeben erfolgten Vereinigung. Doch der Alltag und seine Routine greifen immer wieder übermächtig ein. Die Suche nach »Liebe« scheint nie ein Ende zu finden: so muß der Leutnant sein früheres Leben vergessen und zahllose Gefahren bestehen; so versuchen moderne Partner eine Beziehung zu dritt ... und entrinnen doch nicht den gewohnten Verhaltensweisen. Oft stößt der Leser in diesen Texten auf Gewalt: physische Aggressionen und psychischen Terror. Aber gleichzeitig wird deutlich, in den Erzählungen von weiblichen und von männlichen Schriftstellern, daß beide Geschlechter sich nach Zärtlichkeit und Verständnis sehnen, von Haiti bis Chile, von Brasilien bis Mexiko. Das Erbe des *Machismo* lastet und es fällt schwer, neue Formen des Miteinander zu erlernen. Sind aber viele Verhaltensformen wirklich so verschieden von unserem Kulturkreis?

Liebe in Lateinamerika heute ist, wie vermutlich überall, häufiger eine Fata Morgana als eine Himmelsmacht ... und es bleibt, wie Carlos Drummond de Andrade sagt, eine Hoffnung: *Amor se aprende amando.*

Michi Strausfeld

Quellenverzeichnis

Alexis, J. St., »Der verzauberte Leutnant«
(*Le lieutenant enchanté*, in: *Romancero aux étoiles* © Gallimard 1960; in: *Der verzauberte Leutnant*, Suhrkamp Verlag Frankfurt am Main 1984). Deutsche Übersetzung von Ewald Czapski mit freundlicher Genehmigung des Verlags Volk und Welt, Berlin.

Allende, I., »Eine Rache«
(*Una venganza* © Isabel Allende, 1986). Erstveröffentlichung. Übersetzung von Dagmar Ploetz.

Arguedas, J. M., »Der Garten«
(*El huerto*, in: *Amor Mundo*, 1967 © José María Arguedas.)
Deutsche Erstveröffentlichung. Übersetzung von Wilfried Böhringer.

Arreola, J. J., »Eine dressierte Frau«
(*Una mujer amaestrada*, in: *Confabularium*, 1952; in: Juan José Arreola, *Confabularium* © Suhrkamp Verlag Frankfurt am Main 1980). Deutsche Übersetzung von Kajo Niggestich.

Asturias, M. A., »Der Spiegel der Lida Sal«
(in: *El espejo de Lida Sal*, 1967; in: *Der Spiegel der Lida Sal*, © Suhrkamp Verlag Frankfurt am Main 1983). Deutsche Übersetzung von Wolfgang Promies.

Benedetti, M., »Die Nacht der Häßlichen«
(*La noche de los feos*, in: *La muerte y otras sorpresas*, 1968; in: Mario Benedetti, *Die Sterne und wir* © Peter Hammer Verlag Wuppertal 1984). Deutsche Übersetzung von Anneliese Schwarzer de Ruiz.

Bioy Casares, A., »Der Frauenheld«
(in: *El héroe de las mujeres*, 1978 © Adolfo Bioy Casares). Deutsche Erstveröffentlichung. Übersetzung von René Strien.

Bombal, M. L., »Der Baum«
(*El árbol*, in: *La última niebla*, 1935 © 1982, in: *New Islands* Copyright © 1976 by Editorial Orbe, Santiago de Chile, Copyright © 1982 by Farrar, Straus and Giroux, Inc.). Deutsche Übersetzung von Thomas Brons in: *Die neuen Inseln*, mit freundlicher Genehmigung des Ullstein Taschenbuch Verlages Berlin 1986.

Borges, J. L., »Emma Zunz«
(*Emma Zunz*, in *El Aleph*, 1949; in: Jorge Luis Borges, *Gesammelte Werke 3/II. Erzählungen.* © Carl Hanser Verlag München–Wien 1981). Deutsche Übersetzung von Karl August Horst.

Bryce Echenique, A., »Eisenhower und Tiqui-tiqui- tín«
(*Eisenhower y la tiqui-tiqui-tín*, in: *La felicidad, ja, ja*, 1974 © Alfredo

Bryce Echenique). Deutsche Erstveröffentlichung. Übersetzung von Anne Sorg-Schumacher.

Cabrera Infante, G., »April ist der grausamste Monat«
(*Abril es el mes más cruel*, in: *Así en la paz como en la guerra*, 1960 © Guillermo Cabrera Infante). Deutsche Übersetzung von Dagmar Ploetz, in: *Lateinamerika. Gedichte und Erzählungen 1930–1980*. Hg. von J. M. Oviedo, Suhrkamp Verlag Frankfurt am Main 1982.

Cortázar, J., »Die Pforten des Himmels«
(*Las puertas del cielo*, in: *Bestiario*, © Julio Cortázar 1951; in: Julio Cortázar, *Bestiarium* © Suhrkamp Verlag Frankfurt am Main 1979). Deutsche Übersetzung von Rudolf Wittkopf.

Donoso, J., »Namensvettern«
(*Tocayos*, in: *Cuentos*, 1973 © José Donoso). Deutsche Erstveröffentlichung. Übersetzung von Elke Wehr.

Fagundes Telles, L., »Komm und sieh dir den Sonnenuntergang an«
(*Venha ver o pôr-do-sol*, in: *Mistérios*, 1981; in: Lygia Fagundes Telles, *Die Struktur der Seifenblase*. Unheimliche Erzählungen. © Suhrkamp Verlag Frankfurt am Main 1983). Deutsche Übersetzung von Alfred Opitz.

Fuentes, C., »Zweimal Elena«
(*Las dos Elenas*, in: *Cantar de ciegos*, 1964; in: Carlos Fuentes, *Chac Mool* © Deutsche Verlags Anstalt Stuttgart 1976). Deutsche Übersetzung von Maria Bamberg.

García Márquez, G., »Beständiger Tod über die Liebe hinaus«
(*Muerte constante más allá del amor*, in: *La increíble y triste historia de la cándida Erendira y de su abuela desalmada*, 1972; in: Gabriel García Márquez, *Das Leichenbegängnis der Großen Mama* © Kiepenheuer & Witsch Köln 1974). Deutsche Übersetzung von Curt Meyer-Clason.

Guimarães Rosa, J., »Honigmonde«
(*Luas-de-mel*, in: *Primeiras Estórias*, 1962; in: João Guimarães Rosa, *Das dritte Ufer des Flusses* © Kiepenheuer & Witsch Köln 1968). Deutsche Übersetzung von Curt Meyer-Clason.

Hernández, F., »Der Balkon«
(*El balcón*, in: *Nadie encendía las lámparas, 1947; in:* Felisberto Hernández, *Die Hortensien* © Suhrkamp Verlag Frankfurt am Main 1985). Deutsche Übersetzung von Anneliese Botond.

Lispector, C., »Liebe«
(*Amor*, in: *A imitação da rosa*, 1973; in: Clarice Lispector, *Die Nachahmung der Rose* © Suhrkamp Verlag Frankfurt am Main 1982). Deutsche Übersetzung von Curt Meyer-Clason.

Lynch, M., »Antwort«
(*Respuesta*, in: *Los años del fuego*, 1979; © Marta Lynch). Deutsche Erstveröffentlichung. Übersetzung von Elke Wehr.

Monterroso, A., »Das Konzert«

(*El concierto*, in: *Obras completas (y otros cuentos)*, 1959; in: Augusto Monterroso, *Das gesamte Werk und andere Fabeln* © Diogenes Verlag AG Zürich 1973). Deutsche Übersetzung von Karl August Horst.
Ocampo, S., »Wir«
(*Nosotros*, in: *La furia y otros cuentos*, 1959 © Silvina Ocampo). Deutsche Erstveröffentlichung. Übersetzung von Elke Wehr.
Onetti, J. C., »Das so gefürchtete Inferno«
(*El infierno tan temido*, in: *Tan triste como ella*, 1976; in: *So traurig wie sie* © Suhrkamp Verlag Frankfurt am Main 1983). Deutsche Übersetzung von Wilhelm Muster.
Peri-Rossi, C., »Liebesgeschichte«
(*Historia de amor*, in: *El museo de los esfuerzos inútiles*, 1983 © Cristina Peri-Rossi). Deutsche Erstveröffentlichung. Übersetzung von Elke Wehr.
Piñera, V., »Augenliebe«
(*Amores de vista*, in *Cuentos completos*, 1964 © Virgilio Piñera). Deutsche Erstveröffentlichung. Übersetzung von Elke Wehr.
Poniatowska, E., »Der Bruch«
(*La ruptura*, in: *De noche vienes*, 1979 © Elena Poniatowska). Deutsche Erstveröffentlichung. Übersetzung von Elke Wehr.
Quiroga, H., »Der Solitär«
(*El solitario*, in: *Cuentos de amor, de locura y de muerte*, 1917 © Horacio Quiroga). Deutsche Erstveröffentlichung. Übersetzung von Wilfried Böhringer.
Revueltas, J., »Das Lösungswort«
(*Palabra sagrada*, in: *Dormir en tierra*, 1960 © Ediciones Era 1971). Deutsche Erstveröffentlichung. Übersetzung von Monika López.
Ribeyro, J. R., »Nächtliches Abenteuer«
(*Una aventura nocturna*, in: *Las botellas y los hombres, 1964* © Julio Ramón Ribeyro). Deutsche Erstveröffentlichung. Übersetzung von Elke Wehr.
Roa Bastos, A., »Das Ödland«
(*El baldío*, 1966 © Augusto Roa Bastos). Deutsche Übersetzung von Michi Strausfeld.
Rulfo, J., »Talpa«
(*Talpa*, in: *El llano en llamas*, 1953 in: Juan Rulfo, *Der Llano in Flammen.* © Carl Hanser Verlag München-Wien 1964). Deutsche Übersetzung von Mariana Frenk-Westheim.
Trevisan, D., »Der Vampir von Curitiba«
(*O vampiro de Curitiba*, 1965; in: Dalton Trevisan, *Ehekrieg* © Suhrkamp Verlag Frankfurt am Main 1980). Deutsche Übersetzung von Georg Rudolf Lind.
Vargas Llosa, M., »Sonntag«
(*Día domingo*, in *Los jefes*, 1959 © Mario Vargas Llosa). Deutsche

Übersetzung von Heidrun Adler, in: *Lateinamerika. Gedichte und Erzählungen 1930–1980.* Hg. von J. M. Oviedo, Suhrkamp Verlag Frankfurt am Main 1982.

Über die Autoren

Jacques Stéphen Alexis

J. S. Alexis wurde 1922 in Haiti geboren und kam bei dem Versuch, den Diktator François Duvalier zu stürzen, 1961 um, nachdem ihn die Tontons Macoutes zuvor grausam gefoltert hatten. Alexis hat drei Romane und einen Band mit Erzählungen publiziert, *Romancero aux étoiles*, dem die vorliegende Geschichte entnommen ist.

Isabel Allende

Isabel Allende wurde 1942 in Lima/Peru geboren. Nach dem Sturz der Regierung Allendes zog sie nach Venezuela ins Exil. 1982 erschien ihr erster Roman, *Das Geisterhaus*, mit dem sie sogleich weltweit berühmt wurde. 1984 folgte der zweite, *Von Liebe und Schatten*; z. Z. schreibt die Autorin an ihrem dritten Buch. Die vorliegende Erzählung, *Una venganza*, ist eine Erstveröffentlichung.

José María Arguedas

J. M. Arguedas wurde 1911 in einem Dorf der peruanischen Hochanden geboren und verbrachte seine Kindheit unter den Indios. Er wuchs zweisprachig auf und setzte sich später intensiv mit den Mythen und Lebensbedingungen der Quechua-Bevölkerung auseinander. 1929 ging er nach Lima und studierte Anthropologie, was er später auch an der Universität lehrte. 1969 beging er Selbstmord. Arguedas hat fünf Romane (darunter sein Meisterwerk: *Die tiefen Flüsse*), Erzählungen und Anthologien von Gedichten und Liedern in Quechua (mit seinen Übersetzungen ins Spanische) sowie zahlreiche wissenschaftliche Werke publiziert.

Juan José Arreola

J. J. Arreola wurde 1918 in dem mexikanischen Dorf Zapotlán el Grande geboren. Als Autodidakt übte er mehr als zwanzig verschiedene Berufe aus und las alle Bücher, die ihm in die Hände fielen. Insgesamt hat er fünf Titel publiziert. Von *Confabulario* – eigenwillige, oft skurrile, oft phantastische, kurze Texte – wird behauptet, mit ihnen würde die Literatur noch einmal erfunden. Arreola lebt in Mexico-Stadt und animiert als Alleinunterhalter eine wöchentliche Fernsehsendung.

Miguel Angel Asturias

M. A. Asturias wurde 1899 in Guatemala geboren. Er studierte in Frankreich und übersetzte dort den *Popol Vuh*, das heilige Buch der Mayas. Wieder zurück in seiner Heimat, trat er in den diplomatischen Dienst ein, lebte aber dann elf Jahre im Exil in Buenos Aires (unter der Diktatur von Arbenz. Später wohnte er in verschiedenen Ländern Europas. 1967 erhielt er den Nobelpreis für Literatur. Asturias publizierte Lyrik, Essays, Theaterstücke und zahlreiche Romane und Erzählungen. Zu seinen berühmtesten Werken zählen *Der Herr Präsident* (Roman, 1946), *Legenden aus Guatemala* (1930), *Die Maismenschen* (Roman, 1949) und *Der Spiegel der Lida Sal* (Erzählungen, 1967). Asturias starb 1974 in Paris.

Mario Benedetti

M. Benedetti wurde 1920 in Montevideo/Uruguay geboren. Er arbeitete als Essayist, Journalist und Literaturkritiker und publizierte Gedichte, Erzählungen und Romane. Nach dem Putsch der uruguayischen Militärs 1973 mußte er ins Exil und lebte in Havanna, Palma de Mallorca und Madrid. Heute verbringt er jeweils einige Monate in Montevideo und Madrid. Zu seinen bekanntesten Werken zählen die Romane *Die Gnadenfrist* (1960) sowie *Gracias por el fuego* (Danke für das Feuer, 1965), desgleichen die Erzählungen *Montevideanos* (1959) und *La muerte y otras sorpresas* (Der Tod und andere Überraschungen, 1968).

Adolfo Bioy Casares

A. Bioy Casares wurde 1914 in Buenos Aires geboren. Er hat sechs Romane, zahlreiche Bände mit (meist) phantastischen Erzählungen und Drehbücher publiziert. Zu seinen bekanntesten Werken zählen *Morels Erfindung* (1940), *Fluchtplan* (1945), *Der Traum der Helden* (1954), *Tagebuch des Schweinekriegs* (1969), *Schlaf in der Sonne* (1973) sowie die Erzählsammlungen *Liebesgeschichten* (1972), *Die fremde Dienerin* (Phantastische Geschichten, 1972) und *El héroe de las mujeres* (Der Frauenheld, 1978).

Gemeinsam mit Borges und unter den Pseudonymen H. Bustos Domecq oder B. Suárez Lynch publizierte er u. a. *Sechs Aufgaben für Don Isidro Parodi* und *Chroniken für Bustos Domecq*.

María Luisa Bombal

M. L. Bombal wurde 1910 in Santiago de Chile geboren. Mit zwölf Jahren kam sie nach Paris, wo sie später an der Sorbonne französische Literatur studierte. Von 1933 bis 1940 lebte sie in Buenos Aires und nahm an dem Literatenzirkel Victoria Ocampos teil. Seit 1940 bis kurz vor ihrem Tod lebte sie in den Vereinigten Staaten. 1980 starb sie in Santiago de Chile. M. L. Bombal publizierte zwei Kurzromane *La última niebla* (Der letzte Nebel, 1935) und *La amortajada* (Das Leichentuch, 1938) sowie einige Erzählungen.

Jorge Luis Borges

J. L. Borges wurde 1899 in Buenos Aires geboren. Als Kind lebte er in der Schweiz und später in Spanien. Bereits in den 20er Jahren gründete er Literaturzeitschriften, publizierte Gedichte und Essays. 1935 erschien sein erster Erzählband, *Universalgeschichte der Niedertracht*, der gemeinsam mit *Fiktionen* (1944) und *Das Aleph* (1949) als Grundsteine der modernen lateinamerikanischen Prosa gelten. Seit 1955 ist Borges blind. Sein Gesamtwerk umfaßt zehn Gedichtbände, fünf Erzählbände, Miszellanea, Essays und Gemeinschaftsarbeiten mit Bioy

Casares, Maria Kodama u. a. Desgleichen erschienen Sammlungen seiner Vorworte sowie Aufzeichnungen von diversen Verträgen. Borges studierte die altgermanischen Literaturen ebenso wie den Buddhismus und verfügt über ein enzyklopädisches Wissen, über eine »Bibliothek in seinem Kopf«. Er starb 1986.

Alfredo Bryce Echenique

A. Bryce Echenique wurde 1939 in Lima/Peru geboren. Er studierte in Lima und promovierte an der Sorbonne in Paris. Fast zwölf Jahre lehrte er an französischen Universitäten, bevor er sich 1984 in Barcelona niederließ. Bryce Echenique hat vier Romane, u. a. *Un mundo para Julius* (Eine Welt für Julius, 1970), *Tantas veces Pedro* (So oft Pedro, 1977) und zwei Bände mit Erzählungen publiziert.

Guillermo Cabrera Infante

G. Cabrera Infante wurde 1929 in Gibara, einem Dorf der Provinz Oriente, Cuba, geboren. 1941 zog er mit den Eltern nach Havanna. 1947 publizierte er erste Texte, seit 1954 arbeitete er als Filmkritiker (unter dem Pseudonym G. Caín). Er gründete die Cubanische Cinemathek, die er von 1951–56 leitete. Nach der cubanischen Revolution arbeitete er in der Zeitschrift *Lunes de Revolución* und trat dann in den diplomatischen Dienst ein. 1965 brach er mit Castro und lebt seitdem in London, als politischer Exilierter. Cabrera Infante hat Romane (u. a. das innovative Meisterwerk *Tres tristes tigres*, Drei traurige Tiger, 1967), Erzählungen, Essays, Filmkritiken und eine Abhandlung über den Tabak *Heiliger Rauch* (1986) publiziert.

Julio Cortázar

Julio Cortázar wurde 1914 in Belgien geboren, lebte dann in Banfield/Buenos Aires (ab 1918), wo er studierte und später den Lehrberuf ergriff. 1949 erschien sein erstes Buch, *Los Reyes*. Zwei Jahre später folgte ein Band mit Erzählungen, *Bestiario*. 1951 siedelte Cortázar über nach Paris und arbeitete als Übersetzer – für die UNESCO und als literarischer Übersetzer. Er übertrug u. a. Werke von E.A. Poe, M. Yourcenar und Defoe. Regelmäßig folgten neue Publikationen, bis 1963 der bahnbrechende Roman *Rayuela, Himmel-und-Hölle* erschien, einer der beiden legendären Bücher des »Booms« (der andere, *Hundert Jahre Einsamkeit*, von G. García Márquez, erschien 1967). Seit Mitte der 60er Jahre engagierte sich Cortázar immer stärker für die politischen Verhältnisse des Kontinents und unterstützte die cubanische Revolution, die Regierung Allendes und später die Revolution der Sandinisten in Nicaragua. Zugleich war er einer der Wortführer im Kampf gegen die Diktatoren Argentiniens, Uruguays und Chiles. Cortázar starb 1984 in Paris. Sein Werk, acht Bände mit Erzählungen, zwei Texte mit kurzen Prosastücken *(Geschichte der Cronopien, Ein gewisser Lukas)*, zwei Almanachbücher (*Reise um den Tag in achtzig Welten, Letzte Runde*), vier Romane, Gedichte, Aufsätze zu Kunst, zu Politik, zur Literatur usw., weisen Cortázar als einen der größten Autoren des 20. Jahrhunderts aus.

José Donoso

José Donoso wurde 1924 in Santiago de Chile geboren. Er unterrichtete englische Literatur an der Universidad Católica von Santiago und hielt Gastprofessuren an verschiedenen amerikanischen Hochschulen. Von 1967–81 lebte er in Spanien, seitdem wieder in Santiago. Donoso hat acht Romane (u. a. *Der obszöne Vogel der Nacht*, 1970; *Ort ohne Grenzen*, 1967 und *Das Landhaus*, 1978), drei Bände mit Erzählungen sowie die Memoiren *Historia personal del ›boom‹*, Persönliche Geschichte des ›Booms‹, 1972) publiziert.

Lygia Fagundes Telles

L. Fagundes Telles wurde 1923 in São Paulo geboren. Sie studierte Sport und Jura und wandte sich dann der Literatur zu. Seit 1944 schrieb sie drei Romane, neun Bände mit Erzählungen und journalistische Arbeiten. Sie lebt in São Paulo, wo sie als Rechtsanwältin tätig ist.

Carlos Fuentes

C. Fuentes wurde 1928 in Mexico geboren. Seine Kindheit verbrachte er in verschiedenen Ländern, da der Vater als Diplomat tätig war. 1955 gründete er gemeinsam mit E. Carballo die Zeitschrift »Revista Mexicana de Cultura«. Er unterrichtete an verschiedenen Universitäten Nordamerikas, war Botschafter Mexicos in Paris und lebt heute in Mexico-Stadt und in den USA. Sein Werk umfaßt neun Romane (alle deutsch übersetzt), u. a. *Nichts als das Leben*, (1962) *Landschaft in klarem Licht*, (1958) *Terra Nostra* (1977) und *Alter Gringo* (1985), zwei Kurzromane (*Aura* und *Geburtstag*), drei Bände mit Erzählungen, Theaterstücke und Essays (u. a. *La nueva novela latinoamericana*, 1969; *Tiempo mexicano*, 1971).

Gabriel García Márquez

G. García Márquez wurde 1928 in Aracataca, einem Dorf an der karibischen Küste Kolumbiens, geboren. Er besuchte das Gymnasium in Bogotá und studierte dort, bevor er in den 50er Jahren nach Paris zog, wo er als Journalist arbeitete. Später wurde er Korrespondent von Prensa Latina. Er übersiedelte in den 60er Jahren nach Mexico. Dort verfaßte er Filmdrehbücher und schrieb an seinem Roman *Hundert Jahre Einsamkeit*. Sofort nach Erscheinen 1967 wurde das Buch ein internationaler Bestseller und der Autor zum begehrtesten Objekt der Literaturfans. García Márquez zog nun nach Barcelona, wo er bis 1975 lebte. Seitdem lautet sein Wohnsitz Mexico-Stadt, obgleich er jedes Jahr einige Monate in Cuba und Kolumbien verbringt. 1982 erhielt er den Nobelpreis für Literatur. Sein Werk umfaßt bislang sieben Romane, drei Bände mit Erzählungen, den *Bericht eines Schiffbrüchigen* und journalistische Arbeiten. Sein letzter Roman *Liebe in Zeiten der Cholera* erschien 1985. Alle Bücher sind deutsch publiziert.

João Guimarães Rosa

J. Guimarães Rosa wurde 1908 in Cordisburgo, einem kleinen Städtchen in Minas Gerais/Brasilien geboren. Er war als Arzt und Diplomat tätig, u. a. lebte er mehrere Jahre als Konsul in Hamburg. Sein Werk umfaßt große Romane wie *Grande Sertão* oder den Zyklus *Corps de Ballet* sowie mehrere Bände mit Erzählungen. Der Autor gilt als der »brasilianische Sprachmagier« schlechthin. Drei Tage nach seiner Antrittsrede in der Brasilianischen Akademie der Literatur starb er 1967 in Rio de Janeiro.

Felisberto Hernández

F. Hernández wurde 1902 in Montevideo/Uruguay geboren. Jahrelang schlug er sich als Klavierspieler und kleiner Verkäufer durch, während er sozusagen nebenbei Geschichten schrieb, von denen zunächst niemand etwas wissen wollte. Später erhielt er eine kleine Anstellung als Beamter. Erst nach seinem Tode 1964 begann die allmähliche Entdekkung seiner phantastischen, hintersinnigen und hochliterarischen Erzählungen.

Clarice Lispector

C. Lispector wurde 1925 in der Ukraine geboren. Mit zwei Jahren kam sie nach Recife, später dann nach Rio de Janeiro. Sie studierte Jura und heiratete 1943 einen Studienkollegen, der die diplomatische Laufbahn eingeschlagen hatte. Mit ihm wohnte sie in Italien, in der Schweiz und in den USA. Seit 1959 lebte sie wiederum in Rio mit ihren beiden Söhnen. Dort starb sie 1977. Ihr Werk, dessen Verbreitung immer schneller fortschreitet, umfaßt acht Romane, sechs Bände mit Erzählungen, Essays und Texte für Kinder. Zu ihren bekanntesten Romanen zählen *Nahe dem wilden Herzen* (1943), *Die Passion nach G.H.* (1964) und *Die Sternstunde* (1977).

Marta Lynch

M. Lynch wurde 1934 in Buenos Aires geboren. Verheiratet, drei Kinder. Ihr erster Roman, *La alfombra roja* (Der rote Teppich) erschien 1962 und machte sie sogleich berühmt. Bis zu ihrem Selbstmord 1985 erschienen in regelmäßiger Folge Romane und Erzählungen. Zu den bekanntesten gehören *La señora Ordóñez* (1968), *Un árbol lleno de manzanas* (Ein Baum voller Äpfel, 1972) sowie die Erzählbände *Los dedos de la mano* (Die Finger der Hand, 1976) und *Los años de fuego* (Die Jahre des Feuers, 1979).

Augusto Monterroso

A. Monterroso wurde 1921 in Guatemala geboren. Seit fast zwanzig Jahren lebt er in Mexico, wo er als Hochschullehrer tätig ist. Monterroso hat Essays, Erzählungen, Fabeln und andere Kurzprosa publiziert, die sich durch Humor und Prägnanz charakterisiert.

Silvina Ocampo

S. Ocampo wurde 1903 in Buenos Aires geboren. Sie ist verheiratet mit Adolfo Bioy Casares. S. Ocampo hat mehrere Bände mit Erzählungen publiziert, dazu Gedichte und gemeinsam mit Bioy Casares einen Kriminalroman: *Los que aman odian* (Wer liebt, haßt, 1962). Ihre Erzählungen, böse, abgründig, ironisch und stets überraschend, weisen sie als eine der besten Prosaschriftstellerinnen Lateinamerikas aus.

Juan Carlos Onetti

J.C. Onetti wurde 1909 in Montevideo/Uruguay geboren. Er übte verschiedene Berufe aus, bevor er Journalist wurde und die Zeitschrift *Marcha* leitete, später war er in der Agentur EFE tätig. Seit 1973 lebt Onetti in Madrid, wo ihm 1980 der Cervantes-Preis für sein Gesamtwerk verliehen wurde. In zahlreichen Romanen und Erzählungen schuf Onetti den imaginären Schauplatz Santa María, dessen Bewohner an Lieblosigkeit, Frustrationen und existentiellen Präokkupationen leiden. Der Tod ist allgegenwärtig, wie z.B. in *Das kurze Leben* (1950), *Die Werft* (1961) oder *Lassen wir den Wind sprechen* (1979). 1985 erhielt er den uruguayischen Staatspreis für Literatur.

Cristina Peri-Rossi

C. Peri-Rossi wurde 1941 in Montevideo/Uruguay geboren und lebt seit 1972 im Exil in Spanien. In ihrer Heimat lehrte sie an der Universität und publizierte erste Gedichte und Erzählungen. Ihr Werk umfaßt bislang acht Bände mit Erzählungen, zwei Romane und mehrere Gedichtsammlungen. C. Peri-Rossi arbeitet heute als Journalistin und freiberufliche Schriftstellerin. Sie lebt in Barcelona.

Virgilio Piñera

Virgilio Piñera wurde 1912 in Cuba geboren. Er war Mitarbeiter der legendären Literaturzeitschrift *Orígenes,* die von Lezama Lima gegründet wurde. 1946 emigrierte er nach Buenos Aires und kehrte 1958 nach Cuba zurück. Dort starb er 1979. Sein Werk, in Buenos Aires von Borges entdeckt, umfaßt insgesamt drei Romane, u. a. *La carne de René*, (René's Fleisch, 1952), *Pequeñas maniobras* (Kleine Machenschaften, 1963), drei Erzählsammlungen, Gedichte und Theaterstücke. Seine Prosa charakterisiert sich durch die Präsizion der Bilder, die alptraumhafte Situationen in wenigen Worten zusammenfassen.

Elena Poniatowska

E. Poniatowska wurde 1933 in Paris geboren, kam jedoch bald nach Mexico. Seit 1954 publiziert sie journalistische Arbeiten und Reportagen, für die sie 1978 den *Nationalpreis für Journalismus* in Mexico erhielt. Sie hat mehrere Bücher publiziert, in denen sie »jenen ihre Stimme leiht, die nicht für sich selber sprechen können« – den armen, unterdrückten und verfolgten Mexicanern. Zu ihren bekanntesten Büchern zählen *La noche de Tlatelolco* (1968), *Allem zum Trotz. Das Leben der Jesusa* (1969) und *Stark ist das Schweigen* (1980).

Horacio Quiroga

H. Quiroga wurde 1878 im uruguayischen Salto geboren. Lange Jahre lebte er in dem argentinischen Urwaldgebiet Misiones, das deutliche

Spuren in seinem Werk hinterlassen hat. Sein Leben war von schweren Schicksalsschlägen gezeichnet, von Tod, Selbstmord und Wahnsinn. Quiroga starb 1937 in Buenos Aires. Sein Werk umfaßt mehrere Bände mit Erzählungen, von denen deutsch eine Auswahl vorliegt unter dem Titel: *Geschichten von Liebe, Irrsinn und Tod* (1986).

José Revueltas

J. Revueltas wurde 1914 in Mexico geboren. Seine Familie war künstlerisch hochbegabt: sein Bruder Silvestre, Komponist; seine Schwester Rosaura, Schauspielerin; sein Bruder Fermín, Maler. Revueltas engagierte sich leidenschaftlich und war der kommunistischen Partei, trotz häufiger Spannungen, loyal verbunden. Aufgrund seines Einsatzes für die Unterdrückten und seiner unermüdlichen Plädoyers für soziale Gerechtigkeit wurde er mehrfach inhaftiert. Sein Werk, oft sehr sozialkritisch, umfaßt Erzählungen, Romane, Aufsätze und Theaterstücke. 1943 erhielt er den Nationalpreis für Literatur. Revueltas starb 1976 in Mexico.

Julio Ramón Ribeyro

J.R. Ribeyro wurde 1929 in Lima/Peru geboren. Seit vielen Jahren lebt er in Paris, wo er als Diplomat tätig ist. Sein Werk – vier Bände mit Erzählungen, zwei Romane (*Im Tal von San Gabriel*, 1960), Theaterstücke – spielen vorwiegend im kleinbürgerlichen Milieu von Lima. Besonders die Erzählungen, in drei Bänden zusammengefaßt unter dem Titel *La palabra del mudo* (Das Wort des Stummen), weisen ihn als feinen Stilisten und subtilen Beobachter aus.

Augusto Roa Bastos

A. Roa Bastos wurde 1917 in Asunción/Paraguay geboren. Seit 1947 lebt er im Exil, zunächst in Buenos Aires, seit Mitte der siebziger Jahre dann in Frankreich. Er nahm am Chaco-Krieg (1932–35) teil, dessen Eindrücke sich ihm unauslöschlich einprägten und in vielen seiner Werke dargestellt werden. Roa Bastos hat mehrere Bände mit Erzählungen publiziert und zwei Romane, die beide als »Klassiker« gelten: *Menschensohn* (1960) und *Ich/der Allmächtige* (1974). Letzteren dramatisierte der Autor für eine Theateraufführung und eine Fernsehaufzeichnung.

Juan Rulfo

Rulfo wurde 1918 in einem Städtchen der Provinz Jalisco/Mexico geboren. Als Kind erlebte er die Unruhen der Cristero-Kämpfe. Sein Vater wurde ermordet, die Mutter starb wenig später. Mit fünfzehn Jahren kam er nach Guadalajara, wenig später dann nach Mexico-Stadt, wo er verschiedene Berufe ausübte, bevor er die Publikationsabteilung des Indigenistischen Instituts übernahm. Rulfo erlangte Weltruhm mit zwei schmalen Büchern, den Erzählungen *Der Llano in Flammen* (1953) und dem Roman *Pedro Páramo* (1955). Seine Fotos und einige Drehbücher komplettieren das Werk. Rulfo starb 1986 in Mexico-Stadt.

Dalton Trevisan

Dalton Trevisan, 1925 in Curitiba/Brasilien geboren, hat sechzehn Bände mit Erzählungen publiziert und 1985 einen ersten Roman. Seine kurzen und bösen Texte behandeln oft archetypische Themen und stützen sich dabei auf die immergleichen Figuren João und Maria. Trevisan lebt in Curitiba.

Mario Vargas Llosa

M. Vargas Llosa wurde 1936 in Arequipa/Peru geboren. Als Junge schon wußte er, daß er unbedingt Schriftsteller werden wollte. Er arbeitete als Journalist, bevor er mit 26 Jahren sein erstes Buch publizierte und dafür sofort den damals angesehensten Literaturpreis Spaniens erhielt. Seit *Die Stadt und die Hunde* (1963) hat Vargas Llosa noch sieben weitere Romane geschrieben, die alle deutsch übersetzt vorliegen, sowie eine Novelle *Die kleinen Hunde* (1967) und einen Band mit Erzählungen *Los jefes* (1959). Vargas Llosa hat mehrere lange Studien publiziert, wie z. B. über *Madame Bovary*, dazu zahllose Artikel in Zeitungen und Zeitschriften. Desgleichen schrieb er drei Theaterstücke. Er ist als Gastprofessor in England und in den USA tätig, war Präsident des internationalen PEN und erhielt mehrere Literaturpreise. Vargas Llosa lebt in Lima und London.